虹橋與極光 紀弦、覃子豪、林亨泰詩學理論中的象徵與現代

朱天——著

主編 李瑞騰

【臺灣詩學論叢】第三輯
總序

李瑞騰

　　《臺灣詩學論叢》是臺灣詩學季刊社在學刊和論壇之外，一個新的嘗試，所謂論說臺灣詩學，不是口號，而是實踐的宣言，過去從季刊到學刊，我們匯聚學術力量，以刊物為據點，經之營之臺灣現代詩學，現在加上叢書，我們相信，臺灣詩學可以挖得更深織得更廣。

　　2016年，《臺灣詩學論叢》出版四本（白靈、渡也、李瑞騰、李癸雲），2017年則有五本（向明、蕭蕭、蕓朵、陳政彥以及方群和楊宗翰合編的《與歷史競走》），今年續推出四本，包括白靈《世界粗礪時我柔韌》、夏婉雲《時間的擾動》、李桂媚《色彩・符號・圖象的詩重奏》、朱天《虹橋與極光——紀弦、覃子豪、林亨泰詩學理論中的象徵與現代》。

　　白靈勤於筆耕，詩之論評有深刻的詩體會作基礎，講究方法，而出之以嚴謹的論述；夏婉雲曾論兒童詩的時空觀、對於現代詩人在詩中反映出來的「囚」與「逃」曾有深刻的分析，且出版有專書，本書為其詩評論集，可見其詩之趣味和視野。他們二位皆文壇資深名家，而李桂媚和朱天都很年輕，屬臺灣新生代詩人，但在詩學領域都已具有專業形象。

　　李桂媚（1982-）出版過詩集《自然有詩》、詩評論集《詩人本事》，多年來熱心於推廣詩運。《詩人本事》夾敘夾議岩上、林武憲、吳晟、蕭蕭、康原、向陽6位詩人的人與詩，已可見其詩觀

詩藝。本書略分三卷：「臺灣新詩色彩美學」、「臺灣新詩標點符號運用」、「圖象與音樂的詩意交響」，極具創意的命題，探觸詩藝核心。

朱天（1983-）著有詩集《野獸花》、詩學專著《真全與新幻：葉維廉和杜國清之美感詩學》修改自碩士論文，深獲前輩如柯慶明、林盛彬、白靈、須文蔚、孟樊的肯定。本書為其博士論文，討論並比較戰後臺灣現代詩三位理論大將：紀弦、覃子豪和林亨泰，條分縷析象徵主義與現代主義之於戰後臺灣現代詩的影響，屬於臺灣現代詩史的探源。

有充滿活力且思想深刻的新生代，文學才有可能永續發展，在詩歌理論和批評領域，當亦如此，「臺灣詩學論叢」為年輕朋友預留空間，有志者盍興乎來！

推薦序

洪淑苓
（臺灣大學中文系教授）

　　我認識朱天時，他正在臺大臺文所就讀碩士班。當時我剛剛從中文系到臺文所合聘，朱天雖然沒有正式上我的課，但他非常認真好學，經常與我討論現代詩研究的相關問題，其踏實、誠懇的求學態度，令我印象深刻。

　　我們都是喜愛詩歌創作的人，並且也都想兼顧詩學研究的領域，因此看到他碩士畢業，然後也考進政大中文所博士班，於2016年順利畢業；接著，2017年他的博士論文獲得臺灣詩學社主辦的第五屆「大學院校詩學研究獎學金」……，這些事情都讓我為他高興，與有榮焉。而今，博士論文又將修訂出版，更讓我為他喝采。

　　朱天本身有詩歌創作，但他的碩、博士論文都是以詩學理論為研究主題，顯現他在理性思考上的用心。他這本《虹橋與極光——紀弦、覃子豪、林亨泰詩學理論中的象徵與現代》的焦點在於探討現代派與象徵派的理論如何在戰後的臺灣現代詩壇顯影，特別是對於創作觀念、現代詩史、詩學體系的影響，都有細密深入的剖析與論證。一般對紀弦、覃子豪的研究，多聚焦於二者的新詩論戰，但本書注重的是，二者因為論戰而激發反思，以至重新梳理與建構自身的詩學理論，也因此得以證明、了解，象徵主義與現代知性的融合，正是臺灣現代詩壇將西方現代主義轉化，成為臺灣現代主義詩學的突出現象，同時也是重要的成就。而加入對林亨泰詩論的整理

與研究，更具有凸顯臺灣本土詩學的意義。本書著重詩論，但同時也觀照三家詩論的淵源、理念與比較，對現代詩史的研究，相當具有貢獻。

　　朱天在學術研究之外，亦擅於創作，無論是詩、散文或小說，得獎紀錄輝煌。我更感到嘉許和佩服的是，他曾任教於高職，除擔任國文課程外，亦積極培育學生的國語文能力，因此在語文競賽中，無論學生團體、個人競賽，閱讀心得、詩歌朗誦或小論文寫作等，皆能迭獲佳績。就此來看，朱天實在是具有學術研究能力，又具有教學、服務熱忱，加上本身的創作才華，可說是一位全方位的優秀人才。

　　隨著現當代文學史研究日益蓬勃，學術界也有越來越多的人關注於現代詩學和詩史的發展，朱天這本《虹橋與極光──紀弦、覃子豪、林亨泰詩學理論中的象徵與現代》的出版，必然可以引起學術界的重視，增進我們對現代詩歌理論的淵源和脈絡的認識。再次恭喜朱天，期盼他百尺竿頭，更進一步，在研究、教學與創作上都有更新的收穫。

2018/10/7

推薦序：
解開文藝思潮與現代派詩學的糾葛

須文蔚

（國立東華大學華文文學系教授）

　　朱天一向勇於挑戰艱難與基礎的文學研究，他的第一本論文《真全與新幻：葉維廉和杜國清之美感詩學》，就挑選了兩位鎔舊鑄新，學貫中西，發展東方詩學的兩位大家，條陳縷析，存同求異，呈現出在現代詩學建構與創作實踐上，兩套宏大的詩學體系。

　　新作《虹橋與極光——紀弦、覃子豪、林亨泰詩學理論中的象徵與現代》則把視線轉向本地，從文藝思潮與詩學發展的角度，省思臺灣在1950年代前後，現代主義詩學建構過程中，象徵派、現代派所帶來的重大啟發，以及文學革命者們難以避免的粗疏之處。對此，以專業的研究方法與視角開展辯證，自是青年學者的責任。

　　近年來在現當代文學研究中，越來越重視以「文藝思潮」的角度，觀察新文學縱向的內部發展，也橫向考慮同時代世界文學思潮下，所衍生之傳播接受的關係。陳思和就曾主張「整體觀」，因為當代的文學創作者，透過留學、遊歷日本、歐洲、美國、蘇俄等國家，吸收世界思潮，引進文學觀念，引發辯難與論證，儼然將華文文學納入世界文學整體框架中。目前在當代文學研究中，以文藝思潮進行文學史的重寫，已有相當的收穫，無論是李歐梵、陳國恩就浪漫主義文學、溫儒敏與陳芳明分就中國大陸與臺灣的現實主義文學、徐行言與程金城就表現主義文學，或朱壽桐、陳義芝就現代主義文學等，都可細膩呈現出各種文學思潮受到時代、政治、社會

的衝擊，有時候能夠順利同步引進，有時引發爭論，進而修正、調整，最終在地化的過程。然而，臺灣學術界或是教育界，關於文藝思潮與文學史相互影響的論著或課程，整體觀之，還是相當匱乏的；朱天有此膽識與學力，願意更為細緻地進入現代派建構與文藝思潮的關係，自然是值得稱道的。

朱天善於整理與耙梳資料，論述翔實，舉證清晰，闡理深刻，是一大優點。若能繼續回應當代現代主義詩學研究的課題，上下求索，更進一步解開30年代上海現代派主張文言入詩、日據時代超現實主義思潮的影響、東亞現代主義畫論與詩論的交互支援等議題，相信更能落實此次研究的發現，開展出更為深刻的討論。

▍推薦語

劉正忠

（臺灣大學中文系副教授）

　　紀覃林三家詩論，在1950、1960年代詩史上，發凡起例，影響深遠。本書有別於專談「論爭史」的研究，而把關懷轉到詩學本身。聚焦於象徵與現代兩大議題，對三家的詩學精華進行匯整與比較，詳細探索若干關鍵性的詩學課題。作者朱天博士先前專研葉維廉、杜國清的詩學，對於詩之本體論已有較深的認識，又勤於比較，善於捕捉概念演變的軌跡。持此方法向前延伸，遂能別開生面，勾勒出臺灣詩學觀念精采多變的風貌。

自序

　　永遠記得，當初從中正預校國中部轉學時，父親對我說的：「以後要自己負責」！此後，我努力以文字為磚，砌築一座又一座或大或小的堡壘，在不斷前進的人生道路上，與體內的陰暗作戰，與世界的險惡交鋒；而當博士論文因獲得由「臺灣詩學季刊社」所舉辦的第五屆「大學院校詩學研究獎學金」之肯定，故能順利付梓的此刻，我似乎可對已在天上十載的父、結縭四年的婷，說：「關於童年的決定，至少我已負責了一半。」

　　而同樣無時或忘的初衷是，彷彿靈魂塑造時早已命定的，對於詩、對於理論探索的著迷──因此，我才會在以葉維廉、杜國清之詩學理論為方向，完成了十三萬字的美感探索後，進而將紀弦、覃子豪與林亨泰視為臺灣當代詩論界中首批躍登歷史舞臺的壯麗風景，並在不斷仰望、不斷沉思的過程中捕捉到，足以貫串三者詩論之全貌的兩條重要軸線：「象徵」與「現代」，進而交織出這本三十萬字的詩學研究。

　　提到彩虹，相信大多數人的第一印象便是那七彩交疊、層層擴展的奇特美景；然而，就日常實質經驗來看，那由紅到紫的色彩變化能夠被清楚遍數的美妙時刻，委實不多──但可以確定的是，不論起伏的綿長或短仄、彩度的明晰或糢糊，所謂的彩虹必如橋樑般擁有起、迄二端，讓視線與神思得以由此至彼，歷經情思的輾轉，開拓心靈的旅程。

而相對於彩虹如橋、必有始終的穩定，只能誕生於冰寒之夜的極光，則是美到讓人無法以文字準確描繪——勉強為之，或許可就光線之舞動姿態、色相類型、發生時地等大方向進行共相的歸納；但不可忽視的是，其餘隨機衍生、肆意突變的丰采，更是極光之美能夠炫人心目的重要原因。

　　故此，本書之命名，一方面便是希冀，能以「虹橋」呈現「象徵」在紀弦、覃子豪與林亨泰之詩學理論中所展露出的高度一致性——亦即由此至彼、從實到虛的聯結關係；另一方面，則是期待用「極光」之幻變難測，突顯「現代」一詞在紀弦等三人詩學理論中所發散出的多樣交集與細部歧異。

　　當然，就算仰望的是同一輪明月，映於雙目的可能是如水柔波，也可能是皎皎寒雪；而身為作者的最大期望，就是願每一位走入此書的讀者，都能從中欣賞到專屬於自己的光景，從紀弦、覃子豪與林亨泰每一步的開墾足跡中，收獲與個人心跳默默共鳴的果實。

目次

全文提要

　　不論就詩學研究或詩之創作來看，詩學理論，皆可謂為樞紐；進而言之，作為本論文研究對象的紀弦、覃子豪與林亨泰，更可說是臺灣當代詩學理論之先行者，自然擁有值得學者深入鑽研、多方思索的重要價值——故此，對於紀弦、覃子豪與林亨泰在詩學理論方面所留下的諸般成果進行深究與細思，就臺灣當代詩論的整體發展而言，實有廓清源頭、釐清基調的深刻意義。

　　而之所以選擇「象徵」與「現代」作為研究開展的雙主軸，乃是因為此二關鍵詞彙本來就是紀弦、覃子豪與林亨泰之詩論內容的交集與重心；進而言之，若證諸歷史之客觀現實，則可發現不論是「象徵」或「現代」，其在語義使用上的共同表現，大致上皆包含了學術思想之特定主義（例如西方文藝思想理論中出現於浪漫主義之後的象徵主義與現代主義）、現實詩壇之各式派別（像是19世紀的法國象徵派與20世紀中國的現代派）以及隸屬於詩學範圍之普遍概念等三大常見類型；而就本文之研究目標來看，作為詩學重要概念的「象徵」與「現代」，方是筆者最為關切的焦點所在。

　　具體而言，紀弦、覃子豪、林亨泰三人在建構詩學理論時所提及的作為詩學普遍概念使用之象徵，與詩之承載內容、結構型態、功能用途，以及詩之創作、閱讀與批評方法等詩論重要議題，皆關係密切——簡言之，不論是詩本體之結構形塑、詩功用之順利發揮、詩創作之全面開展、詩閱讀之獲意無礙，以及詩批評之價值呈顯，紀弦、覃子豪與林亨泰皆一致認為，其中所不可或缺的必備條

件，便是詩所含括的代表一種由實到虛之特殊連結的象徵關係。

　　所不同的是，或因個人特質之差異，或因現實處境之不同，紀弦等三人在開展其象徵詩論時，各有其側重之特點：例如，對於紀弦來說，如何透過具有可感形象特質之情緒與現實，將詩之本體順利象徵而成，乃是其象徵詩論中用力最深之關鍵；而對覃子豪來說，不論是將詩中具體形象之塑造過程加以細剖詳分，提出由外到內、主客交融與添意於象之三階段說法，以及接著探討詩中具象與抽象之意、三類美感和語言文字之間的關係，在在皆顯示出其對詩創作論與象徵之高度關心；而除了同樣兼顧紀弦與覃子豪所提及的各項詩論範疇外，林亨泰更指出所謂的象徵，除了曾被視為象徵主義之根本性質，又能作為詩作韻味之產生關鍵，還可詮解成由實到虛的想像飛躍——此，亦為林亨泰在開展其各式象徵詩論時所依憑的穩固基礎。

　　至於在紀弦、覃子豪和林亨泰之詩學理論中與現代相關的部分——亦即針對現代詩而專門提出的各式詩論內，詩之外顯形式、內容成分、功能用途與創作方法等四大領域，當可說是紀弦等三人論述之主要交集；更聚焦來看，對於新之概念的全力看重——不管是在詩之本體論或方法論，實為紀弦、覃子豪、林亨泰眼中現代詩最該優先具備的主要特質；此外，當紀弦等三人在建構其各自之現代詩內容論與創作方法論時，皆十分強調詩中之各式可感意象，以及諸般理性、知性元素所發揮的積極作用。

　　換個層面來看，除了高舉新穎獨創、關注理知元素、重視可感意象，這三項同時籠罩詩之創作方法與本體層面的重要特性外，紀弦、覃子豪與林亨泰對於現代詩亦建構了其他值得我們反覆省思的精采論點：例如，在現代詩之本體層面，紀弦等三人皆相當認同，所謂的內在特質與審美感受，對於現代詩本體而言可說是十分重要的必備條件；至於，就現代詩之創作方法來看，對物我交融的再三強調，以及對傳統詩學資產的借鑑，亦為紀弦等三人現代詩論中不

容忽視的寶貴意見。

　　總的來說，通過以上的各式討論，當可推知紀弦、覃子豪與林亨泰之象徵詩論與現代詩論，在內容上可說展現出大同而小異的整體特色──儘管，當紀弦等三人分由象徵、現代開展論述時，在宏觀詩學範疇之選取上確有差異；對詩中所蘊涵的音樂元素與感性之情，紀弦等三人也因為立論角度之不同以及各自之獨特堅持，故而在相關意見上表現出較為顯著的分歧──但除此之外，不論是對由實到虛之象徵關係與詩之結構型態、功能用途、創作方法、閱讀方法與批評方法之間的相互關係，以及現代詩與追求新創、正視理知、強調意象、重視內在、講究美感、物我交融與汲取傳統等重要概念之間的彼此聯繫，紀弦、覃子豪與林亨泰皆表現出了十分協調且得以相互融通的一致觀念。

　　更重要的是，在紀弦、覃子豪、林亨泰之象徵詩論與現代詩論中，所謂的由實到虛之象徵關係，以及兼具創新等七項特點的現代概念，不論是從西方象徵主義與現代主義之前後脈絡，又或者是從西方文藝思潮與現代詩之本體概念的交集聯繫切入，皆可推知對紀弦等三人來說，詩學層面中的象徵與現代，本就是能夠相互交融、彼此貫通的重要詩學觀念。換個角度來看，在創建一己之詩學理論時，能夠將象徵與現代所蘊涵的各式特性，順利無礙地與詩學理論中各式重要論題充分結合，當可作為紀弦、覃子豪與林亨泰在詩學理論方面確實樹立起值得研究者不斷探索之重要成就的最好證明。

　　最後，不管是首開臺灣當代詩論之探索風潮，影響後起詩論之持續推展，替詩評之驗證增添有力的支持，提供詩史書寫時必備的理論性資源，替詩人之寫作指引適當之方向，以及強化五〇年代文學自律之風氣，皆可視為紀弦、覃子豪與林亨泰之象徵詩論與現代詩論，對於臺灣當代詩壇、文學界所帶來的廣博影響與重要成就。

關鍵詞：紀弦、覃子豪、林亨泰、象徵、現代、詩學理論

第壹章、緒論

　　作為本論文的發端，首章內容將先行說明研究開展的根本動機；其次，題目中有待進一步解釋的關鍵詞彙——象徵與現代，也該在探討開展之前，進行必要之釐清與界定；再者，對於各方前輩先進所留下的相關學術資產之思辨與取捨，亦應為本文論述正式啟動之前，不可或缺的準備工作；另外，此次研究在執行方法上，所採取的宏觀原則與具體步驟，則是本章所欲傳達的最後一項重要內容。

第一節：研究動機說明

　　簡言之，促使本研究成形的最初動力，即為自身對於詩論探索的天然興趣；除此之外，作為研究對象的紀弦、覃子豪與林亨泰之詩學理論，對臺灣當代詩學研究來說，本就擁有值得學者深入鑽研、多方思索的重要價值。

（一）個人之學術興趣

　　或許自身對於蘊藏在個別作品之中的普遍規則，具有與生俱來的高度興趣；因此，從撰寫碩士論文起，便展開了對於理論的追尋與探索。儘管鑽研理論的道路，相較於常見的作品闡發與文化研究來說，可說是一條足印較少的幽徑，但幸好一些隱而未見的價值與意義，正如同尚待深掘的寶藏，正是此行值得期待的未來——尤其

是，當研究的目光定睛在詩之國度時：

> 新詩的研究不外下列三類：詩史、詩論和詩評，其中又以
> 詩論為三大研究重鎮的核心，蓋史和評二者均須有論為依
> 據。[1]

舉例而言，理論對於詩學研究的其中一項重要性，正如前段引文所
示，即在於提供了詩史與詩評得以穩固立足、可大可久之基礎——
換個角度來看，此亦彰顯了詩論之探索，本就具備了根本而深刻的
學術價值；此外，若從詩之創作角度進行觀察，則下列李魁賢所表
述之重點，亦值得我們多加留心：

> 如果把文學史或詩史看做有機的連續性辯證發展，那麼可以
> 貫串成創作→評論→理論→創作的循環性變動。在這種環鏈
> 中，取始於創作且終於創作的截段來看，評論和理論是居於
> 承先啟後的中間樞紐地位，其重要性不言可喻。[2]

因為，在李魁賢的眼中，所謂的詩學理論，可說是促使詩創作行為
得以源源不絕、進而後出轉精的必要關鍵。故而通過以上兩位學者
的闡釋，應當不難發現，不論所關注的焦點是學術研究領域中與詩
史、詩評之間的有機脈絡，亦或是以具體創作為主軸的文學活動，
理論，都具有不可動搖的核心地位。

（二）目標之研究價值

而對於自身之研究歷程來說，在完成了以葉維廉、杜國清之詩

---

[1] 孟樊：《當代臺灣新詩理論》（臺北：揚智文化，1998年5月二版），頁31。
[2] 李魁賢：〈詩論發展的意義〉，旅人：《中國新詩論史》（臺中：臺中文化中心，1991年12月）。

學理論為主要目標的碩士論文，並進一步建構出葉、杜二氏以美感為核心的詩學體系後，[3]便持續思考關於臺灣當代詩學研究，還有哪些尚未朗現的風景，必須繼續努力探索——於是，身處於臺灣當代詩壇之發軔時期的紀弦、覃子豪與林亨泰，自然而然便成為了筆者所欲積極梳理的研究目標——因為，就1949年以後臺灣詩學理論著作的實際發展狀況來看，紀弦、覃子豪與林亨泰的詩論，本身便具備了值得研究者大力投入、深刻鑽研的豐厚內涵與重要價值；舉例來看，單就紀弦與覃子豪的種種詩學論著而言，似乎就像楊宗翰所說的一樣，即可視為臺灣當代詩評論的扉頁：

> 筆者將「新詩話」的誕生與「詩人批評家」的出現，視為臺灣新詩評論的起點。……楊熾昌與隨國民政府東渡來臺的紀弦與覃子豪一樣，都是典型的「詩人批評家」（poet-critic）。紀弦、覃子豪的詩評論集一九五〇年代出版後廣受歡迎，成為戰後臺灣新詩評論的濫觴。[4]

但若嚴格以時間序列作為審視的標準，則除了被楊宗翰視為「詩人批評家」的紀弦與覃子豪之外，[5]林亨泰其實也可說是臺灣當代詩評與詩論之首批建構者中，當之無愧的一員；儘管林氏更常為人所熟知的身分，是享譽詩壇的著名詩人——像下列引自林燿德筆下的

---

[3] 詳見拙作：《真全與新幻——葉維廉和杜國清之美感詩學》（臺北：新銳文創，2013年1月）。

[4] 楊宗翰：《臺灣新詩評論：歷史與轉型》（臺北：新銳文創，2012年12月），頁25。

[5] 除楊宗翰外，陳義芝也曾以「詩人批評家」一詞，來呈現覃子豪在臺灣詩壇同時跨足寫詩、評詩、譯詩，以及西方文學理論介紹、青年寫作指導等多重領域的特殊地位（見氏著：〈為一個時代抒情立法——覃子豪研究資料綜述〉，陳義芝編選：《臺灣現當代作家研究資料彙編8：覃子豪》（臺南：國立臺灣文學館，2011年3月），頁68）。另，英籍美裔的世界級重要作家T. S. Eliot曾用「poetic」來說明某類「critic」的特質，而在杜國清的譯著中，則翻為「詩人評論家」一詞；見T. S. Eliot著，杜國清譯：〈完全的批評家〉，《艾略特文學評論選集》（臺北：田園出版社，1969年3月），頁152。

短論，便是從詩人的角度將林亨泰、覃子豪、紀弦等三人，視為臺灣當代詩壇的重要奠基者：

> 開啟戰後臺灣現代詩發展序幕的第一代詩人中，原籍彰化北斗的林亨泰，和渡海來臺的覃子豪、紀弦共同造勢，匯融兩岸的詩脈，鼎足而居。[6]

然而，正如同紀弦與覃子豪皆擁有影響重大的眾多詩論著作般，就現存之論著成果而言，林亨泰對於詩論的辛勤耕耘，絕對也值得研究者多加注目：

> 林亨泰在臺灣現代詩史的重要成就，可從兩方面加以肯定，一是詩創作的開風氣之先、一是詩論的鑽研與詩史的鉤沉。前者作品不多，在全集中僅三冊，後者頗為著力，共有六冊。[7]

因為，從《林亨泰全集》的組成內容比例中，我們當可清楚得知，對於林亨泰來說，詩學理論之探究，實可說是其畢生心血所澆灌之園地；進而言之，若更細密的來看，不論是林亨泰在邁入「笠詩社」時期後種種散發濃厚現實色彩的詩論主張，以及在此之前具有強烈現代特質的詩學觀點，都十分需要學者不斷地努力辨析，方能充分彰顯出林亨泰對於臺灣當代詩學研究的重大意義：

> ……「現代派」論戰更重要的意義不在於這場論戰是否為

---

[6] 林亨泰著，呂興昌編：〈臺灣的「前現代派」與「現代派」——與林亨泰對話〉，《林亨泰全集八・文學論述卷5》（彰化：彰化縣立文化中心，1998年9月），頁157。

[7] 呂興昌：〈林亨泰研究評述〉，呂興昌編選《臺灣現當代作家研究資料彙編22：林亨泰》（臺南：國立臺灣文學館，2012年3月），頁83。

紀弦與覃子豪之間的權力鬥爭，而在於此論戰為紀弦、覃子豪與林亨泰三人在詩壇深化「現代主義」此一理念的過程。……事實上，對於覃子豪與林亨泰在詩壇推行現代主義的影響，長期以來都被低估。覃子豪被視為「縱的繼承」的代表性人物，但覃子豪不管在「現代派論戰」之前、之後都極力捍衛他心目中的現代主義的價值。……林亨泰的角色也一樣被忽視，林亨泰所發表的文章多半是短文，這些篇幅短小的文章讓人容易錯估林亨泰的貢獻。[8]

於是，儘管對於將「現代主義」與紀弦、覃子豪與林亨泰之詩論內容遙相掛鉤的直接敘述感到些許不安，[9]但陳政彥對紀弦等三人之詩論成就的描述，若證諸具體的文本檢驗與內容分析來看，則確為不容置疑之中肯見解——故此，若綜合上述種種討論，當不難推測出，對於紀弦、覃子豪與林亨泰之詩學理論諸般成果的研究探討，就臺灣當代詩論的整體面向而言，實有廓清源頭、釐清基調的深刻意義。

另外，由於僅從與當代詩學直接相關的理論性著作來看，紀弦、林亨泰與覃子豪便已可說是留下了相當豐碩的成果，故而若欲憑藉單一研究便窮盡此三人詩論天地之總體面貌，實近乎於以蠡測海、以管窺天——故而，本研究在實際開展時，為了避免欲全反顧、力有未逮之顧慮，便只以紀弦等三人之詩論內容中，與「象徵」、「現代」緊密相連的部分進行深入而整全之探討：之所以如此，一方面是因為，由使用頻率與總體數量來看，「象徵」與「現

---

[8] 陳政彥：《戰後臺灣現代詩論戰史研究》（臺北：花木蘭出版社，2013年9月），頁67。

[9] 因為就筆者的實際閱讀經驗來說，不論是紀弦、林亨泰或覃子豪，在其詩論著作中當然有探討現代主義的部分，但就其詩論之整體內容來說，現代主義，應非其最為關心的主要目標；與其說紀弦等人對詩壇的貢獻之一在於深化現代主義之理念，倒不如更直接說，現代一詞之內涵在臺灣當代詩壇之開拓，才是紀弦、林亨泰與覃子豪等詩論建設者，所留下的珍貴寶藏。另，相關討論，可詳見本章第三節之後續探討。

代」，在紀弦等人的詩論體系中，確為關鍵之交集與共相；另一方面，更為根本而內在的理由是，舉凡與詩學理論相關的重要議題，例如詩之組成、結構、形式、內容、功能、創作、閱讀和批評等，在紀弦、覃子豪與林亨泰的詩論文章裡，皆可用「象徵」與「現代」作為貫通其中、相互連結的軸線。

第二節：題目關鍵解釋

此節之主要內容，即為初步釐清究竟該以怎樣的角度來彰顯，題目所包含之關鍵詞彙，「象徵」與「現代」，在本研究中所具備的特殊意義——簡言之，若證諸歷史之客觀現實，則不論是「象徵」或「現代」，其在語義使用上的共同交集，大致包含了學術思想之特定主義（例如西方文藝思想理論中出現於浪漫主義之後的象徵主義與現代主義）、各期詩壇之具體派別（像是19世紀的法國象徵派與20世紀的中國現代派）以及詩學理論之普遍概念等常見類型；而就本文之研究目標來看，作為詩學重要概念之一環的「象徵」與「現代」，方是筆者最為關切的焦點所在。

但必須注意的是，儘管進一步來看「象徵」與「現代」此二關鍵詞彙，皆可與紀弦等人之詩學理論相互連結；不過，若就其相關著作之實際內容來看，以「象徵」為核心的各式詩論內涵，與其他以「現代」為立論關鍵的詩學觀念之間，仍有顯著的差別：簡言之，若「象徵詩論」之重心，乃是針對詩之內部所蘊含的象徵進行各式相關的延伸探討——例如，深究象徵與詩之結構的關係，關注詩之創作、閱讀和批評等方法範疇與象徵之間的密切連結等；則所謂的「現代詩論」，除了必須周密思辨所有與「現代」相關之詩學議題外，對於以漢語為主要寫作媒介的臺灣當代文學來說可謂前所未有之「現代詩」，其所展現出的總體特質，更是我們聚焦的亮點：例如，現代詩在內容上有何必備之特質，在形式上有何特殊之

要求等，皆為不可忽略的關鍵所在。

（一）象徵之定義淺析

不過，由於「象徵」和「現代」其所包含的語義、適用之脈絡與可能之用法，皆相當的多元而複雜，故在以「象徵」、「現代」作為探索紀弦、林亨泰與覃子豪之詩學理論的主要路徑前，實有必要針對這兩項關鍵詞彙之代表意義，進行適當的梳理與界定。

1、西方文化範疇之觀點

對於象徵來說，首先需要特別注意的是，據文獻記載，其在西方世界之起源，乃是出自希臘文，最早的意義是指被分成兩半的書版，可作為身分識別之工具；[10]後來，象徵的意義變得更加廣泛，但總體來說大多屬於知識論的範疇，代表一種人類用來認識世界的手段和方法：[11]例如，認為象徵是用具體意象表達抽象的思想和情感，[12]是抽象之物與具體之物的比較等等。[13]而當我們將視角轉移至文學場域的應用狀況時，則大致如韋勒克所言，「『象徵』一詞，……在文學理論方面，它的涵義大抵是：以此物應於彼物，而此物本身的權利仍被尊重，這恰是個雙重的表現（presentation）」。[14]

其次，若就已知的各式西方學術論述內容而言，與本研究欲探討之詩學理論中的象徵，關係最為密切的，當屬瑞士語言學家索緒爾（Ferdinand de Saussure）在建構其符號學體系時，將「符號」與

---

[10] 亞瑟‧西蒙斯：〈象徵主義文學運動導言〉，黃晉凱等編：《象徵主義‧意象派》（北京：中國人民大學出版社，1989年10月），頁97。

[11] 尹康莊：《象徵主義與中國現代文學》（廣州：暨南大學出版社，1998年8月），頁6。

[12] 查爾斯‧查德威克著，周發祥譯：《象徵主義》（北京：崑崙出版社，1989年3月），頁1。

[13] 查爾斯‧查德威克著，周發祥譯：《象徵主義》，頁2。

[14] 韋勒克等著，王夢鷗等譯：〈意象，隱喻，象徵，神話〉，《文學論》（臺北：志文出版社，1996年11月再版），頁306。

「象徵」並列同觀後，所延伸出的種種討論：

> In our terminology a sign is the combination of a concept and a
> sound pattern. But in current usage the term sign generally refers
> to the sound pattern alone. ...... We propose to keep the term sign
> to designate the whole, but to replace concept and sound pattern
> respectively by signification and signal. The latter terms have the
> advantage of indicating the distinction which separates each from the
> other and both from the whole of which they are part. We retain the
> term sign, because current usage suggests no alternative by which it
> might be replaced. [15]

索緒爾認為，若按照語言學通行的術語使用習慣來說，所謂的語言「符號」（sign），須由「概念」（concept）與「語音型態」（sound pattern）等兩項元素所組成；然而，索緒爾則是認為，應以「意義」（signification）與「標誌」（signal）等兩個新的稱呼，來替代前述所舉出的「概念」與「聲音」——雖然名稱有異，但前後兩組名詞在其各自所擔負之功能與彼此之間的連結網路，則是維持不變的：換言之，在「符號」的整全體系中，所謂的「標誌」負責了傳遞「意義」之重要工作；就另一方面來看，「意義」，便是「符號」的核心所在，「標誌」則僅為表意過程中所使用的媒介工具。而除了對於組成元素的囿別區分與性質劃定外，「標誌」與「意義」之間的聯繫脈絡，也是索緒爾在論述「符號」時所十分著重的要點：

> The link between signal and signification is arbitrary. Since we are

---

[15] Ferdinand de Saussure, *Course in General Linguistics* (London: Duckworth, 2005), pp. 67.

treating a sign as the combination in which a signal is associated with a
signification, we can express this more simply as: the linguistic sign is
arbitrary. [16]

　儘管索緒爾曾直指「意義」當是由「標誌」所引生呈顯的最終成
品,但在「符號」體系中此二者之間的關係,卻只是一種任意組合
的狀態:例如索緒爾在書中所舉的範例一樣,拉丁文的「arbor」
與英文的「tree」,之所以能在各自的使用領域中,同樣代表著木
本植物,此種聲、義之間的組合關係,只是一種隨機與任意的連
結;[17]換言之,中文裡的「朶」之所以能夠作為木本植物的總稱,
而不是代指較為柔弱、矮小的草本植物,也只是一種偶然的選擇
而已。
　　進一步來看,之所以需要對「符號」的種種特性進行初步之理
解,其原因當在於,索緒爾心目中所謂的「象徵」,就是一種特殊
的「符號」——或者更直接地說,「象徵」與其他「符號」的主要
相異之處,只在於其組成元素之間的獨特關聯:

The word symbol is sometimes used to designate the linguistic sign,
or more exactly that part of the linguistic sign which we are calling the
signal. This use of the word symbol is awkward, for reasons connected
with our first principle. For it is characteristic of symbols that they
are never entirely arbitrary. They are not empty configurations. They
show at least a vestige of natural connexion between the signal and
its signification. For instance, our symbol of justice, the scales, could
hardly be replaced by a chariot. [18]

---

[16]　同前註。
[17]　同前註。
[18]　Ferdinand de Saussure, *Course in General Linguistics*, pp. 68.

既然「象徵」（symbol）是一種廣義的「符號」，所以前述提及的「標誌」與「意義」，也是組成「象徵」的兩大元素，且各自也同樣保持著工具媒介與最終目標的差異區別；然而，對索緒爾來說，「象徵」與「符號」又有著極為顯著的不同，最終導致「象徵」無法與「符號」劃上等號——而造成「象徵」之所以與「符號」判然有異的根本原因，對索緒爾來說當是「標誌」與「意義」之間的特殊組成樣態：若以「公平正義」（justice）此項抽象意義來看，我們無法期待若只是隨意點選眼前所見、心中所想的任何一種標的物（例如「馬車」），都能將此種意義充分表達；換言之，索緒爾認為對「象徵」而言，「天平」（scales）與「公平正義」之間，存在著一種有機且具備某種程度之必然性的聯結關係。

　　進一步來看，當索緒爾列舉「公平正義」無法用「馬車」來表示而只能被「天平」所表達時，主要當然是為了說明「象徵」中的「標誌」與「意義」，彼此之間必須具備某種自然聯結的關係；但除此之外，對筆者來說上述範例似乎還可闡明「象徵」與「符號」的另一項相異處——儘管索緒爾在此並未明白指出：當我們在討論「符號」時所謂的「標誌」可以是一組聲音，但在闡述「象徵」之特色時，索緒爾列舉的範例卻都是更為客觀可感的具體名詞；因此，若說作為工具媒介的「標誌」與身為最終表現目標的「意義」，彼此依據著某種自然有機的聯繫相連互組，是索緒爾語言學理論中「象徵」的必備條件，那麼「標誌」的具體與可感，則或許可說是筆者心目中索緒爾之「象徵」論述裡並未明言，但確實存在的重要特質。

2、臺灣當代文論之視野

　　儘管象徵一詞乃是源於西方世界，然而在文學之範疇裡，對於象徵的重視其實是不分古今中外的——舉例來說，就臺灣當代的文

學理論著作而言，從王夢鷗與龔鵬程的相關見解中，我們皆可清楚發現，象徵與文學的密切關聯：

> 所謂象徵，是指使用具體的意象和符號，來表達抽象的觀念與情感。文學的性質正不外乎是。因此，它傳達的不是實際的知識，而只是符號地徵示一種曖昧的抽象觀念與情感，作品中象徵的結構、人物、事物，就是配合這一性質而做的設計。[19]

由上述引文可知，對龔鵬程來說，象徵所具備之以實表虛的特色，正與文學之性質若合一契——進而言之，透過龔鵬程的敘述，我們得以明白，文學本體之內在組構，當可視為以意象為「標誌」、以距離具體現實十分遙遠的抽象情思為所指向之終極「意義」的象徵結構；而必須透過象徵所蘊含之人、事、物等可感具象方能順利表現出來的種種目標，當可概分為觀念與情緒兩類——但，不論是理性的觀念累積或感性的情緒變化，皆為一種存在於心靈的抽象之物。此外，當關注之焦點從文學本體性質轉移至創作方法時，龔鵬程也不忘提醒我們，當作家運用標誌表現意義時，須特別留心傳達過程中所不可避免的曖昧性干擾：

> 作為藝術表現裏的象徵，不像比喻那樣，明白指出意義和表現意義之形象間的關係，而其寓含之意義也是抽象的或普遍的，因此象徵具有本質的曖昧性。[20]

也就是說龔鵬程認為，透過與比喻的對照，就文學藝術之象徵結構中的標誌而言，其蘊含的意義，或許是無法被範限明定的普遍而抽

---

[19] 龔鵬程：《文學散步》（臺北：漢光出版社，2000年8月，十版），頁41。
[20] 龔鵬程：《詩史本色與妙悟》（臺北：學生書局，1993年2月增訂版），頁78。

象之意涵——這一方面固然增添了藝術創造的多元可能，但另一方面卻也容易對接收理解時產生一定程度的干擾與遮蔽；所幸，從龔鵬程的其他論述中，我們也不難發現適當的解決之道何在：

> 象徵固然是仁者見仁、智者見智的，但象徵記號與意義，在一個文化中，卻無法輻射型開放；文化的強制力量，拉合了象與意，使得象特定地朝向某一類型意義，而不朝向另一類意義。如此自然就構成了文化及文學上的成規（cultural and literary conventions）。[21]

簡言之，當從標誌連結到意義時，同時籠罩作者、讀者與作品的文化場域，應是研究者必須注意的另一項要素；換句話說，如果我們能將外部現實文化中的資源引入文學技巧的運用過程，便可發現所謂的象（即標誌）與意（即意義）之間，之所以不會像一般符號只能維持任意性的聯結，其奧秘便在於每一類特定文化中，必然會凝聚出某些固定的思維聯結模式，促使象與意之間得以進行有機的串連。因此，當作家在使用象徵式文學創作法則時，在以語言文字或意象進行象徵表意時，也都該將所身處之文化場域的特殊性放入創作的考慮之中。

　　換個角度來看，早在龔鵬程之前便已開創臺灣當代文學理論界之一代風氣的王夢鷗，同樣對象徵進行過深刻的思索：

> 今用「象徵」一詞，等於symbol，此字語源出於希臘文，本為「連合」之意，與我國「象此者也」涵義相通。……按：以此物應驗彼物，本是「比喻」的性質，但象徵不止是「比

---

[21] 龔鵬程，〈語言美學的探索〉，《文化符號學導論》（北京：北京大學出版社，2005年6月），頁161。

喻」，乃因它的本身仍被重視。[22]

　　儘管王夢鷗只約略提到，象徵即是象某物的意思——但由於他隨之又用「以此物應驗彼物」來加以輔助說明，故而筆者認為，所謂的「此物」，即是某一項具有指稱能力的媒介物（借用索緒爾的語言學觀點，實為標誌——signifier）；而所謂的「彼物」，則是透過「此物」所指涉出的目標物（亦即意義——signified）。其次，此段引文的末兩句，不只可說是點出了象徵與比喻的差異，更提醒了我們象徵與文學的重要聯繫，究竟何在：

> 因為用作「譬喻」的事物，只是通往彼岸的橋樑，到了彼岸，不記得有「橋」亦可；所以它是十足的工具，是協助說明目的物的工具，如言「如花美眷」，目的物既不在於花，便也不以花為意了。至於象徵物，它永遠兼指著此岸彼岸，有較固定的代表性。[23]

　　從王夢鷗的論述可知，象徵關係中的標誌和意義，都是各自獨立的特殊存在；換言之，作為標誌的語言文字或意象，既是使審美感受得以順利表現的媒介、工具，亦是文學作品中不可捨棄的必備元素——因此，若以文學意義、美感之產生為思考焦點，則可順勢推知的是，在王夢鷗眼中，文學之產生過程實具備了強烈的象徵特色：因為文學作品中的語言文字或意象，既是得以將美感、意義充分傳達的特殊標誌，又是文學所不可缺少的必要元素之一。

3、紀弦等人詩論之看法

　　由前述對索緒爾、王夢鷗與龔鵬程等人對象徵之種種討論可

---

[22] 王夢鷗，《中國文學理論與實踐》（臺北：里仁書局，2009年9月），頁53。
[23] 同前註。

知，由標誌到意義的聯結關係，當可說是象徵之明確涵義；進一步來看，從以上三人的象徵論述中，尚能額外引申出的是，可感而具象，應是得以使抽象之所指意涵順利傳導的能指標誌，所應具備之重要特色。

而值得重視的是，當我們重新回到詩學理論之場域時，就紀弦、林亨泰與覃子豪之詩論實際內容而言，其筆下所謂的「象徵」，其實同樣亦可被詮釋為，一種由實到虛的特殊聯結關係──例如，從下列紀弦對西方象徵派的討論中，我們便能抽繹出所謂的「象徵」在普遍詩學概念上所代表的重要意義：

> 象徵派對於詩的創造之最主要的意圖，即在於依意象（Image）而象徵化思想、感情、情調等。……他們之所主張的，乃是要在對象形態之解體處再現原來之事物。[24]

也就是說，當紀弦認為詩之創作過程的其中一種特質，即是依憑意象之具體可感，使詩人所欲表現的各式抽象元素，例如理性之思、感性之情等，獲得充分的表達時，更值得注意的是，此處所謂的憑藉具體形象來呈現抽象情思之「象徵」過程，除了是紀弦眼中「象徵派」的特色之外，其實就更為廣闊的視角來看，「象徵」，更該被視為詩應必備的一項普遍性質：

> 作為理性與知性的產品的「新」詩，決非情緒之全盤抹殺，而係情緒之微妙的象徵。它是間接的暗示，而非直接的說明；……它是冷靜的，觀照的，而非熱狂的，燃燒的。[25]

---

[24] 紀弦：〈象徵派的特色〉，《新詩論集》（高雄：大業書店，1956年10月），頁57。
[25] 紀弦：〈把熱情放到冰箱裏去吧〉，《紀弦論現代詩》（雲林：藍燈出版社，1970年1月），頁4。

進而言之，在紀弦眼中所謂的「新詩」，其本體即應是由「情緒」所「象徵」傳達而出的特殊產物；當然，此種由「情緒」而開展出的「象徵」作用，要如何獲得實踐的可能，尚須從紀弦的其他詩論中尋找更多的例證，方能了解其對「象徵」所作出的整體論述究竟為何——不過，[26]至少我們能夠確認的是，對於紀弦來說，「象徵」，當是詩本體論與創作論中不可忽視的關鍵要素，且均代表了一種由此到彼的連結特性。

而與紀弦對象徵之強調相似的是，在覃子豪的相關詩論裡，也同樣表明了「象徵」對詩之為物的關鍵價值：

> 「象徵」（Symbol）不僅為任何詩派共有的本質，且為文學、藝術共有的本質。凡文學、藝術表現出了作者的主觀精神，必有象徵的本質存在。它具有普遍性，而無特殊性。[27]

質言之，對覃子豪來說「象徵」不僅對於由白話文所寫成的詩作具有強烈的價值，對全世界所有的詩，甚至是一切文學與藝術來說，都可視為極其關鍵的根本特質——進一步來看，由覃子豪此處的敘述中，我們可以繼續推測出，對詩與其他藝術來說，「象徵」之重要，應與作者主觀心志的表達，關聯密切；換言之，若要了解「象徵」與表現作者主觀心志之間的複雜脈絡，或可藉由覃子豪對其他文學理論家筆下與「象徵」相關之各式論述的自身闡釋，獲得進一步的收穫：

> 荻原朔太郎認為象徵，是由現象的認識到達理念，……而廚

---

[26] 例如，同樣是談「象徵」，前段引文所提及的「意象」，與此段引文所強調的「情緒」，都被紀弦視為具有表達出「象徵」之物的特殊工具，但此二種說法之間是否能夠劃上等號，筆者認為尚需更多的具體例證，方能詮說。

[27] 覃子豪：〈象徵派與現代主義〉，《覃子豪全集 II・論現代詩》（臺北：覃子豪全集出版委員會，1968年詩人節初版），頁368。

川白村是由理念（思想和夢的潛在內容或形而上的東西）到
具象的表現。兩者是一致的。……前者是由「仁者」聯想到
「山」，由「智者」聯想到「水」。……後者是由「山」聯
想到「仁者」，由「水」聯想到「智者」。……簡單的說：
前者是把抽象具象化。後者是把具象抽象化。[28]

從上述荻原朔太郎與廚川白村對於「象徵」所做出的看似完全對立
之兩種見解可知，所謂的「象徵」確實與文學之創作過程關係緊密
——具體來看，若從創作方法的角度來看，荻原朔太郎眼中的「象
徵」定義：「由現象到理念」，恰可用來代表創作初期作者苦心搜
索書寫素材的最初階段；而就文學創作的普遍經驗來說，經過素材
蒐集並從具體現象之觀察進而提鍊出諸般所欲表達的核心觀念後，
下一步所要做的，就應是如廚川白村所說的「由理念到具象」，亦
即替各種作者內心所醞釀之心志情思，在心靈世界中找到與之匹配
相應的各式形象。[29]

　　同樣地，在林亨泰的詩論體系中也曾提及，所謂的「象徵」
對詩之創作來說的確具有重要之影響；但更為精細的是，在下列引
文中，透過「象徵」和「比喻」的並列對照，我們能具體看出，所
謂的「象徵」除了可能擁有由此到彼的連結性質外，還應同時擁有
「想像飛躍」的特點：

---

[28]　覃子豪：〈象徵〉，《覃子豪全集II·論現代詩》，頁242。
[29]　儘管在此段引文中，筆者著重的是覃子豪詩論裡，「象徵」對於文學創作的重要
　　性；但就文學理論的其他面向而言，此處所引之荻原朔太郎與廚川白村的看法，實
　　亦可說明文學之本體與接受方法所具備的「象徵」特性——正由於在創作過程中，
　　同時需要具象與抽象的交響，故而若從本體角度視之，則不難發現，所謂的詩或文
　　學，應是一種同時兼具可感形象與抽象意念的特殊產物（當然，文學內在結構之詳
　　細狀況，並非此處引文所能說明）；另外，所謂的「從現象到理念」，除了可看成
　　是文學創作的初步階段外，也能用來說明讀者與作品接觸的最初狀態，正是先與由
　　各式語言文字所組成的作品現象相遇，進而才能依此逐步觸摸到作者所欲表達之核
　　心意念的完整過程。

象徵的意義，雖然可解釋為比喻之擴大，但是這個意思並不
是說：「比喻」即等於「象徵」，……現在，我可以舉一個
例子，……

> 牛，你是沉默的聖者，
> 你有隱者的風采，……

這裡的「沉默的聖者」和「隱者」二句就是「牛」的比
喻，……「比喻」與「被比喻」之間，儘管也有聯想上的幼
稚的連結，但並沒有什麼想像上的飛躍。[30]

換言之，儘管同樣有從「牛」之具體形象到沉默聖者、歸隱風采等
抽象意涵的連結脈絡，但或許是因為此種關係在林亨泰眼裡，僅能
視為單純的聯想與直接的敘述，而並未逾越現實經驗的刻度，故此
無法滿足其心目中「象徵」所必備的條件；但須注意的是，雖然想
像的飛躍與跨度，對林亨泰心目中的象徵定義來說，是十分重要的
一環，然而若依下列引文之敘述則可明確發現，如何從詩和其他文
學作品內部所蘊含的意象出發，昇華至更高層次的象徵價值，或許
方為林亨泰象徵詩論中更加重要的環節：

文學作品中的各意象不是毫無關聯而各自分散的存在，在成
功的作品中，意象間經常都可以看到這種相互交錯、激盪、
牽制乃至抗衡而激出火花的現象。……作品如果予人一種平
淡不活潑乃至缺少生氣等的印象，大致都可以說是由於該作
品缺乏了這樣可以相互激發的「意象的相關性」所致。……
由於這種緊密複雜的「相關性」，更構成了一種相輔的、交

---

[30] 林亨泰著，呂興昌編：〈關於現代派〉，《林亨泰全集七・文學論述卷4》（彰化：
彰化縣立文化中心，1998年9月），頁10。

融的乃至相得益彰的「不可分性」,……這也構成了「意象
的全一性」的原因。……只有在這樣「全一性」的基礎上,
始能看到意象的最高昇華──「象徵的價值」這更深一層之
意義來的。[31]

　　也就是說,雖然詩中可感的各式「具體形象」與其所指向的「抽象
意涵」之間所呈現出的「想像飛躍」是林亨泰詩論中對「象徵」之
定義所作出的其中一項描述,但在此同時,對林亨泰而言更該注意
的,應是詩人還須顧及詩作中所有意象的整體關聯;進而言之,若
某一意象在從「具體形象」鏈接到「抽象意涵」時,「想像」太
快、「飛躍」太遠,則往往不易與其他意象所表現出的「象」、
「意」連結網絡,相互協調、彼此配合──如此一來,全詩意象間
的「相關性」與「不可分割性」,勢必無法達成,也就無法使詩之
意義獲得進一步的提升,獲致所謂的「象徵價值」。

　　綜上所述,我們可清楚得知在林亨泰筆下,「象徵」既是從
詩中形象到抽象意念之間具有高度想像飛躍性質的連結型態,也能
代表由詩中意象之全體所凝聚而成的深層價值;至於覃子豪眼中的
「象徵」,則應與作者主觀意志之表達,以及具體形象、抽象意念
之連結流通有關;另外,所謂依憑意象表達各式理性之思、感性之
情,或是從情緒之中依照理性與知性之原則所提鍊而出的最終成
品,則皆為紀弦對「象徵」一詞的具體理解。

　　故此可知,不論就動態之創作歷程或靜態之本體結構等途徑
切入審視,在紀弦、覃子豪與林亨泰的詩學理論中,「象徵」,在
普遍之詩學意義上,至少能代表詩之本體結構與創作方法層面的某
種特殊狀態──亦即「虛」、「實」之間,抑或是「可感」與「抽
象」之間的聯結脈絡與傳導過程:其中,屬於抽象之虛的,即是詩

---

[31] 林亨泰著,呂興昌編:〈意象論批評集〉,《林亨泰全集六‧文學論述卷3》(彰
化:彰化縣立文化中心,1998年9月),頁151。

人心中所欲表達的各式「意念」，而各種作者心靈中充分凝鍊而成的紛紜「形象」（對筆者而言，此概念應可簡稱為「心象」），當是歸屬於可感之實中，最常被詩人們提及與論述的對象。

　　進一步來說，本研究所欲達成之首要目標，當為仔細釐清「象徵」一詞本身，在紀弦、覃子豪與林亨泰等人之詩論整全體系中，是否確可視為一種「由實至虛」的特殊聯結關係；其次，就詩之場域而言，在「象徵關係」之虛實兩端中，是否只有意象、心象得以擔任具備傳導能力的發送端點，還是說同為詩組成元素中不可缺少的一部分，「語言文字」，也同樣能開展出所謂的「象徵關係」；再者，對於被可感之實所象徵而出的抽象之虛來說，其中究竟包含了哪些詳細內涵；最後，就詩學理論本身的重要議題而言，不論是與詩之本體相關的詩之結構、內容或功用，或是詩創作論、詩閱讀與詩批評論等方法範疇，其與由實到虛之「象徵關係」的關聯狀態——亦即詩人們憑藉「象徵」所開展出的各式「象徵詩論」，更是筆者必須廣泛求證、深刻思辨的終極問題。

（二）現代之意涵略論

　　相較於象徵一詞之內涵意蘊在紀弦、覃子豪與林亨泰詩論內容中所呈現出的穩定與一致，所謂的「現代」，其所包含之語義版圖，當可說是更為複雜且多元。

1、西方歷史場域中的現代

　　儘管根據劉禾之研究，"modern"譯為「現代」，乃是借鑑於日文之翻譯（gendai）；[32]但當我們實際追索所謂「現代」之意蘊時，仍應先從西方文化之原初語境著手：

---

[32] Lydia Liu, *Translingual Pratice: Literature, National Culture, and Translated Modernity -China, 1900-1937*(Standford: Stanford University Press, 1995), 366.

"modernus"，為"modern"一詞的拉丁詞源，除了指時間，也有風格的意涵；既指嶄新，亦指實在。現代法文的「現代」（le modern）與「時尚」（la mode）兩詞，源自同一拉丁語，可視為以上"modernus"一詞兩種含意的延伸。"modern"，中文多譯作「現代」，其他翻譯還有「近代」、「摩登」、「毛斷」等。以上列詞語來說，「近代」與「現代」都有時間上「這個時代」的意思；而「摩登」、「毛斷」兩個音譯詞，則偏向於聯繫"modern"語意中風格、時尚的意涵，但後兩者現已少與「現代」混用，含意也為「現代」所包含吸收。[33]

而由前列陳碩文之論述來看，時間意義上的當下性與立即性，應可視為「現代」所具備的其中一項原始詞義；然而，必須特別留心的是，就詞源之分析與翻譯之演進來說，除了時間之當下、立即外，主觀感受上的新穎、時尚，亦為「現代」所蘊含的重要解釋——不過，儘管當下與新穎皆為「現代」意涵之一環，但當「現代」與「文學」相互連結時，大多數時候我們所關注的焦點皆非時間之當下與否，而是其所指涉之奇特、變革的新穎面貌上：

> 從辭源看，「modern」一詞最早出現在晚期拉丁語中，當時拉丁語中的modernus指「最近」、「現代」等義。倘若從這一時間概念出發，中世紀之後的西方文化和文學都可以稱做「現代文化」或「現代文學」。但文學史家和批評家們卻很少從時間上來界定現代主義文學，而更看重這個概念蘊含的思想觀念上的意義。例如，專治現代主義文學的英國批評家布雷德伯里和麥克法蘭就強調「現代」那種新奇的、變革的

---

[33] 陳碩文：〈「現代」：翻譯與想像〉，《東亞觀念史集刊》第二期，2012年6月，頁342。

意義。[34]

因為，倘若僅關注「現代」所具備的時間意義，則中世紀人們眼中的「現代文學」與文藝復興時期的「現代文學」將會毫無差別；故此，為了避免詞語意義之區隔失敗與指稱模糊，當我們在討論文學範疇中的「現代」一詞時，往往都從更為內在的角度，將其與文學作品之獨特精神世界相互聯繫，強調「現代」在風格方面的意義。

　　而除了此刻與新變之外，當我們把「現代」與「文學」黏合成一專有名詞時，其更常被用來代表二十世紀西方文學、藝術之主要表現傾向：

> 遠在十九世紀末，前期象徵派已經開現代派文學之先河。到了本世紀二十年代，各種現代主義文學流派相繼揭竿而起。後期象徵主義由法國傳至歐美，以德國為中心的表現主義，以義大利為中心的未來主義，以法國為中心的超現實主義，以英國為中心的意識流文學等等，差不多同時出現並匯合成了現代派文學的洪流。……三十年代後期，以存在主義哲學為基礎的現代派文學新流派破土而出，成為現代派文學起死回生的生力軍。……在五、六十年代，存在主義文學終於「蔚為大國」，成了現代派文壇的「盟主」，又相繼產生出荒謬派戲劇、新小說、「垮掉的一代」、黑色幽默等派別，儘管這些流派的旗幟不同，但在總的思想傾向上仍是存在主義文學的擴大和變種。[35]

---

[34] 劉象愚等主編：《從現代主義到後現代主義》（北京：高等教育出版社，2006年7月第5次印刷），頁1。

[35] 文化部教育局編：〈西方現代派文學〉，《西方現代哲學與文藝思潮》（上海：上海文藝出版社，1987年4月），頁197。

例如，透過上述對西方二十世紀文學流派的細密分析應可推知，當我們從個別分殊的視角來進行觀察，則不論後期象徵主義、表現主義、未來主義、超現實主義、意識流文學與存在主義等詞彙，皆可用來說明二十世紀西方文學的階段特色；但是，若改由普遍共相的層面切入，則可知對於人類內在精神世界的重視，當可說是從後期象徵主義到存在主義這一長串文學術語裡的最大公約數——換言之，所謂的重視內在，便可稱作是西方二十世紀現代文學所具備的其中一項特色。除此之外，由下列針對美術發展所作出的論述，我們尚可推衍出「現代」一詞對於二十世紀的西方世界來說，還有其他的重要意義值得關注：

> 現代派美術，……是指產生在本世紀初以來的那些既不同於以往傳統美術，又不同於現代現實主義美術的各種流派，如野獸派、立體派、未來派、表現派、達達派、超現實主義、抽象主義、波普藝術、超級現實主義等。[36]

如果說對於內在人心之看重，乃是西方二十世紀現代文學之眾多流派的共同傾向，對於視覺藝術來說，「現代」在野獸派、立體派等各式分支中所展露出的意義交集，或許便是一種與過往傳統截然有異的新穎獨創。

總的來看，不論是時間刻度上的當下立即、與眾不同的新奇變化或是對於人類內在心靈的格外強調，皆可視為「現代」一詞在西方歷史情境中所曾呈顯出的詞義型態。

2、臺灣當代詩史中的現代

其次，當我們改以廣義的東方世界作為觀察對象時，則不難發

---

[36] 文化部教育局編：〈西方現代派美術〉，《西方現代哲學與文藝思潮》（上海：上海文藝出版社，1987年4月），頁235。

現「現代」一詞，除了同樣能夠指稱時間之當下性與各式新奇之變化外，更增添了一種代表西方文化特色的意味：

> 從上可知，「現代」，是誕生在中西思潮接觸、交流與對話下的。處於西風壓倒東風的時代焦慮中，中國人談現代，多傾向於談它相對於舊時代的價值，故此，「現代」（modern）此一概念的中國版本，不只包含了「這個時代」、「現代化」等意義；其「西化」、「新奇」的詮釋，更展現了中西文化折衝、融合的軌跡。[37]

之所以如此，或許跟「現代」的翻譯、流傳，本就與十九、二十世紀之交西方勢力大舉東移的時代背景關係密切；進一步來看，當新奇與西化的相互融合，已成為時人對於「現代」所最為看重的價值後，臺灣當代詩壇在提及所謂的「現代詩」時，同樣也十分強調其所具備之與過往傳統截然有異的嶄新特質：

> 「現代詩」這一名稱，在六〇年代的臺灣詩壇是普遍通用的一個名詞，與所謂的「現代畫」、「現代舞」、「現代音樂」等，同屬於現代藝術中的前衛藝術，且為其中的佼佼者。他們之所以揭櫫「現代」為其旗幟，自是相對有別於「傳統意味」。[38]

然而，必須仔細思考的是，若我們僅將所謂的新潮與西化，作為「現代詩」之「現代」所主要代表的意義，則勢必無法圓滿解答，

---

37 陳碩文：〈「現代」：翻譯與想像〉，《東亞觀念史集刊》第二期，頁350。
38 李弦著，江寶釵主編：〈「現代中國詩」之提出及其意義——現代詩的初步考察之一〉，《將葵花般的仰望舉起——李弦現代詩論集》（臺北：文水出版社，2013年3月），頁15。

「新詩」與「現代詩」之間，在指涉範圍、實質內涵等方面的種種異同——換言之，如果說「新詩」既存而「現代詩」又自有其出現之必要，則「現代」所蘊含之意義，便絕非僅有西化、新奇，而是尚有許多朦朧不明卻又真實存在之區域，等待後人釐清：

> 就時間脈絡來看，臺灣詩人在五○年代仍多以「新詩」稱呼他們所創作的作品，以五○年代出版的詩評論集來看，《新詩論集》（紀弦，大業：1956年）、《中國新詩選輯》（高雄：創世紀詩社編輯委員會，1956年）……等都還是以「新詩」為名。甚至到六○年代初期，「新詩閒話」論戰時，論戰雙方仍然以新詩為名，言曦著有「新詩閒話」、「新詩餘話」，余光中規劃反駁的《文星》二十七期（1960年1月）中的文章也都仍以「新詩」為名。但是在幾次論戰中，紀弦就開始明確標舉出要以崇尚現代主義的「現代詩」取代舊有的格律詩，隨著六○年代的論戰接近尾聲，現代詩也越來越得到詩人的認同而普遍使用，如《中國現代詩論》（張健，藍星詩社，1968年）、《中國現代詩論選》（洛夫、瘂弦、張默，大業，1969年）……趨勢延伸至今，遂形成臺灣多半以「現代詩」為當代詩的普遍稱呼。[39]

例如，從上述所引中，便不難得知在陳政彥的眼裡「現代詩」之所以能夠用來指稱臺灣當代詩作之整體面貌，[40]須歸功於以紀弦等人為核心的數次詩壇論戰，以及眾多詩人、學者對於現代主義的質疑與崇尚；進而言之，這其實也就隱隱約約告訴我們，現代詩之所以

---

[39] 陳政彥：《戰後臺灣現代詩論戰史研究》（臺北：花木蘭出版社，2013年9月），頁6。
[40] 但必須注意的是，雖然在上述引文中陳政彥已舉出若干證據說明其觀點之正當性，然而就現實經驗來看，臺灣詩壇直至21世紀，除了現代詩之外，新詩也是日常生活中人們欲指稱當代漢語詩作時，另一個常用的選項；換言之，「現代詩」與「新詩」在臺灣當代詩壇的使用狀況與詞義範疇，皆有繼續觀察與整體探索的必要。

能繼新詩之後成為臺灣戰後詩壇所看重的焦點，應與現代主義在臺灣的傳播與流行有關——但是，由於所謂的學術思想之特定主義，就其生成背景而言，通常都有其特殊的文化脈絡與現實條件，作為其發端開展的溫床；此外，若從語詞使用的實際場域來看，亦有極為嚴格的規範與限制。故而，對於所謂的現代主義是否即能充分描述，一九五〇年代起在臺灣詩壇中越發重要的關鍵詞彙——「現代」——其所蘊藏之具體涵義與實質內容，筆者其實抱持著極為懷疑的態度：

> 一九五三年二月，紀弦在《詩誌》停出後，籌畫主編的《現代詩》季刊問世，……雖然詩刊的名稱，已由「新詩」進而轉換為「現代詩」，但強調的其實是「新詩」的「現代化」，並未明顯的標榜「現代主義」。[41]

因為，就個人的閱讀經驗來說，一方面我們當然無法迴避現代主義一詞在紀弦等人詩論中的使用，但更值得深思熟慮的是，正如柯慶明在引文中所說的一樣，所謂的「現代」在當時各項論爭與文章中所肩負的意義，也未必即可全然等同於現代主義；換個角度來看，如果說現代主義或其他單一答案極有可能不是臺灣當代詩壇中「現代」一詞的最佳解釋，倒不如將探索的路徑放寬、思慮的眼光擴大，以更為宏博而周全的視角看待此一問題，或許會得到更為適切的收穫。

像是楊宗翰便曾說過，不該以絕對而扁狹的態度來觀看「現代」，而應積極探索「什麼是臺灣詩的『現代』？它從何而來？它將往何去」等等「在根本上（且一直持續）是詩、詩人、評論

---

[41] 柯慶明：〈六十年代現代主義文學？〉，《中國文學的美感》（臺北：麥田出版社，2006年1月），頁391。

者與詮釋團體無法不去面對的議題」；[42]當然，在楊宗翰心目中，「五〇年代至六〇年代初期誕生的『現代』」就其實質內涵而言應該「並非西方式的決絕、全盤性之斷裂（rupture），而是一種摻雜中國『民族性』的現代想像」。[43]換個角度來看，如果楊宗翰所謂的是由現代性和民族性相互融合而成的「中化現代」，那麼對蔡明諺而言，若要徹底了解「現代」之意義，勢必得先深刻體會一九五〇年代臺灣政治、社會等現實環境中極為普遍的反共氛圍。[44]此外，若是以相似的問題來詢問同樣關注「現代」議題的陳芳明，則或許當陳氏在解讀「現代」之意義時，其更為看重的應該是，臺灣詩壇、學界等各路人馬對於「現代」的各自發揮與獨門詮釋——因為就某些方面來說，「臺灣現代主義者從來不是照搬西方理論。在那荒涼的年代，只要有一點點酵母或觸媒，就可產生極為龐大的效應」。[45]

3、紀弦等人詩論中的現代

由前述的種種討論中可知，對於臺灣當代詩壇來說，「『現代』不只意味著時間的觀念，而且代表文學信條上的一種主義、一種精神」；[46]不過，不論是時間意義的此時當下、現代主義之實質內涵、中國民族性與現代化的相互交響、五〇年代臺灣社會的反共氛圍，到各路人馬針對西方理論的多元發揮，都可說是「現代」一詞在當代臺灣詩壇、文化界甚至是整個社會裡，所表現出的常見樣

[42] 楊宗翰：〈追尋「現代」的蹤跡〉，《臺灣現代詩史：批判的閱讀》（臺北：巨流出版社，2002年6月），頁277。

[43] 楊宗翰：〈「中化」現代——紀弦、現代詩與現代性〉，《臺灣現代詩史：批判的閱讀》，頁295。

[44] 蔡明諺：《一九五〇年代臺灣現代詩的淵源與發展》（國立清華大學中國文學系博士論文，2008年6月），頁3。

[45] 陳芳明：〈未完的美學在地化〉，《現代主義及其不滿》（臺北：聯經出版社，2013年9月），頁11。

[46] 李弦著，江寶釵主編：〈「現代中國詩」之提出及其意義——現代詩的初步考察之一〉，《將葵花般的仰望舉起——李弦現代詩論集》，頁17。

貌。進而言之，對於「現代詩」之「現代」所擁有的獨特內涵，我們其實依舊無法全面掌握，只能暫時認定二十世紀西方文化中的現代主義應為其中的主要成分；但是，若想獲得完整而有據之答案，則仍須倚賴更進一步的具體考察——例如，若把關注的焦點移回本文所討論的紀弦、覃子豪與林亨泰之詩學理論上，或許能夠在具有歷史代表性之理論文本的實際閱讀體驗中，找出「現代」所具備之詩學意義的明朗面貌。

首先，若由柯慶明的相關闡述來看，紀弦詩論內容中作為時間範疇內當下性、立即性之代稱的「現代」一詞，或許也極為可能在詩學意義上具有新穎與獨創之內涵：

> 在一九五五年編成，五六年出版的《新詩論集》中，他在一篇題為〈一切文學是「現代的」〉的文章中，強調：「一切文學尤其是詩，必須是在產生該作品的時代成其為『現代的』。否則非詩；亦不得歸屬於文學的任何一個族類裏去。凡摹倣前人的，就是不創造的，也就是不文學的。」……這篇文章辯護「現代的」的策略，顯然和胡適的《白話文學史》辯稱一切好的文學皆是「白話的」，同一機抒。但其立場，卻與晚明性靈派所主張的……基本上是同一種立場，同一種側重文藝的「時代性」、「創新性」的態度。[47]

因為，從柯氏所引的《新詩論集》之部分文句可清楚看出，藉由對詩甚至是一切文學作品之本質特性的辨析，紀弦巧妙地將時間意義上的當下立即，與作家在形式、內容等方面的藝術創新，相互連結、彼此融合；[48]有趣的是，雖然同樣立足於時間範疇，但當蔡明

---

[47] 柯慶明：〈六十年代現代主義文學？〉，《中國文學的美感》，頁392。
[48] 更進一步來看，董崇選、蔡明諺在其相關文章內，更曾直接點出紀弦所認定的「現代」之內涵，其實就等同於「新」（newness）——詳見董崇選：〈現代詩的現代性

諺對蘇雪林與覃子豪之論戰詳加剖析時，透過將較早出現之新詩與後起之現代詩並列相較後，便可進一步確知，覃子豪詩學理論內容中「現代」所代表的詩學意義，須以知性的角度來加以說明、詮釋：

> 覃子豪是在1959年與蘇雪林的論戰中，逐漸從「新詩」走向了「現代詩」，並在這個「現代化」的過程中，從「抒情」朝向了「知性」。但是這個現代化過程，最終還是歸諸於「現實」基礎，這已經是覃子豪所有詩歌論述的起點。[49]

而除了提出覃子豪在逐步從新詩走向現代詩之現代化轉型過程裡，呈現了由抒情到知性的大幅轉變外，蔡氏還額外注意到，所謂的現實環境，對於覃子豪之詩學理論所造成的長遠影響。[50]此外，值得注意的是，當劉正忠以現實詩壇之具體派別為切入點，探討林亨泰詩學理論中的「現代」概念時，卻也同樣在林亨泰的知名著作《現代詩的基本精神》裡，體會到濃濃的知性精神：

> 林亨泰不僅是現代派運動的推動者，更是重要的詮釋者（無論當時或事後）。他在所謂「後期現代派」中的理論介入，大抵以譯出《保羅・梵樂希方法序說》為起點，以《現代詩的基本精神：論真摯性》（1968）為初步的總結。後面這篇長文，以真摯性統合紀弦、瘂弦、商禽、洛夫的作品，解釋現代詩的發展。所謂「真摯性」，對照林亨泰的理論脈絡，

在哪裡〉，《臺灣詩學》學刊四號，2004年11月，頁17；以及蔡明諺：〈「現代」的用法及其相對意義——以五、六〇年代詩論為考察〉，《臺灣詩學》學刊四號，2004年11月，頁29。

[49] 蔡明諺：《一九五〇年代臺灣現代詩的淵源與發展》，頁207。

[50] 相似的論點，尚可見諸氏著：〈「現代」的用法及其相對意義——以五、六〇年代詩論為考察〉，《臺灣詩學》學刊四號，2004年11月，頁31。

其實是知性精神的另一種講法。[51]

而之所以劉正忠會用知性精神來解釋真摯性，亦即將林亨泰筆下「現代」一詞的具體內涵視為知性，其中一項理由或許在於，劉氏將《保羅‧梵樂希方法序說》之翻譯與《現代詩的基本精神》之寫作，視為林亨泰在後期現代派理論貢獻之一連串具體成就中的頭尾兩端。

　　總的來說，由上述的三處引文可知，儘管對於「現代」之確切意涵，針對不同的對象，各家學者都有其獨到的觀點；但至少我們可以確認的是，作為詩學普遍概念之一環的「現代」，往往與時間意義上的當下與立即、現實詩壇之具體派別等其他語意範疇，相互交融──也就是說，所謂的創新、知性與現實，都是前輩學人在直探紀弦、覃子豪與林亨泰詩論內容中的「現代」一詞，究竟蘊含了哪些詩學意義時所得出的寶貴意見。

　　故此，本論文的另一項重要任務，便是以紀弦等人之詩學論著為依據，積極探究前輩學者對於「現代」一詞所開拓之新穎獨創、知性精神與現實環境等特性，與紀弦、覃子豪與林亨泰詩學理論中所運用的「現代」之真實內涵，究竟保持著何種關聯；此外，立足於前人多元開放之觀察視角，對於「現代」本身所含藏的其他可能解釋，也該繼續努力挖掘、充分求證；再者，不論到底具備了哪些實質內涵，「現代」之意義與詩之本體、方法等重要詩學議題之間的聯繫脈絡，亦即紀弦等人以「現代」為核心所開展出的各式「現代詩論」，更是本論文必須仔細推敲、詳加關注的焦點所在。

---

[51] 劉正忠：〈主知‧超現實‧現代派運動──臺灣，一九五六～一九六九〉，蕭蕭編著：《林亨泰的天地──林亨泰新詩研究》（臺中：晨星出版社，2009年10月），頁128。

第三節：前行研究回顧

　　而為了使本研究的進行更加順利，以下主要針對詩學專著、臺灣之博碩士論文，以及單篇論文等範疇中，與紀弦、覃子豪與林亨泰詩論內容中的「象徵」與「現代」密切相關之前行研究資料，簡介其值得學習之優點，或必須避免之缺失；但由於就全書之主要內容來看，旅人所著之《中國新詩論史》，堪稱以專書形式通論臺灣當代詩學的開山之作，且對紀弦、覃子豪與林亨泰等人之詩論體系，亦有相當程度之討論，故而可將其視為本節回顧之起點，以明臺灣當代詩學研究之整體流變。

（一）旅人《中國新詩論史》之相關內容

　　根據旅人之言，該書的寫作動機，便是單純地想對現當代詩人所留下的詩論，進行有系統的研究，替詩學研究的空白之地，貢獻一己之心力：

> 編寫「中國新詩論史」的動機很單純，……筆者曾到處找一本中國新詩論史的書參考，但是找不到，能看到的大多是中國新詩史方面的書；當時的新詩壇，對詩人的「詩」研究者比較多，而對於詩人的「詩論」研究者則較少，於是筆者乃親自編寫本書，對詩人的「詩論」，做一個有系統的史料整理功夫。[52]

不過，雖然對詩人詩論所做的史料整理，詩論家之派別分梳，以及詩學理論宏觀體系之建構，當可視為旅人之研究主力，但若仔細探

---

[52] 旅人：〈自序〉，《中國新詩論史》（臺中：臺中文化中心，1991年12月）。

究《中國新詩論史》的實際內容，亦不難發現其中尚有許多亟待修整、亟待再探之處——例如，旅人筆下詩論流派標舉之合理性，便是其中無法迴避的重要議題：

> 紀弦說過：「我們認為『新詩』之在中國，亦與日本相似，乃是『橫的移植』而非『縱的繼承』，乃是『移植之花』而非國粹之一種。」（紀弦論現代詩「論移植之花」篇）因此筆者把有關這一派的詩論，定名「移植說」，是有其來源的。這一派詩論的特徵，即是立論乾脆、果決、主張借西洋現代文學理論，就硬幹到底。……為了革除陳腐的舊有的詩論，不得不採取較為激烈的手段，而這個手段就是借重西洋「現代主義」的有關文學理論，……這一派詩論，前期是以紀弦為首的「現代派」作據點宣揚的，……移植說的延續期，有洛夫、瘂弦、葉維廉……等人。……在眾多的移植說的詩論家當中，……前期僅選紀弦、林亨泰、方思三人；延續期僅選洛夫、葉維廉、季紅、李英豪、瘂弦、及張默六人加以討論。[53]

由上述引文可清楚發現的是，至少從紀弦到張默這九位詩人，皆為旅人眼中「移植說」陣營之一員；而若從詩論流派建構之合理性出發，所謂的「移植」一詞，應能完整說明紀弦等人之詩學理論的主要觀點，但由旅人之論述中當不難發現，之所以可將「移植」一詞，視為足以概括眾多詩人詩論之關鍵主軸，其主要之理由僅僅是因為紀弦曾在《紀弦論現代詩・論移植之花》一文中曾經以「橫的移植」作為當時新詩之總體特色——換言之，旅人其實並未具體針對眾多詩人在理論建構時所展現出的實質異同，進行更為精細的歸

---

[53] 旅人：《中國新詩論史》，頁96。

納與劃分：以紀弦、洛夫與葉維廉三者為例，雖然在旅人心底此三人在詩學理論方面皆可同列一派，但由於對中國古代道家思想之重視與發揚，便導致了葉維廉的詩學理論可說是瀰漫著與紀弦、洛夫截然不同的美學色彩；而就算是整體詩論觀點較為接近紀弦與洛夫，也因為在西方文學理論與中國古典詩學之借用與鑽研上，有其各自之偏重（例如紀弦與波特萊爾、洛夫與超現實主義等），故而在勾勒輪廓、描繪共相時，實不宜將紀弦等九人一概而論、等量齊觀。

　　換個層面來看，除了在宏觀視角之流派劃分上仍有再度斟酌的必要外，關於旅人《中國新詩論史》對眾家詩論之細部闡述，其實亦有許多論點必須重新思考——例如，若先以紀弦之詩學理論作為觀察範例，則由上述所引文句當可充分得知，對於旅人來說，強調移植、借重西方現代主義，即為紀弦詩論之主要面目。然而，僅將橫的移植視為紀弦詩學理論之主軸，則實有以管窺天之嫌：因為，若我們能對紀弦筆下的詩論內容進行全面的觀照，應不難發現對於創新之重視、個性之闡揚、意象之使用與音樂性之鬆綁等，皆可說是紀弦詩學理論所積極處理的具體議題，絕非僅靠「移植」一詞便能窮盡；況且，當我們進一步尋根究柢、返本溯源時，亦可明確得知所謂的二十世紀西方現代主義，也頂多只能算作紀弦詩學養分之其中一環。進一步來看，之所以會陷入此種認識不清之局面，當與旅人在研究、批評各家詩論時所使用之原始資料不夠周全，關係密切：

　　　　有關紀弦的論現代詩，或傳統詩、舊詩、新詩、自由詩等各
　　　　個名詞的含義，大都散論在「紀弦論現代詩」一書中「現代
　　　　詩之精神」、「現代詩之評價」、「新現代主義之全貌」等
　　　　諸篇中，……上面所談的，主要在紀弦對現代詩的看法如
　　　　何，至於認識了現代詩諸貌，又應該如何去創作和欣賞呢？

紀弦在「現代詩的創作與欣賞」一文中，講得很清楚。[54]

舉例而言，若僅就上述引文之具體內容來看，似乎能夠相當輕易地得到，紀弦對於現代詩、自由詩、新詩與舊詩、傳統詩之異同剖析的相關意見，「大都」只「在《紀弦論現代詩》一書中」的觀察結果；然而，只要仔細探究紀弦的其他詩論專著，便不難發現不論是在1954年出版的《紀弦詩論》或是1956年發行的《新詩論集》中，皆有許多篇章觸及到紀弦對詩之名、實問題所開展出的種種思考，[55]但旅人在其相關論述中，卻幾乎隻字未提。

　　透過上述的分析，當可明白旅人之《中國新詩論史》一書不管是在詩派建構或詩論闡發，皆尚有許多需要我們再行深究、重新判讀之處；而若我們將思考聚焦於紀弦、覃子豪與林亨泰三人的詩學理論上，則除了前面提過的對於紀弦詩學觀點之簡要論述外，在討論覃子豪時，旅人所提出的詩論要點歸納，亦值得後來者參考：

> 覃子豪主要的詩論，可歸納為四點。……一、新詩要有中國的風味，民族的氣質。……二、詩，應有其生命。……三、重視實質及表現。……四、從準確中求新的表現。[56]

例如，在詩的創作過程中強調求新，便是覃子豪詩論中相當重要，且能與紀弦、林亨泰之觀點相互輝映的關鍵主張；然而不可忽略的是，旅人在探究覃子豪之詩學理論時，卻仍留有一些問題必須進一步澄清：

---

[54] 旅人：《中國新詩論史》，頁108。
[55] 例如，〈袖珍詩論抄〉（《紀弦詩論》，臺北：現代詩社，1954年7月，頁2）、〈論新詩〉（《紀弦詩論》，頁13），以及〈新詩之所以新〉（《新詩論集》，高雄：大業書店，1956年10月，頁6）、〈詩是詩歌是歌我們不說詩歌〉（《新詩論集》，頁11）等，皆值得一觀。
[56] 旅人：《中國新詩論史》，頁170。

覃子豪的新詩論，可歸納為三大部分：第一是與紀弦論戰的
部分，第二是與蘇雪林及曹聚仁筆戰的部分，第三是蛻變說
的主要立論部分。[57]

像是單以上述引文中對覃子豪詩論之另一種歸納結果來看，姑且先
不論旅人所分析出的三大結果其實本身就有標準不一之弊，[58]當旅
人以「蛻變說」作為覃子豪詩論的其中一面代表旗幟時，其實也正
暗示著在探討紀弦詩論時曾發生過的採樣過少、以偏概全之疏失，
再度發生：

「蛻變說」一詞，係根據覃子豪的一句話而產生的。……
「無容否認一個新文化之產生，除了時代和社會文化為其背
景外，外來文化的影響亦為其重要的因素。……新詩目前極
需外來的影響，但不是原封不動的移植，而是蛻變，一種嶄
新的蛻變。」（論現代詩）很明顯的可以看出，這一句話，
箭頭是朝向移植說的，目的在矯正移植說的偏失。[59]

正如同旅人將「移植」一詞等同於紀弦以及其他相關詩人在詩學理
論上的主要交集一樣，旅人亦以所謂的「蛻變」，作為足以說明覃
子豪等人在詩論觀點上的最大公約數；然而，從引文內容當不難辨
別，旅人之所以挑選蛻變作為主軸，其根本之設想乃是替前述的所
謂移植說，找出一股能夠相互抗衡、矯枉補缺的力量——但此處的
問題是，如果要從詩壇論戰的現實場域出發，替覃子豪之詩學理論

---

[57] 旅人：《中國新詩論史》，頁168。
[58] 因為前兩點的論戰與筆戰，是從立論之形式特徵來加以區分，但第三點則是突顯詩
論內容之某一焦點，與前二者之屬性可說是扞格不入。
[59] 旅人：《中國新詩論史》，頁166。

建立起清晰的結構層次，那麼為何只針對紀弦與覃子豪之間的相互問難進行思索與分析，但對於覃子豪與蘇雪林等人的爭執卻彷彿不置一詞、視若無睹？換個角度來看，就算所謂的蛻變一詞所代表之內涵的確能夠補強紀弦詩論中所留存的弊端，但更重要的是，僅僅將《論現代詩》之單篇文章裡所敘述的幾行文字，作為蛻變說一詞可概括覃子豪之詩學理論的唯一文本證據，是否會有求證不周、效力薄弱之弊？凡此種種，皆為後起之研究者在賡續旅人對覃子豪詩學理論之探索時，所應注意的重點環節。

最後，在與林亨泰詩學理論相關的研究方面，《中國新詩論史》裡的著墨之處並不算多；而其中較為重要的是，透過彰顯林亨泰與日本關聯密切的詩學淵源，我們可以進一步推測出，在旅人心目中，不論是三〇年代中國大陸的詩學發展，亦或是日治時期臺灣本土所受到的東洋影響，皆為灌溉臺灣當代詩學理論之重要養分：

> 紀弦與覃子豪從大陸帶來了李金髮、戴望舒的「現代派」火種，而吳瀛濤、錦連、林亨泰等人，則承襲了日人西川滿、矢野蜂人及省籍王白淵、⋯⋯楊雲萍等人之近代新詩精神，⋯⋯在吳瀛濤、錦連、林亨泰三人之中，林亨泰的詩論是比較犀利的一位，又因為他的詩論主張與紀弦相近，所以選林亨泰來論述。[60]

但若將視角限縮到林亨泰身上，則旅人所謂的其詩學理論之內容與紀弦主張極為相近的看法，實有進一步補充的必要——因為，就其二者之詩學理論的全盤內容來看，儘管紀弦與林亨泰對詩之瞭解的確有許多相似之處，卻也同時具備了許多相互衝突的各自堅持；故而，不但在詩派分劃時不應只將林亨泰視為組成「移植說」的一份

---

[60] 旅人：《中國新詩論史》，頁116。

子，[61]在專門詮釋林亨泰詩論內容時，更不宜將紀弦的詩學理論看成林氏大多數的詩學觀點之唯一根源：

> 林亨泰為紀弦辯護的文章，其中所提到的觀點，大抵是受了紀弦詩論而引發的，也可以說這些觀點大部分脫離不了紀弦的東西。至於紀弦所沒有論述的，林亨泰自己另外在「現代詩」第十八期提出來了「符號論」。[62]

除了旅人前述所提過的，相較於紀弦來說林亨泰詩學理論的內容本就多了些許臺灣與日本之雙重色彩外，之所以不該將林亨泰的詩學理論視為紀弦觀點的附庸，其最重要的理由便是，紀、林二氏對詩與移植之深層關係所抱持的不同態度：

> 林亨泰在理論方面共有五篇參與筆戰：……其主張的最大不同點在於，紀弦認為「新詩乃是橫的移植，而非縱的繼承」（六大信條第二），但是，林亨泰在〈中國詩的傳統〉一文中，對於中國詩的傳統有著二點結論：（一）在本質上，即象徵主義，（二）在文字上，即立體主義，因此，他認為「現代主義即中國主義」。[63]

換言之，如果對旅人來說紀弦詩論最關鍵之主張便是詩乃橫的移植，那麼明確提出其心目中所謂的當代詩作應與象徵、與中國古典詩之悠久傳統關係密切的林亨泰，又怎能被視為在詩學理論的建構上，與紀弦差相彷彿且備受其影響？故而，若要充分梳理紀弦與林

---

[61] 旅人：《中國新詩論史》，頁96。
[62] 旅人：《中國新詩論史》，頁119。
[63] 林亨泰著，呂興昌：〈現代派運動的實質及影響〉，《林亨泰全集五・文學論述卷2》（彰化：彰化縣立文化中心，1998年9月），頁127。

亨泰在詩學理論上的實質關係，當應更加看重具體文本所呈現的詳細內容，並以開放的態度一一審視，方能得出較為完整且恰當的分析結果。

歸結來看，儘管旅人的《中國新詩論史》就臺灣當代詩學研究來說確實扮演了開路先鋒之角色，但以本論文所關注的焦點來說，旅人之作品的最大貢獻，僅在於點出由紀弦、覃子豪與林亨泰所各自表現出的理論光譜上，可明顯看出紀、林二人較近，且都與覃子豪距離較遠的大致狀態——不過，紀弦等三人詩論觀點之差別究竟包含了那些實質的內容，絕非移植與蛻變等隻言片語所能概括，因此對於紀弦、覃子豪與林亨泰三人之間更為細密的詩論異同，當有待更進一步的集中討論。

（二）與紀弦之詩學理論相關的學術成果

由於《中國新詩論史》乃是第一本探討範圍宏大且又涵蓋了本論文之關注焦點的詩學專書，再加上過往又較少受到學界討論，故基於原始表末與填補過往研究空白的雙重需求，才在回顧與本研究相關之前行資料時優先梳理旅人所開創之種種論述；而以下則將依序耙梳，與紀弦、覃子豪與林亨泰關係密切的各式過往研究資料。

不過，在重新審視與紀弦詩論相關的學界資產前必須說明的是，就本文所關注的兩大重點——象徵與現代而言，關於前者與紀弦詩學理論之聯繫探討，所能發掘到的參考資源可謂少之又少，故在此只能暫時按下不表。其次，若從紀弦詩學理論與現代之總體關聯切入，則在臺灣學術界之既有成果內，陳義芝的《聲納：臺灣現代主義詩學流變》可說是與本研究最為相關的詩學專著；其中，與紀弦之詩學理論關係最為密切的部分，便是陳氏對紀弦筆下現代一詞的意涵分析。

雖然受到全書之研究進路影響，陳義芝常以現代主義詩學的角度來看待紀弦的詩論成果：例如，陳義芝便曾具體點出，「紀弦

的新現代主義,不可能一朝生成。在『覃、紀新詩論戰』甚至現代派創組之前,他的重要詩觀已經成形,特別值得引述的有三項:(一)論我。……(二)論『知性』。……(三)論內在的『美術性』」;[64]但值得注意的是,陳氏於該書之部分章節內容中,卻也表現出對於紀弦詩論中的現代來說,或許還有其他可能的觀看方式:

> 援引主義,是為了說明詩的一個原理,嚴格說,紀弦並不信奉主義,如果信奉,也只是信奉那個主義的一部分。……談「現代」,他未標榜哪一個主義,「一切文學尤其是詩,必須是在產生該作品的時代成其為現代的」,紀弦說中國的古典名著《離騷》、西方的古典名著《神曲》,在屈原、但丁的時代,都是空前獨創、完全摩登的,因為在他的時代是「現代的」,因而具有永久性。[65]

也就是說,若撇下特定主義的制式外衣,審視其具體之詩論內容,則不難發現在紀弦的行文之中,現代一詞確如前述柯慶明所闡釋的,具備了新穎獨創的意涵。

故而,如何將陳氏以現代主義之視角所推究出的紀弦詩論特色,與不帶現代主義色彩之觀察所得相互連結,進而對紀弦詩論中現代一詞所具備的可能意涵作出完整的統合,或許即是後起研究者應努力達成的目標。

而除了陳義芝的《臺灣現代詩學主義流變》以外,丁威仁與楊宗翰也在各自之學術專書中,提到了與紀弦詩學理論相關的種種意見:例如,楊宗翰認為儘管「紀弦雖不擅長也無心於構築詩論之整體架構」但至少還是有「(一)自大陸時期即積極從現代繪畫汲

---

64 陳義芝:《聲納:臺灣現代主義詩學流變》(臺北:九歌出版社,2006年3月),頁48。
65 陳義芝:《聲納:臺灣現代主義詩學流變》,頁46。

取養分，遂能整合美術與文學，增益日後新詩評論和超現實思考。（二）不尚理論空談，直面當下現實。反虛無主義傾向，視文學為人生的批評。（三）從「新詩再革命」角度出發，劃分「自由詩」、「現代詩」、「現代詩的古典化」三個不同階段」等三點特色值得注意。[66]此外，丁威仁則是在從詩作本身入手探索臺灣光復後現代詩之演變與特質時，間接觸及到紀弦之詩論成就當在於，「『新與舊』、『現代主義與新現代主義』、『理性與抒情』三大概念的釐清與針對論敵的辯駁」。[67]

　　另外，在學位論文的部分，與紀弦詩學理論、現代之詩學意義最為相關的，便是前述已引用過的蔡明諺之博士論文；當然，由於蔡氏博論之關懷主軸，乃是「透過文學史的角度，分析臺灣『現代詩』的形成背景與發展走向（主要約在1955-1961年）」，[68]故而該書大部分的內容，均重在分析「文學的『現代化』如何符合當時社會現代化的潮流」以及「『純粹性』或藝術的『獨立地位』如何確立的問題」。[69]

　　但與陳義芝之《臺灣現代主義詩學流變》相同的是，蔡明諺在其博論中也對紀弦詩論中的現代之意涵，進行了一定分量的探討——例如，蔡氏便曾注意到，對紀弦來說，與現代相關的詩學見解，可說是相當晚熟：

> 紀弦的「現代詩」理論中，最晚形成的就是「現代」這個詞彙。雖然《現代詩》創刊於1953年2月，但是出版於1954年7月的《紀弦詩論》，卻僅有一篇提及「現代」的內涵。……大概還是要到1956年2月的六大信條之後，才逐漸把「現

---

[66] 楊宗翰：《臺灣新詩評論：歷史與轉型》，頁89。

[67] 丁威仁：《戰後臺灣現代詩的演變與特質（1949-2010）》（臺北：新銳文創，2012年5月），頁47。

[68] 蔡明諺：《一九五〇年代臺灣現代詩的淵源與發展》，頁1。

[69] 蔡明諺：《一九五〇年代臺灣現代詩的淵源與發展》，頁10。

代」提高為首要概念。但是該年10月出版的《新詩論集》，紀弦還是把「新詩」而非「現代詩」作為標題。雖然這本詩論中的「現代」概念已經具體成形，但是就紀弦所寫的序文來看，此時的「求新」還是比「現代」更為重要。[70]

且值得注意的是，在蔡氏的眼中，至少從紀弦的第二本詩論作品《新詩論集》中，同樣也能發現到，紀弦以新穎獨創之意義等同於現代之詞意內涵的痕跡；除此之外，雖然蔡明諺亦在博論中觸及紀弦筆下的現代所具備之其他可能解釋：

> 從紀弦開始，打破舊詩格律與新詩豆腐干體，就成了「現代詩」的主要定義。[71]

> ……「技巧」構成了紀弦「新詩現代化」理論的主要核心。[72]

但由於範例不多，所涉及之規模與深度亦略嫌不足，故而無法再進一步推論出，蔡明諺對於紀弦詩論中的現代，是否還有其他不同的看法，可供後來者參考。

再者，碩論方面涉及到紀弦之詩學理論的學位論文則僅有《永遠的摘星少年——紀弦及其詩作研究》；[73]其中，此論文的第三章〈紀弦詩學理論與現代詩論戰〉與筆者所關懷之主題最為相近：

> 如前所述，紀弦曾出版過三本詩論集——《紀弦詩論》、

---

[70] 蔡明諺：《一九五〇年代臺灣現代詩的淵源與發展》，頁120。
[71] 蔡明諺：《一九五〇年代臺灣現代詩的淵源與發展》，頁3。
[72] 蔡明諺：《一九五〇年代臺灣現代詩的淵源與發展》，頁122。
[73] 陳雪惠：《永遠的摘星少年——紀弦及其詩作研究》（國立高雄師範大學回流中文碩士班碩士論文，2010年）。

《新詩論集》及《紀弦論現代詩》，其詩學論述多已收入其中，所以本節擬以上述三本論集為依據，將其主要論點分四個部分來探討。[74]

簡言之，對於陳雪惠來說，摒棄傳統、全盤西化，主知性、棄抒情，追求詩的純粹性，以及重視現代精神之自覺表現，即為陳氏替紀弦之詩學理論所統合出的四大面向。[75]接著，作者又以「革新西化和承繼傳統之爭」、「主知性和重抒情之辯」、「晦澀難懂和明朗易解之別」等三項特徵，[76]作為「這場由紀弦和覃子豪所引發的戰後臺灣現代詩第一場論戰」的總體特色。[77]另外，在分從個人論著與文人筆戰兩途剖析紀弦在現代詩論方面所做出的努力之後，陳雪惠最後則提出了幾點評析，作為本節最後的尾聲：

> 紀弦的反傳統論調，雖然引起輿論一陣撻伐，批評聲浪不斷，反對者更是不計其數，但他仍十分堅持，儘管有些情緒化的口吻，應該是急於要革新的心態和加速現代化，並且只要有別於現代派的詩，都視為非其族類，一律棄之不談。但他忽略了傳統文學的核心，永遠左右中國人的內在思維及精神之養成。其用意或許無可厚非，但說法及做法太躁進，思慮欠周詳，事後又未加修正，實屬遺憾。[78]

然而，若我們仔細審視紀弦詩論之總體樣貌，其實也不難發現，紀弦並未如陳氏所言一般，完全堅持所謂的「反傳統論調」：例如，紀弦就曾明言，中國傳統的民族精神，其實是早已不知不覺地與其

---

[74] 陳雪惠：《永遠的摘星少年——紀弦及其詩作研究》，頁25。
[75] 陳雪惠：《永遠的摘星少年——紀弦及其詩作研究》，頁25-29。
[76] 陳雪惠：《永遠的摘星少年——紀弦及其詩作研究》，頁33-39。
[77] 陳雪惠：《永遠的摘星少年——紀弦及其詩作研究》，頁39。
[78] 陳雪惠：《永遠的摘星少年——紀弦及其詩作研究》，頁42。

心目中的「移植之花」——亦即新詩，完成了水乳交融的工作：

> 但是說也奇怪得很，新詩這來自西洋的「移植之花」，在輸
> 入東方之後，經相當時期的繁殖，它就一代比一代地更加東
> 方化了：被移植到中國的，逐漸中國化而成為中國文學之
> 一部分；……中國新詩，自然而然地帶有了大陸文化的氣
> 質；……這是什麼道理？原來「花」雖然是西洋的，而「文
> 化的土壤」卻是東方的。被移植到東方的文化的土壤的西洋
> 的花，當然是要東方化的。……但這所謂東方化，並不是意
> 味著中國新詩的唐詩、宋詞、元曲化，……而是說：中國新
> 詩已經帶有了中華民族的民族精神；……而這民族精神，乃
> 是寄託之於整個的民族文化，而並非僅僅乎依存於舊詩之傳
> 統的。[79]

更具體地來看，對所謂的中國傳統來說，其隸屬於文學領域的珍貴
遺產，對紀弦來說不但不是敵人，反倒是我們足以取法、學習的優
秀典範——例如，紀弦就曾以李白的五絕為例，說明了詩之為物所
能到達的至高化境，究竟為何：

> 李白有一首很好的五絕：「眾鳥高飛盡，孤雲獨去閒，相看
> 兩不厭，只有敬亭山。」在這詩中，鳥、雲、人、山四者，
> 既是「我中之物」，又是「物中之我」，其言有盡，其意無
> 窮，以部分暗示全體，以有限象徵無窮，實已達於不可企及
> 的至高之化境。[80]

---

[79] 紀弦：〈新現代主義之全貌〉，《紀弦論現代詩》（雲林：藍燈出版社，1970年1
月），頁52。
[80] 紀弦：〈袖珍詩論十四題〉，《新詩論集》（高雄：大業書店，1956年10月），頁
35。

總而言之，筆者認為雖然陳氏有通盤掌握紀弦詩論的宏大企圖，然而若細究其論述內容，則不難發現其中當有部分敘述，需要仔細地再作商榷；否則，就很容易發生一葉障目的狀況，而無法作出較為中肯而客觀的判斷。

再者，於單篇論文方面，從柯慶明之〈六十年代現代主義文學？〉裡可清楚發現柯氏曾針對紀弦於1956年所發表的現代派六大信條，提出了相當精闢的觀察結果：

> 作為移植對象的「一切新興詩派之精神與要素」，一旦作了「知性之強調」』與「追求詩的純粹性」的限制，則所謂「詩的新大陸之探險，詩的處女地之開拓」，新的「內容」、「形式」、「工具」、「手法」等等的追求，事實上都受侷限。[81]

也就是說，當紀弦在高聲疾呼、大力倡導其所認為的現代詩時，其實疏忽了信條當中的第一、三條與第四、五條之間，本就存有天然的矛盾；因此，如何看待創新開放與強調知性、追求純粹之間的理念衝突，當為後起之研究者無法迴避的重要課題。

此外，羅青之〈紀弦的「後現代主義」──評「紀弦論現代詩」〉，亦有與本研究相關之處：簡言之，羅青該文之內容，前半著重在西方文藝思潮，如浪漫主義、現代主義之介紹；[82]此後，便順勢以其對西方文藝思潮的理解為視角，剖析《紀弦論現代詩》的內容精髓，並分判其究竟該歸屬到哪一種文學主義之範疇。而據羅

---

[81] 柯慶明：〈六〇年代現代主義？〉，《中國文學的美感》，頁398。
[82] 羅青：〈紀弦的「後現代主義」──評「紀弦論現代詩」〉，國立彰化師範大學國文學系編：《臺灣前行代詩家論──第六屆現代詩學研討會論文集》（臺北：萬卷樓圖書股份有限公司，2003年11月），頁333-342。

青所探查之結果來看，「紀弦所有的主張，其根源全都在浪漫主義之中」；[83]然而，必須特別注意的是，羅青緊接著又提到說，「這一點我們從他的作品中便可看出」——[84]換言之，當羅青認為《紀弦論現代詩》之詩學觀點乃是奠基於浪漫主義之源頭時，促使其立論判說的根據，並非此書本身的詩論內容，反倒須依循紀弦詩作之樣貌，方能得證。

但儘管藉詩作內容來評斷詩論見解，確為一條可行的思索道路，然而若不同時兼顧詩論本身之描述，便也很難稱得上是客觀公正之理想批評態度。再者，由於羅青所審視的理論依據，僅有《紀弦論現代詩》而已，並非分析紀弦詩論的全貌，故而在提出類似於「浪漫為骨，現代為衣」之論點時，[85]或許應立基於總體瀏覽、全面深思詩人之整體詩論內容後再作斷語，似更為妥當。另外，雖有「現代為衣」之描述，但對本研究來說，若羅青能更進一步地詳細說明，到底什麼才是紀弦筆下現代一詞的實質內涵，則不僅能對後續研究者產生更加具體的啟發，同時也能反過來加強自身論述之力度。

再者，從須文蔚的觀察與評述中，則可知對於紀弦研究之整體面向來說，雖有逐步重視理論性研究之趨勢，但針對紀弦之詩學理論所作出的統整關懷，卻仍相對稀少：

> 在評論與介紹紀弦與1950年代現代主義文學的專文中，一般多圍繞在現代派成立及「六大信條」的意涵討論，現代主義論戰的資料耙梳與評價。近來的論述則開展到以現代主義詩學與文藝運動史的角度，探討紀弦如何整合美術理論與運動

---

[83] 羅青：〈紀弦的「後現代主義」——評「紀弦論現代詩」〉，國立彰化師範大學國文學系編著：《臺灣前行代詩家論——第六屆現代詩學研討會論文集》，頁350。
[84] 同前註。
[85] 同前註。

的變遷觀念，創造性轉化為文學革新的運動，進一步開啟了
超現實主義詩學風潮。[86]

尤其是過往常有以某某主義作為探索理論之便捷工具的陳規，但對
於有志於詩學理論之精細探索的後起研究者來說，除了藉助西方現
代主義、超現實主義為橋樑外，直接面對紀弦所留下的理論性文
字，深入於紀弦所試圖建構的種種詩學論述之中，當為分析現代詩
論戰、專注現代派信條之外，對於紀弦研究的另一條可行道路。

　　最後，從陳芳明的〈《現代詩》與早期現代詩學的引進〉中則
可明顯看出，雖然在陳芳明眼中紀弦之詩學理論應以現代主義的視
角作為檢驗之標準，而非羅青所謂的浪漫或後現代，但相同的是，
陳氏也同樣對紀弦之詩論成果，抱持著偏向負面的態度——例如，
陳芳明認為若以一九五三至五六年間的《現代詩》季刊而言，紀弦
所開展出的詩學理論，並未具備太多的開創性：

> 總結紀弦《現代詩》季刊在一九五三至一九五六年之間的詩
> 論主張，並沒有生產多少具開創性的詩學內容。……集中於
> 「散文」與「韻文」之辯，亦即「自由詩」與「格律詩」之
> 區隔。對於西方現代主義而言，這些都是次要的問題。[87]

因為對陳芳明來說，所謂的現代主義，其所關注之核心應為「內省
（introversion）與內在的自我懷疑（internal self-scepticism）。質言
之，長期壓抑在潛意識底層的內心世界之探索，才是現代主義的根
本追求」；[88]故而儘管陳氏亦同意，「使新詩語言的改造獲得普遍

---

[86] 須文蔚：〈點火者‧狂徒‧叛徒？——戰後紀弦研究評述〉，須文蔚編選：《臺灣
現當代作家研究資料彙編9：紀弦》（臺南：國立臺灣文學館，2011年3月），頁82。

[87] 陳芳明：〈《現代詩》與早期現代詩學的引進〉，《現代主義及其不滿》（臺北：
聯經出版社，2013年9月），頁53。

[88] 同前註。

首肯」以及「長期不懈對格律詩的形式進行撻伐,致力於自由詩的提倡與解放」等,[89]皆為紀弦對詩壇之貢獻,但若依歐美現代主義的標準來檢驗時,則自然會得到評價較低之答案。

換個角度來說,若要找尋陳芳明對於紀弦詩論的正面判斷,以及對現代一詞之具體分析,或許以下引文是我們唯一可在該文中發現的積極證據:

> 在回答覃子豪的〈新詩向何處去〉時,紀弦首先表達現代化之在地化的立場……這篇題為〈從現代主義到新現代主義〉的社論,再三為他自己主張「橫的移植」之立場辯護。他承認「移植之花」並非「國粹」,可是經過二、三世代的努力,移植之花自然就成為民族文化的一部分。[90]

也就是說,若暫時不談是否符合西方現代主義之既有內容,單就此處而言,陳芳明對於紀弦〈從現代主義到新現代主義〉中與「在地化」相關的論述,可說是抱持著較為肯定的立場——而之所以如此,或許正像前述討論現代之涵義時所提及的一樣,應和陳芳明對於現代主義之在地化演變的多加矚目有關。[91]

(三)與覃子豪詩學理論相關之研究著作

就前述所論可知,大多數前輩學者對紀弦詩學理論中現代概念之重視,遠遠超過對其詩學理論與象徵之關聯探討;但若以覃子豪作為觀察對象,則不難發現,在各式相關研究成果中,對於現代與象徵之特殊意義的追索,皆有可供我們進一步借鑑之處。

而首先要說明的是,除了〈節奏的理論及實踐——覃子豪大陸

---

[89] 陳芳明:〈《現代詩》與早期現代詩學的引進〉,《現代主義及其不滿》,頁58。
[90] 陳芳明:〈《現代詩》與早期現代詩學的引進〉,《現代主義及其不滿》,頁55。
[91] 詳見陳芳明:〈未完的美學在地化〉,《現代主義及其不滿》。

時期的詩論及詩作〉一文外，[92]大多數與覃子豪有關的詩論研究成果，皆以專書之型態呈現（不論是學位論文或詩學專著）——舉例來看，談到覃子豪研究絕對無法忽視的參考對象，便是劉正偉的碩士論文；[93]然而，不論是以碩論的形式呈現，抑或是之後以研究專書的姿態出版，劉正偉眼中的「覃子豪」，閃耀的都是其詩作成就所煥發出的絢爛光芒；換言之，當劉正偉以覃子豪之新詩創作歷程為主要研究標的時，相應地對於覃子豪的詩論建樹，就顯得著墨甚少，而僅在全書第四章〈與紀弦現代派的論戰〉中，[94]透過對論戰雙方言談內容的重述，以及各自利弊得失的剖析，稍微觸及到覃子豪詩論觀點中，與作為詩學議題之一環的現代概念相關的部分：

> 紀弦發起的「現代派」提倡的現代主義詩運動可說是因勢利導的時代趨勢，……然而其主觀的人格特質與理論的貧乏，使得運動初期遭受各方衛道人士的質疑與批判，……幸而覃子豪等人繼起且提出客觀的〈新詩向何處去？〉等文章，提出中國傳統文化與西洋現代思潮可以相互結合、現實與鄉土必須同等關懷、主知與抒情並重等並行不悖的闡述。進而導

---

[92] 林秋芳：〈節奏的理論及實踐——覃子豪大陸時期的詩論及詩作〉，《南亞學報》第26期，2006年12月。簡言之，該文主要的貢獻在於，針對節奏之環節，將覃子豪來臺前後所生產的詩論敘述，進行進行有機的聯繫與對比之觀察。

[93] 劉正偉：《覃子豪詩研究》（玄奘大學中國語文學系碩士論文，2005年1月）。另，儘管在劉正偉之碩論問世之前，蔡艷紅便已完成了以《覃子豪詩藝研究》為名的學位論文（國立高雄師範大學國文教學碩士班碩士論文，2004年）；但由於該書僅在第五章〈創作理論與步驟〉裡，以條列式的樣態重現了覃子豪《論現代詩》中與詩之本體相關的種種定義，例如「論形式」、「論節奏」、「論意象」等等（蔡艷紅：《覃子豪詩藝研究》，頁17-24），且對覃子豪心目中的詩之創作步驟，亦仍以近乎機械似的方式照實搬運了從「認識題材」到「謀章裁篇」等，覃子豪早已明白闡述過的詩論文字（蔡艷紅：《覃子豪詩藝研究》，頁25-30）。故而在蔡氏對覃子豪詩論之認識，似乎並未進入深層的肌理結構，且無法在星羅棋布之表象中看出其內在潛藏之主流與支脈的關係的前提下，本文對於該書之內容，便只能簡要介紹如上。

[94] 劉正偉：〈與紀弦現代派的論戰〉，《覃子豪詩研究》（臺北：文史哲出版社，2005年3月），頁71-87。

正並捍衛現代詩革命的路向與戰果。[95]

　　雖然份量不多，但由上述所引文字當中，我們仍能清楚推論，不論是中國古典與西方現代的相融互化、鄉土與現實與鄉土兼容並蓄，以及理性之知與感性之情的等重齊觀之看法，對於覃子豪來說，或許都可歸入其心目中所謂的現代之意涵。

　　而相對於劉正偉對覃子豪詩論中現代一詞的重視，對陳義芝來說，象徵或許才是覃子豪最為顯著的冠冕；因為，在其書中便曾直截點出，儘管「因特殊狀況未完全承認自己是象徵主義詩人」但覃子豪的確可說是「象徵主義在臺灣的傳人」。[96]不過，須特別注意的是，陳義芝之所以會如此論斷，主要是因為覃子豪畢生不但「寫了七十萬字的詩論，不斷反省新詩的發展、修偏新詩浪莽前衝的方向」更是「以成熟的思慮大力將象徵主義詩派的創新手法灌溉在臺灣」；[97]然而，所謂的「象徵主義詩人」與「象徵主義詩派的創新手法」之間，是否能夠完全劃上等號，或許是值得繼續深思與探究的問題──換個角度來看，如果說既然覃子豪始終未以「象徵主義」作為自身的代名詞，那麼若我們能撤下「主義」的大旗，而直論「象徵」與詩之關係，應該能替覃子豪的詩論，找到另一種有效的觀看視角：

　　　　覃子豪教導學生學詩，主張從中國舊詩、世界詩的遺產，與
　　　　中國過去的新詩三方面學起。在舊詩方面，他重視象徵，雖
　　　　然象徵不等於象徵主義，象徵是古典詩早已有之的美學技
　　　　法，但象徵的表現使詩含蓄、濃縮、強烈，提升詩的複雜
　　　　性、統一性及情感的強度，這和象徵主義所發揚的詩法是相

95　劉正偉：〈與紀弦現代派的論戰〉，《覃子豪詩研究》，頁87。
96　陳義芝：《聲納：臺灣現代主義詩學流變》，頁67。
97　同前註。

通的。[98]

也就是說，既然「象徵」與「象徵主義」並無法完全劃上等號，那麼當我們在思索類似於「象徵主義詩學仍在各國與當地的文學傳統，與許多後起的文學主義進行對話」以及「五十年來不虛張聲勢而影響臺灣新詩時間最長久的，絕對是象徵主義」這樣的論點時，[99]若能直用「象徵」之稱呼，而掩蓋「主義」之陰影，或許不但能替整體論述之力道與效用增添光彩，對於覃子豪詩學成就的認識，也會有不同以往的收穫。

最後，雖然楊宗翰之《臺灣新詩評論：歷史與轉型》，其所關注之焦點乃在於臺灣新詩評論所呈現出之歷時過程中的「『起點』與『變貌』」以及「兩者的中介與接點」──亦即「『轉型』」，[100]但其書中仍有對覃子豪之部分詩論內容的探究成果：例如，楊宗翰也曾像陳義芝般，指出「民國元年出生的覃子豪，……他對法國象徵主義以降新興詩學之引介、對中國古典詩學傳統之尊重、對臺灣新詩實際批評之示範，透過彼時新詩教育的講義教材，層層深入且確實滲入五〇年代臺灣新詩作者與讀者群之中」；[101]更重要的是，楊氏還進一步指出，覃子豪對於臺灣詩論的總體面貌，可謂抱持著一種較為開放而多元的看法：

> 「……臺灣的新詩接受外來的影響甚為複雜，無法歸入某一主義某一流派，是一個接受了無數新影響而兼容並蓄的綜合的創造」……此一說法十分中肯，與紀弦之狂妄自負恰成對比。[102]

---

[98] 陳義芝：《聲納：臺灣現代主義詩學流變》，頁70。
[99] 陳義芝：《聲納：臺灣現代主義詩學流變》，頁81。
[100] 楊宗翰：《臺灣新詩評論：歷史與轉型》，頁15。
[101] 楊宗翰：《臺灣新詩評論：歷史與轉型》，頁62。
[102] 同前註。

當然，紀弦究竟是否可稱得上狂妄、自負，當屬個人自由心證的範疇；但毋庸置疑的是，面對五、六〇年代臺灣當代詩論在開拓、塑造過程中所產生的種種複雜面向，的確是需要以跳脫理論、主義之舊有框架的態度來積極面對，方能使詩論之真實內容獲得適當的評價。

（四）與林亨泰詩學理論相關的過往探討

整體來看，就目前所能查找到與林亨泰之詩學理論相關的前行著作來看，論者對於其詩論中所出現的現代，可謂抱持著遠遠高過象徵的研究興趣。

例如，在柯菱伶的碩士論文《林亨泰新詩研究》裡，[103]我們便能看出學界在探索林亨泰詩學理論中的象徵與現代時，所留下的部分重要足跡：總的來看，柯氏認為「真正針對現代派精神建構出一完整的理論」者「當推林亨泰」；[104]其中，作者提到「由於日治之特殊政治背景」進而使得「臺灣人在接受日語教育的同時，日本所風行的文藝思潮亦傳入臺灣，臺灣詩人便藉著日語以吸收西方前衛詩潮」；[105]進一步來看，從林亨泰開展出的思想脈絡，不難「看出他十分突顯詩的知性批判」。[106]故可推知，知性，對於林亨泰筆下的現代一詞來說，當可說是十分鮮明的主要色調。

其次，在碩論中柯菱伶也提出，林亨泰在一九五七至五八年間所寫的〈關於現代派〉、〈符號論〉、〈中國詩的傳統〉、〈談主知與抒情〉、〈鹹味的詩〉等五篇文章，不但「揭示了西方現代派

---

[103] 柯菱伶：《林亨泰新詩研究》（國立成功大學中國文學研究所碩士論文，1999年6月）。
[104] 柯菱伶：《林亨泰新詩研究》，頁206。
[105] 柯菱伶：《林亨泰新詩研究》，頁50。
[106] 柯菱伶：《林亨泰新詩研究》，頁53。

的源流與興起」又「指出現代派與象徵派是可以並進的」；[107]而林亨泰此種觀點的積極實踐，便是一方面揭示「提出現代主義乃是重拾中國文學傳統精華」的特殊看法，[108]一方面則是提出「要重拾中國象徵的技法，並認為符號詩乃象徵手法之原始與極致」等，在寫作方式上的實際提醒。[109]而對筆者來說，以上柯氏之所言，其實也就間接證明了，象徵與現代，的確在林亨泰之詩學理論中佔有一席之地。

　　但是，由於柯凌伶之碩論乃是以林亨泰之詩作為主要研究焦點，故而雖因行文所需而涉及林亨泰之詩論內容，不過若要更加深入而明確地解說，象徵與現代在林亨泰的詩論文章中，究竟扮演了何種重要角色，以及到底具備了哪些實質意義，則恐非該碩論所能負荷，而須往其他對林亨泰詩論進行專門研究的單篇論文來尋覓答案。

　　例如，在大陸學者古遠清的眼中，便曾在其評介林亨泰的文章中，以「冷靜、睿智的前衛詩論家」來概括林亨泰在詩學理論上所累積的整體成就；[110]然而，更值得注意的是，古遠清認為林亨泰與紀弦在詩論觀點上的差異，應在於「紀弦認為『新詩乃是橫的移植，而非縱的繼承』，而林亨泰對『縱的繼承』有一定的興趣。他所理解的『現代』，是建立在中國詩歌固有的本質與中國文字的特殊結構基礎上的」。[111]若我們先暫時擱置紀弦與縱的繼承之間是否毫無關聯的問題，則古遠清以中國古典詩之本質特性與中國文字之特殊結構來詮釋林亨泰筆下之現代意涵的看法，亦可說是替本文之研究，提供了另一條參考的路徑。

---

[107] 同前註。
[108] 同前註。
[109] 同前註。
[110] 古遠清：〈林亨泰：冷靜、睿智的前衛詩論家〉，呂興昌主編：《林亨泰研究資料彙編〈下〉》（彰化：彰化縣立文化中心，1994年6月），頁458。
[111] 古遠清：〈林亨泰：冷靜、睿智的前衛詩論家〉，呂興昌主編：《林亨泰研究資料彙編〈下〉》，頁460。

而同樣是關注林亨泰詩論中的現代，林巾力的觀察所得，則可說是迥異於古遠清的看法——例如，林巾力從「自我」著手，將林亨泰著名的詩論觀點——亦即所謂的「真摯性」——理解為「自我」與「形式」的問題：[112]一方面，林巾力認為「詩無論是抒發情感或以理智建構」其「最根本的出發點都必須是來自於『第一人稱』＝『自我』的精神」；[113]而在另一方面，林巾力也不忘特別提醒我們，林亨泰通過對瘂弦與商禽詩作的分析，獲得了「所謂的真摯性」還必須「透過語言的運作以及象徵的烘托而將原始的情緒凝鍊成為詩，亦即，詩人的主觀情感必須經過文字的錘鍊而賦之以形、以秩序，而這同時也是文學上『主知』精髓之所在」的寶貴意見。[114]換句話說，透過林巾力上述的分析，可知除了知性精神以外，自我之內在世界，亦為探索林亨泰詩論中的現代涵義時，不可忽視的重點。

　　最後，相對於古遠清與林巾力對林亨泰詩論中的現代意涵的討論，直接針對林亨泰詩論中的象徵進行涵義分析的單篇論文，可說是較為稀少；而儘管旅人之〈林亨泰的出現〉一文，已是碩果僅存的相關作品，但其中亦僅約略提到，就林亨泰的「詩作」可謂「離開不了『象徵』」的論點；[115]故而，若旅人能夠循此見解繼續探索，繼續深入釐清所謂象徵之全貌，必能更加全面地挖掘林亨泰詩學理論的價值。

---

[112] 林巾力：〈現代詩的「自我」觀：以林亨泰為討論中心〉，彰化師範大學國文學系、臺灣文學研究所編著：《看似尋常，最奇崛——林亨泰詩與詩學國際學術研討會論文集》（臺北：五南出版社，2009年11月），頁9。

[113] 林巾力：〈現代詩的「自我」觀：以林亨泰為討論中心〉，彰化師範大學國文學系、臺灣文學研究所編著：《看似尋常，最奇崛——林亨泰詩與詩學國際學術研討會論文集》，頁10。

[114] 林巾力：〈現代詩的「自我」觀：以林亨泰為討論中心〉，彰化師範大學國文學系、臺灣文學研究所編著：《看似尋常，最奇崛——林亨泰詩與詩學國際學術研討會論文集》，頁12。

[115] 同前註。

第四節：研究方法說明

綜上所述，我們不難發現對於紀弦等人詩學理論中「象徵」與「現代」之詩學意義的全面探討，仍有相當廣大的空間可供揮灑；而在正式追索紀弦、覃子豪與林亨泰，在各自之詩學理論體系中，究竟藉「象徵」與「現代」之觀點提出了哪些重要的詩論觀點之前，關於本研究開展時所使用的方法，當有清楚交代的必要——簡言之，以下將分成整體的宏觀策略和細部的實踐步驟等兩方面來一一說明。

（一）整體原則

首先，本論文所依循的整體研究原則，即為「闡發個別議題之深層體系」和「兼顧歷時並列之全面觀照」。

之所以會特別強調須對研究議題進行深層之闡發，其意則正如吳建民所言一般，最主要之目的便是希望，能替原本看似各自呈現的詩學論述，找出背後所可能隱含的聯結脈絡與組織結構：

> 所謂「潛體系」，是說古人對詩學理論的論述涉及到詩學問題的各個方面，或者說詩歌理論的各個方面古人都有大量的論述，古人零散的論述卻涵蓋了詩學理論的各個層面，從而構成了潛在的詩學理論體系。古代詩學的「潛體系」是客觀地存在於古代詩學零散而又繁浩的文獻資料之中。[116]

因為在中國古典文學的研究成果裡，早就發現許多詩論作品，往往表面上看去充斥著許多零散而獨立多元的意見；但在其繁音複響的

---

[116] 吳建民：《中國古代詩學原理》（北京：人民文學出版社，2001年12月），頁5。

背後，其實亦蘊含著組構出完整體系的高度可能。也就是說，當本研究著眼之焦點限定在紀弦、覃子豪與林亨泰詩學理論中的象徵與現代時，其實內心深處最大的盼望，便是希望透過對理論文章之詳細詮釋、全面分析，能夠替紀弦等人之詩學理論，釐清其隱而未顯的深層結構，朗現其與「象徵」、「現代」相關的各式詩論。

而在闡發個別議題並建立整體脈絡之餘，仍須兼顧歷時與並列之不同觀點，主要是因為詩作或詩論都與其他藝術品一樣，皆為人類於具體之時空環境中所創造的一種特殊產物；因此，當我們要研究詩學議題時，便同樣不可忽視與時空概念相關的多方觀照：

> 談論臺灣現當代詩史的構成，無非是從歷時性與共時性的角度做兩種向度的思索。從歷時性的角度言之，強調縱的時間座標，亦即是談論事件的連續性如何去組構一個文化思維與時代意識？而事件的發生又和整體的文化、社會思潮有何重大的聯繫？……這些討論在歷時性的角度上是互動相涉的，……當然，從共時性的角度討論詩史時，則注意的是在一空間內所有並列事物的殊異與同一性，……如果說歷時性的討論忽視了整體文化思潮是由各種差異的辯證而組成此一事實的話，那共時性的思考則避開了整體文化思潮內在於各差異群體的深層影響此一問題。[117]

所以儘管討論之議題並非詩史，但丁威仁筆下所謂的，縱向時間軸線上種種演變之連續特性，以及重要議題橫向對比後所呈顯的各式異同，皆為本研究逐步開展、依序深入時，所須堅持的思考原則——因為，不論是歷時或共時的變化與比較，皆是試圖掌握研究對象之整體面貌時，得以儘量貼近真實狀態的觀察視角；而更為具體

---

[117] 丁威仁：《戰後臺灣現代詩的演變與特質（1949-2010）》，頁7。

地來看，雖然本論文是以「象徵」、「現代」等詩學概念之研究為主，但在各式分析、詮釋皆告一段落後，仍有必要從現實場域之角度出發，更為宏觀地審視紀弦等人之詩學理論，方能更加充分挖掘出其所具備之價值與意義。

（二）詩論架構

其次，雖然象徵與現代確為本論文主要之研究重點，但不可忽略的是，我們所探討的乃是詩學理論體系中的象徵與現代——然而，所謂的詩學理論其所涵括的議題、範疇可說是十分廣泛，故而在本研究實際開展前，當有必要對此次所欲探討的詩學理論，樹立出明確的議題架構，並說明其代表之意義：具體來看，「詩本體論」和「詩方法論」，即為本研究欲探討之核心詩論。

詳言之，所謂的詩本體論，意指深入而全面地研究「詩是什麼」的問題；換言之，所謂的「本體」，在此處僅將其當作足以說明詩之整體面貌的一個代名詞，並無其他哲學運用上的意涵。而為了使詩之樣貌盡可能獲得清楚而傳神之體現，以下五項議題，或為可行之重要方向：

第一，詩之組成。所謂的詩，絕非單細胞生物，而應是像宇宙一樣的多元複合體；因此，要探究什麼是詩，勢必對組成詩的所有元素，做出釋名與分析的討論。換言之，先找出到底有哪些元素組成了詩，進而分析其所蘊含之特殊性質，即為詩組成元素論所要探討的重點。

第二，詩之結構。對筆者來說，所謂的「結構」即是詩各項組成元素之間，所呈現出的內在連結型態；換言之，詩結構論的重點，將落在詳細辨認出詩之內部所有詩組成元素的結合型態究竟為何：或直接，或間接，或多元發散，或平行對峙等等。[118]

---

[118] 在實際研究過程中，因詩之組成與結構關聯密切，故時有合論並觀之舉，特此說明。

第三，詩之內容。所謂文學，必是創作者有意為之的藝術結晶；而其中，除了具備各樣巧奪天工之表現技巧外，同時也蘊含著作者想要傳達、分享的特殊內容。因此，所謂詩內容論，主要所處理的當為詩作之內容層面中，關於比重（例如感性之情和理性之思的分配）、範疇（像是應專注自我或該兼懷大我）以及書寫題材新舊之分辨，以及作品美感呈現之解析等問題。

　　第四，詩之形式。以上不論是詩之組成、結構或內容，皆是從詩之內部途徑來對詩進行本體的定義；反之，所謂的詩之形式論，所探究之對象乃是詩的外部特色：例如字句的排列，段落的區分，整體篇章的設計等議題。而換個角度來看，當我們從內到外，多方掌握詩之組成元素、連結型態、內容性質與外部形式後，或能更加趨近詩本體之靜態面貌。

　　第五，詩之功用。在傳統中國思想脈絡內，往往會強調有體方有用，體、用似乎應判然二分；但是，從另一個角度來看，在生活經驗中，亦不乏從功能的角度來替事物進行說明的例子。因此，筆者嘗試將詩功能論，亦即把對詩究竟具備了何種功能的論述，放入對詩本體的探索中，以期增加對詩之動態層面的了解，對詩之為物做出更加完整的說明。

　　以上，便為針對「詩是什麼」此一終極性之問題，所開闢出的五條解答路徑；而在詩之本體獲得初步澄清之後，再來的主要工作就是針對「詩方法論」進行縝密的闡釋和分析。而由於在文學場域中，人，會隨著需求的不同，而在創作者、閱讀者與批評者等三種身分之間流轉變化；因此，筆者所說的詩之方法，便代表了詩之創作方法、閱讀方法與批評方法的總合。

　　具體來看，詩之創作方法論探討的是當人之主體心靈處於創作者的角色時，所關注的如何才能使詩順利塑造、無礙成形，以及在詩創作之外在層次、內在層次與媒介層次等不同環節中所發生的一切問題；另外，若回到一個單純的讀者身分，詩之閱讀方法論的重

心，就落在讀者該如何正確而全面地從詩中，讀出其豐富的意義與獨特的美感類型；最後，在某些時刻裡，人不只想單純地閱讀或直率地創作，而想更進一步對作品、作者、創作、閱讀等與詩相關的重要議題，提出具有指導性、分析性與整合性的積極看法，而此種意見就必須將其歸入所謂的詩之批評方法論中，方能獲得較為妥善的處理。

　　總結來看，本研究的架構規劃可圖示如下：

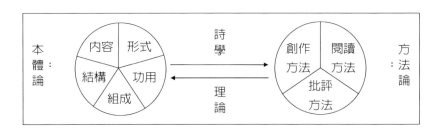

　　另外，雖然詩與歷史、詩和社會、詩及自然等文學課題，與詩之本體論和方法論同等重要，但受限於才力與時間之不足，這些有關於詩之外部環節的延伸探討只能暫時擱置，留待日後再行探究。但儘管如此，透過種種細致的觀察、分析，在就詩而論詩的角度下，筆者仍力求本研究能夠避免個別化、附屬化與單薄化的研究窘境，進而對詩學理論此一重要之學術議題，進行兼具深度、廣度的全面研究。

（三）實踐步驟

　　在確立了宏觀的整體原則與具體的詩論架構後，以下將簡要說明本研究進行時所採取的實踐步驟。

　　首先，第一步當為仔細收集所有關於研究對象的詩學論著；需要特別說明的是，由於筆者之終極目的不在描述、詮釋研究對象之整體詩學理論，而只是為了突顯象徵與現代對於紀弦、覃子豪與林

亨泰之詩學理論的重要性，並彰顯研究對象於詩學理論之建構上所展現的有機聯結與潛在體系，故而於挑選研究素材時，就僅限以單一專書或全集形式出版的詩學論著，其他散見於期刊、報紙或詩集等未統結成冊的零散詩論，則不在此次研究範圍之內。

再者，歷經漫長的細密分析、深入詮解、重新架構等思緒之內在爭戰，並且對本文所欲關懷之題目意涵、兩種不同之研究動機、類別各異之前行研究與兼涵綱目之研究方法等內容詳細述說後（即如本章所示），第二項欲達成的目標，即在於建立屬於每一位研究對象自身的，分別以「象徵」與「現代」為核心而輻射蔓衍出的詩論體系；換言之，除了闡發紀弦、覃子豪與林亨泰等人對於「象徵」與「現代」所提出的各式看法以外，各研究對象如何將「象徵」與「現代」嵌入自身詩學理論之整體面貌，並與其中所包含的種種細節建立起有機而嚴密的結構體系，亦為筆者於此階段所欲顧及的重點（詳見第貳至肆章與第陸至捌章）。

其次，除了對單一詩論家筆下所提出之與「象徵」、「現代」各自關係密切的詩學理論進行闡述與重構，並突顯出個別詩論家之獨到特色後，本書亦嘗試打破以人物為審察觀點的視角，依照詩學理論範疇中與「象徵」、「現代」有重要聯結的各類議題進行探索，以期通過橫向並列之觀察，進一步挖掘出在紀弦、覃子豪與林亨泰筆下，「象徵」、「現代」與詩學理論之間所本然具備的深層關係（詳見第伍章、第玖章）。

最後，紀弦、覃子豪與林亨泰在各自建構以「象徵」、「現代」為核心之詩學理論時，所呈現出的彼此異同、可能成就、各自之理論淵源、本研究開展時所產生的短處缺憾，以及對「象徵」、「現代」與紀弦等人整體詩學之後續研究展望，則為本論文所欲努力演奏的尾聲。

第貳章、紀弦之詩學理論與象徵

　　在一般的閱讀印象中，提到「紀弦」，往往會立即聯想到「橫的移植」、「現代派」、「知性」等鮮明的標籤；至於「象徵」，似乎是詩宇宙裡分屬另一系統的獨立星球，與紀弦彷彿不具任何關聯！然而，透過對紀弦詩論作品的有機歸類、詳細審視後可知，所謂的由實至虛的「象徵」關係不僅與其詩論之主張關係密切，甚至可說是紀弦詩論的重點所在：

> 一首詩是一個象徵；象徵是「全體」的表現。……若干短語或詞，成一個小集團，而作繪畫之行動的，叫做意象；意象是「部分」的表現。……如果意象與意象之間，各自獨立，互不相關，……則不能構成一個全體，自亦無所象徵，根本就不成其為一首詩了。[119]

例如，從上述引文中即可明確看出，象徵，當可說是紀弦心目中詩之本體的代名詞！而除此之外，在紀弦詩學理論的整全內容中，其實不管是詩之組成結構、功能用途等詩本體論要點，或詩之創作、閱讀與批評之詩方法論議題，都與象徵關係擁有極為緊密而明確的聯結。

---

[119] 紀弦：〈覃思閣主人論詩〉，《千金之旅——紀弦半島文存》（臺北：文史哲出版社，1996年12月），頁286。

第一節：紀弦之詩組成結構論與象徵

首先，對於詩究竟是由何物所構成的問題，不論是「客觀化的情緒」、「具體事物」或「理智」等詞彙，皆為紀弦在處理與詩組成論相關議題時常見的重要概念；然而，除了對以上所舉的詩之組成元素進行深入的理解與研析外，其彼此之間的連結狀態，同樣也需要進一步的縝密分梳——換言之，對紀弦之詩組成論而言，「象徵」之價值其實主要表現在，作為一種足以代表詩之諸般組成元素彼此相互連結的組成狀態。

（一）新詩是情緒的象徵產物

由下列引文可充分掌握的是，在紀弦眼中，所謂的「象徵」在某些特殊前提之下，即為「新詩」之內部組成狀態；進而言之，詩中的理智元素，則是促使「新詩」之本體，得以被情緒所順利「象徵」而成的關鍵所在：

> 「新」詩之所以為「新」詩，……有一大特色，那便是：理性與知性的產品。所謂「情緒的逃避」，殆即指此。同樣是抒情詩，但是，憑感情衝動的是「舊」詩，由理知駕馭的是「新」詩。作為理性與知性的產品的「新」詩，決非情緒之全盤的抹殺，而係情緒之微妙的象徵，它是間接的暗示，而非直接的說明；它是立體化的，形態化的，客觀的描繪與塑造，而非平面化的，抽象化的，主觀的嘆息與叫囂。[120]

值得注意的是，「新詩」、情緒、理智與「象徵」之間的關係，紀

---

[120] 紀弦：〈袖珍詩論十四題〉，《新詩論集》，頁36。

弦曾不只一次地在其詩論著作中提到，且前、後兩次內容所運用的字詞，可說是保持著極高的相似性：

> 作為理性與知性的產品的「新」詩，決非情緒之全盤抹殺，而係情緒之微妙的象徵。它是間接的暗示，而非直接的說明；它是立體化的，形態化的，客觀的描繪與塑造，而非平面化的，抽象化的，主觀的嘆息與叫囂。它是冷靜的，觀照的，而非熱狂的，燃燒的。[121]

如此一來，我們當可清楚得知，將新詩定義為一種被象徵而成的特殊存在，幾可稱為紀弦詩論中的一大堅持；此外，我們也能清楚了解到，對紀弦來說，理智元素之作用，不僅可使詩作之意義輻射、意境凝塑，更重要的作用當在於，促使情緒得以順暢無礙地具備了客觀化、象徵性等特色，成為他心目中的「詩」；也唯有依憑理性與知性，才能使主體情緒得以在衝動表露、直接傾瀉之前，得以與具體事物相觸互融，進而擁有立體的形態，並獲得充分的描繪。

　　換個角度來看，儘管對新詩來說知性或理性之成分是如此的重要，但若無情緒之先行奠基，也無法使詩之本體被順利象徵而出；而就文學範疇之「情」來看，紀弦認為其產生源頭，應和外在之具體事物關係密切：

> 草葉之微，宇宙之大，無不可以入詩。詩的本質——實則一切文學的本質，是一個情緒。吾人對一草葉，可能激發情緒，對全宇宙，亦能發生情緒。[122]

---

[121] 紀弦：〈把熱情放到冰箱裏去吧〉，《紀弦論現代詩》，頁4。
[122] 紀弦：〈論新詩〉，《紀弦詩論》（臺北：現代詩社，1954年7月），頁13。

因為當紀弦直截點出詩即是情緒之象徵產物時，其實也就是在告訴我們，因外在具體事物而滋生的各式情緒，實為詩組成元素中不可或缺的一環；但值得注意的是，當紀弦討論「情緒」之時，除了提到由外物所引生而出的各式情緒，其詩論開展時亦會格外強調專屬於現代文明中人所具備的特殊情感：

> 在本質上，新詩之新，依然是其情緒的新，境界的新。它應該是「道前人所未道，步前人所未步」的。現代人的生活，顯然是不同於前一兩個世紀的：忙迫，變化，速率，騷音，醜惡，恐怖，不安定，不安寧及其他。……我們的詩，連同我們的文學，藝術，文化一般，自然也有我們這一時代的特色。……舉例來說，每常襲擊現代人的心靈的一種「虛無之感」，雖非喜怒哀樂中之一種，然而又何嘗不是一大強烈的情緒呢。[123]

也就是說，除了喜、怒、哀、樂等人類心靈固有而共通的情緒之外，紀弦認為由於受到近代以來物質文明、世界環境的重大變革，新詩所包含之情緒也因此有了與古相異的嶄新類別——例如「虛無」；然而，若我們只停留在情緒種類的劃分，那勢必將陷入永無休止的循環當中：因為，新的變數，總是會隨著時間的流逝與世局的變遷而有所增加。換言之，紀弦論「情」所做出的一大貢獻，實不在於細密分梳詩中之情究竟有哪些不同的種類，其所提出的「情之程度」一詞，或許對詩學研究來說才應該是需要繼續深究的重點：

> 喜、怒、哀、樂是情緒的種類，狂熱是情緒的程度和狀態。

---

[123] 紀弦：〈論新詩〉，《紀弦詩論》，頁14。

達於狂熱的程度的，便是「詩的情緒」。而這又是超越了理性的控制和知性的判斷的一種純粹的，淨潔的，透明如水晶的，不染一塵的情緒。……可是我們必須注意的是，單單憑著這種詩的狂熱，……還是不能到達表現，不能完成一首詩的。在這裡，客觀化的問題，跟著便有提出來加以討論的必要了。[124]

紀弦認為不論是哪一種情緒，只要在程度上能達到「狂熱」，就都可歸入詩之範疇；然而，此處「狂熱」一詞之提出，其最大的價值應不止於該名詞本身，而是在於提醒了我們，儘管狂熱而專注的情緒，是詩極為重要的組成元素，但此種情緒尚須經過「客觀化」的環節，才能成為一首真正的詩：

詩的內容，就「詩一般」而言，它的本質是一個情緒，一個客觀化了的情緒；就「新詩」而論，亦然。[125]

也就是說藉由紀弦的論述，我們即能確知，所謂的客觀化後之情緒，不僅是足以決定詩之整體全貌的核心關鍵，亦為詩所承載內容的根本性質；然而，情之一物本就是心靈中的抽象存在，又該如何才能做到「客觀化」──或許，以客觀、冷靜之態度來看待自我之情緒，當為其中一條可行之道：

什麼叫做情緒的客觀化？……便是化「我」為對象，化主觀為客觀從而觀之。而且要退後幾步，離遠一點看，把注意力集中，靜靜地看。……看著看著，於不知不覺之間，吾人之意識乃入於一種無我、忘我、恍恍惚惚、而又異常清醒的境

---

[124] 紀弦：〈詩質與詩形〉，《紀弦詩論》（臺北：現代詩社，1954年7月），頁19。
[125] 紀弦：〈論新詩〉，《紀弦詩論》，頁13。

界，於是情緒凝結，現實變貌，形象出現，一個有組織，有
秩序的新世界，遂完全呈現在我們的「心眼」之前，而讓我
們用言語之意味與音聲去做那畫家用色彩所做的工作了。[126]

進而言之，正因為紀弦提出，情緒在經過客觀化的階段之後，會因
專注與冷靜等手段，自然而然地達到「情緒凝結」、「現實變貌」
等效果，於是當我們回頭看前述所提出的詩本體之定義——所謂的
新詩，當指一種由情緒所象徵而成的特殊產物——時，其實就可加
入此處客觀化所帶來的推論成果；換句話說，當我們綜合前後論
點，且以更為直截而準確的角度，來詮釋新詩與情緒的象徵關係
時，此項關於詩本體論之重要問題，其可能之解答或許便應更正
為：所謂新詩，即是當情緒客觀化後心中湧現之變貌現實所象徵而
成的特殊產物：[127]

新詩
↑ ↑
作者達於狂熱程度之情緒 → 客觀化之情緒＝現實變貌後之內心形象

（二）詩是現實象徵出的成果

通過前述之說明，我們已大致了解「情緒」與「新詩」之間的
「象徵關係」；但是，在紀弦詩論中對於詩本體與象徵產物之相互
關聯的敘述，其實不止於此——換個角度來看，對紀弦來說，所謂
的「詩」——或更直接地說即是詩之本質，當為一種由自然與人生

---

[126] 紀弦：〈詩質與詩形〉，《紀弦詩論》，頁19。
[127] 為了突顯「象」對詩的重要意義，故而於往後的詩論詮釋中，凡是提及了具備形象
性特徵的詩相關元素，均以長形方框示之。另，此種構圖方式，是筆者從索緒爾對
語言學範疇裡標誌（signifier）與意義（signified）之論述中修改而得的靈感；其中，
位居圖示底層者，乃是具有傳遞能力的象徵源頭，圖示上方則代表了最終被象徵而
出的各類成果；至於垂直向上的箭號，則代表了由下到上的傳達過程。相關內容，可
參見Ferdinand de Saussure, Course in General Linguistics（London: Duckworth, 2005），pp. 66.

等現實景況所象徵而成的特殊產物：

> 詩是什麼呢？詩就是通過詩人氣質所見的人生與自然之象
> 徵。[128]

或許對紀弦來說，人生、自然等具體實有之物，就如同遍照天地的
日光一般，雖然無處不在，但往往也容易使人忽略它的存在——而
詩人之獨特氣質，就如同三稜鏡一般，能夠在與自然、人生等現實
存在相遇互觸之後，即使尚未依附語言文字之外顯形式，卻也同樣
能順利產生出如炫麗七彩般的詩之光芒：

> 各人有各人的氣質，氣質決定風格，詩如其人，其人決定其
> 詩，詩者，通過詩人氣質所見的自然與人生之象徵也。[129]

而若結合前述所討論的新詩與情緒之關係，當可進一步推論出，不
論所關注的焦點是新詩此一特殊類別或是詩之為物的整體全貌，對
紀弦而言，詩之本體都必須經過象徵式的傳導過程後，方能順利呈
現——也就是說，對詩之本體層面來說，具備象徵式組成特性的內
在結構，可謂紀弦詩學理論中相當重要的堅持。

　　另外，從其他的相關論述中我們可以進一步看出，紀弦十分強
調此種由自然、人生等具體現實象徵出詩的過程，並非刻板僵化的
複製與再現，而必須是充滿個人創意的演繹與表現：

> 詩人不是學者，但是他的「心靈」必須不斷地受教育。……
> 詩人以其心靈，去向大自然學習，去向人生學習。但是詩，

---

[128] 紀弦：〈詩質與詩形〉，《紀弦詩論》，頁19。
[129] 紀弦：〈內容決定形式‧氣質決定風格〉，《新詩論集》（高雄：大業書店，1956年
　　　10月），頁18。

決非大自然的現實之再現，決非人生的現實之再現。詩是「表現」，而「再現」非詩。[130]

然而，我們不得不繼續追問的是，客觀具體的自然事物、人生景況何以能夠直接而立即地象徵出詩之整體全貌？透過詩人自我之獨特氣質所觀察到的自然、人生，難道不會有任何異於原始狀態的改變？凡此種種，其實都暗示了，從外在事實演變至詩之本體的過程中，應有一些環節必須加以澄清，否則難以徹底構成詩之完整面貌：

> 至於「內在的」美術性，卻是心上的繪畫，心上的雕塑，心上的建築，即詩人基於想像作用，意匠活動而構成的一種「現實的變貌」之「心象」。[131]

而從上述紀弦對詩之內在美術性的討論中，可進一步推衍出，當詩人以個我之獨特氣質審視外在世界之客觀現實時，應會如紀弦所說般，先將此種客觀的現實加以變貌改裝，轉化為依存心靈之空間性形象（亦即「心象」），方能再由此種現實之心象，象徵出作者所欲表達的詩之存在：

詩
↑ ↑

作者氣質所見之自然與人生 → 由現實之想像變貌而成的心象

---

[130] 紀弦：〈袖珍詩論十四題〉，《新詩論集》，頁30。
[131] 紀弦：〈音樂與美術・時間與空間・主觀與客觀〉，《紀弦詩論》（臺北：現代詩社，1954年7月），頁35。

（三）情緒與現實之關聯辨析

經過了上述的分析，我們可以清楚得知，對於詩之本質究竟是什麼的答案，在紀弦詩論中至少有以下兩種可能的回答：亦即既是理性、知性所駕馭之情緒經客觀化後所象徵而成的產物，也是詩人所見之自然、人生等現實景況變貌後的象徵成果——而對於後起之研究者來說，如何統整、綰合紀弦詩學理論中如此相似之象徵論述，便是不容忽視的重要工作。

換個角度來說，詩，對於紀弦來說無疑的是一種象徵而成的特殊之物；但其中同樣都能使詩之本質被象徵而出的「情緒」與「現實」，彼此又該維持著怎樣的特殊關係，便為筆者所欲努力探究之處。

首先，在前述分析紀弦詩論體系中「情緒」的來源時，便已提及情緒須藉現實事物之可感具象方能產生；故而不論是當詩人面對的是草葉之微抑或宇宙之巨，都有可能因此產生「情緒」。[132]

進一步來看，當我們結合紀弦其他與「情緒」相關的論述時，則可更充分地體認到，若要使與詩相關之「情緒」產生，除了必需要有「人生」、「自然」等具體現實之元素以外，同時也需要詩人意識主體的參與：

> 詩有其主觀性，亦有其客觀性……詩是通過了詩人的氣質所見的人生之姿與夫大自然之奧祕。一首詩是一個世界。一個詩人是一個耶和華。……作為創造的諸原則之一，表現個性比一切都重要。詩人是意識的主體，而人生和大自然便是被詩人所意識的對象。詩人體驗人生，觀察大自然，從而激起情緒。[133]

---

[132] 紀弦：〈論新詩〉，《紀弦詩論》，頁13。
[133] 紀弦：〈音樂與美術·時間與空間·主觀與客觀〉，《紀弦詩論》，頁36。

因為當詩人之意識主體對外在實存的自然與人生進行審視觀察後，方能使作為詩之本質的情緒得以在主客相觸、內外激盪之時順利產生，並充分展現出詩人自我的獨特個性，進而使詩之主觀性與客觀性，都同時獲得開展完備之可能。

但換個角度來看，由具體現實所激發而出的主體情緒，並非詩之組成要素的最終型態，尚須經過更深層的提煉與點化：

> 說一切情緒皆可以成詩是不夠完全的：它必須是波動的，永續的，藉「現實之變貌」而予吾人之「心眼」以視覺的享受，予吾人之「心耳」以聽覺的享受之「情緒的昇華」。[134]

因為在上列所引之紀弦言論內早已清楚表明，作為其心目中詩之本質的情緒，必須經由現實變貌之助，方能完成其本身之昇華與淬鍊，進一步使詩得以被此種既具備客觀性又兼有新變化的昇華後之情緒，象徵成形。

換言之，上列所謂「情緒」憑藉想像能力而得到的「現實之變貌」，除了是一種「情緒之昇華」外，其實際內涵亦等同於前述所提及的「情緒客觀化」之意義。[135]

（四）以心象為中樞之象徵式詩組成結構

整體來看，所謂的新詩是情緒之象徵，以及詩即是自然與人生之象徵，此二種紀弦所提出之與詩組成論密切相關的意見，其實就正好代表了重視主觀與強調客觀這兩種各趨向極端的詩學觀點：

> ……無論怎樣主觀的抒情詩，也少不了客觀的成分；無論怎樣客觀的敘事詩，也少不了主觀的成分。否則，不成其為好

---

[134] 紀弦：〈袖珍詩論抄〉，《紀弦詩論》（臺北：現代詩社，1954年7月），頁4。
[135] 紀弦：〈詩質與詩形〉，《紀弦詩論》，頁19。

詩。[136]

但不可遺忘的是，對紀弦而言不論主、客，都是詩之為物所必須具備的一環。進而言之，詩之主觀成分，當與詩人之臻於狂熱程度的情緒有關；而藉由想像力所開展之客觀化活動，及其所得到的變貌心象，則可視為詩之客觀性的來源——此外，除了情緒與現實本身所代表的詩之整體脈絡中的主、客二端，更值得注意的，是其彼此之間所維持呈現的，有機而複雜的連結狀態：

> 文學的本質是一個情緒。然而單是情緒，不能成為文學。作品的內容之形成，有待於情緒的客觀化……於情緒之根底，有著主觀之「我」；為實行客觀化，則有「我」之對象。……「我」體驗人生，「我」觀察自然，於是喚起情緒，從而有所表現。……其一是情緒的表現，其二是客觀化的表現。前者是主觀之我所支配的領域，後者是受對象之限制的部分。但這表現之兩方面，是不可分立的，而且錯綜複雜，渾然一體。[137]

而為了更有效說明紀弦心目中與象徵狀態有關的詩之組成，到底具有怎樣繁複的結構組織與組成元素，或許藉圖以示，是值得嘗試的一條道路：

詩之本質
↑ ↑
變貌而可感之心象

---

[136] 紀弦：〈音樂與美術‧時間與空間‧主觀與客觀〉，《紀弦詩論》，頁36。
[137] 紀弦：〈詩質與詩形〉，《紀弦詩論》，頁17。

首先，通過紀弦對新詩與詩的各自論述，當可進一步推知，在紀弦對詩之組成的根本認識裡，具備了可感性質的心中形象，當為促使詩之本質得以被順利象徵而成的關鍵組成元素；但必須注意的是，不論是通過情緒之客觀化工夫，抑或透過想像力來變貌舊有之現實，對紀弦而言，皆可使既異於舊有現實又具備可感樣貌的嶄新心象成功誕生——換言之，主客相融、物我並重，可謂紀弦心目中詩之內在結構所具備的重要性質之一。

故可說，不論是以情緒或現實為詩之內在結構的基礎，以可感而變貌之心象為中樞的連鎖象徵關係，當可視為紀弦詩論中，對於詩之組成狀態的一種可能答案。

第二節：紀弦之詩功能用途論與象徵

而在對紀弦詩論中與象徵關聯緊密之詩組成論進行詳細的探究，並得出詩中心象是詩之本質得以被象徵而成的重要關鍵後，接下來要繼續深究的是，紀弦筆下象徵與詩功能論之間的聯繫。

另外，當我們對紀弦詩學理論中，關於詩之功能用途的種種看法充分探討後，如何將詩之功用與內在結構等特性合併審視，進而歸結出紀弦詩學理論中，與象徵關係密切的各式詩本體論總體性質，則是此節的最終目標。

（一）以心象救濟心靈

由前述的詩組成論可知，不論是自然之山水景物，或人生所處之時代社會，此種外在的具體現實，均會影響詩之本質——亦即情緒的狀態；但當紀弦在論述詩之功能與目的時，卻提出應先行將外在之客觀條件擱置，將重點置於詩本體之內在構成的說法：

> 現代詩無實際目的。如果也有的話，那也只是在於一首詩的

完成，在其本身之內，而不在其本身之外。[138]

因為對紀弦而言，所謂的現代詩，或許不應該擁有如淑世、經國等任何外在之實際目的；而相應的是，紀弦認為詩唯一的功能與用途，或許便在於促使其詩之本體的形成與完備──詳言之，所謂的一首詩之完成，對紀弦而言，內、外兼具當為不可缺少的環節：

> 詩，連同一切文學，一切藝術，首先必須是「個人的」。唯其是個人的，所以是民族的；唯其是民族的，所以是世界的。唯其是個人的，所以是時代的；唯其是時代的，所以是永久的。……民族性格，時代精神，又必須是藉一個詩人，一個文學家，一個藝術家之「我」的表現而具體化於其作品中，方能成為活的，有生命的和發展的。否則，……止於是一個抽象的，概念的無生物罷了。[139]

也就是說，對紀弦而言詩的組成狀態除了前述所論及的內容之外，尚可憑具體和抽象為界，將詩一分為二──其中，所謂「個人的」部分，亦即詩人內在之自我意識，應是首該存在的抽象要素；因為不論是時代氛圍、民族精神等層級更高、涉及更廣的詩之組成元素，若無自我意識之先行確立，往往易流於無根之萍的空虛窘境。再者，當自我意識浸潤了時代、民族、世界等更外圍的範疇，使詩之抽象層次已完備到一定程度後，才能談到如何將此種抽象存在具體到外在的詩作形式之階段。

進一步來看，當我們確認在紀弦心目中詩之完備可以理解為內在抽象元素與外在具體形式之相互連結後，使人之心靈世界得到昇

---

[138] 紀弦：〈現代詩之評價〉，《紀弦論現代詩》（雲林：藍燈出版社，1970年1月），頁137。
[139] 紀弦：〈袖珍詩論抄〉，《紀弦詩論》，頁3。

華與撫慰，或許便是一首內外兼備之詩所能給出的最大價值：

> 詩的功用，在於賦予一個情緒或一個經驗以具體的形式，表
> 現或完成之使成為一個健全的新生命，由於「共鳴作用」，
> 離開一人之手而成為萬人之共有物，提高並澄清萬人之情操
> 而使其受難的靈魂無告的心得到至高無上的救濟。能做到這
> 個地步的，便是好詩。[140]

而須特別說明的是，紀弦認為一首詩之所以能對千千萬萬人之內心
世界發揮功效，所謂的「共鳴作用」當是其中不可省略的環節；換
個角度來看，要能使他者之心與詩所蘊含的深刻意義充分接觸進
而產生共鳴，當中必須具備的媒介，或許便是具體而可感的各式
心象：

> 詩人基於想像作用，意匠活動而構成的一種「現實的變貌」
> 之「心象」，通過了技巧之圓滿的運用，具體化於其詩篇，
> 而在讀者心中喚起一種彷彿如實的印象，使間接地體驗詩人
> 之經驗，從而獲得一種心靈的教育與享受。[141]

而異於現實之舊有原貌且又具體可感的各式「心象」之所以如此重
要，當在於若無「象」所具備的可感特性，則勢必會影響讀者對詩
人所欲傳達之經驗與意義的攝取，不利於詩之共鳴作用開展，更很
難使讀者心靈獲得昇華與撫慰；就另一個層面來看，心象所蘊含的
既可感而又變貌之特性，對於紀弦來說，除了具備上述較為宏大而
長遠的用途之外，尚有其他更為直接而當下的功能：

---

[140] 同前註。
[141] 紀弦：〈音樂與美術・時間與空間・主觀與客觀〉，《紀弦詩論》，頁35。

> 詩的本質是一個情緒，一個在於音樂狀態的，有想像的情
> 緒。……說一切情緒皆可以成詩是不夠完全的：它必須是波
> 動的，永續的，藉「現實之變貌」而予吾人之「心眼」以視
> 覺的享受，予吾人之「心耳」以聽覺的享受之「情緒的昇
> 華」。[142]

而正因為在紀弦筆下所謂的詩中之情緒在經過客觀化之轉變過程後
便能具有既變貌又可感之形象特性，故而讀者能從心象中獲得與形
象特性相應的視覺與聽覺之雙重享受；雖然，紀弦在此並未細說心
象究竟如何能夠給予接受者聽覺方面的享受，至少我們能夠知道對
紀弦而言，詩之心象除了能使人在靈魂方面獲得長遠而宏大之昇華
與治療，還能使位於接受之讀者心靈快速獲得感官方面的享受與收
穫——例如視覺類型的刺激。

（二）以有限象徵無窮

　　就讀者角度來看，詩憑藉本身所蘊含的心象，可使人之內心世
界獲得治療與救贖；但從另一方面來看，對於作者自身而言，詩之
心象尚有其他功效，值得進續深入挖掘：

> 而在以「我」為宇宙中心的一點上，現代詩與新興繪畫之基
> 本態度是一致的。所謂藝術家，……即創造了藝術品的世
> 界之上帝。……現代詩以「心靈」為現實中之現實，復與
> 天地間萬事萬物相默契。……現代詩重知性，避直陳與盡
> 述，……一反浪漫主義及其以前的詩之表現一個完整的或統
> 一的觀念，它只表現一個情調，一個心象，一個直覺，或一
> 個夢幻。它否定了邏輯，從而構成一全新的秩序。以部分暗

---

[142] 紀弦：〈袖珍詩論抄〉，《紀弦詩論》，頁4。

示全體，以有限象徵無窮。[143]

　　因為從上述紀弦討論現代藝術中詩、畫關係的文字裡，除了提到心靈等內在場域方為詩人所應看重之現實外，更重要的是，紀弦不忘提醒我們，儘管內在之心靈現實才是詩人該特別著力之處，但與外在具體現實之物的聯繫，卻也是詩必須兼顧的另一項重點——進而言之，紀弦認為若能憑藉「以部分暗示全體，以有限象徵無窮」的原則，就能做到一方面既看重內在之現實，另一方面又可充分與外在具體之物連結；換言之，詩中之異於現實的嶄新心象，實為詩人內心與外在具體之實物得以維持著暗示、象徵之脈絡的重要關鍵。

　　故此可知，根據前述的種種分析來看，紀弦眼中的詩之功用，對於作者而言最大的用途，應是可藉由詩之心象來完成以有限呈顯無窮的浩大工程；而對讀者來說，詩，則有拯救內心、昇華靈魂之大用，與增加感官刺激等功能——其中，共通且最為重要的關鍵，則應是異於現實之嶄新心象的存在：

存有之無窮與全面／心靈之昇華與救治／感官之當下享受

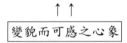

變貌而可感之心象

（三）以心象為焦點之象徵式詩本體定義

　　所謂的詩之組成論，其重點在於呈現一首詩究竟是憑藉了哪些組成元素而得以結合塑形，且彼此之間又維持著怎樣的連結關係；而當我們將關注之焦點從詩內部之組成轉移到詩與外在具體現實之間的聯繫時，所看重的便將是詩究竟能帶給作者或讀者怎樣的功效或用處——進而言之，當分從內、外之眼光來審視詩之為物後，若

---

[143] 紀弦：〈現代詩的特色〉，《紀弦論現代詩》（雲林：藍燈出版社，1970年1月），頁15。

能將紀弦對詩之組成與功能的論點合而觀之，並依舊以象徵關係作為思考之焦點，則勢必能更完整地表現出紀弦詩論中，象徵關係與詩之本體的關聯脈絡，究竟有何獨特之處！

首先，不可忽略的是紀弦於其詩論架構中，規劃出兩組與象徵有關的詩組成結構——第一種組合類型，是以新詩為討論焦點時，所提出的意見，亦即新詩乃是情緒的象徵產物；其次，第二種連結型態，則不限指新詩，而是在泛論所有的詩時，所引生出的觀點——詩，可由自然、人生等外在現實象徵而出。

而當我們仔細思索後，其實不難發現，在此二種象徵式的詩組成結構中，儘管在作為具備強烈傳導能力的「標誌」，有「情緒」與「現實」之不同，但當「情緒」經歷「客觀化」之轉變，「自然與人生」也通過詩人主體之「氣質」潤飾後，其所形成的結果卻可說是相當一致；換言之，不論是客觀化後的情緒，抑或詩人主體自我所觀察到的外在現實，都只是詩組成中「標誌」範疇內的初階樣態——真正使詩煥然成形的，應為具體現實經由想像點化後所蘊含於詩人心靈的新變形象。

故而可以確知的是，儘管詩人心靈之情緒、想像等元素，對紀弦來說亦為詩所不可或缺的組成元素，但若從詩之內在結構的角度來看，紀弦所提出的兩大說法，不論是新詩乃情緒客觀化的象徵產物，與詩實為詩人氣質所見之自然與人生的象徵成果，都在在揭示出詩的內在結構，若就最直接而簡要的角度來描述，當可看成是由異於現實之新變心象與最終被傳達表現的詩之意義，所共同聯結而成的象徵型態。

而與上述紀弦詩組成結構論之重點相似的是，其對「心象」之重視，其實也表現在他的詩功能用途論中——因為紀弦亦曾直截點出，詩中所蘊含的「心象」，具有昇華讀者情感，醫治心靈創傷等重要的功效；對於作者來說，在其創作開展完成後，更能憑藉詩作之有限存在，向外象徵出廣闊遼夐之無窮天地。

因此，總體審視紀弦對詩之組成與詩之功能所立下的論述，筆者認為象徵與紀弦之詩本體論的關聯，主要表現在以下三點：

第一：詩之本體，就其內在組成而言，可說是表現出了強烈之由此至彼、由具實可感到抽象意義的象徵連結特色。

第二：詩之本體，其在功能效用上，可憑藉詩中之可感具象，生發出救濟讀者心靈、刺激感官享受與促使作者表現等重要貢獻。

第三：詩之本體，不論在組成與功能等方面，其特色之彰顯與目標之完成，均與詩中可感而新變之心象，密切相關。

第三節：紀弦之詩創作方法論與象徵

再者，當我們分從組成與功能兩途來審視詩之為物後，看似對詩本體之認識已具備了基本的了解；然而，對紀弦來說，這或許只不過是詩之研究道路的濫觴而已：

> 有想像的情緒還不是詩，它止於是詩的本質而已。詩乃「情緒之經驗的完成」。而在完成一個經驗的場合，技巧是決定一切的。[144]

因為，從上述紀弦的論述可知，儘管我們已知道憑藉象徵關係所組成的詩中，當以具想像特質的嶄新心象為焦點，而情感、個人氣質等主體心靈層次的元素，則是詩最基礎的成分；但，或許是身為詩人的緣故，在了解本質層面的問題後，對於紀弦來說更為重要的，還是一首詩究竟如何才能完成——亦即，屬於詩之創作方法的各式相關思辨與探索。

簡言之，紀弦的詩創作論亦與「象徵關係」，保持密切的聯

---

[144] 紀弦：〈袖珍詩論抄〉，《紀弦詩論》，頁4。

繫；因為，當我們透過情緒、靜觀、立體化塑造和語言文字等關鍵詞彙的連結可以充分了解到，紀弦之詩創作論，一樣具有強烈的象徵特色。

（一）靜觀得象，物我合一

首先，在前述的詩組成論中，我們已經清楚發現，情緒，尤其是臻至狂熱而濃烈之程度的情緒，可謂詩本體之象徵式組成結構中，具有充分傳達能力的基礎標誌之一；然而，儘管內在之情緒對於詩之組成來說有不可忽略的重要性，但紀弦也不忘提醒我們，對於詩之創作而言，觀察外在之現實，更是不可或缺的必要環節：

> 人們往往誤解了詩也誤解了詩人，以為只要有熱情，就可以寫詩，……而不曉得洞察力的重要。所謂天才，嚴格地說，就是這種與生俱來而又日益精進的洞察力，或直觀的表現力。……直觀的表現力之強弱，決定一個詩人的作品之優劣及其成就之大小。凡偉大的天才必具有極深極強的洞察力，而為其同時代的詩人所不可企及。[145]

因為，不論是洞察抑或直觀，紀弦認為此種行為的成敗，皆與詩之好壞優劣，密切相關──換個角度來看，紀弦之所以在討論詩創作方法時如此強調觀察的重要，其意義或許在於，點出了紀弦之詩組成論中位居關鍵的客觀化之情緒，實須依托於觀察之助而方可順利成形：

> 象徵派的理論家大詩人馬拉美說：「靜觀物象，於其喚起之夢幻中，當想像之飛揚時，『歌』乃成。」這就是告訴我們

---

[145] 紀弦：〈詩質與詩形〉，《紀弦詩論》，頁20。

怎樣去實行「情緒的客觀化」之一條捷徑。[146]

　　紀弦藉由法國詩人馬拉美的話告訴我們，透過靜觀與其所喚起之夢幻想像的結合，當能以較為便捷的方式完成「情緒之客觀化」的要求；而換個角度來看，當我們回想紀弦詩組成論裡與情緒之客觀化實可引導出變貌而可感之心象的相關敘述時，即可進一步推論出，所謂的靜觀與隨之而來的想像，當為促使詩中心象得以順利產生的重要創作方法——而在詩中心象與靜觀之間的關係釐清後，我們自然也能了解為何紀弦會提出詩之成就高低實與直觀洞察等方法密不可分的原因。

　　此外，當詩之創作與觀察的關係獲得充分討論後，在紀弦詩論的其他內容中，也不忘提醒我們，對於詩人所欲觀察之目標來說，當下現實中的文明產物，可說是需要特別注意之處：

> 今天，我們的社會正處於一個從農業時代進步到工業時代的過渡期。……當你戀戀不捨如此惆悵地回顧田園詩的農業社會那寧靜又優美的情調而感到乎乎如有所失鬱鬱不得意時，機器就會把你吃掉，噪音就會把你殺死。你應該面對那些醜惡的機器，傾聽那些令人毛骨悚然尖銳而悽厲的噪音，去接受它們的考驗。……你應該有一種高度的智慧去發見機器的美，一種醜惡的美；你應該有一種卓越的能力去組織噪音，並即以噪音寫詩。……那些不悅目的形象和不悅耳的音響，正是你所取之不盡用之不竭的現代詩的泉源，……如此，你的詩庶幾不至於成為古人的意境之現代版，而有這時代的精神之呼吸與閃爍了。[147]

---

[146] 紀弦：〈袖珍詩論十四題〉，《新詩論集》，頁35。
[147] 紀弦：〈工業社會的詩〉，《紀弦論現代詩》（雲林：藍燈出版社，1970年1月），頁191。

之所以如此，或許是因為在白話文學普及之前，詩人、作家們所身處的自然現實，多是千百年來不曾劇變的穩定狀態——李白看過的月亮，在蘇軾看來外表應沒有太大的變化；而杜甫所聽過的同一類鳥聲，也該能在辛棄疾的耳邊迴盪。但是，隨著科技的進步，對於現代詩人來說，能夠幫助創作的現實資源，除了傳統即有的自然範疇外，屬於物質文明方面的嶄新變化，也是身為創作人所無法忽視的閃亮焦點。而除了對象本身從自然擴展到文明以外，紀弦在上段論述中更提醒了詩人，對於所觀之物的性質，也應在傳統所謂美的體系之外，兼涵現代社會中無所不在的醜之範疇：例如上述紀弦所提到的噪音，以及日常生活中隨處可見的空氣汙染、交通紊亂、垃圾過剩等情形——因為，只有在創作過程中容納這些專屬於現代文明社會的產物，方能從相關詩作裡，流露出現代人所獨有的時代面貌與風格神采。然而，值得注意的是，提出詩人須勤於觀察具體現實的紀弦也不忘繼續深入指明，當作者正式書寫時，除了自然與文明等客觀存有的外在狀態，更須特別關注的是物象本身的內在特質：

> 第四、努力於「詩素」其物之認識與把握。所謂詩素，不單是指「詩情」，「詩意」，「詩境」而言，它包含著它們，而在此之外，它主要的是詩之所以為詩的，使詩成其為詩的，所謂「詩中之詩」是也。對於一切現實的或想像的事物，首先必須掘發並獲得其最內在的奧秘，然後從而組織之，發揚光大之，使成為一全新的秩序，一獨立的宇宙。[148]

因為，紀弦曾在其他的詩論內容中直截點出，對詩創作來說，所謂

---

[148] 紀弦：〈我之詩律〉，《紀弦詩論》（臺北：現代詩社，1954年7月），頁8。

的洞察與直觀,其所針對之目標,應是那些使詩之所以能順利成為詩的「詩素」——儘管從上述紀弦的言論中,我們只能勉強歸結出,所謂的「詩素」或許即是被觀察之事物的內在奧秘與深層特性,暫時看不出所謂的使詩得以成其為詩的詩素本身究竟具備何種內涵成分,也無法辨認詩素與前述所提及詩中客觀化之情緒、變貌而可感之心象等與詩組成元素有何關聯,但對於詩之創作而言,紀弦在此其實已經給出了另一項更為清晰與重要的提示;也就是說,筆者認為紀弦所謂的從觀察所得之詩素奧秘所建立起的另一種全新之秩序,或許即為詩創作論中需要多加考慮之處:

> 現代詩否定邏輯,而代之以秩序。其秩序之確立,乃是出發自高級心靈生活之體驗與觀照而又恆受詩人絕對自由意志之支配。這是一個空前無兩的大發明:一直覺之明滅,一頓悟之啟閉,神奇而又真實,一未有的境界之構成。錯綜時空,合一物我,變動萬有之位置,交換一切之價值,或為整數之分裂,或為碎片之重組,重組了又分裂,分裂了又重組,而止於詩的至善。[149]

例如,在上列所引的另一篇紀弦詩論裡,我們可以更具體地發現,這些由觀察具體現實、察驗真實人生而得到的內在奧秘,以及據此提煉而出的嶄新秩序,實為紀弦心目中現代詩賴以維繫其體系的主軸——雖然,與前述討論詩素時所發生狀況相同,紀弦對所謂秩序的解說,一樣夾雜了太多抽象而虛擬的詞彙,不利於對其具體意義的把握與思辨。所幸,若我們從所謂的「秩序」必定代表著某種一致性之規則的角度切入,或許可將「合一物我」視為紀弦此段詩論中所提到的「秩序」之具體內涵;進而言之,筆者認為紀弦在其他

---

[149] 紀弦:〈新現代主義之全貌〉,《紀弦論現代詩》,頁48。

詩論所提到的，能使「物我合一」順利開展的關鍵，亦可視為我們在獲得詩素、獲得現代詩之秩序時，所可能應用的有效手法：

> 惟有「靜觀」，才能夠到達主觀性與客觀性的一致，「物」與「我」的統一；也惟有「靜觀」，才能夠做到時間性與空間性的兼顧，音樂性與美術性的調和。[150]

也就是說，不論是促使情緒之客觀化與詩中心象的完成，抑或達到主體之我與客觀之物的貫通與協調，還是從所觀之物中獲取其內在之詩素，這一切對詩之創作來說具有重大意義的主張，在紀弦詩論裡，似乎都唯有通過「靜觀」之法，方能在眾多差異的聚集張力中、在各項與詩之創作緊密相關的議題上，獲得最大程度的圓融與完滿。

　　總的來看，在確認僅憑情緒無法成詩後，紀弦不僅告訴我們除了傳統文學所大量書寫的自然現實以外，科技文明所帶來的種種影響，也是現代詩人該留心注意之處，更進一步告訴我們，對於詩人之觀察來說，詩素之擷取，方為主要的目標；其次，在釐清由詩素所帶來的秩序，與物我合一之間的關係後，紀弦直接表明了靜觀，不僅是促使物我相合與獲取詩素、秩序的妥善方法，更重要的是，靜觀以及隨之而起的想像，同樣可視為詩中情緒之客觀化與異於現實之嶄新心象的成形途徑——因此，筆者認為所謂的靜觀，實可視為紀弦詩創作論中不可缺少的關鍵創作方法。

（二）立體塑象，藉象表意

　　進一步來看，當詩中心象藉由靜觀與想像之助而順利成形，且將詩人之抽象自我與外在具體現實相互融合之後，對紀弦之詩創作

---

[150] 紀弦：〈音樂與美術・時間與空間・主觀與客觀〉，《紀弦詩論》，頁37。

論來說，下一階段的重點仍在詩中心象之上；而若借用法國詩壇中象徵派人士的說法，在心象形成之後，詩人所該做的，便是盡量藉助詩中之象來達到「象徵」之目的：

> 象徵派對於詩的創造之最主要的意圖，即在於依意象（Image）而象徵化思想、感情、情調等。[151]

若依紀弦所見，法國象徵派詩人所主張的象徵，其重點應在於以具體可感之意象，表達出各式抽象的情感或思緒；進而言之，從紀弦對波特萊爾的詮釋中，我們尚可進一步確認，所謂的足以表現抽象之意的意象，其本身應具備了豐富的可感特性以及多變的奇幻色彩：

> 象徵派導源於波特萊爾，他們從波特萊爾學會了「象徵」的方法。波特萊爾細密地表現滿佈蒼蠅的腐屍，聞嗅之撫摩之，似覺頗有異趣。……他對於聽覺、視覺、嗅覺、味覺和觸覺，具有極靈敏的感受性，並且能於感受之中參加想像或聯想作用。[152]

根據紀弦上述的分析，我們可以清楚獲知所謂象徵之法除了需要憑藉具體意象之助以便順利表達各式抽象意念，對於波特萊爾來說，各種既有想像色彩又切實可感的感官經驗，還可看成是象徵之法所包括的必備條件——因為，不論眼、耳、鼻、舌、膚，其所產生之刺激感受，本就是意象足以藉之成形的有效管道；而通過想像與聯想之雙重作用，自然亦可使詩中之意象增添奇幻的姿態。而換個角

---

[151] 紀弦：〈象徵派的特色〉，《新詩論集》，頁57。
[152] 紀弦：〈波特萊爾及其他〉，《新詩論集》（高雄：大業書店，1956年10月），頁64。

度來看，紀弦於自己的詩論闡述中，其實也提到類似的看法：

> 稚拙一點是不要緊的，但必須是通過了老練的稚拙。……於
> 畫如此，於詩亦然。……但這並非在一個初從事於詩之習作
> 的人所能做得到的。他必須通過了表現的確實，然後纔能進
> 一步而到達略帶幾分遊離然卻更能表現的那種境界：那不是
> 「晦澀」，也不是「朦朧」，而是中國畫上一種所謂「意到
> 筆不到」的「寫意」的境界。[153]

例如，當紀弦藉畫論詩時，便曾說明若想在技巧方面達到一種老練
圓熟後的稚拙質樸，必須先對於該如何確實表現的議題，痛下苦
功；之後，方能在熟練於具體實象之表現後，進而邁入寫意之層
次，使詩之表現力道獲得積極開展的機會；另外，與波特萊爾對人
類各式感官之重視雷同的是，紀弦也另闢蹊徑，提出自己增加意象
之可感特性的可行方法：

> 第六、一反過去單純的抒情詩之平面化而採取立體化的表現
> 手法，即繪畫的，雕塑的，建築的手法之運用。一反過去單
> 純的抒情詩之喜怒哀樂無節制的直陳與放縱，冷靜地寫，暗
> 示地寫，意匠地寫。[154]

因為，從上述詩論裡紀弦對繪畫之平面視野、雕塑之立體格局，以
及建築所代表的宏偉體系等不同領域之豐富資源的自由運用，實可
看出他對詩中所蘊含之具體感受性的重視；而連結到其後續所提到
的冷靜、暗示與意匠，則似可呼應到前述所謂的由表現之確實到寫
意之暢快的進展過程——換言之，從具實到寫意，在紀弦的眾多詩

---

[153] 紀弦：〈袖珍詩論抄〉，《紀弦詩論》，頁7。
[154] 紀弦：〈我之詩律〉，《紀弦詩論》，頁8。

論中確為其所堅持的詩創作原則之一；而欲使此種創作方針獲得實踐，紀弦提出了應儘量使詩中之象從平面提升到立體、從微小擴張到宏大，如此一來或能積極發揮詩中心象所具備之功能，使各式抽象之情思，獲得最完整的表現。

（三）語字傳象，意義無窮

　　透過前述可知，對紀弦來說如何藉由觀察之工夫而使心象成形，以及如何依憑各種立體方式來使心象徹底凝塑並最終能表達或情或理等抽象之意，當可謂紀弦詩創作方法論中與「象徵」概念最為相關的兩大要點；然而，我們若潛心追索紀弦於詩論建構中的其他闡述，則不難發現，若是僅僅做到上述兩點，對於詩之創作來說似乎還略有不足——因為，就創作之完整歷程來說，我們實在無法忽視有關語言文字的問題：

> 否定了「我」，便沒有藝術。……有了一個「意識的主體」之我，那就不得不承認同時還有被我所意識到的「對象」之存在。……作為自然之觀察者的藝術家意識到環繞在其周圍的一切對象之存在；……藝術家根據他的感興選擇對象，從而藉色彩，文字或其他工具以表現之；……作品成立……其式子如下：

$$我＋對象＋表現＝藝術品[155]$$

也就是說，若我們先將焦點置於上列等式之左側，則可清楚發現，紀弦將藝術品之創造過程，劃分為結為簡要的三項元素，亦即亟欲有所表現之自我主體、所欲表現之內容對象以及表現活動之本身；

---

[155] 紀弦：〈表現論〉，《新詩論集》（高雄：大業書店，1956年10月），頁19。

其中，在所謂的表現活動中，便包含了文字的存在——換言之，文字對紀弦而言，可謂藝術表現過程中所不可或缺的重要工具媒介。而若縮小觀察之視野而落實到詩之創作來看，所謂的語言、文字，對紀弦來說也都是促使表現活動順利進展的關鍵元素：

> 什麼叫做情緒的客觀化？……便是化「我」為對象，化主觀為客觀從而觀之。而且要退後幾步，離遠一點看，把注意力集中，靜靜地看。……看著看著，於不知不覺之間，吾人之意識乃入於一種無我、忘我、恍恍惚惚、而又異常清醒的境界，於是情緒凝結，現實變貌，形象出現，一個有組織，有秩序的新世界，遂完全呈現在我們的「心眼」之前，而讓我們用言語之意味與音聲去做那畫家用色彩所做的工作了。[156]

換句話說，在將情緒視為足以客觀看待的目標，並在此種靜觀過程中使意識、情緒等主觀之抽象元素凝結成形，轉換為異於現實原貌之嶄新心象以後，對紀弦來說詩人尚須如畫家運用色彩般，憑藉著語言文字等媒介，使既賦予作品內在世界又提供讀者接觸、領受之客觀可感特性的創作環節獲得最終之完成。但進一步來說，什麼是詩人所能夠運用、揮灑的顏料？對此而言，或許紀弦於上述論述中所特別提及的，文字語言本身所具備的兩大特色——意味與音聲，是理解此問題時，值得仔細琢磨的重要環節。

　　就另一個角度來看，紀弦除了提出可多加利用語言文字本身所具備之音、義特色來使詩中之情緒昇華後所形成的變貌心象足以獲得充分表現外，從負面表述的觀點來看，紀弦也不忘補充，必須清除語言文字中所蘊含的散文成分，方能使詩之創造告一段落：

---

[156] 紀弦：〈詩質與詩形〉，《紀弦詩論》，頁19。

在一個稍縱即逝的靈感尚未降臨並起作用於我的心靈時，我的詩的境界雖已存在，卻是模糊不清的。必待靈感來了時，這心上的詩境才呈現出清楚的輪廓，色彩與線條，於是，我把它移到稿紙上來，像畫家寫生一幅風景似的，我寫生我的心。可是這心靈的寫生，還不是一首詩，……把那些散文的成分全部肅清，才能夠告一段落。[157]

也就是說，儘管在詩之心象立體凝塑後，已然具備了足以使人充分感受的形象特性，但從預防的立場來看，紀弦主張仍須在將此種心象轉移到文字的領域時，剔除文字中所包含的散文成分；而之所以要如此處理，對於紀弦來說或許其最重要之目的，是為確認在傳達表現各式抽象之意時，能夠得到最大程度的完成與實踐：

> 所謂詩的進化，嚴格地說起來，就是從詩的野蠻狀態到詩的文明狀態……野蠻人的詩是粗糙的和走直線的；文明人的詩是精緻的和走曲線的。野蠻人的詩是不自覺的、非意識的、本能的表現；文明人的詩是自覺的、意識的、超本能的創造。野蠻人的詩是喜怒哀樂之赤裸裸的叫出來喊出來；文明人的詩則以情緒之「暗示」或「含蓄」──所謂「言有盡而意無窮」為藝術的極致。[158]

而在經過了詩人自覺而主動地創造，使詩人之情緒昇華、詩中之心象凝塑之後，如何使意義之表現獲得最大程度的擴展與保證，或為詩之創作歷程中最該仔細思考的環節。

也就是說，對紀弦而言，避免如散文般直線而顯露的說明，改以含蓄、暗示等方式曲線呈顯，或許即是能使詩之情緒在提鍊轉

---

[157] 紀弦：〈我的寫作經驗〉，《新詩論集》（高雄：大業書店，1956年10月），頁46。
[158] 紀弦：〈論詩的音樂性〉，《紀弦詩論》（臺北：現代詩社，1954年7月），頁27。

變為可感心象後，進而使各種抽象意義獲得最多表現可能的可行方式。

（四）以言、象、意之象徵式聯繫為詩創作方法之主軸

回溯紀弦之詩創作論中與象徵關聯密切的「情緒」、「心象」和「語言文字」等關鍵詞彙，其彼此之間的聯結脈絡，似乎可藉下列引文來充分說明：

> 詩的本質是一個情緒。……詩人之所以為詩人，主要的在於他有「表現力」，……所謂「表現力」者，便是把「情緒」拿來「客觀化」使成為一幅「心上的繪畫」而後藉文字工具臨摹之於稿紙上的一種才華和能力。[159]

首先，情緒可謂紀弦在討論詩創作之歷時過程的起點；但須特別注意的是，詩之情緒需要經過客觀化的昇華工夫，方能成為具有可感形象的嶄新心象，如一幅畫作般懸於作者的心房；此外，儘管通過了種種立體式的創作手法，使得各式抽象意涵能憑象而傳、藉象而生，但最終落實到外在客觀之層次時，尚須利用語言文字等媒介，使其充分轉換成詩作文字，並通過委婉曲折的文字鍛鍊方式，以期各式意義能夠獲得最大程度的表現可能。

但換個角度來看，若我們專從由實到虛之象徵關係來審視紀弦之詩創作論，當可發現從「心象」到「意義」之間的象徵傳導脈絡，固然是使各式抽象之意獲得充分表現的關鍵所在，但詩人筆下的「語言文字」，同樣也是詩之整體創作歷程中，不可或缺的基礎元素：

---

[159] 紀弦：〈袖珍詩論十四題〉，《新詩論集》，頁35。

意義
↑ ↑
變貌而可感之心象
↑ ↑
語言文字

也就是說，從字到象、由象至意，此種藉由語言文字描摹出變貌心象後進而藉象表意的象徵表達過程，應可看作紀弦詩創作論中最為顯著的象徵特色；換言之，如何利用語言文字順利呈顯出可感而新變之心象，詩之心象又如何豐富而無礙地表達出各式抽象之意義，則可謂詩人創作時須恆常關切的議題。

第四節：紀弦之詩閱讀、批評方法論與象徵

從一首詩的內在組成結構出發，到對其功能用途之探討，再轉至分析其創作歷程之始末，可說已對紀弦筆下與象徵相關的各式詩論，進行了詳細的探究；但除此之外，當我們轉換至接受者的身分時，紀弦亦曾對普通讀者與專業批評家這兩種身分，提出相關的閱讀策略與批評途徑。

然而，綜觀紀弦所提出的詩方法論時，不難發現其中關於詩之創作者的分量甚多，但對於如何閱讀與批評一首詩，其論述之內容則較為稀少；儘管如此，從下列所舉詩論來看，卻仍可發現在紀弦筆下與詩之接受有關的論述，亦確有顯著的「象徵」意味存在。

（一）從心象讀出作者差異、時代特色與創作歷程

根據以下紀弦的自述，我們當可得知對於讀者來說，所謂的「象徵」之法，即是要盡力從詩作之可感心象中，讀出不同作者的差異性，或是作者所身處之時代面目的獨到特色：

我也寫了「山」，我也寫了「月」，然而我的「山」不是
「陶潛的山」，我的「月」不是「李白的月」……

　　一發發隆隆的試礮聲，
　　雨後臺北的山色又如畫了。

……「臺北的山色」象徵著我所從屬的這個大時代，顯然不
同於象徵了陶潛那個時代的「南山」。[160]

就以引文所論及的「月」與「山」為例，都可算是詩作中的常用字
詞；然而，對於紀弦來說若僅停留在作品字詞的層次，應不能算是
理想中的閱讀狀態──換言之，若能仔細把握詩作之整體內容，找
出詩中心象彼此之間的關聯性，或可藉由詩中心象的媒介特性，進
一步溯及詩人所欲表達的獨特意念、詩人所真實體驗過的時代精
神：就像是當紀弦以「試礮聲」、「雨後臺北的山色」和「畫」等
三項詞彙前後聯結時，我們似可從中琢磨出，紀弦眼中「臺北的山
色」應與陶潛詩中常出現的「南山」有很大的不同──時常有眾鳥
飛還的南山，可供陶潛悠然對望的南山，其所代表的或是一派自然
悠閒之美；然而，風雨和砲火，則是紀弦心中臺北群山所擁有的獨
家外衣。相較之下，經歷戰爭洗禮而又能散發出如畫之美的臺北山
色，當然與南山所代表的悠閒曠遠之感，相去甚遠。
　　而就更為普遍的角度來說，對於如何象徵式地閱讀一首詩，紀
弦所提示我們的，或許便是如何從一字一詞之表面敘述，深入回溯
詩人在創作時所經歷的各項關鍵階段：

---

[160] 紀弦：〈袖珍詩論拾題〉，《紀弦論現代詩》（雲林：藍燈出版社，1970年1月），
頁206。

> 中國有句俗話，……字如其人。現在我們可以……擴大一
> 下：作品如其人。其人決定其作品。……而當我們在欣賞一
> 幅畫或一首詩時，實際上無異於欣賞一位畫家或一位詩人的
> 怎樣出發，怎樣通過和怎樣到達。[161]

也就是說，所謂的在欣賞、閱讀時去關注詩人在出發、通過與到達
等三方面的表現，若結合前述所討論的紀弦筆下之詩創作論來看，
則可知「出發」所代表的，應是詩人起初透過靜觀等方式所獲得的
客觀化之情感；而「通過」，則意味著詩人所運用的各種可感而新
變的心象和語言文字的總和；最後，所謂的「到達」，則應指透過
詩中心象和語言文字所共同呈顯出的無窮意義。

（二）以形象之創新與藉象呈意之表現為批評重心

而與詩之閱讀相似的是，在論及如何批評一首詩時，紀弦同樣
強調了「象徵」的重要：

> 文學是苦悶的象徵，一點都不錯。楊喚的詩，證明了這一個
> 理論的正確性。但是苦悶的不只是楊喚一個人，而楊喚卻能
> 有所象徵——換言之，他人也可能有這種情緒，然而不能加
> 以表現，……這是為什麼呢？這就是因為楊喚是一個出色的
> 詩人，他的想像力異常的豐富之故。[162]

細而觀之，當紀弦提出楊喚之所以能夠在詩中充分象徵出苦悶之
感，乃是因為他可稱得上一位優秀的詩人並具有豐富的想像力時，
其實便已揭露出某種近似於針對詩藝價值高低而給予批評論斷的訊

---

[161] 紀弦：〈表現論〉，《新詩論集》，頁22。
[162] 紀弦：〈楊喚的遺著「風景」〉，《新詩論集》（高雄：大業書店，1956年10月），
頁119。

息——亦即能否做到「象徵」之表現，當與詩人成就之優劣，密不可分。不過，批評終究與閱讀有所不同——對一首詩進行批評，就不能只像閱讀般僅以看出詩中有哪些值得稱道之處即為滿足，至少還要說得出，究竟是怎樣的原因，使得該詩能夠出現如此之優點；換言之，當紀弦以象徵作為標準來評判詩作或詩人之價值多寡時，勢必得更為縝密地從象徵此一概念中，抽繹出更加具體的判斷依據：

> 詩的情緒，不可以是虛偽的；詩的想像，不可以是講不通的。「白髮三千丈」是講得通的，所以好；「黃河之水天上來」是講得通的，所以好。前者的好，好在表現了白髮的意象；後者的好，好在表現了黃河的意象。而這詩中的白髮與黃河，決不是現實的白髮與黃河，而是詩人心中的白髮與黃河，即「現實之變貌」是也。為要收到詩的效果，此種基於想像作用的「現實之變貌」，此種形成於詩人心中的意象之真實的恰到好處的表現，乃是比一切重要的。[163]

例如，前述在論及詩之組成、創作與象徵之關聯時，紀弦皆曾大力闡發詩中心象的重要性，故而當他在實際分析詩作之好壞時，便也會將此視為指路之南針、驅暗之明燈——換句話說，三千丈之白髮，與源自天上來之黃河，都是紀弦心目中，李白理想的佳句代表；而箇中原因，主要即在於李白能成功地將外在舊有之現況轉化成異於原貌的嶄新心象。另外，除了是否能創造出打破陳規的新興形象外，對於紀弦來說一首詩是否能使意義獲得最大程度的表現，也是另一項與象徵相關的重要批評原則：

---

[163] 紀弦：〈袖珍詩論十四題〉，《新詩論集》，頁33。

李白有一首很好的五絕:「眾鳥高飛盡,孤雲獨去閒,相看
兩不厭,只有敬亭山。」在這詩中,鳥、雲、人、山四者,
既是「我中之物」,又是「物中之我」,其言有盡,其意無
窮,以部分暗示全體,以有限象徵無窮,實已達於不可企及
的至高之化境。[164]

也就是說,在紀弦眼中,上列所引之李白詩句,其之所以能在藝術
成就上獲得極高的評價,最重要的關鍵當在於李白成功透過了山、
人、雲、鳥等詩中形象及各類字詞的綜合連結,表達出連綿不絕的
意義與無遠弗屆的想像空間──簡單來說,生動傳達出鳥盡、雲閒
的高山之景,可謂此首〈獨坐敬亭山〉所蘊含的基礎意義;進而觀
之,除了針對具體之景寫真傳神外,深刻描摹出李白此刻,既孤高
超越於萬物之上,又與眼前高山遙相契合、恍若人山一體之精神境
界,則又是此詩所給予我們的第二種收穫;另外,對於後世讀者而
言,儘管眼前無山、身周無鳥,所居處之時空背景、文化環境等皆
與李白大相逕庭,但當我們心中同樣懷藏著孤獨、高絕之意緒,當
我們與某一知音心有戚戚焉時,只要心靈世界的感觸雷同,那麼李
白筆下眾鳥高飛、孤雲獨去與巍然相對之敬亭山所共同散發出的孤
獨、高絕、超越、契合等種種心靈感受,便也能跨越時空之藩籬,
在不同讀者的心房中響起類似的動人旋律。

　　總的來看,儘管紀弦對於詩之批評與象徵的關聯著墨不多,但
從上述討論看來,筆者認為著重詩中心象之塑造好壞,以及是否能
藉由心象之媒介成功傳達出多元而開放的解讀意義,當可謂紀弦筆
下之象徵觀念對詩批評方法的最大貢獻。

---

[164] 同前註,頁35。

第五節：紀弦象徵詩論之重點全覽

歷經前述眾多的析論，筆者認為所謂由實至虛的象徵關係，可說是紀弦詩論之關鍵所在；進而言之，透過詳細整理、詮釋紀弦筆下與象徵密切相關的諸般言論，當能更加清楚地確認，在紀弦總體之詩學理論中，實有所謂象徵詩論的一席之地。

（一）以象徵關係為詩結構之組成特色與詩功能之發用關鍵

首先，若從詩之本體的角度切入，則不論是在詩之內部組成上，紀弦所提出的，詩即為情緒、自然與人生之象徵產物的特殊說法；抑或是在詩之功能論方面，詳實指出透過新變而可感之心象所開展出的象徵作用，既可使作者能以有限呈顯無窮，還可讓讀者之感官獲得刺激、內心世界獲得拯救與昇華靈魂等具體用途，皆可看出象徵關係是詩之本體的重要特色——而值得注意的是，紀弦在開展上述論點時，都是直接將象徵一詞，視為詩學理論普遍概念之一環，與所謂的象徵主義、象徵派等用法，關聯甚微。

進而言之，由紀弦以象徵角度對詩之為物所提出的種種論述中，當可歸納出，對於詩之本體而言，具實可感而又變貌新創的心象，實為詩本體中不可缺少的關鍵核心——因為，在紀弦眼中，不僅是詩之核心可藉由詩中心象而象徵產生，更可同時使作者憑藉有限詩作而象徵出無窮之意蘊，還能讓讀者體會到新鮮的感官刺激與心靈層面的昇華與救贖。

（二）以象徵關係為詩之創作、閱讀與批評方法之開展依據

其次，在涉及與詩相關的各式方法時，不論是認為詩之創作過程實有由字顯象、藉象表意之象徵特色，或者是點出在詩之閱讀方法上應儘量以語言文字與詩中心象為開展基點，進而溯回作者

所身處之時代精神，還是以詩內心象與語言文字等媒介元素是否能順利傳遞出多元而開放之解讀意義，作為詩之批評方法的重大原則——凡此種種，皆可證明象徵關係對於紀弦之詩方法論範疇的強烈影響。

換句話說，不論是詩之創作、閱讀或批評，詩中具實形象與抽象意義之間的深刻關聯，當為紀弦以象徵途徑建構詩之方法時，最為關注的重點。不過，若從象徵一詞的使用脈絡來看，在與詩之方法相關的種種討論中，大多數時候紀弦都仍是直接從詩學普遍概念的角度切入，建構象徵與其詩學觀點之間的緊密聯繫——但在與靜觀得象、物我合一，以及立體塑象、藉象表意等創作方法之相關闡釋上，紀弦則是額外選取了法國十九世紀象徵派之代表詩人，如波特萊爾、馬拉美的看法，作為開展自身對象徵一詞與詩創作方法之間的各式論述時，不可或缺的重要資源。

（三）紀弦象徵詩論之總體成果與其本體、方法環節之檢討

因此，基於象徵關係對紀弦詩論之詩本體論與詩方法論的雙重價值，筆者認為若在探究紀弦之詩學理論時，能清楚掌握象徵關係在其詩論內容中所扮演的角色意義，當可一方面更深入體會紀弦之詩學理論的整體面貌，另一方面亦可對紀弦詩論給出較為適當而客觀的評價。

而進一步來看，儘管象徵關係對於紀弦之詩本體論與詩方法論皆極為重要，但對於其中所包含的重要部分——意義、心象，和語言文字，紀弦卻有輕重不一的闡述：詳言之，不論是對詩之內部組成結構、本體所具功能，還是詩之創作歷程、閱讀方法與批評原則等重要議題來說，可感而新變的詩中心象都是不可或缺的關鍵橋樑；[165]相形之下，在紀弦詩論的象徵關係中，對意義和語言文字的

---

[165] 此外，若參酌劉紀蕙的看法，則可知紀弦之象徵詩論中關於心象的論述（包含《紀弦詩論》之〈袖珍詩論抄〉與〈詩質與詩形〉的部分內容），不論將其置於詩之結

說明與闡發，可說是較為不如——首先，就象徵關係的終點來看，在以詩之內部組成角度切入論述時，其實紀弦並未明確指出，到底這些或被情緒，[166]或被自然與人生所象徵而成的詩，[167]在實質內涵方面究竟包括了那些細項；反倒是在紀弦用詩創作方法之視角來進行闡述時，我們得以從中推論出，所謂的被情緒、自然與人生所象徵而出的終極產物，或許即是憑藉詩中可感心象之塑造成形後，所表現出的朦朧而抽象之意義。[168]

其次，對詩之本體論來說，紀弦對詩作中語言文字和象徵關係之聯結脈絡的描述，實可謂遠遠不及其在詩方法論中所提及的分量；然而，由紀弦對詩之創作方法的闡發，我們應可推測出，詩中之語言文字，除了是詩之內在組成元素的一份子，更可說是變貌心象在表達時不可或缺的關鍵媒介。[169]

換個角度來看，當我們以紀弦詩論之其他部分來補充語言文字對詩本體論來說所應具備的重要價值時，或許亦可重新推斷出，紀弦對詩之組成結構所規劃之最為完整的總體面貌，應是由語言文字、變貌而可感之心象與最終所呈現而出的意義所組成；[170]至於對詩之功能論來說，語言文字所可能開展出的象徵關係，究竟扮演了怎樣的重要角色，在紀弦現有的詩論內容中，限於文本證據之不足，故尚無法獲得進一步的直接證據可供判斷。

構、功用或創作方法來討論，其中涉及「現實變貌」與「心眼」的闡述，當與超現實主義的理論內涵關係密切；詳見氏著：〈超現實的視覺翻譯〉，《孤兒‧女神‧負面書寫》（新北：立緒文化，2000年5月），頁288。

[166] 詳見紀弦：〈袖珍詩論十四題〉，《新詩論集》，頁36；及〈把熱情放到冰箱裏去吧〉，《紀弦論現代詩》，頁4。

[167] 詳見紀弦：〈詩質與詩形〉，《紀弦詩論》，頁19；及紀弦：〈內容決定形式‧氣質決定風格〉，《新詩論集》，頁18。

[168] 詳見紀弦：〈袖珍詩論抄〉，《紀弦詩論》，頁7；及〈我之詩律〉，《紀弦詩論》，頁8。

[169] 詳見紀弦：〈表現論〉，《新詩論集》，頁19；及〈袖珍詩論十四題〉，《新詩論集》，頁35。

[170] 雖然此種排列組合已在前述出現過，但在詩創作論之範疇中，其所代表的由文字至心象再到意義的歷時創作過程；而在此處，其所代表的則是詩所具備之三重組成狀態。

▍第參章、覃子豪之詩學理論與象徵

　　與紀弦相似的是，在覃子豪所留下的豐碩詩論裡，我們同樣可輕易發現許多與象徵相關的足跡遍佈其中。而就詩學論著之實際內容來看，詩之創作論與象徵之關係，可說是覃子豪較為看重的焦點所在；因此，在進一步詮釋覃子豪之詩學理論中，象徵關係所代表的深層意義時，將以對詩創作方法之討論作為開端，進而以此為據，推導出覃子豪詩學理論中象徵關係所擁有的整體面貌。

　　其次，當釐清了藉顯呈隱、由象到意的象徵關係與覃子豪筆下詩創作論之間的細密脈絡後，筆者認為此種象徵關係同時也對詩之組成結構論影響至大：因為，不論是單一意象或是由詩中可感具象所形成的整全意境來看，皆為詩中傳導意義、表現美感的重要媒介。

　　再者，若論及詩所應具備的功能用途，從覃子豪的詩學理論中我們亦可發現，象與象徵關係對詩之功能用途的重要貢獻：因為，透過單一意象之媒介或由眾多形象所凝結而成的意境之助，詩，不但可使讀者進入全神陶醉之境界，更可讓作者所欲傳達之抽象情理順利表現。

　　最後，在與詩之接受相關的議題上，覃子豪提出讀者必須藉由單一形象或整體意境之助，方能順利進入作者所精心安排的抽象世界，領略各式豐盛的抽象意義；而在對詩作進行具體批評時，覃子豪自言曾受十九世紀法國象徵詩派影響，因而認為或繁或簡之可感具象，不僅是評判詩之價值高低的標準之一，對詩中由象到意之整體聯繫的正確理解，更是詩之批評得以成功開展的關鍵。

第一節：覃子豪之詩創作方法論與象徵

　　在以下的闡述中，我們將先看到覃子豪如何分從中、西文化之兩端著手研析「象徵」之原始意義；至於順著「藉象表意」之主軸，則可發現覃子豪是怎樣從源於外在現實之客觀「印象」出發，依循主客相融、物我合一的原則，使得不論是名為「形象」或「意象」的「可感具象」成功凝塑；而在進一步了解，經由各種可感具象之助所表現出來的抽象意義，兼及感性情緒和理性思維之後，對於另一項詩中重要元素——美感，其究竟是怎樣透過詩中具象之協助方能順利呈現的過程，亦是有志創作者所必須顧及的重要環節。最後，如何使用詩中之語言文字，方能讓象徵式表達方法中位居核心地位的「象」，盡力增添真實之感，則是我們在探究覃子豪之詩創作方法論與象徵之間的關係時，所欲探討的最後一項重要議題。

（一）古今中西，藉象表意

　　就詩學理論之建構來說，覃子豪對於象徵的重視，除了表現在相關論述的數量眾多之外，勤於採用不同視角進行觀察與分析，更是覃子豪詩論與象徵關係具有深入聯繫的最佳證明。而根據以下引文之內容，我們當可對覃子豪筆下象徵之本義與引申義，產生直接而清楚的認識：

> 象徵本身的意義，不僅是表現（Expression）方法之一種，而是廣義的聯想（Association）之一種。即是由於目前所見聞之事物，使從前所見聞之事物予以再現，由這兩種新舊因素的結合所發生的新的思想感情。……即是將抽象的——非感覺的內容借以具體的感覺的事物表現出來，給予讀者無限暗示。這是象徵的本義，至於象徵主義，是根據象徵這

一本義，而表現出……一、頹廢的傾向……二、神祕的傾向……，極須追求官能的享樂；……，追求幽玄朦朧的境界。[171]

其中，我們必須先行建立的概念是，對覃子豪而言，象徵最重要的意義，除了是詩人創作時得以憑藉、利用的一種表現方法，就更為廣泛的角度來說，還可視為人類思維原則之其中一類，亦即所謂的聯想。但不論如何，從覃子豪的論述中我們能夠進一步統整出，不管歸屬於創作方法或聯想思維，象徵之特色，都在於「以具體表達抽象、製造無限之暗示」──換個角度來說，以上所談的象徵，所代表的都是象徵之根本意義、原始狀態；而或許是為了突顯差異，覃子豪在簡要描述象徵之本義後，又進而提出象徵所開展出的引申意義，亦即象徵主義所代表的內涵，形成了單純而強烈的對比：因此，對覃子豪所列舉的頹廢、神祕、感官享受與朦朧境界等象徵主義所具有的特徵，我們必須將其排出象徵本義的範疇中，並將其視為象徵國度內的後起表現。

再者，除了直接探究象徵在原始本義上所代表的表現手法，以及在學術思想之特定流派上所表現出的象徵派特性外，覃子豪也曾以文化疆域為比較基準，展開東方與西方、中國與法國所出現的象徵意義之比較，並導引出對象徵之詩學意義的延伸討論：

象徵並非舶來品，……中國詩中的比興，便是象徵的一種表現方式。遠在法國象徵派產生數千年以前，中國就已產生了若干富有象徵性的作品：詩經三百篇有不少的作品是具有象徵這一表現方法的，……比興是象徵的另一個名詞。而象徵無疑的是中國的國粹，只是名稱不同罷了。……比者，如劉

---

[171] 覃子豪：〈象徵派及其作品簡介〉，《覃子豪全集 II・未名集》（臺北：覃子豪全集出版委員會，1968年詩人節初版），頁582。

緦所說的「因物喻志」。興者，如鍾嶸所說的「文已盡而
意有餘」。亦即如釋皎然在《詩式》中所說的：「取象曰
比，取義曰興」……比是為求詩的形象化，興是詩的言外之
意。[172]

就覃子豪來說，在中國的文化場域裡，早已出現過象徵的身影——
因為，對覃子豪而言，中國古典詩學裡的「比興」概念，不但是象
徵式的表現方法，且與狹義的象徵派、象徵主義之流的象徵意義，
大不相同。進一步來看，覃子豪認為中國式的象徵概念，實可從我
們對《詩經》作品的歸納中找到證據；也就是說，對覃子豪而言，
從《詩經》所得到的「比」、「興」兩大概念，即為象徵在中國古
典文化裡所代表的詩學意義：前者，我們看重的是其所具有的形象
化特徵；而言外之意，則是後者所蘊含的重點。換個角度切入，覃
子豪除了以「比興」概念所代表的形象化和言外之意，作為象徵在
中國文化裡作為詩學意義之一環的具體內涵外，也曾以具實與虛擬
之間的聯繫作為觀察途徑，對於中國古典文化內的象徵表現進行更
深刻之討論：

> 象徵是由具象到抽象，由抽象到具象，即是以香草這個具象
> 來表現君子的這個抽象的觀念，以惡禽這個具象來表現小
> 人這個抽象的觀念。這個抽象觀念就是言外之意。「詩大
> 序」……所說的：「比顯而興隱，當先顯後隱，故比居興先
> 也」，即是先具象而後抽象。[173]

因為對於中國式的象徵而言，我們的理解無法只停留在「比」即
是詩之形象化特性，而「興」則是詩之言外意涵的層次而已；進

---

[172] 覃子豪：〈比興與象徵〉，《覃子豪全集Ⅱ・論現代詩》，頁364。
[173] 同前註，頁365。

而言之，藉由「具象」與「抽象」概念的標舉，我們得以更深地體會到，象徵關係之內部結構，應是「具象」與「抽象」之間所維持的緊密聯繫——尤其是，在詩之創作方法的範疇內，以「香草」、「惡禽」等具體形象表達出「君子」、「小人」等抽象意涵的範例，[174]在中國古典文學之浩浩長流中，可說是數之不盡、屢見不鮮。而換個角度來看，我們更可以從上述覃子豪對〈詩大序〉中「比」先「興」後、由具體形象到抽象意涵的象徵表現順序進一步推論出，覃子豪詩論體系中對於象徵意涵所作出的全盤觀照，究竟蘊含了哪些面向：

> 中國詩中的比興和西洋文藝中的象徵，雖名稱不同，其本質則一。而廣義的象徵與狹義的象徵則各有不同……。前者是任何詩派共有的本質，而後者是強調刺激官能的藝術，兩者不能混為一談。[175]

總的來看，象徵，對於覃子豪來說共有兩種類型——其中，不論是中國式的比興概念，抑或是西洋文藝範疇中除了法國十九世紀象徵派以外的所有象徵表現手法，[176]都可歸入異於象徵主義之特定用法的廣義使用狀態；故而此種象徵所代表的，由具體形象到抽象意涵之表現過程，方可稱為古今中外所有詩派皆共通的根本性質：

---

[174] 不過，也正因為在引文中覃子豪只舉了與從具象到抽象相關的範例來佐證，故而其所同時提及的「由抽象到具象」之意見，並未能於自身之相論述中找到足以闡明其意義的有力證據，僅能暫時存而不論。

[175] 覃子豪：〈比興與象徵〉，《覃子豪全集II·論現代詩》，頁367。

[176] 但須格外注意的是，覃子豪在闡發中國式象徵之意義時，有特別列舉《詩經》之「比」、「興」手法，以及劉勰、鍾嶸和皎然之言論為佐證；然而，在提出藉由可感具象來表達抽象意義，實為西洋式之象徵根本原意時，覃子豪在此卻並未提出相關之理論文字或文學作品來加以證明。不過，由於遍覽覃子豪之詩學理論後，其實不難發現覃子豪其實對於西方之文藝思潮與文學作品均有極為深刻的理解與體會；故雖然本章篇幅有限，但筆者亦將於往後之適當章節中，統整覃子豪對於西洋文學在理論或作品範疇所攝取之與象徵有關的積極養分，以明覃氏立論之嚴謹與有據。

抽象意義

↑ ↑

可感具象

而至於法國象徵主義所開展出著重於感官經驗之刺激的藝術表現手法，對覃子豪來說，只能算是狹義且後起的象徵之引申意涵，並無法代表詩在創作方法上所應具備的整全樣態。

（二）象之形塑，物我合一

而在確認了對覃子豪之詩創作方法來說，象徵所代表的詩學價值即是以具體表達抽象、藉形象呈顯意義之後，覃子豪其他的相關論述，也值得我們繼續追尋探究——例如若從尋根索源、原始表末的角度來看，在象徵表達過程中「具體形象」的形成、塑造之法，便需要我們進一步加以釐清；因為，唯有把握住象徵式創作方法的根本源頭，才能最大程度地保證藉象呈意的成功與完備。

1、由外到內，取象現實

而根據下列引文來看，可知在覃子豪心目中，足以在詩中表現出各式抽象意涵的可感具象，必須藉助外在現實之助，方能順利凝塑：

> 所謂詩的準確性，……是對於馬拉美（Stéphane Mallarmé）
> 所謂：「……一個物象逐漸喚起之心靈狀態」底準確的捕
> 捉。心靈狀態為物象喚起，物象是來自現實中，有其根據；
> 不是純屬空想，有其準確的性質存在。[177]

---

[177] 覃子豪：〈新詩向何處去？〉，《覃子豪全集 II・論現代詩》（臺北：覃子豪全集出版委員會，1968年詩人節初版），頁310。

儘管此段引文的重心是在闡述，覃子豪對於馬拉美所謂「物象逐漸喚起之心靈狀態」的個人詮釋，但當覃子豪同意馬拉美所言，認為抽象之心靈狀態的確會被可感物象所呼喚興起之時，他也不忘進一步補充，對於創作者而言，尚須準確掌握外在的具體現實，方能順利從外在現實中獲得適當的可感物象，進而徹底完備抽象心靈之表達過程；換言之，除了由象到意、從物象到心靈的表達傳遞以外，如何從現實經驗擷取妥切之物象，同樣也是覃子豪在詩之創作論中，所欲關注的焦點——而相似的意見，也同樣出現覃子豪對於意象之塑造所抱持的看法：

> 想像的創造並不比訴之於經驗的作品，來得容易。……想像的創造，為追求個人的美感之故，則常常是一個共同尺度的超越。詩的內容的發展和表現方式，沒有一定的軌道可資遵循。……如作者缺乏創作的經驗，就常常把「幻想」（Fantasy）當作「意象」（image）而被運用著。……不是由經驗和智力所控制而創造的意象。因而，作品便缺乏有機性與生命力，只是外觀上的美的跳動。[178]

因為，一般人在談論詩之創作時，往往只注意到需依賴想像而開展篇章，但卻很容易忽略了現實經驗的重要；也就是說，當作者若只重視如何超越普遍經驗的共同尺度，而恣意想像、暢快聯想，其實一不小心就容易滑入視「幻想」為「意象」的窘境——於是，為了使作品充滿有機之聯繫與飽滿之生命，覃子豪在上述引文中大力強調了現實經驗與理智力量對於創作的重要性。但需要特別留心的是，當覃子豪反覆高舉現實之重要時，並不代表想像就此即與詩人

---

[178] 覃子豪：〈現代中國新詩的特質〉，《覃子豪全集 II・論現代詩》（臺北：覃子豪全集出版委員會，1968年詩人節初版），頁345。

之創作絕緣；更為妥善而周延的說法，其實是應鼓勵創作者，要致力於現實與想像、外物與自我的相合互融、渾然一體：

> 純粹的現實印象，缺乏境界，純粹想像……不以現實為其基礎，缺乏真實。詩人必須將他在外界獲得的印象，由現實的清晰，而進入夢境般的朦朧；然後，再由夢境般的朦朧，喚回其面目的清晰，而這清晰已非原來的清晰，而是經過了詩人的想像予以創造，賦予了色彩和生命，有詩人的情感和思想的滲入，……其內容本身就是純粹而完美的詩。[179]

因為，儘管要立足於外在現實以利作者獲得適當的可感物象，但此種純粹客觀的印象，並不能直接運用到詩之園地；詩人尚須以夢境般朦朧的想像力，加以包裝、潤飾、改造。換言之，客觀經驗之真實性主觀自我之想像力，對於詩人所塑造之可感具象而言，應是並行不悖的兩大要素；而對覃子豪來說，一首詩只要擁有此種兼具詩人主觀之情感、思想與外在現實之客觀真實的可感具象，即可說是在內容層面達到了完美而極致的境地——由此可知，如何使由外在現實所獲得的客觀印象，與詩人自我之情思徹底融合，當為詩人執筆書寫時應念茲在茲的頭等大事。

2、主客交融，形象凝塑

或許是因為如何使物我相匯、內外合一，進而順利憑藉可感之象表達出抽象之意，實為覃子豪詩創作論之根本要旨，故而在實際論述如何使象凝塑時，就覃子豪詩論之全貌而言，其實包含了兩種創造方式——其一，是將印象統合成形象；其二，則是由印象提煉出意象；而不論是經由何種途徑，由前述討論即可推想出，所謂的

---

[179] 覃子豪：〈抒情詩及其創作方法〉，《覃子豪全集II·詩創作論》（臺北：覃子豪全集出版委員會，1968年詩人節初版），頁14。

「印象」，所代表的皆指由外在現實經驗中直接獲取的客觀物象：

> 這些被儲蓄的印象，在詩人的腦海裡，時刻在起一種發酵作
> 用，等它發酵成熟，即成為完美的形象。形象之產生，是由
> 印象而來，要在詩裡有生動而豐富，形象，必須在平時的觀
> 察中儲蓄印象。[180]

而若就從印象到形象之角度來看，覃子豪清楚地告訴我們，所謂的
客觀印象，乃塑造形象時所不可或缺的基礎原料；因為，形象，實
為印象之有機總和，能提高詩中的可感程度，更具生動鮮明的特
色。但是，由於上述引文中所提到的「發酵」一詞，委實較為空
洞，故而我們還須根據覃子豪詩論的其他相關內容，才能更進一步
把握住，如何從印象中獲得形象，並充分了解形象對於詩的價值究
竟何在：

> 形象不是印象，印象是原始的，未經過作者想像力的陶冶。
> 但印象是形象的酵母；如果，作者沒有豐富的印象儲藏，即
> 沒有形象產生。……印象既是原始的，故粗糙而無意味；形
> 象是純淨的，意味深長。它是將印象予以選擇，陶冶，滲透
> 了作者的個性，情感，想像所混和成的一種產物。它是比印
> 象精美，生動，而有一種客觀的事物和主觀的認識所交織而
> 成的生命。如：

> 湖呀！太陽用金色的髮
> 遮著你碧藍的眼
> 又用金絲的髮

---

[180] 同前註。

<blockquote>
拂著你淨潔的顏面（〈大馬湖〉，見《自由的旗》）
</blockquote>

<blockquote>
……如果用「太陽的光線」，而不用「金絲的髮」，就失去了詩底本質，……因為「太陽的光線」，只是原來的印象；「金絲的髮」才是透過了作者的想像，而產生出來的形象，……「碧藍的眼」是作者根據湖水藍色的印象琢磨出來的形象，故較原來的印象更生動更富色彩。金黃和碧藍兩種顏色刻畫出湖上的景色，讀者會由這兩句詩想像到金髮遮著藍眼的動人的美姿。[181]
</blockquote>

而通過此段詳實而豐富的敘述，我們得以看出，所謂藉由印象之發酵而獲得形象之產生，其所指的應是詩人利用內在之情感、個性、想像等主觀自我之特質，對由外在現實而來的客觀印象，進行加工與淬鍊的過程；換言之，主觀自我與客觀印象之交會融合，實為覃子豪詩論中凝塑形象的不二法門——就像上述覃子豪所舉範例展示的一樣，正由於詩人將湛藍清澈之湖水，塑造成一雙碧藍的眼眸；把太陽燦爛四射的光線，改換成縷縷金黃的髮絲；這才使得原本客觀的現實印象，增添了不少視覺感官的渲染力，成為了能久佇人心的可感形象。此外，這樣的書寫也更讓我們清楚了解到，詩中的「大馬湖」對作者而言，不啻為一幅天光增水色、碧湖迎日照的美麗畫面；換言之，形象對於詩所具有的重要價值，其中之一環即是提高詩作整體的感染力，使讀者更能充分感受作者所欲傳達的深刻意涵。

3、添意於象，意象成立

　　儘管由前述討論中已清楚可知，憑藉主客交融之工夫使來自

---

[181] 覃子豪：〈詩的表現方法〉，《覃子豪全集II·詩創作論》（臺北：覃子豪全集出版委員會，1968年詩人節初版），頁42。

外在現實之客觀印象蛻變為詩中的可感形象，確為覃子豪詩論中獲
得具象的一條可行道路；但由於覃子豪於詩論中在詮釋如何使詩中
之象成功凝塑時，除了運用形象一詞外，也常藉意象之名來加以討
論，故而為了完整覃子豪藉象表意的象徵式詩創作原則，我們尚須
針對從印象到意象的提鍊脈絡，進行縝密的觀察與分析：

> 如何創造詩的意象呢……第一、儲蓄印象：……詩人之所以要
> 體念，要觀察，就是印象來自「靜觀」（Contemplation）……
> 第二，淨化印象：日常生活給我們的印象如此龐雜，詩人必
> 須將這些印象加以淨化，澄清。淡忘那些不能入詩的印象，
> 加深令你沉迷的印象。……第三、琢磨印象：……那些原始
> 的粗糙的印象，無形的在經過想像力的琢磨……更見細膩與
> 精緻，且賦予以意味……第四、意象的完成：……這意象如
> 何凝固，成為詩的語言，必須賴於表現的技術，……必須運
> 用比喻，暗示和聯想的手法，使意象綜錯交織。比喻……人
> 物合一，成為渾然一體。暗示……不必說明本意，以形象暗
> 示其言外之意。聯想……由此一意象聯想到彼一意象，如一
> 連環，密密緊扣，加強意象在詩中的效果，使其互相照映出
> 詩中的光彩。如能善用比喻，暗示和聯想這三個方法，意象
> 則不難捕捉。[182]

而由上述的引文可知，要使印象順利地蛻變為意象，首先須得經過
對客觀現實進行靜觀之工夫；成功攫取客觀印象後，則要進一步使
印象獲得淨化，突顯出現實經驗令人感受深刻的環節，集中印象的
表現力道；再者，想像力也是不可忽視的關鍵──因為若無想像力
之雕琢，不但客觀印象將流於粗糙與原始，更嚴重的是詩人所欲表

---

[182] 覃子豪：〈怎樣寫成一首詩？〉，《覃子豪全集II・論現代詩》（臺北：覃子豪全
集出版委員會，1968年詩人節初版），頁292。

達的根本意念，亦將無法順利依附於印象之上；最後，當意象初步形成以後，詩人仍要繼續採取比喻、暗示或聯想等寫作技巧，使得意象不僅能獲得進一步的鞏固與凝結，更可使意象與意象之間形成有機的連結，構成複雜而深刻的意象群體，使詩作整體之藝術魅力得以進一步增添而完備。不過，值得注意的是，儘管上述的引文，看似已極其詳盡地點描出意象塑造的整體過程，但筆者認為覃子豪對於如何創造意象的其他論述，也必須納入整體關注的行列當中；例如，從下列的敘述中我們便可進一步知道，除了想像力以外，詩人自我之理性思維、感性情緒與性格特色等元素，同樣也是足以改造印象的重要力量：

> 詩是表現，不是說明。表現則重於意象之呈現。……意象才能引人入勝，令人歷久不忘。意象產生於印象，印象是原始的，是詩人的腦海對現實事物的初步攝入，……經過了詩人思想，情感，性格的陶冶之後，便成為了「意象」（Impression）。因為「詩境」並非「實境」，現實的「實境」要經過作者的想像之後，才能成為「詩境」。故「印象」無詩的成份，而「意象」才富有詩的成份。[183]

因為對覃子豪而言，只有客觀印象的真實呈現，絕非詩之重心；唯有在對現實印象的描摹中，加入詩人主觀自我的種種成分，方能使詩境躍然紙上，並獲得徹底的塑造。

　　總的來看，倘若我們將前後覃子豪對形象與意象之創造的相關敘述並列對觀，應不難發現此二種皆源於外在現實之客觀印象的詩之具象，實可視為名異而質同的同義詞彙——因為，在覃子豪的詩論中，不論是在闡述形象抑或意象之塑造時，都曾提及必須將客觀

---

[183] 同前註。

印象，以內在自我之種種成分來進行提鍊與鍛造；故而，換個角度來看，其實不論所用的詞彙是形象或意象，筆者認為在覃子豪的詩創造論體系中，若要成功承載藉象表意的根本任務，其必須具備的關鍵條件，當為外在現實之客觀物象，與內在抽象之自我成分的交融合———唯其如此，詩之創造方可暫時宣告完成：

> 一首內容豐富的詩，是由許多印象集合而成的，詩人要把他從外界所獲得的各種事物的印象儲蓄起來，經過時間的淨化，思想的陶冶，詩人才能將自己的主觀認識和客觀的事物，予以混合，使其物我不分，……成為渾然一體，詩才有豐富的生命。[184]

也就是說，在確立覃子豪之藉象表意的根本表現方式後，或許該拋去對形象或意象等不同名詞所帶來的困惑；因為究其實質而言，所謂的形象或意象，在覃子豪詩論中所代表的意思皆為物我相融、主客合一後的特殊產物；而詩之塑造，有一大部分的內容即須仰賴外在現實之客觀印象與詩人自我之內在世界相互整合，方稱完備——故而，詩人才能歷經主客交會、物我相融之內在鍛鍊工夫後，大聲宣告出藉象表意之根基確立，詩，也擁有了成形的可能。

（三）象後有意，意分情理

而在確認物我合一、象意相融，確為使詩中具象得以凝塑的有效方法後，在覃子豪與詩之創造相關的論述中，對於藉象表意此種象徵式的表達方法，尚有更進一步的補充說明——也就是說，由下列引文可知，對覃子豪而言所謂的象徵式的表達，其重點當在於憑藉著由藝術手段所凝聚而成的具象，表現出諸般形而上的抽象主觀

---

[184] 覃子豪：〈抒情詩及其創作方法〉，《覃子豪全集 II・詩創作論》，頁14。

意念：

> 形而上的東西，便是一個理念，也即是「託物喻意」的
> 「意」……是抽象的，是作者在作品中主觀的精神內容，把
> 這種內容藉由藝術的具象表現出來，就是象徵，這種象徵，
> 也稱為本來的象徵。[185]

換句話說，當我們在仔細論證不管是由印象所構成的形象或意象皆
可視為詩中能藉以表意的具象之後，對於此種象徵式表達過程之終
點，也就是說到底所象徵出來的意，究竟有哪些可能的種類，也應
該傾注相當程度的心力來加以分析，方可使我們對於象徵式之詩創
造方法的研究更加趨於完備；例如，在以下覃子豪所舉的詩例中，
我們可明確發現，表面上詩人看似只不過是創造了一個瓶子破損的
形象，但因愛而生的傷害、無法觸及的悲傷等深長意念，卻在我們
緩緩讀完全詩後，透過詩人對外在客觀之具體實物的表象掌握，使
我們能進一步有機會觸及象之背後，深長不盡的內在真意：

> 象徵的意義，就是在於探索事物現象背後所隱藏著的真
> 實。不是表現毫無意味的外觀，而是觸及具有深長意味的
> 內在。……法國巴拿斯派詩人蒲律多麥（S. Prodhomme）的
> 「破瓶」一詩，便是一個好例……
>
> 　　瓶中的美女櫻已經凋落
> 　　那瓶曾被扇子擊傷；
>
> 　　祇輕輕的一觸，

---

[185] 覃子豪：〈象徵主義及其作品之研究〉，《覃子豪全集 II・未名集》（臺北：覃子
豪全集出版委員會，1968年詩人節初版），頁590。

不聞絲毫聲響。

此瓶所受雖是輕傷，
水晶的流液每日流浸，
是目不能見的輕傷，
慢慢的環繞此瓶。

瓶中的水，滴滴漏去，
瓶中的花，漸漸凋亡；
沒有人懷疑：
不能撫觸，它已受傷。

愛人的手，亦常常如此，
會使一個人心靈觸傷；
心靈破碎，不可收拾，
愛情的花朵，亦從此凋亡。

人們見它毫無破綻，
它感覺創傷日增，低低的悲哭，
它的損傷日益深沉。
它已受傷，不能觸摩。

這首詩……探索到現象背後所藏著的真實，而具有深長的意味；即是將苦悶象徵化；也即是突入到形象以上的形而上的東西中去了。……「破瓶」……出於作者不自覺的情感中產生出自覺的理念，成為象徵。[186]

---

[186] 覃子豪：〈象徵〉，《覃子豪全集 II・論現代詩》（臺北：覃子豪全集出版委員會，1968年詩人節初版），頁243。

儘管我們其實無法確切得知，究竟蒲律多麥在書寫此詩時，是否處於情感不自覺萌發湧動的狀態，但可以清楚發現的是，在此詩的整體塑造中，我們卻能看到詩人自覺理念的巧妙投射：詳言之，此詩主要運用了相似性的聯想法則，準確捕捉到心靈受傷與水瓶受損的一致特性——亦即損傷之產生，往往起於無意之失，但心中原本滿溢的關懷、熱情等正面能量，或許也就如同瓶中之水一般，會緩緩從那些及其隱微又非故意造成的裂痕中，漸漸佚散；最終，等到枯竭乾涸之時，瓶中花與心中愛，也就自然走到了生命的盡頭，枯萎消散。

　　由上可知，若從俯瞰全局的整體角度來看，象徵表達出的意，即是一種抽象的主觀意念；然而值得注意的是，我們卻也可以在覃子豪的詩論中看到，當他以不同的角度切入時，對於由象所傳之意，尚有其他的相異看法：

> 在中國學習寫詩，比在什麼國家都難，原因是：中國新詩的歷史太短，新詩的遺產太少，世界名詩譯植到中國來的又太貧弱。學習的對象，這樣缺乏，怎會有好的成就？中國舊詩的遺產倒是非常豐富；但自新詩運動以來，就整個地把中國舊詩否定了。……其實我們所反對的是舊詩束縛內容的格律，和沒有時代性的語言；我們不反對舊詩的許多值得可取的表現方法。……第一：舊詩的優點是簡潔，……第二：舊詩富形象，……如「琵琶行」中的「大珠小珠落玉盤」，把琵琶的聲音形象化了，而且是極富聲色之美……第三：舊詩富意境。如「山從人面起，雲傍馬頭生」，「曲終人不見，江上數峯青」，……是何等高遠、深邃的意境……第四：象徵不是來自外國，舊詩中早已有之，所謂象徵，就是有暗示和比喻。如：「春蠶到死絲方盡，蠟炬成灰淚始乾」……不

僅是寫物，而且以物象徵人的情感……第五：舊詩中的境界
超脫，……第六：舊詩富神韻，講氣格，……第七：舊詩多
雙關描寫。[187]

由此段以討論新詩寫作之總體弊病作為開頭的論述，我們除了可以
知道，對於覃子豪來說若要使新詩之創作步上一條康莊大道，必須
先擁有大量可供參酌的寶貴資源——而不論是西洋作品抑或中國古
詩，都是覃子豪眼中詩人在提筆創作前應努力吸取的重要養分；此
外，雖然由前述對紀弦詩學理論的相關探討中，同樣可看到紀弦亦
主張詩人在面對「中國詩的傳統，我們也加以態度審慎的揚棄和繼
承」的說法，[188]但從上述所引用的覃子豪詩論內容來看，對於如何
擷取古典傳統之創作精華，覃子豪可謂提出了更為精細的意見——
而且，更重要的是，通過覃子豪的詳盡描述，我們當能再次確認在
覃子豪的心目中，象徵，實為中國詩作裡的本質特色之一。

　　因為，從覃子豪所舉的短例來看，如果說由「春蠶」、「蠟
炬」等具體形象中可充分象徵出詩人為愛堅持到底的深刻情感，那
麼是否能再進一步推論出，上文中所提到的不論是情感、意境、境
界還是神韻等中國古典詩所具有的廣大優點，其實皆可視為成功運
用象徵式表達方法後最終所獲致的纍纍果實？換句話說，當覃子豪
將中國古典詩作裡的豐富形象與意境、情感、境界與神韻等抽象元
素並列時，對筆者而言的啟發是，不論是屬於感性的情緒抑或是偏
向理性的意境、境界，其之所以能在詩中大量出現的基本根據，或
許就在於中國古典詩作裡所蘊含的形象資源。而就另一個角度來
看，若把通過具象之作用表達出各式抽象之主觀意念，看成是象徵
式表達方法的宏觀概覽，由覃子豪上述論點所引申而出的，由詩中

---

[187] 覃子豪：〈抒情詩及其創作方法〉，《覃子豪全集 II・詩創作論》，頁10。
[188] 紀弦：〈「新詩」週刊的發刊辭〉，《新詩論集》（高雄：大業書店，1956年10
　　　月），頁53。

形象或可成功表現出神韻、境界、情感與意境等形而上之存在的說法，應能視為以象表意之象徵表達方式的結果詳述。

（四）由象生感，三重之美

無可否認的是，各式抽象而精微的主觀意念，洵為覃子豪詩學理論中可感具象所負責傳遞、表現的核心要件；然而，若我們以更周全的眼光來細察覃氏之論述，則亦可進一步發現，所謂的「美感」，其實也和詩中意象、形象等可感元素關係密切——例如，覃子豪就曾清楚表明，美感，即是因詩中意象的存在才能順利產生：

> 詩是絕對的需要表現的技巧，……真正屬於詩的句子必然富有詩的質素，能夠把這些詩的質素隱藏於詩句之中，這便非運用高度的技巧不可。否則，便易流於說明，而不能達到表現的境界。因為說明只能使讀者「知」，而不能使讀者「感」。……「知」是抽象的，無意象的存在，不能給讀者在情感上發生強烈的作用。「感」即是感覺，感覺比「知」更為有效，所謂「實感」、「快感」、「美感」，都是從感覺而來的。詩之所以能夠容易引起讀者的共鳴，就是詩達到了這種「感」的藝術的極限。[189]

而從上述引文可更進一步得知的是，正由於重視讀者之感受成果，故而覃子豪才會極力要求詩人不斷鍛鍊詩中各式意象，進而使美感、情感、快感等感性元素，能夠被讀者整全捕獲、徹底感受；不過，若我們將焦點集中在美感與意象之間的聯繫，則必須進一步追索的是，詩中意象究竟是憑藉著何種方式，才能讓美感順利從意象之中醞釀生發的關鍵問題——簡言之，在覃子豪眼中，對詩人而言

---

[189] 覃子豪：〈技巧第一〉，《覃子豪全集Ⅱ・詩的解剖》（臺北：覃子豪全集出版委員會，1968年詩人節初版），頁195。

所謂的美感之傳達，當與由意象所開展之間接轉折，關聯密切：

> 詩是表現，……表現有直接與間接之分。直接的表現，如技
> 巧運用不當，則難避免直陳之弊，缺少詩應有的情趣。間接
> 的表現，因其所塑造的意象經過轉折的反射作用，便形成可
> 望而不可即的距離。距離能產生美感。[190]

也就是說，由上述引文可更清楚得知，之所以覃子豪認為詩人不以
直言明說之方式呈現，反而選擇以意象之可感特性來加以表意的原
因，便在於透過意象的存在，能夠在讀者心靈與作品意念之間，樹
立起一處處可供轉折、中介的可感具象——而所謂的美感，即在此
種象、意之間迴環反覆的接觸過程裡，暗暗浮現。

　　至於在已明確得知詩之可感具象確能有助於美感產生後，其所
產生的美感種類，也是我們必須繼續探索的議題；簡言之，對覃子
豪而言由詩中可感具象所產生的美感，至少可再細分為視覺、聽覺
與心靈等分屬三大領域的不同美感：

> 一首詩的完成，……不是詩人直接將他的感情宣洩出來就成
> 了。它必須運用表現的技術使詩具有美的因素，……如何才
> 能達成詩的美，……有的人認為「想像」是其要素，有的詩
> 人認為「音樂」是其要素，……更有人認為詩應有其言外之
> 意，……在中國詩中，即是所謂的「含蓄」。「想像」是將
> 印象轉換為意象的一個過程，有繪畫的因素存在其中；如王
> 摩詰，詩中有畫，畫中有詩一樣，能給視覺上一種美感。音
> 樂性是強調其律動和節奏，……詩有音樂的要素，……給聽
> 覺上一種美感。含蓄能使詩富含言外之意，……心靈上便能

---

[190] 覃子豪：〈表現與欣賞〉，《覃子豪全集Ⅱ・未名集》（臺北：覃子豪全集出版委
員會，1968年詩人節初版），頁501。

獲得一種快感，亦即是最美的享受。這享受對於人類的心靈
是一種無法解釋的最深沉的撫慰與啟示。[191]

所謂的視覺美感，主要是來自於意象凝塑過程中，客觀現實與主觀
想像的交互作用，所形成的如畫一般強烈的視覺體驗；至於心靈的
感受，則是與詩人運用意象等方式含蓄表達後所自然流露出的言外
之意有關——換言之，當讀者在閱讀時不甘於只得到表層意義的收
穫，而更有志於有限語詞、可感具象之外，更為無邊無際的意義探
索時，便能從中得到更為豐富而飽滿的心靈快感。然而，必須仔細
留心的是，此種與詩中具象有關的視覺或心靈之美感，並非詩之美
感的全貌；因為覃子豪也曾清楚表明，在以上兩種美感之外，尚有
與詩中字詞句段之排列調度緊密關聯的聽覺美感，亦為一首詩在臻
於完成之際，所不可或缺的美感類型——但儘管如此，透過上述的
分析我們仍可得知的是，詩中的可感具象，確實是詩之美感的主要
源頭。

（五）語言文字，賦象以形

從藉象表意之象徵式表現方式的確立，到凝聚具象之雙重途
徑分析，再對由象所生之意念及藉象而成之美感的仔細耙梳，我們
似乎可以直接宣告，對於覃子豪詩創作論中有關於象徵式表達方法
的探討，已經達到了十分周全的地步；然而至此為止，我們所關注
的範圍，皆是以可感之象為標誌的象徵表意過程——但值得深思的
是，就詩作品的角度而言，足以象徵表意的可感具象，又是依靠何
種方式才能順利呈現？換句話說，想要對覃子豪詩創作論中與象徵
相關的見解作出全盤的理解，勢必也得對和語言文字緊密關聯的諸
般論述進行相當程度的思索：

---

[191] 覃子豪：〈本質〉，《覃子豪全集 II・論現代詩》（臺北：覃子豪全集出版委員
會，1968年詩人節初版），頁218。

詩是極富藝術價值的創作，所謂表現，自然不是學習作文的
用字……造句的初步方法，而是詩的更高級的操縱文字……
運用文字的方法，和表現形象和意境的方法。然而，我仍得
要從用字，造句的基本方法講起；因為，詩裡的用字造句和
散文不同，詩是精鍊的語言，它的每一個字，每一個句子都
閃耀著光輝，發生重要的作用。……有了初步的方法，才談
得上更深一層的表現，即所謂形象和意境的創造。詩沒有形
象和意境，則不能達到最高的境界。[192]

因為，由上段引文可知，覃子豪認為對於詩之創作表現過程來說，
文字其實和形象、意境一樣，皆是詩人必須多加注意的三大關鍵所
在；而針對文字來看，當已細究文字之造句用字等基本形構方法，
並維持詩之精鍊性後，在覃子豪心目中，如何進一步妥善驅使文字
以適當創造出詩之形象和意境，才是文字在詩創作論中最重要的任
務所在──因為，一首沒有意境、欠缺形象的詩，絕對無法獲得太
高的價值；換言之，我們已可明確得知，在詩中得以順利表現出各
式抽象意義的可感具象，若無詩中文字之助，根本就無法獲得成功
塑造的保證。進一步來看，到底詩人應如何運用文字來表現對詩之
象徵式表達來說極為關鍵的可感具象？簡言之，對比喻修辭、形容
詞以及動詞的驅遣調度，或許即為其中的重點所在：

形象固可用比喻來創造，亦可用形容的方法來創造，這裡所
說的形容，不完全是用形容詞，是能夠使事物，予以形象化
的動詞都在內。如：

---

[192] 覃子豪：〈詩的表現方法〉，《覃子豪全集II・詩創作論》，頁18。

霧，籠罩著石級下無數的船舶

霧，模糊了黑色的長橋

霧，擁抱著街樹和車輛

霧，溫柔的攬著長橋的細腰（〈霧燈〉，見《海洋詩
抄》）

……把霧的形態予以形象化的，……純粹是動詞的表
現。……以動詞將事物付予形象，多變化，亦易生動，活
潑。……形容詞本是使事物形象化的方法，但多數作品所運
用的形容詞，都不僅未能表現出其事物的形象，反成為華而
不實的贅詞，……失去了詩的純真。[193]

而更直接一點來說，其實不論是比喻、動詞或形容詞的使用，最根
本之目的皆為提高詩中形象性的成分──故以上述引文所展現的內
容來看，當詩人連續運用「籠罩」、「模糊」、「擁抱」和「溫柔
的攬著」等動詞入詩時，藉由這些姿態不同、舉止各異的具體動
作，全詩之主角──「霧」，便彷彿活過來了一般，在讀者眼前幻
化出栩栩如生的逼真形象。因此，對詩之創作者而言，如何盡力採
取足以使詩中形象更具真實感的各式修辭與詞彙，不僅是詩之創作
不可或缺的一項重要鍛鍊，對詩之象徵式表意方法來說，更是極為
重要的凝象手段。

（六）小結

立基於前述之種種闡發，我們得以明白在覃子豪眼中，所謂
象徵式的詩創作方法，在最終階段以語言文字具體呈現時，詩人須
積極運使動詞、形容詞或相關的修辭手法（如比喻等），使詩中之

---

[193] 同前註，頁45。

象獲得活生生的真實感觸；而不論是詩中的形象或意象，其之所以能夠成功凝塑，皆須先行仰賴詩人廣泛擷取源於現實生活的客觀印象，再使其與自身之或情或理的主觀抽象意念充分結合，等到物我主客盡皆融合之後，詩中之可感具象的產生過程才可謂告一段落；而當一切就緒後，對於象徵式之詩創作方法來說，最後需要顧及的關鍵步驟便是，如何使各式抽象的意義能夠藉由詩中可感的具象，煥然顯現。

　　換個角度來看，此種藉象表意的總體創作表達過程，對覃子豪而言實為「象徵」一詞所代表的本來樣貌與普遍定義；另外，除了抽象意念可藉由詩中具象表達外，視覺與心靈的美感體驗，也是詩中具象所必須呈現的重要元素。最後，除了可感具象、抽象意義、各式美感以外，要使象徵式之詩創作方法無礙運行，詩中之語言文字，也是所有詩人在提筆創作時皆必須多所琢磨的關鍵要素——簡言之，若以語言文字、可感具象和意義、美感等關鍵詞彙表示覃子豪眼中之象徵式詩表達過程，或可藉下圖示之：

第二節：覃子豪之詩組成結構論與象徵

　　由前一節的相關論析我們得以發現，在覃子豪的詩學理論中貫串著一條明顯的主軸——所有的詩、文學甚至藝術，都有「象徵」；當然，此種立論，乃是站在表現、創作之角度來提出的：

> 「象徵」（Symbol）不僅為任何詩派共有的本質，且為文
> 學、藝術共有的本質。凡文學、藝術表現出了作者的主觀精
> 神，必有象徵的本質存在。它具有普遍性，而無特殊性。[194]

而就其實質內涵來看，所謂的作者之主觀精神甚至是其他抽象意
義，究竟是如何才能被順利表達而出呢？根據前述對覃子豪詩創作
論與象徵關係的探究成果可知，象徵式之詩創作方法的核心關鍵，
當在於詩中之可感具象。

　　換個角度來看，此種由具體到抽象的象徵聯結關係，對詩之為
物而言，除了存在於詩創作方法之範疇外，在覃子豪所擘畫之詩學
理論體系的其他領域中是否也同樣具有重要之價值與意義？對此，
我們有必要對覃子豪之詩組成結構論與象徵的關係，作出細緻而深
入的分析。

　　進一步來看，若順著詩如何被創作而生的道路前進，我們必須
面對的下一個挑戰就是，那依循著象徵式詩創作方法而產生的最終
成品，究竟該如何被定義的問題——對此，由詩之內部結構與其賴
以維繫的組成元素入手，當為一條可行的道路；因為，在覃子豪的
詩學理論中，我們不難發現其對詩之組成元素以及其所凝聚而成的
內在結構，作出大量而多元的論述。

（一）詩之結構，藉顯呈隱

　　而由以下所引除了可得知詩與散文在表現方式的差異外，另一
方面其實也充分說明了語言文字與意義的共組，即為覃子豪心中最
為簡要的詩之內在結構：

> 　　詩和散文不同之點，是詩是極富含蓄的一種藝術，以最簡鍊

---

[194] 覃子豪：〈象徵派與現代主義〉，《覃子豪全集Ⅱ‧論現代詩》（臺北：覃子豪全
　　集出版委員會，1968年詩人節初版），頁368。

的方式，包括了很豐富的內容；而這內容是有含蓄的暗示的
意味，不像散文般把道理說明白就算達到目的。詩之可貴
處，就是不說明，而在暗示，……除了表面所發抒的情思之
外，其裏面尚含有一種境界，……所謂：「言有盡，而意無
窮」，「意在言外，弦外有音」，就是指的這個道理。[195]

換言之，若以詩之結構的眼光來審視此段引文，則不難看出以相對
來說較為具體可感的「言」，表達出兼涵感性之情與理性之思的隱
微抽象之「意」，即是詩在結構上最為簡要的組成狀態；就另一個
角度來看，在篇章範疇內有限的語言文字，以及相對來說更為無邊
無際的言外之意，則是詩組成元素中，最為基本的兩項要件：

言外之意

↑ ↑

語言文字

然而，不可不知的是，在覃子豪其他的相關論述中，對於詩之組成
結構來說，大多數時候其所抱持的都是更為完整而豐富的看法：

所謂剎那間而來的形象底凝塑，就是詩有從主觀世界出發，
在現實世界中得來的印象，詩人將現實的印象昇華為意象
的一剎那，亦即情緒昇華的一剎那。……其本身是赤裸裸
的，尚未藉任何文字的裝飾，本身就是一個令人心動的生
命。……以精鍊和完美的語言表現出來，凝成一個文字的形
體，就是我們所謂的詩了。[196]

---

[195] 覃子豪：〈抒情詩及其創作方法〉，《覃子豪全集Ⅱ・詩創作論》，頁16。

[196] 覃子豪：〈本質〉，《覃子豪全集Ⅱ・論現代詩》，頁217。

當然，所謂藉顯呈隱的詩結構之基本型態是不變的；然而，由上述引文可知，不論是主觀意念、情緒、現實印象、形象或意象等等，都可視為必須通過語言文字來具體傳達的，詩之內在結構中所包含的組成元素——但是，若我們進一步仔細分析除語言文字以外的詩之組成元素，其實不難發現形象或意象的重要性：因為就覃子豪上述的析論來看，具有主客相合特色的印象與情緒，其實都必須經過某種昇華、提煉的程序，方能獲得活生生的感動；而所謂的可感具象（不論是名之以形象或意象），則是此種凝結過程中，必經的重要環節：

> 在這裡我試將詩這樣解釋為一個暫時的定義。……「以最精鍊而富有節奏的語言，將詩人對世界的一切事物的主觀的意念，予以形象化和意境的創造，而能給讀者一種美感的，就是詩。」[197]

也就是說，詩人所抱持的各式因客觀現實而來的主觀意念及各式美感，還是詩主要傳達的重點所在，而具有精鍊、節奏等特性的語言文字，也依舊是具備強烈傳達能力的顯性標誌；但在從語言文字到言外之意的二重簡要型態以外，在覃子豪的詩論中，形象以及由可感具象而來的意境，[198]同樣是詩不可缺少的組成關鍵——因為，不論是詩人的主觀意念或詩中美感，這些抽象的詩組成要素，都必須經過形象、意象和意境般的創造、昇華與凝塑。因此，我們可以進一步推論出，由語言文字、形象與隨之而來的意境，以及主觀意念和美感等抽象元素所凝塑而成的三重結構，方為覃子豪詩論中對於

---

[197] 同前註，頁218。
[198] 對覃子豪來說，所謂的意境與形象是密不可分的；其二者之間的連結關係，將於後文有詳細的闡釋，在此便僅先將此二者皆視為同樣層次的詩組成元素，以利論述之開展。

詩之內在結構所做出的最為整全之論述；而因為不論是詩中的形象或意象，其皆具備了強烈的可感特性，故若依循覃子豪詩創作論中將「象徵」定義為由顯到隱、從象到意的傳達過程來看，筆者認為覃子豪筆下的詩之組成結構，亦應能視為象徵式的內在型態：

（二）有機呼應，飽滿呈意

在前述對詩之組成結構的闡述中，我們可清楚看出二重結構與三重結構最大的不同，即在於後者多了一層以「可感具象」為中心的媒介成分；而在進一步遍索覃子豪相關的詩論內容後，不難發現覃氏對於不論是名為「意象」或「形象」的詩中可感具象，以及由此延伸而出的各式詩組成元素，均有極為深入而豐富的論述——首先，對於詩之組成結構來看，覃子豪明確指出，詩，必須是意象群體的有機組合：

> 現在的新詩，有兩個極為普遍的現象：一個失之太簡，成為片斷，……一個失之太繁，成為文字的浪費，……兩者均未到達飽和點之故。詩的形式，或簡約或繁複，它必須是一個意象之群有機的組合，不是任意點綴，……每一句詩必須配合全詩的整個行動。[199]

---

[199] 覃子豪：〈飽和點〉，《覃子豪全集Ⅱ‧論現代詩》（臺北：覃子豪全集出版委員會，1968年詩人節初版），頁252。

因為，不論是二重或三重之組成型態，在覃子豪之詩結構論中，其共通的原則，皆是藉顯呈隱、由具象到抽象；換言之，對於如何才能使隱微而重要的主觀意念被順利傳達，最妥善的方法莫過於使具有傳達能力的詩中具象大量出現，並達到飽滿而充足的地步。然而，不可忽略的是，詩中具象絕非僅僅依靠數量之龐大，便可完美承擔傳達抽象意念的重責大任；對於覃子豪來說，飽滿而豐沛的意象，必須同時維持一種有機而整全的聯繫脈絡，方能使詩無礙凝塑：

> 求到達飽和點的限度，而不超越限度……下面的一首詩，是一個例子……

> 白色小馬般的年齡。
> 綠髮的樹般的年齡。
> 微笑果實般的年齡。
> 海燕的翅膀的年齡。

> 可是啊，
> 小馬被飼以有毒的荊棘，
> 樹被施以無情的斧斤，
> 果實被害於昆蟲的口器，
> 海燕被射落在泥沼裡，

> Y・H！你在哪裡？
> Y・H！你在哪裡？

> 這首詩的形式，雖然簡練，然而，它的詩質就到達了飽和狀態的限度而未超過限度。最後兩句便是全詩的頂點，即飽和

點之所在。……第一段以無數的意象表現二十四歲的青春之美,第二段每一句都扣緊著前一段而發。這便是意象之群的「有機」的組合。因有前兩段的「水到」,而後才有後兩行的「渠成」。這便是詩的飽和狀態之達成。[200]

而透過覃子豪上述的闡發我們可以清楚明瞭,所謂的「有機」,應指稱在詩之意象群體當中,彼此之間所維持的緊密聯繫脈絡——而儘管在覃氏所舉詩例中,其所呈現的意象聯繫脈絡,主要是相鄰段落之詩句按照其各自的相對位置所形成的詩句呼應(例如第一段首句的「白色小馬」,呼應次段首句其所被餵食之「有毒的荊棘」),但這絕不表示詩作內部之有機聯繫只有這種情形:換言之,筆者認為只要是詩中所存在的可感具象能維持彼此之間的相互照應,其所組成的任何可能樣態,都應該是可以接受的;然而,儘管詩中意象之有機聯繫看似擁有無限類型,但如何使全詩主旨得以順利展現,應該是意象在排列組合時所需顧慮的首要環節。因此,換個角度來看,所謂的「飽和」,除了可以代表在詩之內部結構中,令人充分可感之意象在數量上所達到的增一分則太多、減一分則太少之適中程度外,作者所欲表達之抽象意涵(例如上列詩句的「Y. H.!你在哪裡?」)是否能夠藉著詩中意象的妥善排列、有機組合,而順利被讀者所接受,亦可視為檢驗詩作之飽和目標是否已完美達成的可行方式。

(三)化零為整,凝象成境

進一步來看,當我們在深入探討覃子豪詩論中關於飽和、有機等問題時,其實所關切的焦點都已不再是單一的意象,而是多元意象所建構的一個更為龐博而深奧之意象複合體;而對覃子豪來說,

---

[200] 同前註。

「意境」，當可視為此類存在的最佳稱呼：

> 我們知道形象就是經過作者想像力所陶冶的印象底再現，而
> 意境呢，是經過了作者想像力所再造的全體而完美的印象底
> 再現。形象是屬於部分的攝取，意境是全體的攝取。[201]

正如同前述詩創作論所言，所謂的意象、形象等可感具象，都是由
現實生活中詩人所攫取的客觀印象所昇華而來一樣，意境，同樣是
以印象作為組構之基礎；只不過，可感具象之單一存在，只須詩人
以想像力浸染個別印象即可，但若需意境凝塑，就得依靠詩人對客
觀印象之整體全貌進行通盤的鍛造——換言之，形象、意象等可感
具象都只代表了詩人現實經驗昇華後之一環，而意境則可視為詩中
可感具象整全匯聚後所得出的總和：

> 如我們從單句去體味，所獲得的是個別的意象，把許多意象
> 貫串起來，便成為不可分割的渾然一體的意境。……西洋詩
> 和中國的新詩，其意境之形成，為意象之群的組合，而中國
> 的舊詩，一兩句就可以造成一個意境。……這原因是中國舊
> 詩的形式，簡潔到了不能再簡潔的地步。……如「曲終人不
> 見，江上數峯青」，是意象，也是意境。……新詩的意境，
> 便是受了西洋詩的影響，是群的呼應與群的組合，它要造成
> 一個全美的存在。一個統一的完美的和諧。[202]

而就另一個角度來看，儘管在大多數場合裡，大量可感具象之貫串
組合，即可凝聚出更為渾然、更為浩瀚之意境，但覃子豪也不忘提

---

[201] 覃子豪：〈詩的表現方法〉，《覃子豪全集 II・詩創作論》，頁50。
[202] 覃子豪：〈意境〉，《覃子豪全集 II・論現代詩》（臺北：覃子豪全集出版委員
會，1968年詩人節初版），頁232。

醒我們，對中國古典詩來說，單象即境之狀況同樣是極為常見的：
因為簡潔、精鍊，乃是中國古典詩所特別崇尚的創作法則。不過，
隨著時移世易的大局變遷，對覃子豪來說，當代新詩受到西洋詩作
影響後所呈現出之群象生境的局面，乃是古今漢語詩作之一大變異
──但是，不論是單一形象所煥發出之簡潔意境，抑或是憑藉意象
群體所組合成的繁複意境，其可感具象之或多、或少，或許都應以
是否能成功創出美之存在，作為思考之關鍵；換言之，統一、和諧
之美，當為意境之重要貢獻的其中一環。

（四）象分單複，美亦隨之

　　提到美感，我們在前述探討覃子豪詩創作方法論與象徵之關係
時，便已提及隨著媒介工具之不同，詩之美感，可概分為視覺、聽
覺與心靈之美；進而言之，若以詩結構組成之角度來重新審視所謂
的詩中之美，則在覃子豪的詩論體系中其實不難發現，所謂的美，
本就與詩中意境或可感具象，息息相關：

> 詩的本質，既基於詩人的想像，使想像凝固而給讀者以美感
> 的印象的，便是意象。[203]

因為，如果說在覃子豪眼中源於詩人想像且能賦予讀者豐富美感的
詩中重要元素即是所謂的意象，那麼換個角度來看，我們也可以更
直截地承認，對於覃子豪來說，意象本身即包含了豐富的美：

> 純粹的詩的內容，它本身就存在著美。詩的內容美是什麼？
> 除了內容的構成精細、奧妙而外，就是內容所具備的形象和

---

[203] 覃子豪：〈意象〉，《覃子豪全集 II・論現代詩》（臺北：覃子豪全集出版委員
　　會，1968年詩人節初版），頁228。

意境。[204]

進而言之，如果意境能創造出美的存在、意象能夠提供讀者強烈的美感，以及形象與意境皆可視為詩之內容美等說法都能同時存在於覃子豪之詩學理論的話，那麼我們可以確認的是，對覃子豪而言詩中所存在的可感具象，不論是以單一之型態登場，抑或是以複數群體之姿呈現，皆可等同於詩中之美；例如，從下列覃子豪所舉的美國詩作中，我們即可充分體會，什麼叫做單一意象所流露出的單純之美：

> 現代詩中，富單純美的詩不多，……美國詩人桑德堡（Carl Sandburg）的「霧」一詩，亦屬此類……

> 霧來了
> 以小貓的腳步。

> 蹲視著，
> 港口和城市

> 無聲的拱起腰部
> 然後走了。

> ……單純到了極致，但卻是一首意象極為完整的詩，非一片斷。……給讀者以具象和深邃的意味，有渾然一體的生命，是一個全然的存在。[205]

---

[204] 覃子豪：〈抒情詩及其創作方法〉，《覃子豪全集 II・詩創作論》，頁17。
[205] 覃子豪：〈單純美〉，《覃子豪全集 II・論現代詩》（臺北：覃子豪全集出版委員會，1968年詩人節初版），頁258。

儘管全詩中只有「貓」這個主要意象，但透過作者對貓之樣態、動作等精準而簡練的描述，題目「霧」本身所具備的慵懶、神祕等特殊氛圍，卻正好恰如其分地藉由「小貓的腳步」、「蹲視」等詞彙所構築出的完整形象，顯現於讀者眼前。

而就另一個方面來看，雖然覃子豪的詩學理論中明白承認，由象所形構出的詩中之美，確有單純疏朗的可能性；但是，憑藉意象群體所形成的意境，亦能由此開展出洋溢著繁複之美的詩風面貌：

> 繁複的美是寓變化於秩序與和諧中；……詩的繁複美，是意象之群的突進，追奔，前呼後應的組合；具有音樂的節奏美，繪畫上的色彩美，是兩者的交錯，構成了詩的繁複性。[206]

對覃子豪而言，由成群意象所表現出的詩中之美，主要是由意象和語詞本身所具有的視覺與聽覺感受所組成；但不可忽視的是，儘管意象層出、感受紛陳，是詩中繁複美所以動人之處，但對詩來說，作者所欲表現的抽象意義是否能夠順利傳達，或可看作當意象群體以繁複之姿凝聚成美時，其在組合呼應上所必須顧及的重要原則：

> 中國現代的新詩，無疑的是受了歐美現代詩的影響，傾向於繁複的美，其繁複能到達意象交織、綜錯，而不紊亂，亦非易事。……由於現代人敏銳的感性，詩不再是概念式的抒寫，而是一種分析式的表達，節節推進，層層深入，直達目不能見事物本質的核心，或揭示出人性真實的隱秘。這種複雜的內容和這種繁複的表現技巧，正顯示了現代人強烈的欲

---

[206] 覃子豪：〈繁複美〉，《覃子豪全集 II・論現代詩》（臺北：覃子豪全集出版委員會，1968年詩人節初版），頁260。

望或深沉的悲哀。[207]

換言之，雖然從歷史現實的角度來看，覃氏認為因象而成的美，當以繁複之風為目前新詩的主流；然而，就算詩之內容或所運用的意象再怎麼複雜，但最終仍必須與詩人所欲傳達的事物本質或人性真實等抽象意念，相互結合——因為，除了以象成美之外，以可感之象表抽象之意，本就是覃子豪詩學理論中反覆強調的重點所在。

（五）小結

　　潛心探索覃子豪詩學理論中，與詩之組成結構相關的各式論述後，筆者認為所謂的由顯至隱、從實到虛的象徵關係，頗能說明覃子豪詩組成結構論的整體特色：首先，就組成元素來看，在覃子豪筆下我們可以清楚發現，不論是語言文字、可感具象、意境，以及各式美感與抽象意義，皆為詩之範疇中不可或缺的重要部分。

　　其次，若再進一步探究這些詩組成元素彼此之間的聯繫脈絡，則可發現藉顯呈隱、憑實表虛的象徵式組成原則，是覃子豪詩組成結構論中貫串整體的關鍵主軸——換句話說，不論或繁複或單純的各類美感，以及包羅萬千的各式意義，其之所以能存立於詩之結構當中，皆有賴於詩人所精心調度之語言文字，與經由主客相融等手段提鍊而出的各種可感具象，方能順利被讀者接受並完成詩人創作之主要目的。

　　另外，雖然語言文字與可感具象都在詩中肩負了媒介、傳導的重責大任，但由現存的作品資料來看，對於詩組成結構論來說，覃子豪對於由語言文字、詩中之象與意義、美感等所組成的三重結構之重視，可謂遠遠勝過僅由語字和意義所搭建出的二重結構。

　　而值得注意的是，針對詩中的各式意象或形象來說，一方面覃

---

[207] 覃子豪：〈繁複美〉，《覃子豪全集 II・論現代詩》，頁261。

子豪指出不論是單一或多數，詩中的可感具象都能成功表達作者所欲向外傳遞意義或美感；但另一方面，不論是覃子豪要求可感具象在數量上要能儘量達到飽滿、在聯繫上要注意有機脈絡之維持，都能看出覃子豪對於詩中之象所表現出的複數型態——亦即意境，可謂抱持著較為濃厚的興趣：因為據其所言，意象群體的繁複狀態，可謂當今詩壇的主流面貌。

第三節：覃子豪之詩功能用途論與象徵

在覃子豪的詩學理論中，不管是從動態的詩之創作過程裡，或靜態的詩之組成結構內，我們都能明確發現可感具象以及從顯到隱之象徵關係對詩所做出的種種貢獻；換個角度來看，當我們已充分了解詩之為物所歷經的繁複創造過程，以對詩內在之組成結構抱有整體之認識後，繼續探索詩之所應具備的功能用途，或許是能夠進一步認識詩之全貌的有效方式。

而就筆者來看，在覃子豪筆下的詩之功能用途論中，象與象徵所發揮的價值，其實也是值得我們仔細思考的關鍵所在。

（一）陶醉忘我，喚醒記憶

例如，覃氏便曾提出，詩中之可感具象，與聚象而成的意境，皆能帶領讀者墜入忘我的陶醉：

> 所謂詩的高度表現，就是在詩裡，要有鮮活的形象，與渾然的意境。……很多好詩，能引人入勝，能引讀者陶醉於忘我的境界之中，就是詩裡鮮活的形象，與渾然的意境所吸著了。[208]

---

[208] 覃子豪：〈詩的表現方法〉，《覃子豪全集II・詩創作論》，頁41。

進一步分析，單象之形與繁象之境之所以會擁有能讓讀者陶醉的功能，覃子豪認為主要原因在於當詩之創作過程已圓滿達成，詩之表現已獲得高度實踐時，被妥善塑造的各式詩中之象，即能喚醒讀者平日對於現實生活之各式印象所層層積累的深厚記憶：

> 一首有形象和意境的詩，會給讀者印象深刻，歷久不忘，這是詩裏的形象喚起了讀者對於平日印象的記憶，而增加了他的親切感；詩裏的意境會使讀者陶醉於忘我的境界之中。[209]

換個角度來看，在論述象徵關係對詩之創作所造成的影響時，覃子豪曾提出應儘量鍛鍊來自現實生活中的客觀印象，使之經歷物我合一等昇華手段後，凝塑成兼具作者主體與客觀現實等雙重特色的詩中形象。進而言之，若將此種說法與上列引文併觀比較，則不難發現，如果說從印象到形象是詩之創作的必經路程，那麼詩作形象對於讀者印象的牽引與召喚，則是詩之功能發用時所必備的條件。

（二）呈顯情懷，間接傳理

其次，除了使人陶醉、喚醒記憶外，覃子豪認為詩中之象的另一重用途，即是順利表現出作者所欲傳達的情感意念：

> 詩缺少了意象的呈現，便成為情意的說明，而不是藝術的表現。情意的說明，不能給讀者深切的感應；唯情意藉意象來表現，會深入讀者腦中，由腦到心，會給讀者極為強烈的感應。[210]

---

[209] 覃子豪：〈抒情詩及其創作方法〉，《覃子豪全集 II・詩創作論》，頁17。
[210] 覃子豪：〈意象〉，《覃子豪全集 II・論現代詩》，頁228。

也就是說，覃子豪清楚認識到，僅憑文字語言只能做到情意的直接說明，卻無法臻至藝術的領域；因唯有藉由詩中具象的可感特性，方能使抽象之情意獲得充足傳遞的機會。而除了感性之情外，詩中不可或缺的另一種內容——亦即理性之思，同樣也需要詩中可感之象的媒介、象徵關係的傳導，才能在無形中使作者之思想與精神充分地與讀者之心靈密切接觸。

> 只有藝術的價值，而無思想為背景，藝術價值也會降低。……思想是詩人從現實生活的感受中所形成的人生觀和世界觀。尋求詩的思想根源，也就是尋求詩的哲學的根據。……不必直接在詩中放進些教誨之類的東西，而是不知覺的流露。是潛在的，非明顯的；是間接的，非直接的；是用象徵，比喻的無形的表達。這樣的作品會使讀者在不知不覺中受作者思想和精神的洗禮，而獲得智慧的啟迪與心靈的舒泰，……詩底偉大處在此，而主題在作品中的意義也就此闡明了。[211]

儘管在此段引文中，我們並無法得知比喻和象徵對於覃子豪來說到底有何異同，但此種狀況卻也不妨礙我們理解象徵對詩來說所可能具備的重要用途之一，即與透過詩中可感具象的存在，表現出作者心靈的理性光輝。此外，雖然憑藉意象、形象之使用而讓各種抽象情理能順利傳達，在前述對詩之創作過程與組成結構的討論中其實都有提及類似的說法，但筆者認為在分析詩之功能用途時再次對憑象傳意、藉顯呈隱的象徵關係投以注目之眼光，與其僅將此視為一種論述上的無意巧合，倒不如把這看成是，在覃子豪之詩學理論中象徵關係確為不可忽視之重要關鍵的有力證明。

---

[211] 覃子豪：〈新詩向何處去？〉，《覃子豪全集 II・論現代詩》，頁309。

總的來看，不論是對於讀者來說，詩中之可感具象，所能發揮出的使人陶醉與喚醒記憶之重要功能：

陶醉境界、生活記憶
↑　↑
單象之形、繁象之境

抑或是對作者來說，能使各式抽象之感性情懷、理性思維透過詩中之象的媒介而獲得充分表現之關鍵用途：

感性之情、理性之思
↑　↑
意　象

我們都能直截瞭解到詩中之象與從顯到隱之象徵關係，對於覃子豪心目中詩之功能用途來說，可謂發揮了極其重要的影響力；進而言之，各式可感具象之所以能產生出上述作用，溯本追源來看，其首要確保的應是作者能於現實生活中，獲取到足以入詩的豐厚材料：

　　要使詩發生真實的力量，首先要作者生活於現實中，詩人的伊甸園，必須建築於現實的基礎之上，方有實現的可能；詩人必須根絕超現實的抽象的觀念，投身於現實的洪流中，體驗生活的廣度，詩人的心靈才有深切的感受，才能對現實有真實的反應。[212]

---

[212] 覃子豪：〈真實是詩的戰鬥力量〉，《覃子豪全集II‧未名集》（臺北：覃子豪全集出版委員會，1968年詩人節初版），頁471。

正如同前述在分析象徵關係對覃子豪詩創作論之影響時曾提到的，詩中意象、形象的成立，其先決條件之一便是詩人必須能將日常生活中所累積的客觀印象，施以主客合一等昇華手段後，方能凝塑。

換言之，在了解詩中之象及象徵關係對詩之功能用途的開展具有同樣重要之積極影響後，詩人立足現實、致力於拓寬生活的深度與廣度的種種作法，便多了一重對詩之功能用途論的重要價值。

（三）覃子豪之象徵式詩本體定義統整

當我們對於覃子豪筆下對詩之結構型態、組成元素與功能用途所展開的龐博論述進行縝密分析後，可以明確獲知的是，「象」及「象徵關係」可謂貫串前列詩論探討的主軸：因為，不僅是詩之組成元素中，「意象」、「形象」等重要環節，擔負了和語言文字、美感、意義等其他詩組成元素保持密切聯繫的關鍵樞紐，在詩組成型態與詩功能用途的範疇裡，由詩之可感具象所開展而出的由顯至隱、從象到意之「象徵關係」，更是詩之結構型態得以組成、詩之實際功能得以發用的主要原因。

進而言之，當詩之內在結構與外在功用等範疇皆已詳細檢視後，筆者認為對覃子豪之詩組成結構論與功能用途論中作為主要關鍵的「象」與其所開展出的「象徵關係」，其實亦可將其視為覃子豪心目中，詩在本體方面所表現出的主要特色——也就是說，所謂的詩之本來面目，對於覃子豪而言或許即與象徵脫不了關係：因為，詩既在組成元素方面包含了意象、形象等可感具象，又在其結構型態上呈現出由象到意、從顯至隱的象徵關係，並同時也依循著此種象徵關係而在詩之功能用途方面，開展出詩本身所擁有的實際效用。

故此，筆者認為在覃子豪之詩學理論中，對於詩本體之內在結構與外在功用之整體特色，當可用「象徵」一詞來加以代表。

第四節：覃子豪之詩閱讀、批評方法論與象徵

通過前述豐富的討論，筆者認為不論是在詩之創作、詩之組成結構與功能用途上，可感具象都是不可或缺的關鍵要素，象徵關係也在詩之各項範疇中，發揮了重要的價值；而在了解了詩究竟有何特殊性質後，我們接下來要處理的是，身為詩作接受端的讀者，到底要以怎樣適當的方法態度來讀詩、評詩的問題。

（一）從詩中之象閱讀意義

首先，對於閱讀方法而言，從覃子豪的詩學理論中，我們可以明顯看出，覃氏可說是抱持著一種若不依循詩中可感具象則無法順利開展閱讀行為的想法：

> 難懂的詩不一定就是好詩，……詩的本身首先未能形成一個
> 具象。內容既破碎、殘缺，且其表現凌亂，欠嚴密的組織；
> 加以語言晦澀，比喻失真，如此的詩讀者自難理解。[213]

儘管在上述引文中，覃子豪主要在說明詩中無象乃是詩作難懂的其中一項表現；但換個角度來看，若詩中充滿了詩人精心安排的可感具象，那麼讀者應可藉此為憑據，進而盡情探索詩之國度的各式風景。

當然，以閱讀行為的普遍經驗來看，詩中可感具象，絕非閱讀時唯一該關心的；因為，不論是內容、結構、字詞、句段等，均為閱讀行為開展時所必須兼顧的重要目標：

---

[213] 覃子豪：〈難懂的詩〉，《覃子豪全集Ⅱ・未名集》（臺北：覃子豪全集出版委員會，1968年詩人節初版），頁448。

> 精讀……是從普遍閱讀的作品中，選出……自己所喜歡的部
> 分。……對於內容的攝取，詩形的結構，表現的技巧，字彙
> 的應用，詩句的構成，音節的諧和，形象和意境的創造……
> 作一種深切的體會。然後一遍兩遍的讀它，直到能夠背誦的
> 時候，你就可以獲得這作品中的神韻。[214]

尤其，當讀者對某一詩作進行精讀之時，由內到外、方方面面，全
都是必須用心細察、反覆思索的對象；然而，筆者認為即使精讀需
要對作品整體進行周全的觀照，但是詩中之象，以及由象所開展出
的象徵關係，仍是讀者必須注目的焦點——因為閱讀的終點，仍在
於意義、神韻等抽象元素的獲得：

> 詩是最富含蓄性的，有些地方是需要讀者去思索的，沒有標
> 點，讀者可以多用點功夫去理解，吟味詩的感情，形象和意
> 境。因此，詩的影響是無形的擴大，猶如：我們鑒賞素樸而
> 潔淨的雕像一樣，給人的感覺是活潑的，廣闊的，如果把這
> 雕像塗上顏色，我們的感覺，想像，會立刻被限制。[215]

例如，當覃子豪在分析標點符號在詩中的價值時，便曾提到詩之含
蓄是最該被注意的；而詩所蘊藏蓄積的意義，對讀者來說要如何去
把握？從上述的論點來看，當覃子豪要讀者多多用心理解、吟味詩
作時，唯一能具體把握的，其實就只有詩中的可感具象，以及由象
之多重聚合所形成的意境而已；換言之，由或繁或簡之象入手，我
們所要關心的仍是那含蓄隱微的抽象之意。

　　故而我們可以大膽推測的是，對於閱讀行為來說，由象到意、

---

[214] 覃子豪：〈抒情詩及其創作方法〉，《覃子豪全集Ⅱ·詩創作論》，頁12。

[215] 覃子豪：〈詩與標點〉，《覃子豪全集Ⅱ·未名集》（臺北：覃子豪全集出版委員
　　　會，1968年詩人節初版），頁439。

從顯至隱的象徵關係，仍是接受者在開展閱讀時，所必須顧及的重要環節；尤其要強調的是，詩中具象全面凝聚後所形塑出之總體意境，與其所表現出的抽象意義之間的關聯：

> 現代的新詩，句子和句子之間的關聯極為密切，不像舊詩，
> 一句詩便是一個意境，可以獨立欣賞。而現代的新詩因其是
> 間接表現而不是直接說明之故，看一整首詩尚不能立刻明白
> 詩中的含意；若分崩離析來加以指摘，就難免有斷章取義之
> 嫌。[216]

因為就普遍經驗來看，當前的新詩作品中純以單一意象貫串全詩的例子堪稱稀少；而當讀者在面對詩中眾多形象時，最該注意的就是如何以整全的視角對詩中眾象所凝聚而成的意境，做出妥切的理解與適當的感悟——如此一來，方可對詩中由意境而展現的各式意義，獲得總體的認識。

（二）由象意關係開展批評

其次，在論到詩之批評方法時，覃子豪也十分重視象徵的作用與價值；而覃氏之所以會以象徵作為詩批評原則的其中一環，據其所言乃是受到十九世紀以降的法國象徵主義所影響：

> 自象徵主義產生後，詩的確到達了一個新的境界。……象徵
> 主義所慣用的手法，為象徵、比喻、暗示、聯想。二十世紀
> 之初，產生了許多新興的詩派，有不少詩派不過是本著象
> 徵、比喻、暗示、聯想這四個原則，而加以新的變化。所
> 以，我的批改，只要本著這四個原則，加以靈活的運用，學

---

[216] 覃子豪：〈論象徵派與中國新詩〉，《覃子豪全集 II・論現代詩》（臺北：覃子豪全集出版委員會，1968年詩人節初版），頁319。

生就可以獲得新的啟示。……方法，來自象徵主義，但不是完全的象徵派，這法則幾乎為現代詩中所共用的。[217]

在上述所引中，覃子豪一方面十分確信象徵主義的誕生，對詩而言，實乃一件值得大書特書的喜事——因為隨之開展出的各式創作手法（例如象徵等），對往後許多詩派的興起，可謂具有推波助瀾之功；另一方面，覃子豪也坦承自身在進行詩之批評時，同樣也是遵循由象徵主義而來的重要原則——因為對覃氏而言，雖然象徵等詩之手法的提倡就歷史現實而言乃是出於十九世紀的法國，但其發用、影響的真實場域，幾可謂遍及現代詩之全貌。

換個角度來看，雖然由上可知，象與象徵確為詩之批評的重要環節，但不可忽略的是，覃子豪也同樣提到了比喻、暗示與聯想等其他手法的重要性；然而，筆者認為若把覃氏的其他詩論文字作為輔助證據，則可更清楚地證成象與象徵對詩之批評方法的高度價值，究竟何在——例如，由下列引文中，我們可以看到覃子豪在進行詩之批評時，實將詩中或簡或繁的形象與意境，作為據以批評、分析的一項重要標準：

> 在上一期新詩批改一文中，我曾說過我是本著作品要有詩的本質，有新鮮而充實的內容，不是徒具形式；要有新的表現方法，不是因襲陳規這個原則。而現在我要更進一步，對習作作一個極為詳盡的批改，……我的方法是除根據上面的原則來批改外，再分為：立意、內容、結構、句法、字彙、節奏、形象、意境，分別予以分析。[218]

---

[217] 覃子豪：〈自序〉，《覃子豪全集 II・詩的解剖》（臺北：覃子豪全集出版委員會，1968年詩人節初版），頁66。

[218] 覃子豪：〈啟示與摹倣〉，《覃子豪全集 II・詩的解剖》（臺北：覃子豪全集出版委員會，1968年詩人節初版），頁78。

儘管由上述引文來看，詩中之象僅為對詩進行嚴謹批評時的其中一項檢驗標準，但筆者認為覃子豪對詩中形象與意境的重視，實遠遠超過對其他的項目；因為，在覃子豪的心目中，一旦缺少了或繁或簡的形象和意境，詩，就只能淪為一般境地，成為純粹說明而無絲毫餘味的普通作品：

> 說明的詩，是指一般詩而言，……這類的作者沒有認識詩的本質，故這類作品沒有純然的抒情意味，更缺少形象和意境。其寫作方法，平鋪直敘，……未將他所獲得的那一點稀薄的詩的意念，運用藝術的手法來表現。[219]

換言之，在覃子豪心目中至少有兩種截然不同的詩——其一，是較為一般而普通的詩；其二，則是相較之下更為優越而傑出的詩；而之所以會有如此價值高低懸殊的劃分，由上列所引覃子豪之論述可推知，詩中或繁或簡之可感具象，當為詩之高低的區分關鍵：因為一旦缺少了象的中介，詩便只能採取直白說明的方式，將詩人所欲傳達之情理，坦率呈露；反過來說，所謂較為優秀的詩作，則應能善用詩中可感具象來傳達情意、思理等各種抽象元素，使得由象到意、從顯到隱的象徵關係亦能夠順利開展。

　　進而言之，覃子豪在論述詩之批評方法時對於象徵關係的重視，除了上述文字層面的理論建構外，由下列引文中，我們也能從詩之批評的實際範例中，看出覃子豪對於象與象徵的重視——因為覃子豪曾明確提及，對詩中之象與其所代表之特殊意義的解讀是否恰當，當為詩之批評是否成功的關鍵之一：

---

[219] 覃子豪：〈新詩的比較觀〉，《覃子豪全集 II・論現代詩》（臺北：覃子豪全集出版委員會，1968年詩人節初版），頁280。

關於楊喚的「二十四歲」一詩，凌遠原君認為其中「微笑的果實般的年齡」犯了比喻不確的錯誤。以常情而論，凌遠原君的指摘不無理由，然而，詩不是常情的寫實，……詩之所以為詩，常是能超越常情，賦予事物以新的看法。因為詩的產生完全憑詩人的直覺。……直覺，是詩人對事物一種特殊的感覺。……楊喚之所以把「果實」來比喻青年期的成熟，便是楊喚對於「果實」有一種「微笑」的直感。……「微笑」給人以一種燦爛的感覺，乃象徵其青春之美。如「果實」沒有「微笑」二字予以形容來強調青春之美的意味，則這「果實」正如遠原君所說的成了老年的象徵。[220]

根據上述引文的內容可知，覃子豪與凌遠原意見分歧之處，在於對楊喚〈二十四歲〉裡「微笑的果實般的年齡」這一詩句抱持著不同的見解——凌遠原認為此句之內容與詩題之間，具有邏輯上的矛盾：因為二十四歲對一般人來說，應是青春年少之季；但凌氏認為「果實」一詞就常理來說應具有成熟的意涵，對應於人之年歲，則較適合代稱三、四十歲的中年時光，故而不應出現在題為「二十四歲」的詩中；但是，由覃子豪的回應裡我們可以清楚看出，對於詩中之象與其所對應之意彼此的關係解讀，應以一較為整全而宏觀的角度來審視，方能得出正確而圓融的答案——換句話說，凌遠原的解析，是單就「果實」一詞而論；不過，覃子豪的回應，則是提醒我們，不可忽視意象自身的完整性，亦即在「果實」之前，楊喚明明就有用「微笑」來加以修飾，故而在評價此句時怎可棄之於不顧，僅從「果實」一詞的普通意義來論述？

進而言之，除了看重意象在單句中的完整性外，筆者認為單一意象與相鄰意象之間的聯繫，其實也是評詩解詩必須考慮的重要關

---

[220] 覃子豪：〈略談詩的觀念及楊喚的「二十四歲」〉，《覃子豪全集Ⅱ·未名集》（臺北：覃子豪全集出版委員會，1968年詩人節初版），頁480。

鍵；也就是說，「二十四歲」的年輕意涵，除了可由「果實」前綴的「微笑」感知以外，在此句之前的「白色小馬」與「綠髮的樹」等意象，也在在透過「小」、「綠」等詞彙提醒我們，「二十四歲」的青春氛圍，正如同「小馬」般活躍、似「綠髮」般青翠。故而，由覃子豪詮釋他人詩評的實際範例來看，詩中具象與其所傳達之抽象意義之間的整體關係，確為進行詩之批評時所必須重視的焦點；而除了須仔細觀照象、意之間的單一聯繫脈絡外，全詩之間的整體象徵關係，也該是批評詩作時需要再三留意之處。

第五節：覃子豪象徵詩論之精要遍觀

在歷經了漫長的詮釋與解析之後，我們當可輕易發現，所謂的由顯至隱之象徵連結關係，確為覃子豪詩學理論中極為重要的核心概念。

（一）以顯明之象與隱微之意的連結關係定義象徵

而總的來看，所謂的「象徵」，在覃子豪之詩論範疇中所具備的詩學意義，指稱的應是由顯明之象到隱微之意的連結關係——而其之所以在詩學理論中具有重要價值的原因，當在於覃子豪認為，不管古、今、中、西所代表的時空差異如何影響人類藝術之發展，詩之為物都應具備此一普遍性質。

進而言之，不管討論的是詩如何被創作完成、詩之內在結構組成究竟如何配置，或是詩本身所具備的功能用途究竟為何、讀者該如何閱讀與批評一首詩，在以上各項與詩之根本議題息息相關的種種領域中，我們都可清楚看出，由顯到隱、從詩中可感具象到各式抽象意義的聯繫脈絡，實為上述問題之理想解答中不可忽視的主要內涵。

（二）視象徵關係為詩之創作、閱讀與批評的關鍵

例如，談到詩之創作論時，覃子豪認為詩人要能先從日常生活中蒐集適當的客觀印象，再將主觀的情、理等抽象元素與之充分融合，進而提煉出物我不分、主客相容的可感具象，使各式意義與美感得以藉由詩中語言文字和可感具象的媒介，順利呈顯。

另外，由詩中或繁或簡之意境、形象出發，不僅可讓讀者充分體驗作者所苦心鍛鍊的抽象意義，也能使批評者在顧及詩中象、意之整體關聯的前提下，對詩作進行適切而公允的判斷。

（三）以象徵關係為詩組成結構與功能用途的核心

至於在探索詩之內在結構時，覃子豪也不斷告訴我們，以語言文字、意象群體的有機連結——意境，以及憑藉或繁或簡之象得以順利開展的抽象美感與意義，所拼合出的內在結構，即是最為常見的詩之組成型態；而其中不論是由眾多意象所凝結的意境或詩中的單一形象，其本身既是詩所不可或缺的重要組成元素，進一步來看詩中或繁或簡之可感具象更是綰合美感、意義等抽象元素和語言文字等顯明要件的重要樞紐。

最後，不論是使讀者得以順利進入全神陶醉之境界，或讓作者所欲表現之情感、思緒無礙傳遞，都是詩中單一形象或意境所造就的詩之功能用途。

（四）覃氏詩論中從顯到隱之象徵關係的總體反思

換個角度來看，憑藉著前述種種對覃子豪詩學理論的精讀細閱，筆者認為由象到意、從顯到隱的象徵關係，可謂是貫串覃氏詩學理論中詩之創作、詩之結構組成、詩之功用、詩之閱讀與批評的重要軸線——也就是說，在覃子豪的詩學理論中，對詩之本體與方法所開展出的種種論點，其實都可用象徵關係作為其整體特色之最

佳代表：

抽象意義、審美感受、陶醉境界

↑ ↑

單一具象、複合意境

不過，儘管由象到意的象徵關係似乎已可視為覃子豪詩學理論之象徵特色的總體說明；但對於覃氏詩學理論之象徵特色的探討，其實仍有繼續深化的空間——易言之，所謂的由顯至隱的象徵關係，在詩之範疇中，是否僅限於象、意之間的連結脈絡？

也就是說，當覃子豪將象徵關係定義為由象到意時，其益處當然是促使我們得以清楚發現其詩學理論的象徵特色；但換個角度來看，除了以詩中可感具象作為象徵關係的起點外，在覃子豪的詩學理論中，是否還有足以容納以別種詩之組成元素——例如語言文字——作為聯結出發點的，其他象徵關係的存在空間？然而，較為可惜的是，由於在筆者目前所見之相關文獻中，覃氏對該問題之闡發甚少，故只能將思索的腳步暫留於此，等待其他資料充足後，再行探究。

| 第肆章、林亨泰之詩學理論與象徵

　　由呂興昌所編的林亨泰生平年表可知，林亨泰因認識銀鈴會中同為彰化人的朱實，於1947年的9月受邀加入銀鈴會。[221]而若同樣根據此份年表所呈現之內容，且暫時將其所書寫之文學作品置於觀察視角之外，則可知在銀鈴會同仁於1948年5月至49年4月所出版的五冊《潮流》同仁雜誌、兩期《聯誼會特刊》與兩份《會報》中，[222]林亨泰共發表了六篇文章；[223]由此可知，林亨泰的文學活動，早在1948-49年的銀鈴會時期，便已正式展開。[224]

　　然而，若就上述銀鈴會時期之評論文章的實際績效來看，僅有「以詩代文進行評述」的〈詩人淡星兄〉一文，[225]其餘作品則與

---

[221] 呂興昌編：〈林亨泰生平著作年表〉，《林亨泰全集十‧外國文學研究與翻譯卷》（彰化：彰化縣立文化中心，1998年9月），頁175。

[222] 林亨泰著，呂興昌編：〈銀鈴會文學觀點的探討〉，《林亨泰全集五‧文學論述卷2》（彰化：彰化縣立文化中心，1998年9月），頁32。

[223] 詳細來看，分別為一九四八年五月《潮流》第一號（即春季號）上所發表的〈銀鈴會員的寄語〉、一九四九年一月《潮流》冬季號所發表的〈文藝通信〉、一九四九年二月《聯誼會特刊》所發表的〈文藝通訊〉、一九四九年三月《潮流會報》第一期發表的〈私の印象〉、一九四九年四月於《潮流》春季號所發表的〈詩人淡星兄の匂い〉與〈文藝通信〉，以及一九四九年五月於《潮流會報》第二期發表的〈文藝通訊〉；另，可參考〈林亨泰生平著作年表〉，《林亨泰全集十‧外國文學研究與翻譯卷》，頁176-181。

[224] 不過，針對上述時期的文學論評作品，在全集當中，只收錄了一九四年四月《潮流》春季號上的〈文藝通信〉；詳見〈語言的苦悶〉，《林亨泰全集七‧文學論述卷4》（彰化：彰化縣立文化中心，1998年9月），頁2；另，此篇標題為編者所加。。

[225] 呂興昌編：〈林亨泰生平著作年表〉，《林亨泰全集十‧外國文學研究與翻譯卷》，頁180；另，由於此文所涉及之內容，較偏向於對作品所進行之文學批評，故暫不列入本論文之研究範圍。

文學理論之專門領域相去甚遠；故此，若要對林亨泰所開創出之富有自身獨到風采的詩學理論，進行總體成就之整全探討，則或許仍應從1957年3月論起——因為由此開始，林亨泰才陸續於《現代詩》、《創世紀》、《藍星》、《野火詩刊》與《詩‧散文‧木刻》上發表與詩學理論較為相關的各式文章；[226]而其中特別值得注意的是，從該年12月《現代詩》第二十期〈中國詩的傳統〉裡，我們便可清楚了解到，所謂的「象徵」，在林亨泰詩學理論中所佔的重要地位：

> 但一提到我們古中國的詩，的確「短」，而其本質一直都存在於「象徵」中，這形成了自古以來中國詩的傳統。但是在歐洲，這種象徵主義的詩，一直要遲到十九世紀的後半。[227]

簡言之，對林亨泰而言，不論是中國或歐陸，只要是詩，便都在其本質內涵上具有象徵之特色。除此之外，林亨泰更細緻地提出，以象徵為本質的狀況，對中國詩來說，是自古以來連綿不絕的一項重大傳統；至於西方詩壇中此種將象徵視為詩之本質的看法，對林亨泰而言，則是要直到十九世紀才因象徵主義的標舉而為人所重視——換個角度來看，由上述論點我們可以間接體會到的是，如果古代中國、歐陸之詩，均以象徵為其本質特性的話，那麼或許一切詩之本質，對林亨泰而言亦都可視為象徵。

然而，此種將象徵等同於詩之普遍本質的說法，是一項需要多方論證、繁複探究的宏觀論點：例如，所謂的象徵，其究指何意；另外，本質上所具有的象徵特性，又到底對詩產生了怎樣的實際影響……。凡此種種，均有待更多具體的論證，方能略有所得；故而

---

[226] 同前註，頁190-194。

[227] 林亨泰著，呂興昌編：〈中國詩的傳統〉，《林亨泰全集七‧文學論述卷4》（彰化：彰化縣立文化中心，1998年9月），頁21。

以下將分由詩之組成結構、功能用途等與詩之本體緊密相關的議題，以及創作、批評與閱讀等不同面向的詩之方法，詳細探索林亨泰以象徵為詩之本質的說法，究竟包含了哪些重要的實質內容。

第一節：林亨泰詩論中的象徵定義擬測

大略而言，林亨泰在發表一己之詩論觀點時，可說是分由文學理論之分析、詩史派別之討論，以及創作手法之比較等三重路徑進行思索，直探其眼中象徵一詞所具備的詳細實質內涵。

（一）以象徵為象徵主義根本性質

首先，若要進一步探討林亨泰對象徵的整全定義，或可由上述引文中所提到的象徵與象徵主義之間的關聯切入——簡言之，當林亨泰一方面將中國古典詩之本質連結到象徵，另一方面卻又以象徵主義一詞來說明，直到十九世紀後半歐洲詩才擁有了類似於中國詩的獨特性質時，其實正間接提醒了我們，對林亨泰來說所謂的象徵與象徵主義，其所指之實質意涵在某些程度上擁有高度的相似性與相通性；換句話說，若要理解林亨泰詩學理論中象徵所具有的完整內涵究竟為何，從象徵主義著手，應可收正中靶心之效：

> 作為流派的象徵主義，雖然只是狹義而早已有「定論」的一個名詞，但，作為本質的象徵主義，卻超越了此一流派的地位，而匯集了美學上所有的「可能性」之後成為一個綜合而廣義的用語，直到現在，它的含義仍然不斷膨脹而與日俱增中。[228]

---

[228] 林亨泰著，呂興昌編：〈抒情變革的軌跡——由「現代派的信條」中的第一條說起〉，《林亨泰全集四·文學論述卷1》（彰化：彰化縣立文化中心，1998年9月），頁231。

但由上述所引可知，林亨泰眼中的象徵主義，至少可在性質上分為寬、狹兩類——其中，所謂象徵主義的狹義解釋，當指西方文藝思潮中所出現的單一特定流派；然而相較來說，林亨泰更為重視的，或許是象徵主義裡所蘊含的本質特性：因為，以寬泛視角所得出的象徵主義之本質內涵，不但在美學表現上具有更豐富的無限可能，也更能普遍適用於與文學相關的各式領域。進而言之，如果對林亨泰而言，象徵與象徵主義擁有高度相似且相通的實質意義，象徵主義一詞又可作出寬、狹不同的兩種解釋，那我們當可間接推知，若要從象徵主義的角度來理解何謂象徵，即可說象徵便是象徵主義的本質所在：

> 「象徵主義」過去了，「意象主義」也過去了，但，過去的只是歷史的「流派」，然而它的「本質」——「象徵」與「意象」——仍會永遠留下來，更成為批評家口裡習用的字眼。一個思潮過去了，重要的並不是趕緊去埋葬，而是如何去攝取長處。[229]

也就是說，所謂的某某主義，往往代表了在具體時空背景下，既有所突出、又有所侷限的特定內涵；然而，對於一位有志耕耘文學理論與批評的學者來說，更重要的任務，當是在眼界提升之後，得以透視主義之框架，直探足以永續發用、持續成長的根本所在——而就象徵主義來說，象徵，便是其關鍵之本質。

（二）將象徵視為作品詩味之所在

儘管由上述討論中，我們已得知所謂的象徵即為林亨泰心目中

---

[229] 林亨泰著，呂興昌編：〈象徵價值的創造及其他〉，《林亨泰全集七‧文學論述卷4》（彰化：彰化縣立文化中心，1998年9月），頁146。

象徵主義的本質，但對於象徵所具備的實質內涵，我們卻仍所知不多——故此，除了從西方文論的角度來切入探討外，尚須以其他視野的觀察所得，增進對象徵定義的深度理解。例如，雖然前述已提及在林亨泰心目中，象徵，足以視為中國詩的本質所在，但其論述的視角多著墨於中國古典詩之上；然而，就林亨泰的觀點來看，象徵對於二十世紀之中國詩壇，同樣具有高度的影響力——其中最直接的證據，莫過於中國象徵派與現代派詩人群的出現，替五四以來的新詩成果，既樹立了引人注目的獨特詩風，又額外增添了一股濃郁的詩味：

> 中國現代詩史上，首先具備有屬於色彩鮮明的詩風格，並開始表現了較為深邃的「精神主義」以及富有詩味的所謂「情調象徵」的，恐怕非推所謂「象徵派」乃至「現代派」的詩人們不可。當他們把詩從直敘的、格律的、以及即興的情境帶到曲折的、情緒的、以及費思的另一情境的時候，中國現代詩的發展亦就算是又宣告進入另一階段了。[230]

換言之，由上述所引可間接推知的是，對林亨泰而言五四運動以來的新詩在發展之初期，其實並未獲得足夠重要的成就；直到三〇年代左右象徵派、現代派等詩人紛紛湧現後，才使得以白話寫作的中國詩邁入了現代詩的嶄新境界。進一步來看，象徵派、現代派之詩作與前行代詩風最為不同之處，對林亨泰而言當在於由平鋪直敘到曲折表現、從講究格律到重視情緒，以及自隨意即興到構思精深等種種變化上；而上述發展之所以能夠順利誕生，則應與當時象徵派、現代派詩作中的象徵運用，關聯緊密——更具體來看，對林亨泰而言，開啟中國近現代詩壇之象徵風潮的首倡舵手，自非以法國

---

[230] 林亨泰著，呂興昌編：〈中國現代詩風格與理論之演變〉，《林亨泰全集四·文學論述卷1》（彰化：彰化縣立文化中心，1998年9月），頁150。

象徵主義為師的李金髮莫屬：

> 一般承認李金髮是我國第一個把法國象徵主義的表現技巧帶
> 進中國詩壇的，但，這並不重要，重要的應該是：他曾以自
> 己的詩充作試驗品，並爽快地給五四時代那種詩……在混沌
> 現象中逐漸枯萎的情勢下予以轉變生機。自五四文學改革運
> 動以來，與散文共用同一工具的詩，實際上等於淪為「分行
> 的散文了」。[231]

而由上述林亨泰對於李金髮之詩作成就的簡要分析可知，林氏認為
儘管李金髮在學習與應用法國象徵主義的過程中受到了一定程度之
侷限，但依舊使五四以來的白話新詩，從詩味淡薄到極為接近分行
散文的窘境，創生出詩之所以為詩所應有的獨特面貌。換句話說，
由上述種種討論可進一步掌握的是，在林亨泰心目中，象徵對於中
國近現代詩壇的重要之處，當是被象徵派、現代派之詩人視為詩本
體之真正核心——亦即具有曲折表現、感性情緒與精深構思等特性
的詩味；反過來說若無象徵、若無詩味之存在，詩之獨特面貌將極
為模糊，而與散文相去不遠。

（三）象徵是由實到虛之想像飛躍

　　承前而論，如果說象徵派、現代派之詩作當中，以象徵之存在
作為詩味氤氳的關鍵，那不得不繼續追問的重要環節便是，究竟依
憑著何種特殊手法，方能使詩中象徵散發詩味，展現出曲折、費思
等引人入勝之處！對此，由林亨泰對李金髮之詩作所提出的實際分
析中，或可得出進一步的答案：

---

[231] 同前註，頁153。

李金髮採用的「象徵主義手法」，並非以另一事象來比擬某事象的所謂「比喻」，亦非襯托於某人物，藉某事件來代表其意義的「舊象徵」，他只是要靠每一詩句的每一客觀事物來刺激讀者的神經，讓讀者閱讀詩句時的每瞬間都能激起一片片的「情緒」來，就李金髮的〈棄婦〉一詩而言，假如第一行「長髮披徧我兩眼之前」這一句能激起讀者「迷惘與惆悵」之感，第二行「遂隔斷了一切罪惡之疾視」這一句激起讀者的絕望與無助之感，……讀者所感受到的情緒一個接一個地發展或交織而成為一體，那麼這就是一首象徵詩了。……非「舊象徵」，因為〈棄婦〉與《漢姆烈特》《浮士德》等作品的手法有所不同，它並非要以什麼「人物」來代表一些什麼「意義」。這裡展示的是「暗示」，而非「描述」。[232]

由上述析論可知，在林亨泰心目中所謂的象徵，若以文學創作手法之角度來看，至少可分為新、舊兩種截然不同的表現類型——也就是說，所謂的新型象徵，代表的即是以客觀事物為媒介，進而刺激讀者心靈使情緒隨之而生的創作方法；至於利用某人某事等具體橋樑，使得作者所欲表達的意義順利呈現，則可視為舊型象徵之創作手段。不過，由此可再深入探問的是，雖然李金髮所代表的新式象徵，是以法國象徵主義為源頭，而所謂的以人、事之實例表達意義的舊式象徵，看似與單一文學思潮無關，與本質上的象徵關聯較為密切；但是，若細究林亨泰所標舉的兩類象徵手法，則可清楚發現，由具體實際之媒介探入隱微抽象之領域，當是新、舊象徵的共同交集所在。

至於其中的相異之處，則應為由實到虛之引導後，產生的不同

---

[232] 林亨泰著，呂興昌編：〈中國現代詩風格與理論之演變〉，《林亨泰全集四·文學論述卷1》，頁154。

結果：在林亨泰所認為的新式象徵中，由披遍眼前之長髮等具實之媒介所煥發的，應是迷惘、惆悵等種種讀者心中的真情實感；而對林氏來說，當詩人藉助具體實例來間接表現時，若所抵達的終點是某種特定的意義，便該歸類為舊型之象徵手法。換個角度來看，雖然說上述引文主要探討的問題是，新、舊象徵之異同，但其中亦稍許點到另一種很常拿來與象徵比較的修辭手法——比喻與象徵之間的不同之處；而透過下列引文，當可更加清晰看出，與比喻相較而論時，想像之飛躍既能說是象徵與比喻的主要差異，又可視為象徵所獨具的特點所在：

> 象徵的意義，雖然可解釋為比喻之擴大，但是這個意思並不是說：「比喻」即等於「象徵」，……現在，我可以舉一個例子，……
>
> 　　牛，你是沉默的聖者，
> 　　你有隱者的風采，……
>
> 這裡的「沉默的聖者」和「隱者」二句就是「牛」的比喻，……「比喻」與「被比喻」之間，儘管也有聯想上的幼稚的連結，但並沒有什麼想像上的飛躍。[233]

因為對林亨泰而言，所謂的比喻雖然與象徵同樣必須擁有某些切實可感的具體意象，然而由此意象所生發開展出的後續聯想，在比喻的範疇中，當屬於較為直接而簡單的繫連脈絡——就像引文所舉的詩例一樣，將牛隻的沉默不語，對應到同樣低調、同樣靜默的隱者形象；但是，在林氏之理論認知裡，象徵之所以與比喻截然有異，

---

[233] 林亨泰著，呂興昌編：〈關於現代派〉，《林亨泰全集七・文學論述卷4》，頁10。

便在於就詩學意義之角度來看，象徵，所具備的以可感意象為核心而產生之由實到虛的聯想脈絡，應是一種大幅度的想像飛躍，在由此至彼的過程中，需要讀者心靈主動而積極地補全虛實之間所存在的大片空白，方能體會到詩所擅長表達的象徵之美。

第二節：林亨泰之詩創作方法論與象徵

總而言之，林亨泰詩論中所謂的象徵，若從西方文藝思潮的角度來分析，當為象徵主義的本質核心；但若從特定詩壇派別的層面切入，在三〇年代象徵派、現代派等詩人的詩作成果中，象徵又可視為詩意產生之根本源頭；而換個角度來看，當討論的重點回到具體詩作之實例時，透過新舊表現手法之比較，以及相近修辭技巧之間的分析，又可清楚發現對林亨泰來說詩學意義範疇中的象徵，表達方法上所突顯的重點，當為由實到虛之高度想像飛躍，而其所傳達出的最終結果，則包含了某些特定意義與各式主觀情感等抽象元素。

進一步來說，在以上對象徵所作出的三類定義闡述中，與詩學理論之具體議題最為相關的當屬最後一點，亦即由文學表達方法的角度著手，將象徵視為具有大幅想像跨度的虛實連結；然而，遍觀林亨泰所提出的詩之創作方法，其實尚有許多與象徵極為相關的重要論述，需要仔細分析、深入詮釋──簡言之，象徵對於林亨泰詩創作論的影響，主要與如何才能透過意象充分表現詩之象徵意義，以及怎樣從客觀現實環境中提煉出足以傳達象徵價值之可感意象有關。

（一）以文字語言凝塑之可感意象表達象徵意涵

除了直接以想像大幅跨越的虛實連結來定義象徵之內涵外，在林亨泰眼中，詩學範疇中的象徵，與詩之創作方法論的關係，更積

極表現在以象徵意義之充分呈現，作為詩之書寫的重點所在：

> 詩不依靠文字技巧，應該從詩想著手。……複雜的情感不一
> 定要靠複雜的文字來修飾。……詩的表達不必清楚，只要他
> 的象徵意義，而把……過程寫出。[234]

一般而言，對於創作方法的著墨，多由文字語言的鍛鍊入手；但
是，對於林亨泰來說，詩之創作方法的重心，應落於詩之內在層面
——例如複雜深刻的情感成分，以及更為重要的，詩所蘊含的象徵
意義。不過，換個角度來看，儘管在上述引文中，林亨泰看似貶抑
了文字技巧對於詩之創作方法的貢獻與作用，但在下列所引用之例
證裡則是更為清楚地表達出，當詩人欲突顯詩之象徵意義時，仍須
依靠文字語言之高度參與的完整概念；因為對林亨泰而言，象徵意
義的表達，實與詩人筆下之意象驅使息息相關，而意象之塑造，則
和文字語言的調度關聯密切：

> 「詩的意象」乃是「透過語言」而表現出來的一種「語言意
> 象」，但，不容混淆的一點是：「語言文字」並不等於是
> 「語言意象」。「語言文字」的理想本來應該是確實而不含
> 歧意的，但，「詩的意象」之最高目的卻是企圖著「深度」
> 的一種「象徵價值」之創造。[235]

換言之，與其說詩人在創作時要致力於語言文字之鍛造，不如更準
確地說，詩人應儘量將原本在所指內涵上單一而限定的語言文字，

---

[234] 林亨泰著，呂興昌編：〈詩與人生座談〉，《林亨泰全集九・文學論述卷6》（彰
化：彰化縣立文化中心，1998年9月），頁154。

[235] 林亨泰著，呂興昌編：〈象徵價值的創造及其他〉，《林亨泰全集七・文學論述卷
4》（彰化：彰化縣立文化中心，1998年9月），頁145。

鍛鍊成可供讀者充分感受的各式意象；如此一來，方有機會使詩中意象成功表現出深刻的象徵價值——更進一步來看，意象之所以能夠順利表現出象徵價值，其關鍵當為意象本身所具備的可感特性：

> 「意象」的主要目的，就是想把這種「內面的過程」予以「外化」，亦即不斷對於「內的生命」賦以「客觀的表出」，其結果，當然，也無法避免跟「作者觀點」（對於世界與人類的立場）發生關聯。所以，「象徵價值」的創造，除了富有「想像力」的特徵之外，往往也帶有極其濃厚的「思考性」，……惟有如此的「思考性」才能使詩作品更具「深度」，「意象」也就因而可以提升到最高的境界。[236]

儘管上述引文的重點主要是為了說明，對林亨泰來說所謂的象徵價值或意義，除了前述所提及的飛躍想像之特點外，同時也具備了理智思辨之性質；但由於所謂的象徵價值之所以能有濃厚的理性思辨色彩，實與詩中意象利用其本身所特有之可感形象特性，積極使作者內在之心靈世界獲得外化客觀之表現機會有關——故而我們可以間接推知，若要使詩之象徵意涵無礙傳達，當須妥善運用詩中意象之可感特性，方能讓或想像、或理性的象徵價值得以充分發揮。

（二）以兼容並蓄之策略自外在現實中提煉意象

　　截至目前為止，我們已能確知在林亨泰之詩學理論中，象徵之傳達呈顯，實為詩創作論的關鍵所在；然而所謂的象徵價值或意義，除了具備飛躍之想像、理智之思辨外，是否還有其他未曾注意到的重要內涵？此外，我們雖已了解到詩中意象能憑藉其可感之形象優勢，作到以客觀顯主觀、藉外在呈內在，並使詩中象徵得以順

---

[236] 同前註。

利表現，但是關於意象之具體形塑過程，在上述討論中仍未深入觸及──凡此種種，都可視為必須繼續探討的相關環節：

> 所謂「文學的意象」，可以說是經由作者的處理並賦予特殊意義的事實，……予以保留採納的都是一些屬於本質的、普遍的要素。因此，「文學的意象」……除了反映已存在的生活事實外，更表現乃至象徵著即將發生乃至必然發生的事項，因此，「文學的意象」一向是以具有「象徵的價值」為其最高的目標的。[237]

而由上述所引可知，以傳達出象徵為最高目標的各式意象，須經由作者對客觀事實進行主觀處理，篩選出具備普遍性、本質性的部分，並對此種現實事物賦予特定意義後，方能成立；另外，除了反映既存之生活事實，詩人尚可根據意象間接呈顯出，各類即將來臨與必然發生之現實事項等象徵意義──換個角度來看，經由對此段引文的內容分析，可讓我們進一步理解，對林亨泰而言，不論是詩之象徵價值或意義的實質內涵，或是足以表現象徵之關鍵意象的形塑過程，其實都與客觀外在之具體現實緊密相關。然而，所謂與詩之意象、象徵緊密相關的現實範疇，並非一般所謂的外在客觀之具體現實；因為，對林亨泰來說，意象所展露之生活事實，當指向由現實生活中所抽繹而出的種種形上法則：

> 「意象」不是「實物」，……雖然這些「很像」實物，但，畢竟不是實物。然而「意象」無疑是由藝術家的腦子裡想出來的，換句話說，這是經過作家的精心處理並賦予特殊意義而產生的。因此，透過這種「表象化」而來的「意象」，它

---

[237] 林亨泰著，呂興昌編：〈意象論批評集〉，《林亨泰全集六‧文學論述卷3》（彰化：彰化縣立文化中心，1998年9月），頁151。

所能反映的必然就是生活事實的「法則性」，而非生活事實
的「本身」。[238]

也就是說，儘管詩中意象因其表象化的可感特性，使得意象與外在
現實之距離似乎極為接近，但就其根本性質而言，足以代表現實之
法則的意象，卻也同時具備了極為主觀、內在而抽象的特殊性質；
進而言之，基於詩中意象此種兼容對立兩端的強烈包容性，故而當
詩人在運用意象時，其根本之目的是希望能夠充分表達出包含現實
之形上法則等複雜內容的象徵意涵，但這一切都須建立在，詩人已
對外在客觀之現實世界投入積極關懷的前提上：

> 當詩人獲得強烈的「關心」之後，他就會自動而熱烈地去開
> 始寫他的詩。此時，詩人必須機警而力動的面對萬人共有的
> 客觀世界。換句話說，一方面，他必須使主觀的「關心」逐
> 漸進行「客觀」化，但，另一方面，他又非把只有「可能」
> 的東西化成為「存在」不可。即必須往返於「主體」與「對
> 象」、「主觀」與「客觀」、「內面」與「外面」之間，而
> 在不斷地相互作用下，通過了無數次的「嘗試錯誤」之後，
> 他的詩作品始能完成。[239]

然而須特別注意的是，詩人對於客觀現實的注目，僅能視為詩之創
作的開端而已；因為，由詩人對外在世界之強烈關心出發，緊接而
來的便是一條不斷往返於主客、內外、顯隱、虛實等對立兩端的重
複過程——而在不斷試誤與積累之後，同時兼有主觀與客觀、具實

---

[238] 林亨泰著，呂興昌編：〈象徵價值的創造及其他〉，《林亨泰全集七・文學論述卷
4》（彰化：彰化縣立文化中心，1998年9月），頁144。

[239] 林亨泰著，呂興昌編：〈從「迷失的詩」到「詩的迷失」〉，《林亨泰全集七・文
學論述卷4》（彰化：彰化縣立文化中心，1998年9月），頁149。

與抽象之雙重特色的意象，方有透過語言文字順利成形的機會。

第三節：林亨泰之詩結構、功用論與象徵

簡言之，對於林亨泰之詩創作論來說，如何使既有飛躍之想像特點、又有理智之思辨性質，並觸及與未來現實之可能性、必然性緊密相關之形上法則的象徵意義及價值，透過可感意象之助順利呈現，即是詩人所最為關心的焦點議題；進而言之，足以使詩中象徵成功顯豁的各式意象，在其凝塑成形的過程中，除了須依靠語言文字之助力外，更重要的是，還得憑藉詩人既立足現實又關注內在，既是主觀抽象又能具體可感的兼容策略，讓意象順利誕生。

而換個角度來看，若在林亨泰的眼中，詩之創作方法確與象徵關聯匪淺，那麼依此原則所產生出的最終成品──詩，亦當與象徵有著緊密的聯結；進一步來看，對於象徵與林亨泰詩本體論的關係，除了本文開頭所提及的以象徵為詩之本質外，林亨泰亦從詩之組成結構與功能用途的角度，深入闡述了象徵對於詩本體的重要之處究竟何在。

（一）由基本意象、意象全體到象徵誕生

在充分探究林亨泰之詩本體論與象徵的詳細關聯前，不可忽略的是，本文開頭在梳理林亨泰對象徵之定義時，曾提及若從三〇年代之象徵派、現代派與李金髮等人的具體表現來看，林亨泰認為象徵對於中國近現代詩壇的重要性，即在於促使詩之本體觀念的扭轉──換言之，在五四運動以後的白話新詩，就其內涵來看往往與散文十分接近；直到象徵派、現代派等詩人群體應運而生後，才將象徵，亦即具備了表現之曲折、情緒之感染與構思之精深等特性的詩味，視為詩之本體中最為關鍵扼要的核心存在。但除此之外，對於詩之組成結構與象徵的關係，林亨泰尚有其他的重要論述值得我們

注意；例如，由下列引文中可清楚得知，若從詩之內部組成元素的角度來看，林亨泰認為詩學範疇中的象徵，所具備的另一種重要解釋，便是指詩所獨有，而一般依實用原則所生產之製作成品並不具備的，象徵意義：

> 一般製作只不過是實用原則下的單純組合體。而藝術創作則與此不同意義層次而僅具象徵意義的意象統一體。其最大的特色即有人類意識的介入與參與。[240]

之所以必須強調象徵意義的產生，當與詩人之主體意識有關，或許正是因為如前述所論及的，不管是與象徵本質相關之傳統象徵方式所傳達出的某些特定意義，或是大量承襲法國象徵主義之新式象徵所表現出的各式情緒，其實皆可視為人類主體心靈之內在產物。但進一步來看，當林亨泰明確表示，所謂的詩或其他一切藝術，與一般事物的最大差異，即在於象徵意義的有無時，其論述之所以能夠成立的前提，除了作者主觀意識的鮮明投注以外，最為關鍵的當是在林亨泰眼中，所謂的詩，必須是由繁複意象所組構而成的有機統一體：

> 一首詩就是一個「生命體」，……詩中的某一行或某幾行，可能自成某種「基本意象」，猶如人體中具有某種生理機能而形態獨特的「器官」乃至有了密切關聯性的「系統」。然而詩中的這些「基本意象」更能互相地交錯、激盪、牽制乃至抗衡而構成了「詩的全一性」。[241]

---

[240] 林亨泰著，呂興昌編：〈詩的創作〉，《林亨泰全集七‧文學論述卷4》（彰化：彰化縣立文化中心，1998年9月），頁159。

[241] 林亨泰著，呂興昌編：〈象徵價值的創造及其他〉，《林亨泰全集七‧文學論述卷4》（彰化：彰化縣立文化中心，1998年9月），頁144。

換句話說，林亨泰眼中的詩，即是以單一之「基本意象」與意象之間的紛繁聯結作為組成重要元素的有機生命體——其中，基本意象之主要任務，便是憑藉其所擁有之獨特機能使詩之為物得以順利開展。但更關鍵的是，詩內容層面中的一切意象，彼此之間的密切關聯，必須進一步組構出詩之全一性；唯其如此，方能使詩之外顯形式以及詩之象徵價值，無礙誕生：

> 就詩的整體而言，「形式」與「內容」之間乃存在著一種不可分割而統一的結合關係。因此，「形式」可以說是「內容的存在方式」，……現代詩的「形式」，主要是依據這種「相關的統一」而來的。在一首傑出的現代詩中我們常可發現：諸意象之互相交錯、抗衡、……牽制，……複雜地「相關」而構成所謂「戲劇化」。然後在這「戲劇化了」的基礎上更可以看到諸意象的最高昇華——那就是由「相關的統一」而來的「象徵價值」。[242]

如果我們暫時同意，所謂的意象，一方面既是詩之組成結構中為最基礎之核心元素，另一方面亦可視為詩所承載之實質內容的話，那麼當詩中一切意象經歷有機而戲劇化之繫連，凝聚出整全且統一之特性後，不僅能讓詩之形式在詩中意象之相關統一的基礎上順利呈現，更可昇華出意象所能帶給我們的最大收穫——亦即象徵之價值；再者，若換個角度切入，從下列所引之楊喚作品中，當可更進一步理解，詩作之象徵價值究竟如何從意象群體之戲劇化聯結中，昇華而成：

---

[242] 林亨泰著，呂興昌編：〈現代詩的「形式」與「內容」〉，《林亨泰全集七・文學論述卷4》（彰化：彰化縣立文化中心，1998年9月），頁136。

⋯⋯「象徵詩」是什麼呢？現在，我就拿楊喚的〈淚〉作個
例子吧！

> 催眠曲在搖籃邊把過多的朦朧注入脈管，
> 直到今天醒來，才知道我是被大海給遺棄了的貝殼。

這才是「象徵詩」。在這裡，只有想像與想像以及飛躍與飛
躍，但它絕不給我們「說明」些什麼。這才是「比喻之擴
大」。進一步的說，這才是「詩」，而「比喻詩」並不是
詩，因為那種「說明」的手法乃是屬於「散文」的。[243]

藉由催眠曲、搖籃等意象的使用，其實我們可以間接推知，首句所
描繪的當是與童年嬰孩緊密相關的場景；然而，一旦與「今天」當
下進行對照，則楊喚所謂的被海遺棄之貝殼，便與前一句所暗示的
嬰孩形成了強烈的戲劇性對比，進而從此詩中意象群體之全一性裡
飛躍出、昇華出，全詩的象徵價值──也就是說，或許在作者眼
中，當人逐漸脫離母體、逐漸遠離原生家庭所營造出的舒適圈、逐
漸走向巨大而複雜的社會後，所謂的人生，就某方面而言，實在很
難與淚水相隔、與悲傷絕緣；因為，所謂的成人，在歷經年歲洗禮
後，一方面逐漸褪盡童年時期被大量灌輸之種種朦朧觀念，但另一
方面也往往在現實的逼迫下，驚覺自身的渺小與無助，如一枚被海
浪隨意拋棄，擱淺於沙灘上無力自主的貝殼⋯⋯。至於，詩題所謂
的淚，或許便是來自於人類生存經驗中常見的孤立、無助與渺小；
而這種種象徵價值之產生，當與詩中意象與意象間之戲劇系聯結，
以及由此種聯結出發，進而迸發出的想像飛躍，有著密不可分的
關係。

---

[243] 林亨泰著，呂興昌編：〈關於現代派〉，《林亨泰全集七・文學論述卷4》，頁11。

（二）從滿足心靈、嚴肅批判到聯想引發

由前述可知，在林亨泰心目中，由具備戲劇性聯繫之意象群體生成之全一性當中所昇華而出的象徵價值，當是以詩組成結構之角度討論象徵時，所得出的重要解答；更進一步來看，因為對林亨泰來說，此種憑藉意象所開展之想像飛躍，乃是詩有別於散文的不同之處，故而可進一步確認，象徵價值之有無，當能視為檢驗詩之真假的有力證據——然而，除了將象徵意義，以及從意象當中昇華出象徵價值的特殊連結關係，視為象徵對詩本體之重要影響中所不可缺少的一環外，對於象徵與詩功用的關聯，林亨泰亦提出了許多重要的意見，值得我們深思細究：

> 詩的本質應是含蓄的，散文的本質則是如實的，兩者代表為文學的二個極端，但其中間界線卻很難劃分清楚的。[244]

從上述所引可知，含蓄，亦可視為林亨泰眼中詩本質特性的一部分；但換個角度來看，若落實到詩之功能用途來討論，或許正因為詩具有本質上的含蓄蘊藉，故而方可藉由迴旋、暗示的途徑，使詩人之心獲得真正的滿足與安慰：

> 詩人之所以逼著自己寫詩就是因為使用散文仍嫌無法盡情表達其所要表達的，因為詩人所擁有的那顆心是永遠屬於本元的、矛盾的、旋迴的，甚至是不可解的，因此，若不藉用詩那種富有本元，並包、暗射的機能來表達的話，詩人則永遠得不到慰藉與滿足。[245]

---

[244] 林亨泰著，呂興昌編：〈作品合評（巫永福吳晟作品等）〉，《林亨泰全集九·文學論述卷6》（彰化：彰化縣立文化中心，1998年9月），頁159。

[245] 林亨泰著，呂興昌編：〈中國現代詩風格與理論之演變〉，《林亨泰全集四·文學

而這也呼應前述所提及的，散文以詳實直接為其本質特色，但詩卻以含蓄間接為根本要求——不過，我們更不可遺忘的是，在本文之始所引用的論述裡，林亨泰早已透過中西古今之比較，提出詩之本質即為象徵的重要觀點；故此，與其說因為本質上的含蓄才導致必須採取迂迴、間接的方式來滿足詩心，倒不如更直接地說，由於對林亨泰而言，象徵即為其眼中詩之本質所在，因此就詩所應具備的功能用途來看，自然也該從象徵的角度來探察其實際內涵究竟為何：

> 詩人到底能做些什麼？以及一首詩應該怎樣構成？可能有許多不同的方式與作法，但，「笠詩社」同仁所追求的「試以詩批判」——應該也是其中的一個方式與作法。即使詩之能充其量只是「象徵」也罷。[246]

於是，除了以旋迴、暗射的機能來滿足詩人之心靈需求外，當林亨泰以笠詩社的同仁為解說對象時，也提到了在以象徵為詩本質的基礎上，嚴肅批判，亦可視為詩之功能用途的其中一種面向；[247]另外，通過林亨泰對更為具體之詩作評論，我們還可進一步發現，點

論述卷1》，頁152。

[246] 林亨泰著，呂興昌編：〈笠的回顧與展望〉，《林亨泰全集七・文學論述卷4》（彰化：彰化縣立文化中心，1998年9月），頁134。

[247] 雖然林亨泰在其各式理論著作裡，並未再針對詩之批判與象徵的關聯多作描述，但若回顧中國古典文獻中與《詩經》有關的重要論述，如「詩可以興，可以觀，可以群，可以『怨』」（《論語・陽貨》）以及「故詩有六義焉：一曰風，二曰賦，三曰比，四曰『興』，五曰雅，六曰頌」（〈毛詩序〉）來看，林亨泰上述引文中所隱含的以詩之象徵批判現實，似可在某方面視為《論語》之「怨」與〈毛詩序〉之「興」的綜合與延伸——當然，其中有許多空隙需要再行填補，例如對毛詩興義與象徵之關聯的詮釋（可參考2012年7月《有鳳初鳴年刊・第八期》所收錄的拙作〈興即象徵：以詩創作方法之面向詮釋《毛詩》興義〉），以及對批判現實之詩作的具體分析等，皆須另起他文，細細申述；而此處僅作觀念發想之記錄，暫時無法在本論文之既定架構下繼續深究。

化讀者、啟發聯想，其實也可視為林亨泰眼中詩之功用的一部分：

> 拾虹作品：〈船〉……林亨泰：這首詩可令人引發甚多聯
> 想，這正是詩的目的之一。[248]

然而，反過來看，若非詩本身即具備了蘊含豐富可能性的象徵特質，又怎麼能夠憑藉單一詩作之存在，便能成功給予讀者多采多姿的聯想？因此，總的來看，不論是引動多元聯想、批判人生現實，或是撫慰詩人心靈，在林亨泰的筆下，詩之所以能夠具備以上種種功用，都與他逕將象徵視為詩之本質有著最為直接的關係。

第四節：林亨泰之詩閱讀、批評方法論與象徵

由前述種種討論可知，對於林亨泰之詩本體論來說，象徵的價值，可從詩之組成結構與功能用途等層面來檢視：首先，詩中意象群體之相關統一性在開展出戲劇性聯繫後，經大幅度之想像飛躍所開展出的象徵價值，當為詩之結構中最為重要的組成元素；其次，因為在林亨泰眼中，詩之本質即為象徵，故而在論及詩所應有的功能用途時，不管是啟發讀者之多元聯想，嚴肅批判客觀現實，以及藉迂迴、暗射之含蓄表達方式使詩人心靈獲得滿足，皆可視為因詩之象徵性本質而產生的具體功用。

而在充分了解林亨泰詩學理論中，詩之本體論與象徵的關係後，或可進一步思考的問題是，對於在組成結構與功能用途皆充滿象徵色彩的詩來說，讀者該以何種姿態來妥善面對，方能對詩產生適當的理解──簡言之，具有強烈象徵性質的閱讀方法與批評原則，都是林亨泰在詩接受論範疇中所提出的重要意見。

---

[248] 林亨泰著，呂興昌編：〈作品合評（何瑞雄作品等）〉，《林亨泰全集九·文學論述卷6》（彰化：彰化縣立文化中心，1998年9月），頁123。

（一）憑意象和語言文字獲取象徵意義

　　總體來看，林亨泰對詩之閱讀方法的相關見解，其實也具備了強烈的象徵色彩；因為，由下列引文當可清楚探知，詩之整體象徵意義的獲取，即可視為林亨泰眼中讀者對詩之解釋實際開展時，所應顧及的核心目標：

> 對詩的解釋不要逐字斟酌，而要以整體的象徵意義，……回到他原來的單純狀態。……所以我們應該把詩的本質徹底的思考，這思考的過程不是那麼簡單，但原來的現象是單純的，愈單純的愈難解釋。[249]

　　進一步來說，此段引文的重點，除了一方面直接宣告，對於詩之閱讀方法來說，象徵價值，是必須觀照的主要重心外，另一方面更重要的是，林亨泰所提出的，解釋詩作時應同時充分思考詩之本質的說法，不啻為在詩之閱讀方法的領域中，替象徵與詩本質之間，搭建起了穩固的橋樑。不過，若將關注焦點重新拉回詩之閱讀方法上，則必須進一步處理的，便是若象徵意義之整體攫取，對詩之閱讀來說確為重中之重的話，那麼如何具體完成此項目標，則亦為林亨泰詩論中必須解決的關鍵問題；而由下述所引可知，對林亨泰來說，不論是要充分理解詩作所揭示出的象徵過程或其所具備的原始意義，都必須依賴讀者心靈的積極介入，以心靈作為顯微鏡，方能充分映照出詩所包蘊的無限可能：

> 我覺得每首詩都要翻譯，翻譯它的象徵過程和原始的意義。……一般人都看外表的美，無法看出內在的美，要表現

---

[249] 林亨泰著，呂興昌編：〈詩與人生座談〉，《林亨泰全集九・文學論述卷6》（彰化：彰化縣立文化中心，1998年9月），頁151。

> 內部的技巧是不容易的，詩的整個的象徵過程才是最重要
> 的，至於文字的技巧則讓國文老師、散文家去修改。[250]

然而，其中必須特別注意的是，當林亨泰一再提及對詩之閱讀方法而言，只將注意力停留在詩的外表之美與文字技巧是不夠的，而更應將重心放在詩之象徵過程與意義的全面翻譯時，其實也就等同於暗示我們，所謂的象徵，在某些程度上，當可等同於詩之內在之美。

不過，既然對詩之閱讀方法來說極為重要的象徵，乃是隸屬於詩之內在層次，故而當讀者在探索詩之象徵意義、過程時，勢必無法十分輕易地深入問題之核心，而需要通過某些特殊的途徑，方能準確獲得——具體來說，在林亨泰之詩閱讀方法論中，對於象徵之獲得與接觸，大略能分作由語言文字著手，以及從可感意象切入等兩種類別：

> 現在的人憑著一個字一個字的字義看下去，以為這是詩的意
> 義，是嗎？……雖然媒體必須靠字的堆積，但是這些字所表
> 達的，卻具有言外之意，弦外之音。例如看他談的是下雨，
> 卻代表另一種意義……這就是「象徵價值」。[251]

雖然在前述所引中，林亨泰看似不滿於一般人在讀詩之時只注重了詩的外在之美，但不可否認的是，欲使閱讀行動獲得徹底成功，且充分掌握詩之象徵，其中一條可行的途徑，則仍須以詩作外部的語言文字，作為有效閱讀的關鍵所在；然而，反過來看，雖然語言文

---

[250] 林亨泰著，呂興昌編：〈詩與人生座談〉，《林亨泰全集九·文學論述卷6》，頁153。

[251] 林亨泰著，呂興昌編：〈現代詩的基本精神〉，《林亨泰全集七·文學論述卷4》（彰化：彰化縣立文化中心，1998年9月），頁191。

字是讀者了解象徵的必要憑藉，但對於閱讀之終極目標——象徵之意義與價值來說，讀者對於詩作之文字語言，應該抱持著得魚忘筌的理想態度；換言之，林亨泰提醒我們，當依次閱讀詩行後，便該以語言文字的初步意義為媒介，藉此通往屬於言外之意範疇的象徵價值。但除此之外，對於象徵意義之獲得的最終任務來說，林亨泰亦不忘提醒我們，詩中意象，同樣也是閱讀過程中必須充分運用的重要元素：

> 詩是整個全部讀下去而後在心中加以解釋，文字只是媒介而已，根據心象而去分析，我們能猜到什麼，詩能給我們什麼，這是隨讀者的想像力而定，並非靠一字字的意思而定。[252]

因為在林亨泰眼中，一首詩便彷彿是一座花園，語言文字雖為詩人所特製的門戶通路，但詩中使讀者心有所感的各式意象，才是園中真正引人注目的奇花異卉；然而，必須特別提醒的是，儘管在上述引文中林亨泰提到，隨著每一位讀者各自有異的想像力，以及對文字媒介與心中意象的不同解讀，其所領受的意義亦有極大的差別，但或許人類個體與整全存在之間的繁複關係和其中所包含的深邃意蘊，當為詩中可感意象在閱讀過程中所帶來的最大收穫：

> 詩的關係，並不是人類與文字所發生的關係，而是人類與存在所發生的關係，它是概念以前，語言以上的，……最根本的。因此，通常說「懂得詩」，這並非指「懂得字義」，而是指「懂得意象」而言的。[253]

---

[252] 林亨泰著，呂興昌編：〈作品合評（王勇吉作品等）〉，《林亨泰全集九‧文學論述卷6》（彰化：彰化縣立文化中心，1998年9月），頁70。
[253] 林亨泰著，呂興昌編：〈概念的界限〉，《林亨泰全集七‧文學論述卷4》（彰化：

換言之，若承續上述的譬喻，當我們漫步詩之園林時，儘管眼前已見到如花木扶疏、繽紛多姿的各式意象，但卻也無法立即自稱，已徹底完成了詩之閱讀的重要任務；除非，讀者能夠順利地從眼前各自鮮豔的花木景象超拔而出，就像從詩作文字之表層字義走向言外之意一樣，透過詩中意象之具體可感特性，進而跨入人與存在之間的整體聯繫當中。

（二）以象徵價值之有無評判詩作成就

相較而言，林亨泰之詩批評方法論，與詩之閱讀方法十分相似的是，皆可說是以象徵之價值與意義，為其所看重的焦點。但不同的是，林亨泰認為讀者必須依靠語言文字與可感意象，方能逐步採擷詩之苑圍中最為重要的果實——象徵；然而，當詩之批評工作開展時，林亨泰卻僅提及須由意象著手，進而將象徵價值之有無作為衡量詩作價值的主要標竿：

> 當然很多人誤會「笠詩社」同仁們的詩沒有什麼。他所以會認為沒有什麼，是他以漂亮的文辭去看《笠詩刊》的詩。……但以意象去看，則有其象徵的價值。[254]

舉例來看，雖然一般而言笠詩社同仁們的詩作，大多給人一種不以文辭之鍛鍊為重點發展項目的普遍印象，但在林亨泰心目中這卻完全無損於其詩作所應有的價值地位——也就是說，不論詩作之語言文字是否漂亮、是否美麗，若能確實擁有象徵價值，便可稱得上是一首好詩。反過來看，對於某些早就聲名鵲起的詩壇大家，林亨泰

彰化縣立文化中心，1998年9月），頁50。

[254] 林亨泰著，呂興昌編：〈作品合評（談非馬的詩）〉，《林亨泰全集九‧文學論述卷6》（彰化：彰化縣立文化中心，1998年9月），頁138。

卻很難給出正面而高度的肯定；因為，這些詩作往往都嚴重缺乏了，被林亨泰視為詩之本質的象徵意義與價值：

> 最近那些已成名的詩人，我看他們的詩愈來愈離開詩的本質，這也就是意象上的缺乏，一種營養不良。文辭……就是厚衣，衣服越穿越漂亮，……而其內在意象，體格卻越來越壞。要鍛鍊詩的體格必須從意象著手。[255]

換言之，儘管出於知名詩人之手，但往往因為僅有外在的華麗文辭，而缺乏了內在意象的健壯豐厚，以致於徒有詩名而詩質有虧——因為，對林亨泰來說，詩中象徵價值與意義的誕生，本就與各式可感意象關聯密切；而由此亦可間接推斷出，對於詩中意象的充分掌握，實為林亨泰詩批評方法論之另一項關鍵所在。

　　而通過前述的相關討論，我們已能確認所謂的象徵價值或意義的高低，即為林亨泰心目中詩評家對詩作進行嚴肅批判並給予價值評斷時，所應關注的重點與該遵循的原則之一；然而，進一步來看，當林亨泰將象徵之價值或意義視為關鍵後，又該以那些具體途徑為突破點，方可使詩之批評順利進行？對此，詩中意象之整體相關性，當可視為詩作具體批評之有效切入點：

> 意象間經常都可以看到這種相互交錯、激盪、牽制乃至抗衡而激出火花的現象。……作品如果予人一種平淡不活潑乃至缺少生氣等的印象，大致都可以說是由於該作品缺乏了這樣可以相互激發的「意象的相關性」所致。……由於這種緊密複雜的「相關性」，更構成了一種相輔的、交融的乃至相得益彰的「不可分性」，……這也構成了「意象的全一性」的

---

[255] 林亨泰著，呂興昌編：〈作品合評（談非馬的詩）〉，《林亨泰全集九・文學論述卷6》，頁137。

原因。……只有在這樣「全一性」的基礎上，始能看到意象的最高昇華──「象徵的價值」這更深一層之意義來的。[256]

由上述所引可知，林亨泰清楚傳達了，大多數表現成功之詩作往往都具備了意象之間的全一性與相關性，故而仔細觀察詩中意象群體間所蘊藏的關聯脈絡，是否能夠達到有機而一致的要求，實為檢驗詩作之價值高低的重要參考點；因為，在前述對林亨泰詩創作論、本體論和象徵之間的相互關係探討中，早已清楚點出，象徵價值的其中一種生成淵源，其實便與詩中意象群體之全一相關性的充分昇華有關。

第五節：林亨泰象徵詩論之主旨彙整

統括而論，經由上述一切的描述與分析，我們可以明確觀察到，所謂的象徵，在林亨泰所發表的各式詩學觀點中，皆具有十分重要的影響力。

（一）以象徵價值為詩之批評方向

首先，在與詩之批評的相關論述中，透過林亨泰對不同詩人群體所給予的差異評價，我們當可清楚看出，所謂的象徵價值實為林亨泰心目中，詩人所應戮力追求的最高價值。

而落實到具體批評工作時，不論是對單一意象之鍛鍊程度給予嚴格的查驗，亦或是對意象群體間之相互連結作出縝密的檢視，在林亨泰心目中都可說是評斷詩作是否具有象徵價值的可行方法。

---

[256] 林亨泰著，呂興昌編：〈意象論批評集〉，《林亨泰全集六·文學論述卷3》（彰化：彰化縣立文化中心，1998年9月），頁151。

（二）以象徵意義為詩之閱讀目標

其次，對林亨泰筆下的詩閱讀方法來說，象徵意義的收攬，本就被設定為讀者所最該積極追求的終極目標。

至於針對讀者要如何成功觸及詩作之象徵意義問題，林亨泰則是提出，一方面可透過想像力的大量發揮，仔細分析詩中意象所代表的豐富內涵，另一方面則是從詩中文字切入，在把握詩作中文字語言所帶有的表層涵義後，進一步跨越到詩人未曾明說的言外之境，體會詩人所精心構築的象徵園地。

（三）以象徵價值為詩之表現主軸

另外，在林亨泰的詩創作論中，最為重要的核心，即是在探討到底該如何才能使詩之象徵價值透過可感意象之助順利凝塑。

細部來看，為了達到此項目標，詩人除了要能善用語言文字外，更須先做出一方面既立足於外在現實，另一方面又強烈關注內在世界的雙重準備，方能使既有主觀抽象特色又有具體可感性質的意象，無礙成形。

然後，在藉由意象來充分表達的過程中，還要注意所散發出的象徵價值是否能夠同時擁有飛躍之想像、理智之思辨，以及彰顯出代表未來現實之可能性與必然性的形上法則。

（四）以象徵為詩本體之特性根源

再者，若以詩之本體層面中的組成元素與內在結構為觀察之重點，則可知林亨泰除了直接將象徵視為詩之本質特性，並以表現曲折、情緒感人與費思複雜的象徵特點視為詩味之所在外，更進一步指出，對詩之內在範疇來說最為重要的象徵價值，必須等到詩中意象群體凝聚出相關統一性，並開產出戲劇性的聯結脈絡後，方能以想像飛躍的姿態順利呈現。

最後，由於林亨泰將詩之本質即等同於象徵之緣故，因此不論是幫助讀者多元聯想之產生，促進對外在客觀現實之嚴肅批判，以及使詩人之內在心靈憑藉迂迴曲折之含蓄表達方式而得到撫慰，都可說是因詩之象徵本質而來的具體功能用途。

（五）以由象到意之連結定義象徵

進而言之，儘管林亨泰已經在詩之批評、閱讀與創作等方法層面，以及詩之組成、功用等本體範疇中充分闡釋了，象徵，對於詩之為物來說，可說是舉足輕重的關鍵所在；但是相較來說，林亨泰對於象徵本身之實質定義的探討分量，似乎較為薄弱——雖然，林亨泰亦曾透過對西方文藝思潮的辨析，得出象徵即為象徵主義之本質；或是藉由對中國近現代詩史的回顧與對重要詩派、詩人的成就檢討，了解到象徵應能視為詩與散文的關鍵差異所在，亦即詩味、詩意的化身；又或者是，通過詩之表現手法與相關修辭之異同比較的角度，看出所謂的象徵之特性，即是足以傳達出兼涵某種特定意義與各式主觀情感的，由實到虛之想像飛躍。但總的來看，由這三種思路所得出的象徵定義，其實僅能各自呈現出，林亨泰多方思考象徵之定義後，所得到的某些單一面向之觀察收穫；換言之，我們其實無法明確指出，究竟在林亨泰心目中，所謂詩所具有的象徵特性，到底包括了那些實質內涵。

不過，若我們回到林亨泰對詩論之本體範疇與方法層面之各類子題的詳細討論來看，不論是談及詩之批評、閱讀與創作，或是針對詩之組成結構發表意見，林亨泰其實都不忘處理詩之象徵價值與意象的關係——也就是說，如果所謂的象徵是詩之國度裡不可缺少的一塊重要領土，對林亨泰來說意象便是通向此處的康莊大道。故此，我們至少可以確認的是，在林亨泰之詩學理論中，所謂的象徵價值，當可視為必須憑藉單一意象與意象群體間所凝聚出的相關統一之戲劇性聯結，方能順利形成的詩之核心。

換個角度來看，在分析出詩中意象實為促使象徵成形的關鍵媒介後，對於通過意象所煥發出的最終成果，林亨泰亦從許多不同的角度來加以描述：例如，在比較李金髮習自法國象徵主義之新式象徵手法與舊有象徵技巧之異同時，林亨泰便曾提到各式主觀的情緒與某些特定的意義，都可說是以象徵作為表現途徑之一環後，所可以預期的主要成效；而不論是在探討詩之組成結構或創作方法，林亨泰都曾提及，隨著意象而生的象徵價值，可說是沾染著強烈的想像色彩；至於在單獨解析詩之創作方法與象徵之間的複雜課題時，林亨泰則是提出由意象而來的象徵價值，一方面既可說是具備了作者主體之高度理智思辨，另一方面又蘊含著足以代表未來現實之可能性與必然性的形上法則；此外，當林亨泰轉而關注象徵與詩之閱讀方法的相互關聯時，則是間接論及所謂的象徵，在某些程度上實可等同於詩的內在之美。

　　因此，雖然林亨泰在其詩學理論之架構中，並未斬釘截鐵地告知我們，所謂的象徵，究竟代表了哪些特殊的實質意涵；但是，經過了上述的種種推論與詮釋之後，或許便可藉由下圖，勉強說明林亨泰詩學理論中，象徵所具有的可能解釋，究竟為何：

感性情緒、特定意義、強烈想像、理智思辨、現實之可能性與必然性

$$\uparrow \ \uparrow$$

基本意象 → 意象群體之相關統一的戲劇化聯結

簡言之，若以受到索緒爾語言學理論之啟發而另行開展出的相關圖式來看，位於箭號下方的意象——不論是單一意象，或是因多重意象之相互關聯而產生之戲劇化脈絡，都可視為象徵迸發之根本基礎；至於不論是情感、思緒、意義、想像，以及與未來可能發生、必然發生之事件緊密相關的形上法則，皆應被看成是象徵所表現出的最終果實——換句話說，若再以更為化約精簡的角度來審視，所

謂的象徵，在林亨泰之詩學理論中，實可被理解為，一種由可感之象到主觀之意的傳導連結：亦即詩之範疇中，透過意象之具實可感與戲劇聯結，進而傳達出人類心靈之各式抽象元素的，一種特殊關係。

第伍章、與象徵相關之紀弦、覃子豪、林亨泰詩論歸納

　　總的來看，在紀弦、覃子豪與林亨泰所留下的詩學論著中，以詩中之象為核心的象徵關係、象之生成型態、意之詳細內涵，和從詩作語字到抽象之意的象徵關係所延伸出的一系列探討，當可視為紀弦、覃子豪與林亨泰之象徵詩論的共同交集與論述焦點；此外，與詩學意義密切相關之象徵總體定義，以及紀弦等人創建象徵詩論時所主要汲取的養分來源，亦為本章所欲詳盡說明的重大關鍵。

第一節：詩學範疇中的象徵定義

　　首先，對紀弦、覃子豪、林亨泰筆下與象徵一詞密切相關之各式詩論的整全歸納來說，象徵定義的再次確認與說明，應為毋庸置疑的當務之急；進一步來看，在紀弦等人眼中，對於詩學範疇中之象徵意涵的深刻探究，主要是由古今中外之文藝思潮、具體詩句和詩作之範例，以及詩之為物的根本立場等三重途徑作為論述根據。

（一）從古今中外之文藝思潮借鑑

　　從緒論裡的關鍵詞解釋，到第貳、參、肆章的漫長探討中，對於象徵之定義，不論是紀弦、覃子豪或林亨泰，皆在各自之詩學理論中，呈現出許許多多值得我們細心探究的重要觀點；而在紀弦等三人與象徵相關之詩論體系皆已探索完畢後，為使本研究對於象徵

定義之見解更形明確，故在此有必要再次統合紀弦、覃子豪和林亨泰對此議題之多方說法，以求得對於象徵一詞之詳細意涵的最終定論。

不過，必須先行釐清的是，本研究自始至終所關注的象徵，乃是象徵一詞在詩學範疇內所呈顯出的內涵意旨；而對於古今中外各種文藝思潮之廣泛借鑑，便是紀弦等人在開拓其各自所認定之象徵意涵時，所努力嘗試、用心開拓的其中一條可行道路。

例如，由覃子豪便曾透過荻原朔太郎之「象徵」即是「由現象的認識到達理念」以及廚川白村所謂的「由理念（思想和夢的潛在內容或形而上的東西）到具象的表現」等精要論述中得出，[257] 所謂的象徵，其最根本的定義，當與具體現象與抽象理念之間的連結，關係密切。

進一步來看，此種抽象意念與可感具象之間的聯結，亦可在覃子豪自己與紀弦對歐陸象徵主義、象徵派的相關探討中，發現蹤跡——像是紀弦便曾明確指出，對於十九世紀的法國象徵派來說，所謂的象徵，便是「依意象（Image）而象徵化思想、感情」與「情調」；[258] 而覃子豪也曾在相關的文章裡，更為精準地揭示出，「象徵本身的意義」當可解釋成「將抽象的——非感覺的內容借以具體的感覺的事物表現出來」而「至於象徵主義」則「是根據象徵這一本義」進一步開拓出「頹廢的傾向……神祕的傾向……極須追求官能的享樂」與「追求幽玄朦朧的境界」等衍生意義。[259]

最後，覃子豪亦曾將上述此種廣義而最初的象徵，與中國古典詩學裡的比興觀念同等看待——因為，就「任何詩派共有的本質」來說，「中國詩中的比興和西洋文藝中的象徵，雖名稱不同，其本

[257] 覃子豪：〈象徵〉，《覃子豪全集II・論現代詩》，頁242。
[258] 紀弦：〈象徵派的特色〉，《新詩論集》，頁57。
[259] 覃子豪：〈象徵派及其作品簡介〉，《覃子豪全集II・未名集》，頁582。

質則一」。[260]

（二）藉具體詩句與詩作範例推導

　　而除了由各式文藝思潮可清楚看出，詩學範疇中的象徵意涵在作為名詞使用時，當與由實至虛之特殊聯結有關外，若以具體可察之詩句範例為觀察對象，同樣也能從中得出，由可感之語言文字和各式形象到抽象意蘊的傳導繫連，確可視為象徵之詩學意義。

　　舉例來看，林亨泰便曾以詩句為例，積極說明所謂的象徵之特色；而在林氏眼中，「象徵的意義」在某些層面上「雖然可解釋為比喻之擴大，但是這個意思並不是說：『比喻』即等於『象徵』」——因為那些有如「牛，你是沉默的聖者，／你有隱者的風采」之類的句子便由於缺乏從實到虛之「想像上的飛躍」，[261]故只能夠視為比喻，而非象徵。進而言之，林亨泰在上述引文中所提到的想像飛躍之特性，或許亦可視為言外之意與象徵價值所必須具備的前行基礎：因為，林氏曾清楚指出，「現在的人憑著一個字一個字的字義看下去，以為這是詩的意義」乃是一項必須積極改正的觀念——因為「這些字所表達的，卻具有言外之意，弦外之音。例如看他談的是下雨，但是卻代表另一種意義……這就是『象徵價值』」。[262]

　　相對於林亨泰所強調的，作為詩學專有名詞之一的象徵，須通過想像飛躍之環節，方能使由此至彼的另一重言外之意，亦即所謂象徵式的價值順利呈現，當覃子豪透過具體詩作來闡釋其心目中之象徵時，其所看重的，乃是詩人當可藉助可感事物之助，進而觸及到事物深處所蘊含的形上之真實；易言之，對覃子豪而言，「象徵的意義，就是在於探索事物現象背後所隱藏著的真實」並「觸

---

[260] 覃子豪：〈比興與象徵〉，《覃子豪全集Ⅱ・論現代詩》，頁367。
[261] 林亨泰著，呂興昌編：〈關於現代派〉，《林亨泰全集七・文學論述卷4》，頁10。
[262] 林亨泰著，呂興昌編：〈現代詩的基本精神〉，《林亨泰全集七・文學論述卷4》，頁191。

及具有深長意味的內在」——而「法國巴拿斯派詩人蒲律多麥（S. Prodhomme）的『破瓶』一詩，便是一個好例」因為作者已經成功地將「苦悶象徵化」了。[263]而換個角度來看，就此處覃子豪筆下所運用的象徵一詞來看，不僅僅包含了名詞的用法，更涵括了將原本難以感觸之抽象內蘊加以具象化表達的動詞意義。

（三）由詩之為物的根本立場思考

從對古今中外特定文藝思潮的辨析出發，再加上對具體詩例之詳細詮解，我們當已相當清楚紀弦、覃子豪、林亨泰對於詩學範疇內之象徵定義的大致看法；然而，若能更進一步立足於詩之本身的立場，直接針對詩與象徵之關聯進行梳理，當有助於我們更為整全地認識與詩學領域緊密相關的象徵意義。

例如，就紀弦而言，從實到虛的象徵式連結狀態，本就與詩之為物關係密切；更直接來說，紀弦甚至曾明確宣示過，所謂的「一首詩」即「是一個象徵」——因為「象徵」可說是詩中意象之「『全體』的」總和「表現」；換言之「如果意象與意象之間，各自獨立，互不相關」而「不能構成一個全體，自亦無所象徵」並「根本就不成其為一首詩了」。[264]

進一步來看，如果說紀弦只是將象徵與詩之間劃上等號的話，那麼覃子豪可謂更加積極地，在象徵與文學之間，描繪出一條可供直飛的便捷航道；換句話說，對覃子豪而言，「『象徵』（Symbol）不僅為任何詩派共有的本質，且為文學、藝術共有的本質」——因為不論是哪一種「文學、藝術」只要「表現出了作者的主觀精神，必有象徵的本質存在」。[265]

歸結來看，歷經前述各章與本節的層層探索，對於紀弦、覃

---

[263] 覃子豪：〈象徵〉，《覃子豪全集II・論現代詩》，頁243。
[264] 紀弦：〈覃思閣主人論詩〉，《千金之旅——紀弦半島文存》，頁286。
[265] 覃子豪：〈象徵派與現代主義〉，《覃子豪全集II・論現代詩》，頁368。

子豪、林亨泰筆下的象徵定義，應可作出以下的最終歸納：就詩學
範疇中的象徵而言，其確切涵義應代表了一種由具實可感之物（包
括各式事物形象、語言文字等類似元素）到抽象主觀之意（例如情
感、理知或美感）的特殊聯結關係；其中，配合所討論議題之不
同，詩學範疇中的象徵，亦可顯化出相應之詞性用法——例如在與
詩之本體相關的組成結構論、功能用途論中，象徵之名詞、動詞與
形容詞狀態，皆曾被紀弦等人加以運用；但在與詩之方法，如創
作、閱讀與批評等相關論述中，象徵除了上述兩種用法外，更多時
候是紀弦、覃子豪與林亨泰在開展探討時所十分仰賴的關鍵動詞。

第二節：由象所生之象徵關係與紀弦等三人詩論之具體聯繫

　　而在象徵之詩學意涵的全面歸納告一段落後，對於象徵——此
種由實到虛之特殊聯結關係，在紀弦、覃子豪、林亨泰詩學理論中
的實際應用，亦該進行縝密之探究。

　　首先，我們要充分觀察的，便是由象所生之象徵關係；因為，
簡單來說，不論是詩之內在結構、功能用途、閱讀途徑、批評原則
與創作方法，都與由象所生之象徵關係，聯繫重大；換言之，在紀
弦、覃子豪與林亨泰之象徵詩論中，最為重要的貢獻便是確立了，
從具實可感之象到抽象內在之意的連結型態——亦即由象所生之象
徵關係，對於詩學理論之各類子題的確切影響，究竟為何。

（一）由象成詩

　　其中，若針對詩之內在層面來看，則可知不論是在紀弦、覃子
豪與林亨泰的詩學理論中，皆以由詩中之象所維繫的象徵關係，為
詩之內在結構的根本樣式。

　　例如，儘管紀弦曾說過「作為理性與知性的產品的『新』詩，

決非情緒之全盤的抹殺，而係情緒之微妙的象徵」，[266]以及詩就是「通過詩人氣質所見的人生與自然之象徵」的看法；[267]但若就上述所引意見之原始文章脈絡而言，與其說詩須透過情緒或主體自我所觀察之現實面貌方能象徵而成，不如更為精準地說，在紀弦眼中所謂的詩，即是由既被作者之想像力變換樣貌而又充分可感的心中形象，所象徵而成的特殊產物——因為，得以象徵出詩的情緒，在紀弦眼中必須是客觀化後的情緒，而一旦產生情緒的客觀化之後，便會緊接著帶來「情緒凝結」且「現實變貌」以致於出現一個擁有特殊秩序的「新世界」竟「完全呈現在我們的『心眼』之前」的獨到效果；[268]與此相似的是，能夠完備詩之內在結構，並使詩得以被象徵而出的人生、自然等現實存在，對紀弦來說由於受到作者主體氣質之浸潤、滲透，故而同樣也是一種被詩人想像力大幅改造過後的「『現實的變貌』之『心象』」。[269]

更直接來看，由於對覃子豪而言「『象徵』（Symbol）不僅為任何詩派共有的本質」並又可視為「文學、藝術共有的本質」，[270]且只要能夠「表現出了作者的主觀精神」便可稱為具備了「象徵的本質」，[271]故而從詩組成結構的角度來看時，覃子豪當然也可算是十分強調象徵以及詩中之象的重要性——具體而言，除了「意象之群的『有機』的組合」可促使詩質臻於「飽和狀態」以外，[272]更為重要的是，由「作者想像力所陶冶的印象底再現」而成的單一形象可再進一步組成屬於「全體的攝取」的「意境」；[273]而由於對覃子

---

[266] 紀弦：〈袖珍詩論十四題〉，《新詩論集》，頁36；另，亦可參考氏著：〈把熱情放到冰箱裏去吧〉，《紀弦論現代詩》，頁4。
[267] 紀弦：〈詩質與詩形〉，《紀弦詩論》，頁19；另，亦可參考氏著：〈內容決定形式·氣質決定風格〉，《新詩論集》，頁18。
[268] 紀弦：〈詩質與詩形〉，《紀弦詩論》，頁19。
[269] 紀弦：〈音樂與美術·時間與空間·主觀與客觀〉，《紀弦詩論》，頁35。
[270] 覃子豪：〈象徵派與現代主義〉，《覃子豪全集II·論現代詩》，頁368。
[271] 同前註。
[272] 覃子豪：〈飽和點〉，《覃子豪全集II·論現代詩》，頁252。
[273] 覃子豪：〈詩的表現方法〉，《覃子豪全集II·詩創作論》，頁50。

豪來說，所謂的意境即是一種「把許多意象貫串起來」後方可得到的「不可分割的渾然一體」的「全美的存在」，[274]故可清楚推知的是，從詩中之象凝塑出蘊含美感之意境的過程裡，即能充分證明在覃子豪心目中，詩之內在結構確實具備了由可感之象到抽象之意的象徵特質。

至於與上述意見相似的是，在林亨泰對詩之為物的定義裡，其中最為重要的組成元素即為或單一或群組的各式意象——因為，唯有依靠如同體內之重要器官的基本意象「互相地交錯、激盪、牽制乃至抗衡而」方能「構成了『詩的全一性』」，[275]而在詩之全一性透過意象群組「戲劇化」地相互連結後才可「看到諸意象的最高昇華——亦即由『相關的統一』而來的『象徵價值』」。[276]進而言之，由於所謂的象徵價值之具備，本就是林亨泰心目中詩、文學甚至是所有藝術品，與一般遵循「實用原則」而製作完成的「單純組合體」最為不同之處；[277]故此，所謂的由基本意象、意象之戲劇化脈絡，以及由前二者所傳達出之象徵價值所組成的詩，確可說是以詩中之象與由此而生之象徵關係，為其結構組織的核心所在。

（二）藉象發用

總的來看，不論是被稱為心象、形象或意象，詩中之象確為詩之組成元素裡最為重要的一環——因為由紀弦、覃子豪與林亨泰之相關詩論來看，若無詩中之象所開展出的象徵關係，不論是詩之內部組成結構，或是對詩而言十分關鍵之象徵價值與意境，都將面臨無法存續的危機。而就另一層面來說，由紀弦等三人之詩論內容來

---

[274] 覃子豪：〈意境〉，《覃子豪全集 II · 論現代詩》，頁232。

[275] 林亨泰著，呂興昌編：〈象徵價值的創造及其他〉，《林亨泰全集七 · 文學論述卷4》，頁144。

[276] 林亨泰著，呂興昌編：〈現代詩的「形式」與「內容」〉，《林亨泰全集七 · 文學論述卷4》，頁136。

[277] 林亨泰著，呂興昌編：〈詩的創作〉，《林亨泰全集七 · 文學論述卷4》，頁159。

看，由象所延伸出的象徵關係，亦對詩之功能用途影響重大。

1、滿足讀者需求

　　例如，單就與讀者範疇相關的詩之功用而言，紀弦便指出，若能透過「詩人基於想像作用，意匠活動而構成的一種『現實的變貌』之『心象』」便可「在讀者心中喚起一種彷彿如實的印象」並使讀者得以「間接地體驗詩人之經驗，從而獲得一種心靈的教育與享受」；[278]換言之，由具想像特色之心象，到詩中所蘊含作者個別經驗的傳導連結，便是紀弦心目中讀者在閱讀過程所可能接收到的象徵關係——至於進一步所獲得的或情或裡之相關感受，便是詩之功用所賦予讀者的重要收穫。

　　而與此相似的是，覃子豪亦曾表示「詩缺少了意象的呈現，便成為情意的說明，而不是藝術的表現。情意的說明，不能給讀者深切的感應；唯情意藉意象來表現，會深入讀者腦中，由腦到心，會給讀者極為強烈的感應」，[279]此種與上述所引之紀弦詩論相似的觀點——故可說，使讀者獲得作者所欲傳達之特殊經驗、心靈感受、情感理念，即為藉由詩中具象開展之象徵關係所產生的，其中一種詩之功用。不過，換個角度來看，在覃子豪的相關詩論中亦明白指出，所謂「鮮活的形象，與渾然的意境。……能引人入勝，能引讀者陶醉於忘我的境界之中」；[280]而之所以如此，乃是因為「詩裏的形象喚起了讀者對於平日印象的記憶，而增加了他的親切感」。[281]也就是說，透過詩之鮮活形象的積極作用，進而使讀者之心靈回到過往之相關記憶，並因此陶醉於忘我之境，實亦可視為以可感之象為核心之象徵關係，所衍生出的另一種詩之功用。

---

[278] 紀弦：〈音樂與美術・時間與空間・主觀與客觀〉，《紀弦詩論》，頁35。
[279] 覃子豪：〈意象〉，《覃子豪全集 II・論現代詩》，頁228。
[280] 覃子豪：〈詩的表現方法〉，《覃子豪全集 II・詩創作論》，頁41。
[281] 覃子豪：〈抒情詩及其創作方法〉，《覃子豪全集 II・詩創作論》，頁17。

2、實現作者意圖

　　此外，相較於和讀者相關的詩之功能用途，對屬於作者層面的詩之功用來說，紀弦等人同樣也從詩中具象之象徵關係出發，給予了相當多的關注——舉例而言，在紀弦心目中，所謂的現代詩儘管「只表現一個情調，一個心象」但同時卻又肩負了「以部分暗示全體，以有限象徵無窮」的重要任務；[282]換言之，充分傳達作者所欲表現之心意，以至於無窮之境，乃是紀弦筆下現代詩憑藉以象為焦點所開展之象徵關係，所應達成的重要目標。

　　另外，若以更具體的角度來看，在林亨泰的詩論中，我們可以清楚發現就算「詩之能充其量只是『象徵』」但「『笠詩社』同仁所追求的『試以詩批判』」，[283]卻仍為詩人所能積極努力的方向。故此可知，不論是以有限象徵無窮，或憑藉詩之象徵特性嚴肅地批評社會現況，皆可視為由詩中之象所維繫之象徵關係，所引發的詩功能用途之一環。

（三）憑象得意

　　由前可知，不論是使讀者間接感受到詩人之特殊經驗、情感理念、獲得心靈之提升，以及因相關記憶之喚醒而陶醉於其中；還是無窮而整全之存有能被象徵而出，以及社會現況能夠被嚴肅批判——在紀弦等人的詩論體系中，這些詩所可能具備的功能用途，之所以能順利開展，皆與因象而成之象徵關係，密切相關。

　　換個角度來看，若我們暫時跳脫詩之組成、功用等本體性質，轉而以詩之方法為觀察視角，則亦不難從紀弦、覃子豪與林亨泰之詩學理論中發現，可感之象與象徵關係對詩之閱讀方法，究竟發揮

---

[282] 紀弦：〈現代詩的特色〉，《紀弦論現代詩》，頁15。
[283] 林亨泰著，呂興昌編：〈笠的回顧與展望〉，《林亨泰全集七・文學論述卷4》，頁134。

了那些實質的影響。

1、具體路徑

當然，談到詩之閱讀，其實有許多環節都是讀者該仔細思考的；尤其是，當我們想要對一件作品進行精讀的時候──例如，覃子豪就曾明確表示，所謂的「精讀……是從普遍閱讀的作品中，選出……自己所喜歡的部分。……對於內容的攝取，詩形的結構，表現的技巧，字彙的應用，詩句的構成，音節的諧和，形象和意境的創造……作一種深切的體會。然後一遍兩遍的讀它，直到能夠背誦的時候，你就可以獲得這作品中的神韻」。[284]

然而，在如此繁多的閱讀要件中，所謂的詩中之象，或許是最該被讀者所關注的焦點：因為，在林亨泰心中便認為，「詩是整個全部讀下去而後在心中加以解釋，文字只是媒介而已，根據心象而去分析，我們能猜到什麼，詩能給我們什麼，這是隨讀者的想像力而定，並非靠一字字的意思而定」；[285]換言之，透過詩中所呈現的可感之象，與讀者自身的想像力，我們便能依循著心象前進，優游於比詩作之語言文字本身更加廣大的意義寶庫。也正是因為如此，當林亨泰在論述所謂的詩之閱讀方法時，才會說出讀者與「詩的關係，並不是人類與文字所發生的關係」且「通常說「懂得詩」，這並非指『懂得字義』，而是指『懂得意象』而言」，[286]如此看重詩中之象的觀點。

2、成果擬測

而在確立了憑藉心象與象徵關係獲得意義的具體閱讀策略後，

---

[284] 覃子豪：〈抒情詩及其創作方法〉，《覃子豪全集II・詩創作論》，頁12。
[285] 林亨泰著，呂興昌編：〈作品合評（王勇吉作品等）〉，《林亨泰全集九・文學論述卷6》，頁70。
[286] 林亨泰著，呂興昌編：〈概念的界限〉，《林亨泰全集七・文學論述卷4》，頁50。

關於我們究竟能透過此項法則獲得那些寶貴的收穫，紀弦等人也提出了一些值得參考的意見；像是在紀弦的眼中，所謂的作者身處之時代氛圍，便可說是讀者透過象徵之法所能得到的其中一項收穫：因為紀弦十分確切地表示過，儘管「我也寫了『山』，我也寫了『月』，然而我的『山』不是『陶潛的山』，我的『月』不是『李白的月』」──其詩作中所出現的「『臺北的山色』象徵著」的是他本人「所從屬的這個大時代」。[287]

進一步來看，若我們同時參酌林亨泰的相關論述，則可更加深入地發現，其實不只是所謂的作者親身經歷之時代氛圍而已，只要是透過詩中之象所間接傳達出的象徵價值，都應該是讀者所應留心收藏的珍寶；也就是說，當我們在實際閱讀時，「不要逐字斟酌，而要以整體的象徵意義」為最終之標的。[288]

（四）依象批評

不論是趨近於無窮的象徵價值，亦或是作者所經歷的時代氛圍，皆為讀者藉助詩中之象，和以象為中心之象徵關係，所得到的可能成果；而與閱讀方法相似的是，象徵，同樣可說是紀弦、覃子豪與林亨泰詩學理論中，在談到詩之批評方法時，毫無疑問的關鍵所在。

例如，在覃子豪的詩論敘述中，便曾直言由於「二十世紀之初，產生了許多新興的詩派，有不少詩派不過是本著象徵、比喻、暗示、聯想這四個原則，而加以新的變化」故而「只要本著這四個原則，加以靈活的運用，學生就可以獲得新的啟示」；[289]換言之，對於詩作之批評方法來說，在覃子豪的眼中，象徵，當為批改學生

---

[287] 紀弦：〈袖珍詩論拾題〉，《紀弦論現代詩》，頁206。
[288] 林亨泰著，呂興昌編：〈詩與人生座談〉，《林亨泰全集九‧文學論述卷6》，頁151。
[289] 覃子豪：〈自序〉，《覃子豪全集Ⅱ‧詩的解剖》，頁66。

習作並給予評價和建議時,重要的執行準則之一──至於當林亨泰「以意象」為視角來評判「『笠詩社』同仁們的詩」並發掘出「其象徵的價值」時,[290]不但在某些程度上可視為對前述覃子豪以象徵為批評根本原則的呼應,其自身又是以象徵開展批評的實際範例。

　　換個角度來看,不只是在討論當代詩作之批評方法時,象徵,具有重大的影響力,對紀弦來說,對於中國古典詩之批評,同樣也可藉象徵來開展;具體來說,紀弦在分析李白〈獨坐敬亭山〉時,便明白指出「在這詩中,鳥、雲、人、山四者,既是『我中之物』,又是『物中之我』,其言有盡,其意無窮,以部分暗示全體,以有限象徵無窮,實已達於不可企及的至高之化境」;[291]換言之,透過紀弦對李白詩作的具體批評,象徵與詩作之價值判定的密切關係,可說是獲得了再一次的證明。

　　再者,除了對具體詩作的批評外,當我們在評估詩人之整體價值時,象徵,亦為其中之思考關鍵:例如,當紀弦提出,「文學是苦悶的象徵,一點都不錯。楊喚的詩,證明了這一個理論的正確性。但是苦悶的不只是楊喚一個人,而楊喚卻能有所象徵……這就是因為楊喚是一個出色的詩人,他的想像力異常的豐富之故」時,[292]便可說是十分顯著地,突出了象徵的積極影響──也就是說,詩人筆下是否能夠善用象徵,當為決定詩人價值高低的關鍵因素之一。

(五)運象生意

　　綜合來看,不論是以象徵關係、詩中之象為批評之關鍵,對於古今詩作之優劣或詩人整體之價值進行嚴謹的判斷,或是憑可感

---

[290] 林亨泰著,呂興昌編:〈作品合評(談非馬的詩)〉,《林亨泰全集九·文學論述卷6》,頁138。
[291] 紀弦:〈袖珍詩論十四題〉,《新詩論集》,頁35。
[292] 紀弦:〈楊喚的遺著「風景」〉,《新詩論集》,頁119。

具象與象徵關係，探索詩中的意義，都可視為紀弦等人，對詩之批評、閱讀等接受範疇的積極開拓；但若將關注的焦點轉移至作者身上，則不難發現，紀弦、覃子豪與林亨泰之象徵詩論最為集中探究的詩學議題，便是詩之創作方法。

首先，對覃子豪來說，在象徵所具備一切意義當中，所謂的憑藉聯想狀態所開展而成之表現方式，即是象徵之原始面貌；也就是說，當詩人「將抽象的──非感覺的內容借以具體的感覺的事物表現出來，給予讀者無限暗示」時，[293]其所代表的正是象徵之本義。而換個角度來看，在覃子豪心目中，此種以實顯虛、運象生意的象徵表現方法，的確可說是詩人創作時不可或缺的秘訣良方；例如，對覃子豪而言，在中國古典詩學裡，早就出現過相應的描述──簡言之，所謂的比、興，便是象徵的另一種提法：具體來看，「比者，如劉勰所說的『因物喻志』。興者，如鍾嶸所說的『文已盡而意有餘』。亦即如釋皎然在《詩式》中所說的：『取象曰比，取義曰興』」──也就是說「比是為求詩的形象化，興是詩的言外之意」。[294]

進一步來說，當覃子豪在匯通中國古典詩學裡的「比」、「興」概念與象徵之意義時，其實正代表了在覃子豪的詩論體系中，就詩之創作方法而言的象徵，一方面必須具備如「比」一般的形象可感性，另一方面還須有「興」所代表的言外之意；而與此相似的是，林亨泰在其詩論中，同樣也十分看重憑藉可感具象來傳達虛渺意涵的表現手法──因為林亨泰曾直言，所謂「『意象』的主要目的，就是想把這種「內面的過程」予以「外化」，亦即不斷對於「內的生命」賦以「客觀的表出」」；[295]同樣，紀弦也清楚表

---

[293] 覃子豪：〈象徵派及其作品簡介〉，《覃子豪全集 II・未名集》，頁582。
[294] 覃子豪：〈比興與象徵〉，《覃子豪全集 II・論現代詩》，頁364。
[295] 林亨泰著，呂興昌編：〈象徵價值的創造及其他〉，《林亨泰全集七・文學論述卷4》，頁145。

示過，詩的創作方法不應只停留在平面而直白的描述，而應「採取立體化的表現手法，即繪畫的，雕塑的，建築的手法之運用」並藉此「冷靜地寫，暗示地寫，意匠地寫」，[296]亦即「通過了表現的確實」進而「到達略帶幾分遊離然卻更能表現的⋯⋯中國畫上一種所謂『意到筆不到』的『寫意』的境界」。[297]

第三節：由象所生之象徵關係中的象之生成方式

　　總的來說，不論是覃子豪、林亨泰或紀弦，在其詩論中都十分強調，可感具象與由實到虛之象徵關係，對詩之創作、表現方法而言，可謂相當重要的關鍵所在；進一步來看，儘管所涉及的詩學議題，遍及與詩之本體相關的組成結構、功能用途，以及隸屬於詩之方法層面的閱讀、批評與創作，但若從象徵關係、詩中具象的角度來重新審視時，其實不難發現，所謂的可感之象與抽象之意，即是上述種種詩論內容中最被紀弦等人所關懷的根本重心。

　　也就是說，在確立由詩中之象所延展出的象徵關係，確與詩學理論之各大重要議題皆有密切關聯後，下一步要繼續探討的，便是與象、意本身相關的後續問題——例如，既然在象徵詩論的範疇中可感之象佔據了極為重要的地位，那麼究竟該如何有效塑造出詩中帶有具實可感效果的各式形象，亦為紀弦、覃子豪與林亨泰之象徵詩論的重點之一。

（一）主客物我之交化融合

　　首先，由紀弦等人之相關詩論可知，主體自我與客觀外物之間的相融互化，應為使詩中之象順利塑形的方法之一；詳言之，在林亨泰的詩論體系中，主客物我的交化融合，本就是詩之創作過程

---

[296] 紀弦：〈我之詩律〉，《紀弦詩論》，頁8。
[297] 紀弦：〈袖珍詩論抄〉，《紀弦詩論》，頁7。

中必備的一環；而若由詩人內在的心靈世界出發，林亨泰認為「當詩人獲得強烈的『關心』之後」便須「機警而力動的面對萬人共有的客觀世界」——也就是說「他必須使主觀的『關心』逐漸進行『客觀』化」進而「往返於『主體』與『對象』、『主觀』與『客觀』、『內面』與『外面』之間」，[298]其詩作方有成功的機會。

　　進而言之，在紀弦看來，所謂的詩必須在主客、物我、內外皆徹底融合之後方能成立，其實也就代表著，詩中之象同樣須透過此種交融互化的工夫，才有機會被詩人提筆寫成；因為，紀弦認為當詩人「化『我』為對象，化主觀為客觀從而觀之」以後「吾人之意識乃入於一種無我、忘我、恍恍惚惚、而又異常清醒的境界，於是情緒凝結，現實變貌，形象出現，一個有組織，有秩序的新世界，遂完全呈現在我們的『心眼』之前」。[299]

　　換個角度來看，若我們不以詩人之內在世界為起點，反倒是從具體可察之外在現實出發，則就紀弦來看，同樣也可以達成主客內外相融互化、詩中具象順利形成的重要目標——例如，紀弦便曾引用法國詩人馬拉美的話，提出所謂的「『靜觀物象，於其喚起之夢幻中，當想像之飛揚時，「歌」乃成。』這就是告訴我們怎樣去實行『情緒的客觀化』之一條捷徑」；[300]也就是說，若我們想讓具有現實變貌之想像特性的可感具象在詩中順利出現，亦可由對外在客觀現實的靜觀著手：因為「惟有『靜觀』，才能夠到達主觀性與客觀性的一致，『物』與『我』的統一」。[301]

　　此外，若我們將觀察的焦點轉到經主客內外交化後所得到的詩中之象本身，則不難發現，想像境界與可感真實之同時具備，可說是此類詩中具象的重要特色：因為，「純粹的現實印象，缺乏境

---

[298] 林亨泰著，呂興昌編：〈從「迷失的詩」到「詩的迷失」〉，《林亨泰全集七・文學論述卷4》，頁149。

[299] 紀弦：〈詩質與詩形〉，《紀弦詩論》，頁19。

[300] 紀弦：〈袖珍詩論十四題〉，《新詩論集》，頁35。

[301] 紀弦：〈音樂與美術・時間與空間・主觀與客觀〉，《紀弦詩論》，頁37。

界，純粹想像……不以現實為其基礎，缺乏真實」──故而「詩人必須將他在外界獲得的印象，由現實的清晰，而進入夢境般的朦朧；然後，再由夢境般的朦朧，喚回其面目的清晰，而這清晰已非原來的清晰，而是經過了詩人的想像予以創造，賦予了色彩和生命，有詩人的情感和思想的滲入」。[302]

也就是說，對覃子豪而言，為使詩中之象能於內外主客之交互融合後成功凝塑，除了強烈的關心、仔細的靜觀以外，想像力亦為不可缺少的關鍵要素：因為在覃子豪的詩論體系中，所謂的詩之可感形象，與一般人都能擁有的印象，是截然不同的；直言之，「印象是原始的，未經過作者想像力的陶冶。但印象是形象的酵母；如果，作者沒有豐富的印象儲藏，即沒有形象產生」──換句話說「形象是純淨的，意味深長。它是將印象予以選擇，陶冶，滲透了作者的個性，情感，想像所混和成的一種產物。它是比印象精美，生動，而有一種客觀的事物和主觀的認識所交織而成的生命」。[303]

（二）語言文字之具實呈現

不論從作者內在的主動關心出發，亦或是先由對外在事物的靜觀著手，當想像力在詩的世界中發揮其不可思議之影響力時，主客、內外、虛實、物我等等對立元素，才有了相互融合、彼此交化的可能；同時，詩中使人可感的各式具象，也因此獲得成功塑形的機會。

然而，若我們特別著重詩中具象凝塑過程之歷時變化的話，則在物我主客打破內外界線而充分交融之後，就紀弦等人看來，尚須憑藉語言文字之助，方能使詩中之象徹底成形：舉例來看，當紀弦在闡述何謂情緒之客觀化時，除了談到心象會隨著情緒凝結而出現外，同時也提到，當「現實變貌，形象出現，一個有組織，有秩序

---

[302] 覃子豪：〈抒情詩及其創作方法〉，《覃子豪全集II‧詩創作論》，頁14。
[303] 覃子豪：〈詩的表現方法〉，《覃子豪全集II‧詩創作論》，頁42。

的新世界，遂完全呈現在我們的『心眼』之前」還須「用言語之意味與音聲去做那畫家用色彩所做的工作了」；[304]也就是說，「在一個稍縱即逝的靈感尚未降臨並起作用於我的心靈時，我的詩的境界雖已存在，卻是模糊不清的。必待靈感來了時，這心上的詩境才呈現出清楚的輪廓，色彩與線條，於是，我把它移到稿紙上來，像畫家寫生一幅風景似的，我寫生我的心。可是這心靈的寫生，還不是一首詩，……把那些散文的成分全部肅清，才能夠告一段落」。[305]

　　進而言之，在以語言文字表現詩中具象時，除了必須注意上述紀弦所提到的，應盡力排除詩之散文成分外，在覃子豪眼中，關於語言文字的操作，還須投以更多的關注才算完成表現具象的重要工作：因為，「詩是極富藝術價值的創作，所謂表現，自然不是學習作文的用字」而應著重於表現形象和意境的方法」；[306]具體而言，覃子豪認為在表達詩中之象時可以多加思考的是，「形象固可用比喻來創造，亦可用形容的方法來創造，這裡所說的形容，不完全是用形容詞，是能夠使事物，予以形象化的動詞都在內」──因為「以動詞將事物付予形象，多變化，亦易生動，活潑」。[307]

　　與此相似的是，覃子豪所主張的以語言文字表達形象時，應同步關注意境是否也獲得妥善表達的意見，在林亨泰的詩論內容中，則可找到進一步足以呼應的證據：因為正如林亨泰所言，所謂「『詩的意象』乃是『透過語言』而表現出來的一種『「語言意象」』，但，不容混淆的一點是：『語言文字』並不等於是『語言意象』」──因為「『語言文字』的理想本來應該是確實而不含歧意的，但，『詩的意象』之最高目的卻是企圖著『深度』的一種『象徵價值』之創造」；[308]換言之，除了運用語言文字並強調其詞

---

[304] 紀弦：〈詩質與詩形〉，《紀弦詩論》，頁19。
[305] 紀弦：〈我的寫作經驗〉，《新詩論集》，頁46。
[306] 覃子豪：〈詩的表現方法〉，《覃子豪全集Ⅱ・詩創作論》，頁18。
[307] 同前註，頁45。
[308] 林亨泰著，呂興昌編：〈象徵價值的創造及其他〉，《林亨泰全集七・文學論述卷

性活用等相關技巧外，對於起初所欲傳達的根本核心，象徵價值，更應為以語言文字表現詩中之象時，不可或忘的關鍵所在。

第四節：由象所生之象徵關係中的意之詳細內涵

在已釐清透過主客物我之相融交化和語言文字的靈活運用，能讓詩中可感之各式具象得以順利成形之後，若要更加深入了解以詩中具象為核心之象徵關係，在由實到虛之傳導過程中所具備的全盤面貌，對於憑藉由可感形象所表現出的各類抽象之意究竟包含了那些實質內容，也應從紀弦等人之詩論內容中，找出更為明確而清楚的答案。

總的來看，筆者十分同意覃子豪所說的，把「意」——亦即「是抽象的，是作者在作品中主觀的精神內容」視為象徵過程中作者「藉由藝術的具象」而「表現出來」的最終成果；[309] 然而，若我們更進一步地細細分析紀弦、覃子豪與林亨泰的象徵詩論，則可清楚得知，所謂由象所生之意的實質內容，大致上不脫感性之情、理性之思與審美感受之範疇。

（一）情理

從林亨泰對李金髮之象徵手法的闡發中，便可得知所謂的象徵實能透過「每一詩句的每一客觀事物來刺激讀者的神經，讓讀者閱讀詩句時的每瞬間都能激起一片片的『情緒』來」。[310]

不過，相較於感性之情，對理性之思與詩中之象的關係，更加受到詩論家們的注意：例如，在林亨泰的筆下便曾提及，儘管

4》，頁145。

[309] 覃子豪：〈象徵主義及其作品之研究〉，《覃子豪全集II・未名集》，頁590。

[310] 林亨泰著，呂興昌編：〈中國現代詩風格與理論之演變〉，《林亨泰全集四・文學論述卷1》，頁154。

「『意象』不是『實物』」但「透過這種『表象化』而來的『意象』，它所能反映的必然就是生活事實的『法則性』」；[311]與此相似的是，覃子豪也認為「象徵的意義，就是在於探索事物現象背後所隱藏著的真實」──舉例來說「法國巴拿斯派詩人蒲律多麥（S. Prodhomme）的『破瓶』一詩」便是從「作者不自覺的情感中產生出自覺的理念」進而「成為象徵」。[312]

此外，由上列論點可進一步確認的是，儘管紀弦所說的「象徵派對於詩的創造之最主要的意圖，即在於依意象（Image）而象徵化思想、感情、情調等」，[313]是針對象徵派之詩學主張所提出的精闢分析；但就前述種種討論來看，紀弦之言其實也正呼應了，林亨泰、覃子豪筆下所提及的，感性之情、理性之思都能透過詩中之可感具象而充分呈現的詩學觀點。

（二）美感

而除了情、理以外，在覃子豪的眼中，所謂的審美感受，也應為詩人透過可感具象進行由實到虛之傳達過程中，所可能產生出的重要結果之一：因為在覃子豪的心目中，「基於詩人的想像」故而所謂的「意象」本就肩負著「使想像凝固而給讀者以美感的印象的」重責大任；[314]而之所以如此，或許是由於覃子豪認為，所謂的「表現」若能「因其所塑造的意象經過轉折的反射作用，便形成可望而不可即的距離」──而「距離」便有極大的機會「能產生美感」。[315]

此外，除了可由生成過程之因果脈絡來著手看待美感與詩中

---

311 林亨泰著，呂興昌編：〈象徵價值的創造及其他〉，《林亨泰全集七・文學論述卷4》，頁144。
312 覃子豪：〈象徵〉，《覃子豪全集II・論現代詩》，頁243。
313 紀弦：〈象徵派的特色〉，《新詩論集》，頁57。
314 覃子豪：〈意象〉，《覃子豪全集II・論現代詩》，頁228。
315 覃子豪：〈表現與欣賞〉，《覃子豪全集II・未名集》，頁501。

之象的關聯外，由覃子豪的其他相關論述亦可清楚得知，所謂的美感之種類型態，亦與詩之具象關係密切：例如，在覃子豪的詩學體系中，所謂的美感便至少可以分為單純美與繁複美等兩類。細部來看，「現代詩中，富單純美的詩不多」但只要「是一首意象極為完整的詩，非一片斷」便能「給讀者以具象和深邃的意味，有渾然一體的生命，是一個全然的存在」──同時當然也就自然能夠使單純之美，[316]獲得充分的展現。

但相對來說，由於覃子豪主要認為「中國現代的新詩，無疑的是受了歐美現代詩的影響，傾向於繁複的美」故而身為詩人便應盡力使詩中之「繁複能到達意象交織、綜錯，而不紊亂」的理想境界；[317]換言之，所謂詩中「繁複的美」即可視為「意象之群的突進，追奔，前呼後應的組合；具有音樂的節奏美，繪畫上的色彩美，是兩者的交錯」。[318]

第五節：從詩中語言文字到抽象意義之間的象徵關係

從詩之組成結構、功能用途等本體性質，以及詩之閱讀、批評與創作等方法環節入手，我們已能充分了解，由詩中之象所開展而出的象徵關係，的確與詩學理論之諸般議題關聯密切；此外，不論是對詩中具象生成階段之歷時分析，或是仔細探究由可感之象所象徵而出的抽象之意，究竟包含了那些實質內涵等，皆可視為對由象所生之象徵關係的縝密探究。

然而，在盡力詮釋紀弦、覃子豪與林亨泰筆下，對以可感具象為中心之象徵關係所做出的各式論述時，不得不注意的是，如果說所謂的象徵關係之實質內涵，即可視為一種由實到虛的連結狀態，

---

[316] 覃子豪：〈單純美〉，《覃子豪全集 II・論現代詩》，頁258。
[317] 覃子豪：〈繁複美〉，《覃子豪全集 II・論現代詩》，頁261。
[318] 同前註，頁260。

則除了詩中之象以外，其實也能以詩作所必備之語言文字為象徵關係成立的關鍵所在；換言之，若要徹底呈現，紀弦等三人之象徵詩論的全貌，則在探查完以詩中之象為核心的象徵關係後，以詩之語言文字為起點而生發出的，種種由實至虛之連結脈絡，亦為本論文所必須關注的重要環節。

（一）從作者角度分析

首先，由作者之角度切入，則可知在詩創作方法論的層面中，除了可感之象以外，語言文字也是詩人表達意義時，不可或缺的重要關鍵——因為，前述所提及的，能夠表現各式抽象之意的可感具象，其最終仍須憑藉語言文字之助，方能完成抒情說理、呈顯意義的重要任務；換言之，就像覃子豪所說的一樣，在「所謂剎那間而來的形象底凝塑」後還得「以精鍊和完美的語言表現出來，凝成一個文字的形體」才能徹底完成「我們所謂的詩」。[319]

也就是說，對於詩人來說，語言文字之精雕細琢與否，並非十分重要的問題——因為至少在林亨泰眼中毋庸置疑的是，「詩不依靠文字技巧」且甚至「詩的表達不必清楚，只要他的象徵意義」能獲得最終之表達，便無損於其自身之價值。

（二）自詩作本身審視

其次，若改由詩作自身進行審視，則本就是詩之組成不可或缺的語言文字，其與美感、意義等抽象範疇的組成元素之間，當可說是維持著由實到虛的連結脈絡——例如，當覃子豪「試將詩這樣解釋為……以最精鍊而富有節奏的語言，將詩人對世界的一切事物的主觀的意念，予以形象化和意境的創造，而能給讀者一種美感的，就是詩」時，[320]我們便可清楚發現，若無語言文字之可感特性，則

---

[319] 覃子豪：〈本質〉，《覃子豪全集II・論現代詩》，頁217。
[320] 同前註，頁218。

不論是意境或美感等抽象內涵，便無法安居於詩之內在結構中。

　　進一步來看，從語言文字到抽象意義的象徵聯結，不僅是詩結構組織方面的本質特性，同樣也是覃子豪心目中，散文與詩之所以分屬不同文類的界線所在──換言之，「詩和散文不同之點，是詩是極富含蓄的一種藝術，以最簡鍊的方式，包括了很豐富的內容；而這內容是有含蓄的暗示的意味，不像散文般把道理說明白就算達到目的。……所謂：『言有盡，而意無窮』，『意在言外，弦外有音』，就是指的這個道理」。[321]

　　此外，語言文字與美感、意義之間由實到虛的象徵關係，不僅是詩之本質特性與文類特徵，對紀弦來說，更可作為詩之價值優劣的判斷標準：因為，紀弦曾如此說道：「所謂詩的進化，嚴格地說起來，就是從詩的野蠻狀態到詩的文明狀態……野蠻人的詩是喜怒哀樂之赤裸裸的叫出來喊出來；文明人的詩則以情緒之『暗示』或『含蓄』──所謂『言有盡而意無窮』為藝術的極致」。[322]

　　當然，儘管由語言文字所含蓄暗示而出的是否僅為情緒，值得我們再三思辨──然而，不可否認的是，從言到意、從實到虛之傳導聯結的有無，確實會使詩作之價值產生好壞高低變化。

（三）由讀者視角觀察

　　由上述討論可知，不論所針對的是哪一項詩學議題，對以語言文字為運轉中樞之象徵關係來說，紀弦、覃子豪大多是從詩人與詩作之層面進行探究；但相對來說，在林亨泰眼中的語言文字與抽象意義之象徵聯繫，則大多是通過讀者之角度而有所開展。

　　例如，對於詩之閱讀方法，林亨泰十分坦率地認為，「我覺得每首詩都要翻譯，翻譯它的象徵過程和原始的意義。……一般人都看外表的美，無法看出內在的美，要表現內部的技巧是不容易的，

---

[321] 覃子豪：〈抒情詩及其創作方法〉，《覃子豪全集II・詩創作論》，頁16。
[322] 紀弦：〈論詩的音樂性〉，《紀弦詩論》，頁27。

詩的整個的象徵過程才是最重要的」；[323]但須特別注意的是，儘管此處林亨泰看似貶斥外表與技巧，但其實若我們要充分翻譯出詩之象徵意義，則所謂的語言文字等詩之外部環節，便是讀者唯一所能通過的康莊大道。

換言之，對於讀者來說，詩之語言文字仍然具有極為高度的重要性；但究其實質，語言文字的重要性其實與自身之存在關聯不大：因此，林亨泰才會特別提醒，「現在的人憑著一個字一個字的字義看下去，以為這是詩的意義，是嗎？……雖然媒體必須靠字的堆積，但是這些字所表達的，卻具有言外之意，弦外之音。例如看他談的是下雨，卻代表另一種意義……這就是『象徵價值』」。[324]由此可知，就讀者層面而言，從語言文字到抽象意義的象徵連結依舊存在，且肩負了使讀者得以藉此充分體會語言文字以外更加夐遠深刻之象徵意義的重要功能。

第六節：紀弦、覃子豪、林亨泰象徵詩論之主要淵源

通過本章前述對象徵定義之釐清、對象徵之生成塑造的過程探討，對以可感形象為核心或語言文字為關鍵之象徵關係的分析，以及對透過象徵關係所傳達出之抽象意義的詳細梳理，我們對於紀弦、覃子豪、林亨泰筆下與象徵相關之詩學理論，可說已具備了相當充分的認識；然而，在對於紀弦等人所創建出之象徵詩論已有足夠之了解以後，或許對於影響紀弦、覃子豪與林亨泰之象徵論述的主要理論淵源，亦應給予相當程度的關注，以便使紀弦等三人之象徵詩論的整體脈絡，獲得更加明晰而深刻之彰顯。

---

[323] 林亨泰著，呂興昌編：〈詩與人生座談〉，《林亨泰全集九·文學論述卷6》，頁153。

[324] 林亨泰著，呂興昌編：〈現代詩的基本精神〉，《林亨泰全集七·文學論述卷4》，頁191。

（一）以西方象徵主義作為理論建構之重要參考目標

簡言之，在對紀弦等人之象徵詩論深入分析後，當不難發現，所謂的十九世紀歐陸象徵主義，應為紀弦、覃子豪與林亨泰在思考其各自對象徵之相關看法時，相當重要的參考對象──尤其是，在討論以象為核心之象徵關係時。

例如，紀弦便曾公開宣告，應對「象徵派的理論家大詩人馬拉美」所提出的「靜觀物象，於其喚起之夢幻中，當想像之飛揚時，「『歌』乃成」之說法多加留心──因為對紀弦而言此即等同於「告訴我們怎樣去實行『情緒的客觀化』之一條捷徑」。[325]

至於當覃子豪提出，詩人若想做到「馬拉美（Stéphane Mallarmé）」所說的對「『一個物象逐漸喚起之心靈狀態』底準確的捕捉」便須清楚把握「來自現實」且「有其根據」的「物象」之「準確的性質」──而「不是純屬空想」時，[326]其根本之用心，便是希望通過對馬拉美話語的詮釋，開展其對詩之準確性的個人見解。

此外，雖然林亨泰並未指名道姓地直接引述象徵派詩人之相關言論，但林氏亦曾藉助象徵主義之架構，提出對於象徵之個人意見──簡言之，對林亨泰而言，「作為流派的象徵主義，雖然只是狹義而早已有『定論』的一個名詞，但，作為本質的象徵主義，卻超越了此一流派的地位，而匯集了美學上所有的『可能性』之後成為一個綜合而廣義的用語，直到現在，它的含義仍然不斷膨脹而與日俱增中」；[327]換言之，上述所引其實已明確點出在林亨泰心目中，象徵所具有的重要意義與必須對其詳細探究的根本理由，究竟為何。

---

[325] 紀弦：〈袖珍詩論十四題〉，《新詩論集》，頁35。
[326] 覃子豪：〈新詩向何處去？〉，《覃子豪全集II・論現代詩》，頁310。
[327] 林亨泰著，呂興昌編：〈抒情變革的軌跡──由「現代派的信條」中的第一條說起〉，《林亨泰全集四・文學論述卷1》，頁231。

因此，儘管在各自行文申述其對象徵之獨特觀點時，海納百川、博採四方乃是必要的前行準備，但由所呈現出的具體文章內容而言，當可確知，對紀弦、覃子豪、林亨泰來說，法國象徵主義之豐富資源，即是其開展具備個人特色之象徵詩論時，所強力關注的主要參考對象之一。

（二）以中國古典詩學理論的言外之意說為學習對象

而除了大量吸取象徵主義之精髓，使得以從實到虛之特殊連結為關鍵核心的象徵詩論，獲得內涵上的支持外，對於紀弦、覃子豪、林亨泰來說，中國古典詩學理論中，與言外之意相關的各式看法，亦為紀弦等人在打造其各自之象徵詩論時，所共同採用的重要資源。

例如，紀弦之所以在說明其心目中的詩之最高境界時，會以李白的〈獨坐敬亭山〉為範例，便是因為對紀弦而言，該詩內容中的「鳥、雲、人、山四者，既是『我中之物』，又是『物中之我』」故而能達到「其言有盡，其意無窮」且「以有限象徵無窮」的「至高之化境」。[328]

而到了覃子豪筆下，對於象徵以及言有盡而意無窮的言外之意說之相互關聯，可說是描述得更為詳細：簡言之，對覃子豪而言，基於「象徵並非舶來品」的信念故而「中國詩中的比興」觀念實質上便等同於「象徵的一種表現方式」——除此之外「如鍾嶸所說的『文已盡而意有餘』」以及將「釋皎然在《詩式》中所說的：『取象曰比，取義曰興』」解釋成「比是為求詩的形象化，興是詩的言外之意」等說法，[329]皆可看出中國傳統的言外之意說，與由具實可感到抽象意念之特殊連結的象徵關係，當有相當多值得探討的重要交集。

---

[328] 紀弦：〈袖珍詩論十四題〉，《新詩論集》，頁35。
[329] 覃子豪：〈比興與象徵〉，《覃子豪全集Ⅱ‧論現代詩》，頁364。

至於在林亨泰的詩論體系中，雖然並沒有明確點出其對中國古典言外之意說的明確繼承，但是在其探討詩之閱讀方法時，卻也說過「現在的人」如果只是「憑著一個字一個字的字義看下去」是不夠的──因為詩意之重點當在於「字所表達的」表面意涵之外的「言外之意，弦外之音」上。[330]

　　故可知，對於紀弦、覃子豪與林亨泰來說，在樹立其各自之象徵詩論時，可謂是兼採中西之長，除了積極探究西方象徵主義的真正重心外，更對中國傳統的言外之意說，格外重視──因為，由語言文字之本身含意到外圍意義的延展過程，當與紀弦等人所關注的以語言文字為傳導媒介之象徵關係，實有足以互相交通、彼此呼應之處。

---

[330] 林亨泰著，呂興昌編：〈現代詩的基本精神〉，《林亨泰全集七・文學論述卷4》，頁191。

第陸章、紀弦之詩學理論與現代

　　在遍論紀弦心目中由實至虛的象徵關係，在詩之組成、功用、創作、閱讀與批評等重要面向上的各式表現後，看似已對紀弦之詩學理論，有了極為廣泛的認識；然而，若更進一步深入分析，則可知在探討紀弦之象徵詩論時，其實仍有一些尚未觸及的重要詩學議題，例如詩之內容、形式等，需要參考更多的相關論述，方能真正整全理解，紀弦在詩學理論範疇中所開展出的總體面貌究竟為何──故此，在努力建構紀弦的象徵詩論後，對於紀弦詩學理論中另一項被大量思考的議題，「現代」，或許便有了充分觀察與闡釋的必要。

　　而相較於探討紀弦之象徵詩論時所採取的議題並列之橫向審視，對於紀弦以現代為論述焦點的各項看法，或許以時間歷程之縱向觀察，更可清楚呈現出紀弦詩學理論與現代概念之間的發展進程與各式變化；而之所以會選擇用歷時之視角進行分析，主要原因當在於紀弦詩學理論中的詩、現代與現代詩等重要概念，其實質定義，大多隨作者書寫歷程之逐漸開展，而有所新變、有所發展──例如，由書中之實際敘述可知，不論是以紀弦自大陸遷臺後之新創詩論為主要內容的《紀弦詩論》，[331]以及第二本在書名上寓含「嶄新詩論」和「專論新詩」之雙重意義的《新詩論集》，[332]對於紀弦之現代詩論的縝密闡釋來說，其實都還只能算是輔助材料而已：

---

[331] 紀弦：〈後記〉，《紀弦詩論》，頁81。
[332] 紀弦：〈自序〉，《新詩論集》，頁1。

> 繼四十三年由「現代詩社」發行的「紀弦詩論」及四十五年
> 由「大業書店」出版的「新詩論集」之後，這是我的第三部
> 詩論集子。較之以往的兩部，這一部的分量更重，……以往
> 的兩部，多半談「自由詩」；而這一部，則以「現代詩」為
> 主。[333]

因為，雖然在上述二書中，紀弦都已對現代或現代詩提出了相關的
分析與探究，但不僅數量較為零星、內容較為輕淺；更重要的是，
由上述所引可清楚發現，經過《紀弦詩論》與《新詩論集》時期的
反覆思索、不斷建構之後，紀弦論詩之關懷重點，終於自覺地從新
詩、自由詩轉向現代詩。故而，按照寫作時間來看，最為晚出的
《紀弦論現代詩》，才是我們在深究紀弦詩論中關於現代、現代詩
等複雜觀念時，最可倚賴的堅固據點。

第一節：《紀弦詩論》之現代詩定義

如果單就《紀弦詩論》之內容來看的話，當可知音樂性、詩
質、現代詩觀以及在創作方法上所必須努力達成的各式美學要求，
即可視為紀弦在初步探索現代詩之整全定義時，所集中探究的四項
目標。

（一）音分內外，以內為重

對紀弦來說，其心目中關於現代與現代詩之定義，可說是歷
經了一段漫長的演變過程，方能清楚形塑；例如，在其最初的詩學
作品──《紀弦詩論》中，就曾提出，若以詩之音樂性作為觀察目

---

[333] 紀弦：〈校對後記〉，《紀弦論現代詩》，頁209。

標，則所謂的新詩、自由詩在某些程度上，則亦可說是具備了部分現代意涵：

> 詩的音樂性有二：一是低級的，原始的，「歌謠」的音樂性，即是專門用耳朵去聽的；一是高級的，現代的，「新詩」的音樂性，即是專門用心靈去感覺的。後者一向為韻律詩所排斥，所藐視，然而正是為自由詩所歡迎，所重視的。[334]

也就是說，若站在時間立場上與古代相對之此時當下而言，所謂現代的、新詩的與自由詩的音樂性，似乎可理解為既純與心靈相關，又全與韻律詩所具備之感官音樂性徹底對立的詩組成元素；但若對照以下引文，或可更能完整掌握到，紀弦心目中的現代詩，其實根本就同時擁有兩種不同性質的音樂性──一者為內在，一者為外在：

> 詩之所以為詩，在其本質是詩，使詩成其為詩，則有待於詩的諸要素之齊備與夫高度的技巧之科學的操縱。至於表現形式，文字工具之捨韻文而就散文，也是基於「內容決定形式」之必然性的。……但我的意思，並不是說，現代詩已經唾棄了文字的音樂性，置節奏與聲調於不顧。伴隨著內在的音樂性之發展，外在的音樂性事實上也在不斷地前進中。[335]

詳言之，所謂的現代詩之外在音樂性，當與詩所使用的文字工具密不可分──而須特別強調的是，紀弦認為現代詩之外顯音樂性，應排斥韻文而以散文之樣態呈現；其原因或許在於，比起具有固定規

---

[334] 紀弦：〈袖珍詩論抄〉，《紀弦詩論》，頁2。
[335] 紀弦：〈論詩的音樂性〉，《紀弦詩論》，頁29。

律模式的韻文來說，變化無拘的散文，更適合表現現代人之情緒與想像：

> 事實放在吾人眼前，這在一見之下，好像現代詩真的已經否定了文字的音樂性似的，其實不然。……詩是一種以文字的意味與聲音為媒介的藝術。而韻文與散文這兩種文字工具，各有其意味與聲音。……韻文有韻文的音樂性，散文有散文的音樂性。當我們一旦發見散文的音樂性較之韻文的音樂性更其適合於現代人的情緒與想像之表現時，則我們為什麼不勇敢一點地，更接近真理一點地，捨韻文的音樂性而就散文的音樂性呢？[336]

然而，儘管現代詩憑藉著散文工具的恣意變化而展示出足以抒發現代人之紛亂情緒與多元想像的外在音樂性，但相較而言，在紀弦筆下我們仍可清楚發現，現代詩之內在音樂性的重要程度，要遠遠大於外在的音樂性；不過，到底何謂內在的音樂性？對紀弦而言，最簡單的回答當是詩中情緒波動所形成的旋律與節奏：

> 而我所主張的音樂性，乃是內在的，而非表面的。我的意思，係指其內容之「情緒的波動」而言。而這情緒的波動之旋律與節奏，又是不能用耳朵去「聽」，而只可以用心靈去「感覺」……詩的音樂性，必須是在這個意味上的，方是純粹的，真正的音樂性。[337]

換言之，與一般對音樂性須憑藉聽覺方能享受的觀點不同，所謂現代詩之內在音樂性，其實不與音高、音量等物理元素相關，反倒指

---

[336] 紀弦：〈論詩的音樂性〉，《紀弦詩論》，頁30。
[337] 紀弦：〈袖珍詩論抄〉，《紀弦詩論》，頁1。

的是詩中所蘊含之情緒的整全波動與總體節奏；更進一步來看，對紀弦來說情緒的不定起浮與規律演變，才是真正純粹的音樂性——之所以如此，或許跟紀弦將詩之本質即視為情緒的特殊設定有關：

> 詩的本質是一個情緒，一個在於音樂狀態的，有想像的情緒。……說一切情緒皆可以成詩是不夠完全的：它必須是波動的，永續的，藉「現實之變貌」而予吾人之「心眼」以視覺的享受，予吾人之「心耳」以聽覺的享受之「情緒的昇華」。[338]

然而，不可不注意的是，此種具有想像特性的情緒終屬抽象，若要使千千萬萬的讀者均能順利接受到作者所欲傳達的情緒變化，仍須透過某些外在而具體的輔助條件，方能無礙開展；故而，除了直接以感官接受現代詩藉散文樣態所展現的外在音樂性，對於因情緒變化而生之純粹的、真正的音樂性，紀弦提出應充分利用「現實之變貌」，使抽象之情緒有所依憑，使情緒之變化軌跡能儘量被讀者之心靈所感知，進而完成「情緒的昇華」。

（二）以情緒之新為詩質，以現代詩觀為綱領

由前述討論可知，若將紀弦眼中的現代一詞，理解為時間意義上的當下此時，則所謂的現代詩之音樂性，可說是具有兩種截然不同的樣態：其一，為依靠散文工具所展現的外在音樂性；其二，則是更加重要的內在之音樂性，亦即由現實變貌所呈顯出的具有想像特性之情緒波動。進一步來看，由上述的探究成果中，亦可推論出對於紀弦來說，現代詩內在層面之重要性，應遠遠大於外在之範疇——例如，下列對於作為詩質之情緒的具體內涵闡釋，即是有力的

---

[338] 紀弦：〈袖珍詩論抄〉，《紀弦詩論》，頁4。

證明：

> 詩的內容，就「詩一般」而言，它的本質是一個情緒，一
> 個客觀化了的情緒；就「新詩」而論，亦然。……然則，
> 「新」詩與「舊」詩之區別何在呢？豈僅文字工具上，新詩
> 以白話寫，舊詩以文言寫；形式上，新詩採自由詩形，舊詩
> 採格律詩形麼？當然不是這麼膚淺的，表面的看法。原來
> 「內容決定形式」，形式是隨著內容之在表現上的「必要」
> 而「必至」的。……可是僅僅乎把「飛機」，「火車」，
> 「盲腸炎」，「原子彈」，「爵士音樂」，「相對論」等等
> 新名詞「填」入詩中去，並不就可以使其成為「新詩」的。
> 在本質上，新詩之新，依然是其情緒的新，境界的新。它應
> 該是「道前人所未道，步前人所未步」的。現代人的生活，
> 顯然是不同於前一兩個世紀的：忙迫，變化，速率，騷音，
> 醜惡，恐怖，不安定，不安寧及其他。……舉例來說，每常
> 襲擊現代人的心靈的一種「虛無之感」，雖非喜怒哀樂中之
> 一種，然而又何嘗不是一大強烈的情緒呢。[339]

透過上述引文可知，當紀弦持續採取時間意義上的現代作為思索之
切入途徑，將所謂的新、舊詩作並列比較時，「內容決定形式」，
當可謂紀弦詩論中的重要堅持之一；具體來看，對詩來說可謂最為
重要的內容層面，其真正發揮關鍵作用的必備元素，絕非字面上所
可能出現的各種外在產物、嶄新名詞──因為，對紀弦來說詩最不
可或缺的組成要件，應為前述所提及的「詩質」。然而，若僅以情
緒來加以概略說明詩質的整全特性，可說是不夠精準的描述；就其
實際範疇來看，紀弦認為除了自古以來即被作家大量書寫的喜怒哀

---

[339] 紀弦：〈論新詩〉，《紀弦詩論》，頁13。

樂等固有反應以外，其他因現代生活而產生的新興情緒——例如恐怖、虛無等，都是詩質的可能來源。

此外，紀弦對於詩之內部層面的重視，除了表現在上述對詩質的充分描述外，也可在其對「詩素」的說明中找到充沛的支持：

> 正如過去的詩偏重於形式上的「韻律」，現代詩亦有其偏於一方面而發展的傾向，那便是「詩中之詩」，或稱之為「詩素」。韻律對於詩的關係實在一點也不重要，本質是詩，便沒有韻律也無妨；本質上不是詩，雖韻律亦幫不了什麼忙的。……韻文即詩，乃過去之詩觀。但是現代詩觀，排斥這種原始觀念。……現在我們以散文寫自由詩，追求詩素，以訴諸情緒與想像為努力之鵠的，便是有意要詩與音樂分家，各自獨立並循其純粹的本質之道路而發展的。[340]

與闡釋詩質所持定的立場相同，紀弦認為所謂形式、所謂韻律這些過往詩壇所看重之處，對當下的、現代的詩作而言卻只是詩之組成中的次要角色；真正重要而具有關鍵影響力的組成元素，乃是詩素——亦即使「詩之所以為詩的，使詩成其為詩的，所謂『詩中之詩』是也」。[341]換個角度來看，同樣是站在看重內在、輕視外在的觀點，紀弦除了標舉詩素的重要性外，更進一步提出所謂與傳統詩觀判然有異的「現代詩觀」：也就是說，除了必須擁有詩質、詩素等核心要件外，其他像是使用散文為書寫工具、詩之外形變化自由，以及強調情緒與想像等等，亦都可視為紀弦眼中現代詩的必備

---

[340] 紀弦：〈新詩要押韻嗎〉，《紀弦詩論》，頁24。

[341] 紀弦：〈我之詩律〉，《紀弦詩論》，頁8；另，若詳參《紀弦詩論》之敘述，則可知紀弦對於詩素的解說，實止於點出其價值即在於使詩成其為詩而已——換言之，對於此種詩所不可或缺的關鍵因素，紀弦不像在闡述詩質般直接說明其所包含的實質內涵，而只描繪出大概之輪廓；故而，儘管詩質與詩素對詩之為物的貢獻與作用，似乎有重疊一致之處，但因相關資料的不足，實無法進行更加深入的分析與比較。

特色——而之所以要具備上述種種特性，主要目的乃是為了避免受到古典文學中詩須倚賴韻腳等外在音樂性之傳統觀念的干擾，使現代詩能堅定地於重視內在、強調本質的基本綱領上健全發展。

（三）以稚拙寫意為美，美在均衡而統一

　　而在分從音樂性、詩質、詩素等個別角度說明，何謂時間意義上之現代詩作所應具有的特性外，對於美學的相關議題，其實也是紀弦詩論中十分重要的一環；例如，紀弦便曾十分明確地表示，現代詩在美學層面的追求，應要儘量以稚拙之美為努力的方向：

> 現代詩在表現上亦同樣的要求著稚拙美。但這並非在一個初
> 從事於詩之習作的人所能做得到的。他必須通過了表現的確
> 實，然後纔能進一步而到達略帶幾分遊離然卻更能表現的那
> 種境界：那不是「晦澀」，也不是「朦朧」，而是中國畫上
> 一種所謂「意到筆不到」的「寫意」的境界。[342]

但須特別注意的是，紀弦所謂的稚拙，並不等同於原始和粗糙；換言之，稚拙之美的表露，在某些方面來說類似於經過無數次練習後才臻至的反璞歸真式的蛻變——從確實之表現，進入到游離而超然的境界：也就是說，一種意在筆墨之外的寫意境界。另外，除了直接針對現代詩在創作方法上所追求的美學性質進行闡述外，紀弦對於新詩、自由詩之美感特色，亦有其獨到的見解——其中，透過與古代之韻文美學觀點的對比，不難發現與時間範疇上之現代詩作關聯最為密切的，當是所謂的「多樣統一」之概念：

> 韻文的美學以「對稱」為原則；散文的美學以「均衡」為原

---

[342] 紀弦：〈袖珍詩論抄〉，《紀弦詩論》，頁7。

則。韻文是「圖案化」的形式；散文是「繪畫化」的形式。較之固定呆版的韻文詩形，則生動活潑的散文詩形乃格外吻合了美學之「多樣統一律」的，無論是在「肉眼」的視覺方面或「肉耳」的聽覺方面，都是如此。[343]

因為，不論是前述對音樂性的說明，亦或對現代詩觀的分析，都可看出紀弦心目中的現代詩，都應以散文作為表現之工具媒介；進而言之，我們自然可以推論出，除了稚拙寫意以外，由散文工具本身所帶來的多樣統一之均衡美感，亦可視為現代詩在削減其與韻文之關聯後，由容易固定僵化之對稱原則積極轉變而成的，嶄新美學要求——換句話說，不論是外在詩形之排列組合或是文字語言之音響設計，在現代詩的所有新興表現中，亦必然有均衡而統一之美感特色的一席之地：

> 在最嚴格的意味上說來，新詩必須是自由詩。而自由詩，固亦有其形式……一種沒有形式的形式；一種打破了傳統觀念的形式；一種排列得一點也不整齊，使你的眼睛看去一點也不舒服的形式；一種雖不「對稱」但卻有其「均衡」毫不違反美學上「多樣統一」之大原則的形式；……一種創造的新形式，不是因襲的舊形式……新詩之所以「新」，除了其他要素，也新在它的形式的一點上。[344]

若同樣以與韻文對反的角度來審視，則可知現代詩在脫卸了韻腳、格律等嚴謹約束後，對於詩之外顯形式來說，其所面臨的便是一種以沒有固定原則為書寫綱領的創作局面；而在此前提下，紀弦會強烈地以均衡、多樣統一作為現代詩之美感特色，亦是理所當然的選

---

[343] 紀弦：〈論詩的音樂性〉，《紀弦詩論》，頁31。
[344] 紀弦：〈袖珍詩論抄〉，《紀弦詩論》，頁2。

擇：因為，唯有既不受固定限制，又能兼顧每一首詩之獨特有機聯結的均衡與統一，才能確保現代詩在形式之美的呈現上，堅定地走出與傳統韻文截然不同的創新天地。

第二節：《新詩論集》之現代詩界說

由前述討論可知，《紀弦詩論》中關於現代一詞之詩學意義的種種討論，可總結為以下三項重點：首先，現代詩在音樂性方面可說是具有兩種截然不同的樣態：其一，為依靠散文工具所展現的外在音樂性；其二，則是更為重要的內在之音樂性，亦即以現實變貌所呈顯的具有想像特性之情緒波動。再者，不論是詩質或詩素的標舉，都顯示出紀弦心目中對現代詩之內在範疇的重視；此外，使用散文、詩形自由、講究情緒與想像等，都可說是以現代詩觀為探索途徑，所得出之詩所應具備的特殊性質。最後，在創作方法上由具體之寫實到抽象之寫意所流露出的稚拙之美，以及均衡而多樣統一的詩形創新，則可視為紀弦筆下現代詩的基本美學表現——而總的來說，上述所謂現代詩之特色，大都是以時間範疇之當下立即為討論目標，以過往時代所出現的韻文、舊詩與歌謠為比較對象，所得出的思考成果。[345]

而就某些方面來說，紀弦第二本詩學論著：《新詩論集》，其中對於現代與現代詩的主要看法，可視為《紀弦詩論》之部分論點的延伸與發展——例如，此時的紀弦對於現代詩的整全定義亦可說是並未徹底成形；因為，由紀弦對書名「新詩論集」的雙重解讀可知，儘管對於現代詩的思索並未停滯，但紀弦對於新詩之觀念，同

---

[345] 而正因為在《紀弦詩論》中往往僅看重時間範疇中的現代，故而當紀弦在闡述現代一詞所具備之詩學意義時，極易將同樣在時間序列上可作為過往傳統之對照組的新詩與現代詩等量齊觀；換言之，在紀弦第一本詩學論著所建構的「現代詩」，可說尚未具備獨立而整全之面貌。

樣也十分重視：

> 繼由現代詩社出版的「紀弦詩論」之後，這是我的第二個詩
> 論集子了。其中所收長短諸文，多係最近一兩年來發表於各
> 報章雜誌者，也有較早些的東西，應該編入第一個詩論集
> 子，而結果是漏掉了。[346]

另外，或許就如同上述引文所示，正因為有某些就時序來看應該歸
入第一本《紀弦詩論》中的文章，巧合地被收到了第二本《新詩論
集》裡，又或者是此二本詩學論著的創作時間本就相隔極近；故而
《新詩論集》在某些議題、觀點的闡釋與描述上，實與《紀弦詩
論》一脈相承——例如，就現代詩之本體層面來看，紀弦便仍然十
分強調內在與創新之重要性。

（一）現代詩重視內在

　　相較而言，《紀弦詩論》中對於詩之內在層面的重視，具體表
現於紀弦將詩之情緒的內在波動視為真正的音樂性；而在《新詩論
集》裡，紀弦對詩之內在的看重，則落實在其對現代詩之內在意義
的高度推舉：

> ……詩的歷史，……把它分作三個階段：
>
> 　　歌→詩歌→詩
>
> 第一個階段又可以稱之為「歌謠時期」或「詩的原始階
> 段」；第二個階段又可以稱之為「詩歌時期」或「詩的過

---

[346] 紀弦：〈自序〉，《新詩論集》（高雄：大業書店，1956年10月），頁1。

渡階段」；第三個階段又可以稱之為「新詩時期」或「詩
的現代」。……詩在歌謠時期，它的特點是重聲音而輕意
味，……詩在詩歌時期，它的特點是聲音與意味並重，……
詩在新詩時期，它的特點是重意味而輕聲音，……愈是上溯
古代則詩愈以聲音為第一義，愈是到了現代則詩愈以意味為
第一義：這就是詩的從野蠻到文明之進化，從附庸到獨立之
革命。[347]

細而論之，不難發現紀弦將現代詩之內在意義視為詩之整體元素中
最為重要的一部分，乃是立基於古今比較的前提之上；也就是說，
紀弦認為在現代以前的種種詩之歷史階段中，外在具體的各式聲音
元素，對詩來說都擁有十分顯著的影響力——然而，當我們從歌謠
之原始、詩歌之過渡，走入詩之現代範疇時所面臨到的必然轉變之
一，即是越發重視詩中抽象而內在的意義成分。

　　進而言之，紀弦甚至以相當強硬的態度指出，由重視聲音轉為
推舉意義，這不僅代表了世代差異與時間流逝而已，更重要的是，
這種對現代詩之內在意義的著墨，對紀弦而言根本就等同是詩從野
蠻進步到文明的最佳象徵。換個角度來看，在《新詩論集》中除了
將聲音作為比較標的而得出現代詩必須看重內在意義的觀點外，紀
弦也曾以隸屬於視覺藝術範疇的繪畫，作為現代詩具有重視內在層
面之特性的有利證據：

　　……自新興藝術之父塞尚以來，繪畫在後期印象派的影響之
　　下上了正軌，……注重意境的創造，不受對象的拘束，強調
　　個性，一切為了表現，終於到達了今日這蓬蓬勃勃虎虎有生
　　氣的現代化。……現代文學，特別是現代詩，在其精神的覺

---

[347] 紀弦：〈新詩之所以新〉，《新詩論集》，頁3。

醒上，亦與新興繪畫的步調相一致：分工專門，獨立發展，
追求純粹。詩就是詩，詩非歌；……像繪畫一樣，詩是不講
實用的；像攝影一樣，歌是講實用的。[348]

因為，在紀弦心目中塞尚之後的現代繪畫在注重意境、強調個性等
內在層面之發展成果，其實與現代詩之生長軌跡，有著相似的前進
步調；值得注意的是，與現代繪畫重視內在之發展狀態相似的現代
詩，在上述引文中所表現出來的主要特徵，當是立基於內在精神覺
醒之前提，而對純粹狀態的傾力求索——進而言之，對紀弦來說，
具有重視內在之特性的現代詩，則正因為強調純粹的緣故，故而在
設定詩之功能用途的發揮面向時，自然會與功利實用之範疇絕緣，
進而更加專注於藝術成就的純粹表現上。

（二）現代詩講究創新

一般而言，所謂的現代，最直接令人聯想到的，即是在時間範
疇中所具有的當下立即性；而若以此途徑來進行審視，則可發現在
《新詩論集》中，紀弦亦曾藉由對藝術作品之價值性的討論，引出
其筆下的現代一詞，其實也能拿來指稱當前社會、時代之整全精神
面貌的看法：

> 我們認為，一切文學是時代的。唯其是一時代的作品，才會
> 有永久的價值。這就是說，對於詩的社會意義和藝術性，我
> 們同樣重視；而首先要求的，是它的時代精神的表現與昂
> 揚，務必使其成為有特色的現代的詩，而非遠離著今日之社
> 會的古代的詩。[349]

---

[348] 紀弦：〈詩是詩歌是歌我們不說詩歌〉，《新詩論集》，頁11。
[349] 紀弦：〈「現代詩」季刊的宣言〉，《新詩論集》，頁51。

紀弦認為文學作品要想獲得藝術領域中的永恆價值，條件之一就是必須先在社會意義之層面上，充分表現出作者所身處之社會、時代的殊異性——也就是說，詩或文學作品必須先有現代之性質，方有可能追尋其在藝術價值上的永恆不朽；然而，不可忽略的是，紀弦眼中的詩之一物，除了必須具備時間意義上的現代特性，進而在詩之內容層面裡，承載現實社會中所真實發生的時代精神外，還要具有與眾不同的獨特創新表現，方可稱得上是一首真正的詩：

> 一切文學尤其是詩，必須是在產生該作品的時代成其為「現代的」。否則非詩；亦不得歸屬於文學的任何一個族類裏去。凡摩倣前人的，就是不創造的，也就是不文學的……唯其是「現代的」，才有其永久性，唯其是「摩登的」，方得列入古典。……「離騷」之為古典，誰還會否認呢？但在屈原那個時代，這卻是最尖端，最新鮮，最富於創造性的作品。正因為其文約，其辭微，宏博麗雅，不同於代表了前一個時代和北方民族精神的三百篇，而有其新興的「南方之強」的特色和作者個人氣質的表現，到達了超越一切的獨自的風格之完成，……屈原之所以光芒萬丈，成為世界的第一流的大詩人者，主要的還是在於他的作品是獨創的，是在他的那個時代成其為「現在的」。[350]

在上述引文中，紀弦一方面提到，不染他人色彩的創新表現對文學來說的不可或缺性，同時也認為詩、文學等物也都必須在時間意義上具有現代之特質，否則亦無法成為詩、成為文學；故可說，在紀弦之詩學理論體系中，時間意義上的現代，以及獨一無二的創新表現，皆為詩之必備元素。具體來看，若非屈原在其所身處的楚國時

---

[350] 紀弦：〈一切文學是「現代的」〉，《新詩論集》，頁15。

代文化中充分發揮了個人氣質的特殊性，則必定無法使其獨有的風格徹底成形，亦無法在具有了創新之表現後，使其筆下的文學作品具有藝術層面的不朽性，進入古典、經典的殿堂。

進而言之，若結合下列引文之相關內容，則可更直接地看出，其實就紀弦本人而言，所謂的現代與創新，應是得以相互融通的兩種概念：

> 使用新的工具，表現新的內容，創造新的形式：這就是新詩之三新；三新齊備，是謂之現代化。[351]

因為只要是在詩之範疇中，不論是媒介工具、內容意義或外顯形式，其與眾不同之新創成果，皆可視為現代一詞之實質內涵；換句話說，我們可明確了解到，就現代之整全定義來看，不論是時間範疇中的當下性，亦或是詩之各層面的創新表現，都是紀弦詩學理論體系中現代一詞所展現出的不同解釋。換個角度來看，如果說對紀弦而言若無創新則萬萬不可稱其為詩的話，那麼我們也勢必要考慮到，如何才能在創作歷程中，確保創新之特點能夠順利表達、無礙成形的問題；而由下列引文的推論中，則可看出足以與前述紀弦對屈原之敘述，相互呼應的重要觀點：

> 至於自由詩之所以新，是因為不僅每個詩人的形式不同，而且每一首詩的形式亦各有其個性，可一而不可再，創造而不因襲，氣質決定風格，內容決定形式，所以新得合理，新得自然；必如此，方足以言新的表現。[352]

換言之，若從文學創作方法的角度加以分析，則可知紀弦認為，當

---

[351] 紀弦：〈袖珍詩論十四題〉，《新詩論集》，頁40。
[352] 紀弦：〈新詩之所以新〉，《新詩論集》，頁6。

由氣質到風格、內容到形式之創作環節串連成功、開展順利後，便應能獲得詩與文學所必備的創新元素；除此之外，由前述的種種討論更可推知，若能同時兼具現代一詞的雙重定義——時代意義與創新表現，則更可有機會臻至藝術作品之永恆境界，擁有不朽之經典價值。

（三）現代詩中西並蓄

通過前述的討論，我們可以清楚看到《新詩論集》中的紀弦，對於現代一詞之定義，至少可由對內在層面之重視與對創新表現之講究中略窺一二；而除了延續《紀弦詩論》中對於創新與內在之相關看法而另行有所開展外，從創作方法的角度切入，也是對現代的另一種解讀——也就是說，所謂的現代，在詩創作方法之範疇中，即代表了對於過往文學傳統的繼承與學習：

> 我們認為，在詩的技術方面，我們還停留在相當落後十分幼
> 稚的階段，這是毋庸諱言和不可不注意的。唯有向世界詩壇
> 看齊，學習新的表現手法，急起直追，迎頭趕上，才能使我
> 們的所謂新詩到達現代化。[353]

提到向外汲取可用資源，相信大多數人對於紀弦的印象即是所謂的「橫的移植」；當然，不可否認的是，由上述引文看來，紀弦的確明白指出，所謂的詩之現代化，其中一條前進道路，即是向世界詩壇學習、自西方文學傳統中取經——但換個方向來看，紀弦在積極攫取西方現代詩在創作技巧、表現手法等面向上的傑出成果之外，其實也注意到了中國傳統文學裡值得參考與繼承的珍貴寶藏：

---

[353] 紀弦：〈「現代詩」季刊的宣言〉，《新詩論集》，頁51。

詩貴獨創，而個性的表現比一切重要。……我們的詩不是標
語口號，也不是山歌民謠，更不是販賣西洋舊貨來充新的偽
新詩，或用白話寫成的本質上的舊詩詞。我們意識地追求
新。但是標新立異，決不是新詩的新。同時，對於中國詩的
傳統，我們也加以態度審慎的揚棄和繼承。而我們所必須探
討的，乃是新詩之所以為新詩的道理。[354]

但要格外留心的是，紀弦對於中國文學之傳統繼承一事，可說是抱
持著戒慎嚴肅的態度來進行——因為，在時代的洪流裡，奔騰到吾
人眼前的可能是閃爍的珠玉，但更多的則是粗糙而無光的砂泥：例
如，紀弦認為不論離當時稍近的，以舊詩詞為本質、以白話為外形
的特殊作品，還是歷久不衰的口語歌謠，以及其他在中國詩之傳統
範疇裡，與呈顯詩人特殊個性、發展詩作獨到表現之核心宗旨關係
較遠甚至是相互背反的成分，通通需要被剪除與揚棄。

　　更進一步來看，其實以表現個性、追求創新為審查標準，其實
不只是適用於對中國詩之傳統的檢核而已，對於所欲積極攝取的西
洋文學養料來說，也同樣須以此標準來篩選出適合今用的部分；故
而，當可推知，以作者個性之殊異表現與詩作本身之各式創新為前
提，進而充分資取中、西方之文學傳統，亦為紀弦眼中現代一詞所
代表的可能定義。

第三節：《紀弦論現代詩》之現代詩論

　　統括而言，在《新詩論集》中，若以詩之本體作為觀察範圍，
則可知紀弦筆下的「現代」一詞，可謂具備了以下幾項特質：第
一，所謂的現代，可說代表了一種對於詩之內在層次——例如內在

---

[354] 紀弦：〈「新詩」周刊的發刊辭〉，《新詩論集》，頁53。

意義——的強調態度；另，若就古今比較的視角來看，對於現代詩
之內在意義的重視，對紀弦而言亦等同於詩由原始進化到文明的最
佳象徵。換個角度來說，若是改用現代繪畫作為對照之標的，則可
知以內在精神覺醒為前提，以純粹狀態為追求目標，當可說是現代
詩與現代繪畫之重視內在發展狀態的相似表現。

　　第二，紀弦所謂的現代一詞，亦可視為作者所身處之當前社
會、時代的整全精神面貌；然而，除了從社會、時代等範疇之時間
特性來定義現代外，或許詩在各個層面上——例如媒介工具、內容
意義或外顯形式等，所具有的與眾不同之創新表現，更是紀弦心目
中現代一詞所擁有的重要解釋。進而言之，紀弦認為若詩之為物能
同時兼有現代一詞的雙重定義——時代意涵與創新表現，當更有利
於藝術作品之價值邁入經典、永恆的境地。

　　第三，若改以詩之創作方法作為審視的角度，則可知所謂的現
代，應可代表一種積極學習過往文學傳統的創作態度：詳言之，紀
弦認為只要秉持著表現個性、追求創新的創作原則與篩選標準，作
者不論是將西方文學傳統視為借鏡，或是把中國傳統文學當成是足
堪參考的珍貴資產，都有機會完成批判式的繼承——此即為現代詩
在寫作時所應運用之兼容中西、不滯於傳統的創作方法。

　　但須特別注意的是，由於紀弦在《新詩論集》中，大多數時候
仍然是以時間意義之當下立即，作為現代一詞所具有的實質內涵；
故而當紀弦在闡釋相關之詩學觀點時，其實並未嚴格劃分出，關於
現代詩、自由詩與新詩的詳細界限與明確異同——故而上述對於現
代一詞與詩論議題之間的種種研究推論，其實都不能說是純粹針對
現代詩本身所得出的觀察結果。

　　換言之，若我們想要更為精準而扼要地掌握，紀弦詩學理論體
系中，對於現代一詞的明確論點究竟為何，則必定無法對《紀弦論
現代詩》之內容視而不見——因為，此書之重要性即在於，紀弦首
度顯著褪去了新詩、自由詩的色彩，而專以現代詩作為論述、探究

的焦點。

（一）現代詩之本體定義

大體來看，在《紀弦論現代詩》中，關於現代詩之本體層面所應具備的各項特性，或可分從詩之外在形式、內在本質，以及功能用途等三大領域來詳細說明。

1、持續削弱外在音樂性，依詩之本質決定外形

要了解紀弦筆下的現代詩，究竟有何獨特面貌，勢必得先行掌握紀弦對自由詩與新詩的各項看法；因為，就紀弦詩論中所關心的主要對象而言，新詩與自由詩，可說在很長一段時間裡，佔據了相當重要的角色——換言之對紀弦來說，新詩，乃是五四新文學運動以後詩之範疇中的首批實驗結果；而自由詩，則可視為改採重視內在之嶄新態度後，針對新詩之種種形式缺陷而有所修正的改良成品，

> 新詩的再革命之第一個階段，就是轟轟烈烈如火如荼的自由詩運動；……這乃是以打倒形式主義為目的的詩形之革命，以散文取代韻文的文字工具之革新。……而結果，一腳踏熄了「新月派」的死灰之復燃，……於是以均衡代對稱，以繪畫的美代圖案的美，以散文的節奏代韻文的節奏，以訴諸心耳的詩的音樂代訴諸肉耳的歌的音樂，以自然而富於變化的聲調代死板的韻律，由內容來決定形式，而一切置重點於質的決定，革去了格律詩的命的自由詩，遂成為我們這個詩壇的主流和我們這個時代的主潮，直至今日。[355]

---

[355] 紀弦：〈從自由詩的現代化到現代詩的古典化〉，《紀弦論現代詩》（雲林：藍燈出版社，1970年1月），頁28。

用紀弦自己的觀念來看，此種針對新詩——尤其是新月派作品——所提出的形式變革，即為新詩再革命的第一階段；值得注意的是，當自由詩以散文代韻文、以對內在性質的重視取代對外在格律的強調後，紀弦認為新詩再革命之整體進程，並非就此打住，而是需要從自由詩之灘頭堡繼續前進，直到抵達現代詩之堅固營壘後，方可告一段落：

> 至於形式方面，現代詩很像自由詩，乍看似無多大分別。但是自由詩是講求節奏的，可朗誦的；而現代詩則根本否定了文字的音樂性，無論其為韻文或散文的。現代詩甚至於使用符號，外文，以及種種怪特的排列法。但現代詩是自由詩的發展，而不是自由詩的反動。自由詩是從傳統詩過渡到現代詩的橋樑。[356]

然須特別注意的是，儘管在外顯形式方面，自由詩與現代詩確有許多一致性的表現：例如同樣強調心靈層面的情緒音樂性、同樣以均衡美感作為詩藝前進的標竿等，但在紀弦心目中的詩之演進歷程內，現代詩與自由詩仍為截然不同的產物——首先，在形式上儘管兩者皆有因散文工具而來的各種特色，不過對現代詩來說，除了白話散文本為詩之組成中不可或缺的重要環節外，其他像是符號、外國語文等在自由詩中較少看到的新穎元素，均可任意使用在現代詩中；再者，自由詩對於可供朗誦、富含節奏的外在音樂性仍十分看重，但到了現代詩之階段時，詩作文字之音樂性，也不再是詩人該努力追逐的目標；最後，就整體詩形的角度來看，現代詩也不再如過去的自由詩一樣，只能以分行或分段的方式加以排列呈現，反倒是依循著內在之質的需要，而得以天馬行空地創新組構。故可知，

削弱詩對於外在音樂性的倚賴,與進一步強調以詩之本質為形式變化的依據,當可謂紀弦在論述現代詩之外顯形式時,所採取的一貫態度。

2、以現代主義之詩想為本質,以重視個性之創新為精神

相較而言,儘管現代詩與自由詩在外顯形式上有許多鮮明的不同,但就整體的發展脈絡來看,現代詩對於自由詩之形式特徵,仍是有所繼承的;然而,若將觀察的角度轉移至足以決定詩之外形範疇的內在本質與精神層面,則可輕易發現,現代詩所具有之放逐情緒、否定邏輯等性質,相較於自由詩、新詩甚至是傳統範疇中的舊詩、格律詩來說,實為十分不同的嶄新發展:

> 現代詩不等於新詩或自由詩;傳統詩並不等於舊詩或格律詩。新詩與舊詩,自由詩與格律詩,其形式雖然不同,其本質還是一樣,所以兩者都在傳統詩的範圍以內。何以言之?蓋:一切傳統詩都是抒情的,邏輯的;然而現代詩是情緒的放逐,邏輯的否定。[357]

進而言之,紀弦在上段引文中可謂提出了一個與一般常識有所不同的觀點——在大多數人眼中,以文言文為書寫工具的傳統詩作,與使用白話文的新詩,應是截然不同的兩類;然而,紀弦指出雖然在形式工具等層面,所謂的新詩、自由詩,與傳統舊詩、格律詩之差別可謂極為顯著,但是若改從內在本質的角度切入,則不論是以文言文寫成的舊詩、格律詩,或是採用白話的新詩,以及用散文取代韻文的自由詩,其實通通都可歸入傳統之框架而視為同類;因為在紀弦心目中,上述所提及的所有詩類,其內在本質都可說是以抒情

---

[357] 紀弦:〈新現代主義之全貌〉,《紀弦論現代詩》,頁47。

與邏輯為主軸——至於紀弦所謂的現代詩，在本質上卻特別強調對抒情成分的減除，與對邏輯觀念的淡化：

> 新詩的再革命之第二個階段，就是曾經惹起有名的「現代主義論戰」的現代詩運動。現代詩是徹底反傳統的，其野心在於一曠古所未之有的全新的文學之創造；……現代詩的本質是一個「詩想」；傳統詩的本質是一個「詩情」。[358]

更直截來看，紀弦之所以如此鮮明地將現代詩與在其之前所出現的一切詩判然二分，最主要的關鍵便在於對紀弦來說真正的現代詩，乃是新詩在歷經了第二個階段的再革命運動之後，並接受了現代主義之洗禮，最終才蛻變完成的，以「詩想」為其內在本質的詩；而除此以外，其他的一切詩種則皆可視為以「詩情」為本質的傳統詩。進而言之，紀弦之所以認為必須在現代詩之本質內涵中看輕感性之情而高舉理性之思，除了是受到了現代主義的影響外，或許也和紀弦對詩之為物的文類特色設定有關：

> 我們認為抒情派所把握的「詩情」就是採取散文文學的形式也可以表現的，而為現代詩所特別強調的「詩想」則否：深邃、堅實、寧靜、微妙、甘甜。是輻射的而非反射的，是構成的而非說明的，這就有待於理智之高度的運用了。一首詩是一個直覺的世界之捏塑，一個冷靜的頭腦的產品。[359]

---

[358] 紀弦：〈從自由詩的現代化到現代詩的古典化〉，《紀弦論現代詩》，頁29；另，若與前述《紀弦詩論》中所同樣提到的，詩，當以具想像特性之客觀化情緒為其本質的說法相互論證，更可看出同樣討論詩之內涵本質，但從新詩到現代詩，紀弦對於詩中之情的重視程度，呈現出明顯的降低，而對詩之理知成分，則可說是愈發看重。

[359] 紀弦：〈詩情與詩想〉，《紀弦論現代詩》，頁24。另，儘管紀弦在此段引文中直截表示，現代詩之本質即為詩人高度運用理智後所形塑而出的詩想，但他又同時提到，所謂的詩就其整體面貌來看，亦可視為一直覺世界之構成；故而，若更進一步深思，則可知如何才能從理智之詩想本質開拓出隸屬直覺的詩之世界，之間的幽微

換言之，由上述引文之內容我們可以間接推知，紀弦眼中的現代詩之所以要在其本質內涵中降低情感的比重，當是因為紀弦認為此種感性之情並非詩之為物所獨門掌握的珍寶；反過來說，之所以現代詩要以詩想為本質，則是由於相較其他如散文等以線性邏輯結構呈顯出感性情懷的文學作品來說，此種憑藉理性與直覺之雙重作用，並採輻射外放之型態所表現的詩想，對紀弦而言才是詩所專屬的特殊本質。[360]

然而，嚴格來說，以詩想為本質，其實也並非當時中國現代詩的專利；因為在紀弦眼中，只要是具備了濃厚現代主義色彩的現代詩，不分中國或西洋，都可視為以詩想為本質的特殊文類：

> 中國的現代詩與外國的現代詩，有其相同之點，亦有其相異之點：以「詩想」為本質，兩者都是現代主義的詩，此其相同之點；而其相異之點，在民族的性格，文化的精神。[361]

不過，需要特別注意的是，儘管富含現代主義之風采，進而強調詩想之本質地位，但從另一個角度來看，紀弦眼中現代詩的另一重強烈特色，當在於所謂的中國現代詩仍須兼具與西方截然不同的民族特性與文化殊相，否則便無法與西方現代詩明顯區隔，而陷入模擬、仿冒的悲劇結局：

　　繫聯、繁複關係，或許是紀弦詩學理論體系中，需要努力克服的一道重要關卡——但由於紀弦在詩論中對直覺的論述，往往呈現點到為止的狀態，故而對於此項議題，本論文便只能將其暫時擱置，留待日後處理。

[360] 不過，若證諸作品之實際面向來看，如果詩中之情的確也能被其他文類所表現、所發揚，則其所謂現代詩所獨具之「深邃、堅實、寧靜、微妙、甘甜」的理性之思，難道在散文、小說、戲劇等作品中就完全絕跡？故而，筆者認為，與其糾結於感性與理性、情緒與思維，紀弦應將立論之重點，定位於「輻射」與「反射」、「構成」與「說明」的差異，或能更加展現詩之所以為詩的獨特之處，究竟何在！

[361] 紀弦：〈新現代主義之全貌〉，《紀弦論現代詩》，頁50。

我的理論，就是一種革新了的現代主義。可以稱之為新現代主義，後期現代主義，或中國的現代主義。因為它不同於法國的現代主義，亦不同於英美的現代主義。它包含了它們，而又超越了它們。它是國際現代主義之一環，同時是中國民族文化之一部分。[362]

進而言之，在既有現代主義之色彩，且又同時兼具中國民族文化之區域特色的前提下，當可將紀弦對現代詩的種種主張視為所謂的新現代主義之詩學理論；然而，所謂的「新」現代主義詩學理論，究竟與過往的現代主義有何不同？對此，若參考紀弦在其他篇章內所發表的意見，應可推知新、舊現代主義之主要差別，或許即在於紀弦所主張的新現代主義詩論，更加重視詩作的創新之處：

是的，我們是現代主義者。但是過去大陸上的現代派和我們不同：……不只是法國的現代主義，亦不僅是英美的現代主義，我們包容了這些，而又超越了這些──我們追求「獨創」。當然，現代派有其共同的特色……：一種現代精神之直覺的表現，一種方法論的革新，和一種古典主義的「態度」。然而在此基點之上，我們尤其重視「個性」。我們認為個人的氣質比一切更具決定的作用，萬紫千紅人各相異的風格因以形成，而這是很合理很自然的結果。[363]

因為對於新穎獨創之戮力追求，故而紀弦認為其所主張的現代主義詩論，不管是相較於1930年代左右大陸地區由戴望舒等人所領導的

---

[362] 紀弦：〈新現代主義之全貌〉，《紀弦論現代詩》，頁39。
[363] 紀弦：〈抒情主義要不得〉，《紀弦論現代詩》（雲林：藍燈出版社，1970年1月），頁21。

現代派，亦或是與更早期的歐、美各國之現代主義論點相比，都仍有與眾不同之處；換個角度來看，當紀弦在上述引文提到，詩人對於個性之重視、氣質之發揮與風格之形塑，應凌駕於現代精神之表現、方法論之革新，以及追求古典主義般的創作態度等現代詩所具有的共通特點時，其實不啻於再度宣告，以詩人個性之充分發揮為前提的獨創新穎，確實可視為具備新現代主義之性質的現代詩，最為重要的核心特色：

> 到這裡，我們可以綜上所述，歸納起來，指出現代詩所特具的三大精神，那便是……一、革命的精神——反傳統……二、建設的精神——獨創……三、批評的精神——一種學者的風貌。[364]

然而，若要更為深入了解紀弦心目中之現代詩，在精神特質層面的完整面貌，則除了可在上述引文中的革命精神、建設精神之範疇中，清楚看出新穎獨創之重要性外，紀弦也不忘提醒我們，在創新的同時，也要能夠以學者般嚴謹的態度，全面批判、徹底反思；如此方能確保每一首現代詩，在充分檢討既存成果之基礎上，擁有永續前進的動力。

3、看輕情緒之呼喚共鳴，著重內在構想之完成

在充分了解紀弦對於現代詩之外顯形式與內在本質等方面的種種看法後，換個角度來看，若要更進一步把握紀弦眼中之現代詩在本體層面上所具備的整全意涵，則尚可從功能用途之途徑著手，深入探究現代詩所應有的獨特魅力：

---

[364] 紀弦：〈現代詩之精神〉，《紀弦論現代詩》（雲林：藍燈出版社，1970年1月），頁132。

> 現代詩放逐情緒，不僅不許它浮出於詩的表面（浪漫主
> 義），抑且不許它沉澱於詩的底層（象徵主義）。……現代
> 詩，有殊於傳統詩，它根本不以喚起情緒上的共鳴為目的。
> 那是舊美學的功用論，新美學是反功用論的。[365]

與紀弦在現代詩之本質層面上對情感與邏輯之貶低輕視相互呼應的
是，在上述引文中，紀弦直截表明，在詩之表面與底層，情緒所佔
據的比重仍須盡可能降低；而與之相應的是，在論述現代詩所應具
有的功能用途時，紀弦亦不認為現代詩仍須承續自古以來不論是在
象徵主義、浪漫主義之思潮影響下，詩被賦予的與他人情感共鳴相
應之抒情功用，反倒是將現代詩之功能用途，限定在構築詩之內在
想像世界上：

> 傳統詩有實際目的；現代詩無實際目的。如果有目的，那
> 也只是在於一首詩的完成，在其本身之內，而不在其本身
> 之外。以內的構想的世界為真實，以外的感覺的世界為虛
> 幻。[366]

也就是說，對紀弦而言，現代詩不應涉及任何在詩作以外之實際目
的與實用功能；那怕是自古以來屢屢被強調的抒情功用也不例外
——然而，這不代表現代詩就沒有任何的作用與價值，只不過在紀
弦心目中，現代詩功用的發揮舞臺，並非外在的客觀環境，而是詩
所蘊含的想像世界。進而言之，通過以上種種論述，可知在紀弦的
詩學理論體系中，現代詩所應擁有的本體特色，即為兼具由散文工
具而來的種種形式特色、在本質內涵方面抑情尊理，並以完成內在
之構想世界為主要的功能用途。

---

[365] 紀弦：〈新現代主義之全貌〉，《紀弦論現代詩》，頁48。
[366] 紀弦：〈新現代主義之全貌〉，《紀弦論現代詩》，頁49。

（二）現代詩之創作方法

　　總的來看，在詳細分析《紀弦論現代詩》中關於詩之本體的種種論述後，當可知紀弦在詩之外顯形式、內在本質與功能用途等方面，都有相當縝密的定義描述，值得後人留意——首先，在詩之外顯形式中，現代詩一方面可說是具有散文之自由節奏、均衡之外形變化與繪畫之美感特色等，與自由詩相類似的性質；但另一方面卻也持續削弱外在音樂性的影響力，而以詩之本質作為詩形塑造的關鍵。再者，就現代詩之內在本質而言，一方面可說是受到西方現代主義的強烈影響，紀弦在看輕過往詩學觀念中所重視的抒情性格與線性邏輯的前提下，以理智輻射之詩想為現代詩之專屬本質；但另一方面，基於東、西方民族特質與文化氛圍的眾多差異，紀弦又進而提出，須將新穎獨創視為現代詩的主要精神，以符合紀弦心目中對「新現代主義」之堅持。最後，在論及現代詩所該具備的功能用途時，紀弦則是一反過往文學傳統中對於抒情目的之戮力以赴，改而將詩之內在構想世界的充分完成，視為現代詩所應努力的第一要務。

　　然而，除了從詩之本體層面切入外，在《紀弦論現代詩》裡，對於現代詩在方法範疇上所該蘊含的種種性質，亦有值得細究之處——更直接來看，在此書中紀弦對於現代詩之方法層面的建樹，可說以創作方法為主要的探索目標。

1、表現方法之革新，現代主義之實踐

　　因為相較於自由詩是從外在形式的角度改善並取代新詩之存在，紀弦認為現代詩與自由詩的不同，除了展現在前述所提及的詩之本質內涵等特性外，更直接來說，詩之創作方法才是差異更多的關鍵之處：

新詩的再革命是任重而道遠的。如今，放在我們眼前的任務是第二個階段的奮鬥，這就是「現代詩運動」，而以「表現手法的革新」為中心，正如當初「自由詩運動」之以「表現形式的革新」為中心，是一樣的有其綱領，有其體系，亦有其步驟與程序的。[367]

也就是說，對紀弦而言，從新詩、自由詩在到現代詩的轉變歷程中，除了必須在前述已充分談論的詩之外顯形式與內在本質等範疇發生種種改變外，就詩之創作方法、表現策略而言，不但也是必須革新的一環，在某種程度上來說，更是現代詩之一切變革裡的重中之重；進一步來看，正因紀弦如此強調表現手法、創作技術的關鍵意義，故而當紀弦在思考如何才能有效說明現代詩之特殊定義時，也曾以創作方法為觀察斷定的標準：

> 我以為，所謂「新詩」，在今天，應有其廣義與狹義之二義：狹義上的「新詩」，是專指那種表現手法上半新不舊的作品而言，較此為舊的，則稱之為「詩歌」，較此為新的，則稱之為「現代詩」；至於廣義上的「新詩」，便是兼指三者籠統而言的了。我早就有此概念，而這是首次宣布。[368]

換言之對紀弦而言，所謂的現代詩，必須在表現、創作之領域裡，充分表現與眾不同的新意，方能與新詩等過往傳統劃清界線，成就其自身之獨到特色；然而，我們不得不繼續追問的是，現代詩在創作方法上所謂的嶄新創意，究竟代表了何種實質內涵？要解決此一問題，對紀弦來說，最好的答案恐怕仍須從現代主義之廣袤天地中

---

[367] 紀弦：〈對於所謂六原則之批評〉，《紀弦論現代詩》（雲林：藍燈出版社，1970年1月），頁75。
[368] 同前註。

細細找尋，方能得之：

> 凡是基於「現代主義的」詩觀、詩法而從事於詩之研究與創
> 作的，我們便稱之為「現代主義者」；……唯現代主義者所
> 寫的詩為現代詩。現代詩者，是即英文Modernist Poetry一語
> 之意譯也。[369]

由上述引文可知，在所謂的新詩再革命之第二階段裡，紀弦除了因
著推崇現代主義的緣故，將現代詩之本質視為具有理智色彩、輻射
呈現等特性的詩想之外，其實對於詩之創作方法，紀弦同樣十分強
調現代主義的作用。

　　簡言之，以現代主義之神髓作為現代詩本質的重要來源，應
可視為現代詩的表現手法之所以能夠新穎、能夠獨創的關鍵原因
之一。

2、藝術秩序之樹立，物我內外之合一

　　而儘管紀弦在上述引文中，並未對何謂現代主義式的詩創作方
法提出更為詳盡的說明，但若更進一步來觀察，則由下列所引或可
推知，以現代主義之詩想為內在本質的現代詩，其在創作方法上
的獨到創新，至少可在表現之含蓄與想像之飛躍等方面上，具體
展現：

> ……現代詩之所以為現代詩，傳統詩之所以為傳統詩，在其
> 本質上的迥然相異，而不只是一個形式上的問題。正由於現
> 代詩與傳統詩的本質截然有別，兩者的詩觀亦是完全不一樣
> 的，其創作與批評的方法自然也就大不相同了。本質上，一

---

[369] 紀弦：〈袖珍詩論拾題〉，《紀弦論現代詩》，頁198。

切傳統詩都是情緒的抒發，觀念的陳述，和主題的顯露。而
現代詩則是情緒的逃避，觀念的放逐和主題的隱遁。……傳
統詩的想像方式是銜接的，從一點到一點，有其線索；現代
詩的想像方式是飛躍的，從飛躍到飛躍，無迹可尋。[370]

在紀弦眼中，所謂的傳統詩大多有強烈的表現傾向——不論是情感、觀念或主題，皆為作者所欲充分傳達、極力突顯的關鍵所在。然而對紀弦來說，所謂的現代詩，在處理情感、觀念或主題時，卻往往採取了一種雲淡風輕的呈顯技巧，以類似於繪畫中留白的筆法，給予讀者充分的想像空間；但必須特別注意的是，現代詩所運用的想像方式，又與傳統詩作或一般常識裡有跡可循的邏輯推理不同——因為，紀弦認為現代詩之想像型態，當是含有大量省略於其中的跳躍式想像；但換個角度而論，或許傳統詩作中那些慣常被充分表達的主題、觀念或情感，其實在現代詩中並非全盤的消滅與抹除，只是往往被詩人隱匿在詩宇宙中從一顆星球到另一顆星球的有機聯結裡，以及光與光之間深邃而無窮的空白之中。

更直接來看，其實紀弦眼中的現代詩仍有亟欲表達的重要主題；然而，與過往文學傳統不同的是，或許是因為受到了現代主義的強烈影響，故而現代詩之主題並非詩之內容範疇裡顯而易見的、單一個別的感性之情、理性之思，而正是前述所提及的，詩之整體全貌中所凝聚、聯結而成的一種嶄新秩序：

十九世紀的人們，以詩來抒情，而以散文來思想；但是作為

---

[370] 紀弦：〈現代詩之定義〉，《紀弦論現代詩》（雲林：藍燈出版社，1970年1月），頁118。另，可額外注意的是，通過前述對林亨泰之象徵詩論的耙梳探討，當可清楚看出，林亨泰眼中象徵之想像飛躍的特色（〈關於現代派〉，《林亨泰全集七‧文學論述卷4》，頁11），與紀弦於此段引文中所提及之「現代詩的想像方式是飛躍的，從飛躍到飛躍，無迹可尋」的觀點，恰可互相參照；而進一步來看，所謂的飛躍之想像，或可作為交通現代詩論與象徵詩論的有效橋樑之一。

二十世紀現代主義者的我們正好相反：我們以詩來思想，而以散文來抒情。現代詩在本質上是一種「構想」的詩，……在方法論上，相對於傳統詩的主題鮮明，集中表現，則現代詩往往是從主題的發展到主題的消失。換句話說，現代詩從一個主題出發，從發展到發展，從飛躍到飛躍，而當一個作品完成了的時候，其最初的主題早已消失了。……現代詩以主題的消失為目的，而不以主題的展示為目的。現代詩的世界不是一個事實的世界，而是一個秩序的世界。一全新的秩序之構成，是即現代詩的主題之所在了。[371]

有趣的是，儘管紀弦將現代詩之本質視為構思，但在落實到以具體創作方法表達此種知性之思時，卻不是以傳統的集中呈現手法來強調思想之鮮明；也就是說，表面上看來，現代詩似乎並無集中顯著的表層主題，但透過情思之隱遁、想像之飛躍等手法的運用，現代詩於其內部深層之處，反倒是以具有獨特新意的秩序世界，作為全詩真正的核心主題。

然則，欲使詩中之秩序世界煥然一新，其實並非一件容易的事情——因為這其中的過程，實為一種心、物之間錯綜複雜的交互作用：

現代詩否定邏輯，而代之以秩序。其秩序之確立，乃是出發自高級心靈生活之體驗與觀照而又恆受詩人絕對自由意志之支配。這是一個空前無兩的大發明：一直覺之明滅，一頓悟之啟閉，神奇而又真實，一未有的境界之構成。錯綜時空，合一物我，變動萬有之位置，交換一切之價值，或為整數之分裂，或為碎片之重組，重組了又分裂，分裂了又重組，而

---

[371] 紀弦：〈從自由詩的現代化到現代詩的古典化〉，《紀弦論現代詩》，頁29。

止於詩的至善。[372]

根據紀弦自述，現代詩中新穎秩序之確立，實為詩人主觀心靈與外在客觀現實之互動成品；其中，不論是直覺之引領、頓悟之發想，亦或是境界之塑造，其實都與內在意識對外在現實之調度、客觀存在對於主體自我之刺激脫不了關係——更具體來看，必須等到物我、主客、內外等等相互對立又互相作用之複雜元素徹底合一後，詩之至善，亦即新穎獨特之秩序世界，方有成功樹立的機會。

3、客觀現實之化用，時代美感之塑造

由於現代詩之關鍵核心實為物我合一後的嶄新秩序，故而在紀弦眼中的現代詩創作方法範疇內，對於如何應對具體客觀之外在現實，亦有值得持續探討與不斷深究之處——首先，我們必須警覺到的一點是，就紀弦而言，當所謂的現代詩人在面對各式自然或文明景象時，其所採取的態度應是與傳統詩人判然有異的：

> 傳統詩的創作衝動，基於刺激反應公式，即景生情，是被動的傳達；現代詩的創造意欲，有如恆星之輻射光熱，我思我在，是主動的表現。[373]

也就是說，雖然我們未必完全同意紀弦在上述引文中對於現代詩之創作方法的解讀——因為，就實際創作經驗而言，不論時代之古今，紀弦所謂的主動表現與被動傳達，其實皆為作者提筆書寫時，所可能發生的具體狀況；然而，我們可以確認的是，以積極之姿態主動出擊，可謂紀弦眼中現代詩人最為理想的創作態度——不論是將一張張由主體自我之創造意欲所編織而成的構思之網，灑向客觀

---

[372] 紀弦：〈新現代主義之全貌〉，《紀弦論現代詩》，頁48。
[373] 紀弦：〈新現代主義之全貌〉，《紀弦論現代詩》，頁48。

外在之廣袤海洋，進而資取適合創作的重要材料；亦或是透過詩人獨特的主觀途徑，將舊有之現實點化成具有時代美感的創新元素：

> 今天，我們的社會正處於一個從農業時代進步到工業時代的
> 過渡期。……當你戀戀不捨如此惆悵地回顧田園詩的農業社
> 會那寧靜又優美的情調而感到乎乎如有所失鬱鬱不得意時，
> 機器就會把你吃掉，噪音就會把你殺死。你應該面對那些醜
> 惡的機器，傾聽那些令人毛骨悚然尖銳而悽厲的噪音，去接
> 受它們的考驗。……你應該有一種高度的智慧去發見機器的
> 美，一種醜惡的美；你應該有一種卓越的能力去組織噪音，
> 並即以噪音寫詩。……那些不悅目的形象和不悅耳的音響，
> 正是你所取之不盡用之不竭的現代詩的泉源，……如此，你
> 的詩庶幾不至於成為古人的意境之現代版，而有這時代的精
> 神之呼吸與閃爍了。[374]

由上述引文當可推知，紀弦認為現代詩寫作的關鍵之一，或許便是詩人該對自身所處的現實環境給予正確的回應——例如，當時光之軸早已轉至工業文明所籠罩的領域時，作為一名詩人當然還是可以書寫田園山水、農村風光，但紀弦認為對於創作者來說，更該把主要的精力投注在眼前所面對的社會實況上，並以敏銳善感的心靈，積極發現當下一切因工業、科技帶來的劇烈變化、奇異物象與特殊聲響中，所蘊藏之前人所從未觸及過的嶄新美感；於是，原本醜陋、吵鬧、冰冷、雜亂的各種現實之惡、可感資源，便能在作者心靈之巧妙化用下，蛻變為既具有時代印記，又富含新穎美感的詩之素材：

---

[374] 紀弦：〈工業社會的詩〉，《紀弦論現代詩》，頁191。

個別的噪音，個別的非協和音，個別的非節奏的文字，是刺耳的，難聽的，每給人以不快之感；但是現代詩人（嚴格地說：現代主義者）運用其高度的技巧，特殊的手法，把一群的噪音，一群的非協和音，一群的非節奏的文字組織起來，賦予生命，使產生一種全新的「詩的效果」，牠們就是美的了……這種美，不是音響的美，乃是一種「秩序化」了的美。[375]

詳言之，所謂由工業科技文明之社會現實轉化而來的各式詩之素材，其最主要的一任務便是在詩人創作心靈的統整之下，以語言文字為媒介，並透過寫作技巧的輔助，進一步形塑出具備有機秩序的全新美感；而此處所謂的嶄新美感，其實也就是前述提及的，常被作為現代詩之表現主題的秩序化之世界。但須特別注意的是，當詩人從現實題材中化生出足以作為詩之關鍵核心的秩序性美感後，其實並非等同於現代詩創作的終極目標已大功告成──因為，使美感凝聚之後，對紀弦來說該進一步加強的是，如何才能成功無礙地透過此種物我合一後的特殊秩序，以一表萬、藉簡呈繁：

> 現代詩以「心靈」為現實中之現實，復與天地間萬事萬物相默契。批判的，內省的，現代詩重知性，避直陳與盡述，而其使用隱喻，實具有重大之作用。一反浪漫主義及其以前的詩之表現一個完整的或統一的觀念，它只表現一個情調，一個心象，一個直覺，或一個夢幻。它否定了邏輯，從而構成一全新的秩序。以部分暗示全體，以有限象徵無窮。[376]

---

[375] 紀弦：〈袖珍詩論拾題〉，《紀弦論現代詩》，頁195。另，由這兩段引文可知，儘管紀弦在討論詩之功用時曾提過「以內的構想的世界為真實，以外的感覺的世界為虛幻」（〈新現代主義之全貌〉，《紀弦論現代詩》，頁49），但紀弦對於客觀外在之具體現實，在詩之創作上的重要與必須，仍可說是抱持著相當堅持而肯定的態度。

[376] 紀弦：〈現代詩的特色〉，《紀弦論現代詩》，頁16。

換句話說，當詩人心靈與具體現實交相互動，並臻於物我合一之狀態後，除了要將原本紛雜萬端的各式客觀題材凝聚成一具備嶄新美感的有機秩序世界外，更須考慮如何才能順利憑藉詩中之美感、心象等有限元素，進而達到暗示全體、象徵無窮的終極目標。

　　不過，雖然紀弦在上述引文中十分肯定地提到，現代詩在構成秩序與象徵無窮的過程中，應盡力採取與表現完整、遵循邏輯等相反之方式來進行創作，但就實際創作經驗來看，一旦詩人成功凝聚出所謂的全新秩序，其中也就必定具備了由作者所設定之全新邏輯；故而與其強調否定，不如以創造一己之嶄新邏輯作為更加合乎常情的號召。再者，儘管紀弦認為應反對往昔崇尚完整之表現手法，但就其所謂的暗示全體、象徵無窮等言論來看，其實紀弦也十分看重表現之完整；只不過紀弦心中理想的表現，乃是運用部分、憑藉有限所開展出的象徵式傳達，而其所強調的完整，則當指由詩中各式形象、文辭所輻射出的言外之意。

4、古典永恆之嚮往，自我獨創之追求

　　綜前所述，由《紀弦論現代詩》可知，現代詩最重要的特點，即為詩之創作方法上的變革更新：簡言之，不論是以現代主義之內涵，作為詩創作歷程的總體綱領，抑或是藉助內在自我與外在事物之相融合一，以達到嶄新藝術秩序的樹立，又或是依憑主體心靈對客觀現實的調度點化，塑造出具有時代精神的獨特美感，都可視為現代詩在創作方法上所開拓出的全新局面；然而，若以詩之創作的整體歷程來看，紀弦對於詩創作方法的要求，並非就此停止──因為，除了經歷第二階段的種種轉化之外，尚須經過新詩再革命之第三階段的修正，將自身的價值提升至經典永恆之境界後，現代詩在創作方法範疇中的種種變革，才可說是告一段落：

> 新詩的再革命之第三個階段，就是現代詩的古典化。從自由
> 詩的現代化到現代詩的古典化，這將使我們自由中國詩壇進
> 入一個成熟的和豐收的季節，……所謂自由詩的現代化，這
> 「現代化」三字，就是現代主義化的意思。但是現代詩的古
> 典化，這「古典化」一詞，卻並非古典主義化之謂。所謂
> 現代詩的古典化，就是說，我們所寫的現代詩，應該成為
> 「古典」。……我們必須使我們的現代詩，成為「永久的東
> 西」，而不可止於是一種流行而已。[377]

如果說現代主義之內涵，是現代詩之創作過程開展時所必須依循的
最高指導方針，那麼對於永恆境界之嚮往、經典價值之趨近，亦即
上述引文所提及的古典化之完成，則可視為紀弦詩創作方法論中，
最後且最高的要求──必須留心的是，此處所謂的古典化，其實質
意義並非指向西方文學理論中所說的古典主義，更不是盲目的復古
與模擬；就另一個角度來看，當紀弦強調現代詩之價值與境界應儘
量朝向永恆與經典之座標靠攏時，其實也正代表了，對於新穎獨創
的高度肯定：

> 所謂「古典化」，……是說：應使我們的現代詩成為「古
> 典」，即所謂「永恆的東西」，……但凡有才能者，皆不可
> 不效法屈原、但丁之「獨創」的精神，以作品之價值換取文
> 學史上永久的存在。[378]

儘管前述所申論過的各式詩創作方法是否能順利達成，當然也會影
響現代詩整體之價值與境界的高低，但另一項毋庸置疑的觀點是，

---

[377] 紀弦：〈從自由詩的現代化到現代詩的古典化〉，《紀弦論現代詩》，頁32。
[378] 紀弦：〈關於古典化運動之展開〉，《紀弦論現代詩》（雲林：藍燈出版社，1970年1月），頁34。

一首真能進入文學史上古典之堂奧的現代詩，一位真能鮮活存在歷代讀者心目中的不朽詩人，一定都具備了強烈而令人無法忽視的創新表現；進而言之，由紀弦在討論詩之價值地位時對創新的極度重視可間接推知，主體自我之個性、精神的把握與發揮，實為紀弦詩學理論中十分重要的一項顯著特色：

> 而在以「我」為宇宙中心的一點上，現代詩與新興繪畫之基本態度是一致的。所謂藝術家，……即創造了藝術品的世界之上帝。新興繪畫堅持表現上的自由，反傳統，反因襲，強調個性，追求純粹，肯定藝術的尊嚴性與獨立性。現代詩亦然。[379]

例如，由上述紀弦將「我」之重要性上升到宇宙之中心，並將其視為現代詩與新興繪畫之共同交集的看法，便可得知紀弦對於自我之強調實已臻於極致；而若更進一步來看，其實不只是詩與畫之創作開展時須極度重視自我，對紀弦而言，只要是表現活動之一環，便都有自我之成分貫串其中：

> ……出發點之我──通過對象──到達點之我

> 所謂表現，便是「從我到我」：……出發點之我決定到達點之我。[380]

儘管上述引文收錄於《新詩論集》，但也恰可間接證明出，正因為紀弦將「從我到我」視為表現所不可或缺的重要性質，才會在其詩論著作中反覆提及，並在思考現代詩之價值核心時，將新穎獨創之

---

[379] 紀弦：〈現代詩的特色〉，《紀弦論現代詩》，頁15。
[380] 紀弦：〈表現論〉，《新詩論集》，頁22。

特色，定位為現代詩在邁入永恆、經典之境界前，所必然具備的先決條件。

第四節：紀弦現代詩論之內涵總說

通過前述以書籍為單位、以時間為區段的細密觀察與闡發後，我們當可明確得知，在紀弦整體的詩論世界中，散發出濃厚現代氣息的詩學觀點，實為紀弦詩學理論中不可忽視的瑰寶。

進一步來看，若能以現代詩之創作方法與本體性質等兩大主軸，貫串紀弦詩學理論中與作為詩學概念之一環的現代緊密相關之各式論述，當能更進一步清楚描繪紀弦現代詩論之整全面貌。

（一）以創新、美感與永恆為現代詩創作方法之關鍵

由於《紀弦論現代詩》可說是純以現代詩為關懷重點之詩學論著，故而若以該書內容作為統整紀弦對現代與現代詩所作出之全盤論述的切入點，應可收到提綱挈領之效。

首先，若從詩創作方法之角度定義現代詩，則可知在《紀弦論現代詩》裡，當紀弦以學術思想之特定主義為探討現代一詞之切入點時，其眼中所看到的現代詩，便應具備強烈的現代主義特色，並以表現之含蓄、想像之飛躍等創新舉止，作為與新詩、自由詩等傳統詩的重要區隔；具體來看，紀弦認為現代詩人創作時，應先儘量積極面對現實環境，並藉物我合一之途徑，從中發掘出富有秩序性、時代性的嶄新美感——值得注意的是，此種秩序化的美感，不僅是現代詩常見的表達主題，更可以此往外輻射出無窮無境的象徵意義；而在化用具體現實、物我主客合一與塑造美感秩序之後，紀弦更進一步提出，所謂的現代詩應以既有自我獨創特色，又能永恆不朽的古典境界，為最高之追求目標。

進一步來看，同樣是探討詩之創作方法的問題，在《新詩論

集》中，紀弦除了提出，所謂的現代詩若能同時兼具時代意涵與創新表現——亦即紀弦在此書中對現代一詞所做出的兩重解釋，當更有機會使詩之藝術價值邁入永恆而經典的殿堂外，更直接論及現代詩人不論所面對的是中國或西洋之文學傳統，都該抱持著積極而中立的學習態度，批判式地繼承一切有利於創作的珍貴資產。

　　而在《紀弦詩論》中，對於現代詩之創作方法的探討，一方面落實在詩人應堅守現代詩觀之立場，並充分運用散文工具、自由創造詩形，以及看重想像與作為詩質的客觀化之嶄新情緒；另一方面則是提出，詩人創作時應精準把握由確實之表現進階到抽象寫意時所呈顯出的稚拙之美，以及努力創造均衡而多樣統一的獨特詩形，等現代詩所應具備的基本美學要素。

　　故此，由上述紀弦三本詩學論著中關於現代詩創作方法要點的彙整，可知創新——不論是落實到均衡而統一的詩形、富含主體個性的諸般表現，或是詩中主題之含蓄隱遁與打破一般邏輯聯結慣性的飛躍式想像等具體要求，當可視為貫串紀弦之現代詩創作方法論的根本要素；除此之外，從紀弦認為現代詩應具備秩序性、時代性的嶄新美感，以及現代詩應專注於從具實表現中所提煉出的抽象層次之寫意美感等看法，則可推知對於紀弦之現代詩創作方法論來說，美感的追求，亦為當中十分重要的一環；最後，不論是提出詩人應平等兼蓄中、西、古、今之截然有異卻又有利於現代詩創作的各式文學傳統，或者主張該廣泛包容從客觀現實出發的時代特性以及詩人主體所先天自具的氣質個性，都可看出永恆而經典的藝術境界，在紀弦之現代詩創作方法論中的重要地位。

（二）以理智詩想、憑內定外與新穎獨創為現代詩之本體特性

　　換個角度來看，若針對現代詩之本體性質進行觀察，則可知在《紀弦論現代詩》裡，奠基於散文之自由節奏、均衡之詩形變化以

及非圖案式的繪畫美感等自由詩之既有成果上，進而將決定詩之外顯詩形的影響力從外在之音樂性移轉到內在之詩本質，可說是紀弦眼中現代詩在外形層次所應具備的重要特色。而因看輕傳統詩學中所十分強調的感性之情、直接傾訴等核心概念，紀弦眼中的現代詩之內在本質，當為詩人心靈之理智成分高度運用後，以輻射外放之狀態所呈現的直覺世界、冷靜詩想；而本質上具有濃厚新現代主義色彩之現代詩，其主要的精神趨向，則可視為以詩人氣質、個性之徹底發揮為前提的，新穎與獨創。至於在現代詩所應具備的功能用途上，紀弦則是點出詩之內在構想世界塑造的重要性，應大過傳統文學所要求的與讀者情感共鳴相應之抒情目的。

另外，在《新詩論集》裡，除了從紀弦對於現代詩意義之重視、對精神之覺醒，以及對純粹狀態之追求等論點中，可看出詩之內在層面對於現代詩之本體論來說所佔據的核心地位外，具有作者所身處之時代、社會的整全面貌，以及在媒介工具、內容意義或外顯形式等領域中的各式創新表現，亦為紀弦在此書中所格外強調的，現代詩之本體所應蘊含的特殊性質。

至於，從《紀弦詩論》中的相關敘述可知，不論是把憑藉現實之變貌所呈現出的具備大量想像特性之情緒波動——亦即紀弦筆下的內在音樂性，看得比由散文書寫工具而來的外在音樂性更為重要，或是將詩質的實際內涵視為客觀化的嶄新情緒，以及將詩中之詩——亦即詩素——視為詩之成立所不可或缺的關鍵要素，都可說是紀弦重視現代詩之內在層面的最佳證明。

於是，由上述紀弦對現代詩之本體特色所做出的各項說法中，可知不管是在紀弦詩學論述的哪一階段，對於詩本體之內在層次的看重，一直是紀弦之現代詩本體論的開展焦點——儘管，從《紀弦詩論》的初創到《紀弦論現代詩》完成，可看出紀弦對於現代詩內在本質的認定，發生了從客觀化之嶄新情緒到主要因理智而生之冷靜詩想的劇烈轉變。

再者，除了看重內在、以內定外等相關論述，從三本詩學論著中所歸納出的紀弦現代詩本體論之另一重要交集，則是皆十分強調既有詩人鮮明之個體特色，又同時具備時代社會之現實特徵的，各種新穎與獨創——不論是表現在詩之文字工具、外顯詩形或內容意義上。

（三）以詩之內容、形式、功用與創作方法之新為紀弦現代詩論關鍵

進而言之，若統合紀弦對詩與現代概念之間所作出的紛繁論述，當可知不論是以時間途徑切入或是以文學思潮為觀察點，所謂的「新」之一字，應毋庸置疑地可視為紀弦筆下現代一詞所具備之最為重要的詩學意義，並具體貫串了其詩學理論中關於本體內涵與方法特性的各式探討。

但相較於紀弦在其象徵詩論中所強調的，由顯至隱、從實到虛之象徵關係，在詩之組成、功用、創作、閱讀與批評等環節上的廣泛應用，可知在紀弦之現代詩論裡，其所著重闡發的新穎獨創之精神，則是以詩之內容、形式、功用與創作方法，為其主要應用的場域。

（四）紀弦之象徵詩論與現代詩論比較

換個角度來看，若實際比較紀弦詩論中與象徵、現代等詩學概念相關的種種討論，則可知紀弦在詩學理論上的開拓成果，其實遍及了詩之本體層面（包含內容精神、外顯形式、組成結構與功能用途）以及方法範疇（像是創作方法、閱讀途徑和批評原則）等各式重要焦點；而其中，所謂的詩之功能用途與創作方法，則是紀弦與象徵、現代相關之詩學論述中的共同交集。

然而，由於在論述數量上的明顯差異，當可知不論是以象徵或現代為思辨重心，如何寫出一首詩、怎樣能讓詩之完成更加順暢無

礙且獲得最終的經典價值，這種種與詩創作方法論有關的大哉問，應可說是作為詩論家之紀弦，最為關注的核心命題。

此外，若由紀弦詩學論著之實際呈現情形來看，可知與象徵相關的詩論文章，在紀弦的三本詩論作品中分布較為平均，進一步來說，這也間接說明了，象徵，在紀弦的詩學國度裡，始終保持了相當重要而關鍵的地位；相對來說，由最早的《紀弦詩論》中仍有許多針對新詩而發之詩學觀點，到了最後一本詩學論著則不管是在書名上或內容上都以「現代詩」為關注焦點的明顯轉向來看，與現代有關的詩學觀點，則是時間越晚、越發成熟，呈現出歷時性的漸進演變。

第柒章、覃子豪之詩學理論與現代

　　具體來看，覃子豪詩學理論中與現代之詩學概念緊密相關的核心論述，可說是以《論現代詩》與《未名集》為代表；至於《詩的解剖》，則可視為與現代觀念有關之詩學觀點的先聲和伏流。

　　進一步來看，現代詩之組成內容與創作方法，則是覃子豪所關注的焦點所在──其中，就前者而言，不論是純粹而精密的情理、由意象延伸出的群組體系、創新夢幻的美感，或是源自現實生活的感受，當可視為覃子豪現代詩之組成內容論的根本重心；至於對新穎獨創之多元闡發、對內外情理等不同面向的均衡並重，以及對詩之形式與內容在精鍊、深刻等特點上的具體要求，則是覃子豪現代詩之創作方法論的主要特色。

　　除此之外，若兼及詩之功能用途論與詩之閱讀方法、批評方法等接受範疇之詩論內容來看，則可進一步推知，所謂的創新、意象與情理，可說是覃子豪現代詩論中，在詩之本體與方法等兩大領域內，所共同重視的關鍵交集。

第一節：覃子豪現代詩論之生成軌跡

　　若想對覃子豪筆下與現代之詩學概念緊密相關的種種看法，做出整全而深入的討論，勢須先對覃子豪的詩學論著，進行通盤的了解；不過，在我們直探覃子豪詩學理論中與現代相關的各式重要聯繫前，需要特別注意的是，在覃子豪將其關注焦點轉向現代詩之

前，抒情詩與新詩，方為覃氏詩論整體建構歷程之起點。

（一）以抒情新詩與詩之表現為詩論起點

也就是說，儘管就《覃子豪全集》來看，在其開闢出來的四塊詩學園地中，雖然《詩創作論》具有發端首唱之領頭地位，但對本章所肩負的特殊任務來說，卻可暫時略過不談——因為，就其實質成果來看，除了寥寥兩章外，多與其他論著之內容極為相似：

> 「詩創作論」係詩人擔任中華文藝函授學校詩歌班主任時為該班所編之講義。內容原有「詩的表現方法」、「抒情詩及創作方法」……除前兩章外，其他各章或與「詩的解剖」、「論現代詩」及「未名集」所收各文內容重複；或係詩選，非本人創作；故均從略。[381]

而換個角度來看，或許這也代表了，當民國42年10月覃子豪獲聘為「中華文藝函授學校」之詩歌班主任後，[382]其對「詩創作論」的種種思索，應可視為日後詩學思想發展的主軸總綱，故而才會以極高的比例，再次出現於《詩的解剖》、《論現代詩》與《未名集》中。但是，除了內容重複等原因外，之所以在統整覃子豪與現代相關之總體詩學觀點時，選擇暫時擱置《詩創作論》的另一項緣由，當在於從〈抒情詩及創作方法〉與〈詩的表現方法〉這兩篇僅存的內容來看，此時的覃子豪尚未開始關注現代詩之內外特性——例如，前者主要討論的對象，是當時所謂「自由中國的新詩」：

---

[381] 覃子豪：《覃子豪全集 II・詩創作論》（臺北：覃子豪全集出版委員會，1968年詩人節初版），頁2。

[382] 覃子豪：《覃子豪全集 III・詩人年表》（臺北：覃子豪全集出版委員會，1968年詩人節初版），頁401。

自由中國的新詩，最近幾年來，有普遍的發展，在量上有很大的收穫，在四十二年的一年中，出版的詩集，有十餘種。……自由中國的抒情詩，其發展的情形，大約可分為四個趨向……第一種：是以現實生活作為詩的內容……，其表現方法，攝取了象徵主義的長處，富形象和意境。……第二個：是模仿西洋的近代詩，如意象派和表現派，內容近於囈語和纖細的感覺，表現方法極端歐化，……第三個：祇重於時代意識，不重視藝術的價值，其表現方式，為陳腔濫調的總匯，標語口號的彙集，缺乏形象和意境，……第四個：是形式整齊，音調鏗鏘，……實際上是言之無物，情意陳腐，跡近抄襲前人作品的內容，詞句無新的創造，……這樣的作品，是假的詩，……這四個趨向，第一比較正確，第二第三都有偏向，……第四個將會走入形式主義的泥沼，……中國的抒情詩，要發展第一個趨向，才能使抒情詩走向正確的道路。[383]

更直接來看，在新詩之總體框架下，覃子豪真正投以熱情思考的，其實僅在於抒情詩而已；換言之，儘管覃子豪以相當高瞻遠矚的眼光，替我們釐清抒情詩所應努力發展的方向，既非內容貧乏而表現方法極端歐化的西洋近代詩仿作，也不是內容上只重現實而欠缺藝術價值的陳腔濫調，更不會是徒有外在形式而內容近似抄襲的偽詩──但是，覃氏所指出的，既以現實為內容又以形象與意境為表現重點之正確道路，乃是針對具抒情性之新詩作品所提出的建議。

相對而言，覃子豪在〈詩的表現方法〉中，則是改採全觀概覽的態度，對詩之為物的一般性問題，深刻思索：

---

[383] 覃子豪：《覃子豪全集Ⅱ・詩創作論》，頁5。

> 詩的表現方法和詩的作法，略有不同的意義；……表現更接
> 近於藝術的創造，所謂形象的表現，意境的表現；而作法似
> 乎較為狹義，只求其句子的構造和形式的完成。我之所以強
> 調「表現」二字，是因目前有許多詩是情意的說明，而不是
> 思想情感的表現；是直接的說明，而不是富有含蓄和暗示的
> 表現。「說明」，是散文的本質，不是詩的本質；只有「表
> 現」，才能把握詩的抒情的本質。[384]

也就是說，除了特別注重抒情新詩之外，對於具有普遍性意義的詩
學議題——例如詩之表現方法，覃子豪亦多有著墨。然而，當我們
充分了解在覃子豪心目中，所謂的詩之表現方法應儘量突顯詩之本
質，亦即憑藉含蓄與暗示的間接途徑，使詩之思想和情感，得以徹
底呈顯後，其實僅能看出詩與散文在文類本質上之最大差異，或許
即在於表現與說明之不同；然而，上述關於詩之普遍特性的描述，
對於所謂的現代詩來說是否同樣適用，卻仍無法立下斷語，而須憑
藉更多的理論文本，方能看出覃子豪心中對於詩與現代之詳細關
聯，到底有著怎樣獨特的設定。

（二）以中國現代詩為詩學理論建構重心

然而，由詩人來臺後所出版的第一本詩論專著——《詩的解
剖》之相關引文來看，[385]可知覃子豪對於抒情新詩的強烈關注，
自民國四十五年起大量批改中華文藝函授學校詩歌班之學生習作
後，[386]似乎產生了些微的改變：

---

[384] 覃子豪：《覃子豪全集 II·詩創作論》，頁18。
[385] 覃子豪：《覃子豪全集 II·詩的解剖》（臺北：覃子豪全集出版委員會，1968年詩人節初版），頁64。
[386] 同前註。

自象徵主義產生後，詩的確到達了一個新的境界。……象徵
　　主義所慣用的手法，為象徵、比喻、暗示、聯想。二十世紀
　　之初，產生了許多新興的詩派，有不少詩派不過是本著象
　　徵、比喻、暗示、聯想這四個原則，而加以新的變化。所
　　以，我的批改，只要本著這四個原則，加以靈活的運用，學
　　生就可以獲得新的啟示。……初學者不必急急地去尋求創作
　　的法則，只要把握扼要精到的創作的基本方法，便可以另闢
　　蹊徑，自創一個詩的世界。……方法，來自象徵主義，但不
　　是完全的象徵派，這法則幾乎為現代詩中所共用的。[387]

　　簡言之，《詩的解剖》可以說是覃子豪由專注新詩到轉向詩與現代
之間相互關聯的重要轉捩點。也就是說，儘管上述引文之主要內容
在於，覃子豪提出所謂的詩之境界，因著象徵主義的昂揚，而亦有
所提升，故而象徵主義者所慣用的各式創作手法，亦值得後人多加
關注；於是，覃子豪高舉象徵、比喻、暗示與聯想等四面旗幟，並
深信依此原則，不但可有效批改學生之練習詩作，更能讓有志朝聖
詩國的愛好者，依循此四項指標所引領出的康莊大道持續前進，直
到開創出屬於自己的詩之世界——但不可忽視的是，當覃氏作出如
此積極而明確的宣告時，其所立足之基點，已非過往所強調的具有
濃厚抒情韻味的新詩，而是二十世紀以降的現代詩。

　　當然，若僅由單一引文所述，實難得出更為整全而有力之判
斷；但隨著民國四十九年直接以現代詩為名的《論現代詩》由藍星
詩刊社出版，[388]以及寫於對日抗戰至民國五十一年間原未結集出版
之《未名集》內的種種敘述，[389]我們可以更為肯定地說，就覃子豪

---

[387] 覃子豪：〈自序〉，《覃子豪全集Ⅱ・詩的解剖》（臺北：覃子豪全集出版委員
　　會，1968年詩人節初版），頁66。
[388] 覃子豪：《覃子豪全集Ⅱ・論現代詩》（臺北：覃子豪全集出版委員會，1968年詩人
　　節初版），頁210。
[389] 覃子豪：《覃子豪全集Ⅱ・未名集》（臺北：覃子豪全集出版委員會，1968年詩人節

而言，對於現代詩之深研與遍索應非突如其來靈光乍現，而可說是個人詩學體系中，具代表性地位之主要課題——尤其是，從民國五十一年由藍星詩社所出版的生前最後一本詩集之序言來看，[390]現代詩，確為覃子豪所牽掛於懷的焦點所在：

> 現代詩所強調的是獨創性，在風格上是個性化了的。可是目前中國的現代詩，由於互相影響，互相摹倣的結果，反而消滅了風格上的個性。中國的現代詩到了「標準化」，彼此分不出面貌來的時候，就要日趨沒落了。[391]

因為當覃子豪反覆於《畫廊》序中強調獨創與個性，對於詩之創作來說可謂具有十分強烈的必要性時，其所凝視的場域早已不是所謂的新詩或抒情詩，而是其心目中的中國現代詩。故而我們可以明確得知，儘管抒情氣息濃厚之新詩，是覃子豪詩學理論的探索起點，但以《詩的解剖》為前導、以《論現代詩》與《未名集》之相關敘述為大本營的現代詩論，則是覃子豪詩論架構中，極具研究價值的重點領域。

第二節：《詩的解剖》之現代詩論

　　總體來看，在《詩的解剖》中除了其序言曾明確提及要以現代詩之通用法則作為批改學員習作之標準外，[392]覃子豪絕少於書中內容裡正面處理與現代概念緊密相關的各式詩論；然而，既然此書

初版），頁426。

[390] 覃子豪：《覃子豪全集Ⅰ・畫廊》（臺北：覃子豪全集出版委員會，1965年詩人節初版），頁258。

[391] 覃子豪：〈自序〉，《覃子豪全集Ⅰ・畫廊》（臺北：覃子豪全集出版委員會，1965年詩人節初版），頁260。

[392] 覃子豪：〈自序〉，《覃子豪全集Ⅱ・詩的解剖》，頁66。。

之宗旨是希望有志寫詩的後起之秀，憑藉廿世紀以降西方詩壇所流行的種種現代詩學觀念，突破其對詩之創作的種種盲點，故而在覃氏行文中不斷強調的幾項關鍵議題——如創新、內在、本質與美感等，當可視為覃子豪往後所闡述的與現代一詞密切相關之詩論觀點的前導先聲。

（一）學詩之道，重在創新

支持此種推論的直接證據是，當我們深究下列相關引文時，應可清楚看出覃子豪曾明顯站在時間序列的視角，建立起一己之詩學意見——簡言之，覃子豪認為對詩之學習者而言，最重要的事情便是需要認清，詩，因為時代之進步而所產生之相應的各式嶄新變化：

> 我深切知道許多青年朋友進函授學校，不是為了文憑或資格，而是求知心切，為學習而來。……從這些習作裏，我認識了許多同學對於詩尚無正確的認識，他們還停滯在陳舊的觀念之中，沒有了解詩隨著時代的進展，而有許多新的演變。[393]

換個角度來看，若暫時離開詩之學習者的立場，而將關注焦點轉移至詩之本身的話，值得注意的是，儘管在上述覃子豪所謂的應有新穎變化之詩，不一定就可等同於所謂的現代詩，但覃氏此種將詩之新變化與時代之新變化相互牽繫、彼此連結的立論途徑，其實便與從時間範疇之現代角度提出詩論觀點的作法，極為相近——也就是說，由上述引文可間接推知的是，在覃子豪眼中，詩會因為時代之變遷而產生出相應之新穎變化的詩學觀點，當隱隱然可視為尚未具

---

[393] 覃子豪：〈兩個傾向，三種風格〉，《覃子豪全集 II・詩的解剖》（臺北：覃子豪全集出版委員會，1968年詩人節初版），頁69。

有明顯自覺的，由時間角度所推論而出的現代詩觀。

　　具體來看，覃子豪除了提出詩應隨時代遷化而有所新變的總體說明外，在同一篇文章中，我們還能從覃子豪對學員習作極易雷同、十分相似的批評中，詳細看出所謂的詩之新變，究竟包含了哪些具體的項目與範疇：

> 我不喜歡這一百多學生的作品，有同樣的形式，同樣的風格。我是喜歡他們隨著自己自由的意志來創造，隨著他們的愛好來學習。但其作品，要有詩的本質，有新鮮而充實的內容，不是徒具形式；要有新的表現方法，不是因襲陳規。這是創作最高的原則。學生們創作時，要本著這個原則；我批改習作，也是本著這個原則……批改習作，是根據這個原則而應用兩個方法：一是對句法的修改，一是對內容的意見。[394]

而由上述引文可間接推知的是，當覃子豪認為外在時空發生劇烈變化後，廿世紀詩作所應有的相關變化，在詩之本體層面上，或許便包括了在確立詩之本質特性後，追求內容的新鮮與充實，以及與詩之內容相互搭配的適當形式，進而形塑出具備強烈個人色彩的獨特風格；至於對詩之方法來說，不論是創作或批評，對覃子豪來說所謂的新穎，皆為最重要的執行原則──故可知，就《詩的解剖》之具體內容而言，追求詩的本體性質與方法策略之新穎獨創，當為此書所揭示的，具備時間範疇之現代特色的重要詩論。

（二）中西交融，自我開新

　　而在我們確認《詩的解剖》當與由時間範疇之現代角度所提出

---

[394] 同前註。

的詩學理論有所關聯後，進一步要持續探索的，便是覃子豪在此書中究竟呈現出了哪些可視為其現代詩論之前行嘗試的實質內容。

首先，既然所謂的創新，可說是《詩創作論》中最具時間意義之現代特色的詩學總綱，故而對於所謂的創新之具體方法，自然也該是覃子豪應努力闡述的重點所在——簡言之，對覃子豪而言，或許所謂的取法外國詩人、借鑑西洋詩作，可說是求新求變的重要法則：

> 這首詩的內容，有飄逸，瀟洒，出塵之感；從比較舊的角度來看，是一首成熟了的好詩。⋯⋯但是，以詩的新觀點來論，則這詩優點不多；除第一、句，有新鮮的形象而外，其他的內容，句法，字彙都嫌陳舊；像舊的詞曲，意境欠深沉，內容表現缺乏含蓄，無餘味，⋯⋯同樣一首詩，有人說好，有人說壞的原因，就在此。這首詩的作者，是有修養的，但所受的營養，不是新的營養，故缺少新鮮的氣氛。要改正這個缺點，唯一的辦法是，多讀一點外國的作品。[395]

但值得思索的是，難道說要發現詩的新觀點、創造新的內容、句法與字彙，都一定只能從對遙遠異國的積極探索中，才可找到有助於詩之創作的良方與祕訣？換言之，對於覃子豪在上述引文中將多讀外國詩作視為創新之法唯一途徑的說法，其實應投以更多的警醒與反思，方不至於落入單向、窘迫的思考陷阱——因為，由下列引文可知，對覃子豪而言，所謂的兼融中西、開創自我，同樣也是其心目中理想的詩創作方法：

> 這三首詩比較起來批評，就是：第一首「松樹」，是完全從

---

[395] 覃子豪：〈兩個傾向，三種風格〉，《覃子豪全集 II・詩的解剖》，頁70。

中國詩詞中蛻化出來的產物，沒有新的意境，新的語彙，新的句法和形式。第二首「孤松」，中西混合的產物，有新的表現手法，創造了一種生動而多變化的形式；有新的形象、意境和情調。第三首詩「樹」，是模倣西洋的譯詩，固有其長處，亦有其缺點，即句法太歐化。……目前所理想的詩，不是中國詩詞的因襲，不是西洋詩的摹倣，而是根據中國詩和西洋詩給我們的教養和啟示來創造，創造屬於自己所發現的新的風格。[396]

也就是說，若綜合前後覃子豪的不同論述內容，當可進一步推知，其實對詩之創作而言，最佳的產生途徑絕對不是只限於向外國取法而已；更重要的是，詩人應該要有貫通中西的胸懷，以及辨認各方詩作之優缺的能力，進而在消極地避免對中國傳統之因襲與對西洋詩作之模仿外，更可積極地使自身之詩作具備了獨特之新穎風格。

（三）求新之道，內外並重

此外，在了解融貫中西、強調自我，的確是創造詩之新穎變化的有效法門後，需要特別注意的是，從下列對新詩的相關討論可知，除了重視從詩人之自我出發，進而建立起獨具個人特色的詩之風格外，對覃子豪而言，如何使詩之語言文字和抽象內容皆同時擁有符合時代潮流之新意，亦為詩人執筆書寫時，理應關切之處：

世界是這麼廣闊，事物是這樣紛繁，為什麼詩人不能獨具慧眼，去發現別人不曾發現的事物來寫，而要將人寫過的題材予以重複呢？……新詩之所以為新詩，不僅語言隨時代之變化而有新的語彙，內容亦屬如是，它能表現出一個時代的特

---

[396] 覃子豪：〈兩個傾向，三種風格〉，《覃子豪全集 II・詩的解剖》，頁69。

質，成為新的產物。[397]

進一步來看，對覃子豪而言，所謂的詩之創新，在語言文字上所產生的顯著變化，應該是最後才被考慮的問題；因為，在思索語言文字之環節前，更該關注的，應是詩中內容是否能夠表現出具體現實中所發生的時代特色——換句話說，若我們參考下列覃子豪對自由詩與新詩的相關敘述，則或可推知，在覃子豪心目中，最理想的創作狀態，應該是先順應時代潮流的各式新變，再以外在現實之變化決定詩之內容，最後才是根據富有時代新意之內容，發想出藉由語言文字所塑造而成的詩之外顯形式：

> 由內容決定形式，就是由內容來創造形式，創造形式不是規
> 定形式，也不是創造一種形式或幾種形式，作為永久的模
> 範。所謂創造，是不斷的創造，創造是自由詩的特徵。……
> 有些關心詩的朋友們，他們沒有了解新詩的形式是隨著內容
> 之產生，和隨著內容之變化而變化；而其內容又隨著時代的
> 思想情感在不斷的變化，又怎樣能給新詩一個刻板的形式
> 呢？[398]

也就是說，對覃子豪而言，為了確保詩之創新的順利執行，詩人必須確實避免具體形式上的潛在干擾；但是，由下列覃子豪對某一特定詩作的批評可知，除了消極免除由形式而來的種種干擾外，要想徹底達到詩之創新，更該積極面對的，應是如何才能充分認清詩之本質的問題：

---

[397] 覃子豪：〈詩的時代性〉，《覃子豪全集Ⅱ·詩的解剖》（臺北：覃子豪全集出版委員會，1968年詩人節初版），頁159。
[398] 覃子豪：〈形式主義之弊〉，《覃子豪全集Ⅱ·詩的解剖》（臺北：覃子豪全集出版委員會，1968年詩人節初版），頁98。

> 這首詩毫無獨創的內容，就是作者在寫此詩時，先有了形式
> 需要整齊這個觀念，把內容作為次要的東西，……因此，內
> 容空洞，言之無物，……如果作者以內容為詩的唯一生命，
> 未下筆之先，力求內容的深度和其完整，捕捉詩的本質，則
> 這首詩的內容將不是零瑣的拼湊，即是不是一個渾然的構
> 成，但也不會只徒具整齊的形式，而無詩的本質存在。[399]

換言之，由此可進一步推論的是，對覃子豪來說，要使詩獲得創新
之成功，除了兼容中西詩作之特色並進而發展出自我風格，以及依
時代潮流之變化來決定一己詩作之內容與形式外，另一項在進行創
新時該多加注意的重要環節，便是在寫作之前詩人應徹底掌握詩所
具備的本質特性。

　　而若參考覃子豪在本書中所開創的其他論點，則可知在其心目
中，得以使詩人順利表現的形象化之語言文字，以及整全一體的情
調、意境，當為詩之本質所不可或缺的重要元素：

> 在中國詩壇，注重形式的詩作者，往往忽視形象和意境的表
> 現。因為，他們根本就不注意「表現」，祇是把作者的情
> 意，予以說明，……在形式上看來，是和散文有著區別，而
> 在本質上看來，是散文的本質，不是詩的本質。因為，它太
> 缺少形象化的語言與渾然的情調和意境。[400]

而由上述引文可知，覃子豪之所以將形象與意境、情調等視為詩本
質之關鍵，當與其將所謂的間接表現，設定為詩所應承擔之重責大
任有關；進一步來看，由下列的相關論述，我們能更為清楚地了

---

[399] 覃子豪：〈形式主義之弊〉，《覃子豪全集Ⅱ・詩的解剖》，頁100。
[400] 覃子豪：〈形式主義之弊〉，《覃子豪全集Ⅱ・詩的解剖》，頁101。

解，與詩之本質密切相關的形象、意境、情調等重要元素，其產生之根本基礎究竟為何：

> 作者在這首詩裏，可以看出是下了工夫去把握形象，創造形
> 象；⋯⋯至於詩的意境之造成，在於全詩的內容和形式有渾
> 然一致的情調，此詩既呈支離破碎的現象，故無意境的形
> 成。[401]

簡言之，所謂形象之誕生，當然與詩人對語言文字之精妙塑造有關；至於所謂的意境，則是必須在形象之整全一致的前提下，方有成功凝聚的可能；而對詩中的情調而言，覃子豪則是將其得以順利呈顯的原因，歸功於詩中渾然一體、緊密相關的內容與形式。

第三節：《論現代詩》之現代詩論

　　總的來看，由於在《詩的解剖》中，覃子豪曾以近似於時間範疇之現代意義的角度，提出了應以新穎獨創為書寫要務的詩學觀點，故而對筆者而言，覃子豪於該書相關文章中所描述的各式求新求變之法──不論是由中西方詩學傳統出發進而找到自我之特色、詳細觀察時代潮流之變化並依此決定個別詩作中相應之內容與形式，以及憑藉形象、情調與意境等詩之本質開創獨到之內容與完成間接之表現等，皆可視為與現代之詩學意義極為相關的詩之創作方法論。

　　然而，由於《詩的解剖》本就不是為了現代詩論之建立而書寫，故而上述所觸及之各式詩論，頂多只能看作是覃子豪現代詩論之淵源、雛形；換句話說，儘管初版由藍星詩社於民國四十九年十

---

[401] 覃子豪：〈新鮮與新奇〉，《覃子豪全集 II・詩的解剖》（臺北：覃子豪全集出版委員會，1968年詩人節初版），頁88。

一月發行的《論現代詩》是覃子豪的第二本詩論集，[402]但以詩學概念中的現代視角來看，此書當可視為觀察覃子豪現代詩論之主要標的物——進而言之，在此書當中所謂的現代詩，大多數時候所強調都是，現階段具備顯著時空特色之詩作；也就是出現於二十世紀之中華民國的詩作。[403]

此外，雖然覃子豪是採取了「詩的藝術」之並時剖析以及「詩的演變」之歷時透視的雙向結構，相當整全地表達其心目中對於現代詩的種種觀點；但是，若以詩學之重要議題來看，則可知所謂的詩之組成內容與功能用途，當為覃子豪在此書中對現代詩之本體存在所作出的主要論述，至於與詩之創作、閱讀、批評等相關的意見，則可看成是覃子豪對現代詩之方法層面所作出的重要努力。

（一）以情理、意象與美感為現代詩之主要內容

當我們從時間意義之現代視角切入，應不難發現，就詩之內容層面來說，覃子豪一方面提出現代詩作應同時具備密度精純的感性之情與理性之思；另一方面也認為，所謂的意象，以及與之一脈相承的意境與境界，也都是現代詩作之內容層面中不可或缺的重要元素；最後，談到詩中所不可或缺的審美感受時，除了闡明美之各式成因外，更清楚區分了現代詩之美感所存在的共相與殊相。

1、兼具情理，精密純粹

由前述可知，對覃子豪來說，當其關注焦點落於新詩之上時，詩中抒情況味之有無，可謂新詩內容層面中最重要的組成元素——因在其心目中，抒情詩才是最該努力發展的主要目標；然而，當時

---

[402] 覃子豪：《覃子豪全集 II・論現代詩》（臺北：覃子豪全集出版委員會，1968年詩人節初版），頁210。

[403] 換言之，對於覃子豪來說，所謂的現代詩雖然仍與歐美現代主義之間保持相當程度的關聯性，但若直接將現代詩歸入現代主義的一環，則必非覃子豪之本意；可詳參氏著：〈象徵派與現代主義〉，《覃子豪全集 II・論現代詩》，頁374。

空流轉、焦點改易之後，對覃子豪來說所謂具備了時間意義之當下性、立即性的現代詩作來說，詩中之情，已不復過往一家獨大的盛況：

> 這裏所說的詩，既非敘事詩，也非詩劇；是指富有的詩的本質的短詩而言。文學史家，把這樣的詩，稱為抒情詩。到了現代，這樣的詩，已不是純粹的抒情詩了。因為，它的內容不完全只是一片感情，而有知性和理性存在其中。這樣的詩，較之敘事詩和詩劇的內容更為純淨，不夾有任何非詩的雜質，它是被提煉過的純金。[404]

也就是說就覃子豪而言，所謂的現代詩作，其詩中所蘊含之內容，必須以純粹作為基本的要求；但除此之外，更為重要的是，在實質組成元素中，除了情之一物外，也應同時兼容知性理思，方可使在時間序列上晚近後出之詩作的內容狀態，臻至完備與齊全。換個角度來看，若與前述紀弦詩學理論中對詩之內容的相關論述彼此比較，當可發現雖然紀、覃二氏早期皆十分看重情之為物在詩之組成中所佔有的高度地位；[405]但在兩人將關注目光慢慢轉向所謂的現代詩作時，紀弦或因其所深深信奉之現代主義的緣故，反倒提出應徹底將感性之情驅逐於詩內容範疇之外的極端主張，[406]但由上述引文

---

[404] 覃子豪：〈形態〉，《覃子豪全集 II・論現代詩》（臺北：覃子豪全集出版委員會，1968年詩人節初版），頁219。

[405] 例如前述在探究《紀弦詩論》裡關於新詩即是情緒之象徵產物的相關說法時，便可充分看出紀弦在討論詩之內容時對情感的看重；此外，若更進一步分析，從〈袖珍詩論十四題〉（《新詩論集》，頁36），以及〈把熱情放到冰箱裏去吧〉（《紀弦論現代詩》，頁4）等相似論述中，還可清楚看出，尚未邁入《紀弦論現代詩》時期的紀弦，其實是把以情為主、以理為輔之兼容狀態，視為詩之內容的實質樣貌。

[406] 例如在〈新現代主義之全貌〉（《紀弦論現代詩》，頁47）、〈從自由詩的現代化到現代詩的古典化〉（《紀弦論現代詩》，頁29）與〈詩情與詩想〉（《紀弦論現代詩》，頁24）等處，皆可見證紀弦的確認為所謂的現代詩應以理性之思為內容之重點，而所謂的感性之情，則應全部移至散文或傳統詩來表現；至於在〈新現代主義之全貌〉（《紀弦論現代詩》，頁48）當中，則可清楚看到若由詩之功能的角度切入，

可知，《論現代詩》時期的覃子豪，反倒是由原先的獨尊情感轉向為情理兼備的均衡狀態——進一步來看，之所以此時會對現代詩之內容提出情理並蓄的要求，則或與覃子豪清楚認識到，情與理本為人類所先天內蘊之必備要件有關：

> 抒情並非浪漫派的專利品，是詩共有的特質。思想產生於理性，抒情是情感的昇華，理性來自腦中，情感來自心境，是人類的本性。詩無論進步到如何程度，抒情不會和詩絕緣，除非人類的情感根本絕滅。如人類的心靈一旦停止，詩也不會存在了。不許情感侵入的純理性的思考，那是哲學，不是詩。[407]

換言之，當生而為人本就同時擁有可思之腦與可感之心時，作為在一切人類製作之文明產物中具有不可抹滅之高度價值的詩，在其內容層面自然也該同時兼有感性之情和理性之思——反過來看，一旦所謂的現代詩之內容僅存理性與知性，則對覃子豪來說，此時與其稱之為詩，倒不如以哲學名之；而若是單有情感、卻無思想，則可能會導致現代詩落入主題薄弱、不知所云的窘境：

> 論到詩的思想根源，就難免牽涉詩和主題的關係，現在有少數作者不重視詩的主題，他們以現代主義者自居，卻未明瞭現代詩對於思想的重視。……思想是詩人從現實生活的感受中所形成的人生觀和世界觀。[408]

進而言之，覃子豪除了提醒詩人，應盡力從現實人生的諸般具體經

過往傳統詩所強調的情緒共鳴用途，對現代詩來說根本就不應再具備任何的地位。
[407] 覃子豪：〈新詩向何處去？〉，《覃子豪全集 II・論現代詩》，頁306。
[408] 覃子豪：〈新詩向何處去？〉，《覃子豪全集 II・論現代詩》，頁309。

驗中，形塑出一己之人生觀與世界觀，使得現代詩之主題得以健壯充實外，更值得我們注意的是，不論情感或思緒，當其入詩成為整體內容之一分子時，皆須突顯前述所提及的純粹精緻之特性——換言之，對覃子豪而言，所謂現代詩之內容層面的各式情思，應以密度之追求，為其必備的特色：

> 密度不僅是形式和語言的簡鍊而已，而是內容的密，這種密是作者的思想和情感經過思考嚴密的錘鍊，不再稀薄，不再散漫，成為一種極為精緻的固體，猶如百鍊之鋼之具有密度。……詩質如酒精是從生活中蒸餾出來的具有密度的一滴。[409]

故可知，同時兼具感性之情與理性之思，並使其均達到精密純粹之簡鍊穩固，當可視為覃子豪心目中現代詩之內容層面的最佳狀態；而此種高密度的詩質要能成形，則有賴於詩人細心品味生活經驗之方方面面，才能進而提煉出最為精粹的情感與思緒。

2、意象為基，建構詩國

而除了高密度的情理元素外，對現代詩作之內容而言，覃子豪認為所謂的意象，亦為必備成分之一環；但須注意的是，就覃子豪而言，僅僅具備意象之鮮活與紛陳，對現代詩來說是不夠的：

> 現代的詩，注意意象的呈現者多，創造意境者，為數至少；許多詩只是一個片段的抒寫，而不是一個完美的創造；就是缺乏渾然的意境所致。[410]

---

[409] 覃子豪：〈密度〉，《覃子豪全集 II・論現代詩》（臺北：覃子豪全集出版委員會，1968年詩人節初版），頁269。

[410] 覃子豪：〈意境〉，《覃子豪全集 II・論現代詩》，頁233。

因為對現代詩作之內容層面來說，意象之存在，或許只能視為孤立無援的單一亮點；進而言之，除非詩作當中，建構起整全渾然的意境，否則便無法稱作是一首理想的詩——換言之，如果說意象是詩國天地中某一處特殊亮眼的風景，那麼所謂的意境，便是詩之內容層面中所有意象的完美融合：

> 所謂意境，即是畫境。……詩中的畫，即是指意境而言。意境是畫，意象亦是畫，意境的畫，屬於全詩，是一幅具有渾然情調的畫；意象的畫，是全幅畫面之一部分，故只能稱之為意象，而不能稱之為意境。[411]

換言之，若從細察微觀的角度來看，意象，其實等同於詩組成內容中，散發可感特性的最小單位；而意境，則可當作意象群體間依憑其相互聯繫的有機脈絡，所進而迸發出如畫一般具有強烈情感魅力的整全氛圍與總體狀態。

但需要進一步深入了解的是，除了由意象到意境的擴展與深化外，覃子豪認為在現代詩之內容範疇中，相較於意象、意境來說，更為高層的組成元素，應非具備了強烈理性色彩的境界莫屬：

> 境界是意象和意境的超越，由具象到抽象由情感的世界到理念的世界，是詩的，又是哲學的；是人生的，又是自然的。境界的產生是基於對人生的領悟，對自然的洞察，能符合與宇宙合一之偉大之精神。[412]

---

[411] 覃子豪：〈意境〉，《覃子豪全集 II・論現代詩》，頁231。

[412] 覃子豪：〈境界〉，《覃子豪全集 II・論現代詩》（臺北：覃子豪全集出版委員會，1968年詩人節初版），頁234。

有趣的是，若結合前述所提及的，覃子豪認為現代詩的內容應同時
涵蓋純粹之情感與理念的論點來看，當可進一步了解到，雖然情理
並重是覃子豪對現代詩內容的一項主要堅持，但在兼容並蓄之外，
對覃氏來說詩中之情、理的出場順序，仍有顯著的差異——換言
之，由上列引文可間接推知，或許對現代詩的內容來說，詩中意象
與意境，往往就蘊含了許多精密可感的獨特情懷；至於當詩人努力
領會各式現實經驗後所昇華而成的理性思緒，則必須在原本具體可
感的意象與意境超拔提煉後，以深奧隱密之境界面貌，展呈於讀者
之前：

> 愛爾蘭詩人夏芝（M. B. Yeats）在其「當你老時」一詩中謂：
>
> > 你步上最高的山峯
> > 把臉在群星之中隱藏
>
> 這便是與宇宙合一，與自然同化的精神世界最高的表現了。
> 也即是存在、寂滅的永恆。詩人所追求的，便是自然與人
> 生，留於永恆的奧密之境。境界變成為了詩的最高表現。凡
> 偉大的詩，無不有其境界的存在。[413]

而透過上述引文中的詩句範例，我們可以明確了解到，當詩中各式
意象（例如覃氏此處所列舉的山峯、臉龐與群星等）統合成整體意
境之後，除了感人的情緒之外，所謂的境界，亦即具有濃厚理性色
彩的深邃思維——例如此處所揭示的，人往往必須在時間不斷前
進，走到生命之巔峰層次後，方能使自我與外物、個人與大我徹底
融合，臻至天人合一的整全境界——確可藉由意象、意境之助，順

---

[413] 覃子豪：〈境界〉，《覃子豪全集 II・論現代詩》，頁236。

利顯現。

3、多元成美，新幻繁複

換個角度來看，除了感性之情、理性之思、意象、意境與境界之外，所謂的美——或更準確地來說，即變幻萬千的各式美感，亦為覃子豪心目中，現代詩不可或缺的重要組成條件；因為，對覃子豪而言，所謂的意象，除了是詩中可感元素的最小單位外，更是使美成立的主要依據：

> 美是詩的條件之一，意象是美的成因。現代詩，音樂的美是次要，意象的美成為主要。那便是意象有繪畫、彫刻、建築，在視覺上特有的效果。[414]

而儘管由上述所引可知，對覃子豪來說現代詩美感之主要來源，似乎應為詩中的各式意象；但若同時參照下列引文，則可知所謂的想像、音樂與含蓄，其實都與現代詩作之美感生成，保持著十分密切的關係：

> 一首詩的完成，在古代也許很簡單，要使詩成為現代的藝術品，就必須具有完成這藝術品的必備條件。不是詩人直接將他的感情宣洩出來就成了。它必須運用表現的技術使詩具有美的因素，……如何才能達成詩的美，……有的人認為「想像」是其要素，有的詩人認為「音樂」是其要素，……更有人認為詩應有其言外之意，……在中國詩中，即是所謂的「含蓄」。「想像」是將印象轉換為意象的一個過程，有繪畫的因素存在其中；如王摩詰，詩中有畫，畫中有詩一樣，

---

[414] 覃子豪：〈意象〉，《覃子豪全集 II·論現代詩》，頁230。

能給視覺上一種美感。音樂性是強調其律動和節奏，……詩
有音樂的要素，……給聽覺上一種美感。含蓄能使詩富含言
外之意，……心靈上便能獲得一種快感，亦即是最美的享
受。這享受對於人類的心靈是一種無法解釋的最深沉的撫慰
與啟示。[415]

之所以如此，當與覃子豪對於現代詩的屬性定位有關——簡言之，
對覃子豪而言，所謂現代詩之完成，相較於古典詩來說應是更為繁
複、紛雜的漫長過程。而想像，其對現代詩作中美之領域的貢獻，
當在於使詩人平素所累積的種種印象，順利轉換為更具視覺刺激的
可感意象；至於音樂對詩之美感的重要性，則在於提供給讀者豐富
的聽覺享受；[416]至於含蓄，其價值當是透過言外之意所蘊含的廣闊
天地，使人類心靈獲得無法言說的深沉滿足、最美享受。

　　然而，在覃子豪的現代詩論中，除了如上述由詩之表現技術
的角度切入，探討現代詩之美感成因外，對於詩之美感的共通特性
與殊異類別，亦有相當深刻而精闢的分析——例如，由下列引文可
知，對覃子豪來說，所謂的現代詩，在其所具備的美感上，至少便
擁有新幻朦朧之共相與通性：

　　詩本身有一種夢的氣氛。……現代的藝術，夢的氣氛更
　　濃；……詩尤其富夢幻的意味，象徵派的詩人則特別重視朦
　　朧美的效果，……使讀者能在朦朧中窺見真實，而詩人則將
　　真實藏於如夢如幻的境界中。因為，詩的世界，不是現實的
　　世界，而是被詩人美化的世界。[417]

---

[415] 覃子豪：〈本質〉，《覃子豪全集Ⅱ·論現代詩》，頁218。
[416] 但須特別留意的是，覃子豪所謂的詩之音樂性，其重心當落於內在節奏之層面上，
　　而非外在音韻、詩形等現實環節；可參考氏著〈音樂性〉，《覃子豪全集Ⅱ·論現
　　代詩》（臺北：覃子豪全集出版委員會，1968年詩人節初版），頁227。
[417] 覃子豪：〈朦朧美〉，《覃子豪全集Ⅱ·論現代詩》（臺北：覃子豪全集出版委員

換言之，不論是否隸屬或服膺於象徵派之內涵規範，只要是現代詩，對覃子豪來說都應具備如夢似幻的朦朧美感；不過，當覃子豪指稱詩之美感世界並不等同於客觀現實時，其所代表的真實意涵，並不是指現代詩之美感與客觀現實世界完全無關、徹底脫節，而應是以現實生活為原初材料，將其加工、鍛造出煥然一新的美感特性：

> 本來新穎的美是現代詩的一大特色。戴蘭·湯瑪斯（Dylan Thomas）的「殯葬之後」，其色彩與音響交織，幻想的意味濃郁，充滿著無限的魅力，如現代抽象畫之構圖，呈現著潛意識的豐富，而無聯絡的幻象，幻象與暗喻的富麗，充分表現出內心複雜的反應。……然而，湯瑪斯的暗喻，和現實的事物有著密切的關聯，絕不是完全出於幻想，……它的意象卻是由高度的創造機能以智力所控制而創造出的奇特的意象，充分的反映了現實。[418]

就如同覃子豪對〈殯葬之後〉的解說一樣，所謂的朦朧夢幻之新穎美感，應以對現實生活的充分扎根為發展前提，進而以具創造性的高超智力，有效調度種種客觀而具體的事物，方能使其既滿載濃郁的幻想，又能深刻彰顯作者內在繁複的潛意識世界。

但除了新穎夢幻之普遍特質外，在覃子豪心目中，現代詩所具備的審美感受，會因其主要成分——亦即意象之數量不同，而有單純與繁複等兩大類別：

> 現代詩中，富單純美的詩不多，……美國詩人桑德堡（Carl

會，1968年詩人節初版），頁254。

[418] 覃子豪：〈現代中國新詩的特質〉，《覃子豪全集II·論現代詩》，頁347。

Sandburg）的「霧」一詩，亦屬此類……

> 霧來了
> 以小貓的腳步。
>
> 蹲視著，
> 港口和城市
>
> 無聲的拱起腰部
> 然後走了。

……單純到了極致，但卻是一首意象極為完整的詩，非一片
斷。……給讀者以具象和深邃的意味，有渾然一體的生命，
是一個全然的存在。[419]

但相較來看，覃子豪認為具有單純之美的現代詩，只能視為一道特
殊的稀有景致；因為，不論是中國或西洋，大多數的現代詩作，都
較偏向於繁複之美的呈現——換言之，要找到如同上述所引一般，
以單一意象貫串頭尾，而無待於其他意象之輔佐襄助，便能帶給讀
者渾然整全之深刻感受的純粹詩作，可說是一項高難度的工作。進
而言之，所謂的具備意象繁複之美的現代詩作，重點其實不在於詩
中意象的確切數量是否足夠多樣，而是在於詩中的多元意象，是否
能夠產生有機而一致的綿密聯繫：

> 中國現代的新詩，無疑的是受了歐美現代詩的影響，傾向於
> 繁複的美，其繁複能到達意象交織、綜錯，而不紊亂，亦非

---

419 覃子豪：〈單純美〉，《覃子豪全集Ⅱ·論現代詩》（臺北：覃子豪全集出版委員
會，1968年詩人節初版），頁258。

易事。因其變化多端，故能獨闢新徑。[420]

因為，對覃子豪來說，當詩中各式意象得以徹底搭建起彼此之間的有機聯繫時，意象與意象之間脈絡連結的千變萬化，恰好能夠使新穎獨創的特殊表現，[421]獲得了最為適當的演出平臺。

（二）以現代詩之完整經驗滿足讀者之多方需求

　　由上述討論可知，對覃子豪而言所謂的現代詩，在內容層面所具備的特性，大致可分為以下三點：第一，同時兼備純粹而精密的情感與思緒；第二，以單一之可感意象，作為建構整全之感性意境，與理性境界之基礎元素；第三，不論是由想像、音樂或含蓄而產生的可感意象之視覺美、內在節奏之聽覺美以及言外無窮之意義美，都可視為現代詩美感的有效來源，至於立足現實的新幻朦朧之美，與藉由意象群體的有機連結而形成繁複之美，則為現代詩在美感方面的主流特性——另外，值得注意的是，前兩項特點的提出，覃子豪大都是基於時間意義的現代角度來提出論點，但到了與詩之美感的相關分析時，覃子豪則比較顯著的，直接從詩學意義之現代著手，建構其心目中的現代詩論。

　　換個角度來看，除了針對詩之內容提出種種詳盡的解說外，對於現代詩之本體存在而言，覃子豪亦從功能用途之角度切入，替現代詩之本體意義，作出另一番獨到的界定——簡言之，或許在覃子豪的眼中，所謂現代詩存在之主要目的，即為提供讀者完整而美好的詩之經驗：

---

[420] 覃子豪：〈繁複美〉，《覃子豪全集Ⅱ‧論現代詩》，頁261。
[421] 更為具體來看，由覃子豪其他論述中可知，由繁複意象所帶來的嶄新之美，或許即可等同於詩中視覺色彩之美與聽覺節奏之美的相互交錯與前後呼應；參見氏著：〈繁複美〉，《覃子豪全集Ⅱ‧論現代詩》，頁260。

> 現代詩，重質不重量，重密度不重體積……詩的目的是在一
> 瞬間給讀者一個完美的詩的經驗。……詩所尋求的是質，是
> 密度。……詩質如酒精是從生活中蒸餾出來的具有密度的一
> 滴。[422]

而透過上述引文中對詩之質地與密度的高度重視，我們或可進一步
推測出，現代詩，之所以能使人在閱讀過程中，體會到完好美妙之
具體經驗，其中不可或缺的關鍵，當為詩之內容層面所本應擁有的
純粹精密之感性情懷與理性思緒。就另一個層面來看，如果現代詩
能給予讀者全方位的閱讀享受，那麼首先必須具備的，應為詩作本
身與感官刺激相關的各項美感：

> 繁複的美乃為刺激的官能的藝術；須由官能到心與腦，即由
> 音色到情感與思維，不是直接感於心，是間接感於心，令讀
> 者首先獲得耳與目的悅樂，然後將這悅樂傳達於心，到達思
> 維。讀者經歷了這耳與目的樂趣，才有興趣去窮究詩的內
> 蘊。[423]

也就是說，所謂的現代詩在覃子豪看來本就應以繁複之美為其普遍
特性，而除了依靠意象交錯、脈絡互聯進而產生出複雜多變之美
外，透過語言文字和可感意象之助，詩中亦應充斥著與讀者之視、
聽感官關係密切的各項直接刺激；而當此種感官悅樂傳達至讀者之
心靈層面、理性思維時，又可進一步使讀者有機會觸及詩之內蘊
──例如，所謂的深沉忘我之特殊意境：

> 詩之要求意境，就是詩人要讓讀者將整個心靈沉浸於其所表

---

[422] 覃子豪：〈密度〉，《覃子豪全集 II・論現代詩》，頁269。
[423] 覃子豪：〈繁複美〉，《覃子豪全集 II・論現代詩》，頁261。

現的作品中，到達一種忘我之境。忘我之境，乃是真正的詩境，詩境固非現實的實境，而詩境的產生必基於現實的實境。[424]

換言之，當覃子豪主張現代詩之內容應具備由單一意象所組成之完整意境時，除了希望讀者能藉由詩之整全意境充分體會其中的感性情韻外，更可使讀者心靈徹底投入詩中意境，進而臻於忘我之深沉體會；但不可忽視的是，儘管對覃子豪來說不論是從意境或美感之角度來看，所謂的現代詩其實都具有超脫於現實之上的特性，但反過來說，所謂的現實之超脫，其前提必須建立在對外在客觀之現實世界的深刻扎根上──因此，當我們轉換觀察視角時，便不難發現，現代詩所帶給讀者之完整經驗，亦可充分反映出外在現實世界的種種特質：

> 現代中國新詩這種訴之於經驗的自觀，從暴風雨中所磨練出來的一種新鮮、深刻而具有成熟的美這一特質，必然會在混亂的詩壇成為一有力的支柱，繼續反映在西洋詩中不能看見的中國偉大的現實。[425]

而隨著時局機運的劇烈動盪，在覃子豪所立基、發展的中華民國範圍內，眼前所見的現代與腳下所踩的現實，都具備了與西方世界截然不同的紛亂面向與複雜屬性；故此，當現代之嶄新詩作憑藉著其所承載之完整經驗，企圖反映外在現實時，其中一項不可迴避的主要特點，便是中國現狀的深刻與多變。

---

[424] 覃子豪：〈意境〉，《覃子豪全集Ⅱ・論現代詩》，頁232。
[425] 覃子豪：〈現代中國新詩的特質〉，《覃子豪全集Ⅱ・論現代詩》，頁354。

（三）以創新、均衡與精深為現代詩之創作途徑

　　總的來看，相對於覃子豪大多以時間意義之現代角度切入，提出其心目中現代詩作在內容層面所具備的種種特色，在與詩之功能用途有關的各式討論中，覃子豪可謂更多地直接從現代一詞所具備的詩學意義著手，開展其筆下與現代詩密切相關的詩之功用論。

　　而在了解覃子豪對於現代詩之功能用途的設定，即在憑藉現代詩所給予讀者的完整閱讀經驗，使人獲得或內或外的各式滿足後，對於《論現代詩》中關於現代詩之本體意涵的追尋，亦可暫告一段落；就另一層面而言，覃子豪在《論現代詩》裡除了從組成內容、功能用途等本體途徑來定義其心目中的現代詩外，對於與現代詩相關的方法環節，亦為覃子豪念茲在茲的重點所在。

　　簡言之，唯務創新，強調情與理、內與外的均衡並重，以及講求詩作形式與內容之精鍊深沉，可說是覃子豪《論現代詩》裡關於現代詩創作方法的主要訴求。

1、以強調創新為現代詩創作之主軸

　　儘管在〈現代中國新詩的特質〉一文中，覃子豪曾宏觀點出，所謂「現代的詩，若不是從生活體驗出發，便是從一個常縈繞於作者腦中的理念出發。……另一種詩是由智慧為其構思的動力，……突入超決與抽象的世界之中，揭示人生與宇宙的奧秘」；[426]也就是說，「在現代化的目標之下」詩之創作方法呈現出「兩種趨勢：一種是經驗的表現；一種是想像的創造」。[427]但從另一種層面來看，其實不論採取何種創作態度，對於覃子豪而言，所謂的現代詩創作方法之主要特色，當為以新穎取代陳腐、以獨創取代因襲之提倡：

---

[426] 覃子豪：〈現代中國新詩的特質〉，《覃子豪全集Ⅱ‧論現代詩》，頁348。
[427] 同前註，頁337。

> 現階段的中國新詩無疑的是受了歐美現代主義的影響，但決
> 不是歐美現代主義運動的繼續。它的浪潮滌去了中國詩人因
> 襲的觀念，啟示了中國詩人發現創造的價值。中國新詩之趨
> 於現代化，是一種不可避免亦無須避免的，甚至應加努力去
> 達成的一種新的情勢。[428]

而之所以會對現階段的中國詩壇強調創新的重要，對覃子豪來說，
應與歐美現代主義對中國之大力傳播，關係密切；但即使如此，覃
子豪亦相當堅持，所謂中國現階段之詩學觀念，雖然在相當程度上
廣受西方現代主義的影響，但就其實質內涵的整全面貌而言，絕非
歐美學說的全盤複製——換言之，覃子豪認為現代主義對於中國詩
壇的主要影響，當在於獨創態度之內在呼喚與新穎精神之高度提
醒。進而言之，之所以會將新穎獨創視為現代詩的主要特色，從另
一角度來看，或許亦與現代詩創作源頭之動力轉換有關：

> 浪漫主義以奔放、熱烈的情感為詩情發展之唯一的領導，而
> 現代的詩是尤其令人驚異的豐富的智識和智慧為其構想的動
> 力。[429]

也就是說，相對於二十世紀以前的浪漫派文學思潮而言，現代詩已
不再單一崇拜濃郁、直接之情感表現，反倒是將具有高度理性色彩
的思想與智識，作為發動現代詩創作的主要引擎；進而言之，相較
於純粹抒情之過往詩作，當現代詩之創作過程加入了強烈的理性思
緒後，透過縝密而冷靜之構思，當更有把握促使詩中新穎獨創的個
人特色，獲得充分表現的機會。

　　換個角度來看，覃子豪除了仔細分說現代詩重視新穎獨創的來

---

[428] 覃子豪：〈象徵派與現代主義〉，《覃子豪全集 II・論現代詩》，頁373。
[429] 覃子豪：〈現代中國新詩的特質〉，《覃子豪全集 II・論現代詩》，頁345。

龍去脈外，落實到創作之具體作為時，亦提出了值得我們深思的寶貴意見——例如，儘管在西方文藝思潮中，浪漫主義等已被時間翻頁的過往學說，對覃子豪來說應已不該列入現代詩人在創作開展時所必須具備的主要素養，但相對而言，面對中國傳統詩作與詩學在漫長時光中所積澱之豐厚珍寶，卻值得有志於現代詩創作之輩大力挖掘、仔細分辨：

> 正如艾略特（T.S.Eliot）所說：「過去」也不斷地因「現在」而產生新的意義。現代詩人所反對的是傳統的虛偽與束縛……不是反對「作為太古以來人類智慧積蓄的，過去形成的一個秩序。」尤其是中國古詩中的創造法則，令梵樂希（Paul Valéry）讚美，令龐德（Ezra Pound）重視，中國現代詩人如棄置中國古詩的寶庫而不屑一顧，必然是一個極大的損失。現代詩人應化中國古典詩之精粹於無形，創造更新的詩。[430]

而由上述引文可清楚看出，艾略特、梵樂希、龐德等人之言行介紹，其目的皆在於證成覃子豪所提出之現代詩人應重視中國古典詩既存成就之言論，並非只是其一家之言，而具有高度的普遍性與重要性——進一步來說，之所以對浪漫主義與中國古典詩抱持著不同的取捨態度，其實與或東或西之文化歸屬無關；因為，對覃子豪來說，只要是能給予現代詩創作真誠與開放之助的各種資源，都應該是現代詩人在追求新創、發展特色時所必須努力吸取的重要養分。反過來看，覃子豪在點醒現代詩人應珍惜中國古典詩裡具有高度秩序性與理則性的深刻經驗外，也不忘站在其所身處之現代立場，提出詩人應重視生活、多方探索的寶貴呼籲：

---

[430] 覃子豪：〈自序〉，《覃子豪全集 II・論現代詩》（臺北：覃子豪全集出版委員會，1968年詩人節初版），頁211。

> 現代中國的詩，……必須由詩人從生活中去攝取新的語言，
> 從現代多方面的知識裡去尋覓不常用的新的字彙，加以糅
> 合、鍛鍊、蒸餾和創造，才能產生適合表現中國這一代的情
> 感和思想的語言。不僅是求語言的時間性，同時要注意語言
> 的空間性。[431]

也就是說，儘管過往經驗中充滿前人留給我們的各式遺產，但實際
面對自身創作時，具有敏銳心靈的詩人，當然也無法忽視充斥於現
實時空中的種種具體事實：包含各類日新月異的多元新知，以及快
速變動、高度發展的社會生活等；因為對覃子豪而言，現實時空裡
的一切，都是詩人擷取嶄新語言素材、提鍊獨特詞藻字彙的最佳場
域——而只有當詩人筆下之語言文字充分兼顧了時間脈絡之一致性
與空間場域之獨特性的共同要求後，方能創造出足以表達現代人之
情感與思緒的適當詩作。

2、以情理等重為現代詩創作之原則

　　由前可知，若以學術流派之一環的現代主義為立論分析之具體
角度，創新，當為覃子豪眼中現代詩創作過程中必須努力依循的主
旋律；但除了講究創新之外，由前述在強調現代詩該注重創新時，
覃子豪所提及的詩人應從生活之各個面向積極提煉嶄新之語言文
字，以便讓現代人之情感與思緒獲得適當表現的說法，其實也就間
接說明了，情與理之掌握，對於現代詩之創作層面亦為十分重要的
課題——進而言之，對於創作過程中的情理表現問題來說，均衡並
重，當為覃子豪所認定的美好境界：

---

[431] 覃子豪：〈語言〉，《覃子豪全集 II・論現代詩》（臺北：覃子豪全集出版委員
會，1968年詩人節初版），頁238。

我們中國的所謂現代主義者，不僅忽視了時代的外貌，且極
盡歪曲表現之能事，其乖戾，離奇的愚蠢現象，有過之，無
不及。尤為愚妄的，竟有人以極放肆的語調，圖驅抒情於詩
的領域以外。現代詩有強調古典主義的理性的傾向；因為，
理性和知性可以提高詩質，使詩質趨醇化，達於爐火純青的
清明之境，表現出詩中的涵義。但這表現非藉抒情來烘托不
可。浪漫派那種膚淺的純主觀的情感發洩，固不足成為藝
術。但高蹈派理性的純客觀的描繪卻缺少情緻。最理想的
詩，是知性和抒情的混合產物。[432]

儘管大多詩人在提筆欲言時，只看見理念對於現代詩創作的重要性
——例如，透徹深邃之理性思緒，可使詩之質地獲得高度純粹、精
鍊的機會，進而使詩中所蘊含的各種意涵，獲得更為充分的表達空
間；但是，在覃子豪看來，不管是詩中之理或意，皆無法孤立存活
於詩之場域中，而仍須依賴感性之情的烘托與支撐——進而言之，
與其獨尊理性和知性，不如追求情理之並重：因為，對覃子豪來
說，由過往文藝思潮之明確史實即可清楚發現，不論是標舉主觀之
情的純粹伸張，抑或是提倡客觀之理的全面昂揚，最終都會面臨侷
促而逼仄的發展絕境。

　　換個層面來看，除了藉由詩中之理知素材使現代詩質地醇化、
充分表意，以及透過詩中之感性資源使現代詩具備動人情緻外，在
現代詩之創作過程中須同時兼顧情理兩端的另一項重要原因在於，
覃子豪認為若詩人能夠妥善運用其內心世界本然具備的情理元素，
當可使詩之內容更加豐厚與充實：

　　　實質是詩的生命，詩無生命，即使有了現代化的裝飾，仍不

---

[432] 覃子豪：〈新詩向何處去？〉，《覃子豪全集Ⅱ・論現代詩》，頁305。

過是櫥窗中著時裝的模型而已。一首詩的內容是詩人從生活經驗中對人生的一種體認和發現。這種體認和發現就成為詩人創作的動機，形成了詩的胚胎；這胚胎經過了作者的思想和情感的培育，便成為一個有血有肉有生命的產物。而這生命是完整的。詩有了完整的生命之後，詩人苦心經營的是完美的表達。[433]

然而，若要憑藉作者本有之情思增進詩之內容，其必備的前提，當是對現實生命進行深刻的體認與發現；換言之，在現代詩之創作過程中，詩人心中情理元素之作用，乃是使源於客觀現實的詩之胚胎，既能藉由感性之情的沾染與灌溉，獲得動人的魅力，又可通過理性之思的薰陶與鍛鍊，獲致深邃的內涵，進而交錯聚合成一完整而豐碩的有機生命體。

3、以內外兼具為現代詩創作之依歸

而就如同上述引文所提到的，對一首詩而言，在擁有充足的生命內涵後，下一步所該考慮的，便是如何使詩中之深廣內容獲得完美之表達；也就是說，除了講求創新和情理兼重，如何充分表現詩之內在世界——亦即感性之情、理性之思，以及其他由現實人生而來的體認與發現，當然也是覃子豪現代詩之創作方法論中，相當值得注意的關鍵所在：

> 表現內在之真實，是現代主義的根本精神。如史班德（Stephen Spender）所說：現代主義深刻的目標即是：「創造一種既是十分現代化且又具有夢幻般的氣質的藝術。」所謂：「夢幻般氣質的藝術」，就是心靈的藝術。這是現代主義所有流派

[433] 覃子豪：〈新詩向何處去？〉，《覃子豪全集 II‧論現代詩》，頁308。

一致的目標。[434]

進而言之，如果對覃子豪來說，現代主義之根本精神，即為人類內在真實之充分表現，那我們可以間接推知的是，對於情、理與人生觀察所得之傳達意十分重視的現代詩，亦可說是具備了濃厚的現代主義特色；然而，僅僅釐定現代詩具有現代主義表現內在之特殊性質，對於詩之創作方法論而言是不夠的——也就是說，如何才能使抽象、虛幻的內在世界獲得徹底之彰顯與展現，當為我們更加需要關心的議題：

> 由於現代人敏銳的感性，詩不再是概念式的抒寫，而是一種分析式的表達，節節推進，層層深入，直達目不能見事物本質的核心，或揭示出人性真實的隱秘。這種複雜的內容和這種繁複的表現技巧，正顯示了現代人強烈的欲望或深沉的悲哀。[435]

而由上述引文可知，對覃子豪來說，或許當詩人能夠以分析式之深入表達筆法，成功取代概念式之平面書寫習慣時，現代詩所蘊含的種種內在真實便得以順利表現——因為，既然所處理的對象是內在隱微而複雜的抽象世界，就不太可能僅藉由概念式的籠統描述便可充分表現，而只能透過層層逼近的細緻分析，深入現代人多變而紛雜的心靈園地。

由以上可知，對現代詩人來說，採取分析式之進逼手法，呈現出情、理等內在真實，確為現代詩創作方法中，不可忽視的重點之一；然而，儘管在缺乏更為直接且充足之證據前，我們無法清楚確認，現代人內心世界之複雜樣態，是否都如覃子豪所言般充滿了強

---

[434] 覃子豪：〈象徵派與現代主義〉，《覃子豪全集Ⅱ‧論現代詩》，頁372。
[435] 覃子豪：〈繁複美〉，《覃子豪全集Ⅱ‧論現代詩》，頁262。

烈的慾望與深沉的悲哀,但無法否認的是,一切內在之感受,幾乎
都與外在現實脫不了關係:

> 中國現代詩的特質,便是表現生活的感受和強調中國的現代
> 精神。我所強調中國現代這些字眼,是基於中國現實生活的
> 真實性,是暗示著中國的現實和歐美的現實完全不同,中國
> 人在身體上和心靈上所遭受的傷害,和所積壓的苦悶,實較
> 之任何一個國家的人民都深切,其表現於詩中的情感,無疑
> 的是更為深刻、沉痛。[436]

也就是說,對覃子豪而言所謂的現代詩雖以表現內在,為其創作過
程中必須遵守的其中一項原則,但在達成此目標之前,詩人須先行
充分體認現實生活之深沉真相;而唯有在認清自身所處之現實環境
與西方各國,於身體所屬之客觀環境、心靈所屬之抽象世界等不同
場域上所呈現出之具體異同後,才有機會在各式源於客觀現實之內
在感受獲得深刻表現之後,進而突顯出中國之現代精神——舉例來
看,就覃子豪所能觀察到的社會現況而言,受半農半工之產業結構
影響的現實狀況,即為當時之現代詩人應該極力觀察、體會之真實
對象:

> 現代主義的精神,是反對傳統,擁護工業文明。……若企圖
> 使現代主義在半工業半農業的中國社會獲得新生,只是一種
> 幻想。因為,中國人民的社會生活並沒有達到現代化的水
> 準,我們的詩不可能作超越社會生活之表現。否則,其作品
> 只能成為現代西洋詩的擬摹,或流於個人脫離現實生活的純
> 空想的產物,失去了詩的真實的意義。[437]

---

[436] 覃子豪:〈現代中國新詩的特質〉,《覃子豪全集 II·論現代詩》,頁337。
[437] 覃子豪:〈新詩向何處去?〉,《覃子豪全集 II·論現代詩》,頁305。

換個角度來看，也正因為對覃子豪來說，欲表內、先觀外，為其現代詩創作之重要法則之一，故而在社會現況並未徹底邁入工業化階段前，覃子豪自然會堅定抵抗，當時詩壇上其他有關於全盤學習西方現代主義的主張——因為，當詩人一旦昧於外在現實，便很容易在創作過程中，因著客觀現實與主觀想像差距過大的干擾，而失去對現代詩來說十分關鍵的真實性，陷入純粹的個人幻想或西式的生硬摹擬。

4、以精鍊深刻為現代詩創作之要點

如果說前述所提及之追求創新，以及兼顧情與理、內與外之均衡並重等現代詩創作方法，多著墨於原則綱要之提醒的話，當我們從時間意義上的現代角度切入觀察時，則可進一步得知，對於現代詩作在形式方面之精鍊與在內容上之深刻的強調，可說是現代詩作實際書寫時得以順利開展的重要環節：

> 現代的詩，重視密度，是進步的表現。凡屬現代的作品，無不是以其簡鍊的形式蘊蓄著極深沉極豐富的內容。浪漫派那種鋪陳、繁冗，詩質稀薄的表現方式已淘汰殆盡。現代的作品，每一個字，每一行詩，都顯示了它們應予存在的功用；不是隨意的連綴，而是經過作品細心的琢磨，如何將其思想、情感作……縝密而深沉的含蓄，使其不流於空泛無力，……作者勢必努力將其豐盈的意念凝鑄於有限的語言中，構成詩藝上應有的密度，而立於不可搖撼的地位。[438]

也就是說，當覃子豪提醒詩人創作過程中密度的重要時，其實也就

---

[438] 覃子豪：〈密度〉，《覃子豪全集Ⅱ・論現代詩》，頁270。

是在說，現代之詩作一方面應於外顯形式上，達到精鍊、有力的要求，即使單一的字、詞、句、段都能精簡而壓縮，又能兼顧詩作整體之間的有機聯繫；另一方面更要將外顯的字句形式與內容層面所蘊含之思想、情感相互配合，臻於形式有限而內容無窮、無一字無用處的理想創作境界。

而除了積極錘鍊作者意念與詩作文字外，對覃子豪而言，另一條足以改善過往如浪漫派等文藝思潮在創作時所難以避免的冗贅困境，進而通往形式精鍊且內容深刻的可行道路，當為詩人筆下各具匠心的留白與省略：

> 無疑的，現代的詩，較十九世紀許多詩人的作品，更為精鍊；……現代詩人，善於省略，內容上的省略與文字上的省略，使詩的間隔距離甚大。第一段和第二段之間，似乎毫無關聯，形同獨立；實際上，其間的關聯，至為密切。那種關聯，是一根或幾根幾何學上的虛線，這虛線，就象徵減少了在內容上和文字上的浪費。……無此虛線的作品，就是表現手法，尚未到家。[439]

換言之，同樣是追求精簡，但詩人除了豐厚抽象之內容與鍛鍊外顯之字句外，另一項可行的辦法，即為直接將詩作中部分字詞句段，進行合理的刪減；然而，覃子豪亦提醒我們，當詩人在進行省略之時，必須妥善安排好存在於空白之中的虛擬聯繫——因為，一旦詩人的空白不夠合理、省略太過極端，便會影響閱讀行為之開展，使讀者無法從作品中獲得閱讀所應有的多元收穫。

---

[439] 覃子豪：〈論難懂的詩〉，《覃子豪全集 II‧論現代詩》（臺北：覃子豪全集出版委員會，1968年詩人節初版），頁295。

（四）以詩意獲取與人性真實開展現代詩之閱評

總的來看，對於現代詩之創作方法，覃子豪可謂提出了兼及宏觀與細部等周全視野的重要意見：首先，基於對理智的看重以及歐美現代主義的盛行，由過往中國古典詩留下的經驗、秩序和自當下現實生活中找尋新穎獨創之契機，可說是現代詩創作方法裡的中心綱領。其次，不論是對情感與理智的兼顧（因為理性之思可使詩質醇化深邃，感性之情則能增添詩作魅力）；以及對表現內在與探索外在的並重（因為唯有先對現實生活進行仔細觀察，才會有真實的感受可供表達）——皆可看出覃子豪現代詩創作方法論之均衡特色。再者，不論是充分鍛鍊詩人之意念與詩作之字句，以及刻意留下適當的省略與空白，都可說是覃子豪眼中使現代詩愈趨精鍊、更形深刻的有效辦法。

而當我們將對現代詩之詳細觀察轉移至覃子豪在其他文章所提及的，一旦詩人省略太過、留白太多，便會導致閱讀行為受到阻礙時，其實這也就暗示了我們，對覃子豪而言，除了詩之創作以外，在與接受環節相關的方法議題，亦為其所留心的關鍵所在：例如，詩之閱讀與詩之批評。

1、以想像、釋義與全覽閱讀詩之意義

總的來看，對於所謂的詩之閱讀來說，如何使讀者由詩作本身儘量獲得意義，應可說是覃子豪之現代詩閱讀方法中的主要目標——首先，或許是由於覃子豪主張現代詩之作者在提筆書寫時，應善用省略、留白的技巧，故而對閱讀行為的開展來說，首要任務即是讀者應盡力於其內在世界中，召喚出被刻意掩藏的未見之處：

> 現代詩之所以愈來愈精鍊，便是作者將其詩的內容（質）和
> 語言（形式）經過了極度的壓縮之故。現代詩之所以難解，

其故也在此。內容和語言經過極度的壓縮之後，往往省略太多，讀者在欣賞此類作品時，不能將作品在內容和語言省略之處，加以唧接，則難理解出詩的真意。一經讀者發現其省略，如能唧接，便豁然貫通，而獲得詩中所蘊藏著的無窮的意味。[440]

因為由上述引文可知，對覃子豪來說，一旦當讀者將眼前詩作所呈現之字句內容，進行適當的還原並連通那些本被作者隱匿的片段，便有機會享受到詩中所蘊含的無窮收穫；然而，究竟該如何補滿空缺、打通關隘？對此，覃子豪提出，若讀者能積極發揮自身的想像，當可有助於克服作者所精心設計之省略留白所帶來的閱讀挑戰：

象徵派的詩和現代詩較之古典主義和浪漫主義的作品難欣賞。就是象徵派和現代派的表現手法是間接的，不是直接的。它是曲線式的表現，不是直線式的說明。開門見山的表達缺少藝術價值，要含蓄的表達，留下讀者發展想像的餘地，詩才富含意趣。故現代的詩均非一目所能瞭然；必須經過咀嚼、探索之後，方能領略詩中的內蘊。此類的詩，便是夢幻般的氣質所形成的朦朧性而將真意隱藏其中了。[441]

舉例來說，對覃子豪而言，尤其是當讀者面對源於西方象徵派、現代派文藝風潮的相關詩作時，更須妥善運用自身的想像潛能，方可在反覆咀嚼、主動發想後，獲得蘊藏在作者曲線表達出之含蓄世界中，那略帶朦朧的豐富意涵。

換個角度來看，除了想像填空之外，或許如何將作者高度濃縮過後的詩質加以適當稀釋、還原，進而使其中精鍊凝固的意義能夠

---

[440] 覃子豪：〈密度〉，《覃子豪全集Ⅱ・論現代詩》，頁269。
[441] 覃子豪：〈朦朧美〉，《覃子豪全集Ⅱ・論現代詩》，頁254。

獲得釋放，與自身的閱讀程度相互匹配，當可視為覃子豪現代詩閱讀方法中的另一重點：

> 詩人們無論用什麼樣的形式表現，它有一個重質而不重量，重密度而不重體積的特徵。……短短的一首詩，不知壓縮了作者多少的情感，包容作者多少的意念在其作品中。現在的詩，不像古典主義是表現一個觀念的連續，不是浪漫主義情感的鋪陳，它省去了冗繁，留下的全是精粹。由於它的極度凝鍊，……使讀者難以消化。初嘗只覺苦澀，……養料如果實的蜜汁，是藏於苦澀的殼中，讀者須細心咀嚼，方能吸吮到其中的甘蜜。[442]

因為，與秉承古典主義、浪漫主義風格之過往詩作不同的是，在覃子豪眼中，所謂的現代詩，必定具有精鍊深刻之特質，故對讀者來說，唯有掌握住現代詩密度較高的特點，進而適當運用釋義之技巧，才能使原本潛伏於字詞句段當中的無窮情理、豐富意涵，在讀者的敏銳心靈中獲得釋放。進而言之，在想像、釋義之後，若讀者還想更加成功地完備其閱讀行為，對覃子豪而言，最後一項需要認真執行的步驟，當為對詩作進行全覽遍觀的工夫：

> 現代的新詩，句子和句子之間的關聯極為密切，不像舊詩，一句詩便是一個意境，可以獨立欣賞。而現代的新詩因其是間接表現而不是直接說明之故，看一整首詩尚不能立刻明白詩中的含意；若分崩離析來加以指摘，就難免有斷章取義之嫌。[443]

---

[442] 覃子豪：〈現代中國新詩的特質〉，《覃子豪全集II‧論現代詩》，頁344。

[443] 覃子豪：〈論象徵派與中國新詩〉，《覃子豪全集II‧論現代詩》，頁319。另，對於覃子豪在此段引文中所呈現出的兩項古今詩學議題比較——例如詩句之間的關聯

而之所以需要強調全觀遍覽的重要性，或許就如同覃子豪曾對詩中意象、意境與境界之關係所做出的詳細描述一樣，詩之一物本應具備了高度的相互關聯，故而對讀者來說，不論其對所欲了解的詩作進行的是想像填空或意義釋放，其實都應立足於整體而全面的閱讀態度之上，才能將各種零散、獨立的閱讀探索收穫，按照詩作本身所具備的有機聯繫，重新於讀者的內在世界中，塑造出經咀嚼後、想像後，既有讀者自身之色彩，又能兼顧詩作原始樣貌的閱讀圖像。

2、以人性之真實為現代詩之批評標準

由上述討論可知，對於現代詩之閱讀方法而言，不論是讀者憑藉自身想像以填補詩作之留白空隙，或是將原本極度壓縮精鍊之語言文字做出適當的稀釋與還原，亦或者是對詩作之整體樣貌進行全面的觀察，都可說是覃子豪所提出的，如何最大程度地獲取詩意之具體閱讀策略；但相較而言，在探討同樣可歸入現代詩之接受方法層面的詩之批評準則時，覃子豪似乎並未作出如此詳細的劃分——然而，若從下列所引的相關論述可知，所謂的人性之真實，當能視為對現代詩進行價值批評、成就釐定時，可實際遵守的其中一項重要規範：

> 現代詩似乎沒有一定的準則，因為，新的作品不能以舊有的尺度去衡量。……誠然如此，如我們以人性的真實為出發點而加以審辨，則不難覓致一個衡量的標準。[444]

是緊密或獨立、表現時是直接或間接，筆者並不全然認同；因為，就個人的詩學認知來說，詩句之關聯與表現之途徑，其所呈現出的千姿萬態，應與古今時代之差異關聯不大，主要還是受制於作者心靈之巧妙操控。

[444] 覃子豪：〈實驗與創造〉，《覃子豪全集 II・論現代詩》（臺北：覃子豪全集出版委員會，1968年詩人節初版），頁297。

不過，僅僅以真實人性作為詩之批評標準，當然是一種十分概略的說法；具體而言，或許是因為在覃子豪的心中，所謂的情理兼備，本就可視為人之內在特性的一部分，故而對於人所創造的現代詩來說，感性之情與理性之思的同時並存，亦可看作是一項較為明確的現代詩批評方法：

> 只有藝術的價值，而無思想為背景，藝術價值也會降低。……
> 不必直接在詩中放進些教誨之類的東西，而是不知覺的流露。
> 是潛在的，非明顯的；是間接的，非直接的；是用象徵，比喻
> 的無形的表達。[445]

落實來看，由上述引文可知，或許是因過往大多數的詩作皆擅長抒情，因此導致一般人創作時往往會有意無意忽略了理性之思對詩作的重要性；於是，覃子豪一方面提醒我們，除了就內容成分的角度來看，詩作一旦欠缺理性思維，便會降低詩作之藝術價值外，另一方面也明確指出，若從現代詩之表現技巧切入，則該注意不可直接、生硬地於詩中說理，而應採取間接傳達的方式，使用諸如比喻、象徵等手法，方可妥善完成烘托理念、呈顯思緒的重要任務——換言之，以現代詩之組成內容、創作手法為途徑，著手檢視現代詩中的情理元素是否兼備、是否妥善呈現，當可說是覃子豪心中現代詩批評方法之一環。

　　換個角度來看，所謂的以人性之真實為批評之準則，除了可由詩作所蘊含之內容成分來進行判斷外，由下列引文的敘述中，當可進一步得知，詩作本身所散發出的整體氣質，亦是以人性真實對詩開展批評工作時，另一項可具體觀察的重點：

---

[445] 覃子豪：〈新詩向何處去？〉，《覃子豪全集 II・論現代詩》，頁309。

實在詩的價值，並不在新奇的炫耀，而是在於有一種純淨的
氣質；最高的境界，是由絢爛歸於平淡。不是外觀上的華
麗，而是質的純淨。鄭愁予的詩，就充分表現了這種特色。
如「生命」一詩：

> 滑落過長空的下坡，我是熄了燈的流星
> 正乘夜雨的微涼，趕一程赴賭的路
> 待投擲的生命如雨點，在湖上激起一夜的迷霧
> 夠了，生命如此的短，竟短得如此的華美
>
> 偶然間，我是勝了，造物自迷於錦繡的設局
> 畢竟是日子如針，曳著先濃後淡的彩線
> 起落的拾指之間，反繡出我偏傲的明暗
> 算了，生命如此之速，竟速得如此之寧靜

這意味和現代許多新奇的詩比較起來，會感覺平凡；然而，
卻會令讀者感覺真切，和它的苦中帶甜，甜中帶苦的意味。
這就是「生命」所具有的滋味。這情感完全是中國人的現代
化了的情感，寧靜而華美，是一個理想。[446]

舉例來看，上述所引的鄭愁予詩作，之所以能夠在覃子豪眼前散發
出極為顯著的價值光芒，主要與該詩所流露出之純淨氣質能使讀者
產生極為深刻的真誠感動有關——進而言之，這首對覃子豪來說相
當平淡的詩作之所以能使讀者感覺真切的根本原因，便是在於詩中
成功表現了，苦甜並存的複雜，以及既短促又華美、既急速卻寧靜

---

[446] 覃子豪：〈現代中國新詩的特質〉，《覃子豪全集 II・論現代詩》，頁347。

的矛盾，這些人性中的部分真實。

第四節：《未名集》之現代詩論

　　雖然在編排架構上，《未名集》置於覃子豪全集第二冊之末尾，但就其寫作時間上起於抗戰而止於民國五十一年秋天的具體事實來看，[447]此中所收錄之與現代詩相關的種種論述，也可增進我們對於覃子豪詩學理論的總體理解。

　　而若就其實質內容來看，與《論現代詩》較為不同的是，覃子豪於《未名集》中所留下的現代詩論，其涉及範圍可說較為集中——換言之，雖然同以現代詩之本體與方法作為討論焦點，但在《未名集》裡只能看到覃子豪對詩之組成內容與創作方法的相關意見，而對於《論現代詩》中所額外觸及的詩之功能用途、詩之閱讀方法與批評方法等項目，則是付之闕如。

　　此外，若從兩書之立論視角切入，則可知雖然在《論現代詩》中，覃子豪便已嘗試運用現代主義之內涵，建立其自身之現代詩創作方法論，但在《未名集》裡，對西洋學術思想流派之借鑑與援引，可說更加普遍；而不論是往昔便已盛行過的象徵主義，以及較為晚出的存在主義、超現實主義等，都是覃子豪在《未名集》中具體開創與現代詩之內容層面、創作方法相關之各式理論時，所曾充分運用過的外部資源。

（一）以源於現實之現代精神為詩之內容核心

　　總體來看，在《未名集》中覃子豪對於現代詩之本體層面的重視，主要集中於詩之組成內容上；簡言之，對覃子豪而言，現代詩中絕不可少的重要元素，應為人類主體心靈中屬於情意我的部分：

---

[447] 覃子豪：《覃子豪全集II・未名集》，頁428。

> 當中國現代詩趨於癱瘓的今日，無疑的，存在主義便成了現
> 代詩的強心針。存在主義的「情意我」的世界，便是現代詩
> 所要表現的世界。[448]

而就上述引文來看，覃子豪之所以特別強調現代詩中必需要有主體
自我之真情實意，其根本之關鍵應是與現代主義息息相關的存在主
義——不過，若更進一步審視覃子豪於《未名集》裡所留下的整體
意見，當可發現在覃子豪心目中，所謂的現代詩其實往往都缺乏深
刻的精神內容，故而覃氏才會十分著重現代詩中是否確實具備詩人
之真誠感受的問題：

> 偽詩是外貌的現代化，缺乏人間關係，生活上的感受
> 性。……詩的世界既是由經驗之結合所創造的世界，無生活
> 經驗的感受，徒然以知識來寫詩，便成了沒有精神內容的偽
> 作。……這種缺少深刻性的現代化，僅不過是能博人一笑的
> 修辭造句而已。[449]

因為，若以更為嚴肅的態度來面對此一問題，由上述引文可知，對
覃子豪來說，基於詩與經驗的必然連結，現代詩一旦缺乏了源於現
實生活的各式深刻感受——例如人與人之間的複雜互動、人與環境
之間的相互影響等等，其實便幾乎可等同於一首偽造而成的假詩
了；而知大於感，便可說是覃子豪眼中現代詩之內容層面所容易觸
犯的重大缺失：

---

[448] 覃子豪：〈中國現代詩的分析〉，《覃子豪全集Ⅱ·未名集》（臺北：覃子豪全集
出版委員會，1968年詩人節初版），頁490。
[449] 覃子豪：〈現代詩的信念〉，《覃子豪全集Ⅱ·未名集》（臺北：覃子豪全集出版
委員會，1968年詩人節初版），頁563。

現代詩之徒具外貌是由於作者的現代知識超過了現代生活的感受。……外貌是游離的，不著邊際的，精神內容才是外貌的依歸。[450]

換個角度來看，其實所謂的知識與現代化之修辭、形貌等，對於一首現代詩來說，仍然不可或缺；但值得注意的是，由上述所引可清楚看出的是，覃子豪心目中真正具有關鍵影響力的詩組成元素，應為現代詩所蘊含的種種源於實際生活感受的精神內容——也就是下列引文中，覃子豪所提及的現代精神：

現代精神是什麼？就是作為一個現代人，首先要忠實的表達他自己對這個現實所感受的一切。……文學藝術本就是以人為本位，離開了人，什麼都失去了意義和價值。……人既然是文化，藝術的本位，這個人如不忠實自己，就談不上新文化與新文藝的創造。[451]

簡單來說，所謂的現代精神，對覃子豪而言即是指詩人心中針對當下現實所體驗到的一切感受之總和；由此可再次確認的是，重視詩之內在層面，力主詩人應多多累積與現實生活相關的真情實感，當可說是《未名集》中覃子豪對現代詩之組成內容所作出主要提醒——因為，對於覃子豪而言，唯有當詩人能夠忠實表現自我、充分傳達出其所感受到的現代精神後，才能進一步論及創作方法的求新求變。

---

[450] 覃子豪：〈中國現代詩的分析〉，《覃子豪全集 II・未名集》，頁490。
[451] 覃子豪：〈現代詩方向的檢討〉，《覃子豪全集 II・未名集》（臺北：覃子豪全集出版委員會，1968年詩人節初版），頁525。

（二）以創新為現代詩之創作方法之主要原則

綜合來看，對創新內涵之細說、對創新目標之闡述、對現代詩憑舊創新之分析，以及對語字意象之創新實踐，即為《未名集》裡與求新相關之詩創作方法的四大探討重心。

1、確立異於他者之個體精神，善用各式感覺與人性真實

之所以覃子豪會主張現代詩於產生過程中，須以創新為必備的書寫原則，當與其所觀察到之詩壇弊病——亦即詩作之間的形式相似、作者之間的表現雷同，密不可分：

> 字彙、語法、形式日趨接近，便形成一個類似的風格。作者和作者之間以同一面目同一姿態出現，幾乎分辨不出彼此來，這實在是一個危險的傾向。現代詩主要的特徵，就是去發現作者自己的內在的世界，以自己的聲音發抒自己的心緒。這是現代詩的基本精神。[452]

而對覃子豪來說，若詩作之字詞句段等展露於人前的外在形式，以及隱而未見的作者表現手法，無法獨出機杼、各有特色，實等同於詩之創作的重大失敗；進而言之，積極發掘詩人之內在世界，練習以自己的聲音訴說自己的心緒、以自己的色彩描繪自己的心靈，當為覃子豪所提出的解決此一問題的根本之道——換個角度來看，其實所謂的創新，不只是解決詩作外形模擬僵化的良方，在《未名集》更代表了覃子豪眼中現代詩基本精神之所在：

> 往往我們會發現一種事物富有詩的意趣，而這意趣既不會為

---

[452] 覃子豪：〈中國現代詩的分析〉，《覃子豪全集II・未名集》，頁490。

傳統的詩人發現過，亦不曾被一般詩人發現過，你卻發現了它，這證明你之所以為你，是一個確然存在的個體，是獨立的。你的感覺和傳統、群體不同，如果相同，便失去了存在的意義。現代藝術之受存在主義（Existentialisme）的影響，就是叫人重新認識自己。這幾乎是現代藝術一個共同的傾向，尤其是在中國詩壇現代化的今日，這要求是迫切的。[453]

更為縝密地來看，所謂的創新，在覃子豪較為後期的詩學理論中，所代表的意思當指詩人能夠確實發現自己與他人——不論是往昔之典範或今時之楷模——的不同之處；進一步來說，此種強調群我差異、強調認識自我，亦即強調個體精神之重要性的現代化風潮，對覃子豪而言，應可說是受到了存在主義的大力影響。[454]然而，對於詩之創作環節來說，比認清潮流、趨勢之源頭更為重要的，應是如何成功發現自我，徹底實踐出與群體、傳統皆截然有異的創新表現；就此來看，詩人之敏銳感覺，當為其中的關鍵之一：

> 個體精神，就是反傳統與反群體的精神，……也是創造的基本精神。我們本著這種精神將我們對一切事物的感覺用詩來加以表現時，實在是一個探險，就是現代詩人應在他自己的感覺中去發現自己的世界而探險。詩作者們在探險的歷程中，不可忽視人性，真實，這真實須以心靈的探索方可獲得，只是感官不夠。[455]

---

[453] 覃子豪：〈詩的探險〉，《覃子豪全集 II・未名集》（臺北：覃子豪全集出版委員會，1968年詩人節初版），頁478。

[454] 而若結合前述所提及的相關論述，例如「存在主義的『情意我』的世界，便是現代詩所要表現的世界」（詳見氏著：〈中國現代詩的分析〉，《覃子豪全集 II・未名集》，頁490），當可清楚看出在《未名集》中，存在主義之種種特點，確實強烈影響了覃子豪對現代詩之內容層面與創作方法等議題之具體看法。

[455] 覃子豪：〈詩的探險〉，《覃子豪全集 II・未名集》，頁478。

但必須注意的是，在創新過程中，詩人所該思考的，除了如何妥善表現出源於各式感官的豐富刺激、多元感受之外，還應特別留意在以自身所感來開闢詩國園地中的新天新地時，那只能透過心靈感應而無法憑感官呈顯的人性之真——換言之，儘管並未發現其他相關的佐證，但由上述所引的覃氏言論中，可以確定的是，詩人所接收到的種種感覺，應是可用於創新表現的其中一項原料；至於所謂的人性、真實，或許可視為詩人憑藉創新精神來表現感覺時，用來檢驗、監督的有效利器。

2、以書寫態度與回顧眼光為創新具體目標

　　換個角度來看，儘管在上述種種討論中著重突顯了《未名集》裡關於詩之創作須追求新穎的各式意見，但需要格外留心的是，詩之創作過程內所應具備的新穎獨創，雖說須與群體、傳統有所不同，卻絕不是和傳統、群體的徹底割裂、斷絕——直言之，覃子豪所要創新的主要對象，便是過往因襲陳舊之書寫態度：

> 歐美現代主義之提出反傳統的口號，實在是反傳統的因襲觀念，與陳舊的表現技巧。……現代人若果以現代的進步的觀念去認識傳統，……傳統不僅不是廢物，而且滋養了我們。……現代詩，不反對傳統的精華，卻反對傳統的因襲作風。[456]

然而，除了創作觀念由消極因襲到積極開拓的新穎改變外，對於覃子豪來說，所謂的創新，在現代詩之創作過程中，更為重要的意義，應表現在對於過往文學成就的重新省思；因為，就覃子豪而言，在一般人所謂的斑駁歷史中，其實仍有許多能夠滋養今日的珍

---

[456] 覃子豪：〈中國新詩的方向〉，《覃子豪全集 II·未名集》（臺北：覃子豪全集出版委員會，1968年詩人節初版），頁519。

寶。換言之，詩人如果能夠以現代的嶄新觀點再次審視過往所積累的種種文學成就，[457]必能發現許多值得繼承而有益於現代詩創作的傳統精華——具體來看，對覃子豪而言西方文藝流派中的象徵派，即值得現代詩人重新咀嚼、細心體會：

> 無論古典主義或象徵主義如何「落後」……這些堅實輝煌的作品，仍是我們學習的對象。只要我們以現代的觀點去接受，就能將舊的營養蛻化為新的技巧。美國的意象派便是從象徵主義獲得啟示而造成與象徵派不同的風格。其實二十世紀一切新興詩派除了無所謂意義的達達主義，和推重數學和物理學法則的立體主義，以及禮讚現代科學文明的未來主義，其他流派無不受象徵主義影響。學習必須找到源頭，在末流之中去尋求糟粕，必然沒有收穫。[458]

而在覃子豪心目中最直接的證據就是，雖然狹義上的象徵派或象徵主義，已消逝於十九世紀，但隨後產生於二十世紀美國的意象派，在思想觀點、理論主張上，其實都與歐陸的象徵主義一脈相承；故可知，以現代觀點重新省思文學傳統中的各式思想流派或優秀作品，確能有助於文學創作的開展——因為，在覃子豪眼中，其實不只是意象派而已，應該說除了達達主義與立體派之外，二十世紀其餘的文藝思想，都與上個世紀的象徵主義脫不了關係。[459]換言之，對覃子豪而言，儘管所有的思想流派都會有銷聲匿跡的一天，但只

---

[457] 雖然下列引文所重新省思的，是關於西方文學傳統的問題，但對於中國傳統文學而言，覃子豪也充分認識到古典詩裡的確有值得積極繼承的寶貴資產；可參考氏著：〈詩的演變〉，《覃子豪全集 II・未名集》，頁500。然而，關於要如何進一步具體操作的詳細說明，在《未名集》中卻未發現更為明確的陳述。

[458] 覃子豪：〈中國新詩的方向〉，《覃子豪全集 II・未名集》，頁520。

[459] 進而言之，參照前述對覃子豪筆下象徵詩論的詳細探究，可間接推知，由象徵主義到意象派的變遷流轉中，依舊值得後人細細咀嚼、重新體會的，應是詩中的各式意象，以及與意象緊密相連的象徵關係。

要後繼者能夠秉持現代的嶄新眼光，便有機會從舊有傳統中尋覓出切合眼前需求的精華珍寶——就像二十世紀大多數藝術思潮都能從十九世紀的象徵主義中，獲得前進的動力一樣。

3、以超現實主義為現代詩憑舊創新之一途

　　而由下列覃子豪的相關論述來看，對當下的現代作家而言，源於法國的超現實主義，即可說是十分適合二十世紀六〇年代之中國詩人充分學習，進而藉此有所創新的過往資源：

> 中國現代詩的作者很了解一個事實，就是在二十世紀六十年代的今天，來標榜第一次大戰所產生的任何流派，均屬不智。……重視超現實主義所標榜的本能和直覺，以及夢幻和下意識所給予的印象的作者，所表現於詩的並非完全摒棄了邏輯和思維的下意識渾沌的印象。只是利用了「類似聯想法」，將意識和無意識作有機性的組合。將生活的現實與心靈的現實作了交錯的表現。這實驗使詩獲得了一個嶄新的效果。就是現代詩作者並不拘於一個流派的法則，而從事於一個新綜合的實驗，而且企圖從這些實驗中去開拓一更新的領域。[460]

　　具體來看，對覃子豪而言所謂的超現實主義，其本身最大的特色，即在於對人之本能與直覺之重視；進而言之，落實到文學作品來看，其重點當為那些由作家心靈中夢幻與下意識領域所衍生而來的各式印象——而此類印象亦為覃子豪心目中，現代詩人最該從超現實主義身上積極學習的目標。但需要特別注意的是，雖然現代詩人仍可採用源於超現實主義的類似聯想法，將人類心靈中意識與無意

---

[460] 覃子豪：〈中國現代詩的分析〉，《覃子豪全集II‧未名集》，頁488。

識這截然不同的兩處領域，進行有機之縮合；然而，憑藉此法所產生出的各式印象，卻又仍然具備了必要的理性邏輯與思維。換句話說，就覃子豪而言所謂的現代詩人唯有利用其理性能力，將立足於生活與心靈之兩重現實，作交錯而有機之鏈接，方能使現代詩煥發出有別於以往的嶄新魅力：

> 若果中國的現代詩揚棄了反理性，反傳統的主張，而詩作者便能憑理性對傳統，對事物以及表現技巧等而獲得正確的認識。……那我們從超現實主義學習什麼呢……超現實主義發掘潛意識，求內在的真，這確是詩的新世界。……詩可以表現潛意識，但作者必須將這潛意識變為正意識。潛意識之變為正意識，便是憑藉理性的加以轉變。[461]

換句話說，在覃子豪的詩學理論中，現代詩人由舊有之超現實主義中成功創新的關鍵，即是理性之思維與邏輯——而進一步來看，當現代詩人憑藉理性之態度學習超現實主義後，接續而來的關鍵，便是如何體會超現實主義所揭示的，挖掘人類心靈內在之真的表現技巧，將詩人心中的潛意識世界徹底開發，並將隱微的心靈，轉變為複雜的各式印象，使其由潛意識之幽暗領域，拔升至顯意識之明朗脈絡。

就另外一個角度來看，儘管超現實主義誠然可謂覃子豪心目中現代詩人相當重要的取法對象，但優缺一體、好壞互見，往往是世間常理——故而當我們充分認識現代詩人由超現實主義中所獲取的創新成果時，也該留心其中所可能潛藏的巨大弊病：

> 在自由中國詩壇雖然沒有人標榜過超現實主義是現代詩的方

---

[461] 覃子豪：〈超現實主義的影響〉，《覃子豪全集 II・未名集》（臺北：覃子豪全集出版委員會，1968年詩人節初版），頁605。

向。然而，中國的現代詩，直接的或間接的受了超現實主義
的影響是不可否認的事實；……有形的影響，是利用超現實
主義派的手法來表現心靈底現實。……將現實生活置於意識
與非意識，理性與非理性之間，而形成一種夢幻的特質，以
類似或不類似的無聯絡的意象，構成一種不可思議的妙語，
來達成夢幻的效果。……這不能不說是超現實派的技巧給予
中國現代詩的優點。其缺點，就是意象與意象缺少實際上的
聯繫。其語法固然奇異，美妙，由於讀者很難將截斷的毫無
關聯的意象找出作者的用意，就會令讀者尋不出可理解的線
索。[462]

簡言之，超現實主義對當時的自由中國詩壇——亦即一九六〇年代
的臺灣詩人，所帶來的重要影響，對覃子豪來說即是使詩中得以瀰
漫著兼具心靈與現實、顯意識與潛意識、理性與非理性等等極端對
立之特色的驚人意象；然而，當現代詩人採取超現實主義之技巧，
創造出詩中之夢幻效果時，其實也可能同時製造出，對於讀者而言
十分重大的困境。換句話說，由於所謂的夢幻往往來自於出乎意
料，而詩中意象之奇妙也常常來自別於常理的異想，因此當詩人自
由跨越生活與心靈之藩籬時，對覃子豪而言，最該提防的就是，讀
者之心思可能無法跟上詩人跳躍的步伐，而詩中意象也因聯結呈現
之太過巧妙，缺乏可於現實生活中具體參照的普遍依據，使得讀者
無法通過充足的線索，進而獲取到豐碩閱讀收穫——因此，對於覃
子豪來說，現代詩人除了須依憑理性態度來學習超現實主義外，還
要同時顧及具體表現於詩作中的各式意象和語言文字，務必使讀者
能夠順利開展對詩作之理解與體悟：

---

[462] 覃子豪：〈中國新詩的方向〉，《覃子豪全集II‧未名集》，頁517。

> 超現實主義妙語的創造，啟示了現代詩一個新的表現技巧。
> 但是我們創造的妙語，應似看來不可思議，而實際上與作品
> 所表現的內容，有著密切的關聯。[463]

因為，儘管在創作的前期現代詩人已充分憑藉理性來囊括種種極端
對立的書寫資源，但在落筆成詩、形諸文字之時，還須特別留心意
象間之聯繫與現實生活的相互關係、語言文字之形式呈現與其所承
載內容的脈絡體系——因為，一旦意象群體之間、語言文字和內容
之間的種種鏈結太過薄弱，便無法保證詩人苦心塑造的詩之世界，
具備足以使讀者自由進出、充分享受的客觀條件。

4、打破語言文字之慣性聯結，曲折想像以塑造嶄新意象

　　而具體來看，在覃子豪眼中由語言文字所組構而成的詩之外顯
形式，與抽象內容層面之間所必須維持的重要聯繫，當在於彼此是
否能夠相互配合——更直接地說，覃子豪對語言文字之外顯形式的
其中一項期待，應是妥切表現出現代精神之實質內涵：

> 既稱為現代詩，應該表現中國現代精神是毫無疑義的。就是
> 作為一個現代的中國詩人，他應表現的是對時代和現實的感
> 受，他以現代人的觀點來感受一切，衡量一切，而且以現代
> 的語言和現代的形式來表現，才能貼切的表現出具有現代精
> 神的內容。[464]

所謂的現代精神，對覃子豪來說即是詩人憑藉現代觀點對眼前之現
實與立足之時代充分體察後，所得到的真切感受；但換個角度來

---

[463] 覃子豪：〈超現實主義的影響〉，《覃子豪全集II・未名集》，頁605。
[464] 覃子豪：〈兩首素色的詩〉，《覃子豪全集II・未名集》（臺北：覃子豪全集出版
委員會，1968年詩人節初版），頁634。

看，若以現代詩之創作方法的整體視野來看，當現代詩人以適當之語言文字傳達現代精神時，其實仍須依循前述所提及的創新原則——因為覃子豪認為，唯有在語言文字之使用塑造上也達到避舊取新之要求，方能充分傳達出詩人心中因客觀現實而來的種種感性之情與理性之思：

> 日常所用的語言文字是新舊雜陳，絕不可能完全是新的語言。要使詩創作有新的表現，我們要選擇新鮮的語彙，才能表現我們現代人的思想和感情。……所謂新鮮的語彙，……是未經多數作者所濫用，尚未變為陳舊，故能給讀者新的感覺與印象，收到新鮮的效果。[465]

更實際地來看，是否能使讀者之心靈激發出異於過往之嶄新感受，當為檢驗現代詩在語言文字方面之創新是否成功的有效策略；而除此之外，覃子豪也進一步提出，對現代詩人而言開創新語、提煉新字的具體方針之一，即為以詩人心靈之豐沛創造力，抵抗源於日常生活的強大慣性：

> 現代詩所重視的，就是在於新語言的創造。如何創造語言呢？……打破習慣法就是打破日常運用語言的觀念。運用名詞，動詞，形容詞，一般人所用這三種詞彙都是表示出顯而易見的關聯。打破習慣法就是要打破這顯而易見的關聯，而創造一種不易見的關聯。如「鏡中自溺」，……因為「溺」和「水」有顯而易見的關係……與「鏡」幾乎無關係。為了形容一個女人喜歡「顧影自憐」就說這個女人「鏡中自溺」。因鏡明澈如水，就和「溺」字有了不可見的關係

---

[465] 覃子豪：〈詩創作的途徑〉，《覃子豪全集Ⅱ・未名集》（臺北：覃子豪全集出版委員會，1968年詩人節初版），頁530。

了。……現在有許多詩，就是動詞和形容詞與名詞沒有意象上的聯繫，讀者固不理解，作者亦難自圓其說。[466]

舉例來說，成功創造出罕見而稀有的字詞聯結，並維持著詩中各意象之間相似或相鄰的種種聯繫，便可稱得上是覃子豪眼中現代詩在語言文字方面的創新表現——詳言之，就上述所舉之「鏡中自溺」而言，其之所以有新意，便在於詩人拆解了常人心目中「鏡」只能拿來「照」的舊有脈絡，並從「鏡」往往明澈如「水」的特點著手，進而引發出照鏡便如同整個人「溺」於水中的奇思妙想；除此之外，若從意象之視角來看，以「溺」代「照」，不僅可使鏡面如水之特質進一步強化，更能透過「溺」字所蘊含的具體動感，使得原本照鏡之普通舉止，在動靜協調、相互搭配的關係上，開展了新的聯結可能——換句話說，由照鏡到溺水的曲折發想，其實也進一步說明了，對覃子豪而言現代詩意象塑造方法之一環，即為曲徑通幽式的間接想像：

> 現代詩塑造意象的方法則完全是曲線式的進行。它不是平鋪直敘，而是以象徵，暗示，聯想、比喻的方法來塑造意象。[467]

而通過上述的分析，我們也可從另一個層面了解到，當現代詩人運用曲線塑象之法時，不論其所採取的具體手段是象徵或比喻，不同既往的獨特新意，都該是詩中意象所該具備的基本效果。

---

[466] 覃子豪：〈詩創作的途徑〉，《覃子豪全集II‧未名集》，頁537。
[467] 覃子豪：〈詩創作的途徑〉，《覃子豪全集II‧未名集》，頁544。

第五節：覃子豪現代詩論之脈絡通貫

　　儘管就現實人生而言，覃子豪可謂壯年早逝；但觀其所留給後世的量多質精、深廣兼備之詩學理論，便可知覃子豪的生命之歌雖然並不漫長，但卻絕對稱得上是雋永而經典——其中，若以與現代之詩學意涵密切相關的各式詩論為觀察焦點，則詩本體論之組成內容，與詩方法論之創作原則，當可稱得上覃子豪投注大半心力來積極開拓之重心所在；此外，若再加上《論現代詩》中所提及的詩之功能用途與閱評方法，則能進一步補全覃子豪現代詩論之完整面貌。

（一）以現代詩置換現代的詩為現代詩論建構之總體演變

　　首先，從覃子豪眾多詩論中所使用的「現代詩」一詞之實質內涵來看，我們可以明顯看出，在《詩的解剖》、《論現代詩》到《未名集》的演變過程中，以現代之詩學意義為內涵的現代詩，在覃子豪筆下逐漸成形。

　　詳言之，在《詩的解剖》中，覃子豪多半是以時間意義之現代為立論基礎，故而其所關注的焦點，實際上是離詩人生存時空較為接近之現代時期所出現的新詩作品，而非嚴格詩學意義上的現代詩；而到了《論現代詩》的時期，雖然從書名本已可明顯看出覃子豪欲探究現代詩之決心，但就其實際使用狀況來看，該書中仍有憑藉現代之時間意義來闡述詩論的情形；最後，在《未名集》裡，對所謂現代的詩之討論，已大為減少；也就是說，以現代之詩學意義為實質內涵的現代詩，已成為了此書中最為主要的探討對象。

　　另外，值得注意的是，隨著狹義詩學範疇中的現代詩一詞，在覃子豪的詩論內容中逐漸成形，我們也可清楚看到在《詩的解剖》、《論現代詩》與《未名集》之種種詩論的寫作過程中，對於

西方文學思潮養分汲取之需求，有逐漸增多的趨勢；換言之，或許對覃子豪而言，現代詩之實質詩學內涵的建立，當與各式外來文學思潮之普遍流傳，有著極為密切的關係——尤其是，對現代詩之創作方法論來說，對於特定西洋文學主義的內涵吸收，更為顯著。

（二）以情理、意象、美感及現代精神為現代詩內容範疇

再者，通過前述種種討論，當可確知在覃子豪眼中現代詩之內容範疇，共可分成四項主要領域：

第一，既純粹又精密的感性之情與理性之思——因情而方能生感人之韻味，藉理故而才有深厚之主題；為此，詩人須仔細體驗生活，才可從具實經驗中萃取出人類先天既存而又密度極高的情感與思緒。

第二，兼涵境界與意境之意象群組——除純粹而抽象的情理之外，現代詩之內容同樣不可缺少能讓讀者直接感受的各式單一意象，以及意象總體融合後所形成的感性意境，和憑藉整全意境投射而出的高深思維、深奧境界；而由於所謂的境界與意境，究其根本終須與意象緊密相依，故而對現代詩之內容來說極為重要的意象、意境與境界，或可用「意象體系」統括代稱。

第三，以新幻朦朧為共性之美感——現代詩所具備的美感，普遍來說雖源於現實生活，卻又在詩人提煉加工時增添了新穎而夢幻的特性；此外，大多數現代詩皆因意象群體間綿密而有機的聯繫，進而具備繁複之美，並使詩中新穎獨創的特色，獲得充分表現的機會；最後，不論是因想像而來的從生活印象到視覺意象之美的轉變，由詩之內在節奏的音樂性所激發的聽覺享受，以及透過言外之意的含蓄表達所產生的無窮意義之美，則可說是現代詩美感的三種生成模式。

第四，由現實生活而來的現代精神——對覃子豪而言，所謂的現代精神，即是由詩人針對現實生活而體驗到的一切感受所組成之

精神內涵；而之所以會特別強調精神層面之重要，當與現代詩往往只重外在修辭形貌之現代化，而缺乏深刻內容的弊端有關。最後，進一步來看，現代詩之所以重視人類心靈中情意感受部分的另一項關鍵影響，則和現代主義緊密相連的存在主義有關。

（三）以整全經驗滿足讀者各式需求為現代詩之功用特色

在看完《論現代詩》與《未名集》中與現代詩之組成內容相關的各式詩論後，對於覃子豪心目中現代詩之本體定義，可謂已具備了穩固而清楚的認識；然而，若要探究覃子豪筆下現代詩本體意義的整全面貌，則仍須加上《論現代詩》裡關於現代詩之功能用途的種種論述，方有所得。

簡言之，單就功能用途之界定來看，對覃子豪來說，以充足完備之整全經驗滿足讀者之多方需求，當可說是現代詩最主要的功用所在——深入來看，讀者之所以有機會體驗到美好的閱讀經驗，當與現代詩內容層面中本應具備的純粹情思關係密切。

除此之外，詩作本身所蘊含的與感官刺激緊密相連的各種美感，例如因交錯互聯之意象脈絡而產生的繁複之美，以及憑藉語言文字和可感意象之助所激發出的視、聽之美等，亦皆為現代詩之所以能滿足讀者閱讀享受的關鍵所在。

再者，當現代詩確實具備了由單一意象所聚合而成的整全意境時，讀者當有機會進一步全心投入詩之意境，並獲得深沉忘我之充分體悟，感受其中所蘊含的豐富情感韻味。

最後，反映外在客觀世界之現實特質，亦是現代詩所帶給讀者之豐富體驗之一環；因此，讀者若能真切體察，當可由現代詩所承載之內容進一步推知，眼前國家、當前社會，與西方先進世界迥然有異之複雜與紛亂，究竟何在。

而換個角度來看，在充分了解覃子豪現代詩論中關於詩之組成內容、功能用途的主要觀點後，當可由此進一步推測出，覃子豪筆

下所描繪出的現代詩本體之整全面貌——總的來看，透過相互比對與前後繫連的工夫，當可發現不論是對詩之組成內容的分析，或對詩之功能用途的說明，所謂的純粹情理、意象體系、新幻美感與現實感受，當可稱作覃子豪現代詩論中，詩之本體所不可或缺的四項關鍵要素；憑此四者，一方面可構成現代詩之主要內容，另一方面則能藉此四者，給予讀者完整之閱讀經驗，滿足其所渴望的種種要求。

　　因此，所謂的現代詩之本體特色，或許即在於擁有純粹情理、意象體系、新幻美感與現實感受等四類內容，並同時能透過其所具備之內容，給予讀者完整經驗而使其獲得滿足。

（四）以創新為主、以均衡與精深為輔之現代詩創作方法

　　與覃子豪在對現代詩本體層面之議題立論時相似的是，如果說詩之組成內容，是《論現代詩》與《未名集》中現代詩本體論述的交集，那麼現代詩之創作方法，便是覃子豪對現代詩之種種方法進行闡明時，用力最深之處。

　　具體而言，創新，當可視為覃子豪現代詩之創作方法論中的主要堅持——細部來看，對於創新之定義，覃氏曾做出三種不同面向的解釋：其一，就詩人本身而言，創新即意指作者應儘量發覺自身與往昔典範、今時楷模之相異特性；其二，就創作資源來說，所謂的創新即代表了對於過往文學傳統的一種正面態度，例如不論面對的是中國古典詩或西方的象徵派與超現實主義，都能以積極的心態從中獲取適合當下之書寫的有利之處；其三，就作品之實際塑造來看，以獨創取代抄襲、以新穎取代陳舊，即是創新一詞所蘊含的真正意義；而總的來看，在《論現代詩》與《未名集》中與新穎獨創相關的現代詩創作論，正可呼應《詩創作論》中以求新求變為主要特色的詩創作方法。

　　至於致力標舉創新之原因，則或可由內外兩重層面來說明：就

外來影響而言，隨著存在主義的流傳，所產生的強調群我差異、認識自我內涵等，重視個體精神的風潮，以及因現代主義之盛行，而帶來的對新穎獨創之書寫態度的追求，以及具強烈理性色彩之思想與智識於現代詩創作過程中的關鍵作用，都可說是現代詩在創作範疇中逐漸呈現出創新特色的主要原因之一；至於若從詩壇內部實際景況之觀察出發則亦不難發現，創新之推舉，當與眾多詩作在形式上的高度相似，以及在作者表現上的大量雷同等陋習，息息相關。

最後，在創新的具體實踐方法上，覃子豪則是明確點出以下三項值得後人努力參研的可行途徑：第一，即為積極開發詩人之內在世界，並藉人性之真實為尺度，妥善運用源於各式感官刺激的豐富感受，作為創新表現時不可或缺的重要原料；第二，努力開拓外在世界中所有可用的創作奧援，不論是中國古典文學傳統裡，在詩之領域中所遺留下的各項具有高度秩序性與理則性的寶貴經驗，或是現實時空內足以提煉出嶄新語言、萃取出獨特字詞的一切經驗；第三，實際下筆時，努力拆解語言文字之慣性連結，利用曲折多變之想像塑造出與眾不同的意象，並維持意象之間的隱微聯繫。

換個角度來看，除了對於創新的極度看重外，均衡不偏，也是覃子豪現代詩之創作方法中，相當關鍵的一項書寫原則：例如，一改過往面對新詩時對於抒情的高度推崇，覃子豪認為可讓詩質深邃精醇的理性之思，與能夠增添詩作魅力的感性之情，應獲得詩人同等之重視——而在達到均一情理之理想創作過程前，對於具體客觀之現實生活，則應投以深刻之體悟與觀察，方能使詩人本身之情思，豐厚詩之內容；此外，由此也可間接推論出，表現內在與探索外在之並行不悖，亦為覃子豪現代詩創作方法十分強調均衡的最佳證明——例如，儘管現代主義之根本性質之一，便是人類內在真實之高度表現，但覃子豪也不忘提醒我們，在以分析式之表達筆法突顯詩人心中之情思時，仍應同時充分關注現實生活中有異於世界其他國家的深刻真相（像是當前社會並未完全工業化等），方能塑造

出具備強烈自身特色的現代精神，而不只是淪於對西方現代主義的全盤模擬，或是陷入個人幻想的純粹世界。

進一步來說，不論是創新或均衡，其實都可視為抽象原則的提點與指引；然而，在現代詩之創作方法中，覃子豪亦曾針對語言文字與詩中意象，建構出具體的書寫意見：例如，鍛鍊詩人意念與詩作字句以提高其密度、質地，以及有計畫性地開闢出妥切的省略與空白，都可說是覃子豪促使現代詩之形式愈趨精鍊而內容更為深刻的實踐手段——其中，要格外注意的是，在要求現代詩之字句形式臻於精鍊的同時，不可忽略在精簡壓縮的過程中，仍須使個別字詞句段保持與整體詩作之間的有機繫連，並讓外顯形式與內在情思相互搭配，進而到達形式有窮而內容無窮的高超藝術成就；至於在合理留白時，則要注意該留給讀者足夠的線索，以求閱讀行為順利開展。

（五）以現代詩之閱讀與批評方法論呼應詩之創作方法論

覃子豪筆下與現代詩之閱讀或批評的相關意見，主要以《論現代詩》之建構為主；而就其實質內容來看，當覃子豪提出應如何閱讀、批評一首詩時，所秉持之態度與觀點，仍與其詩之創作方法關係密切。

例如，就以詩意之獲取為構思前提的詩之閱讀方法而言，不論是以想像填補詩作之留白，或是將原本精鍊深刻的詩作進行適當的稀釋，都可說是與創作方法中所提及的精深特色之追求有關。

至於當覃子豪以詩作所呈顯之整體氣質是否符合人性之真實特色作為批評途徑時，其對於人性真實面向的重視，當與其在創作方法中所提到的，須以人性之真衡量感官刺激之創新表現是否得當的說法，一脈相承；此外，在覃子豪以人性之真實作為現代詩批評的可行標準時，其所流露出對於詩作中情理元素在表現過程中是否受到平等重視與均衡看待的獨特主張，亦與其創作方法中所揭示的情

理均重之原則，相互呼應。

故可得知，儘管各項具體方法所針對的目標不同，預期達到的效果也各自有異，然而在覃子豪開拓其現代詩論時，仍在創作、閱讀與批評等方法範疇中，描繪出足以相互交響、彼此共鳴的隱微脈絡。

（六）覃子豪現代詩論之關懷重點以及與象徵詩論之比較

總括來看，覃子豪的現代詩論當是以詩之本體與方法，作為主要立論的兩大領域——其中，在詩之本體環節上，覃子豪以純粹情理、意象體系、新幻美感與現實感受等四者，作為現代詩在組成內容與功能用途上的主要特色。

此外，雖然創作、閱讀與批評等方法，皆可在覃子豪之現代詩論中發現豐富的相關論述，但其最為致力開拓的，當為詩之創作方法——而透過其詩論之實質內容來看，就現代詩之創作議題來說，對於新穎獨創之高度看重，當可為覃氏之現代詩創作方法的關鍵所在。

因此，若以論述眼光的交集視角來看，當能進而推知所謂的新之一字，誠可謂覃子豪現代詩論建構時所思考的核心之一——因為不論是對於詩中美感的新幻要求，或是創作過程中對於創新議題的多元闡述，皆可看出覃子豪對於新穎獨創的重視。再者，當覃子豪一方面在詩之組成內容中，提到由意象出發所開展出之意境與境界，是詩之本體不可缺少的重要環節，另一方面則又在其閱讀方法中，論述對於詩作應進行整全而總體之審視與察驗時，其實也就間接證明了，由意象所開展出的群組與聯繫，對於覃子豪現代詩論來說可謂意義重大；最後，除了創新與意象外，所謂的感性之情與理性之思，亦廣泛出現在覃子豪對於詩之組成內容、創作方法與批評方法的相關意見中——故可得知，若要替覃子豪之現代詩論，找出其中最為關鍵的幾項要素，或許創新、意象與情理，當具有相當充

分的代表性。

　　然而，若將覃子豪之象徵詩論與現代詩論並列同觀、相互比較的話，則亦不難發現，雖然覃子豪在闡發與現代此一關鍵概念相關的種種詩學議題時，提出了數量頗豐的各式論述，並也以創新、意象與情理等三項焦點，作為其現代詩之本體論與方法論的關注交集，但就其現代詩論之整體面貌來看，卻缺乏足以貫串頭尾、籠罩全局的理論主軸：例如，在覃子豪的象徵詩論中，不論是談到詩之組成結構、功能用途等本體層面之議題，或是在創作、閱讀與批評等方法範疇中，所謂的由顯到隱、由象到意的連結脈絡——亦即象徵關係，皆為前述種種詩論內容中的重點所在；然而，透過前述的種種討論與分析，當可明瞭對於覃子豪之現代詩論恰如一幅燦爛之星圖，我們只能觀測到眾多明亮的光點，但卻難以指出究竟何處可稱得上是足以串聯全體的主軸。

第捌章、林亨泰之詩學理論與現代

　　為彰顯林亨泰詩學理論發展之線性過程，本章將以1964年笠詩社創建以前的林亨泰早期詩論中，與詩學意義範疇內的現代一詞關聯較密之代表作品，作為探討的主要目標。

　　其中，由於林亨泰筆下與現代之詩學意義最為相關的詩論著作，當為1968年出版的《現代詩的基本精神——論真摯性》，故而本章亦專闢一節，以深究此書之重要內涵。

　　最後，在1964年後到解嚴之前這段期間與現代一詞緊密相關的其他詩論、九〇年代的詩論作品，以及對林亨泰現代詩論之通盤檢討，便是本章第三至五節所欲處理的關鍵議題。

第一節：1964年前林亨泰詩論著作中的現代

　　前章探討林亨泰詩論與象徵之關係時，便已約略提到，雖然早在銀鈴會時期，林亨泰便已開始文學評論的相關活動，但由於在1948到1949年所發表的文章，多屬一般性質，與嚴格的文學論述相去較遠，故而本章對於林亨泰詩論與詩學範疇之現代一詞的關聯辨析，亦仍從1956年林亨泰加入紀弦所創立之現代派後所書寫的詩論文章切入，追索直至1964年笠詩社創建前之林亨泰詩學理論的實質內容。

　　簡言之，此時期與詩學意義之現代一詞關係最為密切的詩論文章，若依呂興昌所整理之林亨泰生平事蹟來看，當為1957年3月

《現代詩》第十七期上的〈關於現代派〉，[468]以及發表於1957年12月《現代詩》第二十期的〈中國詩的傳統〉；[469]而值得注意的是，雖然這兩篇文章在刊載時間上僅有不到一年的差距，且皆以宏大之視角來進行觀察，但若就文章之實質內容來看，則可說是代表了林亨泰在定義現代之內涵時，從僅由橫的移植著手，到兼容中西文化的劇烈轉變。

（一）〈關於現代派〉對現代之西式詮解

乍看之下，原來發表在《現代詩》第十七期上的〈關於現代派〉，其重點似乎是放在對「現代」此一特殊詩壇「派別」的相關介紹；然而，只要細讀該文，當可發現林亨泰雖然以「派」為題，但其真正所欲處理的議題，乃是廿世紀西方文藝思潮中各種與「現代」相關的特定主義：

> 「現代派」——這個廣義的稱呼，便是立體派、達達派、和超現實派的總稱。按發生時間的前後，我們應該這樣稱呼：
> （一）現代派第一期（即指立體派而言）
> （二）現代派第二期（即指達達派而言）
> （三）現代派第三期（即指超現實派而言）
> 然而，「超現實」，乃是自立體派至超現實派的一連串運動所一貫的精神。[470]

因為，就現當代的語詞使用習慣來看，所謂的「現代派」一詞，通常所代表的內在涵義若不是與三〇年代李金髮、戴望舒等人相關，

---

[468] 呂興昌編：〈林亨泰生平著作年表〉，《林亨泰全集十・外國文學研究與翻譯卷》，頁190。
[469] 同前註。
[470] 林亨泰著，呂興昌編：〈關於現代派〉，《林亨泰全集七・文學論述卷4》，頁6。

便是與四、五〇年代的紀弦、林亨泰等人相連；而若將其移至西方文化來審視，則常代表了廿世紀具現代主義特質的各式文學創作。但是，當我們從上述兩種與文學相關的切入途徑來重新審視林亨泰的相關言論時，不難發現不論是東、西方哪一種語境脈絡，皆與林亨泰所述之以超現實為一貫精神、以「立體派」、「達達派」與「超現實派」為分期依據等內容，相距甚遠——之所以如此，或許是因為林亨泰在上述引文裡對「現代派」所採取的詮釋角度，本就與文學場域關係較遠，而與美術範疇距離較近。[471]

　　然而，若我們進一步將觀察之視野由「派」和「主義」之框架，以及詩與美術之分類中跳脫而出，[472]從更為直探核心之角度來透析所謂的「現代」，則可清楚得知的是，此時的林亨泰乃是主要以西洋文藝思潮作為開展自身論點的基礎；至於「現代」之特性，一方面雖與立體主義、達達主義等皆有相關，但更重要的是，超現實之精神，當可視為林亨泰心目中「現代」一詞所必須具備的核心內涵。

---

[471] 因為，一般所謂「立體派是出現在一九〇七年的巴黎。它是由那些受了塞尚的要『運用圓筒體、球體和圓柱體』進行創作和非洲黑人雕刻的影響而產生的一個美術流派。它的創始人是保羅・畢加索（一八八一－一九七三）和喬治・勃拉克（一八八二－一九六三）」，詳見文化部教育局編：〈西方現代派美術〉，《西方現代哲學與文藝思潮》（上海：上海文藝出版社，1987年4月），頁238。另，所謂的達達派，最早同樣由一群畫家所興起的藝術運動：「一九一四年第一次世界大戰爆發了。戰爭給人們帶來的災難，一批由許多國家逃難集中到瑞士蘇黎世的藝術家，由於遭受帝國主義戰爭的禍害，痛恨戰爭，痛恨資本主義，但又因為站在個人主義立場上，以及受錯誤思潮的影響，情緒頹廢，思想極端。他們否定理性，否定文化傳統，否定一切，崇拜虛無主義，提倡無目的、無理想的生活，主張無目的、無理想的文藝……這就是一九一六年所出現的達達派」，詳見〈西方現代派美術〉，《西方現代哲學與文藝思潮》，頁241。

[472] 之所以如此發想，主要是因為廿世紀許多原本來自美術領域的新觀念，後來亦具體影響了詩人與作家的創作行為，例如：「在其他實驗裡，達達主義者從帽子裡撿出詞兒來創作詩歌——一種依靠偶然性尋求新穎、自發和非邏輯並置的詞語拼合。有的畫家也採用這種技巧，尤其是迪尚」，詳見C・W・E・比格斯貝著，周發祥譯：《達達和超現實主義》（北京：崑崙出版社，1989年3月），頁33。

（二）〈中國詩的傳統〉對現代之多元視域

但值得注意的是，如果說在〈關於現代派〉中所蘊含的現代一詞之具體意義，乃是基於橫的移植之特定時代風潮，並以現代主義為觀察視角，所得到的具備強烈西方美學色彩之現代意涵，那麼同年12月發表於《現代詩》第二十期的〈中國詩的傳統〉，則包含了林亨泰對於現代一詞所做出的另一種解讀——亦即現代一詞所具備的詩學意義。

簡言之，所謂的現代之意涵除了可用西方超現實之精神來加以說明外，對林亨泰而言，此議題其實亦與所謂的「縱的繼承」，也就是中國古典詩的悠久傳統，關聯密切——而須先行說明的是，明明在同一年的3月，林亨泰才於文章中暗示其眼中的現代，應由西方文藝思潮之立場來定義，但為何在相隔九個月之後，卻又改為重視中國詩的古典傳統，這當中難道不存在著觀點丕變的矛盾？對此，若我們能先充分閱讀林亨泰之文章內容，或許就能夠順利找出消解此種表面衝突的妥善良方：

> 「傳統」（Tradition）一詞，如果按照一般人的想法，即指過去的過去性而言，⋯⋯但是艾略特的意思更廣義些，即包括著「自荷馬以來的歐洲文學的全部的感覺⋯⋯的秩序體！」⋯⋯換言之，他認為：詩人應該以「比他一個人的心還要來得重要的心」即「歐羅巴的心」去寫他的詩，而他的詩也應該在於「自古而今所寫的一切詩之活生生的全體」的知覺中完成。[473]

換言之，就上述引文來看，其實林亨泰對西方文化的重視並未改

---

[473] 林亨泰著，呂興昌編：〈中國詩的傳統〉，《林亨泰全集七·文學論述卷4》，頁19。

變；只不過，在林氏眼中，所謂真正的現代主義者——如艾略特，乃是善於利用自身之傳統，進而開展出具備個人特色之創作；也就是說，如果連成就顯赫如艾略特者都須認同過往之歷史、尊重既存之傳統，那當時臺灣島上主張西方現代主義的各路人馬，又怎能自避於中國古典文學的傳統之外？故而，從對艾略特的相關討論中，我們可以清楚看出，林亨泰認為詩人之書寫，應以一種足以容納文學史中所有歷時演變的廣博胸懷為其實踐、創發之根本前提。而進一步來看，在確立了繼承傳統的重要基礎後，接下來該繼續努力的目標，便是在悠久廣博的文學傳統中，進行披沙揀金的水磨工夫：

> 對於傳統的再檢討也就是純正的現代主義之必然的結果。……艾略特如此……高克多如此……紀弦也如此……是的，我們是有所揚棄並發揚光大的！[474]

更直截地來說，所謂的回顧傳統、看重過往，其真實意義並非機械式地復古模擬，反倒是要借古典之精髓淬自身之鋒芒；因此，在認識、檢討之後，下一步該做的，便是對傳統進行批判式地繼承，以求真正將傳統之精華在當下之場域發揚光大——故而，林亨泰才會贊同艾略特、高克多與紀弦等人的看法，認為詩人在創作前，應先對傳統，尤其是中國古典詩的光輝傳統，汰劣習優、去蕪存菁；而對林亨泰自己來說，則是正因為有了立足傳統的前提，方有其著名的「現代主義即中國主義」之獨特觀點提出：

> 「現代主義即中國主義」——這就是在本文中我所要強調的一點，那麼，紀弦在積極方面，也就是意味著「傳統」的繼承，而且是廣義的繼承。[475]

---

[474] 同前註。
[475] 林亨泰著，呂興昌編：〈中國詩的傳統〉，《林亨泰全集七‧文學論述卷4》，頁20。

林亨泰將現代主義與中國主義逕直等同的說法，看似是以中國一詞所蘊含的特質，來簡要說明其心目中所謂的現代究竟為何；但若細思其內涵，當不難發現其中有許許多多必須詳述的關隘橫亙於內——儘管於上述引文中，林亨泰舉出了紀弦作為廣義上繼承中國傳統的典範之一，但此種平面式的提點，對於現代主義即中國主義之具體深究來說，仍嫌不足；[476]故而，林亨泰才須分從詩之本質與文字等層面切入，詳細論證己說。

具體來看，在藉由艾略特之典型範例，確認現代主義者亦須真切反省文學傳統之過往積累後，林亨泰首先從本質之角度切入，論述西方之現代主義與中國之古典傳統間的相互關聯：

> 為什麼「現代主義即中國主義」呢？我們從「本質」與「文字」兩方面來討論這個問題。……歐洲的詩，可追溯到紀元前九世紀的荷馬（Homer），而荷馬的兩篇詩都是長篇的，其一為《伊利亞得》（Iliad），凡一萬五千五百行，另一為《奧德賽》（Odyssey），凡一萬二千行。而到了十四世紀的時候，但丁（Dante）的偉大傑作《神曲》（Divina Commedia）也是長篇的。這說明了自荷馬以來的歐洲詩的傳統，其本質即存在於「敘述」中，這一個現象，其後一直繼續著，……但一提到我們古中國的詩，的確「短」，而其本質一直都存在於「象徵」中，這形成了自古以來中國詩的傳統。但是在歐洲，這種象徵主義的詩，一直要遲到十九世紀的後半。[477]

---

[476] 因為，儘管在詩學理論的實質內容中，紀弦的確曾援引中國古典詩範疇內的既存成果，作為闡述己說時的有力證據——例如藉助李白的〈獨坐敬亭山〉來說明自己心目中詩之藝術化境，但對於其詩論體系中的現代觀點，是否確實與中國古典詩學之各式傳統看法有所聯繫，卻極難在其詩論內容中，找到詳實之證據。

[477] 林亨泰著，呂興昌編：〈中國詩的傳統〉，《林亨泰全集七‧文學論述卷4》，頁20。

由上可知，林亨泰之所以會認為從詩之本質角度來看，西方現代主義與中國詩學傳統當有契合一致之處，其主要原因乃在於，林亨泰眼中的西方詩作，可謂一向以敘述性作為其主要特色，直到時間之巨輪轉移到了近現代時期後，方才改以短篇與象徵性為特徵；[478]不過，由於對林亨泰而言，所謂的篇幅簡短，以及表現間接、由實到虛等象徵特色，乃是中國古典詩極為普遍的性質，[479]且在加上由前述的相關討論亦已得知，在林亨泰的詩學理論中，本就將象徵主義此種具有一定時空限制之文藝流派的核心特質，視為象徵。[480]換句話說，由上述所引可進一步確認的是，對林亨泰而言，自十九世紀後半起，歐洲詩壇上凡是具有象徵主義色彩的詩作，其本質特性，當與中國古典詩之表現，極為相近——然而，在確認了西方象徵主義流派之詩作與中國古典詩之關聯後，我們要如何進一步推導出，所謂具有現代主義特性之詩作，同樣也和中國古典詩關係密切？對此，需要更加說明的便是，在林亨泰眼中，象徵主義與現代主義之間的深層聯繫，究竟為何：

---

[478] 此種對西方詩作之特徵改變的觀察所得，應當有進一步深究的必要：例如，此種由長變短、從敘述至象徵的演變，是純粹因為文學場域之內部驅力（例如推陳出新的內在需求）而來，還是同時亦受到客觀現實的外在力量（如社會、國家在經濟、政治等方面的劇烈改變）影響，當須作更為仔細的思索與判斷，方能對後續中、西方詩學之比較研究，提供有效之資助；此外，更為重要的是，林亨泰之所以會提出歐洲詩作具有形式之簡短與特質之象徵等特色，所憑藉的關鍵僅為十九世紀中期以後具備象徵主義性質之詩作在歐洲大量出現——但問題在於，單憑此一孤例，是否即能推導出，所有歐洲詩作都已確實具備了簡短與象徵之特色？且所謂的長篇與敘述性，難道便從此不再與歐洲詩作發生關係？凡此種種，皆為值得繼續鑽研的課題。

[479] 但必須注意的是，林亨泰在上述引文中所提及之中國古典詩作與象徵特色的關聯，並未在其他詩論文章中，發現足以加以佐證之資料；換言之，林亨泰將象徵視為中國古典詩作之特色的說法，仍應需要更多的論述來支持——畢竟，在前一章對林亨泰之詩學理論與象徵之關聯所做的研究當中，我們只能確認對所謂以白話書寫的現當代詩作來說，象徵，確為其相當關鍵的重要性質，卻也很難直接看出，中國古典詩與象徵之間的必然關係。

[480] 可參考〈抒情變革的軌跡——由「現代派的信條」中的第一條說起〉（《林亨泰全集四‧文學論述卷1》）的頁231，以及〈象徵價值的創造及其他〉（《林亨泰全集七‧文學論述卷4》）之頁146等處的相關敘述。

不用說，今日象徵派乃是十九世紀的繼承。在這一點上，他
們不過是就象徵派的餘黨。但是「現代派」卻是廿世紀以後
才興起的。誰是廿世紀真正的兒子呢？當然是「現代派」。
但我不喜歡這種說法，因為「現代派」與「象徵派」並不對
立，（梵樂希曾加入達達派）。[481]

雖然不論是文藝思潮當中的現代主義，或是詩壇流派裡的現代派，
從時序上來看皆屬於廿世紀，與十九世紀的象徵主義相距甚遠——
但必須留心的是，對林亨泰而言，不論所涉及的具體對象是文藝思
潮或詩壇流派，所謂的現代與象徵這兩個重要概念之間，並非全不
相容；更直截地來看，在林亨泰心目中，就實質內涵而言，現代與
象徵之間，應當保持著緊密而深刻的聯繫。[482]

　　總的來看，正因為對林亨泰而言，所謂的現代，以及與現代相
關之現代主義、現代派，皆與過往十九世紀所興起之象徵主義中的
根本核心——象徵，關聯密切，故而才可將前述對中國古典詩作與
歐洲詩作之間的內在聯繫，透過象徵之媒介，擴展到所謂的西方現
代主義與中國古典詩傳統之間的本質融通。

　　從另一個角度進行分析，當可知對林亨泰而言，西方現代主義
與中國古典詩作之間，除了在象徵此種特質上，具有相似之處外，
由語言文字之途徑切入，亦可發現中、西、古、今之間，實有許多
值得我們注意的共通特點：

---

[481] 林亨泰著，呂興昌編：〈關於現代派〉，《林亨泰全集七・文學論述卷4》，頁10。
[482] 當然，同樣必須正視的是，在此林亨泰除了舉出法國象徵派之代表人物梵樂希與達
達主義之間的關聯外，其實並未針對此議題提供其他更加詳實之證據與縝密之論
述；不過，從另一個角度來看，對於以象徵詩論與現代詩論為主要研究目標的本文
來說，象徵與現代之關聯，本亦為筆者所欲處理的重點之一，故而在此先行擱置，
後續再另行深究。

對於中國文字的檢討，高本漢（Bernhard Karlgren）曾說：
「因為語音的單純化，結果使同音語詞倍增，……中國文字……──一種意義的符號，不是語音的記載，……凡是在聽官上同音的語詞，在視官上都可以把他們分辨出來」。這些告訴著我們：中國文字並非語音的記載，而它的特色在於視官上的認識。[483]

而通過林亨泰在上述引文中所呈現之高本漢的相關言論，我們能夠立刻看出的是，「意義的符號」，即為高本漢心底對於中國文字最為獨特的印象；然而，要瞭解所謂意義符號的真實內涵，必須進一步將其所提及的，在視覺感官上得以清晰分辨的特色，並列同觀，方能徹底掌握其對漢字的整全看法──換言之，僅僅知道所謂的中國文字即是一種意義符號是不夠的，必須將上述引文之內容前後仔細參照，方可進一步得知，所謂的意義之符號，其真正的關鍵乃是在於，必須透過漢字本身所具備之形象可感性，方能充分呈現原本抽象虛渺之意義。[484]

　　換句話說，高本漢筆下中國文字具備了能夠憑藉自身所蘊含之可感形象，讓使用者得以通過與視覺相關之感受，準確分辨同音語詞所代表之不同意義的說法，所欲強調的重點，其實就是漢字本身以象表意的特性──進一步來看，此種對於形象特質之重視，對林亨泰而言，當與隸屬於現代主義之一環的立體主義極為相關：因為，所謂的立體主義，亦有看重形象，以目標物之整全樣貌的表現為主軸等特色。

　　而在歷經分由內外兩重途徑所開展的漫長探討後，林亨泰相當

---

[483] 林亨泰著，呂興昌編：〈中國詩的傳統〉，《林亨泰全集七・文學論述卷4》，頁22。
[484] 而值得進一步思索的是，若結合前面數章對於象徵的密集討論，當不難發現，林亨泰眼中漢字所具有的以可感形象表達抽象意義的特性，其實便十分符合所謂的由象表意之象徵特質。

肯定地提出了所謂中國古典詩作傳統之奧義，即在於內涵本質上所表現出的足以作為象徵主義之核心元素的象徵特性，以及文字工具上所具備的與立體主義遙相契合之形象可感特質：

> 關於中國詩的傳統的一個結論：
>
> （一）在本質上，即象徵主義。
> （二）在文字上，即立體主義。
>
> 所以說：「現代主義即中國主義」。……這當然是一種原則上的「籠統」的說法，在細則方面，可能還有更多的問題是極為複雜的，……因為生活在這所謂「大詩論時代」的二十世紀，沒有一種理論的形成是能夠來得那麼簡單的。[485]

不過，在引申出中國古典詩應具有象徵和重視形象之特點後，林亨泰探索的腳步並未停止，反倒是循此繼續前進，憑藉著現代主義中亦有如立體主義般重視形象的思想成分存在，以及將象徵視為現代派、現代主義之本質等個人見解，證明其心目中所謂的，現代主義即中國主義、現代一詞之實質內涵至少包括了象徵與可感形象等說法，當有其確切而無可辯駁的正當性。

然而，必須注意的是，不論是通過前述的種種闡發，或是上段引文中林亨泰的自我反省，我們都能清楚看出，將現代與中國，這兩項各自擁有豐富意蘊之詞彙悍然拼合，是一件多麼危險的嘗試──因為，其中實在潛藏了太多亟需填補的空缺與疏漏；但無可否認的是，若從對現代一詞之定義探討的角度來看，林亨泰在本文內容裡積極以中國古典來詮釋西方現代的作法，相較於〈關於現代

---

[485] 林亨泰著，呂興昌編：〈中國詩的傳統〉，《林亨泰全集七·文學論述卷4》，頁23。

派〉一文中純以西方視角來探討現代的作法，在格局上顯得更為大器與寬闊，內容亦更為重要——因為由此文可知，對林亨泰而言由於秉持著在詩之領域裡，中國古典與西方現代可相互融通之前提，故而當時臺灣詩壇所相當流行的現代主義，在林亨泰眼中，不但並非來自西方的舶來品，反倒是正統中國古典詩學的精髓所在。[486]

第二節：《現代詩的基本精神——論真摯性》之現代詩論

　　由前述對〈關於現代派〉與〈中國詩的傳統〉的分析與詮釋當中，可以清楚看出的是，在前一篇文章中，林亨泰相當清楚地指出，現代之定義，除了與達達、立體等現代主義之附屬支派密切相關外，更可說是以超現實之精神作為現代一詞之主要內涵；但相對於此種純然由西方視角所得出的觀察結果，在第二篇文章裡，林亨泰則是試圖建構一套足以融貫中西古今的多元視野，並從詩之內在本質與文字工具等二途，橋接中國古典詩學之傳統樣貌與西方現代主義之特定意蘊，並將所謂的象徵特質、對形象之重視等特點，當作「中國」與「現代」，這兩項含意廣泛之重要詞彙在定義上的共同交集。[487]

---

[486] 但由此所生發出的另一項必須解決之問題，便是如果所謂的現代主義之關鍵內涵，皆能在中國古典詩學之傳統裡找到足以相互呼應之論述，那麼為何不乾脆改以復古為號召，直接宣稱臺灣的現代詩應大力學習中國古典詩之豐厚寶藏，何須另行費事高舉現代主義之旗幟？對此，林亨泰亦有相當精闢的見解——簡言之，對林亨泰而言，雖然在內在本質與文字工具上，中國古典詩學與西方現代主義可謂是相互等同、彼此融通，但林亨泰進一步提出，儘管本質層次的特質不太發生變化，但由於時移世易的緣故，詩所使用的文字工具，以及與文字密切相關的具體寫作手法，皆極易隨著外在客觀環境與使用對象的異動而改變；換句話說，林亨泰認為，所謂的橫向移植與縱向繼承，都是既存的事實：只不過，由橫向移植而來的是嶄新之文字使用方法、各式寫作策略，因縱向繼承而有的則是互古不變的詩之象徵本質。以上說法，可詳見〈中國詩的傳統〉（《林亨泰全集七‧文學論述卷4》）之頁24-25的記載。

[487] 值得注意的是，雖然林亨泰在〈關於現代派〉和〈中國詩的傳統〉裡，看似對所謂現代一詞之內在涵義，抱持著截然相異的看法；但是，若將象徵之意涵，定義為前

但換個角度來看，或許正由於前述兩篇文章，皆是由特定文藝思潮之宏觀立場來定義現代，故而其觀察所得，往往可說是具備了大處著眼的特色，而較為缺乏具體詳實的微觀論證——也就是說，若要更進一步地深入了解，林亨泰詩論中與現代詩緊密相關的重要觀點，首先該深入處理的指標性著作，當非進入笠詩社時期後，[488]所完成之《現代詩的基本精神——論真摯性》莫屬；[489]而具體來看，在《現代詩的基本精神——論真摯性》所呈現出的現代詩論中，主要的成果大多落在詩本體之外顯形式、內容成分與詩創作方法之綱領與細則等議題上。

（一）去韻文化與散文化之詩作外形

　　就人類的普遍經驗來看，確立問題焦點所位於的座標與脈絡，當為確保思考與判斷順利開展的有效方法之一；而就詩與現代的關聯來看，「五四」時期的「新詩」，應是林亨泰心中不可或缺的參照對象：

> 任何時代，必定都有那個時代所使用的白話，用以寫作那個
> 時代的詩或散文。然而，事實往往不然。所幸的是自從五四

述各章中從紀弦、覃子豪與林亨泰之象徵詩論所歸結出的共同交集，亦即由實到虛的聯結關係，則所謂的象徵與超現實之間雖然名稱不同，但就其實質意義來看，當有足以相互呼應之處——因為從紀弦與覃子豪之相關論述來看，表現人心內在之抽象世界，本就是超現實一詞所涵括的重要意旨之一；譬如紀弦便曾認為「超現實主義的現實，……是事物之『最深處』，唯『心眼』可以看見的」（見氏著：〈談想像〉，《紀弦詩論》，頁54），而覃子豪也明白表示過「超現實主義發掘潛意識，求內在的真，這確是詩的新世界」（見氏著：〈超現實主義的影響〉，《覃子豪全集II・未名集》，頁605）。故可知，雖然林亨泰的確曾以超現實與象徵等不同詞彙來說明現代之意義，但對於內在世界之重視，當可說是林氏一貫之堅持。

[488] 一九六四年三月，林亨泰與詹冰、陳千武等十二人創辦笠詩社；同年六月，《笠詩刊》創刊號出版；可參考呂興昌編：〈林亨泰生平著作年表〉，《林亨泰全集十・外國文學研究與翻譯卷》，頁195。

[489] 林亨泰著，呂興昌編：〈現代詩的基本精神〉，《林亨泰全集七・文學論述卷4》，頁2-83。另，據林亨泰自言，全書完稿時間為1966年10月，1968年1月出版；見氏著《找尋現代詩的原點》（彰化：彰化縣立文化中心，1994年6月），頁116。

文體改良運動以來，我們這一代終於能夠普遍地以屬於自己的這一時代的白話，來寫作屬於自己的詩或散文了。不過，因為時日尚淺，在所謂「新詩」的領域內，難免顯得蕪雜紛亂缺乏豐碩的成果。這實在是必然的。因為新詩必須揚棄經過長期積蓄的傳統經驗，然後重新出發。[490]

進而言之，就詩之場域來看，所謂的「現代」，在林亨泰心中首要關注的焦點，當為詩之語言文字——毋庸置疑的是，自民國八年以降，胡適、徐志摩等人所開創的新詩，已經能使廣大的作者擁有使用白話寫詩的自由；然而，或因歷時短促、積累不足等相關原因，林亨泰認為五四時期所開創出的新詩園地裡，有許多枯枝敗葉應加以積極剪除，方能在「現代詩」的場域中，打開另一番新的局面——其中，首該處理的便是詩所運用之語言文字：

因為抒情的緣故，讀起來總是琅琅上口，輕快的很。然而也就是因為詩的調子首尾如一，過分單調的緣故，讀完了詩，這份輕快感也就跟著終止了。[491]

例如，五四新詩可能在詩之外形上，易予人雷同、一致之感；雖然具有好念、易讀的效果，但相對來說也比較容易使人在結束誦讀之後，鑑賞活動也隨著詩作之語言文字的結束而中止，無法再進一步深入到心靈層次的咀嚼與反芻——而深入來看，林亨泰認為此當緣於詩人太過專注在「抒情」上，故方使新詩因韻文化而導致上述的缺憾。[492]除此之外，林亨泰認為五四時期之新詩更加嚴重的弊病，

---

[490] 林亨泰著，呂興昌編：〈現代詩的基本精神〉，《林亨泰全集四・文學論述卷1》，頁3。

[491] 林亨泰著，呂興昌編：〈現代詩的基本精神〉，《林亨泰全集四・文學論述卷1》，頁7。

[492] 然而，抒情功能之彰顯與詩之語言文字的音韻使用，其二者之間的內在關聯是否有

當在詩之語言文字的「散文化」：

> 要負載同一質量的感情，胡適的詩非用一大把的字句不足以
> 表達出來，而李煜的則只需簡約經濟的字句就足夠了。……
> 胡適的詩，好像郊野山間的原始森林，一任其枝葉自然蔓延
> 參差不齊。而杜牧的詩正如常在學校、議會、公園等處庭園
> 所看到的修整得整齊規則的樹木。這「散文化」的傾向，是
> 五四時代的所謂「新詩」的共同弊病。[493]

為了說明五四時期新詩散文化所帶來的困境，林亨泰以胡適為檢驗
對象，提出胡適詩作中必須以繁多之字句方能充分表情達意，和參
差不齊的詩作外形，均為必須立即改正的散文化過失；進而言之，
若以上述兩點意見來看，後者所謂的外形參差不齊，雖然有時會使
人感到不夠精緻、缺乏設計，但換個角度來看，卻也能予人自然、
率真之感受——故而相較之下，非以大量字句方能傳達內涵的狀
況，或許更令林亨泰感到憂慮。換個角度來看，以上兩處不足，其
實都可算作是以單一詩篇為考察對象所發現的散文化焦慮；而若放
大審視的範疇，林亨泰認為五四時期新詩的散文化，對於作為文類
之一環的詩之整體來說，更具有嚴重而不可忽視的威脅性：

> 自五四以來寫詩的工具雖已從韻文轉變到白話，其實，這並
> 非意味著在文學的「類別」（Genre）上，詩與散文有什麼
> 混淆。詩在文學的「類別」上，它該嚴守著它自己特有的範
> 圍與界限，如果逸出此一特有的範圍和界限，那豈不就等於

必然相繫，當有待於更加細緻的挖掘與朗現；但為了使敘述聚焦，本文在此僅先依
照林亨泰的觀點切入，並不代表筆者認同抒情便是造成此項問題的因素。
[493] 林亨泰著，呂興昌編：〈現代詩的基本精神〉，《林亨泰全集四・文學論述卷1》，
頁6。

放棄了詩的身分？那詩不就化身成為散文了嗎？五四時代的
文學革命志士力求詩的工具改善，主張以白話為寫詩的工
具，這是對的，但竟把詩寫成了散文，五四時代的詩之所以
失敗也就失敗在這一點上。[494]

之所以會認為必須正視五四新詩之散文化問題並加以大力改革，主
要原因當在於，林亨泰提出詩一旦在所使用的語言文字層面上，呈
現散文化之狀態後，其實也就是從根本上消解了詩之存在，進而在
文類的國度中，從詩之領域轉移到了散文的地盤；[495]此亦為林亨泰
心目中，五四時期詩人最為失敗的一點。

　　綜合來看，既然五四時期的新詩在外顯形式上具有韻文化與散
文化等缺失，並造成了易流於表面與喪失文類性質等慘重後果，作
為繼起的「現代詩」，在觀念理論上應具有怎樣的特色，方能有效
挽救？對此，林亨泰提出了其著名的「真摯性」觀點，從內在的角
度，提出關於上述問題的可能解答：

> 不在散文這次元的白話，究竟是怎樣一種白話？換句話說，
> 怎樣的白話，才堪稱為真正存在於詩次元的白話？這是一個
> 相當複雜的問題，我之所以決心寫這本書的動機，也就是為
> 了闡明這一點。……在討論之前，我們應該先討論一下，所
> 謂「真摯性」……因為它似乎已牢固地構成了我們現代詩的
> 基礎精神。[496]

---

[494] 林亨泰著，呂興昌編：〈現代詩的基本精神〉，《林亨泰全集四・文學論述卷1》，
頁14。
[495] 由林亨泰的敘述當中，其實我們可進一步發現，所謂的「散文」對林亨泰而言，至
少有兩種不同的定義──其一，當指不帶韻文效果的語言文字；其二，代表與詩、
小說、戲劇等並列的文類名稱。故或為避免混淆，林亨泰行文之時，若欲表達詩所
使用之不帶韻文效果的語言文字，往往會以「白話」一詞以代替。
[496] 林亨泰著，呂興昌編：〈現代詩的基本精神〉，《林亨泰全集四・文學論述卷1》，
頁14。

換個角度而論，由上列所舉的數則引文可知，若以消極的途徑來切入審視，則林亨泰心目中的現代詩定義，當為遠離五四時期新詩之韻文化與散文化弊病的新樣態；但若從積極的層面來判斷，林亨泰更進一步地提出，所謂的現代詩，除了在外顯的語言文字形態方面與五四時期的新詩明顯有別，更重要的是，必須在抽象內涵上，具備真摯性的特質，方能稱為真正的現代詩。

（二）以真摯性為現代詩之內在特質

由外到內、從消極之排除到積極之擁有，林亨泰憑藉真摯性之概念的提出，替其所認定的現代詩之本體存在，描繪出了最為重要的核心價值；進而言之，由於所謂的真摯性畢竟仍為一抽象概念，故而林亨泰在撰文說明時，必須依恃較為具體可知的媒介物來加以闡揚——於是，在下列引文中，我們可以清楚看出，林亨泰透過對紀弦詩作的分析，明確指出所謂的現代詩之真摯性所包含的實質成分，究竟為何：

> 那麼什麼是「真摯性」？……上面所舉的紀弦作品可說是一篇相當真摯的詩作，這篇詩的「詩美」完全是藉「臭的襪子」以及「臭的腳」這種赤裸裸的手法表現出來的，這種毫不保留的坦白，正好構成了詩的真摯性，同時也促使他的作品從死的、裝飾的陳腐中解放而成為一篇活的、有機的創作。[497]

首先，詩之「美感」的提出，可謂是理解現代詩之真摯性時必須關注的焦點；其次，林亨泰認為當紀弦直截使用「臭襪子」與「臭

---

[497] 林亨泰著，呂興昌編：〈現代詩的基本精神〉，《林亨泰全集四・文學論述卷1》，頁16。

腳」等使人充分可感的具體形象時，即促使其詩中產生足夠的真摯性。故而筆者認為，由上述引文可知，所謂的現代詩之真摯性，當可理解為一種由詩中之可感具象所煥然生發出的鮮活而嶄新之美感：

> 前舉的詩例〈脫襪吟〉是企圖在自我的孤獨中捕捉屬於自己的詩之表現；而現在這篇詩例〈都市的魔術〉，則企圖在社會的喧嚷中捕捉屬於自己的詩之表現。但就「真摯性」這一點來說，這兩篇作品的基礎精神是一貫而不變的，這樣的詩，完全沒有「過去的詩」（不但指舊體詩，同時也包括了五四以降一部分的詩）的教訓口吻，以及所附帶的一種假道學的停滯感，也沒有詠嘆調以及所附帶而來的一種傷感者的軟弱感。……不過，要注意的是並不是說他的作品單單以暴露為能事，而是說他在率直的告白中，仍能用心良苦地表現出詩人特有的敏銳的感受性與豐富的想像力，這是難能可貴的。[498]

所謂的「新」之所以重要，是因為在林亨泰眼中，所謂的現代詩，應是與所有「過去」式的詩作（包含古典漢詩與五四時期的新詩）中所包含的陳腔濫調（例如道德之教訓、抒情之傷感等）均截然有異的富含生命力之存在；除此以外，在由衷而發產生出專屬於自己的獨特聲腔後，林亨泰也不忘提醒所有詩人，感受性與想像力的重要：因為，若缺乏感受與想像，詩也就勢必缺乏具有活力而使人感動的內容——進而言之，不論詩中所承載的題材或內容為何，只要與過去有別且具備感受與想像，便有機會通過文字的媒介，使詩之真摯性以新活美感之姿呈現於讀者之前：

---

[498] 林亨泰著，呂興昌編：〈現代詩的基本精神〉，《林亨泰全集四·文學論述卷1》，頁19。

> 不管詩中的題材如何，無論是美的或醜的，一旦藉文字寫成
> 詩後，詩中題材個別的美醜均被揚棄，均能被揚棄於詩的美
> 感之中，換句話說，如果不把詩中的「詩美」與詩中「題材
> 美」混為一談的話，不管詩人筆下的一字一語所代表的對象
> 物是美是醜，只要在那裡能發現出一個詩人的「真摯性」的
> 精神美，這篇作品就有了詩的美感。[499]

故此可知在林亨泰的眼中，美感，對於現代詩來說是十分重要的組
成元素之一；但須特別警醒的是，所謂的詩之美感，其特別強調的
是詩在創作完成之後所展現出的整體美感，而非那些原始而未經加
工的題材之美——因為，不論是源於自然世界亦或現實文明，在尚
未經過詩人之感受性與想像力之點化的題材，只能維持原初的樣
貌，而無法產生出既新且活的審美感受，無法流露出林亨泰所謂的
詩之真摯性，自然也就不該是我們所關注的焦點所在。

（三）塑造真摯美感和鍛鍊現代文言

不論是對具有真摯性質的美感推舉，以及對散文化和韻文化等
缺失的排除，皆可視為林亨泰心目中現代詩之本體所具有的各式特
色；而除此之外，對於以創作為主要關注議題的詩之方法論，林亨
泰也曾以現代作為參考的座標，提出過許多值得重視的意見——例
如，關於詩之創作所必須運用的語言文字來說，林亨泰便指出當時
代的巨輪從古典轉入現代時，從「文言」變為「白話」所帶來的各
種差異，也將大大影響詩創作活動的開展：

> 自五四迄今以歷半個世紀，這意味著詩以「白話」為工具也

---

[499] 林亨泰著，呂興昌編：〈現代詩的基本精神〉，《林亨泰全集四·文學論述卷1》，
頁31。

已經過半個世紀了。其間，詩人們苦心詣旨地使用過這未成熟的工具，可是若以其苦心論之，效果好像並不太大。究其原因可能很多，但是主要的原因，我以為由於詩人的創造詩的基礎，讀者的欣賞詩的基礎都是從舊體詩出發，並且想把它建築在舊體詩上面。雖然過去的舊體詩也是詩，今日的現代詩也是詩，可是其工具卻已由「文言」而變為「白話」，這不但是讀者，就連詩人本人也彷彿輕視了這一點。譬如「車」或「燈」，不但古昔已有，今天也有，可是用獸類拖的「車」和以引擎發動的「車」；以動植物油脂燃亮的「燈」和以電力發亮的「燈」，其「製作」和「操作」是迥然不同的，……詩也是如此，以「文言」為工具和以「白話」為工具，其「創作」和「鑑賞」也是大相逕庭的。[500]

而需要特別說明的是，對林亨泰而言，現代詩所使用的白話文字，其與古典文言之間的差異，重點不在於字詞的外在型態，反倒是一字一詞所代表的內在性質，方為真正使詩之創作（甚至是鑑賞），之所以古今有異的最大原因——換言之，當林亨泰提出從事現代詩之創作，須多多考量白話與文言的內涵差異時，其實也就是在提醒現代詩人，在創作時除了該有意識地減除古典文學傳統所遺留的包袱外，更應著重思考如何才能豐富而適切地表現出其所感受到的與古有別的嶄新感受：

> 和散文站在同一次元上寫詩是一種錯誤，因之詩人當然得設法把它「加工」。其途徑有如紀弦似地，把「真摯性」只是純粹地僅止於精神地追求方法。同時亦可如瘂弦、商禽兩位的除了求其精神的真摯外，更仰賴語言來表現的那種加工方

---

[500] 林亨泰著，呂興昌編：〈現代詩的基本精神〉，《林亨泰全集四‧文學論述卷1》，頁78。

法。[501]

因此，對於林亨泰來說，如紀弦一般發自內心地直視生活並赤裸表達自我，且由此展露出又新又活的真摯美感，自然是現代詩之創作方法裡極為可行的道路之一；但除此之外，林亨泰也不忘告訴我們，除了可著重在真摯內涵之傳達、新活美感之表現以外，對於詩人所使用的語言文字本身大加關注、仔細琢磨，當然也是現代詩之創作途徑中極為重要的環節之一：

> 把習慣化的日常用語無批判地取用於詩中的五四時代的詩用
> 語，到了紀弦時，尤其「真摯性」感情的質素被純化了，感
> 情的容量也更增加了。可是無可否定的，一到瘂弦、商禽兩
> 位時，由於「隱喻」（Metaphor）的多量使用，想像力的領
> 域大為擴展，因而詩味也就更加微妙了。[502]

從林亨泰對瘂弦與商禽詩作的分析中可知，所謂在現代詩之創作過程中對語言文字給予更多的重視，具體來看，應是指對直接作用於語言文字的各種修辭手法，必須多加運用、多加琢磨——例如上述引文所提到的「隱喻」，便是足以使詩味倍增、更形微妙的有效修辭之一；然而，除了譬喻以外，是否還有其他的修辭技巧，同樣是瘂弦、商禽等現代詩人所善用的創作手法，而該被後人多加重視？從下列林亨泰對具體詩句的分析探究，以及「現代文言」一詞的提出，或可看出，藉可感形象之助以表達抽象複雜之意，亦為現代詩創作的成功祕訣之一：

---

[501] 林亨泰著，呂興昌編：〈現代詩的基本精神〉，《林亨泰全集四‧文學論述卷1》，頁40。
[502] 同前註。

把五四時代的詩和舊體詩兩相比較時，我曾說過：五四時代的詩用語有如舊石器時代的人，不懂得如何加工，只是拾起「原石」就用。瘂弦和商禽兩位的詩裡，其所使用的語言，一目即可瞭然是和舊體詩一樣的都是「成形石」。兩位的詩和舊體詩所使用的語言，在其加工過程中，其所代表的意義逐漸離開在日常生活中所使用的意義，而都成為為書寫而寫的語言，……因為在日常生活中，我們絕不會說：「你唇間軟軟的絲絨鞋，踐踏過我的眼睛」的，也不會以「長官，窗子太高了。」「不！他們瞻望歲月」等形式來作為會話形式。這些就是所謂一種在寫詩時才能使用的語言。因此我杜撰一詞，把它稱為「現代文言」。然而這樣的「現代文言」，有時還可看出比舊體詩的文言更為嚴峻地拒絕其在日常生活中的意義。[503]

當我們欣賞「你唇間軟軟的絲絨鞋，踐踏過我的眼睛」時，有經驗的讀者應能輕易明白，所謂的唇中之鞋，並非現實中的真實景象；但我們依舊能從「軟」與「絲絨」等字詞推斷，得以「踐踏過我的眼睛」的鞋，所代表的便可能是一種令人感到既溫軟又精緻的感觸——相形之下，「我」便只是低低在下而只能被其「踐踏」而過的卑微存在。至於那扇被「他們」用來「瞻望歲月」的「窗」，便也不會是日常生活中隨處可見的窗戶；配合詩人所用的「太高了」一語，當可推測出，此處的「窗」暗示的或許是一種對浩蕩流淌之時間、對渺不可知之未來的一種可能的凝望與探索的通道。而藉由以上的分析可知，儘管所欲表達的意義各有不同，其所使用的具體形象也各有差異，但在瘂弦或商禽的詩句中皆可發現，不論是怎樣特殊的意念，都必須藉由相對應的可感形象來加以傳達表現。

---

[503] 林亨泰著，呂興昌編：〈現代詩的基本精神〉，《林亨泰全集四·文學論述卷1》，頁39。

換句話說，所謂的專屬於詩之創作時方能使用的「現代文言」，其之所以能拒絕語言文字所原始肩負的日常意義，當是因為詩人在鍛鍊現代詩作中所欲出現的語言文字時，常常會在其中加入一定成分的形象元素，並藉此特殊的可感之象，傳達出相應的抽象意涵；此種專屬於詩的藉象呈意之表現方式，不僅與日常語言的現實狀況相距甚遠，在林亨泰眼中，此亦為現代詩之所以不同於五四時期新詩的一大特徵。

（四）立足現代生活與心懷大我觀點

　　除了使用譬喻、藉象傳意等寫作手法，以及直接在精神層面追求具真摯性的美感之外，就現代詩的創造方式而論，林亨泰也不忘提醒我們作為真摯美感和語言文字之基礎來源的現實生活，同樣該被詩人所關注：

> 在最初的史前時代——即所謂「歌謠時代」裡，要傳達自己的感情或思想，人類除了一一依賴歌聲之外則無他途，所以這個時代的文學概括地說來是單純而且樸實的。……所謂「自然的流露」這麼一句評語是最能說明此一時代這種特徵的。……在下一個「雕版時代」裡，由於前時代講究聲調的遺風與這時代對於壓縮作用的重視相互結合起來，形成了「韻文時代」。這是人類的青春時期，也就是詩的抒情時期，……但是，由於韻律的外在性與題材的一律性，再由於印刷術的發達，人類是會有追求更自由表現方式，以及尋求更複雜精神型態之欲望的。[504]

因為，在林亨泰的眼中，詩與現實之間維持著密不可分的關係——

---

[504] 林亨泰著，呂興昌編：〈現代詩的基本精神〉，《林亨泰全集四‧文學論述卷1》，頁81。

例如，當一切現實條件都仍原始素樸時，就連理應屬於精緻文學的詩，都只能是先民自然流露而出的種種歌謠；直到文字發明，各種現實條件（如雕板印刷技術）的更新，所謂的詩也隨之以更為繁複的姿態出現，形成了具有強烈音樂色彩的韻文篇章；而依照過往的慣例，當人性對於韻文傳統的厭倦逐漸高漲，以及現實文明日趨進步所帶來的相應刺激，林亨泰十分肯定地認為，詩，甚至是一切的文學作品，都將迎來新穎的局面——像是更加自由多變的表現方式來處理更為豐富多元的精神內涵。而換個角度來看，林亨泰之所以會認為作家終須以更多變的方式表達更複雜的內涵，或許主要原因即在於其所身處的時代背景正是人類文明有史以來最動盪不安的年代：

> 朝朝暮暮都在戰爭中，大戰爭小戰爭連綿不斷，這是二十世紀的實況，因此，作為今日的現代詩人，如果他是「真摯」的話，再也不能像昔日的詩人一般，只顧悠然地固守於一己的趣味領域裡而置身於獨善其身的境地中。在今天，雖然現代詩人吟味舊體詩猶能感到某種感動，但在感動之餘卻又有一種缺少什麼的感覺，這就是因為缺少了這種「時代背景」所使然。不再是「口傳時代」或「雕版時代」的今天，交通工具發達，通訊事業進步，……在這種時代裡，現代詩人必會把全世界當作自己的世界，或把全人類的心境當作自己的心境，試著將它表現出來，我想這是一種自然的趨勢。[505]

時局的動盪不安，最直接而強烈的證據，或許便是林亨泰本人所經歷的世界大戰，以及其他種種規模波及全球的重大事件（例如經濟大蕭條等）——而根據上述引文可知，林亨泰認為具備強烈衝擊性的二十世紀，對於現代文學、現代詩的影響，至少有以下兩點：第

---

[505] 林亨泰著，呂興昌編：〈現代詩的基本精神〉，《林亨泰全集四・文學論述卷1》，頁82。

一，當各種影響程度遠遠超過歷史記載上限的劇烈變化輪番上演時，在古典階段中可以安心賞玩自然、心境悠閒的作家們，勢必也會因此產生許多與動亂時代相應的負面情思；而這種與過往文學內涵截然有別的新興素材，應是詩人所不得不處理的課題。第二，二十世紀的各式動亂所影響的範疇往往已不限於一地一國，因此詩人也該將關懷的視野積極擴大，以便將全球納入瞳仁、全民置於筆下。相形之下，若以詩之創作論的角度來看，當可知林亨泰應更加看重此處所提到的第二點敘述——因為，此即代表了一種胸懷廣闊、包含大我，且境界更為崇高的創作態度：

> 如果說寫作有所謂最原始的狀態，那恐怕就是學校裡的作文，或者如函授學校詩歌班等似地，事先定好題目，而按照那題目寫作的狀態吧。……嚴格地說來，這些都談不上精神的真摯，……然而，當這種狀態進至第二階段時，縱使不設定題目，……由於長久的習慣，……結果其精神活動在不知不覺之中，還是會歸向於某種題材的。……由於精神如此這般的歸向與圍繞，其所感慨的界限自然跟著分明，因此在詩成之後，要加上題目也不是件很難的事情。可是，這種情形進展至最後階段時，……此時的詩人不論任何對象物，也都能藉來做為表現自己的精神活動，以之作為自己的嘆息，自己的告白、自己的呼喚……這種心情，就是不以某都市，某地域為限定了的空間作為生活環境的一市民的，或一國民的心境為心境，而是以全世界為舞臺，全人類之心情為心情的心情。……我想把這種詩的寫法稱為「大乘的寫法」，似無不可。因之，附以或設定題目的詩的寫法，便可稱為「小乘的寫法」了。[506]

---

[506] 林亨泰著，呂興昌編：〈現代詩的基本精神〉，《林亨泰全集四‧文學論述卷1》，頁53。

換句話說，如果說人類的現實文明，可說是經歷了由粗糙到精緻、從簡單至繁複的發展過程的話，對於與之相應的文學創作來說，當也同樣有著逐漸深邃、日趨宏大的生成變化──例如說，對林亨泰而言，創作的原始狀態，可能是一種按題寫作的單純狀態，比較難以展現作者與眾不同的新異特色；而當作家書寫的經驗增加、技巧熟練後，已經能夠藉由特定的媒介，順利表現出與之相關的自我精神活動之種種軌跡；但隨著詩藝的精進，詩人一方面發現主體內涵的展現已經不須侷限於特定事物方能傳導心意，進入一種無物不可入詩、無事不可言志的自由境界，而換個角度來看，當詩人可以任意書寫萬事萬物並都能順利以之表現自我時，其實也就代表了，整個世界都已成為詩人的資料庫，全體人類的情思都可化為詩人一己的作品內容；此，亦即林亨泰所謂的「大乘」的創作寫法。

　　總的來看，我們已能充分得知，如果說對寫作技巧的重視與真摯性美感的追求，可說是林亨泰心目中現代詩在創作方法上應該具體發展的項目，那麼關注詩人所身處的現實環境，並將全體大我皆納入創作過程開展時所應涵容的面向，便可說是林亨泰對現代詩之創作方法在態度觀念上的通盤提醒。

第三節：1964年至解嚴前林亨泰其他詩論著作中的現代觀點

　　由前述種種討論可知，在《現代詩的基本精神──論真摯性》中，就現代詩之外顯形式而言，林亨泰提出應儘量避免五四時期新詩在韻文化與散文化方面所造成的弊病，方能使讀者不被詩作之表層音樂性牽絆，而失去深入現代詩之核心內蘊的機會，並讓現代詩保持住與散文之間應有的文類界線；至於在論及現代詩之內容成分時，林亨泰則以其中真摯性之有無，作為現代詩身分的重要標誌

——舉例來說，若以紀弦詩作為例，則可知所謂現代詩所必備的真摯性，應指緣於外在現實之各式題材，經作者之感受與想像加工而形成可感具象後，所散發出的既有異於傳統、又能打動讀者的新活美感。

再者，若換個角度來看，除了在詩本體之形式與內容層面給出許多重要提醒外，林亨泰亦從詩創作方法的角度，明確描繪出現代詩之相關定義：例如，在具體的寫作要求上，林亨泰認為真摯美感之塑造當然是詩人的首要任務——但除了以直接坦率的方式突顯出詩中的真摯性美感外，譬喻、藉象傳意等鍛鍊詩中語言文字的有效途徑，亦為呈現真摯美感時不可或缺的重要環節；另外，在現代詩創作方法之總體綱領上，林亨泰則是提倡其所謂之大乘寫法，亦即將客觀環境之整全局面，都納入詩人創作時所應關注的對象，使世界之萬有皆成為詩人的創作素材，而全人類的紛雜情思也都是詩人創作時的參考資源——因為在林氏眼中，詩之為物，本就受到詩人所處之外在現實直接而密切的影響。

而當現代派運動已告一段落，且笠詩社也順利創辦之後，林亨泰對於詩學理論的耕耘，除了集中展現在《現代詩之基本精神》外，也散見於報刊上風采各異的單篇文章——綜合來看，在笠詩社成立直到解嚴之前的匆匆歲月中，林亨泰以現代視角對於詩之本體問題所作出的探索，在〈現代詩的「形式」與「內容」〉中，[507]可找到最為豐富的足跡；另外，〈中國現代詩風格與理論之演變〉裡，亦有與此相關的兩則論述，[508]可供參考。再者，除了上述兩處以外，林亨泰在此時期對於現代詩之本體問題所提出的種種意見，

---

[507] 原載於《現代詩》復刊第一號，一九八二年六月；後收入《找尋現代詩的原點》。另，可參考林亨泰著，呂興昌編：《林亨泰全集七‧文學論述卷4》，頁135-138。

[508] 最早發表在《詩學》第一輯，一九七六年十月。另，可參考林亨泰著，呂興昌編：《林亨泰全集四‧文學論述卷1》，頁136-203。

亦呈現於〈詩的本質〉、[509]〈我們時代裡的中國詩〉、[510]〈笠的回顧與展望〉、[511]〈抒情變革的軌跡——由「現代派的信條」中的第一條說起〉、[512]〈中國現代詩談話會〉、[513]〈白萩詩集《詩廣場》討論會紀實〉，[514]以及〈詩創作的意識與藝術表現〉等處。[515]

　　換個角度來看，若以現代之觀點審視詩之方法層面，則林亨泰在此時期的主要關心對象，仍是詩究竟該如何創造的問題——具體來看，除了〈現代詩的「形式」與「內容」〉之單一敘述外，對於現代詩創作環節中從題材到內容的提煉過程，林亨泰的意見大部分集中在〈中國現代詩談話會〉內；至於詩人究竟如何憑藉語言文字加以表現的問題，則可參考〈中國現代詩風格與理論之演變〉、〈作品合評（談非馬的詩）〉，[516]以及〈抒情變革的軌跡——由「現代派的信條」中的第一條說起〉的諸般析論。

---

[509] 原載於《笠詩刊》三十七期，一九七〇年六月十五日；另可參考林亨泰著，呂興昌編：《林亨泰全集七·文學論述卷4》（彰化：彰化縣立文化中心，1998年9月），頁88-90。

[510] 原載《笠詩刊》五四-五九、六一期，一九七三年四月－一九七四年二月、六月。另可參考林亨泰著，呂興昌編：《林亨泰全集四·文學論述卷1》（彰化：彰化縣立文化中心，1998年9月），頁84-135。

[511] 原發表於《笠詩刊》一〇〇期，一九八〇年十二月十五日；後收入《見者之言》。另可參考林亨泰著，呂興昌編：《林亨泰全集七·文學論述卷4》，頁127-134。

[512] 原載於《中外文學》十卷十二期，一九八二年五月；後收入《見者之言》。另可參考林亨泰著，呂興昌編：《林亨泰全集四·文學論述卷1》（彰化：彰化縣立文化中心，1998年9月），頁227-251。

[513] 原刊於《文訊》十二期，一九八四年六月；另可參考林亨泰著，呂興昌編：《林亨泰全集九·文學論述卷6》（彰化：彰化縣立文化中心，1998年9月），頁183-187。

[514] 初見於原載《現代詩》復刊七、八合刊號，一九八五年三月。另可參考林亨泰著，呂興昌編：《林亨泰全集九·文學論述卷6》（彰化：彰化縣立文化中心，1998年9月），頁188-193。

[515] 始收於原載《笠詩刊》一二六期，一九八五年四月十五日。另可參考林亨泰著，呂興昌編：《林亨泰全集九·文學論述卷6》（彰化：彰化縣立文化中心，1998年9月），頁194-196。

[516] 首見於《笠詩社》九六期，一九八〇年四月十五日；另可參考林亨泰著，呂興昌編：〈作品合評（談非馬的詩）〉，《林亨泰全集九·文學論述卷6》，頁135-144。

（一）以真摯美感為詩之內容特色

就詩學理論之實際成果而言，「真摯性」，可說是林亨泰對現代詩之本體內容所抱持的一貫信念：

> 現代詩的本質：
> Ａ真摯性：要寫今天的詩，不要虛偽。[517]

於是，雖然在《現代詩之基本精神》裡已對真摯性多加著墨，但在其餘單篇詩論文章中，林亨泰依舊將真摯性視為現代詩所不可或缺的本體性質之一；而因為由衷而發的真摯性對林亨泰來說，本就代表了兼具新活特色的美感元素，故此林亨泰也更進一步提出，現代詩之內容層面，應要有強烈的不可取代性：

> 詩本來就是一種發明、發見，詩中所揭開的不外就是一次嶄新的體驗，它包括了詩人如果不寫，則任何人都無法在現實生活中能夠獲得的那種東西。詩藝術的價值，毫無疑問的，都沒有必要淪為其他任何領域的既成價值的翻版或再版的。[518]

之所以會無法取代，主要是因為若現代詩確以真摯性為本質，其所蘊含的「新」之概念，必然會使詩作具備了某些前人所未見、前作所未寫的新穎元素——換個角度來看，當現代詩在內容方面確能具有真摯、新穎等特性時，對林亨泰而言，正代表了現代詩可以做到不恃外物而獨立，能單單依靠著自身在藝術領域所獲得的成就，取

---

[517] 林亨泰著，呂興昌編：〈詩的本質〉，《林亨泰全集七・文學論述卷4》，頁90。
[518] 林亨泰著，呂興昌編：〈中國現代詩談話會〉，《林亨泰全集九・文學論述卷6》，頁187。

得在人類文明中繼續存在的價值。再者，若從真摯性所帶有的另一重特性——「活」——切入，則亦可看出林亨泰對其所謂現代詩之基本精神的高度重視：

> 現代詩的「內容」，不外就是依著「生機的充實」表現出來的，亦即指依美感態度而表現出來的一切精神，以及內面的一切實質而言的。[519]

因為對林亨泰而言，現代詩的一切內容，均與真摯性有關；而其中一種聯繫脈絡，正在於若非憑藉了詩中所具備的真摯性美感之鮮活生命力，則不論是何種精神與實質，都很難在詩之內容層面獲得充分可感的機會。

故此，總的來看，既新且活的美感元素，當可視為林亨泰詩論中，現代詩之內容所必備的核心要件。

（二）兼涵鄉土與知性等多元題材

如果說現代詩之內容須含有真摯性，是林亨泰所提出的一種綱要式之提醒，具體來看，在浩瀚如海的眾多題材裡面，對處於笠詩社創辦以後的林亨泰來說，「鄉土」，當可說是其最愛運用的類型之一：

> ……我的看法是基於中國詩歌的固有本質與中國文字的特殊結構上的一種「現代化」……雖然在方法上因追求「現代」而作了最大膽的嘗試，但是，另一方面，詩作品的題材卻都以「鄉土」為限……因為我一直相信：「現代化」是世界各國的共同目標，……只是這樣追求為的是它的成果都能夠落

---

[519] 林亨泰著，呂興昌編：〈現代詩的「形式」與「內容」〉，《林亨泰全集七·文學論述卷4》，頁137。

在自己的「鄉土」，自己的國人都能夠成為它的受益者。因此我必須說：「現代」與「鄉土」未必是相互衝突的兩個概念。[520]

通過上述引文可知，鄉土，乃是林亨泰所念茲在茲的重量級題材之一；那怕是鄉土題材在表面上看來，似乎與林亨泰身上的現代色彩有所矛盾——但透過文中的分析可知，所謂的現代，其影響力最為劇烈的領域，當為詩之本質特性、所用文字與創作方法等，至於在現代詩之內容方面，應仍有鄉土題材必須出場的積極理由：因為，對林亨泰來說，若要儘量提升詩作對於國家社會的貢獻，多多書寫與自身經驗最為密切相關的鄉土題材，當為具體有效的捷徑之一。此外，若將本章第二節對《現代詩的基本精神——論真摯性》中立足現代、心懷大我之創作方法的詮釋拿來與此處相較，此段引文可說是展現了林亨泰對於現代詩之書寫題材的另一種關懷面向：因為，在《現代詩的基本精神》裡，林亨泰曾特別提出，現代詩人應盡力做到化外為內的工夫，亦即將廣大的現實世界、複雜的眾人心靈都當作自己的世界、自己的心靈，[521]拓展個人之書寫範圍；但是，透過此段引文之內容，我們當不難推測出，當所有外在世界的一切事物都是詩人可以利用的題材時，鄉土，對林亨泰來說應具備了更為優先的處理序列——尤其是，若與紀弦、覃子豪之詩學理論相互對照，則林亨泰對於看重腳下、強調在地之堅持，可說是遠勝於紀、覃二者遠矣。

而隨著觀察角度的切換，則不難發現除了鄉土之外，林亨泰對於現代詩內容中的知性元素，亦抱持有高度的興趣；而較為不同的

---

[520] 林亨泰著，呂興昌編：〈笠的回顧與展望〉，《林亨泰全集七·文學論述卷4》，頁128。

[521] 林亨泰著，呂興昌編：〈現代詩的基本精神〉，《林亨泰全集四·文學論述卷1》，頁82。

是，如果說書寫鄉土是基於詩人所立足之場域特色而做出的有利決定，對知性題材的重視，[522]則與時代浪潮侵襲下所導致的語文變革有關：

> 自從將「韻文」改以「白話」作為詩工具之後，詩人們在確立現代詩「傳統」的努力下，作為吟唱者詩人的存在逐漸失去了其原有的意義，而代之以思惟者出現的詩人存在，其意義愈來愈重要是顯而可見的。……其原因，主要是由平仄、對仗，以及整齊的字數、行數所構成的「韻文工具」的特色較能適合於「抒情」，而這一特色正是「白話工具」所缺乏的，相反的，「白話工具」卻擁有「語言意義的連貫性」、「思惟邏輯的抽象性」、「心理意識的時間性」等特色，這正適於「主知」的寫作過程。[523]

換言之，五四過後詩從韻文改為白話的重大變革，對於林亨泰而言，並不只是外在形式的遷易而已，同時，這也代表了詩在內容層面的轉換契機，終於到來——相較於古典漢詩所使用的韻文而言，林亨泰認為比起流露情意之韻味，現代詩所運用的白話文字更擅長呈現抽象意義的流轉過程與邏輯思考的組織架構；因此，以總體的態勢來看，林亨泰清楚指出自五四運動以降，現代詩內容層面的知性比重，不但能與過往一向被高度推舉的感性情懷並駕齊驅，甚至有日趨重要的可能性。另外，若將此處對知性的論述，與第陸章第

---

[522] 值得注意的是，刊載於1958年3月《現代詩》第二十一期的〈談主知與抒情〉中便已提到，「而如果有首詩竟有了百分之六十以上的『抒情』，這就是所謂『抒情主義的』而我們加以反對之；換句話說，我們所真正歡迎的詩就是其『抒情』的份量要在百分之四十以下，而這就是所謂『主知主義的詩』」等相關意見（可詳見林亨泰著，呂興昌編：〈談主知與抒情（代社論一）〉，《林亨泰全集七‧文學論述卷4》，頁28），故明對於詩中知性元素的重視，可謂林亨泰詩學理論中一貫的堅持

[523] 林亨泰著，呂興昌編：〈中國現代詩風格與理論之演變〉，《林亨泰全集四‧文學論述卷1》，頁180。

三節之相關探討並列同觀時，當可發現十分有趣的是，對林亨泰而言，白話文字所具備的意義連貫性，應只能視為現代詩進行知性之表達時所相當倚賴的基礎環節——因為，在《紀弦論現代詩》便曾經提到，現代詩在開展所謂的觀念之放逐與主題之隱遁等思緒流動過程時，所重視的則是想像的飛躍，[524]以及主題的飛躍；[525]換言之，從語言文字意義之連貫，到想像與主題之飛躍，當可視為現代詩之知性思維在整體呈現過程中所可能經歷的完整環節。

　　綜合以上種種論述，當可充分得知，對林亨泰而言，所謂現代詩的內容層面，在確立了以真摯性之美感作為本質要求後，其實在題材的範圍上可說是不拘一格的——不論是鄉土或知性，都是詩作內容所包含之廣泛範圍之一環。

（三）以相關統一為詩之形體特色

　　根據前述的分析與歸納可知，對於現代詩的內容，林亨泰大致上所抱持的是極為開放的態度，只要符合其對真摯性所規範的新、活等特質，不論是描繪鄉土、或刻劃知性，任何的題材都可入詩；與之相似的是，對於現代詩之外在形式與內在結構等方面的問題，一九六四年以後的林亨泰，在單篇詩論文章中同樣也較常以宏觀全覽的方式提出個人的思考所得——例如，現代詩之形式結構須與其內容保持連動相繫的關係，便可說是林亨泰對此類問題所抱持的總體態度：

> 在過去，古典詩一直以字數、平仄、對仗等有形的感覺現象，作為「形式」的必要條件。……這些藉著外在感官就可察覺的「形式」，是易為一般人所接受的，這也是古典詩比現代詩有利的地方……但，這種脫離「內容」仍可被辨認無

---

[524] 紀弦：〈現代詩之定義〉，《紀弦論現代詩》，頁118。
[525] 紀弦：〈從自由詩的現代化到現代詩的古典化〉，《紀弦論現代詩》，頁30。

誤的「形式」，也有它不利的一面。……本來，「形式」乃是緊跟著「內容」之發展而採取的一連串的發展過程。……將「手段」當作「目的」的話，那麼，所謂的「形式」，也就開始喪失它原有的生命，勢必走上墮落一途不可了。[526]

而由上述引文可知，林亨泰之所以會對現代詩之內容與形式的關係抱持如此的想法，其中必有因古典漢詩而生的積極反思。簡言之，儘管在中國古典文學之傳統裡，因著直截可察之外顯形式，而使古典漢詩較易為讀者所接受；但從另一方面來看，林亨泰也確實在過往的古典漢詩身上，發現了各種由詩作之外顯形式而產生的僵化弊病，故而其對現代詩之形式的理論發想，自然而然會去努力避免已經發生過的缺失。換句話說，既然在傳統漢詩中依靠語言文字所形成的視覺與聽覺規範皆易流於凝滯與機械，因此所謂的現代詩之形式，其最理想的狀態，便是隨時保持自然而靈動的調度彈性；而要達到如此境界，對林亨泰而言最恰當的方式便是不做任何預設立場，讓由語言文字所組成的外顯形式隨其內容之波瀾而自由起伏——至於相較語言文字來說更加幽微的詩之意象，則應以有機聯繫的方式，呈現出現代詩的詩體型態：

> 「詩體」的建立，並非僅靠「解放」而可得。因為「詩體的大解放」只是對「舊詩體」的一次徹底的破壞。至於「新詩體」的建立，務必從頭做起不可。那麼，什麼是「詩體」？或者可以說緊跟著「內容」之發展而採取的一連串的發現過程；或者可以說諸意象之互相交錯、抗衡、乃至牽制複雜地相關而構成的；或者誠如立普司（Theoder Lipps）所說：「內容的存在方式」。不過，它必須等到每一首詩完成之後

---

[526] 林亨泰著，呂興昌編：〈現代詩的「形式」與「內容」〉，《林亨泰全集七‧文學論述卷4》，頁135。

始能告成這一點是不容置疑的。它所需要的精神內容頗多
——諸如敏銳的感性、批判知性、豐富的想像、熱烈的感
情、社會關懷、現代意識……等等都是。因此，一旦失去這
些精神內容的支持與後援，……恐怕只有成為「分行的散
文」之一途了。[527]

換言之，如果以語言文字之排列組合作為實質表現的外顯形式，須
與現代詩之內容同生同滅、變化一致，那麼對林亨泰而言，詩中所
可能出現的各式意象，也同樣必須跟隨著詩之內容所可能蘊含的感
性、知性、想像等種種元素的輕重多寡而聚散分合，呈現出有機而
繁複的內在連結——因此，不論所探討的對象是形式或詩體，對林
亨泰而言，現代詩要在語言文字或意象上展現出與散文截然不同的
特色，就必須時時刻刻與詩之內容維持緊密的聯繫，保有彼此之間
渾然一體的結合狀態：

> 再就詩的整體而言，「形式」與「內容」之間乃存在著一種
> 不可分割而統一的結合關係。因此，「形式」可以說是「內
> 容的存在方式」，誠如立普司（Theoder Lipps, 1851-1914）所
> 說的那樣。同時，也說是隨著「形式」中以及「內容」上之
> 種種要素逐漸構成完整而有機的統一之時，其「相關的統
> 一」也該被承認為一種「形式」……現代詩的「形式」，主
> 要是依據這種「相關的統一」而來的。[528]

故而總的來看，在笠詩社創辦以後的林亨泰眼中，雖然沒有直接針

---

[527] 林亨泰著，呂興昌編：〈抒情變革的軌跡——由「現代派的信條」中的第一條說
　　起〉，《林亨泰全集四‧文學論述卷1》，頁246。
[528] 林亨泰著，呂興昌編：〈現代詩的「形式」與「內容」〉，《林亨泰全集七‧文學
　　論述卷4》，頁136。

對現代詩之形式與詩體等議題，進行明確的理論建構，但我們仍能從上述討論中得知，不論所涉及的是語言文字或意象，所謂的現代詩形體之整體特色，當可用「與內容相關的統一狀態」來加以說明。[529]

（四）知性之批判以及美感之淨化

通過前述的詳盡討論可以明確得知，對於現代詩之形體而言，當以其所蘊含的內容為最終之塑造依據；而除了從內容與形構等角度來說明現代詩之本體特色外，在此時期的單篇詩論中，林亨泰亦從功能用途的層面切入，更進一步表現其對現代詩本體的獨特看法——例如，林亨泰認為詩內容成分中所蘊含的知性元素，即可視為現代詩之批判功用的根源所在：

> 我們從洛夫的作品中可以找到……他對於詩所持的「主知」態度，已能從單純的「抽象性」發展到嚴肅的「批判性」。洛夫在他詩集《石室之死亡》（民國五十四年元月出版）的自序中曾如此說：「攬鏡自照，我們所見到的不是現代人的影像，而是現代人殘酷的命運，寫詩即是對付這殘酷命運的一種報復手段。」……以寫作為報復手段不會給讀者帶來快樂是必然的。這種不慰藉讀者而只給予不快的，據提博德（Albert Thibaudet）說，這就是「批判的」。[530]

如果說在本節前述對知性之詮釋，乃是林亨泰試圖說明現代詩中的知性元素得以順利產生的原因與白話文字的成功運用關係密切，那

---

[529] 值得注意的是，雖然並未直接以現代詩作為討論對象，但在1962年8月刊載於《野火詩刊》第三期上的〈金與火柴〉（《林亨泰全集七·文學論述卷4》，頁41-43）中，便曾出現過將詩之內容與形式視為不可分割之有機整體的類似觀點。

[530] 林亨泰著，呂興昌編：〈中國現代詩風格與理論之演變〉，《林亨泰全集四·文學論述卷1》頁191。

麼此段對洛夫詩集序言之評論，其重點便放在所謂的現代詩之知性成分，究竟能夠開展出怎樣的功能用途——具體來看，在林亨泰眼中以現代詩之知性元素進行批判的成功範例，必有洛夫的一席之地；換言之，根據洛夫在其《石室之死亡》自序中所提及的，當以寫詩為報復命運之有效手段的觀點，其實就等同於現代詩之批判功用的展現。細而觀之，此處所謂由詩所帶來的報復，其作用應非追求對現實事物、客觀環境的破壞，與此同時，若結合後續所提及的，以詩報復命運會對讀者帶來不快的說法，當可進一步得知，現代詩之報復所針對的範圍，當是人類的心靈世界；因為，殘酷之命運，終究隸屬於形上的層次，故而對於具體實存的詩人來說，若要對抽象命運給予有效的反擊，最佳的方式便是透過詩之文字、意象的媒介，在心靈的疆土上對命運施予直接的觀照、嚴肅的解剖，以及冷靜的反思——而這一切，在林亨泰眼中，都須倚靠現代詩之知性元素方能達到。

換個層面來看，現代詩除了通過其所蘊含的知性元素，對人類命運施予批判式的反思以外，對林亨泰而言，尚可藉由詩所包含的美感，發揮亞理斯多德所謂之「淨化作用」的效果：

> 事實上，不管詩中的題材如何，無論是「美的」或「醜的」，一旦假藉文字而成為詩以後，詩中題材個別的美醜均被揚棄而提昇，無一不成為詩之「美感」的。這也就是亞里士多德（Aristotle, 384-322 B.C.）的所謂「淨化作用」（「Katharsis」）的一種功能吧。[531]

在上述引文中，林亨泰明確表示出兩點意見——首先，林氏認為當詩作本身藉助文字而凝塑成形的過程之中，原始題材的個別美、

---

[531] 林亨泰著，呂興昌編：〈現代詩的「形式」與「內容」〉，《林亨泰全集七・文學論述卷4》，頁137。

醜，也隨之昇華為詩中所不可或缺的美感；[532]再者，林亨泰也提出，此種審美感受產生的過程，亦可視為亞理斯多德所謂之淨化作用的其中一種功能實踐。進而言之，由於在亞理斯多德的美學脈絡裡，淨化作用的本意，是為了使人在接受藝術品的淨化之後，能夠順利地「使某種過分強烈的情緒因宣洩而達到平靜」以及「因此恢復和保持住心理的健康」並且更進一步「得到一種『無害的快感』」；[533]因此，林亨泰之所以將詩美感從各式題材中昇華而出的過程，與淨化作用相互連結，或許正代表了林亨泰認為，所謂審美感受的生成，即為使情感宣洩、心靈平靜並且獲得無害快感的關鍵所在。

總的來看，儘管因詩中知性而來的批判反思，以及由詩之美感生成所帶來的淨化作用，其實際所發用的場域，分別代表了現代詩之功能用途的不同面向；然而，對於人類心靈世界的關注，對於主體內在的看重，當可視為林亨泰筆下現代詩功能用途所具有的共通屬性。

（五）關心現實以取材，主客相化求內容

在分從本體內容、功能用途等角度定義其心目中的現代詩後，對於現代詩之方法範疇——尤其是詩之創作方法，林亨泰在此時期的單篇詩論中，也留下了許多重要的意見，需要一一說明。

首先，林亨泰對於創作之初，該如何從現實環境中找尋題材，

---

[532] 此處林亨泰僅簡明指出，詩之美感應能從詩所包含的題材中順利產生，但卻並未闡述其中的過程——而筆者認為其中的關鍵或許和作者匠心之運用與讀者審美之開展等因素，有著密不可分的聯繫：因為，儘管詩中題材可能是聞一多眼前的腐臭噁爛的死水，或為紀弦雙腳下飄出陣陣惡臭的襪子，但由於詩人在以文字呈現時所採取的種種特殊技巧，使得讀者能夠較為容易地採取審美的眼光來看待詩中所存在的世界，進而使美感順利生成；也就是說，若要徹底洞悉詩中美感的產生，或許應兼從詩之創作與閱讀等方法論的範疇著手，當可更加充分瞭解。

[533] 朱光潛：《西方美學史（上卷）》（臺北：漢京文化事業有限公司，1982年10月），頁73。

進而又該如何錘鍊出詩之內容等相關議題，提出了歷時性的思考所得：

> 「關心」（interest）對於詩來說是非常重要的。……優秀的詩人必定去關心他周遭的社會、政治、經濟、時事、愛情……等問題，是很自然而合理的，但，如果說詩人寫詩時，任憑這些社會、政治、經濟、時事、愛情……等等問題，反撲過來指使、干涉的話，詩的立場等於從根本就被否認掉了。不過，現在我們所談的，只是詩創作的第一步，它雖然含有行為的潛在，但，只是一種可能性，由於一切仍未付諸行動，所以它只對於「寫什麼」作了初步的考慮而已，可以說仍未從「選擇素材」的階段踏出一步。[534]

也就是說，就詩創作的連鎖歷程而言，對現實生活抱有高度的「關心」，應為詩人的首要之務——但須注意的是，當詩人關心現實進而於外在客觀環境中尋找適當的入詩題材時，要特別留心「詩之立場」的持定；換言之，雖然詩寫人生乃是林亨泰對於詩之題材的強烈要求，但是在詩創作歷程中，仍須將詩視為一切行動的源頭、一切取捨的準則，不可為現實、題材所役使。其次，在以詩人主體之關心、詩立場之把持等原則以選定題材之後，對於詩之創作而言，林亨泰認為便應從第一步的選材階段走向第二步的進階環節：

> ……我們應該再來談一談詩創作時更重要的第二步，那就是「怎麼寫」的問題。這在當時只是一個現代詩刊的探究，後來卻擴及三個詩社的現代詩運動。[535]

---

[534] 林亨泰著，呂興昌編：〈中國現代詩談話會〉，《林亨泰全集九·文學論述卷6》，頁184。

[535] 林亨泰著，呂興昌編：〈中國現代詩談話會〉，《林亨泰全集九·文學論述卷6》，

但須特別說明的是，在闡述詩創作之第二階段的詳細內容前，要先行了解的是，所謂的「怎麼寫」，就林亨泰而言當非一己之詩學理論所關注的焦點而已，反倒是全臺詩壇、眾多詩人都十分熱衷的詩學議題；然而，對林亨泰來說，其詩論中所提及的「怎麼寫」，其意涵並非談論詩在實際以文字成形時所該注意的種種細節——簡言之，林亨泰所謂的詩創作歷程之第二步，乃與詩人如何以主體自我切入客觀現實之態度進一步處理題材有關：

> 在第二步的創作階段中，詩人的親自「切入」是非常重要的，我經常用「切入」這句話來形容充滿主體性的詩人行為，其意即說，詩人必須切實地介入詩的核心之中才有他的希望與收穫。[536]

儘管林亨泰在上述引文中是以主體之切入，作為詩之創作歷程中第二階段的主要任務，但若結合林亨泰的其他論述當可明瞭，與其說創作活動開展時，須以詩人之內在自我，作為處理其所關心之現實題材的主導態度，倒不如說內外、主客、物我，這些看似對立的元素相融互化，才是林亨泰心目中詩創作過程之第二階段的重點任務所在：

> 當詩人獲得強烈的「關心」之後，他就會自動而熱烈地去開始寫他的詩。此時，詩人必須機警而力動的面對萬人共有的客觀世界。……一方面，他必須使主觀的「關心」逐漸進行「客觀」化，但，另一方面，他又非把只有「可能」的東西

頁185。

[536] 林亨泰著，呂興昌編：〈中國現代詩談話會〉，《林亨泰全集九‧文學論述卷6》，頁187。

化成為「存在」不可。即必須往返於「主體」與「對象」、「主觀」與「客觀」、「內面」與「外界」之間，而在不斷地相互作用下，通過了無數次的「嘗試錯誤」之後，他的詩作品始能完成。[537]

也就是說，若從總體整全的態度來審視，所謂的詩之創作歷程，對林亨泰而言最先應該處理的問題，是如何以關心現實而又不失詩之立場地選出足以入詩的題材；此後，詩人便該將自我主體之獨特觀點，融入各式現實題材中；與此同時，詩人之主體自我也將受到外在客觀題材的影響——而在主客、內外、物我之間的相融互化進行到一定程度後，方能使詩作品中的內容成分，從題材中順利提煉而成。

（六）自內容建構詩體，從意象產生美感

儘管林亨泰對於現代詩之創作歷程的描述，看似僅只於上述所提及的選擇題材與提煉內容，但若參酌其他的詩論文章，則可進一步發現，或許在林亨泰心目中詩之創作歷程的下一階段，其重點當在於「詩體」的建構——因為，在前述所引用過的詩論段落中曾經提到，所謂詩體的其中一種定義，即為詩之「內容的存在方式」：[538]

> 在「詩體的大解放」之後，亦即說：「把從前一切束縛自由的枷鎖鐐銬，一齊打破」之後，到底還有沒有詩體可言？……試想：如果沒有「詩體」，那麼，「詩」，又將

---

[537] 林亨泰著，呂興昌編：〈中國現代詩談話會〉，《林亨泰全集九・文學論述卷6》，頁186。
[538] 林亨泰著，呂興昌編：〈抒情變革的軌跡——由「現代派的信條」中的第一條說起〉，《林亨泰全集四・文學論述卷1》，頁246。

第捌章、林亨泰之詩學理論與現代　361

如何與「散文」區別？民初時期的「新詩運動」，對此並沒
有交代得很清楚，只管把「詩」寫成「白話」，而卻沒有注
意到如何使「白話」成為「詩」，以致遭受到如「分行的散
文」之類的批評。總之，民初的「新詩」，就「詩體的大解
放」而言，雖是成功，但就「詩體的建立」而言，卻是失敗
的。[539]

換個角度來看，林亨泰對於詩體的重視原因，除了在於詩之內容由
題材昇華而出後，本就該進一步思考該以何種樣式呈現於讀者目前
之外，另一層更現實的原因，或許即在於當年五四運動後，新詩雖
然力求掙脫傳統文言的束縛而大力改革，但其建設的速度卻遠不及
破壞的頻率，故而最早的新詩，大多徒有詩之外顯形式，而無詩之
內在體制——故此可知，對林亨泰而言，詩體本就是詩之所以為
詩，詩所獨具的而與散文不同的獨特性質。進而言之，詩體，這種
詩之獨有的內容存在形式，若以更具體的角度來加以分析，或許亦
可視為意象群體的有機連結脈絡；[540]因此，當林亨泰要求詩人應積
極建構詩體時，其實便是在強調鍛鍊意象的重要：

> 我們講話不是那麼講的，我們所用的工具也不是過去的韻
> 文，是白話文。用白話寫詩，還需靠文辭上的美，我想這是
> 現代詩存在的一種矛盾。最近那些已成名的詩人，我看他們
> 的詩愈來愈離開詩的本質，這也就是意象上的缺乏，一種營
> 養不良。文辭……就是厚衣，衣服越穿越漂亮，……而其內
> 在意象，體格卻越來越壞。要鍛鍊詩的體格必須從意象著

---

[539] 林亨泰著，呂興昌編：〈抒情變革的軌跡——由「現代派的信條」中的第一條說起〉，《林亨泰全集四‧文學論述卷1》，頁245。
[540] 林亨泰著，呂興昌編：〈抒情變革的軌跡——由「現代派的信條」中的第一條說起〉，《林亨泰全集四‧文學論述卷1》，頁246。

手。[541]

因為當林亨泰一方面批評現代詩倚賴文辭而產生美感的不當行徑，一方面又指出詩一旦缺乏意象即等同於遠離詩之本質時，其實正是告訴我們，在林亨泰詩學理論中具有關鍵地位的真摯美感，應該儘量從詩之各式意象來著手要求，而僅非看重語言文字的運用而已。

故可知，對於詩之創作歷程來說，在題材已獲得充分的提煉之後，面對詩之內容，詩人最該繼續努力的地方，便是對意象精雕細琢，以便使詩中之美感得以充分呈顯、完整展現。

第四節：九〇年代以後林亨泰詩論著作中的現代

當我們關注1964年到解嚴前，除了《現代詩的基本精神》以外的詩論文章時，真摯性，亦即又新又活的審美感受仍可說是林亨泰對現代詩之本體內容所設定的主要特質；因為，若非詩中之「新」，便無法在藝術領域中取得獨一無二之地位；而若無鮮活之生命力，則亦很難使讀者充分感受詩之內容範疇。此外，就現代詩之具體內容來看，林亨泰一方面認為與鄉土有關的現實題材，當有助於提升詩作對於社會國家之積極貢獻；另一方面，林氏認為隨著時代風氣之影響，當白話文字已逐漸取代古典文言後，對於知性元素之書寫，亦為現代詩在內容層面所開展出的新趨勢。再者，雖然林亨泰並未對現代詩之形式結構給出相當明確而豐富的定義，但從對古典漢詩因文字語言之人為規範而產生的僵化困境出發，林亨泰提出不論是詩作外顯形式中的語言文字或內在結構中的各式意象，其連結組合之樣態，皆須與詩作實質內容中的知性、感性或想像等元素保持一致，維持整體而統一的繫聯狀態。至於若以現代詩之

---

[541] 林亨泰著，呂興昌編：〈作品合評（談非馬的詩）〉，《林亨泰全集九‧文學論述卷6》，頁137。

功能用途為觀察焦點，則當可明確發現在林亨泰心目中，聚焦心靈世界、看重主體內在，當可視為林氏之現代詩功能用途論的發展主軸；進一步來看，若憑藉詩內容的知性成分，則能產生嚴肅之批判作用，在心靈領域中對命運之真相進行觀照、解剖與反思；另一方面，若是透過詩中的審美感受，則可讓讀者之情感獲得宣洩、心靈獲得平靜，並進而擁有健康無害的快感。

　　至於針對現代詩應如何創作的問題，此階段林亨泰的主要意見，或可用歷時性的觀察角度來加以全盤整合──換言之，所謂的現代詩創作之首要任務，應是以不被現實牽絆的態度，積極關心所處之外在環境，並將適當之題材化入詩中。其次，在選材之後的下一項創作目標，則是詩人應儘量以主體自我之心靈力量，潤飾原有的現實題材，並以主客、物我、內外之交融相化，將詩之內容順利成形。另外，基於題材選取與內容提煉都成功開展的前提，詩之內在體制的建構，當為詩創作的後續重要階段──而若從更為明確的角度來定義，所謂的詩體，亦即詩之內容的存在型態，對於林亨泰而言或許即可等同於詩中意象群體的連結脈絡；因此，當林亨泰要求詩人創作時應大力建構詩體時，其實也就等同於提醒詩人該用心塑造意象，並使對現代詩而言極為重要的真摯美感，能夠透過詩中意象所組成的有機體制，獲得充分展現的機會。

　　然而，隨著時序的開展，林亨泰在詩學論著中也逐漸呈現出與前期不同的關懷面向；更直接來說，在1985年4月發表完〈詩創作的意識與藝術表現〉之後，林亨泰針對詩學理論中詩之本體與方法等議題的論述力道，較之前來說有明顯轉弱的趨向──簡言之，對於臺灣現代詩史的建構，才是1985年之後林亨泰在學術成就方面的主力：例如，1988年發表之〈新詩的再革命〉對現代派運動的分期及導致現代派運動的遠近成因，[542]都有林亨泰獨到的見解；而在

---

[542] 原載《笠詩刊》一四六、一四七期，一九八八年八月、十月。後收入《見者之言》，本篇部分錯字落字句，即依後者訂補。另，可參考林亨泰著，呂興昌編：〈新

1991年宣讀的〈現代派運動的實質及影響〉,[543]則對現代派運動開展後,所發生的各式論戰做了詳密的耙梳;至於在〈現代派運動與我〉裡的林亨泰則是採取以自我角度見證歷史的方式,[544]說明一己之貢獻,及其詩作在臺灣現代詩史中所應具有的起點意義;另外,〈《現代詩》季刊與現代主義〉則重在比較《現代詩》季刊創刊號的宣言與〈現代派的信條〉之內容異同,強調「現代化」與「橫的移植」對於現代派運動的重要性。[545]

（一）現代詩與新詩之異同關聯

而除了上述所提及的詩史建構外,在1985年4月暫停有關詩論之書寫後,繼續在詩學理論上有所建樹的文章,嚴格來說便只有〈文學功能的兩輪:作者與讀者〉,[546]以及〈從八〇年代回顧臺灣詩潮的演變〉而已。[547]

詩的再革命〉,《林亨泰全集五·文學論述卷2》(彰化:彰化縣立文化中心,1998年9月),頁2-29。

[543] 原載《新詩論文集》(南投:南投縣立文化中心,一九九一年六月十六日),原為「臺灣新詩活動的回顧與未來展望」研討會宣讀之論文。後收入《見者之言》。另可參考林亨泰著,呂興昌:〈現代派運動的實質及影響〉,《林亨泰全集五·文學論述卷2》,頁117-134。

[544] 初見於《現代詩季刊》復刊第二十期,一九九三年七月。後收入《找尋現代詩的原點》。也可參考林亨泰著,呂興昌編:〈現代派運動與我〉,《林亨泰全集五·文學論述卷2》(彰化:彰化縣立文化中心,1998年9月),頁143-153。

[545] 本文為「現代詩發展四十年研討會」宣讀論文,一九九三年八月;後收入《找尋現代詩的原點》。另可參考林亨泰著,呂興昌編:〈《現代詩》季刊與現代主義〉,《林亨泰全集五·文學論述卷2》(彰化:彰化縣立文化中心,1998年9月),頁154-175。

[546] 原載《中時晚報,時代文學》第三十期,一九九〇年十月二十一日;後收入《找尋現代詩的原點》。另可參考林亨泰著,呂興昌編:〈文學功能的兩輪:作者與讀者〉,《林亨泰全集七·文學論述卷4》(彰化:彰化縣立文化中心,1998年9月),頁233-235。

[547] 本篇為中國青年寫作協會及時報文化出版公司合辦之「八〇年代臺灣文學研討會」宣讀論文,後收入孟樊、林燿德等編《世紀末偏航》(臺北:時報出版公司,一九九〇年十二月十五日);再收於《見者之言》。另可參考林亨泰著,呂興昌編:〈從八〇年代回顧臺灣詩潮的演變〉,《林亨泰全集五·文學論述卷2》(彰化:彰化縣立文化中心,1998年9月),頁76-116。

就後者而言，林亨泰清楚地在文中表示，所謂的「現代詩」，即是一與眾不同的特殊存在：

> 新詩與現代詩並不能同日而語，本來只是抒情的，現在變成
> 也有主知的；本來是只有內容的訴求，而現在是加上方法的
> 自覺；本來只是文化運動下的一環，而現在是文學領域上獨
> 自開出的花朵。就這樣，已經往前推向一步的臺灣詩不再是
> 以前的那種詩了。[548]

當然，所有的比較，都必須有參照的對象；對林亨泰來說，現代詩之一切特點，應立足於與「新詩」相比的基礎上，方能得見。首先，就時間序列而言，現代詩當出現於新詩誕生之後；其次，從實質表現來看，現代詩也因此更勝於新詩一籌——結合前述種種討論來看，不管是在詩之本體層次上，對於真摯性美感所提出的應具備新穎、鮮活特色之要求，對形構上須建立起與以往新詩截然有異的有機詩體，以及在詩所承載之內容方面由偏重情感轉變為兼有理知，都可說是林亨泰眼中，現代詩較之新詩來說所獨具的嶄新發展；至於在詩之方法上，林亨泰當然也建立起各具脈絡的自覺說法（由前述所論及的各式詩創作方法，即可為證）。[549]

換個角度來看，若我們在思考過程內加入同篇文章中對於桓夫論點的引用，[550]應可間接推論出在林亨泰心目中臺灣現代詩正是匯聚了臺灣戰前之日據時期以及戰後由大陸而來的各式新詩成果，方能有如今的發展——換言之，儘管現代詩是與新詩明顯有別的存

---

[548] 林亨泰著，呂興昌編：〈從八〇年代回顧臺灣詩潮的演變〉，《林亨泰全集五·文學論述卷2》，頁77。

[549] 不過，林亨泰此處所謂的自覺，其確切意義究竟指向何處，由於可供參照之資料不足，故只能暫時擱置，留待日後再行探索。

[550] 林亨泰著，呂興昌編：〈從八〇年代回顧臺灣詩潮的演變〉，《林亨泰全集五·文學論述卷2》，頁77。

在，但另一方面也不可忽視新詩對現代詩的影響與傳承。

（二）讀者立場與詩之功用價值

　　其次，儘管到目前為止我們所看到的林亨泰詩論中，在闡述各項議題時，似乎大都是以作者或作品之角度切入；然而，若就林亨泰詩學理論的整體面向來看，其實也包含了以讀者之視野來審視詩之一物的相關所得——簡言之，對林亨泰來說，對讀者層面的探討，當與詩到底該如何才能順利發揮功能用途的問題有著密切的關係：

> 真正決定文學作品的社會功能的，倒不是作品本身或市場機
> 能，而是讀者。……儘管文學作品有很高的價值，市場的功
> 能也暢通無阻，若讀者不存在，文學作品的社會功能根本無
> 從發揮。即使讀者存在，若不透過閱讀行為與作者對話，亦
> 即：讀者在閱讀中忘了應有的思考，那麼，作品的社會功能
> 是相當有限的。因此，文學的價值成立於一部好的作品，終
> 於找到一個好的讀者，而被他閱讀的那一剎那。[551]

從上述引自林亨泰在1990年所發表的文章段落來看，與前述從詩作本身之知性與美感等元素切入探討詩之功能用途不同的是，林亨泰此時認為，若要談論文學作品之社會功能，就不可忽視讀者的重要性；因為，所有我們預設好的詩之功用，若讀者沒有妥善地處理作品——例如忘了思考、無法感受等，那麼所有的社會功能都無法獲得預期的效果；更進一步來說，其實不只是社會功能需仰賴讀者的配合，在本章第三節所提到的以知性來批判、以美感來淨化等其他林亨泰眼中所看重的詩之功用，同樣也需要讀者的積極參與：因

---

[551] 林亨泰著，呂興昌編：〈文學功能的兩輪：作者與讀者〉，《林亨泰全集七・文學論述卷4》，頁234。

為，就詩之功能用途的開展過程來說，除了詩人必須在詩作當中完成一切前置作業，利用適當之字詞充分呈現知性、傳遞美感外，如果讀者在具體閱讀時，無法在詩中感受到美、體驗到知性，那麼不論是對現實之批判或情感之淨化，便也就只是作者心中的空想而已，無法徹底落實發用。

因此，或許正如林亨泰所說，文學作品之價值與讀者緊密相關；故而，就整全的角度來看，作者與讀者都是作品能夠永續存在所不可缺少的重要關鍵：

> 文學作品就像是一部馬車，必須架在好的作者與好的讀者的兩個輪子上，才能繼續往前疾駛，才能發揮應有的社會功能。[552]

儘管林亨泰在闡述作品、讀者與作者之關係時仍是著重於社會功能是否能夠無礙發揮的議題上，但若將關注的焦點移至現代詩，或也應可間接推測出，所謂的現代詩之本體功用、整全價值等重要概念若要充分作用，勢必也應同時具備優秀之作者與理想之讀者等雙重因素協力相助，方可使現代詩的發展，可深、可大、可久。

第五節：林亨泰現代詩論之意蘊串連

通過前述的種種探討，當可明顯得知，從整體的角度來看，在現代詩之定義建構過程中，林亨泰對於本體輪廓之釐清，似乎更勝於方法探索之興趣：因為，在詩之本體層面，林亨泰清楚地表現出對現代詩之內容、形體與功用等領域之高度興趣；但對於所謂的詩之方法來說，林亨泰卻只針對現代詩之創作層面，提出其精闢

---

[552] 林亨泰著，呂興昌編：〈文學功能的兩輪：作者與讀者〉，《林亨泰全集七·文學論述卷4》，頁234。

的見解。

（一）以真摯美感、情理兼具為現代詩之內容特性

首先，真摯性可謂林亨泰眼中現代詩內容範疇中的核心元素──因為，除了將既新且活的審美感受視為詩內容之本質特性以外，其他所有憑藉此種真摯美感而方能呈顯的一切精神與實質，亦屬於現代詩內容之一環。

至於落實到具體題材時，除了有意識地將過往對於情感之偏重，轉變為兼有理知的均衡發展外，反倒沒有過多的限制：不論是根植於腳下的鄉土、或順乘西潮而湧入的知性，都是詩人得以資取的豐富寶藏。

（二）去韻文、散文化之外形及與內容一致之詩體

其次，若針對現代詩之形式、結構等項目來看，林亨泰除了提出應積極剪除自古以來韻文化所造成的弊端，以及努力消解五四以後以白話為詩所帶來之散文化窘境外，對於詩之內在結構與外顯形式並未給予太多具體的要求。

然而，不管藉由語言文字所展現的詩之形式，以及依靠意象群體之相互連結所凝聚的詩體結構，如何地騰挪變化，在筆落詩成之時，都必須盡可能地與詩之內容保持有機相關的統一狀態──此，或可謂林亨泰對現代詩之形式結構所立下的根本綱要。

（三）兼具知性批判、美感淨化與重視讀者之現代詩功用

再者，論及現代詩之功能用途時，以下三點看法，當可視為林亨泰現代詩論中與詩之功用最為密切相關的部分：第一，林氏認為應利用表現於詩作中的知性元素，批判、反思人類所面臨的各式命運；第二，林亨泰相信，詩應藉由自身所呈現出的萬千美感，淨化紛雜的情緒與心靈，使其宣洩、平靜，並進而獲得無害的快感；第

三，若詩真能對現實社會產生具體之助益，理想讀者之普及，和對於讀者群體的重視，當為不可或缺的前提之一。

　　以上，即為林亨泰現代詩論中與詩之本體密切相關的種種意見；內容、形構與功用，則為林氏具體立論之所在；除此之外，對於現代詩之方法範疇，林亨泰亦自覺地擘畫出極具脈絡聯結性的眾多論點——尤其是與詩之創作相關的各式精要提醒。

（四）以現實取材、主客交化、藉象顯美為詩之創作歷程

　　若從歷時性的角度切入，則可知對於林亨泰來說，詩創作的第一步，便是如何以對客觀現實之熱切關心為動力，以詩之所以為詩的藝術立場為方向，篩選出種種適合入詩的題材。

　　再者，對於所選取的各式具體題材，詩人應努力將自我主體所具備之獨特風采，浸染於客觀現實之上，並進而達到物我、內外、主客之間的相互融合、彼此交化，使詩之內容能順利於原始題材中獲得提煉。

　　最後，當題材提煉、內容獲取都已告一段落後，對於詩創作歷程來說，接下來該處理的環節，便是如何使詩之美感，透過各種積極鍛鍊過後的意象，順利展露、無礙表現。

（五）以包舉大我、憑象呈意、美感追求為詩之創作要點

　　至於，若以並時性的視野審察，則可發現對林亨泰來說，全力關注詩人所身處的現實處境，並以囊括全體、兼涵大我的胸懷提筆創作，當可謂林亨泰對現代詩之創作態度，所做出的通盤提點。

　　而重視譬喻、傾力鑽研如何藉象呈意等實際寫作技巧，並貫徹其一向對真摯性美感之專注追求，則可看成是林亨泰對於現代詩之具體創作細項，所做出的明確要求。

　　但綜合來看，現代詩不論是在本體或方法上的各種發展，對林亨泰而言，之所以有些許值得稱道之處，都與臺灣現代詩乃是臺灣

戰前之日據時期以及戰後由大陸而來之新詩成果的交集總匯，密切相關。

（六）林亨泰之象徵詩論與現代詩論比較

最後，在林亨泰筆下與現代一詞之詩學意義密切相關的各式詩論皆已一一釐清之際，若能更進一步將前一章所積極處理的象徵詩論納入觀察之範疇，當能更為準確地把握林亨泰詩學思想的總體面貌。

而透過與前一章所提及之象徵詩論的並比同觀，當不難發現，對林亨泰而言，象徵與現代這兩個涵義豐富的詞彙，其各自所開展出的詩論體系，可說是各有所偏：例如，林亨泰在與現代相關之詩學理論中所處理到的詩之內容範疇，在象徵詩論中就極難找到與之呼應的詩學論述；反過來看，在與象徵保持密切關聯之眾多詩論中所蘊含的詩之閱讀與批評方法，在林亨泰現代詩論的範疇中，卻是屬於力有未逮的領域——然而，雖然象徵與現代在詩論議題的涵攝範圍上的確各有所偏，但同樣無法忽視的是，不論是在林亨泰的象徵詩論或現代詩論中，對於詩之內在結構、功能用途與創作方法等面向的關注，當為始終不變的堅持：故可知，林亨泰詩學理論的整體重心，便著落於詩之結構、功用與創作等議題之上。

不過，若改從增益求全的積極角度進行分析，不管是現代詩論或象徵詩論，其實都可視為林亨泰在開闢一己之詩學疆域時，所嘗試拓展出的兩條實驗道路；故而，所謂在單一詩論中所展現出的對個別議題之側重與疏漏，以更高一層的視野來看，其實正可間接說明，所謂的林亨泰詩學理論之全貌，幾可謂觸及了詩學議題的方方面面——不論是與詩本體論相關的內容涵義、組成形構、功能用途，亦或是詩方法論中的創作途徑、閱讀眼光與批評原則，都可說是涵蓋在林亨泰以現代與象徵為經緯座標所編織而成的思想網絡中。

進而言之，除了皆已深入探討詩之結構、功用與創作等重要議題，對由象表意之特殊連結關係的充分運用，應可視為林亨泰之現代詩論與象徵詩論中，最為重要的交集所在——簡言之，由象表意之關係脈絡的積極效益，在前述討論林亨泰象徵詩論之組成結構、創作方法與閱讀方法時，都已充分強調過其重要作用；至於當林亨泰以現代之視角關注詩學之重要議題時，亦曾在對詩之組成結構與創作方法的闡述中，點出由象表意之特殊關聯對於現代詩論來說，同樣具有正向貢獻：例如，所謂現代詩創作方法的其中一環，便是透過對各式意象的積極鍛鍊，使得內在抽象之審美感受能夠順利呈顯；而在說明現代詩之組成結構時，林亨泰亦不忘提及，所謂的現代詩之詩體結構，當須依靠詩中意象之互相聯繫方能形成，並與詩之抽象內容，維持著有機相關的統一狀態；更重要的是，在〈中國詩的傳統〉一文裡，林亨泰更曾直接將象徵，看成現代主義中現代一詞的根本內涵。

　　凡此種種，除了可看出象意之間由實到虛的特殊連結，不論是對林亨泰之象徵詩論或現代詩論來說，皆有不可磨滅的重要之處外，更能清楚說明，對林亨泰而言，其所建構之詩學理論，雖然的確會因立足象徵或關注現代之不同視野，而呈現出相應的獨特風景，但是在林亨泰的心目中，所謂從象到意、由實至虛的連結關係，或可作為溝通象徵詩論與現代詩論的最佳橋樑。

第玖章、與現代相關之紀弦、覃子豪、林亨泰詩論統整

　　根據現存之詩論內容可知，由實到虛之傳導連結，即為紀弦、覃子豪與林亨泰之象徵詩論中反覆深究的單一主軸；然則，當我們試圖替紀弦等三人以現代為探討目標的詩論作品中，找尋足以貫串全體之關鍵樞紐時，卻只能獲得發散式的多元答案。

　　之所以如此，最主要的原因當然在於，由前述之緒論以及第陸、柒、捌章的種種闡釋中，當可清楚發現紀弦等三人筆下關於現代之闡釋，幾乎可謂五光十色、多樣紛陳。因此，而若要勉強替紀弦、覃子豪、林亨泰詩學理論中的現代一詞，找出意義上的最大交集的話，那頂多只能說所謂的講究創新、重視理知、關注意象、強調內在、聚焦美感、物我合一與汲取傳統，即為紀弦等三人眼中，現代詩所最應具備的根本性質——其中創新、理知與意象，既是現代詩之本體特點，亦與現代詩之創作要旨相關；至於其餘四者，則分別代表了現代詩在內容、形式、與創作方法等個別環節上所展現出的細部特色。

　　最後，在仔細分梳紀弦、覃子豪與林亨泰筆下與現代一詞緊密相關之各式詩論，並得出對於詩學範疇之現代一詞的意義交集後，對於其所賴以依憑的思想脈絡，亦應給予相當程度的重視——簡言之，若就特定之文藝思潮流派來看，廿世紀之現代主義與超現實主義，可說是紀弦等人在建構其自身之現代詩論時，所積極攝取的重要養分；至於若從普遍之詩學概念來看，象徵，則為紀弦、覃子

豪、林亨泰現代詩論之重要繼承對象。

第一節：追求新創

　　首先，在紀弦、覃子豪與林亨泰之相關詩論中，可清楚看出，所謂的現代詩必須是一種新穎獨創的詩；而相對於創新與現代詩本體之關聯，紀弦等三人對於現代詩創作方法上的新穎追求，探討得更為深入。

（一）現代詩本體範疇之創新

　　對紀弦而言，所謂的新穎獨創，毋庸置疑地就是現代詩所必須具備的本體特性；之所以如此，當與紀弦將「獨創」視為「現代」之實質定義有關——因為對紀弦來說，「凡摩倣前人的，就是不創造的，也就是不文學的……唯其是「現代的」，才有其永久性，唯其是「摩登的」，方得列入古典」。[553] 進而言之，當紀弦替現代詩歸納出，所謂的「革命的精神——反傳統」、「建設的精神——獨創」與「批評的精神——一種學者的風貌」等「三大精神」時，[554] 雖然析之為三，但不管是反傳統之革命、獨創之建設或學者之批評，其實質之內涵都與對求新求變之肯定，緊密相關。

　　而具體來說，紀弦所謂之「現代」對於詩之本體來說，其創新之表現至少可分成工具、形式、內容等三方面來細論；而在「使用新的工具，表現新的內容，創造新的形式」等條件都齊備後方可「謂之現代化」。[555]

　　此外，若單以林亨泰與覃子豪皆十分關心的現代詩之內容層面為探討之目標，則對覃子豪來說，所謂的現代詩，其在內容方面

---

[553] 紀弦：〈一切文學是「現代的」〉，《新詩論集》，頁15。
[554] 紀弦：〈現代詩之精神〉，《紀弦論現代詩》，頁132。
[555] 紀弦：〈袖珍詩論十四題〉，《新詩論集》，頁40。

「應表現的是對時代和現實的感受」亦即詩人「以現代人的觀點來感受一切，衡量一切」所獲得的「具有現代精神的內容」。[556]

　　至於在林亨泰的詩論體系中，則是藉紀弦之詩作提出具體的分析：儘管「〈脫襪吟〉」是趨向「企圖在自我的孤獨中捕捉屬於自己的詩之表現」而「〈都市的魔術〉」則偏於「企圖在社會的喧嚷中捕捉屬於自己的詩之表現。但就『真摯性』這一點來說，這兩篇作品的基礎精神是一貫而不變的」──且更重要的是「並不是說他的作品單單以暴露為能事，而是說他在率直的告白中，仍能用心良苦地表現出詩人特有的敏銳的感受性與豐富的想像力」；[557]換言之，對林亨泰而言，詩人若想成功在現代詩之內容層面開拓出鮮活新穎之真摯美感，則感受之敏銳與想像之豐富，當為不可缺少的重要工具。

（二）現代詩創作方法之創新

　　進一步來看，在確認內容層面之新穎獨創，確為紀弦等人對於現代詩之本體性質所抱持的共同期許後，下一步該充分說明的，當為與求新相關的詩之創作方法，究竟該如何開展。

　　簡言之，除了以創新作為主要的書寫原則外，不論是由現代主義、詩人主體或古今關係出發，都可清楚看出，紀弦、林亨泰與覃子豪的確將新穎獨創視為現代詩創作方法之重要關鍵。

1、以求新為現代詩創作方法之主原則

　　總體來說，若以詩之創作方法作為審視思辨之目標，則對林亨泰而言，現代詩與新詩之間的主要差異，當為現代詩之創作途徑與

---

[556] 覃子豪：〈兩首素色的詩〉，《覃子豪全集II・未名集》，頁634。
[557] 林亨泰著，呂興昌編：〈現代詩的基本精神〉，《林亨泰全集四・文學論述卷1》，頁19。

書寫過程皆須「加上方法的自覺」。[558]

　　換個角度來看，從紀弦的相關言論可知，詩人在創作方法上所應自覺的部分，或許便應是盡力使詩之創作方法更新不懈、變化不息——因為，對紀弦而言，「狹義上的『新詩』，是專指那種表現手法上半新不舊的作品而言，較此為舊的，則稱之為『詩歌』，較此為新的，則稱之為『現代詩』」。[559]換個角度來看，之所以要如此強調現代詩在創作方法上求新求變的重要，或與對藝術創作之不朽價值的終極嚮往有關：也就是說，大多數的詩人都會同意「應使我們的現代詩成為『古典』，即所謂『永恆的東西』」——故而「但凡有才能者，皆不可不效法屈原、但丁之『獨創』的精神，以作品之價值換取文學史上永久的存在」。[560]

2、從現代主義論現代詩創作方法之新

　　其次，若從現代主義的角度切入，亦可看出現代詩之創作方法確有新穎獨創之必要。不過，要仔細留意的是，儘管紀弦曾經說過「凡是基於『現代主義的』詩觀、詩法而從事於詩之研究與創作的，我們便稱之為『現代主義者』；……唯現代主義者所寫的詩為現代詩」之斷語，[561]但紀弦心目中的現代主義，其內涵與西方本土之現代主義仍有所不同——換言之，雖然「我們是現代主義者。但是過去大陸上的現代派和我們不同：……不只是法國的現代主義，亦不僅是英美的現代主義，我們包容了這些，而又超越了這些——我們追求『獨創』。當然，現代派有其共同的特色……：一種現代精神之直覺的表現，一種方法論的革新，和一種古典主義的『態度』。然而在此基點之上，我們尤其重視『個性』。我們認為個人

---

[558] 林亨泰著，呂興昌編：〈從八〇年代回顧臺灣詩潮的演變〉，《林亨泰全集五・文學論述卷2》，頁77。

[559] 紀弦：〈對於所謂六原則之批評〉，《紀弦論現代詩》，頁75。

[560] 紀弦：〈關於古典化運動之展開〉，《紀弦論現代詩》，頁34。

[561] 紀弦：〈袖珍詩論拾題〉，《紀弦論現代詩》，頁198。

的氣質比一切更具決定的作用，萬紫千紅人各相異的風格因以形成」。[562]

也就是說，對紀弦而言現代詩之創作方法，應以詩人主體之氣質個性，作為革新求變的焦點所在——而與此相似的是，覃子豪也清楚表示過，雖然西方現代主義確實影響甚大、牽連甚廣，但我們自身的詩之創作「決不是歐美現代主義運動的繼續。它的浪潮滌去了中國詩人因襲的觀念，啟示了中國詩人發現創造的價值」；[563]換言之，積極創新，當為歐美現代主義給予紀弦、覃子豪以及其他現代詩人的重要收穫。

3、自古今關係論現代詩創作方法之新

再者，由西方現代主義對於臺灣現代詩的積極影響出發，值得我們進一步思考的是，現代詩人究竟該以何種姿態來面對所謂的「傳統」——對覃子豪來說，儘管「歐美現代主義之提出反傳統的口號」但其內涵「實在是反傳統的因襲觀念，與陳舊的表現技巧」——因此「現代詩，不反對傳統的精華，卻反對傳統的因襲作風」。[564]而廣義來看，所謂的「傳統」，當然可以包括東西方所有自古以來一切出現過的文化資產，不過若更為準確地思索，則對於臺灣當時的現代詩人而言，最迫切相關的，當為中國古典詩之悠久傳統——例如，紀弦便曾基於「詩貴獨創，而個性的表現比一切重要」的前提進一步申論出「對於中國詩的傳統，我們也加以態度審慎的揚棄和繼承」。[565]

進而言之，透過覃子豪的說明，我們可更清楚得知，若是現代詩人真能改變反對傳統的流行風潮，「詩作者便能憑理性對傳統，

---

[562] 紀弦：〈抒情主義要不得〉，《紀弦論現代詩》，頁21。
[563] 覃子豪：〈象徵派與現代主義〉，《覃子豪全集II・論現代詩》，頁373。
[564] 覃子豪：〈中國新詩的方向〉，《覃子豪全集II・未名集》，頁519。
[565] 紀弦：〈「新詩」周刊的發刊辭〉，《新詩論集》，頁53。

對事物以及表現技巧等而獲得正確的認識」。[566]更為具體地來看，「正如艾略特（T. S. Eliot）所說：『過去』也不斷地因『現在』而產生新的意義。現代詩人所反對的是傳統的虛偽與束縛……不是反對『作為太古以來人類智慧積蓄的，過去形成的一個秩序。』尤其是中國古詩中的創造法則，令梵樂希（Paul Valéry）讚美，令龐德（Ezra Pound）重視，中國現代詩人如棄置中國古詩的寶庫而不屑一顧，必然是一個極大的損失。現代詩人應化中國古典詩之精粹於無形，創造更新的詩」；[567]換言之，由上述紀弦、覃子豪的相關言論可知，現代詩人應抱持著開闊的胸襟、進取的態度，對傳統文學──尤其是中國古典詩──的各式資產，多方思索、汰劣承優，方能進一步創造出更為新穎、更加獨創的現代詩作。

4、由主體自我論現代詩創作方法之新

最後，除了從現代主義與古今關係等角度論證現代詩之創作方法確須以創新為主要原則以外，由主體自我與詩之創作的脈絡出發，亦可看出現代詩創作方法與新穎獨創的緊密聯繫：例如，曾以現代詩與新興繪畫相互比較的紀弦，就曾基於「以『我』為宇宙中心」以及「所謂藝術家，……即創造了藝術品的世界之上帝」的信念而提出「新興繪畫堅持表現上的自由，反傳統，反因襲，強調個性，追求純粹，肯定藝術的尊嚴性與獨立性。現代詩亦然」的論點；[568]換言之，現代詩在創作方面的新穎變化，當與詩人對主體自我之高度重視有關。

進一步來說，從覃子豪的相關論述可知，之所以要重視自我，當與現代詩之基本精神有關：因為對覃子豪來說，「現代詩主要的特徵，就是去發現作者自己的內在的世界，以自己的聲音發抒自己

---

[566] 覃子豪：〈超現實主義的影響〉，《覃子豪全集II‧未名集》，頁605。

[567] 覃子豪：〈自序〉，《覃子豪全集II‧論現代詩》，頁211。

[568] 紀弦：〈現代詩的特色〉，《紀弦論現代詩》，頁15。

的心緒。這是現代詩的基本精神」；[569]也就是說，「個體精神，就是反傳統與反群體的精神，……也是創造的基本精神」。[570]

由此可知，不論是對覃子豪或紀弦來說，重視自我，即可視為現代詩所必備的特質之一；而從對自我主體之看重出發，進而在詩之創作方法上展現作者個體在氣質、性格等方面的殊異性，也就是順理成章的自然表現。

第二節：正視理知

綜上所述，當可知宏觀來看，求新乃是紀弦、覃子豪、林亨泰三人眼中現代詩之第一要務；但除此之外，對於詩中之理性、知性元素的高度正視，亦為紀弦等三人詩論體系中，現代詩所必備的另一項重要特質。

（一）理知元素與現代詩之內容本質

從彼此意見之交集來看，當紀弦、覃子豪與林亨泰深入探究現代詩之內容組成時，皆以正面而肯定的態度，高度重視理知元素對現代詩之本質核心的影響：例如，覃子豪在探討詩之內容時，便曾提及原本具備「詩的本質的短詩」會被「文學史家」叫做「抒情詩」——但「到了現代，這樣的詩，已不是純粹的抒情詩了。因為，它的內容不完全只是一片感情，而有知性和理性存在其中」；[571]也就是說，對覃子豪而言，所謂的現代詩作，其詩中所蘊含之內容組成元素，除了情之一物外，也應同時兼容知性理思之存在。

不過，如果說覃子豪是以並重等高之態度來看待現代詩內容

---

[569] 覃子豪：〈中國現代詩的分析〉，《覃子豪全集 II・未名集》，頁490。

[570] 覃子豪：〈詩的探險〉，《覃子豪全集 II・未名集》，頁478。

[571] 覃子豪：〈形態〉，《覃子豪全集 II・論現代詩》，頁219。

範疇中的情與理，在紀弦詩論中的理知元素，卻是現代詩組成元素中的核心所在；換言之，對紀弦而言，「現代詩的本質是一個『詩想』；傳統詩的本質是一個『詩情』」。[572]更進一步來看，除了以時間為界，突顯傳統詩與現代詩之本質差異外，紀弦更曾文類的角度切入，提出「『詩情』就是採取散文文學的形式也可以表現的，而為現代詩所特別強調的『詩想』則否：深邃、堅實、寧靜、微妙、甘甜。是輻射的而非反射的，是構成的而非說明的」且「有待於理智之高度的運用」。[573]

　　儘管紀弦在論述其眼中所認識的現代詩本質時，常有判斷不詳、推衍不密的狀況──例如，在探究所謂的情感、思想與作品核心本質之關聯時，最該聚焦的應是作者落筆時的具體創作狀態，而與古、今時序及詩、文類別，並無直接之關聯；但是，這並不妨礙我們清楚看出在臺灣五、六〇年代論及現代詩之內容本質時，確有一股極度重視理知元素的風氣瀰漫於當時詩壇：像是當林亨泰面對現代詩之內容成分時，其態度幾乎可說與紀弦十分類似──因為林亨泰曾經說過，「如果有首詩竟有了百分之六十以上的『抒情』，這就是所謂『抒情主義的』而我們」就必須「加以反對之；換句話說，我們所真正歡迎的詩就是其『抒情』的份量要在百分之四十以下，而這就是所謂『主知主義的詩』」。[574]雖然，就普遍閱讀經驗而言，我們實在難以透過精確的刻度，來檢核每一首詩作中情感與理思所佔據的內容比例，但林亨泰上述的言論，已再次證明了對於現代詩中知性與理性元素的重視，確為臺灣當代詩壇中一道極具時代性的顯著風景。

---

[572] 紀弦：〈從自由詩的現代化到現代詩的古典化〉，《紀弦論現代詩》，頁29。
[573] 紀弦：〈詩情與詩想〉，《紀弦論現代詩》，頁24。
[574] 林亨泰著，呂興昌編：〈談主知與抒情（代社論一）〉，《林亨泰全集七·文學論述卷4》，頁28

（二）理知元素與現代詩之創作方法

換個角度來看，現代詩中的理性與知性除了對詩之內容層面影響甚深，在創作過程開展中，更是扮演了重要的角色。

1、以主知為創作方法之整體特色

例如，林亨泰便曾說過「新詩與現代詩並不能同日而語，本來只是抒情的，現在變成也有主知的；本來是只有內容的訴求，而現在是加上方法的自覺……。就這樣，已經往前推向一步的臺灣詩不再是以前的那種詩了」；[575]進而言之，儘管所謂的方法之自覺，林亨泰並未明言其內涵，但就此段引文之前後語意脈絡來看，「主知」，應是一項極為重要的參考座標。

尤其是，當我們將觀察之重心，放置於現代詩之創作方法時，更能清楚體會到，主知之態度，當為林亨泰心目中現代詩創作方法的主要特色：而導致如此的其中一項原因，即是「自從將『韻文』改以『白話』作為詩工具之後」所謂的白話文可說是「擁有『語言意義的連貫性』、『思惟邏輯的抽象性』、『心理意識的時間性』等特色」而「這正適於『主知』的寫作過程」。[576]

2、將思維智慧視為詩之創作動力

而除了將知性視為現代詩創作過程的總體特色外，就一般創作經驗來看，理知元素對於寫詩而言的其他價值，尚可落實在將其視為創作動力的最初源頭：例如紀弦便曾認為，「傳統詩的創作衝動，基於刺激反應公式，即景生情，是被動的傳達；現代詩的創造

---

[575] 林亨泰著，呂興昌編：〈從八〇年代回顧臺灣詩潮的演變〉，《林亨泰全集五‧文學論述卷2》，頁77。

[576] 林亨泰著，呂興昌編：〈中國現代詩風格與理論之演變〉，《林亨泰全集四‧文學論述卷1》，頁180。

意欲，有如恆星之輻射光熱，我思我在，是主動的表現」。[577]

　　儘管覃子豪應該不會贊同上述紀弦將古代現代、主動被動強硬連結的觀點，但從以下的論述中，亦可清楚得知，覃子豪亦十分同意各式理知元素，確實對現代詩之創作過程具有關鍵性的意義——因為，覃子豪曾說「浪漫主義以奔放、熱烈的情感為詩情發展之唯一的領導，而現代的詩是尤其令人驚異的豐富的智識和智慧為其構想的動力」。[578]

3、藉理知思想鍛鍊詩之內容本質

　　此外，對於覃子豪而言，詩中偏向於思想性的組成要素，尚可對詩之內容本質，進行汰粗存菁的鍛鍊工夫；換言之，在覃子豪眼中，「現代詩有強調古典主義的理性的傾向；因為，理性和知性可以提高詩質，使詩質趨醇化，達於爐火純青的清明之境，表現出詩中的涵義」——但不可忽略的是「這表現非藉抒情來烘托不可」：只因在覃子豪心目中「最理想的詩，是知性和抒情的混合產物」。[579]

第三節：強調意象

　　當紀弦等人以現代詩為論述核心並以新穎獨創、正視理知為同時影響詩之本體與方法層面的重要性質時，其所關注的皆為抽象之概念；但除此之外，對於現代詩本身所蘊含的具體特質，紀弦、覃子豪與林亨泰筆下的現代詩論，亦有所探究——例如，不論就現代詩之本體性質或創作方法來看，所謂的具體可感之各式意象，當為現代詩之必備要素。

---

[577] 紀弦：〈新現代主義之全貌〉，《紀弦論現代詩》，頁48。
[578] 覃子豪：〈現代中國新詩的特質〉，《覃子豪全集Ⅱ・論現代詩》，頁345。
[579] 覃子豪：〈新詩向何處去？〉，《覃子豪全集Ⅱ・論現代詩》，頁305。

（一）現代詩本體層面與意象

從紀弦等三人之相關詩論來看，現代詩之本體層面與意象之關聯，約略可再分由兩重途徑來觀察：第一，直接把意象當作現代詩組成元素中的關鍵核心；第二，視意象為現代詩內在結構中足以聯絡其他組成元素的重要樞紐。

1、以意象為核心

就林亨泰而言，意象之所以是現代詩一切組成元素中，最為重要的一環，或許當與現代詩之詩體建構有關：詳言之，「『詩體』的建立，並非僅靠『解放』而可得。因為『詩體的大解放』只是對『舊詩體』的一次徹底的破壞。至於『新詩體』的建立，務必從頭做起不可。那麼，什麼是『詩體』？或者可以說緊跟著『內容』之發展而採取的一連串的發現過程；或者可以說諸意象之互相交錯、抗衡、乃至牽制複雜地相關而構成的；或者誠如立普司（Theoder Lipps）所說：『內容的存在方式』」。[580]

而值得注意的是，儘管林亨泰在上述引文中看似提出了關於詩體的三種解答，但就其實質內容來看，不論是內容之發展或內容之存在，其實都仍稍嫌模糊——也就是說，若更準確地探究何謂現代詩之詩體組成，或許所謂的意象之交錯、聯結所凝塑而出的多重脈絡，應是較為理想的答案。

進而言之，在紀弦也曾提過與林亨泰類似的說法；但其中的不同在於，當紀弦基於以內為重之前提，指出正因為「現代詩以『心靈』為現實中之現實」故而「它只表現一個情調，一個心象，一個直覺，或一個夢幻。它否定了邏輯，從而構成一全新的秩序。以部

---

[580] 林亨泰著，呂興昌編：〈抒情變革的軌跡——由「現代派的信條」中的第一條說起〉，《林亨泰全集四・文學論述卷1》，頁246。

分暗示全體，以有限象徵無窮」等觀點時，[581]不僅同樣提及現代詩之內部秩序當與詩中具實可感的心象或意象緊密相關，從中更可間接推知，現代詩以部分傳全體、以有限呈無窮之象徵功用，當與詩中之象脫不了關係。

2、以意象為樞紐

由上述紀弦、林亨泰的詩論意見其實已可充分得知，意象的確是現代詩所應必備的組成要素；但除了本身即是詩之組成中不可或缺的一環外，在覃子豪眼中，由意象與其他詩組成元素之相互關係來看，亦能充分體現出詩中之象對於現代詩的重要性。

詳言之，儘管意象本身已是現代詩之內部結構中十分重要的組成元素，但就覃子豪而言，所謂的意象還具有媒介傳導的特性——換言之，不論是意境或境界，皆可視為由詩中可感具象所進一步表現出來的詩組成元素；故而，覃子豪在分析現代詩之創作問題時才會清楚點出，「現代的詩，注意意象的呈現者多，創造意境者，為數至少；許多詩只是一個片段的抒寫，而不是一個完美的創造；就是缺乏渾然的意境所致」。[582]更為具體地來看，由「所謂意境，即是畫境。……意境是畫，意象亦是畫，意境的畫，屬於全詩，是一幅具有渾然情調的畫；意象的畫，是全幅畫面之一部分，故只能稱之為意象，而不能稱之為意境」的覃氏詩論可知，[583]意象與意境之間當可說是維持著部分與全體的相互關係。

而在覃子豪的現代詩論體系中，所謂的境界，同樣是憑藉意象所間接衍生而出的詩組成元素，但與偏向感性情調之意境不同的是，覃子豪認為境界當具有濃厚的理性色彩；也就是說，「境界是意象和意境的超越，由具象到抽象由情感的世界到理念的世界」且

---

[581] 紀弦：〈現代詩的特色〉，《紀弦論現代詩》，頁16。
[582] 覃子豪：〈意境〉，《覃子豪全集Ⅱ‧論現代詩》，頁233。
[583] 覃子豪：〈意境〉，《覃子豪全集Ⅱ‧論現代詩》，頁231。

「境界的產生是基於對人生的領悟，對自然的洞察，能符合與宇宙合一之偉大之精神」。[584]舉例來看，覃子豪認為「愛爾蘭詩人夏芝（M. B. Yeats）在其『當你老時』一詩中」所提到的「你步上最高的山峯／把臉在群星之中隱藏」便是「與宇宙合一，與自然同化的精神世界最高的表現了」。[585]

（二）現代詩創作方法與意象

藉由紀弦等人對詩中意象的種種探討，我們可明顯看出意象對於現代詩之本體層面來說，確實相當重要；換個角度來看，若以創作方法為觀察之具體途徑，則由下列所引用之林亨泰與覃子豪的相關論述中，也能充分證實，意象對於現代詩來說的確具有無法取代的重要性。

「用白話寫詩，還需靠文辭上的美，我想這是現代詩存在的一種矛盾。最近那些已成名的詩人，我看他們的詩愈來愈離開詩的本質，這也就是意象上的缺乏，一種營養不良。文辭……就是厚衣，衣服越穿越漂亮，……而其內在意象，體格卻越來越壞。要鍛鍊詩的體格必須從意象著手」；[586]故由前述引文可知，對林亨泰而言，或許是基於意象對現代詩本體層面之高度價值，故而在談論現代詩之創作方法時，林亨泰可謂十分強調，詩人不該把注意力集中在文字之修飾，而應努力鍛鍊其筆下的各式意象。

「把五四時代的詩和舊體詩兩相比較時，我曾說過：五四時代的詩用語有如舊石器時代的人，……只是拾起『原石』就用。瘂弦和商禽兩位的詩裡，其所使用的語言，一目即可瞭然是和舊體詩一樣的都是『成形石』。……因為在日常生活中，我們絕不會

---

[584] 覃子豪：〈境界〉，《覃子豪全集Ⅱ・論現代詩》，頁234。

[585] 覃子豪：〈境界〉，《覃子豪全集Ⅱ・論現代詩》，頁236。

[586] 林亨泰著，呂興昌編：〈作品合評（談非馬的詩）〉，《林亨泰全集九・文學論述卷6》，頁137。

說：『你唇間軟軟的絲絨鞋，踐踏過我的眼睛』的，也不會以『長官，窗子太高了。』『不！他們瞻望歲月』等形式來作為會話形式」；[587]然而，從此處所引之林亨泰詩論中，我們當能清楚看出，詩之創作終究無法置具體可察之語言文字於不顧——只不過，就林亨泰來看，儘管處理的是現代詩中關於語言文字的創作問題，意象的調度與揮灑，依舊對詩人之遣詞用字具有高度的影響力：因為，從林亨泰所舉的瘂弦、商禽之名句中，不難發現這些句子之所以是林亨泰所謂的與五四時期新詩作品相距甚遠之「成形石」，其原因當與瘂弦等人將語言文字凝鑄成可感意象的藝術巧思，密切相關。

　　巧合的是，在覃子豪的詩論中，我們也能明確找到，當詩人鍛鍊現代詩之語言文字時須以意象為思考關鍵的類似看法——也就是說，儘管「現代詩所重視的，就是在於新語言的創造。如何創造語言呢？……名詞，動詞，形容詞，一般人所用這三種詞彙都是表示出顯而易見的關聯。打破習慣法就是要打破這顯而易見的關聯，而創造一種不易見的關聯。如『鏡中自溺』，……因為「溺」和「水」有顯而易見的關係……與「鏡」幾乎無關係。為了形容一個女人喜歡「顧影自憐」就說這個女人「鏡中自溺」。因鏡明澈如水，就和「溺」字有了不可見的關係了。……現在有許多詩，就是動詞和形容詞與名詞沒有意象上的聯繫，讀者固不理解，作者亦難自圓其說」。[588]

　　進而言之，覃子豪除了提出須以意象之間的關聯作為現代詩語言文字創新之可靠指引外，對於與意象之塑造直接相關的現代詩創作方法，覃氏亦有自身之體悟：簡言之，覃子豪認為「現代詩塑造意象的方法則完全是曲線式的進行。它不是平鋪直敘，而是以象

---

[587] 林亨泰著，呂興昌編：〈現代詩的基本精神〉，《林亨泰全集四‧文學論述卷1》，頁39。
[588] 覃子豪：〈詩創作的途徑〉，《覃子豪全集II‧未名集》，頁537。

徵，暗示，聯想、比喻的方法來塑造意象」。[589]

故此，我們可再三確認的是，不論從覃子豪所看重的應以間接曲折之方式綰合象意、塑造意象，或是覃氏與林亨泰皆曾提及之該以詩中意象作為詩人錘鍊字詞的重要依據，以及紀弦等人所謂的意象既是詩組成元素之核心且又為當中之樞紐的看法，都可相當有力的證明，強調意象，無疑地可視為紀弦、林亨泰與覃子豪眼中，現代詩所具有的重要特質之一。

第四節：以內為重

相對於追求新創、正視理知與強調意象皆是紀弦等三人心中，同時作用於現代詩之本體與方法的重要性質，當紀弦、覃子豪與林亨泰在探討現代詩的另外一項特徵——以內為重（亦即對內在之強調）——時，則多半是著眼於現代詩之本體範疇而論。

（一）根據詩質論現代詩之重視內在

若從覃子豪的詩論觀點切入，當其提出「現代詩，重質不重量，重密度不重體積……詩的目的是在一瞬間給讀者一個完美的詩的經驗」以及「詩所尋求的是質，是密度。……詩質如酒精是從生活中蒸餾出來的具有密度的一滴」等看法時，[590]其實也就間接說明了，對於現代詩來說，最為關鍵、重要的組成元素，當為經過提煉、萃取的內在之質，而非詩作之外顯形體或詩人之生活全貌。

進而言之，既然現代詩最主要的成分即是其內在的詩質，故而對詩質的詳細內涵，我們亦應給予相當高度的重視——而對覃子豪來說，所謂的詩質，或許即是來自詩人從現實生活之具體事物所獲致的各式感受與精神世界：因為，所謂的「偽詩是外貌的現代化，

---

[589] 覃子豪：〈詩創作的途徑〉，《覃子豪全集II‧未名集》，頁544。
[590] 覃子豪：〈密度〉，《覃子豪全集II‧論現代詩》，頁269。

缺乏人間關係，生活上的感受性。……徒然以知識來寫詩，便成了沒有精神內容的偽作。……這種缺少深刻性的現代化，僅不過是能博人一笑的修辭造句而已」。[591]

換個角度來看，由於覃子豪又曾說過，「現代精神是什麼？就是作為一個現代人，首先要忠實的表達他自己對這個現實所感受的一切」；[592] 故而所謂的以詩人之真實感受為具體內涵的詩質，亦可用現代精神一詞加以指稱。

但是，不論名稱怎樣改換，由覃子豪上述的種種論點，我們依舊得以清楚看出，對於現代詩而言，以源於詩人現實經驗之主觀感受為具體內容的詩質，確為最不可或缺的詩之組成元素。

（二）藉由形式論現代詩之重視內在

相對於覃子豪逕以詩質著手，直接點出詩之內在質的確為現代詩之關鍵所在，林亨泰則是由詩之外顯形式切入，透過相互比較的方式，論證現代詩對於內在世界的重視。

也就是說，就中國古典詩來看，具備強烈規律性的字句形式，不僅是往昔詩人欲提筆創作時，必須勞神苦思、費心耕耘之處，在某種程度上更可說是詩之文類有別於其他作品的顯著標誌；然而，當「古典詩一直以字數、平仄、對仗等有形的感覺現象，作為『形式』的必要條件」時「這種脫離『內容』仍可被辨認無誤的『形式』，也有它不利的一面」──也就是說一旦「將『手段』當作『目的』的話，那麼，所謂的『形式』，也就開始喪失它原有的生命，勢必走上墮落一途不可了」。[593]

進一步來看，前述林亨泰對中國古典詩之外顯形式的相關評

---

[591] 覃子豪：〈現代詩的信念〉，《覃子豪全集 II・未名集》，頁563。

[592] 覃子豪：〈現代詩方向的檢討〉，《覃子豪全集 II・未名集》，頁525。

[593] 林亨泰著，呂興昌編：〈現代詩的「形式」與「內容」〉，《林亨泰全集七・文學論述卷4》，頁135。

論，若放回其文章出處之整體架構來看，當不難間接看出，林亨泰對於古典詩之形式可脫離內容而獨存之消極批評，其實正代表了所謂的現代詩之形式應以內容為生成之依據的積極建議。

此外，儘管林亨泰在同一篇文章中也曾提到，「再就詩的整體而言，『形式』與『內容』之間乃存在著一種不可分割而統一的結合關係。因此，『形式』可以說是『內容的存在方式』，誠如立普司（Theoder Lipps, 1851-1914）所說的那樣」；[594]但是，當我們承認形式即內容之存在方式的同時，不可忘記的是，倒過來說，內容，亦可視為形式的存在根據。

故而總體來說，由林亨泰對現代詩之形式所作出的種種思考，我們亦可清楚發現，在林氏心目中所謂的現代詩確實具有以內為重之特性——尤其是，當我們將字詞之外顯形式與抽象之內容層面相互比較的時候。

（三）從音樂性論現代詩之重視內在

至於若從紀弦的角度來看，音樂性，可說是現代詩的確相當重視內在的另一有力證據。

例如，當紀弦在分析「詩的歷史」時曾嘗試「把它分作三個階段」並認為「詩在歌謠時期，它的特點是重聲音而輕意味，……詩在詩歌時期，它的特點是聲音與意味並重，……詩在新詩時期，它的特點是重意味而輕聲音，……愈是上溯古代則詩愈以聲音為第一義，愈是到了現代則詩愈以意味為第一義：這就是詩的從野蠻到文明之進化，從附庸到獨立之革命」；[595]進一步來說，對紀弦而言，比新詩更為後出的現代詩，對於意義的看重必將更為提升，對於音樂性之關注則將越趨低弱。

---

[594] 林亨泰著，呂興昌編：〈現代詩的「形式」與「內容」〉，《林亨泰全集七‧文學論述卷4》，頁136。
[595] 紀弦：〈新詩之所以新〉，《新詩論集》，頁3。

具體來看，雖然現代詩對於音樂性的看重早已不如以往，但音樂性卻仍為現代詩組成元素之一環——只不過，紀弦眼中現代詩所應具備的音樂性，卻也非一般認識上所謂的外顯層次的音樂性，而同樣須以內在的角度來加以定義；換言之，紀弦所強調的音樂性，「乃是內在的，而非表面的。我的意思，係指其內容之『情緒的波動』而言。而這情緒的波動之旋律與節奏，又是不能用耳朵去『聽』，而只可以用心靈去『感覺』……詩的音樂性，必須是在這個意味上的，方是純粹的，真正的音樂性」。[596]

但須特別留意的是，儘管紀弦極力說明現代詩之音樂性應以詩作內容所包含的情緒波動為主，由詩作之外在字詞所凝聚而成的外在音樂性，卻也無法被忽視與抹滅。然而，就算詩作仍須憑藉語言文字方能寫成，且中文漢字本身就帶有一定的外在音樂性，對於紀弦來說，現代詩之內在層面同樣也對外在之文字音樂性，具有決定性的影響——舉例來說，正是因為「發現散文的音樂性較之韻文的音樂性更其適合於現代人的情緒與想像之表現」，[597]故而才會全面放棄韻文入詩的古典傳統，而改以散行之白話文來創作現代詩。

總的來看，從「但我的意思，並不是說，現代詩已經唾棄了文字的音樂性，置節奏與聲調於不顧。伴隨著內在的音樂性之發展，外在的音樂性事實上也在不斷地前進中」，[598]以及前述的相關論述當能清楚得知，就紀弦而言，不論是直接把音樂性等同於情緒之波動，抑或是將決定語言文字之外在音樂性的權柄託付於詩之內容層面，都可充分看出，內在對於現代詩之音樂性的重大影響。

（四）透過功用論現代詩之重視內在

此外，紀弦除了以音樂性為檢驗對象外，其對於現代詩必須

---

[596] 紀弦：〈袖珍詩論抄〉，《紀弦詩論》，頁1。
[597] 紀弦：〈論詩的音樂性〉，《紀弦詩論》，頁30。
[598] 紀弦：〈論詩的音樂性〉，《紀弦詩論》，頁29。

看重內在的堅持，亦可在詩本體之功能用途上，彰顯無疑：就如同紀弦拿新興繪畫與現代詩相較而論時所提出的意見一樣，現代詩與現代畫都同樣以純粹為追求之標的，故而均不強調外在的實用功能——換言之，「現代文學，特別是現代詩，在其精神的覺醒上，亦與新興繪畫的步調相一致：分工專門，獨立發展，追求純粹。詩就是詩，詩非歌；……像繪畫一樣，詩是不講實用的」。[599]

因此，更準確地來看，所謂的現代詩，其主要之功能用途，便在於完成詩內在的構想世界——故而相對來看，「傳統詩有實際目的；現代詩無實際目的。如果有目的，那也只是在於一首詩的完成，在其本身之內，而不在其本身之外」；[600]但無論如何，根據前述二則紀弦闡發現代詩功能用途之引文來看，當能清楚看出，對紀弦而言，現代詩的確以內在為其重心之所在的獨特詩觀。

第五節：講究美感

而除了以內為重之外，現代詩所具備之審美感受，同樣是紀弦、覃子豪與林亨泰眼中，現代詩本身所必須擁有之另一項具體特質；進而言之，不論是對現代詩美感的性質總說、類別細分或是根源探討，都可視為紀弦等人對現代詩本體特色之進一步釐清。

（一）現代詩美感之總體說明

簡言之，由林亨泰與覃子豪的相關敘述中當可明顯看出，「新」之一字，即應視為現代詩之美感所必備的主要特性：例如，當林亨泰藉紀弦詩作來探討所謂真摯性之諸般定義時，其實便已間接透露，其對現代詩之美感必須具有新穎性質的獨特看法；因為，從林亨泰認為〈脫襪吟〉之「『詩美』完全是藉『臭的襪子』以及

---

[599] 紀弦：〈詩是詩歌是歌我們不說詩歌〉，《新詩論集》，頁11。
[600] 紀弦：〈詩是詩歌是歌我們不說詩歌〉，《新詩論集》，頁49。

『臭的腳』這種赤裸裸的手法表現出來的，這種毫不保留的坦白，正好構成了詩的真摯性，同時也促使他的作品從死的、裝飾的陳腐中解放而成為一篇活的、有機的創作」之相關說法中，[601]我們不難看出，除了表達之赤裸坦率外，〈脫襪吟〉之所以能令林亨泰體會到美感，最重要的原因當在於紀弦獨特而新穎之想像能力。

換個角度來看，由覃子豪對現代詩美感的分析評論中，亦可發現所謂的新穎獨特，也同樣是覃氏心目中現代詩之美感所應具備的重要特質──因為，對覃子豪而言，所謂的現代詩本身，在某方面來說就是一場又一場有別於現實的夢：也就是說，覃子豪認為「詩本身有一種夢的氣氛。……現代的藝術，夢的氣氛更濃；……詩尤其富夢幻的意味」。[602]進而言之，如果說覃子豪眼中的現代詩確實溢散出濃厚的夢幻氣息，則當我們在找尋現代詩美感的總體特性時，新穎獨特，自然而然是毋庸置疑的首選。

（二）現代詩美感之類別劃分

當然，對於現代詩美感的詳細探索，絕不僅止於對其總體性質之觀察而已；具體來看，覃子豪對現代詩美感之類型判定，當為我們欲進一步深究美感時，不可忽略的重要論述。

詳言之，對覃子豪來說，不論是從美感所必須憑依之感官媒介著手，還是由美感之組成狀態切入，都可對現代詩所具備的審美感受，進行細部類別之區分：首先，若依感官媒介的不同來判斷美感之類型，則所謂的視覺美與聽覺美，當為其中最為顯著的收穫；進而言之，由於覃子豪認為「意象是美的成因」故而對「現代詩」來說「音樂的美是次要，意象的美成為主要」──而之所以如此則或

---

[601] 林亨泰著，呂興昌編：〈現代詩的基本精神〉，《林亨泰全集四‧文學論述卷1》，頁16。
[602] 覃子豪：〈朦朧美〉，《覃子豪全集II‧論現代詩》，頁254。

許與「意象有繪畫、彫刻、建築，在視覺上特有的效果」，[603]密切相關。

再者，若由美感之組成狀態來分析，則對於覃子豪而言，所謂的現代詩之審美感受，則又有單純美與繁複美之不同——其中，須特別注意的是，就覃子豪看來，儘管「現代詩中，富單純美的詩不多」但若以「美國詩人桑德堡（Carl Sandburg）的『霧』一詩」為例則可充分看出雖然此詩「單純到了極致，但卻是一首意象極為完整的詩」；[604]換言之，只要詩中之意象能達到完整而飽滿之境界，就算是只能呈現出單純之美，卻也依舊能夠打動人心。至於，所謂的繁複美，對覃子豪來說應可視為當時現代詩之主流美感類型：而之所以如此，覃子豪認為「無疑的是受了歐美現代詩的影響」才會「傾向於繁複的美」——但必須注意的是「其繁複能到達意象交織、綜錯，而不紊亂，亦非易事」；[605]換言之，由覃子豪的相關詩論可清楚得知的是，所謂的美之單純或繁複，其區別之關鍵當為詩作中所蘊含的意象數目，且對欲使詩作成功呈現出繁複之美的詩人來說，其在組合意象之時，必須注意整體秩序之維持，使多元之意象獲得有機之貫串，方不至於使讀者迷亂而一無所感。

（三）現代詩美感之根源探尋

此外，除了對美感之總體性質與細部分類提出各自之觀點，由下列所引述之相關詩論中，我們還可明確看出，紀弦、覃子豪與林亨泰對於現代詩美感之根柢淵源所作出的各式解答。

對紀弦而言，所謂的現代詩之美感，當與詩人所運用之創作方法有關：換言之，紀弦認為若是詩人能善用化零為整、貫珠成串之法，當有助於秩序化之美感的形塑——舉例來看，「個別的噪音，

---

[603] 覃子豪：〈意象〉，《覃子豪全集 II・論現代詩》，頁230。
[604] 覃子豪：〈單純美〉，《覃子豪全集 II・論現代詩》，頁258。
[605] 覃子豪：〈繁複美〉，《覃子豪全集 II・論現代詩》，頁261。

個別的非協和音，個別的非節奏的文字，是刺耳的，難聽的，每給人以不快之感；但是現代詩人（嚴格地說：現代主義者）運用其高度的技巧，特殊的手法，把一群的噪音，一群的非協和音，一群的非節奏的文字組織起來，賦予生命，使產生一種全新的『詩的效果』，牠們就是美的了……這種美，不是音響的美，乃是一種『秩序化』了的美」。[606]

　　而當林亨泰實際分析、闡述紀弦、瘂弦與商禽之詩作後，則是進而提出，所謂的具備真摯性之新活美感，應可由作者之精神層面與詩作之語言文字等途徑妥善塑造；更具體來看，若想使真摯美感順利呈現，「其途徑有如紀弦似地，把『真摯性』只是純粹地僅止於精神地追求方法。同時亦可如瘂弦、商禽兩位的除了求其精神的真摯外，更仰賴語言來表現的那種加工方法」。[607]

　　最後，若我們仔細思索覃子豪的詩論內容，則不難從中推測出，對覃子豪而言，除了與林亨泰皆同樣看重主體精神、語言文字與詩之美感的關係外，[608]詩作本身所蘊含的音樂特性，也是美感得以順利表現的關鍵之一——也就是說，「一首詩的完成，在古代也許很簡單，要使詩成為現代的藝術品，……它必須運用表現的技術使詩具有美的因素，……如何才能達成詩的美，……有的人認為『想像』是其要素，有的詩人認為『音樂』是其要素，……更有人認為詩應有其言外之意，……在中國詩中，即是所謂的『含蓄』。想像是將印象轉換為意象的一個過程，有繪畫的因素存在其中；如王摩詰，詩中有畫，畫中有詩一樣，能給視覺上一種美感。音樂性是強調其律動和節奏，……詩有音樂的要素，……給聽覺上一種美

---

[606] 紀弦：〈袖珍詩論拾題〉，《紀弦論現代詩》，頁195。

[607] 林亨泰著，呂興昌編：〈現代詩的基本精神〉，《林亨泰全集四・文學論述卷1》，頁40。

[608] 因為，就其實質內容而言，林亨泰所強調的精神之真摯當與覃氏所說之想像，同屬主體心靈之範疇；而前述林氏所提及的詩句之加工，則與覃子豪所謂的言外之意、含蓄手法，都與詩人對語言文字之鍛鍊有關。

感。含蓄能使詩富含言外之意，……心靈上便能獲得一種快感，亦即是最美的享受。這享受對於人類的心靈是一種無法解釋的最深沉的撫慰與啟示」。[609]

不過，與林亨泰有所差異的是，雖然覃子豪亦同樣列舉許多其心目中有助於現代詩美感形塑的重要因素，但透過覃氏之敘述，我們可以很明顯看出，在眾多美之成因裡，由語言文字之含蓄運用所形成的心靈方面之意義，比起所謂的視覺刺激、音樂元素來說，毫無疑問地更具有關鍵的地位。

第六節：物我交融

如果說以內為重、講究美感都是紀弦等人眼中，現代詩所應具備的本體特質，所謂的物我交融，便為紀弦、覃子豪與林亨泰在討論現代詩之創作方法時所提出的重要觀點。

（一）立足外在，表現內在

也就是說，雖然站在詩本體角度來觀看時，現代詩可謂具備了濃厚的以內為重之特色，但進入到詩創作方法之領域時，對林亨泰而言，首先要達到的條件，卻是對外在之客觀實物，保有高度而熱切的關心：換言之，「『關心』（interest）對於詩來說是非常重要的。……優秀的詩人必定去關心他周遭的社會、政治、經濟、時事、愛情……等問題，是很自然而合理的，但，如果說詩人寫詩時，任憑這些社會、政治、經濟、時事、愛情……等等問題，反撲過來指使、干涉的話，詩的立場等於從根本就被否認掉了」；[610]換

---

[609] 覃子豪：〈本質〉，《覃子豪全集II・論現代詩》，頁218。
[610] 林亨泰著，呂興昌編：〈中國現代詩談話會〉，《林亨泰全集九・文學論述卷6》，頁184。

言之，林亨泰所謂的關心現實，[611]當是以詩人之主體自我，作為觀察、感受、表達等創作環節開展之絕對主導力量。

而若從覃子豪的角度來看，之所以要特別強調對外物之關心須由詩人自我出發，或許是因為，所謂的詩之創作，其重點當在於忠實表現出詩人一己之生活感受，而非僅止於具體反映作者所身處的現實環境、所經歷的生活細節——故而，簡單來說，覃子豪心目中「中國現代詩的特質，便是表現生活的感受和強調中國的現代精神」；[612]進而言之，當詩人以關懷外在作為現代詩創作歷程的起點後，除了積極表現作者之生活感受外，另一項必須注意的重點是，對於客觀具體事物之內在核心，亦應投以高度的關注：因為，對覃子豪而言，「由於現代人敏銳的感性，詩不再是概念式的抒寫，而是一種分析式的表達，節節推進，層層深入，直達目不能見事物本質的核心，或揭示出人性真實的隱秘」，[613]皆為現代詩人提筆創作詩，所應肩負重要任務。

（二）物我主客，交融成詩

但必須留心的是，由立足外在、表現內在之詩論觀點出發，所謂的內、外之間所維持的似乎是截然兩分、各自獨立的連結關係；然而，對林亨泰來說，所謂的現代詩之創作活動，應該是一種由詩人主體出發，進而包羅世間萬象、籠罩群體大我的宏闊觀照。

舉例而言，二十世紀與過往人類歷史的顯著差異，其中一項或

---

[611] 值得注意的是，在所有林亨泰對詩人所應關心之現實範疇的討論中，有一項與紀弦、覃子豪皆截然不同的觀點，亦即對於鄉土之重視——換言之，林亨泰認為所謂的現代詩「雖然在方法上因追求『現代』而作了最大膽的嘗試，但是，另一方面，詩作品的題材卻都以『鄉土』為限……因為我一直相信：『現代化』是世界各國的共同目標，……只是這樣追求為的是它的成果都能夠落在自己的『鄉土』，自己的國人都能夠成為它的受益者」；另，相關內容，可詳見〈笠的回顧與展望〉（《林亨泰全集七‧文學論述卷4》），頁128的說明。

[612] 覃子豪：〈現代中國新詩的特質〉，《覃子豪全集II‧論現代詩》，頁337。

[613] 覃子豪：〈繁複美〉，《覃子豪全集II‧論現代詩》，頁262。

許便在於，波及全球的浩大戰爭，接二連三的發生；而正由於「朝朝暮暮都在戰爭中，大戰爭小戰爭連綿不斷，這是二十世紀的實況，因此，作為今日的現代詩人，如果他是「真摯」的話，再也不能像昔日的詩人一般，只顧悠然地固守於一己的趣味領域裡而置身於獨善其身的境地中」。[614]

更具體地來看，雖然以主體自我對外在事物投以高度關注，是現代詩創作方法的初步要領，但若要使詩之創作徹底完成，則尚須經歷主客交化、物我融合的相互作用，方能告一段落；也就是說，「當詩人獲得強烈的『關心』之後，他就會自動而熱烈地去開始寫他的詩。此時，詩人必須機警而力動的面對萬人共有的客觀世界。……一方面，他必須使主觀的『關心』逐漸進行『客觀』化，但，另一方面，他又非把只有『可能』的東西化成為『存在』不可。即必須往返於『主體』與『對象』、『主觀』與『客觀』、『內面』與『外界』之間，而在不斷地相互作用下，通過了無數次的『嘗試錯誤』之後，他的詩作品始能完成」。[615]

而就紀弦看來，現代詩創作過程之所以須有物我交融、主客合一的環節，當與現代詩之秩序構成有關：因為，「現代詩否定邏輯，而代之以秩序。其秩序之確立，乃是出發自高級心靈生活之體驗與觀照而又恆受詩人絕對自由意志之支配。……錯綜時空，合一物我，變動萬有之位置，交換一切之價值，或為整數之分裂，或為碎片之重組，重組了又分裂，分裂了又重組，而止於詩的至善」；[616]進一步來說，若詩人真能達到物我、主客相互融合的理想狀態，並準確地憑藉一切現實事物，妥善表現一己之精神活動時，方能有資格算是現代詩之創作活動的最高境界。

---

[614] 林亨泰著，呂興昌編：〈現代詩的基本精神〉，《林亨泰全集四‧文學論述卷1》，頁82。

[615] 林亨泰著，呂興昌編：〈中國現代詩談話會〉，《林亨泰全集九‧文學論述卷6》，頁186。

[616] 紀弦：〈新現代主義之全貌〉，《紀弦論現代詩》，頁48。

換個角度來看，在林亨泰之詩論文章中，亦能發現類似的觀點：像是「如果說寫作有所謂最原始的狀態，那恐怕就是學校裡的作文，或者如函授學校詩歌班等似地，事先定好題目，而按照那題目寫作的狀態吧。……可是，這種情形進展至最後階段時，……此時的詩人不論任何對象物，也都能藉來做為表現自己的精神活動，以之作為自己的嘆息，自己的告白、自己的呼喚……這種心情，就是……以全世界為舞臺，全人類之心情為心情的心情。……我想把這種詩的寫法稱為『大乘的寫法』，似無不可。因之，附以或設定題目的詩的寫法，便可稱為『小乘的寫法』了」。[617] 故可知，打破物與我、主與客之間相隔藩籬的充分交融，實為詩作徹底成形前，詩人必須傾力以對的重要環節。

第七節：兼採古今

　　最後，除了在現代詩之創作方法上共同主張須作到內外虛實合一無間的物我交融外，紀弦、覃子豪與林亨泰對於兼採古今之堅持，亦為其現代詩論之一大亮點。

（一）學習現代歐美詩壇

　　基於二十世紀歐美等西方國家幾可稱為文化輸出核心的歷史事實，針對如何將現代詩寫好之議題，紀弦等人當然不會輕忽對於現代歐美詩壇的大量學習——例如，紀弦便曾清楚揭示：「我們認為，在詩的技術方面，我們還停留在相當落後十分幼稚的階段，……。唯有向世界詩壇看齊，學習新的表現手法，急起直追，迎頭趕上，才能使我們的所謂新詩到達現代化」。[618]

---

[617] 林亨泰著，呂興昌編：〈現代詩的基本精神〉，《林亨泰全集四‧文學論述卷1》，頁53。
[618] 紀弦：〈「現代詩」季刊的宣言〉，《新詩論集》，頁51。

而更進一步來看，覃子豪則是直接點明，「現階段的中國新詩無疑的是受了歐美現代主義的影響，但決不是歐美現代主義運動的繼續。……中國新詩之趨於現代化，是一種不可避免亦無須避免的，甚至應加努力去達成的一種新的情勢」；[619]故可知，面對當時的現實處境，重視西潮、汲取歐美詩壇中所湧現之與現代化相關的各式寫作技巧，幾乎可視為一種不得不然的強烈趨勢。

（二）取法西方文學傳統

　　儘管眺望西方可說是現代詩人在學習階段共同經歷的必經環節，但不可忽視的另一重真相是，其所觀摩、仿效之對象，從來就不會只限縮於單一面向──換言之，歐美詩壇的最新動態，確為臺灣現代詩人所必須積極關切的重要目標，但那些點亮於往昔的傳統輝光，亦是有志寫詩者應該認真欣賞、深入觀照的對象：也就是說，就像覃子豪所提及的，「歐美現代主義之提出反傳統的口號，實在是反傳統的因襲觀念，與陳舊的表現技巧」──故而「現代詩」在寫作態度上其實是「不反對傳統的精華」但「卻反對傳統的因襲作風」。[620]

　　更聚焦來看，從林亨泰對艾略特言論的相關詮釋可知，自希臘史詩以降的一切西方文學遺產，皆為所有現代詩人應珍視的寶藏；因為，「『傳統』（Tradition）一詞」在「艾略特」筆下「即包括著『自荷馬以來的歐洲文學的全部的感覺……的秩序體！』」──因此「詩人應該以『比他一個人的心還要來得重要的心』即『歐羅巴的心』去寫他的詩，而他的詩也應該在於『自古而今所寫的一切詩之活生生的全體』的知覺中完成」。[621]

---

[619] 覃子豪：〈象徵派與現代主義〉，《覃子豪全集Ⅱ‧論現代詩》，頁373。

[620] 覃子豪：〈中國新詩的方向〉，《覃子豪全集Ⅱ‧未名集》，頁519。

[621] 林亨泰著，呂興昌編：〈中國詩的傳統〉，《林亨泰全集七‧文學論述卷4》，頁19。

而換個角度來說，由下列所引的覃子豪詩論內容可進一步得知，在確立既重當下又不廢傳統的開放態度以後，該如何積極地從在某些人眼中僅僅視為「故紙堆」的浩瀚傳統中，找尋出有資於當代的重要養分：例如，若以西方過往的重要文學思潮來看，「無論古典主義或象徵主義如何『落後』……只要我們以現代的觀點去接受，就能將舊的營養蛻化為新的技巧」──像活躍於廿世紀初期的「美國的意象派」即可說是「從象徵主義獲得啟示而造成與象徵派不同的風格」。[622]故可知，在覃子豪等人眼中，所謂的向西方學習，從來就不是抑古揚今的單向取法，而是今古並重的廣泛包容。

（三）反芻中國古典詩學

從上述所引之紀弦等人的各式觀點可知，就現代詩論中的創作方法而言，當我們在遍數究竟何處方為詩人所應大力開採的詩學資源時，不可忽略的是，西方過往的文學傳統與廿世紀歐美各國的新興變化，皆該獲得同樣比例的重視；但除此之外，對於紀弦、覃子豪與林亨泰這三位臺灣當代詩壇的要角來說，一旦提及所謂的「傳統」，更多時候其所指向的乃是發源於《詩經》的中國古典詩學脈絡──而進一步來看，在紀弦等三人之現代詩論中，又是如何看待中國古典詩學傳統？以林亨泰為例，當他提出了「中國詩的傳統」特色「在本質上，即象徵主義」進而建構起「『現代主義即中國主義』」的大膽創見時，[623]其實不難看出，作為積極推動詩之現代化運動的林亨泰而言，中國古典詩學傳統──至少，是與象徵有關之部分──實為不可或缺的寶貴資產。

除此之外，紀弦在「詩貴獨創」的總體要求下亦曾主張「同時，對於中國詩的傳統，我們也加以態度審慎的揚棄和繼承」──

---

[622] 覃子豪：〈中國新詩的方向〉，《覃子豪全集II・未名集》，頁520。

[623] 林亨泰著，呂興昌編：〈中國詩的傳統〉，《林亨泰全集七・文學論述卷4》，頁23。

因為對紀弦來說「我們所必須探討的，乃是新詩之所以為新詩的道理」；[624]而與之相似但更為清楚直捷的是，當覃子豪同樣以艾略特作為詮釋對象時，便明確表示過「正如艾略特（T.S.Eliot）所說：『過去』也不斷地因『現代』而產生新的意義」──故此「現代詩人所反對的是傳統的虛偽與束縛」而「不是反對『作為太古以來人類智慧積蓄的，過去形成的一個秩序。』尤其是中國古詩中的創造法則」。[625]

由此可知，當我們認為古今兼備乃是紀弦等人現代詩創作方法論中一項極其重要的指導原則時，其所謂的「古」之內涵，除了包括自荷馬以降直至廿世紀西方各類文學理論外，自然也同時蘊含著上述所謂的中國古典詩學傳統；而通過上述詩論的援引、詮解，當可確知不論是紀弦、覃子豪或林亨泰必都深切期盼，所有有志於現代詩創作的善感心靈，都能在面向當下的滾滾西潮之餘，同時涉獵或中或西的古典傳統，開啟一連串鎔舊鑄新的書寫活動。

第八節：紀弦、覃子豪、林亨泰現代詩論之關鍵源頭

就詩學理論的學理背景而言，相對於紀弦等三人之象徵詩論對中、西兩方之文藝理論特點的兼容並蓄，當紀弦、覃子豪與林亨泰在完善其現代詩論的過程中，則主要是以西方之各式文藝思潮為關鍵的參考對象。

（一）以現代主義與超現實主義為汲取之核心養分

其中，紀弦等人在思考與詩學範疇內現代一詞之相關論述時，最為看重的便是現代主義；因為在其各自所開展之現代詩論內容中，皆可輕易發現對於現代主義的大量借鑑與廣泛攝取──例如，

---

[624] 紀弦：〈「新詩」週刊的發刊辭〉，《新詩論集》，頁53。
[625] 覃子豪：〈自序〉，《覃子豪全集Ⅱ·論現代詩》，頁211。

覃子豪便曾清楚表示過，「現階段的中國新詩無疑的是受了歐美現代主義的影響」且「中國新詩之趨於現代化，是一種不可避免亦無須避免的，甚至應加努力去達成的一種新的情勢」；[626] 進一步來看，覃子豪之所以會積極主張現代詩應多多汲取現代主義之養分，或與前述提及在紀弦等三人眼中之現代詩，對於詩之內在層面的重視有關——因為，對覃子豪而言，「表現內在之真實」本就「是現代主義的根本精神」。[627]

　　而除了可從重視內在之性質看出現代主義與現代詩的關聯外，對紀弦、覃子豪與林亨泰來說，現代主義所帶來的最大影響，應是使其在詩論建構之過程中，皆十分看重新穎獨創之概念：舉例來看，在西方現代主義詩人中相當具有代表性的艾略特，其相關言論，便曾被覃子豪與林亨泰引用——而不論是林亨泰由艾略特筆下的「傳統」概念想到的詩人之創作應該在對「『自古而今所寫的一切詩之活生生的全體』的知覺中完成」，[628] 或是覃子豪所觀察出的「正如艾略特（T.S.Eliot）所說：『過去』也不斷地因『現在』而產生新的意義」等，[629] 其根本重心皆是在強調，現代詩人應積極利用一切自古而來的文化傳統，使過往之經驗化為自身嶄新之創作。

　　此外，在紀弦的相關論述中，可更清楚地看出，其在思考與現代詩有關之各式問題時，對於現代主義所抱持的高度關切：因為，紀弦曾相當直白地宣告，「凡是基於『現代主義的』詩觀、詩法而從事於詩之研究與創作的，我們便稱之為『現代主義者』」且「唯現代主義者所寫的詩」方「為現代詩」；[630] 但特別需要注意的是，紀弦雖然以現代主義者自居，但其心目中所謂的現代之真實意涵，

---

[626] 覃子豪：〈象徵派與現代主義〉，《覃子豪全集Ⅱ‧論現代詩》，頁373。
[627] 覃子豪：〈象徵派與現代主義〉，《覃子豪全集Ⅱ‧論現代詩》，頁372。
[628] 林亨泰著，呂興昌編：〈中國詩的傳統〉，《林亨泰全集七‧文學論述卷4》，頁19。
[629] 覃子豪：〈中國新詩的方向〉，《覃子豪全集Ⅱ‧未名集》，頁519。
[630] 紀弦：〈袖珍詩論拾題〉，《紀弦論現代詩》，頁198。

與廿世紀西方現代主義的原始面貌之間，卻有一段不可忽視的距離
——換言之，紀弦所謂的現代詩論，「就是一種革新了的現代主
義。可以稱之為新現代主義，後期現代主義，或中國的現代主義。
因為它不同於法國的現代主義，亦不同於英美的現代主義。它包含
了它們，而又超越了它們。它是國際現代主義之一環，同時是中國
民族文化之一部分」。[631]

　　更直接地來看，紀弦所謂的新現代主義與西方現代主義之間最
為顯著的差異，是在於紀弦詩論中所呈現的現代，不僅在具體內涵
上與「過去大陸上的現代派」不同且「不只是法國的現代主義，亦
不僅是英美的現代主義」——因為紀弦認為在「追求『獨創』」的
基礎之外「我們尤其重視『個性』」；[632]再者，「中國的現代詩與
外國的現代詩」雖然皆「以『詩想』為本質」且「都是現代主義的
詩」——但「其相異之點」則「在民族的性格，文化的精神」之不
同。[633]

　　再者，除了現代主義以外，超現實主義亦為現代詩論之具體內
涵中相當重要的一環——不過，由於在紀弦的相關論述中，並未明
顯出現對於超現實主義的詮釋，故以下只能從覃子豪與林亨泰的
角度，嘗試分析超現實主義與現代詩論之間在實質內涵上的具體
關聯。

　　如果說西方現代主義對於紀弦等人之現代詩論的影響，主要
體現在對創新與內在等環節之重視，超現實主義所作用的範圍，當
與現代詩論中對詩之內在層面的強調有關：舉例來看，在林亨泰之
〈關於現代派〉與覃子豪的〈超現實主義的影響〉、〈中國新詩的
方向〉等文章內，皆有提到現代詩與超現實主義之間的密切關聯
——例如，「『超現實』乃是自立體派至超現實派的一連串運動所

---

[631] 紀弦：〈新現代主義之全貌〉，《紀弦論現代詩》，頁39。
[632] 紀弦：〈抒情主義要不得〉，《紀弦論現代詩》，頁21。
[633] 紀弦：〈新現代主義之全貌〉，《紀弦論現代詩》，頁50。

一貫的精神」，[634]即可視為林亨泰眼中「現代派」之真實意旨；而從覃子豪的相關見解來看，現代詩人「從超現實主義」中所學到最有價值的地方便是「超現實主義發掘潛意識，求內在的真」所開啟之「詩的新世界」。[635]

但須特別留心的是，儘管「中國的現代詩，直接的或間接的受了超現實主義的影響是不可否認的事實」──但是當詩人廣泛利用了「超現實主義派的手法」積極「表現心靈底現實」時往往在「意象與意象缺少實際上的聯繫」故而「讀者」亦很難從「截斷的毫無關聯的意象找出作者的用意」；[636]另外，覃子豪亦曾點出，雖然「超現實主義妙語的創造，啟示了現代詩一個新的表現技巧。但是我們創造的妙語」在「實際上與作品所表現的內容」卻仍須「有著密切的關聯」。[637]

（二）以詩學範疇中的象徵概念為繼承之重要關鍵

通過對紀弦、覃子豪、林亨泰筆下與詩學範疇中的現代一詞環環相扣之各式詩論的詳細探究，當可發現在廿世紀幾乎席捲全世界的現代主義，即為紀弦等三人皆共同看重的主要思想淵源；至於對所謂的超現實主義來說，雖然缺少與紀弦直接相關的詩論證據，但在覃子豪與林亨泰的詩論內容裡，亦能明顯看出超現實主義對現代詩論的重大價值──而與此相似的是，在覃子豪與林亨泰筆下，尚可發現許多充足之證據，得以說明詩學範疇中的象徵一詞，對現代詩論之實質內涵來說，同樣具有相當程度的影響力。

然而，從現有的資料基礎上來看，關於詩學範疇中象徵一詞對現代詩論的具體作用，覃子豪與林亨泰並未達成明顯之共識──

---

[634] 林亨泰著，呂興昌編：〈關於現代派〉，《林亨泰全集七・文學論述卷4》，頁6。
[635] 覃子豪：〈超現實主義的影響〉，《覃子豪全集II・未名集》，頁605。
[636] 覃子豪：〈中國新詩的方向〉，《覃子豪全集II・未名集》，頁517。
[637] 覃子豪：〈超現實主義的影響〉，《覃子豪全集II・未名集》，頁605。

例如，由「不用說，今日象徵派乃是十九世紀的繼承」而「『現代派』卻是廿世紀以後才興起的」以及「但我不喜歡這種說法，因為「現代派」與「象徵派」並不對立」且「梵樂希曾加入達達派」等說法中，[638]雖然可以看出林亨泰心目中象徵與現代之間應有密切關聯，但卻無法進一步指出，究竟現代詩論裡的哪些實質議題，確與象徵所蘊含之詩學意義關係匪淺。

但對覃子豪而言，雖然曾明確提出「象徵主義」在「富形象和意境」方面的優點應值得詩人努力效法，[639]以及「象徵派的詩人特別重視朦朧美的效果」當與「詩本身」所具備之「夢的氣氛」和「夢幻的意味」關聯密切等見解，[640]但亦無法像我們在分析現代主義與超現實主義對紀弦等三人之現代詩論所造成的實質影響時一樣，能具體突顯象徵蘊含之詩學意義究竟在哪些層面影響了現代詩論。

---

[638] 林亨泰著，呂興昌編：〈關於現代派〉，《林亨泰全集七・文學論述卷4》，頁10。
[639] 覃子豪：《覃子豪全集II・詩創作論》，頁5。
[640] 覃子豪：〈朦朧美〉，《覃子豪全集II・論現代詩》，頁254。

∣第拾章、結論

　　一般來說，不管是具體作品之書寫或抽象理論之構築，其實都可視為作者內在自我之積極呈現：

> 詩的理論與批評往往與詩的創作等量齊觀，其原因極為明顯，……是詩人把創作品與理論同樣當作表達自我的一種工具，所不同的是前者是屬於戴阿尼索斯式的，側重於自我的主觀表現，後者屬於阿波羅式，側重於對自我主觀的瞭解，並使此一瞭解擴及他人。……對於一個詩人，不論他的作品或他的理論，其目的即在表現他的生命本體，以及這個生命與其他生命之間的關係（或可稱為人生態度）。[641]

故而就臺灣當代詩學研究之整體面向來看，對於紀弦、覃子豪、林亨泰之個別詩學理論的總全觀察，實為研究路途中值得努力鑽探的重要寶藏；不過，由於本文第貳到玖章之主要內容，乃是針對紀弦等人之詩學理論中與象徵、現代關係密切之各式重點的主題式論述：包含對象徵與現代的總體定義、對與象徵或現代關聯緊密的各式詩論之匯通、紀弦等人在開展其個別之象徵詩論與現代詩論時所各自擷取之豐富資源究竟為何，以及對紀弦等三人之象徵詩論與現代詩論的各自收束等內容；故而關於以個人為單位，對紀弦、覃子

---

[641] 洛夫：〈自序〉，《詩人之鏡》（高雄：大業書店，1969年5月），頁2。

豪與林亨泰之詩學理論所進行的整體探究，在本研究中只能在第陸至捌章之末尾稍稍觸及。

當然，更為完整而宏觀的追躡，是必須完成的最終目標；不過，對於本研究來說，在紀弦等人之象徵詩論與現代詩論皆已被充分探究之後，更具急迫性與必要性的重要任務，應是跨出單一人物的詩學架構，以並列同觀之視角，將看似判然二分之象徵與現代，相互縉合、彼此串聯，以求最大程度地釐清，紀弦、覃子豪與林亨泰等三人之象徵詩論與現代詩論的分歧之處與一致趨向。

最後，當句點暫時劃下之前，對於紀弦、覃子豪、林亨泰在象徵、現代等範疇中所創建出之各式詩論所可能衍生出的成就與影響，以及本研究之闕漏檢討與未來展望，皆為筆者所欲盡力演繹的尾奏。

第一節：以象徵與現代為重心的紀弦、覃子豪與 林亨泰詩論研究之異同比較

整體來看，其實對於紀弦等三人之象徵詩論與現代詩論中的殊相與共相之探討，自首章以降可說是無處不在；然而，前述各章各節自有其論述之主軸，無法以籠罩全局、貫串對立之視角，對紀弦、覃子豪、林亨泰之象徵詩論與現代詩論，做出總和之觀照——是故，本節之主要內容即在於明確點出紀弦等三人象徵詩論與現代詩論之間最為顯著的差異性與相似性；而一言以蔽之，大同、小異，正可充分描述紀弦、覃子豪與林亨泰之象徵詩論與現代詩論的彼此關聯。

（一）紀弦、覃子豪、林亨泰象徵詩論與現代詩論之細部 分歧

對於紀弦、覃子豪與林亨泰而言，其在開闢各自之象徵詩論與

現代詩論時所表現出來的重要殊相，主要集中在宏觀詩學範疇之取捨傾向，以及部分詩論議題之主觀詮釋。

1、詩學範疇之取捨

　　首先，由前述各章之繁複探討，以及第伍章與第玖章的歸納與統整，我們能夠明確得知，對於紀弦、覃子豪、林亨泰之象徵詩論與現代詩論來說，其各自專擅處理之詩學範疇，可說是略有不同。

　　不論是紀弦、覃子豪或林亨泰的筆下，只要以象徵作為詩論開展之路徑，則往往對詩之結構型態皆抱持著格外的關注──而相對來說，在紀弦等三人之現代詩論中，便甚難發現對於詩結構論的重要意見；其次，對於詩之外顯形式與內容層面之探討，幾乎可說是紀弦等三人之現代詩論的強項──反過來看，紀弦、覃子豪與林亨泰之象徵詩論，對於詩之內容中應特別注意那些成分，以及詩之外形該有怎樣的特殊限制與發揮，則確實涉及不深。

　　然而，就其他詩學範疇之重要面向來看，所謂的詩之功能用途論（包含了與客觀現實、作品內部、讀者與作者等方面的討論）以及詩之創作方法論（例如主客內外之融合、抽象意義之表達以及語言文字、意象之鍛鍊等），可說是不論何人、不論是以象徵或現代為審視之途徑，皆十分關心的詩論範疇；再者，有關詩之閱讀與批評的具體方法，雖然探討的力道不一，但皆可算是紀弦、覃子豪、林亨泰之象徵與現代詩論中，獲得充分闡發的詩學範疇。

　　故可知，儘管在詩學論述範疇的取捨上，確實因立足象徵與依憑現代之不同而有所差異──前者對詩之組成結構格外重視，後者對詩之內容、形式特別強調，但由於對詩之功能用途與詩之創作、閱讀、批評的共同聚焦，則仍使紀弦、覃子豪、林亨泰之象徵詩論與現代詩論在詩學架構上獲得高度的一致性。

2、詩論議題之詮釋

進一步來看，紀弦等三人之象徵詩論與現代詩論，除了在詩學範疇之宏觀選取上，會因以象徵為核心或以現代為焦點之不同，而產生相對應之變化外，對於重要詩論議題之個別詮釋，也是紀弦、覃子豪、林亨泰象徵詩論與現代詩論之顯著殊相之一環──其中，對詩中之情與音樂性之闡發差異，當可說是最富代表性之範例。

（1）音樂特性

首先，若以詩論核心之差別作為觀察目標，則可輕易發現，對於詩之音樂特性的種種探討，全部集中在紀弦等三人之現代詩論中；至於在紀弦、覃子豪、林亨泰之象徵詩論裡，則無法找到與詩音樂性的相關探討──但值得注意的是，就算是在紀弦等三人之現代詩論中，其對於音樂性的看法也並不一致：簡言之，林亨泰與紀弦的意見較為相仿，而覃子豪的觀點相較前二者來說，則可謂較為殊異。

仔細來看，對於覃子豪而言，音樂性之於詩，應該是一項十分重要的組成元素：因為對覃氏來說，「音樂性」中「律動和節奏」的部分「可以增強在聲調上的魅力，給聽覺上一種美感」；[642] 除此之外，這種屬於外顯而可感之音樂性，更可促使讀者進一步探索詩之意義──因為，覃子豪認為「讀者經歷了這耳與目的樂趣，才有興趣去窮究詩的內蘊」。[643]

然而，覃子豪所看重的外在之音樂性，在林亨泰心目中，確只能算是詩之歷史陳跡的一部分：因為，「在最初的史前時代──即所謂『歌謠時代』裡，要傳達自己的感情或思想，人類除了──依賴歌聲之外則無他途」而到了同時「講究聲調」與重視「抒情」的「韻文時代」裡也同樣看重外顯之音樂性──但是「由於韻律的外

---

[642] 覃子豪：〈本質〉，《覃子豪全集Ⅱ・論現代詩》，頁218。
[643] 覃子豪：〈繁複美〉，《覃子豪全集Ⅱ・論現代詩》，頁261。

在性與題材的一律性，再由於印刷術的發達，人類是會有追求更自由表現方式，以及尋求更複雜精神型態之欲望的」。[644]

　　而與林亨泰相似的是，紀弦所謂的「詩的音樂性有二：一是低級的，原始的，『歌謠』的音樂性，即是專門用耳朵去聽的；一是高級的，現代的，『新詩』的音樂性，即是專門用心靈去感覺的」，[645]也同樣表達了對於詩之外在音樂性的貶抑以及對內在的心靈方面之音樂性的看重。不過，要特別留意的是，雖然紀弦不再強調傳統所看重的外在音樂性，在其詩論內容中，卻也並沒有說過要消滅詩之語言文字所帶來的音樂效果；因為，「詩」本就「是一種以文字的意味與聲音為媒介的藝術」──但就目前看來漢語詩作所能選用的「韻文與散文這兩種文字工具，……韻文有韻文的音樂性，散文有散文的音樂性。」而「當我們一旦發現散文的音樂性較之韻文的音樂性更其適合於現代人的情緒與想像之表現時，則我們為什麼不勇敢一點地，更接近真理一點地，捨韻文的音樂性而就散文的音樂性呢」？[646]

　　進而言之，對紀弦來說現代詩之外顯層次中所蘊涵的音樂性，本就應是一種源於散行文字之自由音樂性；再加上「散文的美學以『均衡』為原則」故而其所展現的音樂美感當展現出強烈的「美學之『多樣統一律』的」風格；[647]而至於所謂的內在、心靈之音樂性，對紀弦來說，應該就代表了一種「波動的，永續的，藉『現實之變貌』……」而給「予吾人之『心耳』以聽覺的享受之『情緒的昇華』」。[648]

　　總的來看，對於詩所蘊含的音樂元素來說，覃子豪對於感官

---

[644] 林亨泰著，呂興昌編：〈現代詩的基本精神〉，《林亨泰全集四‧文學論述卷1》，頁81。
[645] 紀弦：〈袖珍詩論抄〉，《紀弦詩論》，頁2。
[646] 紀弦：〈論詩的音樂性〉，《紀弦詩論》，頁30。
[647] 紀弦：〈論詩的音樂性〉，《紀弦詩論》，頁31。
[648] 紀弦：〈袖珍詩論抄〉，《紀弦詩論》，頁4。

所能接觸到的外顯音樂性，可說是以相當正面的態度，給予其積極的評價；然而，對林亨泰來說，此種對詩之外顯聽覺感官享受的重視，不應在當代詩壇中繼續保持——更進一步來看，屬於內在感受之心靈起伏，才是紀弦眼中詩所最該追求的高級音樂性，而文字之韻律、節奏等詩作層次的音樂性，便無法紀弦肯定之視線。

（2）感性之情

　　而與前述對詩中音樂性之態度相似的是，覃子豪所表現出的對情感之全面看重，亦與紀弦、林亨泰等人的觀點迥然有別：例如，從象徵詩論的立場來看，對於詩之本體來說，覃子豪便認為感性之情即是詩中意象的重要組成元素——因為當「詩人將現實的印象昇華為意象的一剎那，亦即情緒昇華的一剎那」；[649]而進一步來看，對覃子豪來說，所謂的情感，除了是組成意象的關鍵元素外，同時更可說是詩之本質所在——反過來看，當「作者沒有認識詩的本質」時其「作品」亦「沒有純然的抒情意味」；[650]此外，就算是談到所謂的現代詩，覃子豪依舊認為情感也必須是現代詩的必備要件之一——例如，詩中的各式抽象意義，其在「表現」之時便「非藉抒情來烘托不可」。[651]

　　而相較於覃子豪不管是以象徵為立論根基或以現代為觀察之重點，其對於情之重視可說是始終如一；但對紀弦來說，其對感性之情的態度，卻呈現出一種由濃轉淡之劇烈變化。舉例來看，在第一本詩學論著中，當紀弦以象徵作為立論闡述之根本立場時，即相當看重詩中的情之存在：像是紀弦便曾十分強調情與詩的關聯，因為「野蠻人的詩」只不過「是喜怒哀樂之赤裸裸的叫出來喊出來；文明人的詩則以情緒之『暗示』或『含蓄』——所謂『言有盡而意無

<hr>

[649] 覃子豪：〈本質〉，《覃子豪全集Ⅱ・論現代詩》，頁217。

[650] 覃子豪：〈新詩的比較觀〉，《覃子豪全集Ⅱ・論現代詩》，頁280。

[651] 覃子豪：〈新詩向何處去？〉，《覃子豪全集Ⅱ・論現代詩》，頁305。

窮』」為藝術的極致」；[652]除此之外，紀弦更曾直言，情，即是詩之本質所在——因為，在紀弦眼中，「文學的本質是一個情緒」且「作品的內容之形成」亦「有待於情緒的客觀化」；[653]而至於談到詩之功能用途時，紀弦也明白表示過，「詩的功用，在於賦予一個情緒或一個經驗以具體的形式，表現或完成之使成為一個健全的新生命」。[654]

然而，當紀弦改從現代之立場開展詩論時，對於詩中之情的態度，則可說是起了一百八十度的大轉變：例如，在《紀弦論現代詩》中，紀弦曾直言「現代詩」之所以「不等於新詩或自由詩」便是因為「新詩與舊詩，自由詩與格律詩，其形式雖然不同，其本質還是一樣」——亦即「一切傳統詩都是抒情的，邏輯的；然而現代詩是情緒的放逐，邏輯的否定」；[655]而除了在本質上排除情緒外，紀弦眼中的現代詩之功能用途與創作方法，亦與情緒無關——因為，「現代詩，有殊於傳統詩，它根本不以喚起情緒上的共鳴為目的。那是舊美學的功用論，新美學是反功用論的」；[656]而也「正由於現代詩與傳統詩的本質截然有別」故「其創作」之「方法自然也就大不相同了」——簡言之「一切傳統詩都是情緒的抒發，觀念的陳述，和主題的顯露。而現代詩則是情緒的逃避，觀念的放逐和主題的隱遁」。[657]

與紀弦雷同的是，對林亨泰而言，當其視線之焦點凝定於現代之時，對於詩中感性之情的態度可說與紀弦完全一致：因為，不論是由詩之內容層面來看，其所認為的「如果有首詩竟有了百分之六十以上的『抒情』，這就是所謂『抒情主義的』而我們」就必須

---

[652] 紀弦：〈論詩的音樂性〉，《紀弦詩論》，頁27。
[653] 紀弦：〈詩質與詩形〉，《紀弦詩論》，頁17。
[654] 紀弦：〈袖珍詩論抄〉，《紀弦詩論》，頁3。
[655] 紀弦：〈新現代主義之全貌〉，《紀弦論現代詩》，頁47。
[656] 紀弦：〈新現代主義之全貌〉，《紀弦論現代詩》，頁48。
[657] 紀弦：〈現代詩之定義〉，《紀弦論現代詩》，頁118。

「加以反對之」，[658]或就詩之重要組成元素——文字——之角度來看，「自從將『韻文』改以『白話』作為詩工具之後，詩人們在確立現代詩『傳統』的努力下……，『白話工具』卻擁有『語言意義的連貫性』、『思惟邏輯的抽象性』、『心理意識的時間性』等特色，這正適於『主知』的寫作過程」，[659]都可明顯看出林亨泰對於詩中感性之情的貶抑。

然而，當林亨泰的觀察重心移至象徵時，對於詩中之情的態度，也相對的較為緩和：儘管在論述詩之創作方法時，林亨泰仍然強調「詩不依靠文字技巧，應該從詩想著手」但也同時提出「複雜的情感不一定要靠複雜的文字來修飾。……詩的表達不必清楚，只要他的象徵意義，而把……過程寫出」之觀點，[660]可見其對於詩中之情的傾向，並非採取全然排拒、徹底祛除的態度。

總的來看，若以統攝性的觀點來俯察紀弦等三人在詩學理論中對感性之情所做出的種種論述，則不管是覃子豪的始終看重，紀弦、林亨泰的猛烈轉折，看似雖因各有堅持、各有偏愛而甚難形成共識，但就臺灣當代文學理論之總體發展而言，卻皆可說是在文學與情感之理論探討上的開路先鋒，[661]提供了許多對後人來說足堪借

---

658 林亨泰著，呂興昌編：〈談主知與抒情（代社論一）〉，《林亨泰全集七・文學論述卷4》，頁28

659 林亨泰著，呂興昌編：〈中國現代詩風格與理論之演變〉，《林亨泰全集四・文學論述卷1》，頁180。

660 林亨泰著，呂興昌編：〈詩與人生座談〉，《林亨泰全集九・文學論述卷6》，頁154。

661 因為，以臺灣當代極受關注的「抒情傳統」來看，目前學界普遍認為此觀念最初是由陳世驤於1971年以英文講稿的形式，提出若基於中西對照的前提，則中國文學可說是保持著一種抒情傳統的特色（詳見Chen Shih-hsiang, "On Chinese Lyrical Tradition: Opening Address to Panel on Comparative Literature, AAS Meeting, 1971," Tamkang Review 2.2/3.1(1971.10-1972.4):17-24）；而後，經由楊牧的翻譯，以及高友工、呂正惠、柯慶明、鄭毓瑜、蔡英俊、龔鵬程等人的不斷申論、正反辯證，終使「抒情傳統」成為一極具統攝力道的詮釋體系。不過，若是回到臺灣當代文學的現實場域來看，紀弦、覃子豪與林亨泰，早在1950、60年代的臺灣詩壇便已針對詩與抒情之議題，開闢出極為豐富的理論成果；故可知，儘管要晚至1980、90年代以後，「抒情傳統」才成為了學界關注的熱門議題，但就文學與情感、詩與抒情等實質議題的論述狀況而

鑑的寶貴論述資產。

（二）紀弦、覃子豪、林亨泰象徵詩論與現代詩論之總體趨向

通過前述之討論，我們可以具體觀察到，在紀弦、覃子豪、林亨泰之象徵詩論與現代詩論中，確實有許多意見相左之處——但若更加整全地來看，對於紀弦等三人分別以象徵、現代作為立論核心的詩學體系來說，其實一致而相通之處，仍佔總體內涵之多數：例如就個別議題之詮釋開展而言，對於詩中之可感意象、各式審美感受以及主客物我相融合一觀念之重視，更可說是紀弦、覃子豪、林亨泰之象徵詩論與現代詩論裡，十分耀眼的議題交集——而與「意象」、「美感」及「物我交融」相關的種種討論，在前述各章裡皆已充分呈現。

然而，除此之外紀弦等三人之象徵詩論與現代詩論，尚有其他更為重要的一致性與整體性，需要進一步徹底說明：例如，以詩學理論的宏觀角度來看，作為紀弦等三人詩論開展之共同核心的象徵與現代，本就具備相互融通的特性；此外，從詩論生發的客觀場域來看，紀弦等三人又散發出濃厚的實作色彩。故可知，紀弦、覃子豪、林亨泰在詩學理論的開展過程中，可謂呈現出細部有異而大處通同的總體趨勢。

1、視詩學範疇中的象徵與現代為相容

簡言之，作為紀弦等三人詩學理論之關鍵核心——象徵與現代，彼此之間所展現出的相容性質，可說是紀弦、覃子豪與林亨泰之整全詩學架構中，最為重要的總體共相。

言，以臺灣當代詩學理論史、文學理論史上開拓抒情論述之先行者，作為紀弦、覃子豪與林亨泰的其中一項歷史評價，應可說是當之無愧。

（1）從西方象徵主義與現代主義之相互關係來看

首先，若從特定文藝思潮的角度切入探討，則可知象徵主義本就與現代主義關係密切：因為就西方文學理論流派的產生時序來看，不論是覃子豪或林亨泰，皆曾明確表示過，前者即為後者得以順利產生的源頭之一──更具體地來看，在覃子豪心目中，「其實二十世紀一切新興詩派除了無所謂意義的達達主義，和推重數學和物理學法則的立體主義，以及禮讚現代科學文明的未來主義，其他流派無不受象徵主義影響」；[662]至於從林亨泰所謂的中國詩的本質即是象徵主義，且現代主義即中國主義等說法中，[663]我們不難推論出，對林亨泰而言，象徵主義和現代主義在本質內涵上具有強烈相似性的事實。

（2）從象徵主義、現代主義與現代詩之交集來看

而除了可由文藝思潮之角度看出象徵與現代的密切關係外，若落實到現代詩之具體作品層面來看的話，其實更能清楚看出，象徵與現代在詩學範疇中所具備的融通特質。

例如，對覃子豪而言，雖然「中國現代詩淵源於歐美的現代主義而發展成為目前的態勢」但「給予中國新詩以深刻影響的首先是象徵主義（Symbolism），這是中國新詩趨於現代化的動力，它是使中國新詩接受現代主義的樞紐」；[664]而之所以如此，或許因為在覃子豪眼中，象徵主義所具備的「破壞了科學的客觀事物有限的可塑性，而發現了無限的內在精神的世界」之特質，[665]本就與現代主義極為近似──因為，就覃子豪來看，「表現內在之真實」即「是現代主義的根本精神」。[666]

---

[662] 覃子豪：〈中國新詩的方向〉，《覃子豪全集II・未名集》，頁520。
[663] 林亨泰著，呂興昌編：〈中國詩的傳統〉，《林亨泰全集七・文學論述卷4》，頁23。
[664] 覃子豪：〈中國現代詩的分析〉，《覃子豪全集II・未名集》，頁488。
[665] 同前註。
[666] 覃子豪：〈象徵派與現代主義〉，《覃子豪全集II・論現代詩》，頁372。

換個角度來說，紀弦之所以會在討論「什麼是現代詩之特質」時提出所謂的現代詩應「從象徵主義出發，然而決不停止於象徵主義。不單是法國風的現代主義，亦不單是英美風的現代主義，它包容了它們，而又發展為今日世界性的現代主義」，[667]其原因之一，亦當與象徵主義、現代主義、現代詩之間，所共同具備的看重內在、強調心靈之特性，高度相關；而與此類似的是，覃子豪亦曾表示過，「現在臺灣詩壇的主流」與「趨勢」便應為「表現內在的世界，而不是表現浮面的現象的世界」。[668]故此，可進而推知的是，對於主體內在世界之關注，當為詩學範疇的象徵與現代，得以相互匯通、彼此相容的重要因素之一。

2、以詩之創作為詩論建構之前行基礎

　　最後，除了在細部議題與宏觀架構上，皆可看出紀弦、覃子豪與林亨泰之象徵詩論與現代詩論的高度相似性外，若由紀弦等三人之詩論建構賴以奠基的客觀條件著手，亦同樣能夠發現其中所蘊涵的共同趨向。

　　換句話說，根據紀弦、覃子豪與林亨泰之自身論點來看，此三人之象徵詩論與現代詩論的奠基根源，除了包含古今中外之重要學術思想與文學傳統外，更為關鍵且一致的，乃是實際的詩之創作行為——例如，對紀弦而言，具體之寫作能力，便是成為詩論家的必備條件之一：

> 「詩」是「藝術」；「詩論」則屬於「學問」。……詩人可
> 以不寫詩論。但是詩論家必須同時是詩人：否則，他的所謂
> 詩論之所論必非詩，而係詩以外的東西，……退一步說，即
> 使他的所論有關於詩，然而既非詩人，便缺乏創造的經驗，

---

[667] 紀弦：〈現代詩的特色〉，《紀弦論現代詩》，頁15。
[668] 覃子豪：〈論象徵派與中國新詩〉，《覃子豪全集Ⅱ・論現代詩》，頁318。

隔靴搔癢，還是騷不著癢處。[669]

而之所以如此，當與紀弦認為所謂的詩之理論，必須先以實際之創作經驗為基礎，方能使其所秉持之詩論觀點，不致錯謬、偏頗；而與此相似的是，在覃子豪的眼中，雖然理論建構之難度要高過於詩之創作，但若要使詩論之內容得以切中實務，同樣也須以大量的寫作經驗為理論發想之底蘊：

> 創作固不易，理論尤難，最切實際的理論是來自創作的經驗，空談理論，連創作常識都欠缺的人，遽下斷語，必然難以中肯，且易錯誤。[670]

否則的話，對一位不具創作經驗與常識的詩論家來說，從其口中流淌出主觀臆測過多而實際佐證貧乏的情緒性言詞，便也不是一件新鮮的事；換個角度來看，儘管在上述紀弦與覃子豪筆下所突顯的，都是實際創作經驗對於抽象理論建構所產生的積極助益，但透過下列林亨泰對過往參與現代派運動之真實經驗的詳細自剖，當可進一步得知，當理論之建構臻於成熟之際，亦能反過頭來以知識上的指引，點亮具體創作的嶄新方向：

> 現代派企圖以加深「自我意識」來增加「批判性」的強度，除此之外，在詩的可能性上另闢蹊徑，而純粹在「方法論」的「自覺」上有所斬獲者，應該算是林亨泰吧！早在運動發起之前，他在第十一期的《現代詩》（一九五五年秋出版）季刊上已發表了〈輪子〉這樣的詩作品……現代派運動之後，更展開以〈房屋〉為首十三篇「符號詩」的嘗試實

---

[669] 紀弦：〈袖珍詩論十四題〉，《新詩論集》，頁29。
[670] 覃子豪：〈詩與評論〉，《覃子豪全集Ⅱ・未名集》，頁451。

驗。……在一連串顛覆「認識論」的累積之後，有了結構性的改變，兩篇〈風景〉便是在這種情況下所完成的。[671]

也就是說，與紀弦、覃子豪等人相似的是，林亨泰亦相當認同所謂的實際寫作之經驗，必須早於抽象理論之思辨；然而，當林亨泰在詩學理論方面的積累到達一定程度後，則又將所思所慮之精闢見解，落實到自身之詩創作上，故而如〈風景〉般令人驚豔且得以位列經典之佳作，方能在其他諸多條件的配合下，順利誕生——因此，儘管觀察之角度或有不同，總體來說紀弦、覃子豪與林亨泰眼中對於具體創作與抽象理論之間的關係，應當皆與下列所引用之波特萊爾的觀點，有所呼應：

> 所有偉大的詩人都自然地，必然地成為批評家。我可憐只被本能引領的詩人，我相信他們是不完整的。在詩人的精神生活中，必然會發生一次病症，而在那種病症中，詩人想在他的藝術方面推理，發現他作為創作依據的晦澀定律，而且從那種研究中誘導出一系列的規則，那些規則之神聖目的就是使詩創作萬無一失地成功。[672]

雖然在波特萊爾的眼中，所有偉大的詩人都彷彿能夠自然地切換到理論批評家的角色，但所謂的自然或必然，其實也都應該需要經過一連串的步驟或準備，方能順利使詩之創作與理論建構成為兩圈互相依靠、緊密相連的齒輪——由創作的角度來看，正因為擁有充足的寫作經驗，方能從中歸納、抽繹出值得重視的各式詩論；而由理

---

[671] 林亨泰著，呂興昌編：〈現代派運動的實質及影響〉，《林亨泰全集五‧文學論述卷2》，頁123。
[672] 波特萊爾：〈詩藝〉，胡品清譯：《巴黎的憂鬱》（臺北：志文出版社，1994年11月再版），頁172。

論的層面切入，則亦因抽象思維之推演日趨精湛，故可促使往後的詩之創作儘量遠離失敗而邁向成功。

就另一層面而言，紀弦、覃子豪與林亨泰筆下與象徵、現代密切相關的各式詩論，之所以偶有探討議題不夠全面、前後期主張相互矛盾等立論建設上的瑕疵，多多少少皆與紀弦等三人都以詩之創作為詩論建構之基礎的共同經驗，亦即與其所具備的「實務型詩論家」身分有關。[673]

第二節：以象徵與現代為重心的紀弦、覃子豪、 林亨泰詩論研究之收穫總結

在分別以象徵與現代為審視途徑，對紀弦、覃子豪、林亨泰之詩學理論進行充分之歸納、統整與詮釋，並進一步詳細分梳紀弦等三人詩學理論之細部差異與總體趨勢後，此節之主要任務，便在於嘗試釐清紀弦、覃子豪與林亨泰之詩學理論所達到的各式成就與產生的可能影響，進而反身檢討對於紀弦等三人詩論之研究過程中所隱含的種種缺憾，並盡力開展由本研究所生發而出的後續延伸議題。

---

[673] 值得注意的是，由於對紀弦、覃子豪、林亨泰來說，除了具體之詩作書寫外，國民政府播遷來臺初期的劇烈之詩派運動與特殊之政治氛圍，其實亦為影響紀弦等三人之詩論內容的重要客觀因素，故而在詩論內容的呈現上，便容易表達出對於某些特殊事件的針對性（如對「現代派運動」之正反思辨），以及因現實時空條件之邊化而相應產生的變動性（例如紀弦對詩中之情的看法便極有可能是隨著現代派運動之開展而發生了一百八十度的大轉變）；而相對於紀弦、覃子豪與林亨泰等人在建構詩論時常受到現實環境之影響，以及對於具體創作經驗之重視，另一種詩學理論之開展樣態，或許便是更加著重於對古今中外詩學思想的傳承與創新上——例如，筆者過往所研究之另外兩位詩論家，葉維廉、杜國清，便具有較為強烈的「學術型詩論家」之色彩，其所展現的詩學體系，相較而言也更具穩定、複雜與深入之特色。另，關於葉、杜二氏之學術背景說明可參考拙作《真全與新幻——葉維廉和杜國清之美感詩學》（臺北：新銳文創，2013年1月），頁28-30之論述。

（一）紀弦、覃子豪、林亨泰象徵詩論與現代詩論之成就試舉

總的來看，在紀弦、覃子豪、林亨泰之各式詩論所產生的各式成就中，至少有首開臺灣當代詩論之探索風潮，影響後起詩論之持續建構，替詩評之驗證增添有力的支持，提供詩史書寫時必備的理論性資源，替詩人之寫作指引適當之方向，以及強化五〇年代文學自律之風氣等六項重要貢獻，值得論者關注。

1、首開臺灣當代詩論之探索風潮

對於臺灣現當代文學之整體面貌來說，在文學理論方面之耕耘與開拓，相對於詩、散文、小說等文類創作而言，本就是較為弱勢的一環；但所幸，在臺灣當代文學的開端、新舊時代轉換之起點上，紀弦、覃子豪與林亨泰便以滿腔之熱情與靈明之心智，積極攝取古今中外之各式有利資源，充分反思種種源於客觀現實的特殊經驗，並從自身之廣泛創作裡提煉出各式抽象觀點——最終順利塑造出，獨具個人特色之各家詩論，替臺灣當代之詩學理論，樹立起令人無法忽視的重要標竿。

而細部來看，除了建構出以象徵、現代為開展核心的相關詩論外，若將紀弦、覃子豪與林亨泰之象徵詩論、現代詩論視為臺灣當代文學在詩學理論之範疇所形成的初步成績，則紀弦等三人另一項值得稱道之優點，便在於其關注層面之周延與全面——進而言之，若我們將審視的焦點從象徵與現代暫持移除，改而投注在人之多面性上，則亦不難發現，紀弦、覃子豪與林亨泰之詩論內容，其實亦可說是涵括了人性的種種面向：例如，對於有志書寫的作者來說，紀弦等三人對於詩之創作的各項環節，早已提出過相當縝密而有效的觀點；再來，對於喜好閱覽的廣大讀者來說，不論是開展閱讀的具體方法，抑或是與詩之本體相關的內在結構、外顯形式、內容組

成以及功能用途等範疇，紀弦、覃子豪與林亨泰亦曾詳細闡述對上述種種議題的獨到看法；最後，對於詩學議題懷有批評之宏大企圖心的所有評論者來說，紀弦等三人對於詩之批評的各類意見，亦值得後人深慮慎思、明辨精析。

由此可知，紀弦、覃子豪與林亨泰之詩論建樹，誠可視為臺灣當代詩學理論的首列高峰，更替有志於詩論開創、研究的後人打下了堅實而可靠的基礎。

2、影響臺灣當代詩論之後續建構

如果說開展出具備強烈象徵與現代特色又暗合人性諸般面相之各式詩論，即為紀弦、覃子豪與林亨泰對臺灣當代文學所做出的首要貢獻，則順承紀弦等三人詩論所呈現出的種種內容來看，其對臺灣當代詩論之後續發展所產生的重要影響，即為紀弦等三人之詩學理論所帶來的第二項耀眼成就。

舉例來看，對林亨泰而言，由紀弦、覃子豪和自己所領頭的對於現代之詩學意義的種種討論，便確實對後起之創世紀詩社與笠詩社所秉持的詩學觀點造成影響：

> 現代派的影響十分深遠，如創世紀詩社本身在開始只持有觀望的態度，但看從十一期以後它的變化，就可以見到其所受之影響。如笠詩社也有相同的狀況，它也沒有辦法完全擺脫現代派的基本路線及影響。藍星詩社，在現代派剛成立時是居於反對立場，以後，則逐漸蛻變，而造成與其他詩社沒有顯著不同的地方。所以，現代派是現代詩社發動的現代派，後來就變成藍星、創世紀、笠共同支持的現代詩運動。[674]

---

[674] 林亨泰著，呂興昌編：〈藍星・創世紀・笠三角討論會〉，《林亨泰全集九・文學論述卷6》（彰化：彰化縣立文化中心，1998年9月），頁169。

細言之，對林亨泰來說，臺灣當代對於現代之詩學意義的相關探討，最初之要角原本只限於紀弦、林亨泰等人而已——但是，經過了理論的充分辯證、相互詰難之後，起初位於現代派運動邊緣的笠和創世紀，後來也因此成為二十世紀下半葉臺灣現代詩學得以充分發展的重要推手之一；而早期對於現代主義、現代派十分反對的藍星詩社，也在抗衡、論爭的過程中，替當時對詩學範疇中的現代一詞之討論，增添了不可忽視的修正觀點與反省意義。

更具體來看，由下列引文可清楚發現的是，在紀弦、覃子豪與林亨泰之現代詩論與象徵詩論裡所積極探究、高度關切的詩學議題，在臺灣當代詩學理論的往後拓展上，確有清楚而深刻的接續與發揮——因為至少我們可從余光中與瘂弦的詩論文章中，發現相當顯著的例證：

> 傳統與現代，一如河川的上游與下游，是生生不息的傳承與呼應，文學就在這樣的綿延裏不斷地演化、發展；因此，每一時代的文學，相對前一個時代是新，相對後一個時代便為舊，形式容或變化，本質與精神依然有相通或一致之處。也就是說，作者唯有根植在舊有廣袤的泥土裏，吸取傳統的精華，再對現階段有所自覺與體認，才有可能從而創造出新而現代的作品。這個觀念，英國詩人兼批評家艾略特（T. S. Eliot）說得很肯定：……詩人寫詩一定也感覺傳統之力量，他一定吸收一些前人所遺留下來的東西。……（艾略特「傳統與個人才具」）。[675]

> 然而，傳統並不單單靠「繼承」，它必須經過「反芻」的階段，必須花心血來尋求它底真髓，說得大膽些：真正的傳統

---

[675] 瘂弦：〈現代詩的省思〉，《中國新詩研究》（臺北：洪範書店，1981年1月），頁9。

精神就是反傳統。傳統精神是不斷的求新、創造過去沒有的
東西。[676]

而之所以要不避冗贅的轉錄上述兩段引文，主要是想積極證明，以
紀弦等三人皆十分看重的「傳統」議題來看，瘂弦以河川為喻所
開展的詩學觀點以及對反傳統與創新的正面肯定，既與紀弦眼中
「現代詩所特具的三大精神，那便是……一、革命的精神──反傳
統……二、建設的精神──獨創……三、批評的精神──一種學
者的風貌」一脈相承，[677]也和覃子豪所謂的「中國古詩中的創造法
則，令梵樂希（Paul Valéry）讚美，令龐德（Ezra Pound）重視，中
國現代詩人如棄置中國古詩的寶庫而不屑一顧，必然是一個極大的
損失。現代詩人應化中國古典詩之精粹於無形，創造更新的詩」之
意見若合一契，[678]更跟林亨泰筆下「對於傳統的再檢討也就是純正
的現代主義之必然的結果。……艾略特如此……高克多如此……紀
弦也如此……是的，我們是有所揚棄並發揚光大的」說法遙相呼
應。[679]進而言之，瘂弦此種對於詩學傳統既依存又超越的、既立足
傳統又以創新為務的一家之言，其實在余光中的相關論述裡也能找
到相似之見解：

> 關於傳統，在對外論戰期間，我從未主張徹底加以反叛。我
> 是有所選擇有所擯棄的，這是我和黃用先生不同之處。在對
> 內的討論之中，我主張擴大現代詩的領域，採取廣義的現代
> 主義。……我認為，用現代手法處理現代題材的作品固然是
> 現代詩，用現代手法處理傳統題材的作品也是現代詩，且更

---

[676] 瘂弦：〈現代詩的省思〉，《中國新詩研究》，頁10。
[677] 紀弦：〈現代詩之精神〉，《紀弦論現代詩》，頁132。
[678] 覃子豪：〈自序〉，《覃子豪全集II・論現代詩》，頁211。
[679] 林亨泰著，呂興昌編：〈中國詩的傳統〉，《林亨泰全集七・文學論述卷4》，頁
19。

廣闊而有前途。我認為現代詩可以調和口語，文言，和歐話
各種語法，且認為必要時可以恢復腳韻，……我認為，一位
詩人經過現代化的洗禮之後，應該鍊成一種點金術，把任何
傳統的東西都點成現代，……我認為：反叛傳統不如利用傳
統。狹窄的現代詩人但見傳統與現代之一，不見兩者之同；
但見兩者之分，不見兩者之合。對於傳統，一位真正的現代
詩人應該知道如何入而復出，出而復入，以至自由出入。[680]

換句話說，不管是從余光中的相關詩論，或是由瘂弦的諸般觀點，
我們不難發現對於詩學議題中的「傳統」來說，有一道相當顯著的
論述脈絡，從紀弦、覃子豪、林亨泰以降不斷蔓延，且在余光中和
瘂弦身上，其立足傳統、融舊鑄新之態度，亦未曾有根本性的改
變；所不同者，僅在於各方詩家所著眼切入之途徑與具體論述之語
詞──但是，只要談到現代詩與過往詩學傳統之相互關係時，對於
徹底斷裂之抗拒、全盤否認之牴觸，則是如出一轍的。

　　再者，我們除了在現代與傳統之討論上，看到了紀弦、覃子
豪、林亨泰之詩學理論與余光中、瘂弦之詩學觀點的高度相似性，
在與象徵相關的詩論探討裡，同樣也存在著類似的情形：

意象的基本出發點便是比較。詩人認為就事論事，就物狀
物，很難說得清楚，乃不得不乞援於比較。可是比較的手法
自有高下之分。下焉者直接對比，毫無含蓄；上焉者間接聯
想，餘味無窮。……我們的結論是：比較的痕跡愈少，則聯
想的速度愈大，而象徵的密度愈濃。……比較的技巧愈含
蓄，則聯想成跳躍的狀態，意象乃豐富而多變化，從平面而
立體。是以象徵優於隱喻，隱喻優於明喻。明喻是直接的解

[680] 余光中：〈從古典詩到現代詩〉，《掌上雨》（臺北：大林書店，1970年3月），頁
189。

釋；隱喻是間接的指陳，可是並不抽去中間的媒介；而象徵則已擺脫了那媒介，意即是象，象即是意，即意即象，已經成為可以獨立欣賞的意象了。此處的象徵（symbol）並不指十九世紀末法國的象徵主義（Symbolism），它只是詩的一種處理手法，我國的香草美人，西方的牧童仙女，以迄近代的十字架，摩天樓，蕈狀雲等等，莫非象徵。[681]

由上述余光中對作為詩之書寫方式、處理手法之一環的象徵所進行的細密分析裡，我們不但可以相當直接地想到林亨泰亦曾同樣將象徵與比喻相互對照，而提出「象徵的意義，雖然可解釋為比喻之擴大，但是這個意思並不是說：『比喻』即等於『象徵』」──因為「『比喻』與『被比喻』之間，儘管也有聯想上的幼稚的連結，但並沒有什麼想像上的飛躍」的分判；[682]也能十分輕易地找出覃子豪所謂的「『象徵』（Symbol）不僅為任何詩派共有的本質，且為文學、藝術共有的本質。凡文學、藝術表現出了作者的主觀精神，必有象徵的本質存在。它具有普遍性，而無特殊性」，[683]亦同樣強調了作為詩表現手法之一的象徵乃在藝術之國度、創作之園地中具備了高度之普遍性的事實；至於當紀弦討論十九世紀法國象徵派的詩藝成就時，所提出的「依意象（Image）而象徵化思想、感情、情調等」之說法，[684]也跟余光中對意象與象徵之相互關係的意見，聯繫密切。換個角度來看，從瘂弦對於象徵的相關討論中，我們依舊可找到與紀弦等人詩論關聯緊密的積極證據：

　　準確與簡潔（節度），原本是中國傳統詩歌的特色，世界上

余光中：〈論意象〉，《掌上雨》（臺北：大林書店，1970年3月），頁10。
[682] 林亨泰著，呂興昌編：〈關於現代派〉，《林亨泰全集七‧文學論述卷4》，頁10。
[683] 覃子豪：〈象徵派與現代主義〉，《覃子豪全集Ⅱ‧論現代詩》，頁368。
[684] 紀弦：〈象徵派的特色〉，《新詩論集》，頁57。

恐怕沒有一個民族的詩，比中國古典詩歌更簡潔。中國現代
詩人學習簡潔與準確的最好課本，應該是自己民族的詩篇。
以最少的字表現最多的涵意，以有限象徵無限，我們的詩祖
詩宗是大行家！我們非學習不行！[685]

　　像是紀弦對李白之〈獨坐敬亭山〉所做出的評語──「其言有盡，
其意無窮，以部分暗示全體，以有限象徵無窮」的表現「實已達於
不可企及的至高之化境」，[686]便可清楚看出紀弦與瘂弦皆以中國古
典詩裡的象徵作為詩人學習的典範；而覃子豪亦曾在其探討抒情
詩的相關文章中直接點出，「在中國學習寫詩，比在什麼國家都
難」的其中一項原因便在於「自新詩運動以來」，許多人將「舊詩
的許多值得可取的表現方法」──例如「第一：舊詩的優點是簡
潔，……第二：舊詩富形象，……第三：舊詩富意境。……第四：
象徵不是來自外國，舊詩中早已有之」等特色，[687]視而不見、置若
罔聞；至於，從林亨泰對中國古典詩之悠久傳統所進行的精闢觀察
裡亦不難發現，其對「古中國的詩」所認定之「其本質一直都存在
於『象徵』中」的獨到見解，[688]亦與瘂弦對中國古典詩的分析所得
彼此連通、相互輝映。

　　而在以余光中與瘂弦筆下與傳統、象徵有關的各式詩論主張為
例，開展出詳細而繁複的對照、比較後，我們當可順利推知的是，
紀弦、覃子豪與林亨泰之象徵詩論與現代詩論，不僅對於其自身來
說具有重要的詩學意義，同時也對後人在詩學理論範疇中不斷深
耕、不斷前進的過程，發揮出了指點方向、提供參考的重要價值。

---

[685] 瘂弦：〈現代詩的省思〉，《中國新詩研究》，頁16。

[686] 紀弦：〈袖珍詩論十四題〉，《新詩論集》，頁35。

[687] 覃子豪：〈抒情詩及其創作方法〉，《覃子豪全集II・詩創作論》，頁10。

[688] 林亨泰著，呂興昌編：〈中國詩的傳統〉，《林亨泰全集七・文學論述卷4》，頁
21。

3、增添臺灣當代詩評之驗證力道

換個角度來看，紀弦、覃子豪與林亨泰之詩學理論，除了擁有
上述兩項與詩論範疇直接相關的重要成就外，對於臺灣當代蓬勃旺
盛的詩評活動而言，紀弦等人之詩論文章，亦可視為檢證各方評析
是否得當的一條可行途徑。

例如，當我們深入了解紀弦、覃子豪與林亨泰筆下以象徵、現
代為關注核心之各式詩論以後，對於下列各家對於詩與傳統之間的
距離拿捏、對於紀弦等人與反傳統之間的關係判認，便應有更為客
觀而清晰的答案：

> 綜合上述兩大項七小類的介紹、探討，「縱的繼承」，即中
> 國古典明顯存在於現代派同仁作品中及《現代詩》詩刊裡，
> 此乃千真萬確的事實，不容否認。……在題材、抒情、精
> 神、題目、典故、押韻、語言等方面追求古典，現代派同仁
> 有不少人如此，尤其該派要角更是如此。連常撰文鼓吹西
> 化、批駁中國古典的主帥紀弦亦然。在在顯示了創作與理論
> 不能配合，暴露了理論的謬誤，證明了中國古典是不可避免
> 的。[689]

由前列引文可知，對於陳啟佑而言，紀弦的詩學理論中潛藏著一項
相當重大的弊病——亦即反傳統、反中國古典等相關旗幟之高舉；
而之所以會產生如此的判斷，乃是因為當陳氏一一檢閱《現代詩》
詩刊與紀弦等人之具體詩作內容後，得出許多臺灣當代詩人確有化
用中國古典詩之豐富資源的例證，進而以此判定紀弦之詩作表現與
其理論主張之間，可說是相互矛盾、彼此衝突，最終才得出紀弦詩

---

[689] 陳啟佑：〈五十年代現代派中的古典〉，李瑞騰企劃、封德屏主編：《臺灣現代詩
史論：臺灣現代詩史研討會實錄》（臺北：文訊雜誌社，1996年3月），頁144。

論有所謬誤的結果。然而，關於上述陳啟佑的推論過程，看似相當周延嚴謹，但若將紀弦所留下的各式詩論文本證據作為批評判斷的憑依，當能得出截然不同之看法——因為不論是在以象徵為核心、或將現代視為焦點的紀弦詩論中，透過前面眾多章節裡的繁複討論，我們當可清楚看到紀弦所謂的橫的移植與反傳統，其真實而全面之意涵，絕非要將中國古典詩所遺留的一切資產與臺灣當代詩壇的關聯一刀兩斷、完全切除。更直接來看，所謂的「反」，其更重要的意義當在於積極之創新、再度之發明；而詩人之所以能夠順利開展其自身之獨到創意，所謂的中國古典詩之悠久傳統，絕對是其中一項功不可沒的重要資源。[690]故此，若能通盤閱讀紀弦詩論之整體面貌，而不只是執著於有如流星一閃的運動口號上，對於紀弦於具體創作裡化用中國古典詩之相關精華的作為，既不會感到太過詫異，也不會將此視為紀弦詩論中的一大敗筆，更不會將攻擊的箭靶擴張到「現代派」之全體成員上：

> 「現代派」最為人詬病的是不分精華糟粕反傳統。……在「現代派」六大信條中的一、二條「揚棄並發揚光大包含了自波特萊爾以降一切新興詩派之精神與要素」、「新詩乃橫的移植，而非縱的繼承」，這裡的確隱含有和中國文學傳統徹底決裂之意。[691]

換言之，古遠清上述的評論之所以有再度省思的必要，其最主要的關鍵亦在於古遠清在詬病「現代派」之相關表現時，其所提出的核

---

[690] 對此，杜國清亦曾提出，就算是僅從「宣言」之內容來看，「紀弦所倡導的『現代派』」亦「以『反傳統』和『求創新』為兩大綱領」，故可知反傳統與求創新之相互關聯，當可說是紀弦詩論當中極為重要之一環；詳見氏著〈宋詩與臺灣現代詩〉，《詩論・詩評・詩論詩》（臺北：臺大出版中心，2010年12月），頁242。

[691] 古遠清：〈衝勁十足的現代派〉，《臺灣當代新詩史》（臺北：文津出版社，2008年1月），頁92。

心依據，仍是所謂六大信條中的簡要敘述而已；而在尚未徹底了解紀弦、了解現代派成員對於詩、對於傳統之總體觀點之前，所有類似於不分精華糟粕、徹底決裂之類與反傳統有關的評語，其實僅能視為空中樓閣、漫天煙花——看似轟轟烈烈，實則力道有限。

就另一個層面來看，除了反傳統一詞外，從下列的兩則引文裡，我們亦可發現當詩評家面對詩與知性、理性之間的關係時，亦或有思慮不周、觀察闕漏的狀況發生：

> （五）反理性：「超現實主義」與表現內在世界……臺灣詩壇在五〇年代末興起這股「超現實主義」詩風，其根源除了是緊追西方興起的佛洛伊德心理學論述，主張文學要發掘人的潛意識，追求人的「內在真實」之外，還有當時流行在臺灣文化圈的「存在主義」哲學，……主張對人的價值的重估，公開反對邏輯與理性。這兩股當時從歐美吹進來的新思潮，不可否認給臺灣現代詩啟示了新的表現技巧。[692]

例如，當應鳳凰一方面將反邏輯、反理性視為存在主義之思維特色，另一方面又提出所謂的存在主義「不可否認給臺灣現代詩啟示了新的表現技巧」時，其實便極易使讀者產生，當存在主義盛行於五〇年代的臺灣詩壇時，大多數的詩人都對反邏輯與反理性的觀點抱持著認同的態度——然而，不論是紀弦、覃子豪或林亨泰，綜觀其詩論文章之整全內容，則此三人皆從未提及當詩人提筆賦詩時務必拋棄邏輯、削減理性的強烈主張，而是將重點放在心靈世界之強調、個人價值之昂揚等其他由存在主義而來的特殊觀點上。而有趣的是，如果說應鳳凰在上述評論中是將反理性、反邏輯之觀點，隱約延伸到五〇年代臺灣詩壇之總體面向的話，杜國清以下的相關敘

---

[692] 應鳳凰：〈五〇年代詩壇與臺灣現代詩運動〉，《五〇年代臺灣文學論集》（高雄：春暉出版社，2007年3月修訂出版），頁45。

述，則是把對於詩中之理、詩中之知的態度，高舉到一種過於強調的地步：

> 要而言之，經過現代化之後，臺灣的現代詩具有下面兩種特點：
> 1、在詩形上以散文的節奏取代韻文的格律；
> 2、在詩質上以主知的詩想取代感傷的詩情。[693]

因為，若我們仔細檢閱紀弦詩論之總體說法，當可輕易發現杜國清所謂的散文節奏取代韻文格律、主知詩想取代感傷詩情之觀點，的確可說是不刊之論、卓然之見；然則，當我們將觀察的焦點，從紀弦身上擴展到包舉範圍更加全面的臺灣現代詩上時，便會發現杜國清之意見實有再度修正的必要——因為，至少從前述對覃子豪相關詩論之探究中，便能清楚發現另一種對於詩中之理、知元素的中立態度。

　　總的來看，通過上述對於詩與傳統、詩與理知的種種論述，當可有效證明，紀弦、覃子豪與林亨泰之詩學理論，的確能作為後起學人面對過往相關詩評時，檢驗其效力、探查其可否的適當途徑——而此亦為紀弦等人之詩學理論所帶來的另一項重要成就。

4、提供臺灣當代詩史之書寫資源

　　再者，若從詩論與詩史之相互關係切入，則紀弦等人之詩學理論，亦對臺灣當代詩史之書寫來說，具有不可忽略的積極影響：

> 詩論的重要性較諸詩史和詩評兩者有過之而無不及。就詩史而言，為詩做史的人本身不能沒有史觀，而史觀則和立史者

---

[693] 杜國清：〈論臺灣現代詩的特質〉，《詩論・詩評・詩論詩》（臺北：臺大出版中心，2010年12月），頁226。

的理論觀點脫離不了關係，如以馬克思主義的辯證史觀來書寫新詩歷史的發展，相信將和持新批評論者所書寫的詩史有很大的不同，那會是兩部極為不同的「臺灣新詩史」。[694]

而所謂的史與論之關聯，除了包括上列引文中孟樊所提到的史家往往會依照自身之理論認同傾向而決定史觀之立場外，詩學理論對詩史之助益，應還涉及確立重要人物之歷史定位、釐清關鍵歷史事件之客觀真相以及耙梳特定歷史議題之源流脈絡等層面──舉例來看，對於臺灣現代詩之形成此一關鍵歷史事件而言，許多人所注目的焦點常常僅限於紀弦一人而已：

> 想當年，五十年代，我獨資創辦季刊《現代詩》，從事於「中國新詩的再革命運動」，提倡「新現代主義」或「中國的現代主義」，……打倒了自古以來的「韻文即詩」觀，獲得了「自由詩」置重點於質的決定空前無比至極輝煌之勝利，……我幹得有聲有色，轟轟烈烈，乃造成五四以來文學史上驚天動地之一大高潮；而在我的理論指導之下，臺灣的「現代詩」，方有今日之成就。而大陸與香港，亦深受臺灣之影響。所謂「朦朧詩」，不就是這樣產生了的嗎？[695]

當然，對臺灣的現代詩來說，長期活躍於當時詩壇的紀弦自然有其值得驕傲、感到光榮之處；但令人感到稍許不安的是，從前述為數眾多的相關討論中，我們實實在在地看到了在紀弦之外，覃子豪與林亨泰，亦為當時詩壇在理論之建構、詮釋、辯證等方面具有重大

---

[694] 孟樊：〈新詩評論現況考察〉，《當代臺灣新詩理論》（臺北：揚智文化，1998年5月二版一刷），頁56。

[695] 紀弦：〈總結我的詩路歷程〉，《紀弦詩拔萃》（臺北：九歌出版社，2002年8月），頁11。

貢獻的開創者。而更令人感到疑惑與不解的是，此種一葉障目、只見管窺的狀況，除了出現於紀弦自身的歸納總結外，在其他同樣關注臺灣詩壇之發展的論述上，此類現象亦屢見不鮮：

> 按照洛夫的說法，臺灣現代詩之興起，且能形成一種全面性的運動，實歸功於以紀弦為盟首之現代派的成立。由於現代派的刺激，創世紀與藍星也隨即從當時的自由詩中覺醒，一則汲汲於西洋現代文學理論與作品的譯介，一則大膽地從事各種新風格、新形式的實驗。[696]

像是當孟樊在論述其心目中之臺灣現代主義詩學時，便曾藉由洛夫之口來說明促進臺灣現代詩順利發展的主要動力，即在於以紀弦為首領之現代派；而從下列所引則能明確發現的是，對於蕭蕭來說，臺灣當代的詩之現代化運動，最關鍵的功臣則非紀弦與林亨泰莫屬：

> 戰後臺灣新詩的「現代化」，不能不提紀弦與林亨泰（一九二四－）兩人的努力，紀弦所承繼的就是前述中國「現代」派詩歌以「象徵主義」為首的這一系譜，他在《新詩論集》中強力推薦法國象徵主義詩人波特萊爾……等，……傾巢介紹的方式，自然逼使西洋現代主義以一種交雜混合的方式被認知、被學習。[697]

然而，若從本論文前述的繁複討論來看，應該不難得出，當我們在討論臺灣五、六〇年代與現代詩相關的各式問題，或是直探臺灣當

---

[696] 孟樊：〈現代主義詩學〉，《當代臺灣新詩理論》（臺北：揚智文化，1998年5月二版一刷），頁98。

[697] 蕭蕭：〈共構後的交疊現象〉，《現代新詩美學》（臺北：爾雅出版社，2007年7月），頁15。

代詩學理論之原初面貌時，紀弦、覃子豪與林亨泰都應該受到同等程度之重視；而雖然不論是孟樊所認同的觀點抑或是蕭蕭之看法，皆非出於各自之詩史專著，但從這些引文裡亦已清晰顯現出，在臺灣當代學術界中只要論及現代詩或詩之現代化運動便常會將焦點過度集中於少數角色（尤其是紀弦）的一種偏斜狀態。故可知，從重要人物之歷史定位的角度來看，對於詩學理論之了解，當有助於詩史執筆者開展出較為客觀與公允之論述。

　　進一步來看，若我們將觀察之重心，從值得入史之單一人物的地位評價，擴及到重大事件之源流追索，則對於詩學理論之掌握與精熟，亦有助於脈絡之耙梳與事實之還原：

> 僅僅二十年的時間中，被置於舊韻文詩及古典文學根深的對抗環境裡的「新詩」，能從萌芽而急速的趨向於具體的發展，……探其本源，便可發現在這些詩以前，已經有其醞釀生機的詩的根球存在了。……一般認為促進直接性開花的根球的源流是紀弦、覃子豪從中國大陸搬來的戴望舒、李金髮等所提倡的「現代派」。……那些詩風都是法國象徵主義和美國意象主義的產物。……另一個源流就是臺灣過去在日本殖民地時代，透過曾受日本文壇影響下的矢野蜂人、西川滿等所實踐了的近代新詩精神。……繼承了那些近代新詩精神的少數詩人們──吳瀛濤、林亨泰、錦連等，跨越了兩種語言，與紀弦他們從大陸背負過來的「現代」派根球融合，……民國四十二（一九五三）年二月的《現代詩》的十三期，紀弦獲得林亨泰他們的協力倡導了革新的「現代派」，形成臺灣現代詩的主流，證實了上述兩個根球合流的意義。[698]

---

[698] 陳千武：〈臺灣現代詩的歷史和詩人們〉，《笠》第40期，1970年12月，頁49。

例如，陳千武於1970年以兩個根球來形容臺灣現代詩之發展源頭的觀點，自其提出以後，隱隱然成為了臺灣當代詩史中提到類似問題時無法忽視的一種權威看法；然而，不論是從最早發表於《笠》第40期且隔年又以日文形式成為《華麗島詩集・中華民國現代詩選》後記的文章，[699] 抑或是後續對此觀點之發揮，[700] 其所謂的現代詩之根球，主要是根據具體詩作之實質表現來加以定義——不過，面對靈動活潑的詩人之心、錯綜複雜的歷史場域，令人不得不繼續深思的是，難道所謂的「兩個」根球，便足以概括臺灣現代詩在源流基礎上的整全樣貌？因為同樣可證諸於詩作的明確事實是，除了中國二、三〇年代的前行貢獻，以及日治時代臺灣詩人的篳路藍縷之外，中國古典詩學裡對於含蓄、對於言外之意的強調，以及二十世紀裡除象徵主義、意象主義以外的其他現代文學思潮（像是存在主義、超現實主義等），皆能在臺灣現代詩裡找到或由古代典籍或由歐、美等地繼承、傳播而來的影響痕跡。而值得注意的是，不論是來自於中國古典或歐美現代的顯著作用，其實透過紀弦等人之詩學理論，皆可充分目睹詩人們出入古、今、中、西的悠遊身影；換言之，若能將臺灣當代之詩學理論，視為詩史書寫之必備資源，應該更能藉此看出臺灣現代詩所擁有的豐富面向——而與此相似的是，張雙英在其詩史著作中所揭示之臺灣現代詩源流，亦有值得進一步商榷之必要：

> 臺灣「現代詩」的源流，論者多以為有二：一是紀弦從大陸

---

[699] 《笠》編輯委員會：〈臺灣現代詩的歷史和詩人們〉，《華麗島詩集・中華民國現代詩選》（東京：若樹書房，昭和46年9月），頁174。

[700] 例如在〈臺灣的現代詩〉中，陳千武亦再次強調「臺灣的現代詩，除了紀弦從大陸帶來的新詩的球根之外」還有「源自於日據時期留下來的新詩的球根」，並更進一步指出，「當時紀弦依靠林亨泰的現代詩論，兩個人合作得十分密切是有目共睹的事實」；詳見氏著：《臺灣新詩論集》（高雄：春暉出版社，1997年4月），頁41。

帶來的戴望舒、李金髮等人所提倡的現代派，而「它」主要
來自法國象徵主義。二是跨越從日文到中文的語言障礙的吳
瀛濤、林亨泰、錦連等臺籍詩人，特別是林亨泰所繼承自日
據時期的「風車詩社」的「超現實主義」。[701]

因為，從史觀之框架來看，張雙英很清楚地接續了陳千武的臺灣現
代詩之雙根球源流說；但或許也因為如此，故而對於中國古典詩學
對臺灣現代詩的影響，張氏可說是隻字未提。而若由細部闡述之角
度切入，則所謂的三〇年代由李金髮、戴望舒等人所創建的現代
派，與五〇年代紀弦於臺灣所籌組之現代派，儘管在理論內涵上確
有前後相承、學習過往的客觀事實，但對紀弦來說，上海時期的現
代派絕非其詩論內涵之唯一根源——因為，不論是學習歐美思潮，
亦或是重新檢討中國古典，皆為紀弦詩學理論不可或缺的參考對
象；且就同樣博覽古今、詳閱中外的林亨泰而言，風車詩社成員所
發揚的超現實主義，也不可視為林亨泰詩學理論的全盤依據；更重
要的是，若將張雙英上述的闡釋視為臺灣現代詩壇之發展全貌，則
覃子豪傾盡畢生心力所耕耘的詩論園地，不但看似與臺灣現代詩之
興起毫無關聯，也好像從未對臺灣現代詩產生過任何影響。

　　由上述幾處範例所帶出的詮釋與討論可明確看出的是，紀弦、
覃子豪與林亨泰之詩學理論對於詩史建構方面所提供的影響，最主
要的表現便在於給予史家客觀而豐富的理論性資料，以致於在不論
是品評人物或追本溯源，詩史之鑄造者皆能得出更為整全而公允的
說法。

5、指引臺灣當代詩作之創作方向

　　此外，紀弦、覃子豪與林亨泰之詩學理論的各項成就，除了可

---

[701] 張雙英：《二十世紀臺灣新詩史》（臺北：五南圖書，2006年8月），頁139。

在詩論與詩史之領域中獲得許多明確的例證外，對於詩作之完成而言，亦有值得關注的重要影響：首先，我們必須了解的是，臺灣於1947年後所逐漸累積的詩藝表現，不但已蔚然成形、自成一家，在許多方面的足跡更可說是早已遠遠超過往昔二、三〇年代的詩篇與當代的大陸詩作——例如，從洛夫下列之論述中，便已充分表現出其個人對於在國民政府遷臺之後詩作表現的強烈信心：

> 中國現代詩在歷年不斷的吸收、消化、融合、實驗，和品格檢驗中，確已為我們的白話詩注入了新血，為中國詩創造了一種表現現階段中國思想、情感、經驗的新形式，建立了一個熔西方與古典於一爐的新傳統。……更重要的是，不論質或量，在臺灣發展成熟的現代詩，不僅遠非目前中國大陸的詩可比，也超越了三十年代及抗戰期間的中國新詩。[702]

然而，儘管我們尚未憑藉周密的理論參考、大量的作品檢證，查核洛夫此番發言之對錯得失，但若將實際詩作之相互評比先行擱置，僅從理論層面來探索上述引文，則亦不難發現，臺灣當代詩作之所以能擁有值得稱道的卓越成果，其中一項關鍵原因必在於若干具備了真知灼見之先行者，早已在前方肩負起開拓、指引的重責大任：

> 眾所週知，覃子豪擔任「中華文藝」、「文壇」、「軍中文藝」與「中國文藝」等數個函授學校的現代詩教職與班主任職務達十年之久，甚至遠赴菲律賓傳授現代詩。編寫講義、批改示範，實際參與臺灣現代詩壇的推廣與培育工作。可說是桃李滿天下，其學生不計其數，皆是現代詩壇或文壇要角，如向明（董平）、瘂弦（王慶麟）、辛鬱、……林煥彰

---

[702] 洛夫：〈我對現代詩的期許〉，《詩的邊緣》（臺北：漢光文化事業股份有限公司，1986年8月），頁72。

等以及菲律賓的詩人雲鶴等。甚至如文曉村、藍雲等詩人，在文協研究班結業後，馬上成立了「葡萄園詩社」發行以純正詩藝為號召的《葡萄園詩刊》。其影響至為深遠。[703]

舉例來看，在覃子豪之生命道路上，我們便可明白看出化育詩材、培養後進，當為其畢生戮力以赴之志業所在，而從詩社之新立與詩人之輩出等客觀證據來看，覃子豪之努力，實已獲得了最大的回報；不過，當我們繼續深思，覃子豪究竟依循了哪些重要的內在法則來點化學生時，所謂的象徵，應為其中絕對不可忽略的一項核心元素：

> 中國的新詩到了抗戰階段，因時代和現實……而轉變了方向，便是由具有象徵意味的詩而轉變為具有現實意義的詩。直到抗戰勝利，詩壇無形中失去了正確的方向，成為無政府的混亂狀態。[704]

透過上述引文，我們可清楚知道的是，在覃子豪的心目中，由於戰火連綿等現實緣故，因而使得以白話文寫作的中國新詩在抗戰階段時，失去了原有的「象徵意味」且僅存現實之意義；而如此之轉變，對於覃子豪來說，實不亞於一場詩國戰爭的重大挫敗——換言之，我們可以清楚推論出的是，若在覃子豪眼中詩作之「象徵意味」確為詩人應該致力追求的重要目標，則當其有機會指導後人、提攜新進的時候，覃氏亦必然會將其對象徵的重視，融入教材之內容、實踐於教學之現場。而除了覃子豪以外，由紀弦、林亨泰所大力宣揚之與現代主義密切相關的詩現代化運動，也曾對臺灣當代詩

---

[703] 劉正偉：〈解說〉，覃子豪：《臺灣詩人選集1：覃子豪集》（臺南：國立臺灣文學館，2008年12月），頁127。
[704] 覃子豪：〈中國新詩的方向〉，《覃子豪全集Ⅱ‧未名集》，頁515。

人之詩作書寫，產生過舉足輕重的影響——其中，尤以曾經發生詩風大轉彎的創世紀詩人群，最為明顯：

> 從「新民族主義」而至「現代主義」無疑是一次一百八十度的大轉變。「創世紀」詩人對於現代主義的接受乃至於狂熱，足可證明現代派運動是相當成功的。其中，風格有著明顯改變的詩人有：洛夫、瘂弦、張默、葉珊、辛鬱、葉維廉、梅新、碧果、管管等等。[705]

因為若以現代一詞作為觀察之主要管道，則對林亨泰而言，原本堅持民族詩型的創世紀詩社，在接受與現代相關之種種詩學論點後，洛夫、瘂弦等人，不僅快速學習了與現代主義相關的嶄新思潮，在其詩作之風格展現上，亦發生了相當明顯而巨幅的改變——換個角度來說，此亦可說明紀弦、覃子豪與林亨泰在臺灣當代詩學剛揭開序幕時所開創出的豐富詩論，的確對當時及後代詩人之創作，發揮過重要的影響。

故此，通過前述與象徵、現代相關的引文詮釋，我們可以再行確認紀弦、覃子豪與林亨泰之詩學理論所具備的另一項成就，即在於對臺灣當代詩作之書寫狀態，具有一定之影響力。

6、強化臺灣五〇年代之文學自律

最後，若將觀察的焦點再行擴大，則由紀弦、覃子豪、林亨泰所共同創構出的各式詩論，除了在詩論、詩史、詩作等方面皆有顯著貢獻，故可說是臺灣當代詩壇的一大瑰寶以外，對於五〇年代臺灣文學界來說，亦有作用層面更為宏大的積極價值——直言之，若著眼於當時社會的主流風氣來看，紀弦等三人在詩學理論上的種種

---

[705] 林亨泰著，呂興昌編：〈現代派運動的實質及影響〉，《林亨泰全集五・文學論述卷2》，頁130。

建樹，恰好間接成為與當時流行之反共文學、戰鬥文藝相互抗衡之文學自律思潮的強力支援：

> 發動現代派之前的那一段時期（即一九四九年至一九五五年間），正值國民政府在臺灣大力推動所謂「戰鬥文藝」，禁忌與教條到處瀰漫著的時刻。……在一九四九年的短短數月間，眼見整個大陸瞬息淪陷，國民政府就在這時刻，一方面倉促從大陸撤退遷移到臺灣來，一方面就在臺灣進行著一場無情的政治大整肅，箭頭當然也不放過文人而波及到文學方面。[706]

具體來看，由於國共內戰的失敗，導致遷移至臺灣島上的國民政府，相當著重言論控管與秩序整肅；而當政治之舉措延伸到文學之場域以後，便產生了所謂的以反共之現實需求為主要追求目標的戰鬥文藝；進而言之，或許正因為外在現實的嚴厲箝制，導致當時大多數的文學家，都被迫面臨無法自由吐露心聲的危險局面，故而專注內在、強調心靈，便也順理成章地成為當時作家在書寫策略上，不約而同的選擇：

> 《現代詩》季刊即將進入第四年的一九五六年一月十五日，現代詩社突然戲劇性地宣告「現代派正式成立」。在那一年二月發行的第十三期《現代詩》季刊上，除了發表〈現代派的信條〉之外，並將該刊指定為「現代派詩人群共同雜誌」。……檢討一下〈宣言〉與〈現代派的信條〉之間的差異……比較之下，發現其最大的不同，即：「反共抗俄」的聲音已收斂到只剩「愛國。反共」（第六條）這四個

---

[706] 林亨泰著，呂興昌編：〈新詩的再革命〉，《林亨泰全集五・文學論述卷2》，頁7。

字，……從第一條到第五條的關鍵條文，無一不是以現代主義精神乃至方法作為訴求，而「現代化」這口號，已躍昇至主導的地位。[707]

舉例而言，對林亨泰來說，當紀弦在〈現代派的信條〉中大幅降低反共抗俄之政治化主張所佔據的理論比重時，便已是一種以強調內在精神之現代化追求抗衡國家政治之外部要求的壯舉——而除此之外，就林亨泰的觀察來看，「隨著《現代詩》季刊一期又一期地發刊，這種「戰鬥文藝」的政治詩也愈來愈少了，而企圖表現『新精神』的現代詩愈來愈多」；[708]換言之，我們可以由以上林亨泰對現代派之相關觀察中繼續推知的是，對於五〇年代的臺灣文壇而言，紀弦、覃子豪、林亨泰筆下充滿象徵與現代特色的各式詩論中所富含之對人類內在心靈的強烈關注，當可視為時人欲擺脫政治束縛、現實侷限以自由進行文學創作時的適當參照對象。

（二）本次研究之不足

　　儘管行文至此，關於紀弦、覃子豪、林亨泰詩學理論之種種探討，從各家詩論之內容辨析，與象徵、現代等核心概念相互連通之重要詩學議題的逐一深究，再到紀弦等人詩論之淵源蠡測與成就闡揚等論述意見，實已數量龐大、牽涉浩繁；但在盡力呈顯紀弦等三人在詩論內容中所展現之獨特丰采的過程中，其實亦有許多力有未逮之處，必須深刻反省，以利後續研究之健全發展——舉例來說，與本研究最為相關的主要缺漏，應是針對紀弦等人詩學理論之內容檢證與功效查驗的雙重匱乏。

---

[707] 林亨泰著，呂興昌編：〈《現代詩》季刊與現代主義〉，《林亨泰全集五・文學論述卷2》，頁158。

[708] 林亨泰著，呂興昌編：〈《現代詩》季刊與現代主義〉，《林亨泰全集五・文學論述卷2》，頁157。

1、缺少自身詩作與詩論內涵之相互驗證

其實，在前述對紀弦、覃子豪與林亨泰之詩學理論追索源頭時，便已提及具體之創作行為，對於紀弦等三人之詩論建構，實有相當重要的價值，故而在理想狀況下，在本研究中增列足夠的篇幅，將紀弦、覃子豪、林亨泰之詩論內容與其實際發表的詩作成果相互對照，以便進一步檢驗，紀弦等三人之詩學理論，是否有在其自身之創作上獲得實踐，以及是否在詩學理論與詩作書寫上存在著表現不一、彼此扞格的狀況，應為論文本身相當重要的環節。

但是，由於紀弦、覃子豪、林亨泰之詩作成果可說是為數浩繁，故而若欲對其進行客觀而全面之瞭解，當需要更為充足之時空資源與精神心力，方能將紀弦等三人在詩作層面所開展出的獨特風貌，與其自身之理論主張，相互映照、彼此圓覽——故而，礙於時間與空間之有限，對於此項遠大目標，便只能暫時擱置，留待日後再行申論。

2、尚未以三人之詩論成果評析他人詩作

再者，雖然詩學理論研究之主要目的，乃是為了彰顯詩論本身在內容上所展現出的種種特色，以及其理論建構上所呈現之體系架構；故而，在以象徵與現代為焦點，探討紀弦、覃子豪與林亨泰之整體詩論後，其實便已滿足了本研究之最初動機。

不過，若欲再進一步探討紀弦等三人詩學理論之種種內容，是否真能切合實務，則便須以數量夠多的具體詩作，作為測試詩論果效的最佳場域——換言之，倘若能夠順利憑藉紀弦、覃子豪與林亨泰之詩論觀點，妥善解析臺灣當代其他重要詩人之代表作品，當能更加確認紀弦等三人之詩學理論的有效程度與適用範圍；[709]不過，

---

[709] 舉例來看，在前述所引用的相關文獻資料裡，紀弦曾經發表過「而在我的理論指導之下，臺灣的『現代詩』，方有今日之成就。而大陸與香港，亦深受臺灣之影響。

受限於筆者之心力與學識之不足，故而亦只能將此缺憾，寄託於未來的持續探索。

（三）未來研究之展望

歷經了漫長的跋涉，對於紀弦、覃子豪、林亨泰詩學理論的種種探索，即將在以象徵與現代貫串具體之詩論議題、審慎檢視紀弦等三人之詩論內容的異同現象、努力耙梳紀弦等人筆下所開創出之詩學理論的可能成就，以及仔細反省研究過程中所蘊含的侷限與缺失之後，暫時畫下句點；然而，透過下列艾略特所提及的批評原則其實恰可說明，在稍作休息之後，與本研究相關的後續發展，究竟該往哪些方向前進：

> 任何詩人，任何藝術的藝術家都不能獨自具備完整的意義。他的意義，他的鑑賞也就是他和過去的詩人和藝術家之關係的鑑賞。你無從將他孤立起來加以評價；你不得不將他放在過去的詩人或藝術家中以便比較和對照。這裏我所說的是審美的，不單單是歷史的，一個批評原則。[710]

簡單來說，進一步將目前之關切主題與時間序列中或前或後之相關對象進行比較，對於學術研究之開拓來說，乃是無可避免的必要環節——因為，意義與價值之彰顯，往往必須藉由不同視角、不同層次的多方對照，才可得出最為整全而深入的結果；具體來看，由本研究現有的基礎出發，至少可據此分別往臺灣當代詩學之整體面

所謂『朦朧詩』，不就是這樣產生了的嗎」之類的意見；然而，若想確認紀弦所言是否有理，光瞭解其所建構之詩學理論是不夠的，還須對臺灣現代詩與大陸朦朧詩之普遍成就皆有一定之認識後，方能通過相互對比的工夫，檢驗理論與實作之間的距離，究竟幾何！另，此處所引之紀弦言論，可詳見氏著：〈總結我的詩路歷程〉，《紀弦詩拔萃》，頁11。

[710] 艾略特著，杜國清譯：〈傳統和個人的才能〉，《艾略特文學評論選集》（臺北：田園出版社，1969年3月），頁5。

向，以及民國以降之詩論全貌等不同方向相互比較，或可進一步顯豁出各式優秀詩學理論之間所隱含的潛在秩序與相關體系。[711]

1、臺灣當代象徵與現代之詩學體系建構

　　首先，若以臺灣當代作為觀察詩學理論之具體時空場域，則除了紀弦、覃子豪與林亨泰之外，仍有許多必須深入探討的重要對象，值得我們仔細研究——例如，單就現代派運動之參與者來看，其實本就不限於紀弦等三人而已；至少在林亨泰看來，所謂的創世紀與笠這兩大詩社，也都是詩現代化過程中不可忽視的重要組成分子：

> 現代詩社發起的現代派運動，後來變成藍星、創世紀、笠共同主持的現代詩運動的局面，其間顯然地可以看出有一種辯證的發展，在民國四十五年現代詩社發動的現代派運動，主要提出主知性，乃是針對抒情性的反駁，是對立也是發展，而採取反對者當時是藍星詩社，站在抒情的立場，這種對立是很好的。後來又有提倡民族詩型的創世紀，在四十八年之後較之現代派更現代派，……詩壇從抒情，而加入現代派之主知，創世紀則將其發展到最高潮，五十三年笠詩社的出現，又是一種辯證的情況，由於創世紀主知的抽象化，……用「社會的」再拉回來，這種正反合的辯證是證明詩壇一直在發展，有很大的變化。[712]

進而言之，若想進一步增添對於臺灣當代之詩學體系的整全認識，

---

[711] 此處所謂理論之間的秩序與體系之觀點，乃是由艾略特對西方文學歷史中各式傑出作品之間的關係探討中，所得到的啟發；詳細說法，可見前註。

[712] 林亨泰著，呂興昌編：〈藍星・創世紀・笠三角討論會〉，《林亨泰全集九・文學論述卷6》，頁170。

便該更加深入而精準地瞭解創世紀詩社與笠詩社之同仁在詩論方面的成就——因為，就時間序列而言，在紀弦等三人躍上臺灣當代詩論界之舞臺引領一代之潮流後，下一批接續而至的生力軍，便是創世紀詩社與笠詩社當中，對於詩學理論之建構懷抱高度興趣的新銳之秀。換言之，當我們的探索目標本就是充分掌握臺灣當代詩論之內涵精粹與外延疆域時，以創世紀詩社為例，若只知道其詩社成員之主張曾經歷了從民族詩型轉為更加現代的劇烈變化，是遠遠不夠的；而僅將堅持詩之社會意義視為笠詩社所高舉的唯一旗幟，同樣也十分不足——反過來說，唯有更加全面地瞭解創世紀與笠詩社中具有代表性之整體詩論主張，方能更進一步地瞭解，臺灣當代詩學理論之整全面貌。

更具體地來看，在創世紀詩社中對於詩學理論之建構貢獻良多的洛夫，其詩論著作裡對於象徵與現代之關注，便應成為臺灣當代詩學體系中，值得持續探索、深入聚焦的關鍵所在——因為，從具體的詩論內容來看，洛夫在構思與詩學理論相關的各式議題時，亦十分注重與象徵、現代之密切關聯；例如，當洛夫於下列引文中探討詩之範疇中「語言文字」與「心志意念」之相互關係時，便極為強調「象徵」對此所產生的積極效用：

> 我國一般人一向服膺於「……在心為志，發言為詩」的說法，從表面意義看來本無錯誤，……「在心為志」，這個「志」即是一種內在意識，「發言為詩」，「詩」是一種外在符號，但外在符號並不全等於內在意識，故如欲以詩語言來取代「志」的全貌是極為困難的。然而，詩人存在的價值也正在此，他們畢竟是一群善於駕馭語言的人，以有限之象徵事物（語言文字）表達無限的內心活動，這就是一個詩人必具的能力。譬如「敘述」不能表現的，他可以「暗示」來完成，直說不能達成的，他可以曲達獲致「曲盡其妙」的效

果，這種效果即是語言魔力的效果。[713]

也就是說，洛夫從對中國古典文論的再探出發，強調之所以在由「志」到「詩」的過程中，「語言文字」得以扮演重要的中介角色，其根本原因便在於「語言文字」本身所蘊含的「象徵」特性；而換個角度來看，對於洛夫來說，所謂的「象徵」之意，其中一種可能的狀態便是以在形態、聲響等特點上具實可感之「語言文字」，表現出虛渺難測之「心志意念」的過程：

> 具象與抽象的轉化：中國古典詩一向講究「虛」與「實」的相互交替，使具體的事物與抽象的意念或情感產生認同，鄭愁予的「我達達的馬蹄是美麗的錯誤」詩句之所以為人傳誦一時，就是這種手法的效果。在性質上這也是一個暗喻，至於岩上的「我的戀情乃一顆燃燒的落日」，就不僅僅是暗示，而是象徵了。[714]

雖然在上述的引文中，洛夫並未列舉中國古典之詩例以說明何謂虛實交替，但是透過兩處現代詩句的實例比較，我們可以清楚得知「具象之實」與「抽象之虛」的連結，除了可通過「語言文字」來實踐以外，具體形象之運用，亦是詩人必須熟練的看家本領之一——例如，愛情主題之抽象虛渺與詩人馬蹄之達達作響，其在可想與可感之間的流轉變化，的確是詩之魅力泉源中不可忽視的一環；進一步來看，藉由「我達達的馬蹄是美麗的錯誤」與「我的戀情乃一顆燃燒的落日」之並列對觀，洛夫似乎是在提醒我們，所謂的

---

[713] 洛夫：〈詩的語言〉，《洛夫詩論選集》（臺北：開源出版事業有限公司，1977年1月），頁78。

[714] 洛夫：〈詩的語言和意象〉，《孤寂中的迴響》（臺北：東大圖書有限公司，1981年7月），頁17。

「象徵」除了「虛實相替」以外，對於明白表述之摒除與直指腔調之減用，應是「象徵」較「比喻」來說，更須加以強調的重點所在。

而除了在詩論內容中十分重視象徵之外，對於所謂的現代，洛夫同樣抱持著高度之關注；例如，儘管下列所引之表面內容，乃是在說明洛夫心目中對詩之價值高低的分類依據，但從中可間接推知的是，對洛夫而言，所謂的廣義之超現實主義，便是足以充分詮釋現代人心靈之境的理想答案：

> 我曾分析，今天我們詩壇的作品可概分為三類：第一類是實用詩（包括一些應酬之作），第二類是意象絢美素質純粹的抒情詩，第三類是既具純粹品質而又能把握時代精神與動向的詩。第一類毫無價值，不必討論，第二類就純美學觀點來看，自有其地位，但抒小我之情，難成極品。至於第三類，是視為「現代人心靈之鏡」的詩，這種詩能以完美的形式反映出民族與個人在這個時代中的生命情感和精神真貌，幫助我們去發現這個世界上某些我們前所未知的東西，並為我們找回一些我們一直相信是真實的但不幸久已失落的東西。……這也許就是我所謂的「廣義超現實主義」的詩。[715]

儘管在此段引文中，洛夫主要是在說明所謂富有廣義超現實主義內涵的詩，之所以在價值意義上，遠遠高過徒有現實功利效用以及僅具純粹內在詩質的其他兩類詩作，最主要的原因當在於，超現實主義之精髓，能夠使讀者發現種種隱而未見的真實存在；不過，當洛夫將超現實主義與時間序列上可作為現代人心靈之境的詩相互融通、彼此連結時，其實也隱約點出了，在詩學範疇中所謂的超現實

---

[715] 洛夫：〈超現實主義與中國現代詩〉，《洛夫詩論選集》（臺北：開源出版事業有限公司，1977年1月），頁104。

主義之根本內涵當與現代一詞，密切相關。換個角度來看，除了點出超現實與現代詩所可能具有的緊密關係外，洛夫亦曾以多義性作為現代詩所必備的特質之一：

> 多義性更是現代詩的特性之一。中國新詩自從發展到今天的現代詩，由於詩人不滿於以往白話詩的粗俗淺陋，而力求語言的提煉和意象的經營，但這項努力也產生不良的副作用——晦澀。[716]

也就是說，在洛夫心目中現代詩之所以與五四時期以降的新詩截然有異，其中一項重要原因，便在於當現代詩中所使用的語言文字更為精鍊、所調度的意象更為有序之後，由語言文字和各式意象所產生的多元意義；不過，同時須特別注意的是，洛夫也不忘提醒我們，如果對於詩中多義性之追求太過絕對的話，亦有可能產生晦澀之弊，而不利於讀者閱讀。

2、民國詩論中的象徵與現代之意義闡發

由上述的簡要討論中，我們已略可獲知，對臺灣當代詩學之整體研究來說，在紀弦、覃子豪與林亨泰之後，不論是創世紀詩社或笠詩社，都是後續可長期關注的對象；而至少在洛夫的身上，我們亦能明顯看出，詩學範疇中的象徵與現代，亦為對臺灣當代詩學進行延伸探討時，不可忽視的關鍵所在。

而若將往後審視的目光，轉移到紀弦等三人之前的現實環境，則或許起於五四時期、止於國府播遷的卅載光陰，亦可作為欲拓展本研究之既有成果時，其中一處值得努力耕耘的沃土。

舉例來看，由下列林亨泰的相關言論中，我們不難發現對林

---

[716] 洛夫：〈詩與散文〉，《孤寂中的迴響》（臺北：東大圖書有限公司，1981年7月），頁62。

氏而言所謂詩學範疇中真正的現代意涵，必需要等到紀弦、林亨泰等人大量提出自身之獨到詩學觀點後，方能塑造成型；反過來說，儘管民國時期三〇年代的眾多詩人早已成立過以現代為名之詩派組織，但對林亨泰而言，此時所倡導的各式主張，仍與其心目中真正的現代，相距甚遠：

> 一提到中國現代詩的淵源，總要追溯至李金髮、穆木天等詩人的所謂「象徵詩」或以戴杜衡、施蟄存、戴望舒、劉吶鷗、金克木、路易士（紀弦）等為骨幹作家的所謂「現代派」，有的甚至要追溯至更早的五四時代的「新詩」，但，嚴格地說，中國現代詩之真正能夠成立，也就是說中國詩人之開始普遍地表現強烈主體意識以及具有方法學的自覺，那已經是中國現代派的集團於民國四十五年一月在臺北正式宣告成立並發表了「現代派的信條」之後的事了。[717]

換個角度來看，由於林亨泰在上述引文中僅僅提到相較於紀弦、林亨泰所開創的現代派來說，三〇年代的現代派並非真正的現代，故而我們可以順勢開展的是，若能進一步將大陸時期戴望舒等人對現代之觀點，與抵臺之後紀弦等人對現代之看法相互比較，則除了可進一步使現代之詩學意義得到更加全面的彰顯，亦可將現代詩論所涵攝的範圍由臺灣當代，擴展到五四以降的民國時期——進一步來看，除了現代以外，對於三〇年代的詩論家來說，象徵，同樣是常受注目的焦點所在；然而，由林亨泰下列的言論來看，對於戴望舒等人眼中所認同之詩學範疇中的象徵意涵，仍有深入分析的必要：

> 本來只止於「象徵派」的中國大陸的「現代派」的內涵，到

---

[717] 林亨泰著，呂興昌編：〈中國現代詩風格與理論之演變〉，《林亨泰全集四・文學論述卷1》，頁138。

了臺灣這塊土地以後由於臺灣詩人的參與，詩的世界開闊了很多，不但在精神內涵上比以前更具深度與廣度，而且在方法論上也比以前更能懂得運用。[718]

因為，當林亨泰提出，所謂的三〇年代大陸上所出現的現代派之實質內涵其實僅止於象徵派之說法時，其實並未提出足夠的相關佐證，故而在此片面宣告的背後，便有許多不得不填補的空隙，留待後人的努力：例如，究竟是出於哪些三〇年代現代派的成員將源於法國的象徵派內涵視為自身之詩學觀點，林亨泰並未說明；再者，在十九世紀法國象徵派的各式主張中，到底有何種意見被三〇年代的現代派直接移植，林亨泰亦未詳論；最後，對戴望舒等人來說，所謂的象徵派與現代派究竟在哪些具體意見上呈現出高度的一致性，林亨泰也未充分提及——凡此種種，雖然皆為林亨泰在立論時尚未周延觀照之處，但若換個角度來看，此亦未嘗不是當我們在整體關注五四以降民國時期詩學理論中的象徵與現代時，可以多作發揮的重點之處。

[718] 林亨泰著，呂興昌編：〈《現代詩》季刊與現代主義〉，《林亨泰全集五‧文學論述卷2》，頁173。

參考文獻

一、古籍資料

民國、王國維著,徐調孚校注:《校注人間詞話》,頂淵出版社,2001年
　　6月。

唐、司空圖著,郭紹虞集解;袁枚著,郭紹虞輯注:《詩品集解・續詩品
　　注》,人民文學出版社,2006年8月。

南朝齊、劉勰著,周振甫注:《文心雕龍注釋》,里仁書局,1984年5月。

二、近人著作

丁威仁:《戰後臺灣現代詩的演變與特質(1949-2010)》,新銳文創,
　　2012年5月。

文化部教育局編:《西方現代哲學與文藝思潮》,上海文藝出版社,1987
　　年4月。

王文彬:《中西詩學交匯中的戴望舒》,安徽教育出版社,2003年8月第
　　一版。

王永生編:《中國現代文論選》,人民出版社,1984年。

公仲、汪義生:《臺灣新文學史初編》,江西人民出版社,1989年8月。

王志健:《現代中國詩史》,臺灣商務印書館,1975年12月。

———:《文學四論》(上冊),文史哲出版社,1988年7月。

丹青藝叢編委會:《當代美學論集》,丹青出版社,1987年。

王　珂:《百年新詩詩體建設研究》,上海三聯書局,2004年。

王建元:《現象詮釋學與中西雄渾觀》,東大出版社,1992年。

文訊主編:《臺灣現代詩史論》,文訊出版社,1996年3月。

尹雪曼：《中國新文學史論》，中央文物供應社，1983年9月。

尹康莊：《象徵主義與中國現代文學》，暨南大學出版社，1998年8月。

王集叢：《文藝新論》，帕米爾書店，1965年5月。

王嘉良：《現代中國文學思潮史論》，中國社科出版社，2008年。

王夢鷗：《中國文學理論與實踐》，里仁書局，2009年9月。

王夢鷗選編：《當代中國新文學大系・文學論爭集》，天視出版事業有限
　　　公司，1981年6月。

王澤龍：《中國現代主義詩潮論》，華中師範大學出版社，1995年10月，
　　　第一版。

白少帆、王玉斌、張恆春、武純治：《現代臺灣文學史》，遼寧大學出版
　　　社，1987年。

包亞明主編：《二十世紀西方美學經典文本》第四卷，復旦大學出版社，
　　　2000年12月。

石計生：《藝術與社會：閱讀班雅明的文學啟迪》，左岸出版社，2003年。

司徒衛：《五十年文學評論》，成文出版社，1979年。

白　萩：《現代詩散論》，三民書局，1972年5月初版。

古繼堂：《臺灣新詩發展史》，文史哲出版社，1989年7月。

───：《簡明臺灣文學史》，人間出版社，2003年7月。

朱　天：《真全與新幻──葉維廉和杜國清之美感詩學》，新銳文創，
　　　2013年1月。

朱立元編：《當代西方文藝理論》，華東師大出版社，2005年。

朱光潛：《西方美學史（上卷）》，漢京文化事業有限公司，1982年10月。

───：《詩論新編》，洪範出版社，1982年。

───：《談文學》，文房出版社，2001年。

───：《文藝心理學》，復旦大學出版社，2005年。

江弱水：《中西同步與位移──現代詩人叢論》，安徽教育出版社，2003
　　　年8月第一版。

老高放：《超現實主義導論》，社會科學文獻出版社，1997年12月初版。

朱雙一：《臺灣文學思潮與淵源》，海峽學術，2005年2月。

朱雙一、張羽：《海峽兩岸新文學思潮的淵源和比較》，廈門大學出版
　　　社，2006年。

李元貞：《女性詩學——臺灣女詩人集體研究1951-2000》，女書店，
　　　　2000年。

李正治：《政府遷臺以來文學研究理論及方法之探索》，臺灣學生書局，
　　　　1988年11月。

呂正惠：《戰後臺灣文學經驗》，新地文學出版社，1995年7月初版。

余光中總編輯：《中國現代文學大系：評論卷》，九歌出版社，1989年5月。

肖同慶：《世紀末思潮與中國現代文學》，安徽教育出版社，2001年。

李　牧：《三十年代文藝論》，黎明文化，1973年。

李明明：《形象與語言》，東大出版社，1992年。

呂周聚：《中國現代主義詩學》，人民文學出版社，2001年8月第一版。

何欣編：《從存在主義觀點論文學》，寰宇出版社，1971年5月初版。

吳建民：《中國古代詩學原理》，人民文學出版社，2001年12月。

李從華：《價值評判與文本細讀——新批評之文學批評理論研究》，中國
　　　　社科出版社，2006年。

李瑞騰：《詩心與國魂》，漢光出版社，1984年。

李魁賢：《詩的挑戰》，臺北縣立文化中心，1997年7月初版。

李歐梵：《現代性的追求》，三聯書店，2000年12月第一版。

———：《中國現代文學與現代性十講》，復旦大學出版社，2005年。

吳潛誠：《靠岸航行：關於文學與文化評論》，立緒文化，1999年。

李澤厚：《美學百題》，丹青出版社，1987年。

———：《美的歷程》，三民書局，2006年。

林于弘：《臺灣新詩分類學》，鷹漢出版社，2004年。

金元浦編：《文藝心理學》，中國人民出版社，2003年。

林以亮：《林以亮詩話》，洪範書店，1976年8月初版。

宗白華：《美學與意境》，淑馨出版社，1989年。

周伯乃：《古典與現代》，遠景出版社，1979年11月。

———：《早期新詩的批評》，成文出版社，1980年5月初版。

邵伯周：《中國現代文學思潮研究》，學林出版社，1993年1月。

林亨泰：《找尋現代詩的原點》，彰化縣立文化中心，1994年6月。

林亨泰著，呂興昌編：《林亨泰全集四·文學論述卷1》，彰化縣立文化
　　　　中心，1998年9月。

———：《林亨泰全集五‧文學論述卷2》，彰化縣立文化中心，1998年9月。

———：《林亨泰全集六‧文學論述卷3》，彰化縣立文化中心，1998年9月。

———：《林亨泰全集七‧文學論述卷4》，彰化縣立文化中心，1998年9月。

———：《林亨泰全集八‧文學論述卷5》，彰化縣立文化中心，1998年9月。

———：《林亨泰全集九‧文學論述卷6》，彰化縣立文化中心，1998年9月。

———：《林亨泰全集十‧外國文學研究與翻譯卷》，彰化縣立文化中心，1998年9月。

林明德編：《臺灣現代詩經緯》，聯經出版社，2001年。

金尚浩：《戰後臺灣現代詩研究論集》，晨星出版社，2005年。

東華大學中文系編：《文學研究的新進路——傳播與接受》，洪葉出版社，2004年。

————————：《戰後初期臺灣文學與思潮論文集》，文津出版社，2005年。

竺家寧：《語言風格與文學韻律》，五南出版社，2005年。

金絲燕：《文學接受與文化過濾——中國對法國象徵主義詩歌的接受》，中國人民大學出版社，1994年5月第一版。

孟　樊：《當代臺灣新詩理論》，揚智文化事業有限公司，1998年5月。

———：《臺灣後現代詩的理論與實際》，揚智文化事業有限公司，2003年。

孟　樊編著：《新詩批評》，正中書局，1993年5月初版。

————：《當代臺灣文學評論大系4‧新詩批評》，正中書局，1993年5月。

邱燮友、皮述民、馬森等著：《二十世紀中國新文學史》，駱駝出版社，1997年。

林燿德：《一九四九以後》，爾雅出版社，1986年12月初版。

林燿德編著：《當代臺灣文學評論大系2‧文學現象卷》，正中書局，

1993年5月。

姚一葦：《藝術的奧祕》，開明書局，1968年。

———：《美的範疇論》，開明書局，1978年。

洪子誠、劉登翰：《中國當代新詩史》，人民文學出版社，1994年12月。

洛　夫：《詩人之鏡》，大業書店，1969年5月。

———：《洛夫詩論選集》，開源出版事業有限公司，1977年1月。

———：《詩的探險》，黎明文化事業公司，1979年6月初版。

———：《孤寂中的迴響》，東大圖書有限公司，1981年7月。

———：《詩的邊緣》，漢光文化事業股份有限公司，1986年8月。

洛夫、張默、瘂弦編：《中國現代詩論選》，大業書店，1969年3月初版。

紀　弦：《紀弦詩論》，現代詩社，1954年7月。

———：《新詩論集》，大業書店，1956年10月。

———：《紀弦論現代詩》，藍燈出版社，1970年1月。

———：《千金之旅——紀弦半島文存》，文史哲出版社，1996年12月。

———：《紀弦回憶錄[第二部]：在頂點與高潮》，聯合文學，2001年12月初版。

———：《紀弦詩拔萃》，九歌出版社，2002年8月。

紀弦主編：《詩誌》第一期，暴風雨社，1952年8月。

———：《現代詩》第一期，現代詩出版社，1953年2月。

———：《現代詩》第二期，現代詩出版社，1953年5月。

———：《現代詩》第三期，現代詩出版社，1953年8月。

———：《現代詩》第四期，現代詩出版社，1953年11月。

———：《現代詩》第五期，現代詩出版社，1954年2月。

———：《現代詩》第六期，現代詩出版社，1954年5月。

———：《現代詩》第七期，現代詩出版社，1954年秋。

———：《現代詩》第八期，現代詩出版社，1954年冬。

———：《現代詩》第九期，現代詩出版社，1955年春。

———：《現代詩》第十期，現代詩出版社，1955年夏。

———：《現代詩》第十一期，現代詩出版社，1955年秋。

———：《現代詩》第十二期，現代詩出版社，1955年冬。

———：《現代詩》第十三期，現代詩出版社，1956年2月。

————：《現代詩》第十四期，現代詩出版社，1956年4月。

————：《現代詩》第十五期，現代詩出版社，1956年10月。

————：《現代詩》第十六期，現代詩出版社，1957年1月。

————：《現代詩》第十七期，現代詩出版社，1957年3月。

————：《現代詩》第十八期，現代詩出版社，1957年5月。

————：《現代詩》第十九期，現代詩出版社，1957年8月。

————：《現代詩》第二十期，現代詩出版社，1957年12月。

————：《現代詩》第二十一期，現代詩出版社，1958年3月。

————：《現代詩》第二十四、二十五、二十六期合刊，現代詩出版社，1960年6月。

————：《現代詩》第二十七期——三十二期合刊，現代詩出版社，1960年11月。

————：《現代詩》第三十三期，現代詩出版社，1961年2月。

————：《現代詩》第三十四期，現代詩出版社，1961年5月。

————：《現代詩》第三十五期，現代詩出版社，1961年8月。

————：《現代詩》第三十六期，現代詩出版社，1961年11月。

————：《現代詩》第三十七期，現代詩出版社，1962年2月。

————：《現代詩》第三十八期，現代詩出版社，1962年5月。

————：《現代詩》第三十九期，現代詩出版社，1962年8月。

————：《現代詩》第四十期，現代詩出版社，1962年10月。

————：《現代詩》第四十一期，現代詩出版社，1963年2月。

————：《現代詩》第四十二期，現代詩出版社，1963年5月。

————：《現代詩》第四十三期，現代詩出版社，1963年8月。

————：《現代詩》第四十四期，現代詩出版社，1963年11月。

————：《現代詩》第四十五期，現代詩出版社，1964年2月。

胡和平：《模糊詩學》，社會科學文獻出版社，2005年。

洪淑苓：《現代詩新版圖》，秀威出版社，2004年。

胡經之：《西方文藝理論名著教程，北大出版社，2003年。

柯慶明：《中國文學的美感》，麥田出版社，2006年1月。

柯慶明編：《中國文學批評年鑑》，巨人出版社，1976年。

柯慶明、蕭馳主編：《中國抒情傳統的再發現》，臺大出版中心，2009年

12月。

封德屏編：《臺灣現代詩史論》，文訊雜誌社，1996年3月。

施蟄存等編：《現代》（一至三十四期），上海書店，1984年9月。

旅　人：《中國新詩論史》，臺中文化中心，1991年12月。

高友工：《中國美典與文學研究論集》，臺大出版中心，2011年。

翁文嫻：《創作的契機》，唐山出版社，1998年。

孫玉石：《中國現代主義詩潮史論》，北京大學出版社，1999年3月第一版。

袁可嘉：《歐美現代派文學概論》，廣西師範大學出版社，2003年1月第一版。

袁可嘉等選編：《現代主義文學研究》，中國社會科學出版社，1989年5月。

夏征農主編：《西方學術思潮論叢》，學林出版社，1989年11月。

奚　密：《現當代詩文錄》，聯合文學，1998年11月初版。

徐復觀：《中國藝術精神》，臺灣學生書局，1998年。

───：《中國文學論集》，臺灣學生書局，2001年。

秦賢次編：《抗戰時期文學史料》，文訊雜誌社，1987年7月初版。

高慧勤、欒文華主編：《東方現代文學史》（上、下），海峽文藝出版社，1994年1月。

席慕蓉、沈奇等著：《評論十家》（第二輯），爾雅出版社，1995年11月。

夏濟安編：《詩論》，文學雜誌社，1959年4月初版，1994年7月第一版。

陳千武：《現代詩淺說》，學人文化事業有限公司，1979年。

───：《詩文學散論》，臺中市立文化中心，1997年5月。

張大明、陳學超、李葆琰：《中國現代文學思潮史》（上、下冊），北京十月文藝出版社，1995年11月。

陳大為、鍾怡雯主編：《20世紀文學史專題Ⅰ──文學思潮與論戰》，萬卷樓，2006年9月。

陳太勝：《象徵主義與中國現代詩學》，北京大學出版社，2005年11月。

陳世驤著，葉珊、林衡哲主編：《陳世驤文存》，志文出版社，1975年。

陳旭光：《中西詩學的會通──20世紀中國現代主義詩學研究》，北京大學出版社，2002年1月第一版。

陳良遠：《中國詩學體系論》，新華書店，1992年。

張　法：《美學導論》，五南出版社，2004年。

陳青生：《抗戰時期的上海文學》，上海人民出版社，1995年2月。

───：《年輪──四十年代後半期的上海文學》，上海人民出版社，
　　　　2002年1月第一版。

陳明臺：《臺灣文學研究論集》，文史哲出版社，1997年4月。

梁宗岱：《詩與真》，商務印書館，2002年。

陳芳明：《詩和現實》，洪範書店，1977年2月初版。

───：《鏡子和影子：現代詩評論集》，志文出版社，1978年。

───：《現代主義及其不滿》，聯經出版社，2013年9月。

───：《臺灣新文學史》，聯經出版社，2011年。

陶東風編：《文學理論基本問題》，北大出版社，2005年。

陳政彥：《戰後臺灣現代詩論戰史研究》，花木蘭出版社，2013年9月。

張秉真、黃晉凱編：《未來主義・超現實主義》，中國人民大學出版社，
　　　　1998年8月。

張周道：《探險的風旗──論20世紀中國現代主義詩潮》，安徽教育出版
　　　　社，1998年1月第一版。

張芬齡：《現代詩啟示錄》，書林出版有限公司，1992年6月。

陳炳良編：《中國現當代文學探研》，書林出版社，1994年5月。

陳紀瀅：《文藝運動二十五年》，重光文藝出版社，1977年3月。

張桃洲：《現代漢語的詩性空間──新詩話語研究》，北大出版社，
　　　　2006年。

張　健：《中國現代詩論評》，純文學月刊社，1968年7月初版。

───：《中國現代詩》，五南圖書出版公司，1984年1月。

陳啟佑：《渡也論新詩》，黎明文化，1983年。

曹萬生：《現代派詩學與中西詩學》，人民出版社，2003年12月。

陳義芝：《聲納：臺灣現代主義詩學流變》，九歌出版社，2006年3月。

───：《現代詩人結構》，聯合文學出版社，2010年8月。

張漢良：《現代詩論衡》，幼獅文化事業公司，1981年2月。

───：《比較文學理論與實踐》，東大圖書有限公司，1986年2月。

張漢良、蕭蕭：《現代詩導讀》（一至五冊），故鄉出版社，1979年11月。

張　錯：《西洋文學術語手冊》，書林出版社，2005年。

張　默：《臺灣現代詩編目——一九四九～一九九五》，爾雅出版社，
　　　　1996年1月。

───：《臺灣現代詩概觀》，爾雅出版社，1997年5月。

張雙英：《中國文學批評的理論與實踐》，國文天地雜誌社，1990年10月。

───：《二十世紀臺灣新詩史》，五南出版社，2006年。

寇鵬程：《古典浪漫與現代——西方審美範式的演變》，三聯書店，
　　　　2005年。

覃子豪：《覃子豪全集Ⅰ‧畫廊》，覃子豪全集出版委員會，1965年詩
　　　　人節。

───：《覃子豪全集Ⅱ‧詩創作論》，覃子豪全集出版委員會，1968年
　　　　詩人節。

───：《覃子豪全集Ⅱ‧論現代詩》，覃子豪全集出版委員會，1968年
　　　　詩人節。

───：《覃子豪全集Ⅱ‧未名集》，覃子豪全集出版委員會，1968年詩
　　　　人節。

賀昌盛：《象徵：符號與隱喻——漢語象徵詩學的基本型構》，南京大學
　　　　出版社，2007年4月。

曾祖蔭：《中國古代美學範疇》，丹青出版社，1987年。

黃荷生主編：《現代詩》第二十二期，現代詩出版社，1958年12月。

────：《現代詩》第二十三期，現代詩出版社，1959年3月。

黃瑞祺編：《現代性、後現代、全球性》，左岸出版社，2003年。

黃維樑編：《怎樣讀新詩》，學津書店，1982年。

───：《新詩的藝術》，江西高校，2006年。

曾慶元：《西方現代主義文藝思潮述評》，武漢大學出版社，1993年9月。

舒　蘭：《五四時代的新詩作家和作品》，成文出版社，1980年。

楊匡義、劉福春編：《中國現代詩論》，花城出版社，1985年12月。

────：《西方現代詩論》，花城出版社，1988年8月。

解志熙：《生的執著——存在主義與中國現代文學》，人民文學出版社，
　　　　1999年7月第一版。

瘂　弦：《中國新詩研究》，洪範書店，1981年1月初版。

瘂　弦編：《詩學第一輯》，巨人出版社，1976年。

楊　牧：《文學知識》，洪範書店，1986年。

─────：《傳統的與現代的》，洪範書店，1987年5月。

楊昌年：《現代詩的創作與欣賞》，文史哲出版社，1991年。

楊宗翰：《臺灣現代詩史：批判的閱讀》，巨流出版社，2002年6月。

─────：《臺灣新詩評論：歷史與轉型》，新銳文創，2012年12月。

葉　朗：《中國美學的發端》，金楓出版社，1987年。

葛　雷、梁　棟：《現代法國詩歌美學描述》，北京大學出版社，1997年
　　　　4月第一版。

葉維廉編：《中國現代文學批評選集》，聯經出版公司，1976年8月初版。

─────：《中國現代作家論》，聯經出版公司，1976年10月初版。

葉維廉：《飲之太和》，時報文化，1980年。

─────：《比較詩學》，東大出版社，1983年。

─────：《秩序的生長》，時報文化，1986年。

─────：《中國詩學》，三聯書店，1992年1月第一版。

─────：《從現象到表現：葉維廉早期文集》，東大出版社，1994年。

董學文主編：《西方文學理論史》，北京大學出版社，2005年。

聞一多：《神話與詩》，華東師大出版社，1997年。

廖炳惠編：《關鍵詞200》，麥田出版社，2003年。

彰師大國文系編：《臺灣前行代詩家論──第六屆現代詩學研討會論文
　　　　集》，萬卷樓圖書公司，2003年11月初版。

趙遐秋、呂正惠主編：《臺灣新文學思潮史綱》，人間出版社，2002年。

鄧元忠：《西洋近代文化史》，五南出版社，1991年。

劉正忠：《現代漢詩的魔怪書寫》，臺灣學生書局，2010年。

劉正偉：《覃子豪詩研究》，文史哲出版社，2005年3月。

劉紀蕙：《心的變異──現代性的精神形式》，麥田出版社，2004年9月
　　　　初版。

蔡英俊：《中國古典詩論中「語言」與「意義」的論題：「意在言外」的
　　　　用言方式與「含蓄」的美典》，臺灣學生書局，2001年。

劉增傑主編：《中國近代文學思潮》，文史哲出版社，1997年。

黎湘萍：《文學臺灣──臺灣知識者的文學敘事與理論想像》，人民文學
　　　　出版社，2003年3月第一版。

劉象愚等主編：《從現代主義到後現代主義》，高等教育出版社，2006年
　　7月第5次印刷。

劉登翰、朱雙一著：《彼岸的繆斯——臺灣詩歌論》，百花洲文藝出版
　　社，1996年12月。

蔡源煌：《從浪漫主義到後現代主義》，雅典出版社，1987年12月。

———：《當代文化理論與實踐》，雅典出版社，1996年9月。

編輯委員會主編：《聯副三十年文學大系——文學史話》，聯經出版社，
　　1981年。

潘麗珠：《現代詩學》，五南圖書出版有限公司，1997年9月。

賴芳伶：《新詩典範的追求——以陳黎、路寒袖、楊牧為中心》，大安出
　　版社，2002年。

蕭　蕭：《現代詩學》，東大出版社，1987年。

———：《現代詩縱橫觀》，文史哲出版社，1991年。

———：《臺灣新詩美學》，爾雅出版社，2004。

———：《現代新詩美學》，爾雅出版社，2007年7月。

———：《後現代新詩美學》，爾雅出版社，2012年。

蕭蕭編著：《林亨泰的天地——林亨泰新詩研究》，晨星出版社，2009年
　　10月。

簡政珍：《詩的瞬間狂喜》，時報文化，1991年。

———：《詩心與詩學》，書林出版社，2000年。

———：《臺灣現代詩美學》，揚智文化，2004。

簡政珍編著：《當代臺灣文學評論大系（1）：文學理論卷》，正中書
　　局，1993年5月。

藍棣之：《現代詩的情感與形式》，華夏出版社，1994年9月第一版。

———：《現代詩歌理論：淵源與走勢》，清華出版社，2002年10月第
　　一版。

羅任玲：《臺灣現代詩自然美學》，爾雅出版社，2005年。

羅　青：《詩人之燈》，光復書局，1988年2月。

羅宗濤、張雙英：《臺灣當代文學研究之探討》，萬卷樓圖書有限公司，
　　1999年5月。

羅榮渠：《現代化新論》，北京大學出版社，1995年10月。

蘇雪林：《中國二三十年代作家》，純文學出版社，1983年。

龔鵬程：《詩史本色與妙悟》，臺灣學生書局，1993年2月增訂版。

———：《臺灣文學在臺灣》，駱駝出版社，1997年3月。

———：《文學散步》，漢光出版社，2000年8月，十版。

三、博碩士論文

王梅香：《肅殺歲月的美麗／美力？戰後美援文化與五、六〇年代反共文
　　　　學、現代主義思潮發展之關係》，國立成功大學臺灣文學系碩士
　　　　論文，2005年7月。

阮美慧：《臺灣精神的回歸：六、七〇年代臺灣現代詩風的轉折》，國立
　　　　成功大學中國文學系博士論文，2001年。

李麗玲：《五〇年代國家文藝體制下臺籍作家的處境及其創作初探》，國
　　　　立清華大學文學所中文組碩士論文，1995年7月。

侯作珍：《自由主義傳統與臺灣現代主義文學的崛起》，文化大學中國文
　　　　學系博士論文，2003年1月。

柯夌伶：《林亨泰新詩研究》，國立成功大學中國文學研究所碩士論文，
　　　　1999年6月。

胡芳琪：《一九五〇年代臺灣反共文藝論述研究》，國立清華大學臺灣文
　　　　學研究所碩士論文，2007年7月。

陳全得：《臺灣《現代詩》研究》，國立政治大學中國文學系博士論文，
　　　　1998年。

陳松全：《新批評與臺灣詩歌批評理論及方法關係研究》，南華大學文學
　　　　所碩士論文，2002年。

陳政彥：《戰後臺灣現代詩論戰史研究》，國立中央大學中國文學系博士
　　　　論文，2007年。

陳瀅州：《七0年代以降現代詩論戰之話語運作》，國立成功大學臺灣文
　　　　學研究所碩士論文，2006年6月。

解昆樺：《論臺灣現代詩典律的建構與推移：以創世紀、笠詩社為觀察核
　　　　心》，國立中正大學中文系碩士論文，2003年。

———：《臺灣七〇年代新興詩社研究——以其重估傳統、再造國族、進

入公眾之特質為觀察核心》，臺灣師範大學國文系博士論文，
2008年。

劉正忠：《軍旅詩人的異端性格——以五、六十年代的洛夫、商禽、瘂弦
為主》，國立臺灣大學中文系博士論文，2001年1月。

劉正偉：《覃子豪詩研究》，玄奘大學中國語文學系碩士論文，2005年1月。

──：《早期藍星詩社（1954-1971）研究》，佛光大學文學系博士論
文，2012年1月。

蔡明諺：《龍族詩刊研究——兼論七0年代臺灣現代詩論戰》，國立清華
大學中文所碩士論文，2001年。

──：《一九五〇年代臺灣現代詩的淵源與發展》，國立清華大學中國
文學系博士論文，2008年6月。

蔡哲仁：《白萩的詩與詩論》，國立成功大學臺灣文學系碩士論文，
2004年。

鄭慧如：《現代詩的古典觀照——一九四九～一九八九‧臺灣》，政治大
學中文所博士論文，1995年6月。

蔡艷紅：《覃子豪詩藝研究》，國立高雄師範大學國文教學碩士班碩士論
文，2004年。

簡弘毅：《陳紀瀅文學與五〇年代反共文藝體制》，靜宜大學中文系碩士
論文，2003年7月。

四、期刊論文

古添洪：〈現代詩裡「現代主義」問卷及分析〉，《文學界》第24期，
1987年11月。

古遠清：〈三十年來大陸的臺灣新詩研究〉，《當代詩學》第4期，2008
年12月。

朱　天：〈詩即象徵——杜國清詩學理論新詮〉，《第五屆文學符號學研
討會論文集》，南華大學文學研究所，2009年5月。

──：〈興即象徵：以詩創作方法之面向詮釋《毛詩》興義〉，《有鳳
初鳴年刊》第8期，2012年7月。

向　明：〈五〇年代現代詩的回顧與省思〉，《藍星詩刊》15期，1988年
4月。

呂正惠：〈現代主義在臺灣——從文藝社會學的角度來觀察〉，《臺灣社會研究季刊》1卷4期，1988年12月。

何　欣：〈三十年來臺灣的文藝論爭〉，《現代文學》9期，1979年11月。

———：〈六十年代的文學理論簡介〉，《文訊》第13期，1984年8月。

杜國清：〈流派與臺灣新詩的發展〉，《文學界》第21期，1987年2月。

周伯乃：〈西方文藝思潮對我國六十年代文學的影響〉，《文訊》第13期，1984年8月。

林良雅（莫渝）：〈三十年來中譯法詩的回顧〉，《幼獅文藝》51卷3期，1980年3月。

林秋芳：〈節奏的理論及實踐——覃子豪大陸時期的詩論及詩作〉，《南亞學報》第26期，2006年12月。

林淑貞：〈覃子豪在臺之詩論及其實踐活動探究〉，《臺灣文學觀察雜誌》第4期，1991年11月。

非　馬：〈中國現代詩的動向——在芝加哥「文學與藝術」講座上的談話〉，《文季》第2卷第2期，1984年7月。

孟　樊：〈天空希臘乎——略論現代詩中的語言與概念〉，《文訊》第25期，1986年8月。

———：〈中國大陸的臺灣新詩史觀〉，《當代詩學》第1期，2005年4月。

姚一葦：〈斯特林堡與現代主義〉，《現代文學》第15期，1962年12月。

———：〈論象徵（上）〉，《現代文學》第20期，1964年3月。

———：〈論象徵（中）〉，《現代文學》第21期，1964年6月。

———：〈論象徵（下）〉，《現代文學》第22期，1964年10月。

洛　夫：〈中國現代詩的成長——「中國現代文學大系」詩序〉，《現代文學》第46期，1972年3月。

胡衍南：〈戰後臺灣文學史上第一次橫的移植——新的文學史分期法之實驗〉，《臺灣文學觀察雜誌》第6期，1992年9月。

翁文嫻：〈新詩語言結構的傳承和變形〉，《成大中文學報》第15期，2006年12月。

———：〈《詩經》「興」義與現代詩「對應」美學的追探〉，《中國文哲研究集刊》第31期，2007年9月。

孫玉石：〈20世紀40年代中國新詩的歷史回顧與思考〉，《現代中國》第

3輯，2002年10月。

奚　密：〈臺灣現代詩論戰——再論「一場未完成的革命」〉，《國文天地》154期，1998年3月。

徐望雲：〈與時間決戰：臺灣新詩刊四十年奮鬥史略〉，《中外文學》19卷5期，1990年10月。

陳千武：〈臺灣現代詩的歷史和詩人們〉，《笠》第40期，1970年12月。

———：〈臺灣最初的新詩〉，《臺灣文藝》第76期，1982年5月。

陳千武、林亨泰、詹冰、趙天儀、白萩、蔡榮勇、黃恆秋、洪中周、陳亮等：〈論臺灣新詩的獨特性與未來開展〉，《笠詩刊》第148期，1988年12月。

尉天驄：〈論中國新詩的發展〉，《幼獅文藝》第186號，1969年6月。

陳玉玲：〈紀弦與《現代詩》詩刊之研究〉，《臺灣文學觀察雜誌》第4期，1991年11月。

陳明臺：〈承接和創新——八十年代現代詩之形成和展望〉，《臺灣文藝》第82期，1983年5月。

陳芳明：〈檢討民國六十二年的詩評〉，《中外文學》第25期，1974年6月。

———：〈橫的移植與現代主義之濫觴〉，《聯合文學》202期，2001年8月。

陳明柔：〈敲打自己的鑼鼓——試論現代詩論戰〉，《藍星詩學》4號，1999年12月。

陳碩文：〈「現代」：翻譯與想像〉，《東亞觀念史集刊》第2期，2012年6月。

張誦聖：〈文學體制、場域觀、文學生態：臺灣文學史書寫的幾個新觀念架構〉，《現代中文文學學報》6卷2期，2005年6月。

———：〈現代主義、臺灣文學和全球化趨勢對文學體制的衝擊〉，《中外文學》35卷4期，2006年9月。

張　默：〈六十年代的新詩〉，《文訊》第13期，1984年8月。

張雙英：〈「新詩」的新與舊〉，中央日報副刊版，1996年8月9日。

陳建忠：〈尋找臺灣詩的航向——試論戰後多次現代詩論戰的時代意義〉，《文學臺灣》36期，2000年10月。

彭　歌：〈當前文藝發展方向的探討——對張道藩先生「論當前自由中國文藝發展的方向」的另一種看法〉，《文藝創作》22期，1953年

2月。

楊　牧：〈關於紀弦的現代詩與現代派〉，《現代文學》第46期，1972年
　　　　3月。

賈　芝：〈憶詩友覃子豪〉，《新文學史料》第3期，1988年。

楊宗翰：〈羊皮紙上的狼群：意象派諸信條新譯〉，《笠》220期，2000
　　　　年12月。

董崇選：〈現代詩的現代性在哪裡〉，《臺灣詩學》學刊4號，2004年11月。

趙小琪：〈藍星詩社與西方現代主義〉（上、下），《藍星詩學》第13、
　　　　14期，1992年3月、6月。

趙天儀：〈現代詩的反省〉，《臺灣文藝》第76期，1982年5月。

廖咸浩：〈逃離國族──五十年來的臺灣現代詩〉，《聯合文學》第132
　　　　期，1995年10月。

劉正偉：〈戰後臺灣第一場現代詩論戰〉，《創世紀詩刊》第140、141
　　　　期，2004年10月。

鄭明娳：〈鍛接的鋼──論現代詩中古典素材的運用〉，《文訊》第25
　　　　期，1986年8月。

蔡明諺：〈「現代」的用法及其相對意義──以五、六○年代詩論為考
　　　　察〉，《臺灣詩學》學刊4號，2004年11月。

凝　凝：〈舊調重彈──重談「橫的移植」和「縱的繼承」〉，《中外文
　　　　學》第25期，1974年6月。

應鳳凰：〈臺灣五十年代詩壇與現代詩運動〉，《現代中文文學學報》4
　　　　卷1期，1990年7月。

───：〈十五年來臺灣現代主義文學的再評價〉，《文學臺灣》43期，
　　　　1992年7月。

譚雅倫：〈簡說現代詩格律〉，《中外文學》第25期，1974年6月。

五、專書論文

丁旭輝：〈解說〉，紀弦：《臺灣詩人選集3：紀弦集》，國立臺灣文學
　　　　館，2008年12月。

文化部教育局編：〈西方現代派文學〉，《西方現代哲學與文藝思潮》，
　　　　上海文藝出版社，1987年4月。

——————：〈西方現代派美術〉，《西方現代哲學與文藝思潮》，上海文藝出版社，1987年4月。

古遠清：〈林亨泰：冷靜、睿智的前衛詩論家〉，呂興昌主編：《林亨泰研究資料彙編〈下〉》，彰化縣立文化中心，1994年6月。

向明：〈臺灣現代詩的過去、現在和未來〉，《臺灣香港暨海外華文文學論文選・第四屆全國臺灣香港暨海外華文文學學術研討會》，上海復旦大學臺港文化研究所主辦，海峽文藝出版社，1990年9月。

呂正惠：〈一九五〇年代的現代詩運動〉，聯合報副刊編《臺灣新文學發展重大事件論文集》，國家臺灣文學館籌備處出版，2004年12月。

李弦著，江寶釵主編：〈「現代中國詩」之提出及其意義——現代詩的初步考察之一〉，《將葵花般的仰望舉起——李弦現代詩論集》，文水出版社，2013年3月。

杜國清：〈詩與現實〉，《詩論・詩評・詩論詩》，臺大出版中心，2010年12月。

——：〈詩與象徵〉，《詩論・詩評・詩論詩》，臺大出版中心，2010年12月。

——：〈論臺灣現代詩的特質〉，《詩論・詩評・詩論詩》，臺大出版中心，2010年12月。

李瑞騰：〈六十年代臺灣現代詩評略述〉，《臺灣現代詩史論》，文訊雜誌社，1996年3月。

李魁賢：〈詩論發展的意義〉，旅人：《中國新詩論史》，臺中文化中心，1991年12月。

呂興昌：〈林亨泰研究評述〉，《臺灣現當代作家研究資料彙編22：林亨泰》，國立臺灣文學館，2012年3月。

林巾力：〈想像「現代詩」——以林亨泰五〇年代的「現代主義」建構為例〉，《福爾摩沙詩哲：林亨泰》，印刻出版社，2007年1月。

——：〈現代詩的「自我」觀：以林亨泰為討論中心〉，彰化師範大學國文學系、臺灣文學研究所編著：《看似尋常，最奇堀——林亨泰詩與詩學國際學術研討會論文集》，五南出版社，2009年11月。

金觀濤：〈為什麼從思想史轉向觀念史〉，《觀念史研究：中國現代重要

政治術語的形成》，法律出版社，2010年5月重印。

柯慶明：〈六十年代現代主義文學？〉，《中國文學的美感》，麥田出版社，2006年1月。

旅人：〈自序〉，《中國新詩論史》，臺中文化中心，1991年12月。

翁光宇：〈論《笠》及其主要詩人〉，《臺灣香港暨海外華文文學論文選‧第四屆全國臺灣香港暨海外華文文學學術研討會》，上海復旦大學臺港文化研究所主辦，海峽文藝出版社，1990年9月。

奚密：〈邊緣，前衛，超現實：對臺灣五、六十年代現代主義的反思〉，《臺灣現代詩史論》，文訊雜誌社，1996年3月。

———：〈臺灣新疆域〉，《二十世紀臺灣詩選》，麥田出版社，2001年8月。

陳芳明：〈現代性與本土性：以《南音》為中心看三〇年代作家與民間想像〉，《民間文學與作家文學研討會》，清華大學中文系，1998年11月。

陳昌明：〈解說〉，林亨泰：《臺灣詩人選集9：林亨泰集》，國立臺灣文學館，2008年12月

梁秉鈞：〈中國新時期文學中的現代主義〉，陳炳良編：《中國現當代文學探研》，書林出版社，1994年5月。

陳啟佑：〈五十年代現代派中的古典〉，《臺灣現代詩史論》，文訊雜誌社，1996年3月。

梁景峰：〈現代詩中「橫的移植」——比較文學的一個案例〉，《臺灣現代詩史論》，文訊雜誌社，1996年3月。

陳義芝：〈為一個時代抒情立法——覃子豪研究資料綜述〉，陳義芝編選：《臺灣現當代作家研究資料彙編8：覃子豪》，國立臺灣文學館，2011年3月。

張道藩：〈論當前文藝創作三個問題〉，聯副三十年文學大系編輯委員會，《聯副三十年文學大系‧文學論評》，聯合報社，1981年12月。

勞友輯：〈邵秀峰心中的覃子豪〉，《中央日報》，1993年10月9日。

游喚：〈大陸學者如何詮釋五十年代臺灣詩〉，《臺灣現代詩史論》，文訊雜誌社，1996年3月。

楊宗翰：〈追尋「現代」的蹤跡〉，《臺灣現代詩史：批判的閱讀》，巨流出版社，2002年6月。

───：〈「中化」現代──紀弦、現代詩與現代性〉，《臺灣現代詩史：批判的閱讀》，巨流出版社，2002年6月。

趙天儀：〈臺灣現代派與大陸現代派之關係〉，《臺灣文學的週邊》，富春文化，2000年12月。

劉正忠：〈主知‧超現實‧現代派運動──臺灣，一九五六～一九六九〉，蕭蕭編著：《林亨泰的天地──林亨泰新詩研究》，晨星出版社，2009年10月。

蔡明諺：〈縱的繼承些什麼？──論舊詩傳統與戰後臺灣現代詩的關係〉，「時空斷層下的詩人與詩」學術研討會，臺北市文化局，2003年9月。

───：〈新詩論戰之後：對六〇年代初期現代詩壇的幾個考察〉，「苦悶與蛻變：60、70年代臺灣文學與社會」國際學術研討，東海大學中文系，2006年11月。

劉紀蕙：〈超現實的視覺翻譯〉，《孤兒‧女神‧負面書寫》，立緒文化，2000年5月。

蕭　蕭：〈五十年代新詩論戰述評〉，《臺灣現代詩史論》，文訊雜誌社，1996年3月。

───：〈象徵象徵，象而有徵〉，《現代詩學》，東大圖書股份有限公司，2006年7月增訂二版一刷。

鴻　鴻：〈家園與世界──試論五十年代臺灣詩語言環境〉，《臺灣現代詩史論》，文訊雜誌社，1996年3月。

簡政珍：〈序：由這一代的詩論詩的本體〉，簡政珍、林燿德主編：《臺灣新世代詩人大系》（上冊），書林出版有限公司，1990年10月。

羅　青：〈紀弦的「後現代主義」──評「紀弦論現代詩」〉，國立彰化師範大學國文學系編著：《臺灣前行代詩家論──第六屆現代詩學研討會論文集》，萬卷樓圖書股份有限公司，2003年11月。

龔鵬程：〈語言美學的探索〉，《文化符號學導論》，北京大學出版社，2005年6月。

六、翻譯作品

西脇順三郎，洪順隆譯：《西詩探源》，臺灣商務印書館，1975年。

呂健忠、李奭學編譯：《新編西洋文學概論》，書林出版社，1998年。

──────────：《近代西洋文學：新古典主義迄現代》，書林出版社，2003年。

亞瑟‧西蒙斯：〈象徵主義文學運動導言〉，黃晉凱等編：《象徵主義‧意象派》，中國人民大學出版社，1989年10月。

韋勒克等著，王夢鷗等譯：《文學論》，志文出版社，1996年11月。

查爾斯‧查德威克，周發祥譯：《象徵主義》，崑崙出版社，1989年3月。

馬‧布雷德伯里，詹‧麥克法蘭編，胡家巒等譯：《現代主義》，上海外語教育出版社，1992年6月。

荻原朔太郎，徐復觀譯：《詩的原理》，正中書局，1956年4月初版。

張雙英、黃景進編譯：《當代文學理論》，合森文化事業有限公司，1991年9月。

程抱一著，涂衛群譯：《中國詩畫語言研究》，典藏藝術家庭，2011年6月。

漢斯‧利希特著，吳瑪俐譯：《達達──藝術和反藝術》，藝術家出版社，1988年6月。

劉若愚著，杜國清譯：《中國文學理論》，聯經出版社，1981年。

廚川白村著，陳曉南譯：《西洋近代文藝思潮》，志文出版社，1984年。

Abrams M. H.（M. H. 艾布拉姆斯），酈稚牛、張照進、童慶生譯：《鏡與燈──浪漫主義文論及批評傳統》，北京大學出版社，2004年1月第一版。

Adams Hazard，傅士珍譯：《西方文學理論四講》，洪範出版社，2000年。

Adorno T. W.（阿多諾），王柯平譯：《美學理論》，四川人民出版社，1998年10月第一版。

Barker Chris，羅世宏等譯：《文化研究理論與實踐》，五南出版社，2004年。

Barzun Jacques，侯蓓譯：《古典的、浪漫的、現代的》，江蘇教育出版社，2005年。

Benjamin Walter，許綺玲譯：《迎向靈光乍消逝的年代》，臺灣攝影出版社，1998年。

Borges Jorge Luis，陳重仁譯：《波赫士談詩論藝》，時報文化，2001年。

Bradbury Malcolm and James McFarlane, ed，胡家巒、高逾等譯：《現代主義》，上海外語教育出版社，1992年6月第一版。

Burger Peter（彼得‧比格爾）：《先鋒派理論》，高建平譯，商務印書館，2002年7月第一版。

Bürger Peter，蔡佩君、徐明松譯：《前衛藝術理論》，時報文化，1998年。

Calinescu Matei（馬泰‧卡林內斯庫），顧愛彬、李瑞華譯：《現代性的五副面孔：現代主義、先鋒派、頹廢、媚俗藝術、後現代主義》，商務印書館，2002年。

Casirer Ernst，甘陽譯：《人論：人類文化哲學導引》，桂冠出版社，2005年。

Charles Pierre Baudelaire（波特萊爾）著，胡品清譯：《巴黎的憂鬱》，志文出版社，1994年11月再版。

Culler Jonathan，李平譯：《文學理論》，牛津大學出版社，1998年。

Ｃ‧Ｗ‧Ｅ‧比格斯貝著，周發祥譯：《達達和超現實主義》，崑崙出版社，1989年3月。

Eagleton Terry，吳新發譯：《文學理論導讀》，書林出版社，1998年。

──────，李尚遠譯：《理論之後》，商周出版社，2005年

──────，伍曉明譯：《二十世紀西方文學理論》，北京大學出版社，2007年1月第一版。

Eliot T. S.（艾略特），杜國清譯：《艾略特文學評論選集》，田園出版社，1969年3月初版。

──────────：《詩的效用與批評的效用》，純文學出版社，1972年4月初版。

──────────，李賦寧譯：《艾略特文學論文集》，百花洲文藝出版社，1994年9月第一版。

Empson William，王作虹等譯：《朦朧的七種類型》，中國美術學院，1998年。

Fokkema Douwe、Ibsch Elrud，袁鶴翔等譯：《二十世紀文學理論》，書林出版社，1987年。

Gaston Bachelard（加斯東‧巴舍拉），龔卓軍、王靜慧譯：《空間詩學》，張老師，2004年。

Habermas Jurgen（尤爾根·哈貝馬斯），曹衛東等譯：《現代性的哲學話語》，譯林出版社，2004年12月。

Herschel B. Chipp，余珊珊譯：《現代藝術理論》，遠流出版事業股份有限公司，1995年7月。

Jean Paul Sartre，鄭恆雄譯：〈存在主義即是人文主義〉，《現代文學》第九期，現代文學雜誌社，1961年7月。

Jump John D.，顏元叔譯：《西洋文學術語叢刊》，黎明文化，1973年。

Karl Frederick R.（弗雷德里克·R·卡爾），陳永國、傅景川譯：《現代與現代主義：藝術家的主權1885-1925》，中國人民大學出版社。2004年8月第一版。

Khushwant Singh，黃仲蓉譯：〈亞洲文學中的傳統與現代〉，《現代文學》第十六期，現代文學雜誌社，1963年3月。

Marianne，陳聖生等譯：《中國現代文學批評發生史（1917-1930）》，社科社，1997年。

Rabinowitz Peter J.，王金凌、廖棟梁譯：《無盡的迴旋：讀者取向的批評》，麥田出版社，1991年。

Reaske C.R.（里斯克），徐進夫譯：《英詩分析法》，成文出版社，1977年9月初版。

Richards I. A.（瑞恰慈），曹葆華譯：《科學與詩》，臺灣商務印書館，1968年12月初版。

Roland Barthes，溫晉儀譯：《批評與真實》，桂冠出版社，2004年。

Santayana George，杜若洲譯：《美感》，晨鐘出版社，1972年。

Scholes Robert，譚一明譯：《符號學與文學》，結構出版群，1989年。

Suzi Gablik，吳瑪俐譯：《現代主義失敗了嗎？》，遠流出版事業股份有限公司，1995年5月。

Taylor Charles（查爾斯·泰勒），韓震、王成兵等譯：《自我的根源：現代認同的形成》，譯林出版社，2001年9月第一版。

Thmas Stearns Eliot（艾略特）著，杜國清譯：《艾略特文學評論選集》，田園出版社，1969年3月。

Tieghem Philip van（提格亨），戴望舒譯：《比較文學論》，臺灣商務印書館，1966年。

Turner Earl，王宇根譯：《比較詩學》，中央編譯，2004年。

Wellek Rene，楊自伍譯：《近代文學批評史》，上海譯文出版社，1997年。

───────，張今言譯：《批評的概念》，中國美術出版社，1999年。

───────，劉象愚等譯：《文學理論》，江蘇教育出版社，2006年。

Williams Raymond，劉建基譯：《關鍵詞：文化與社會的詞匯》，三聯書
　　　店，2005年。

W・考夫曼編著，陳鼓應、孟祥森、劉崎譯：《存在主義》，商務印書
　　　館，1995年3月。

七、外文資料

山本捨三：《現代詩の展望》，櫻楓社，1975年6月初版。

吉田精一、分銅惇作編：《近代詩鑑賞辭典》，東京堂，1969年9月初
　　　版，1991年2月第十六版。

西脇順三郎：《超現實主義詩論》，厚生閣書店，1929年11月初版。

Chen Shih-hsiang, *On Chinese Lyrical Tradition: Opening Address to Panel
　　　on Comparative Literature, AAS Meeting, 1971*, Tamkang Review
　　　2.2/3.1(1971.10-1972.4): 17-24.

Ferdinand de Saussure, *Course in General Linguistics* ,London: Duckworth, 2005.

Lydia Liu, *Translingual Pratice: Literature, National Culture, and Translated Modernity-
　　　China, 1900-1937*, Standford: Stanford University Press, 1995.

William Harmon&Hugh Holman, *A Handbook to Literature*, Upper Saddle River,N.
　　　J.:Prentile Hall, 2003.

Zuckerkandl Victor, *Sound and Symbol*, New York: Pantheon Books, 1956.

附錄
紀弦、覃子豪、林亨泰詩學論著之引用細目

一、紀弦之詩學理論

（一）	《紀弦詩論》，臺北：現代詩社，1954年7月初版。[719]
1	〈袖珍詩論抄〉，頁1-7。
2	〈我之詩律〉，頁8。
3	〈論新詩〉，頁9-16；
4	〈詩質與詩形〉，頁17-23。
5	〈新詩要押韻嗎〉，頁24-25。
6	〈論詩的音樂性〉，頁26-32。
7	〈音樂與美術‧時間與空間‧主觀與客觀〉，頁34-37。
8	〈談想像〉，頁54。
9	〈後記〉，頁81。
（二）	《新詩論集》，高雄：大業書店，1956年10月初版。
1	〈自序〉，頁I。
2	〈新詩之所以新〉，頁3-6。
3	〈詩是詩歌是歌我們不說詩歌〉，頁11-12。
4	〈一切文學是「現代的」〉，頁15-16。
5	〈內容決定形式‧氣質決定風格〉，頁17-18。
6	〈表現論〉，頁19-23。
7	〈袖珍詩論十四題〉，頁29-40。
8	〈我的寫作經驗〉，頁41-47。
9	「現代詩」季刊的宣言〉，頁51-52。
10	〈「新詩」周刊的發刊辭〉，頁53-54。
11	〈象徵派的特色〉，頁57-59。
12	〈波特萊爾及其他〉，頁62-65。
13	〈楊喚的遺著「風景」〉，頁116-126。
（三）	《紀弦論現代詩》，雲林：藍燈出版社，1970年1月初版。
1	〈把熱情放到冰箱裏去吧〉，頁3-4。

---

[719] 從1948年11月29日紀弦抵臺，開始創作；詳見氏著：《紀弦回憶錄[第二部]：在頂點與高潮》（臺北：聯合文學，2001年12月初版），頁19。

二、覃子豪之詩學理論

三、林亨泰之詩學理論

秀威經典　　　　　　　　　　　　　臺灣詩學論叢12　PG2149

虹橋與極光
——紀弦、覃子豪、林亨泰詩學理論中的象徵與現代

作　　　者／朱　天
主　　　編／李瑞騰
責任編輯／林昕平
圖文排版／周妤靜
封面設計／蔡瑋筠

出版策劃／秀威經典
發 行 人／宋政坤
法律顧問／毛國樑　律師
印製發行／秀威資訊科技股份有限公司
　　　　　114台北市內湖區瑞光路76巷65號1樓
　　　　　電話：+886-2-2796-3638　傳真：+886-2-2796-1377
　　　　　http://www.showwe.com.tw
劃撥帳號／19563868　戶名：秀威資訊科技股份有限公司
　　　　　讀者服務信箱：service@showwe.com.tw
展售門市／國家書店（松江門市）
　　　　　104台北市中山區松江路209號1樓
　　　　　電話：+886-2-2518-0207　傳真：+886-2-2518-0778
網路訂購／秀威網路書店：https://store.showwe.tw
　　　　　國家網路書店：https://www.govbooks.com.tw

2018年11月　BOD一版
定價：590元
版權所有　翻印必究
本書如有缺頁、破損或裝訂錯誤，請寄回更換

國家圖書館出版品預行編目

虹橋與極光：紀弦、覃子豪、林亨泰詩學理論中的
象徵與現代 / 朱天著. -- 一版. -- 臺北市：秀威經典，
2018.11
　　面；　公分. -- (臺灣詩學論叢；12)
BOD版
ISBN 978-986-96186-9-4(平裝)

1.臺灣詩 2.新詩 3.詩評

863.21   107017524

讀者回函卡

感謝您購買本書，為提升服務品質，請填妥以下資料，將讀者回函卡直接寄回或傳真本公司，收到您的寶貴意見後，我們會收藏記錄及檢討，謝謝！
如您需要了解本公司最新出版書目、購書優惠或企劃活動，歡迎您上網查詢或下載相關資料：http:// www.showwe.com.tw

您購買的書名：＿＿＿＿＿＿＿＿＿＿＿＿＿＿＿＿＿＿＿＿＿＿＿＿＿＿＿

出生日期：＿＿＿＿＿＿年＿＿＿＿＿＿月＿＿＿＿＿＿日

學歷：□高中 (含) 以下　　□大專　　□研究所 (含) 以上

職業：□製造業　□金融業　□資訊業　□軍警　□傳播業　□自由業
　　　□服務業　□公務員　□教職　　□學生　□家管　　□其它＿＿＿

購書地點：□網路書店　□實體書店　□書展　□郵購　□贈閱　□其他

您從何得知本書的消息？

　□網路書店　□實體書店　□網路搜尋　□電子報　□書訊　□雜誌

　□傳播媒體　□親友推薦　□網站推薦　□部落格　□其他＿＿＿＿＿＿

您對本書的評價：（請填代號　1.非常滿意　2.滿意　3.尚可　4.再改進）

　封面設計＿＿＿　版面編排＿＿＿　內容＿＿＿　文／譯筆＿＿＿　價格＿＿＿

讀完書後您覺得：

　□很有收穫　□有收穫　□收穫不多　□沒收穫

對我們的建議：＿＿＿＿＿＿＿＿＿＿＿＿＿＿＿＿＿＿＿＿＿＿＿＿＿＿＿

＿＿＿＿＿＿＿＿＿＿＿＿＿＿＿＿＿＿＿＿＿＿＿＿＿＿＿＿＿＿＿＿＿＿

＿＿＿＿＿＿＿＿＿＿＿＿＿＿＿＿＿＿＿＿＿＿＿＿＿＿＿＿＿＿＿＿＿＿

＿＿＿＿＿＿＿＿＿＿＿＿＿＿＿＿＿＿＿＿＿＿＿＿＿＿＿＿＿＿＿＿＿＿

11466
台北市內湖區瑞光路 76 巷 65 號 1 樓
秀威資訊科技股份有限公司　　　收
BOD 數位出版事業部

....

（請沿線對折寄回，謝謝！）

姓　　名：＿＿＿＿＿＿＿＿＿＿　年齡：＿＿＿＿＿　性別：□女　□男

郵遞區號：□□□□□

地　　址：＿＿＿＿＿＿＿＿＿＿＿＿＿＿＿＿＿＿＿＿＿＿

聯絡電話：(日) ＿＿＿＿＿＿＿＿＿＿　(夜) ＿＿＿＿＿＿＿＿＿＿

E-mail：＿＿＿＿＿＿＿＿＿＿＿＿＿＿＿＿＿＿＿＿＿＿